（典藏版）

百部国学传世经典

中华国学经典盛宴／获取先贤核

杨家将

【明】熊大木／著
林少华／主编

漓江出版社

图书在版编目（CIP）数据

杨家将 / (明)熊大木著；林少华主编. --桂林：
漓江出版社，2017.7
(百部国学传世经典)
ISBN 978-7-5407-8179-8
Ⅰ. ①杨… Ⅱ. ①熊… ②林… Ⅲ. ①章回小说-中
国-明代 Ⅳ. ①I242.4
中国版本图书馆 CIP 数据核字(2017)第 173922 号

杨家将

作　　者　【明】熊大木　著
主　　编　林少华

策划统筹　陈植武　林晓鸿
责任编辑　林晓鸿
助理编辑　秦　灵

出 版 人　刘迪才
出版发行　漓江出版社
社　　址　广西桂林市南环路 22 号
邮　　编　541002
电子信箱　http://www.lijiangbook.com
印　　制　北京飞达印刷有限责任公司
开　　本　710 mm×1000 mm　1/16
印　　张　30
字　　数　489 千字
版　　次　2017 年 8 月第 1 版
印　　次　2018 年 5 月第 2 次印刷
书　　号　ISBN 978-7-5407-8179-8
定　　价　45.00 元

前言

中华民族是一个充满智慧的民族，中华文化处处闪烁着智慧的光芒。中华五千年文明史为人类的智慧宝库留下了极其珍贵的财富。在世界文学发展的长河中，中国古典小说在经历了漫长的发展过程后，直到元明清时期才形成了高潮，一大批白话和文言、长篇和短篇的名著相继问世，从而在世界文坛上奠定了非凡的地位。

这些作品有的以形象苍凉的笔墨，描写了农民起义的悲壮和惨烈；有的粗线勾勒，展示出朝代更迭的历史沧桑；有的则以诙谐机智，从神话故事中折射出世俗的好恶；有的尽力渲染，将时代的感慨融入民族的兴衰；有的严肃谨慎，从各个案件中体现出正义的力量……题材涉及讲史、侠义、友情、断案及灵怪、神仙等等，广泛描写了宋、元、明、清时代的社会生活，真实地反映了当时的人民群众的思想感情、生活愿望和审美情趣。无论从思想内容还是从艺术技巧来看，都达到了相当高的水平，积淀了中华民族独具魅力且博大精深的文化。

中国古典小说是举世公认的在文学史上最有影响、最为杰出、艺术成就最高、最具欣赏价值、流传最广的传世之作，是文学艺术长河中的瑰宝。它们拥有最广泛的阅读群和最绵长的阅读量。其作品中的深刻内涵，无一不给人以美的享受和思想启迪。它不仅是中华民族智慧的结晶，更是我们道德规范、价值取向、行为准则的集中体现。

阅读好书由此开卷，完善人生由此开始。

目录

第一回 三国舅拦路打皇亲 杨七郎登擂劈潘豹

宋朝开国皇帝赵匡胤驾崩之后，他的弟弟赵光义即位，是为二帝，赵光义沉湎酒色，宠爱谗佞，胸无主见，偏听偏信，是非不分，忠奸不辨。

朝中既有忠臣，也有奸贼。正如俗语所说：忠臣不百不算多，奸贼一个就不少。

当时，朝中的忠臣主要有东平王高怀德、汝南王郑印、金鞭王呼延赞、丞相王苞和令公杨继业等。他们赤胆忠心，为国为民。

朝中最大的一个奸贼就是西宫国丈潘洪潘仁美。他的女儿西宫娘娘，很受皇上宠爱，潘洪就依仗女儿的势力，在朝中上欺天子，下压群臣。他还有三个儿子：长子潘龙、次子潘虎、三子潘豹。这哥儿三个全都习武，特别是潘豹，力大无穷，武艺高强，潘洪这个老贼，养子不教，纵子行凶，无恶不作，无所不为。因他是皇亲国戚，文武百官也都怕惹是生非，无人敢管，这一来，弄得纲纪日下，怨声载道。

北辽凉王肖天庆，久有侵吞中原之心，一见大宋朝中奸臣当道，认为有机可乘，就将连环战表打到东京汴梁，兵发边关，要夺取宋室江山。

这一日早朝之时，文武百官见驾已毕，分列东西，赵光义神色黯然，说道：“众位爱卿，如今北辽打来连环战表，不知哪位卿家愿挂印为帅去扫平辽兵？”

皇上说完,令公杨继业刚要出列说话,只见从东厢闪出一人,头戴乌纱帽,身穿绣蟒袍,腰横玉带,足蹬朝靴,年纪就在五十来岁,大白脸,三角眼,颏下的胡子往上卷,此人就是潘洪。

潘洪一步三摇走上品级台,撩袍跪倒,磕头口呼:“万岁,臣有本奏!”

“老爱卿,请讲。”

“万岁不必为此事忧虑,臣的三子潘豹武艺超群,胸怀韬略,他若挂帅,定能扫平狼烟,保住大宋江山!”

皇上听了这番话,立时心花怒放,笑容满面:“好,既然如此,朕就命他挂帅。”

皇上刚要下圣旨,丞相王苞急忙出列叫道:“万岁且慢!臣有本奏。”

皇上脸色一沉:“讲!”

王苞启奏:“潘太师保举潘豹挂帅,此事非同一般,潘豹的本领究竟有多大,臣等未见,自然心中不安,如果潘豹真是武艺超群,可让他在天齐庙摆立擂台比武招贤,半月内若无人能胜他,臣以为再让他挂帅岂不更好!”

皇上一听,丞相王苞这话说得有理呀!挂帅出征这事关朕的江山,还是谨慎为好。于是,下旨传潘豹上殿见驾。

不大一会儿,潘豹便奉召来到金殿,只见他二十多岁,身材魁梧,赤金方脸,浓眉大眼,好不威严!潘豹撩袍跪倒见驾。

皇上说:“朕命你去天齐庙立擂招贤,若半月内无人胜你,就命你挂印为元帅,率领兵将扫平北辽。”

潘豹领旨下了金殿。

原来,那潘洪老贼是怕军权落入高、郑、呼、杨几家之手,故而急不可待地保举他三子潘豹挂帅,以操朝内外大权于潘家。丞相王苞挺身而出,提议设擂招贤,因为言之有理,皇上只好准奏,潘洪的阴谋一时未得逞,各位忠良贤臣也松了一口气。

但是,事情刚刚开始,还不知以后会如何,众位朝臣都各自怀着满腹心事退朝回府。

按下群臣暂且不表,单说那天波府杨家。老令公杨继业号称金刀将,是一位开国元勋,和夫人佘太君一起,东征西战立下了不少汗马功劳。家中的七个儿子和一名义子,也都是能征惯战、有万夫不敌之勇的武将,人称七郎八虎。杨家满门英雄,为国为民,无人不知,无人不赞。怎耐令公、太君已经年迈,几个孩子又都性情直爽,好打抱不平,令公怕孩子们性烈惹出是非,平时遇事就尽量容忍。今日朝中之事,令公搁置不下,回到府内,命老管家杨洪把全家人叫到近前嘱咐:“你们给我呆在家里好好地读书习武,谁也不准去打擂招祸!哪个敢去打擂招祸,为父决不宽容!”

众儿女齐声答应:“是。”

令公又吩咐家将宋成和王玉:“七郎生性鲁莽,你们俩在这打擂的半个月内,要把他看管住,如果放走了他惹出祸来,决饶不了你们俩!”

宋成、王玉连忙答应:“是,是。”

从此,两位家将终日寸步不离七郎,且不时好言相劝,生怕七郎惹了祸,自己受到牵累。

这一天,六郎的妻子柴郡主要到南清宫去看望哥哥八王千岁,带着一群宫娥彩女正在十字街上行进,忽听前边有人大喊:“闪开,闪开,谁碰撞马头,要谁的命!”

贴身丫环听了不由得一愣,什么人竟敢这样逞凶蛮横?忙说:“郡主快躲闪吧!”

柴郡主不禁柳眉倒立:“是谁这样不讲理?”话音未落,只见一名大汉骑在马上扬鞭乱打,百姓们慌张地撒腿乱跑,急忙躲闪。

原来,那骑马的大汉正是三国舅潘豹,他看见郡主便扬鞭大喊:“喂,你到哪里去?”

柴郡主理直气壮地回答:“本郡主去给八王千岁问安。”

潘豹冷冷一笑说:“柴美蓉,你问不问安我不管,快点儿让路,不然叫你尝尝我这皮鞭的厉害!”

郡主怒气冲冲高声呵斥:“你好大胆,敢在本郡主面前胡言乱语!”

潘豹听了这句话,劈头盖脸就是一鞭,直打得郡主鲜血染衣,宫娥彩女也都挨了鞭打。

潘豹洋洋得意地哈哈大笑说:“柴美蓉,你不服,可以上金殿告我,看谁还敢拦路!”说完,便带人扬长而去。

柴郡主的脸上、身上受了伤,不能再去南清宫了,只好先回府里,她见了令公和太君,放声痛哭。

柴郡主乃是皇姑,哪受过这么大的委屈呀!她哭着把潘豹行凶这事说了一遍。

令公听完紧锁双眉,咬牙切齿地说:"好一个大胆的潘豹,我岂能与你善罢甘休!"

太君说:"郡主不要啼哭,决不能让他白白逞凶!"

这时,令公的八个儿子来了七个,只有七郎没来,两个家将正陪他在后花园下棋哪!

这哥儿七个,见了令公和太君有的说上金殿去告他,有的说上南清宫去告知八王千岁,有的说上天齐庙擂台直接找潘豹算账去,各说不一。

令公叹了一口气,看了看郡主说:"方才听完你的话,我恨不能上金殿告他去,可是又一想,潘家父子是万岁的宠臣,如果告他,也不一定奈何他!眼前北辽进犯,国家正是用人之际,他如真是一员虎将,可以杀敌卫国保河山,我们杨家受点儿委屈又何妨?郡主,你就原谅他年轻无知吧!"

太君也说:"此话言之有理,就当是老身叫你受委屈了,此事可千万不能让七郎知道,免得他去惹祸。"

六郎见妻子被打,自然怒满胸膛,本想要替郡报仇,一见二老从大局着想,以江山为重,也只好忍耐下去。他便帮助劝解郡主,叫宫娥陪伴郡主回房,太君和令公又在这里解劝几个儿子,嘱咐他们压下心中的怒气。

郡主回房后,越想越觉得委屈,禁不住又痛哭起来,七郎和宋成、王玉在后花园中玩够了,正往前厅走,路过郡主房前,听见里面有哭声。

七郎站住脚说:"你们听,里面是不是我六嫂在哭?"

"对,是郡主的声音。"

"哎?六哥从来没跟嫂子抬过杠、拌过嘴,她为什么哭呢?你们俩在此等候,我进去看看。"

七郎说罢,走进郡主的房中,见郡主哭得非常伤心,忙问:"六嫂,自从你进了杨家门,我头一回见你哭得这么伤心,究竟是为了什么呀?"

郡主深知七郎性情暴躁,怕惹出事非,只是摇头不出声。

七郎急得抓耳挠腮,不安地说:"六嫂,你再不说,就把小弟闷死啦!"

柴郡主无奈,流泪把事情从头到尾诉说了一遍。

七郎气得虎目圆睁,大骂:"贼潘豹,狗胆包天!这哪里是打我六嫂,分明是要会会我杨七郎,我定要去齐天庙与你比个高低！定叫你去见阎王!”

郡主听了七郎这番话,顿时吓得脸色焦黄,慌忙说:“七弟呀,我的好兄弟！可别忘了爹爹的嘱咐,千万不能去打擂！嗐,都怨我跟你说了实话……你如果去打擂,可叫我怎样去面对爹娘?”

七郎眼珠一转,笑呵呵地说:“嫂子请放心,小弟只是说句笑话,不要着慌。”说完,便转身走出房去。

这时,七郎心中不住的暗想:刚才我说去打擂的事,可不能对宋成、王玉讲,如果说了,他们俩怎敢放我走?要想法把他俩捆绑起来,堵住嘴,不让他俩乱嚷,等我打完了潘豹回来,再放他俩,才显出我有勇有谋。

七郎想到这里,来到假山后,便先把王玉叫到身旁:“你去把我的宝剑取来,我在这练会儿剑。”

王玉答应一声,便去取剑。七郎随即抓住宋成按在一旁,把他的嘴堵上,然后捆好藏在假山后,这时,王玉正好取来宝剑,七郎又照方下药把他藏好,挎上剑便跑出花园后门,直奔天齐庙而去。

行直半路,忽然间,对面来了一帮人,抬着一块门板,上面躺着一个浑身上下被血水污染的尸体,后面跟着一个泪流满面的妇女,大声哭喊:“我丈夫死得好惨啊！谁敢去打三国舅潘豹?谁来给我丈夫报仇?”

那个女人哭得头发晕,腿发抖,跌倒在地上,那几个抬门板的急忙把死者放下,一起过来,连声呼唤。时间不长,那个女人才苏醒过来,却又哭个不停。

七郎走上前问道:“你这女人为何这样痛哭?死者为何全身是血?”

大家一看七郎满脸杀气,吓得全往后缩,那女人此时已顾不得怕了,说道:“死者是我的丈夫。”

七郎又问:“他是怎么死的?你刚才为何提到潘豹?”

“哎呀,军爷呀,我告诉你,你能替我丈夫报仇吗?”

“只要你有理,我就替你报仇!”

女人万分悲伤的说:“我丈夫原是一位新科武举,来齐天庙登台打擂欲夺帅印,哪知潘豹心肠歹毒,我丈夫被他打倒,他还不罢手,竟抓起我丈夫往台下扔,摔了个脑浆四溅。英雄如能替我丈夫报仇,小妇人永远不忘你的大恩情。”

七郎说:“你尽可以放宽心,不要再啼哭了,潘豹他今天一定活不成了!”

妇人听说忙起身道谢:“请问英雄尊姓大名?”

七郎摆了摆手，说："不必多问！"撒腿飞奔天齐庙。

转眼间，七郎来到天齐庙，只见这里人山人海，一片乱哄哄。一丈六尺高的擂台，挂满了彩绸经灯，台上两边摆设着刀枪架子，台的四周围着拦人的绳子，两旁台柱上贴着一副对联：拳打南山斑斓虎，脚踢北海混江龙。中央横批是：英雄盖世。

七郎心想：潘豹这家伙太狂妄了，真是可恨之至！哼，你的本领大，可我杨七郎也不是省油的灯！

七郎正想要上擂台之际，猛听背后一声大喊："哎！你想干什么呀？"

七郎一回头："我是打擂的，你是何人？"

"我是看守擂台的，你打擂可以，可是现在时间还没到。三国舅还在后台休息哪，你现在上去跟谁打呀？再说，你要上擂台得先挂号，你挂号了吗？"

"没有"

"没挂号不准打擂，打了犯法！"

七郎问："在哪儿挂号哇？"

守擂人一指："彩棚有位西台御史刘秉臣刘大人，他专管给打擂的英雄挂号。"

七郎只好奔彩棚，由于这里人多，挤着很费事，他又急于要打潘豹，就心生一计：把两胳膊一抬，双手一攥拳，他的个儿高，力又大，用胳膊专压看热闹人的肩膀，他这一压，谁也经不住，顿时闪开一条胡同，七郎才算来到彩棚，大喊一声："快去送信，我要挂号！"

有人进去报告，不一会儿就传唤七郎。七郎大步进了彩棚，上前施礼："请大人给学生挂号。"

刘秉臣手扶案桌，探身瞪眼一看，只见来人头戴青缎壮巾，身着蓝色短衣，下穿英雄滚裤，脚蹬一双薄底缎靴，面似锅底，黑中透亮，亮中透黑，浓眉大眼，鼻直口阔，威武中带有杀气，真是雄赳赳，气昂昂，亚赛烟熏的太岁，铁打的金刚！

刘秉臣认出来了，这是杨七郎！不由大吃一惊：呀，真是怕谁来谁！潘太师动本,万岁传旨叫我来给打擂之人挂号,太师下令:高、呼、郑、杨几家来人打擂,千万别给挂号。刚才听三国舅说,他来时路过十字街打了柴郡主,吓得我浑身冰凉,真怕杨七郎找来算账。现在他果真来啦!来者不善,善者不来!我不如先劝他回去。实在不行,再想主意。想到这儿,刘秉臣说:“来者可是少令公?”

七郎答道:“正是延嗣。”

“少令公,太师有令,不准高、呼、郑、杨四家打擂,我如给你挂号,太师怪罪下来,我这小小西台御史可担当不起呀!再说,三国舅武艺高强,非比寻常,少令公还是不打为好,回家去吧!”

七郎说:“漫说一个三国舅,就是十个八个我也不怕,实话对你讲,我来就是找他来啦!如果你拦阻,我就先拿你开刀!”说着,往上就闯。

刘秉臣吓得魂不附体,口叫:“少令公,且息雷霆怒,莫发虎狼之威,你如非打不可,我现在就给你挂号。”

在七郎的威逼之下,刘秉臣只得给七郎标名挂号,把号牌交给七郎。

七郎揣起号牌,说了声:“有劳了!”急步出彩棚直奔擂台。

此时,潘豹正在台上卖狂:“众位听了,我乃三国舅,在此立擂半月,招贤纳士,一连几天被我打死、打伤数人,每日台下人如潮涌,可上擂的并不多。有不怕死的请上来,没有人上来,我可要收擂了!”

杨七郎已经来到台下,把号牌交给守擂人,纵身蹿上擂台,大喊一声:“你七爷打擂来了!”

潘豹闻听,举目一看,上来一个黑脸大汉站在对面 ,不由得倒退几步打量,心想:“观其外知其内,观眼知心,观眉知胆,好一员猛将!”忙高声喊喝:“来者通名!”

七郎说:“杨延嗣是也!好个潘豹,你眼空四海,目中无人,胡作非为,杀人成性,七爷岂肯与你善罢甘休!”

潘豹听罢一阵狂笑:“我实话对你讲,打了柴美蓉,就是要碰碰你杨七郎,今天叫你有来无还!”

两人说罢,动手就打,真是仇人见面分外眼红。台下的人一个个都把眼看直了,有的说潘豹是高人的门徒,实在厉害;有的说杨七郎是杨家的猛将,更不好惹!人们议论纷纷,众说不一。杨七郎、潘豹二人走行门,过步眼,龙争虎斗,各展奇才,潘豹使了一个“饿虎扑食”挥拳直夺七郎。七郎闪身使了一个“顺手牵羊”,一把抓住潘豹的手腕子,大喝一声:“人给我趴下吧!”

随着话音,潘豹扑通趴在台板上了,观擂的人齐声喝彩。七郎一个箭步上去,踩住潘豹的左腿,双手抓住右腿,喊道:“潘豹,给你来个分家另过吧!”

喀嚓一声,潘豹尸分两片。

这时,天齐庙外人欢马炸,銮铃震耳,潘洪带领兵马要围抄天齐庙,捉拿杨七郎!

第二回 杨家父子遭祸殃 八王千岁闯金殿

杨七郎劈死了三国舅潘豹,台下看热闹的连声喝彩,这时,天齐庙外一阵大乱,潘洪带领兵马来啦！他怎么知道信儿的呢?

原来,刘秉臣给杨七郎挂完号,马上派人报与潘洪。潘洪听说杨七郎去打擂,惊惶不已,立即带领兵马赶往天齐庙,要给三子潘豹呐喊助威,没想到他人也到了,潘豹也死了,直气得老贼浑身直颤,青筋暴跳,心中好似油煎,火冒三丈,心想:杨七郎呀杨七郎,不剐你千刀,难解散心头之恨！立时下令,围住天齐庙,不得放跑杨七郎。

霎时杀声大起,刀枪乱摆,杨七郎力大无比,剑法又好,众军士纷纷冲上来,又纷纷败下去,轻者带伤,重者丧命。有的军士大喊:“拿不下来呀,杨七郎真是个要命的活祖宗!”

老贼潘洪又急着发出号令:“谁若拿住杨七郎,记头功,赏重金,谁若放走杨七郎,定斩不饶!”

七郎只身一人迎战众多兵将,怎么可能冲出重围呢?忽听见一声洪亮的呐喊,杀进来一员白袍将军,七郎一看,原来是杨六郎来了,忙喊:“六哥,你来得正好,快接应小弟!”

于是,兄弟二人两口宝剑上下飞舞。左右开弓,杀开一条血路,冲出重围,撒腿奔向天波府。兄弟俩进了杨府后花园，七郎喘了喘气，问道："六哥，你怎么知道我去打擂呀？"

白袍英雄回答："贤弟，这么大的事，我岂能不晓得？"

两人边说边来到花亭，七郎忽然又大叫一声："哎呀，六哥，我还忘了一件事，我要去打擂之时，宋成、王玉被我捆上放在了假山后，还不知道他俩现在如何？"

说罢，他在前面跑，白袍英雄在身后跟随，来到假山后边一看，两个家人还在那里趴着哪！七郎急忙上前，解开两人的绑绳，又把嘴里堵的东西掏出来，两人软瘫在地上，还没等说话，七郎便带笑说道："二位呀，实在是对不起你们，叫你们多受委屈了！"

宋成咧了咧嘴说："少令公，委屈我们不要紧，只怕你出去惹祸！"

七郎说："没惹祸，只是把三国舅给劈了。"

王玉一听："哎呀我的妈呀！我们俩奉命照看您，您却闯下这大祸，我们俩可活不了啦！"

七郎说："你们不用怕，不光是我一人去的，我六哥也去了，法不责众，就是我爹娘怪罪下来，自有我兄弟承担，与你们俩无关！"

这时，宋成、王玉一看六郎、七郎的衣服上溅满了鲜血，知道他兄弟准杀人不少。七郎说："六哥，我们赶快回房换衣服吧！"说完，见六郎并不动身，只是两眼发直地站在那里东张西望，又说："六哥，杀了几个当兵的，不至于把你吓成这样吧！"

他哪里知道这位白袍将正在为难，白袍将心想：这可怎么办呢？我帮助七郎杀了不少官兵，现在到了杨府花园，想走也走不了啦！是不是与七郎说实话呀？

就在这时候，府外大乱，原来是潘洪带兵把天波府给包围了！

两位家人面带惊慌说道："二位少令公，外边乱了，大兵围府了！"

七郎说："不要怕，如果我爹娘问你们俩我出府没有，你们就说我哪里也没去，就在花园练功来，也不要提我六哥。"

两位家人说："这个瞎话能瞒得过老令公和老太君吗？如果瞒不过，那就得怪我们俩撒谎作弊！"

七郎说："不要怕，一切事情有我顶着，快去给我找套衣服换上。"

此时,就听得前边银安殿钟鼓齐鸣。怎么回事儿?原来,那潘洪带兵围了杨府,叫老家人杨洪传信,说七郎、六郎大闹天齐庙,劈死三国舅潘豹,叫老令公把两人交出来。杨洪这才赶快来到银安殿撞钟击鼓。

天波府只有遇到紧急要事才击鼓聚将,令公、太君和男女众将听到鼓声不知出了什么事,一齐来到银安殿,令公和太君坐在上座,众将分为左右站立两厢,点过大名,只有杨七郎未到。

老令公问杨洪:"何事击鼓?"

杨洪说:"禀报令公,现在潘洪潘太师带兵围府,说是郡马和七少爷大闹天齐庙,劈死潘豹,杀了官兵,跑回府来,他叫老令公把两位少爷送出府外,上朝请罪。"

令公和太君听罢,顿时就是一愣,男女众将也全都大吃一惊!

老令公对杨洪说:"你去府外说与潘太师,叫他略等片刻。"

杨洪领命而去。

这里令公、太君全都面沉似水,看着六郎,令公说道:"六郎儿,那潘豹在天齐庙立擂,为父母的曾如何劝你们兄弟,叮嘱你们万万不可前去打擂惹祸!一来潘氏势力太大,不可招惹;二来国家正是用人之际,不可自相争斗。不想,父母的好话千万句,我儿却扔在九霄云外!即便是潘豹打了郡主,我儿也应当尽力劝解,大不该带七弟去劈了潘豹。如今国丈带兵围府,这便如何是好?"

杨六郎听了这话,不由得愣了神儿,忙上前说:"孩儿我一直在房中劝解郡主。"

令公刚要再问六郎,却见郡主上前来说:"二老爹娘,分明是潘洪安心不善,施阴谋诡计来害咱杨家。他纵子行凶打我,又带兵围困天波府,他欺压我们实在叫人难忍,我要去南清宫面见八王千岁申冤!"

令公听了郡主诉说,心想:"可能委屈六郎了,倒让郡主这样伤心。"又一想:"六郎如果没有去天齐庙,那潘洪围府又是为的什么?也许是七郎去打擂了!"令公想到这里,于是大喝一声:"来人,把七郎给我找来,我要问个明白!"

家人奉命跑去后花园找七郎,远远看见黑脸将军正在花亭,急忙大声喊:"七少爷,老爷和太君叫你去问话。"

一听说令公和太君叫七郎,可把宋成、王玉二位家人吓坏了,杨七郎说:"不要怕,你们不用去,保你们俩太平无事。"

说完,他一看六哥在花亭更是坐立不安,就问道:“六哥,咱俩惹的祸,怎么爹娘光喊我去,不叫你去呢?”

白袍将说:“我也不知道!”

“没叫你去,你干脆别去!你在花亭听信儿,我去见见爹娘问问再说。”

白袍将点了点头,没有搭话。

杨七郎换好衣裳,迈开虎步来到银安殿,见正中端坐着父母,两边站着众位兄嫂。猛然一眼看见六哥也站在那里,不由得心中感到奇怪:我刚和六哥说好,叫他在花亭等我,为什么他先来银安殿了呢?再一看,六哥的血衣也换下去了,更觉得莫名其妙!七郎连忙上前参见令公和太君:“二老爹娘把儿唤来有何教训?”

令公问道:“七郎,你可去天齐庙打擂?”

七郎闻听,当时往后退了两步,抬头看了看六哥,问道:“六哥,咱说不说呀?”

六郎听了此话就是一愣,难猜难解,便说:“七弟,你说的什么呀?”

“哎!六哥,你怎么装糊涂哇?咱俩做的事,你可不能全搁在我一人身上,我劈死三国舅,也是为了给六嫂出气啊!若不是六哥你接应,我坐下无马,手中无枪,也难杀出天齐庙。多亏六哥你把我接应回府中,现在潘洪带兵围府,爹娘询问此事,为什么六哥不敢承认哪?”

六郎说:“七弟,你可要说实话呀!”

“六哥,我可从来没说过谎言哪!”

令公和太君眼望六郎说:“这究竟是怎么回事呀?”

七郎说:“六哥,爹娘唤我之时,我让你在花亭等我,没想到你倒在我前边来了,现在爹娘问到此事,你怎么还说不知道呢?”

六郎说:“七弟,我确实没有去打擂,今日也未曾到过后花园。”

佘太君听了六郎和七郎这番对话,感到十分奇怪,眼珠一转,说道:“七郎儿,你再到后花园去看看,若是还有人在,就叫他一同前来。”

七郎大步流星来到后花园,见那白袍将还在花亭,就上前一把拉住说:“你快跟我走吧!”

就这样,七郎拉着白袍将来到银安殿。大家一看,全都愣住啦!走进来的这位白袍将和银安殿上的杨六郎长得一模一样!论年龄、相貌和身材,简直分不出谁真谁假。唯一的区别就是银安殿上的六郎身着素白缎袍是干干净净，刚上殿来的这个素白缎袍是血迹斑斑。

杨七郎看了看二人，说道："六嫂，还是你来认吧。他们俩谁是六哥，你可别大意，得看准了！"

郡主看了看身边的六郎，又看了看七郎带进来的白袍将，她也惊呆了，简直是难以分辨！

这时，六郎仔细一看，连忙抢步上前，拉住白袍将说："哎呀贤弟，原来是你！"

他们两人互相打量了一番，全都面带笑容喜气洋洋。

原来那白袍将姓任名秉，字堂惠，家住云南昭通府，专门行商。有一次，他携带珠宝玉器，从云南来到汴梁。刚走到城南四十里处，就遭一伙强人拦路抢劫。那任秉武艺十分高强，凭着手中一杀枪，三四十个盗贼也难取胜，有一个强人趁机躲在一旁，暗地放出飞抓，把任秉抓下马来。正如古语说的：明枪易躲，暗箭难防。

眼看任秉就要丧命之时，大道上飞驰来了骑着骏马的杨六郎。众强人以为官兵来了，忙抢了珠宝一哄而散，逃窜四方，杨六郎飞身下马扶起任秉，二人互通姓名后又仔细端详。

原来，那一天杨六郎在府内闲来无事心中烦闷，就到城外闲游遛马，正遇上强人打劫任秉，就催马前来搭救。等赶跑了盗贼扶起了任秉，两人一打照面全都大吃一惊！怎么哪？两人全都发现对方怎么这么像自己，真不亚于一母同胞的双生子，两个人长得是一模一样。

说到这儿，各位也许以为这不是太玄了吗？其实一点儿也不玄。天下之大，无奇不有嘛！相貌相似的人并不少见，只是长得太像的人不多就是了。

两人见面之后互通了姓名，杨六郎知道任秉是到汴梁来行商的，半路珠宝被劫，很是同情，就送他纹银一百两作为回去的盘费。任秉本来就感谢郡马救了自己一命，又见郡马赠给银两作为盘费，真是感恩不尽！连忙拱手谢道："郡马公解救在下于危难之中，又慷慨赠银，在下终生难忘！"

任秉又说："在下有一心愿，说出来不知郡马应允与否，请勿见怪。"

"有话但讲无妨。"

"在下今日巧遇郡马，实乃三生有幸！郡马侠肝义胆，武艺超群，小人不胜倾慕,欲结金兰之好,郡马不会怪小人高攀吧!"

六郎见他仪表堂堂,为人忠厚,心中早已喜爱,所以就满口应允,俩人就在野外撮土为炉,插草为香,结成金兰之好,如同生死兄弟,报过年庚,俩人同岁,只是六郎比任秉大半年,就以六郎为兄,任秉为弟,任秉又给六郎磕了头。结拜完毕,六郎请任秉跟他进城回府住些天再走。任秉再三推辞,说是下次来京再去看望父母和兄嫂,于是俩人分了手,这已经是两年前的事了。

这次任秉又做买卖来到汴梁,因为还有两个伙伴,不便同去杨府,他们三人就住在一家店房,等把珠宝玉器卖出以后,三人就各自分手而去。

这一天,任秉打算买点儿礼物到杨府去看望六哥,正走在大街上,听得行人纷纷说杨七郎在天齐庙擂台劈死了三国舅,潘太师已经带兵去捉拿杨七郎。他想:杨七郎一定势孤力单,我就是拼出生命也要前去相助!于是就来到天齐庙救杨七郎。杀出重围以后,他本来想走开,又一想:不行,自己的面貌和六郎相同,连七郎都把自己当成了六哥,官兵还能不知道?自己要是一走开,不是倒给六哥惹祸了吗?只好和七郎一同进了杨府,还未来得及对七郎说清此事,就被带到银安殿上来了……

杨六郎在银安殿上认出了任秉,忙给令公、太君二老做了引见,任秉上前叩头施礼,六郎又带任秉给各位兄嫂一一见礼作了介绍。大家仔细观看,果然很难认出谁是六郎,谁是任秉。

任秉就把如何在天齐庙搭救杨七郎的事一五一十地说了一遍,大家才如梦初醒。

此时,老家人杨洪又跑进来禀报:"启禀令公、太君,潘太师等急了,叫把六少爷、七少爷快送出去!"

老令公见事已至此,也就不再埋怨七郎,叫众人在殿上等候,自己一人带杨洪出府去见潘洪。

潘贼见令公出府,也只好下马见礼。

令公还礼说:"请问太师,带着这些人马要往哪里征杀?"

潘洪一听这话,气可大了,大声说:"令公不要明知故问,你家杨七郎在擂台上劈死我儿潘豹,六郎又闯进天齐庙杀死无数官兵,他们惹事之后跑回府,伤了这么多的人命,难道老将军不知道吗?"

令公说:"我也刚刚知道此事,不过,这也都是事出有因哪,老太师怎能只讲一面之词?”

潘洪一听令公之言,知道不会献出六郎和七郎了。天波府内满门英雄,他又不敢带兵闯入府内捉拿二人。就怒冲冲地说:“杨令公,此处不是讲话所在,你敢与我上殿辩理吗?”

令公说:“上殿辩理,难道我怕你不成?你先行一步,我随后就到。”

潘仁美传令撤兵,先去上殿鸣冤不提。

再说令公回到银安殿,对太君和大家说明此事。太君问令公有何打算,令公说:“事到如今,也只有带着六郎、七郎这两个冤家上殿面君,无有差错便罢;如我父子一去不回,那就难免刀狱之祸,你们就再想办法!”

任秉说:“祸是我闯下的,我愿意替六哥上殿!”

六郎说:“你是为救七弟,岂能让你去领罪?兄弟你放心,我父子上殿只要据理力争,定会平安无事!”

太君也拦住任秉说:“咱们大家在府内等候音讯吧!”

书要简单节说。令公带二子上马去往金殿,那潘洪早已恶人先告状了。太宗升殿,文武百官分列东西。潘洪见驾奏道:“臣儿潘豹立擂招贤之事,臣已事先奏明圣上,不许呼、杨、高、郑四家的人去打擂,万岁已准老臣的奏本。如今臣儿潘豹在擂台上死于杨继业之子七郎之手,那六郎又大闹天齐庙杀死官兵。杨继业纵子行凶,欺臣太甚,求万岁给老臣做主!”

太宗闻奏大怒:“老爱卿不必悲伤,朕与你出气就是!”

这时黄门官来奏:“启禀万岁,杨令公带二子上殿。”

太宗说:“来得正好,宣他父子上殿!”

令公父子奉旨上殿面君,撩袍叩拜站立一旁,只见太宗面带怒容,就知道皇上要偏袒国丈潘洪。

太宗问:“令公上殿来可知罪,你竟然纵子行凶?擂台之上劈了国舅,天齐庙外又大杀官兵!”

令公说:“潘豹拦路鞭打郡主,才惹怒了臣儿,臣也曾劝阻他来,怎奈那潘豹屡屡逞强横!臣儿他性子刚烈,疾恶如仇,才使得潘豹擂台丧生。杀死国舅老臣领罪,还望万岁龙恩宽容。”

潘洪抢着说:“你纵容七子杀国舅,又纵容六子大杀官兵,你杨家犯下的是欺君大罪,圣上岂能宽容于你!”

七郎一听潘洪这番话，立时怒火起，大发雷霆，大声喊："是我劈的三国舅，也是我杀的众官兵，要杀要剐都随便，而我的老父实在不知情！"说罢举拳要打国丈潘洪，吓的老贼浑身发抖，惊恐异常，连声喊叫，皇上见此情景大发雷霆："金殿上你还这样逞凶？杀人按律当偿命，欺君犯上罪也难容。来人，把他父子绑下殿去，午门斩首！"

七郎一听，顿时傻了眼，瞪着眼珠一动不动。

老令公在一旁忙说："服刑！"话音刚落，侍卫上前把令公父子三人押下殿去。

这时，忽然闪出左班丞相王苞，跪在殿前启奏："万岁，千万不能杀杨家将，老臣给他们求情。老令公南征北战，曾立下十大汗马功。六郎七郎年轻鲁莽才惹下祸端，还请圣上息怒开恩。现在北辽进犯中原，正是用人之际，不如叫他们戴罪立功！"

皇上听完王丞相说的一番求情话，只当耳旁风，丝毫不理会，说："朕知道杨家的功劳大，才封他金刀老令公。可是，功是功来罪是罪，不论谁来讲情，朕也不容！"太宗说罢一摆手，弄得王丞相满脸通红。

这时，东平王高怀德忙跪下，随即汝南王郑印也陪同跪下，还有一些文官武将都纷纷下跪，全替杨家来求情。

皇上说："求情之事，不准再奏！"又命潘仁美前去监斩。

杨家父子被绑至午门外，这可急坏了前来探听消息的老家人杨洪。他连忙回府中报信。

一听说父子三人要被斩首，这可急坏了杨府男女老少众英雄。太君领着八姐九妹和郡主，赶紧来到午门。

老太君闻听父子三人被绑在午门以外就要开刀问斩，急得心如火焚，忙叫柴郡主去南清宫禀告八王赵德芳，叫八姐、九妹在此等候，自己拄着龙头拐杖去上殿面君。老太君的龙头拐杖乃是先皇所赐，可以上殿不参君，下殿不别王，就是见了皇上，也只用龙头拐杖点三点，不用大礼参拜。

到了金殿外面，黄门官宣太君上殿，太君说："老臣来也。"迈步走进金殿来。

太宗抬双眼往下看，但见太君头戴珠翠凤冠，鬓发皆白，两腮有几丝寿纹，身穿万字黄袍，脚踏凤头云鞋，威严仪态不减当年，只是满脸愁容，双眉紧皱。

太君上殿奏道："万岁，有道是一人有罪一人当。六郎犯罪当杀六郎，七郎犯罪当杀七郎，与令公无关，为何一律处斩？"

皇上道："六郎、七郎是杀人偿命，令公他养子不教，纵子行凶，故而一起处斩。"

太君说："既然是养子不教，那么老臣也该讨罪了？"

太宗说："朕本无意处置你，如今你既讨罪，那就一起推出问斩！"

这真是一波未平，一波又起。正在这危急关头，黄门官喊道："八王千岁上殿！"

话音刚一落地，只见八王千岁怀抱凹面金锏，急步匆匆闯上金殿。

第三回 潘仁美金殿挂帅 杨七郎边关招亲

杨家四人正在危急关头，八王千岁赵德芳闯上金銮殿。他怎么来了呢？原来，郡主与太君午门分手之后，就骑马飞奔南清宫。八王千岁听罢郡主之言，知道事不宜迟，忙取出凹面金锏，随同郡主骑马飞奔午门，叫刀下留人。潘洪老贼一见八王手持金锏而来，知道事情不妙，吓得又跑回金殿去了。八王千岁赵德芳闯上金殿，拜见太宗："叔皇，儿臣见驾。"

皇上问："皇侄上殿所为何事？"

八王千岁说："杨家父子不知犯了何罪，要一齐开刀问斩？"

"令公纵子行凶，劈死国舅，杀死官兵，理当处死。"

“叔皇可知七郎为何劈死潘豹？那潘豹仗势欺人，竟敢在大街上辱打郡主，这才惹恼七郎怒劈潘豹。”

“就是打了郡主，也不该劈国舅。有道是王子犯法，与民同罪，既然杀人，就当偿命。”

八王说：“叔皇要三思而行。其一，杨七郎乃是挂号打擂，并非私自登台，因此，潘豹死有应得；其二，杨家父子乃忠良将，也曾救过圣驾，立下十大汗马功劳；其三，此时北辽进犯，朝廷正在用人之际，如此杀害忠良，谁人还保宋室江山？如今潘豹已死，不能复生，杀了七郎，损伤武将，于朝何利？依儿臣之见，不如将他父子赦免，叫他们出征边关去扫灭北辽。”

太宗一听，觉得八王言之有理。只是碍于太师情面，不好立时赦免。思索片刻，便向潘仁美使了使眼色。

那潘洪老贼一见八王来到，就知道不妙。因为八王手中的凹面金锏可以上打君，下打臣，谁要惹恼了八王千岁，他用凹面金锏打死白打！八千岁上殿这番话说得句句在理，想驳又驳不了，一见皇上朝他使眼色，便明白了用意。他暗想，赶快顺风转舵，送个人情，待日后寻机再报此仇。于是，上前奏道：“既然八王千岁出面讲情，就请圣上赦免杨家父子，老臣当以大局为重，不再计较就是。”

太宗听了此话，下旨赦免。杨家父子上殿谢恩，一场风波才算平息。

太宗说：“众爱卿，那北辽兴兵进犯，妄想夺我大宋江山。现在三国舅已死，谁来挂帅领兵？”

潘仁美抢步上前启奏：“皇上，臣愿挂印为元帅，率兵去边关扫平北辽。”

太宗说：“朕准你为扫北元帅，但不知哪个给你当先锋？”

潘洪老贼心里早已想好了奸谋，赶忙答道：“令公威名天下扬，多年南征北战，饱经风霜。当选他为先锋，且杨家七郎八虎又都是勇猛之将，臣以为征辽必定势如破竹，定能早日凯旋回朝。”

太宗说：“这正合孤的心意，就命杨令公为先锋，前去扫平北辽。”

此时，老令公看了看八王千岁，八贤王心里明白：潘洪抢先讨了帅印，故意叫令公当先锋，想官报私仇，谋害忠良。忙上前启奏：“万岁，潘、杨两家俱是武将，且都官居高位，如果两家失和，会因小失大使国家遭殃。将帅要不和，又怎能获胜？丢掉汴梁，就要君死臣亡。倒不如叔皇御驾亲征，万马营中也好监管潘、杨两家。儿臣也愿跟随前往，鞍前马后陪伴叔皇。”

太宗听了八王一席话，觉得有几分道理，就答应御驾亲征。潘仁美心中暗骂道："赵德芳啊赵德芳，你出的这个主意分明是和老夫作对，你陪伴君王是假，保护杨家是真！也罢，只要我兵权在手，随机应变，一定能找到机会为我儿报仇雪恨！"

此时，宋王叫潘洪领旨挂帅，带十万大兵准备出征，然后卷帘退朝。

老太君得知八王救下令公父子，早已带八姐、九妹和郡主回府等候。等令公父子说明一切，全家听说御驾亲征，八王又跟随出征，这才比较放心。令公吩咐设摆酒宴招待任秉，酒后任秉和六郎一夜长谈。

第二天，任秉告辞回云南，老太君又送了一些路费，六郎派人到任秉住的店房把他的马取来，然后送任秉出京都汴梁。

任秉说："六哥，出征要多加保重。小弟祝你旗开得胜，马到成功！"

六郎说："多谢贤弟吉言，贤弟也要多加保重！"

二人洒泪而别，一直到任秉连人带马都无踪影了，六郎才拨马回城。

过了几天，潘洪差人送信说："明日校场点兵，后天五更起兵出征。"

到了出兵之日，天交四更，杨家众将已全身披挂。太君嘱咐他们要对潘洪多加小心。父子九人一口金刀、八杆长枪直奔校场。潘洪早已把十万大军点齐，令公父子上点将台见过潘仁美。

不多时，皇上和八王驾到，保驾官还有东平王高怀德、汝南王郑印、金鞭王呼延赞、长胜王史彦超、开国王曹滨、护国王曹汉、安乐王张光远、镇国王石横、保国王石守信，再加上火山王杨令公，正是"十大王"。八王赵德芳还带着御总兵杨景邦。

潘洪带众将接驾已毕，就传令先锋接印。令公接过先锋印后，潘洪传令："杨令公，你是先锋官，先锋先锋，遇事先行，逢山开路，遇水桥成！"

“得令。”

“金鞭王听令！”

“有。”

“命你运送粮饷，按时济用不得有误！”

“尊令。”

“众三军听令：立即启程！”

三声号炮响后，旗幡招展，大军浩浩荡荡保驾出征。众将官顶盔挂甲，盔明甲亮，好不威武！一层兵大刀光闪闪，二层兵长枪抖红缨，三层兵托天叉叉挑日月，四层兵日月牙斧斧放光明，五层兵钢钩铁棍，六层兵拐子流星，七层兵手中握藤牌，八层兵身上挎弯刀，九层兵肩搭绊马索，十层兵十面旗下埋伏兵。哎，真是兵山兵海兵重重，山摇地动神鬼惊！

出征大军晓行夜宿，这一日，探子来报：前方十里即是边关。

潘洪带兵到了边关，城内的留守将张朋，带着边关的八位总兵陈琳、柴干、郎千、郎万、黄龙、黄虎、姜山、姜海出城迎接圣驾和潘大帅。

进城以后，张朋给太宗和八王准备行宫安息。潘洪在帅堂传令杨家父子带兵一万在北门外扎下先锋营，严阵以待，侯令出征；又叫张朋说明军情。

张朋说：“北辽凉王肖天庆用兵神出鬼没，手下元帅姓韩名昌字延寿，他是凉王的大驸马，手使三股托天叉，有万夫不挡之勇。肖天佐、肖天佑两员大将俱都能征善战。土金牛、土金秀、土金碧等人也都久经沙场。北辽现在真是兵多如云，勇将似雨。元帅如派兵对垒，须多加小心。”

潘洪冷笑道：“张将军，休要长敌人的威风，灭我们自己的锐气。有本帅督阵作战，料也无妨！”

张朋见潘洪轻敌，就又说：“边关以北不到百里就是敌营，圣上和八王又亲临边关，还是谨慎为好。”

潘洪派传令官通知杨家父子勿离巡地，待令交锋。

令公也探知了敌人的情况，就吩咐七郎八虎轮流放哨，以防敌人偷营闯关。

当天吃过晚饭，令公命六郎延景、七郎延嗣巡逻放哨，按时归营。

二人得令后，全身披挂跨马提枪腰配宝剑，没带一兵一将出营巡哨。约定一个往西，一个往东。

六郎说：“七弟，要小心北辽的奸细！”

七郎道："六哥，你也要多加注意。"

说罢，二人策马分离。这天晚上天气不好，天空黑压压，雾沉沉，出来时间不长，就骤起狂风，沉雷贯耳，电光闪闪，暴雨倾盆。

不多时，杨七郎迷路找不到营盘。心里有点儿发慌，也不知走出有多远，只感到筋疲力尽，忽见前面不远处黑压压一片村庄，想找个地方背背雨，歇歇脚。哪知刚到庄前，一阵头晕目眩，不由掉下马来，倾身栽倒在地，昏迷不醒。

天也明了，雨也停了。七郎依然躺在地上昏迷不醒。战马围着七郎咴儿咴儿叫。

这时，院里有人说话："女儿，现在雨住天晴空气新，到院里练练功吧！"

绣房之内有人答应一声，走出一位姑娘，大约十八九岁，穿戴长相真是与众不同！

姑娘手拿一口宝剑站在院中，刚要练功舞剑，忽然听见门外有马的叫声，就说："爹，门外有马叫。"

老人家说："对，刚才我也听见了。我还以为是过路之马，可现在好像就在咱的门外，待为父看来！"

老者打开院门一看，有一匹健壮的青鬃战马，再往地上一瞧，吓了一跳，地上躺着一个死人！紧走几步仔细一看，原来是中原的将官。"哦，现在双方交兵，不用问，这位将官是从战场上败下来的，一定是身负重伤骑马跑到此处，由于伤势过重摔在我的门前。"老人家心里自言自语地说着，走过来看了看七郎，身上没伤，又摸了摸七郎的心口，喊道："女儿快来！"

院中的姑娘答应说："来了。"

"快帮为父把这位将官抬到房中！"

姑娘说："爹爹，人家都把死人往外抬，您怎么把死人往里抬呀？爹爹，您可看好了，他还有救没救？有救再抬进去，没救可就别找麻烦啦！"

老者说："女儿放心，找不了麻烦，他没死！"

"爹，男女授受不亲，我怎么能抬他呀！"

"哎呀，女儿，还讲什么男女授受不亲了，救命要紧！"

姑娘无奈，只好遵父之命，帮助爹爹把七郎抬进上房，放在老爹的床上，又把七郎的战马拉到院内拴好，回到屋内。

老者叫女儿先回绣房。然后把黑将官的盔甲卸掉，取出衣服给七郎换好，又给他盖上被。老者知道七郎是病了,慢慢能缓过来,就叫姑娘听着将官的动静,自己去请大夫来给七郎诊治。

姑娘进屋里观察动静,不多时,见七郎一翻身,姑娘心想,他还真缓过来啦!就问七郎:“英雄,你想喝点水吗?”

七郎仍然紧闭双目,并未答应。又过了一会,老者把本村的大夫周先生请来了。诊断以后,周先生说:“杜老伯,不必担心,这位英雄不要紧,吃一服药就会好。”

等老人家把药给抓来,姑娘给煎好之后,老汉把药给七郎慢慢灌下。过了些时候,七郎清醒过来,睁眼看了看老汉和姑娘,知道自己躺在别人家里,刚要起身,直觉得浑身疼痛,眼前一阵发黑,又倒下了。

老汉忙说:“英雄先不要动!你的身体还未复原。”

老人又叫女儿赶紧给做碗面汤。做好之后,老汉扶着七郎坐起,七郎喝完,说道:“老人家,是您把我救了?”

老汉点头说:“对。英雄不要惊慌。此处名叫杜家庄,我叫杜天之,不幸老伴早已去世,只留下一女叫杜金娥。当初我是河东的副将,打了败仗以后来到此地落户。每天教女儿习文练武。如今巧遇救了将军,不知你尊姓大名?从哪里来,又到何处去?”

七郎见老汉问他姓名,心想,救命的恩公可不能欺瞒他,便照实说:“老将军!我家住石州山后火塘寨,我父叫杨继业,我的生身母是佘太君,他生养我弟兄七个。我是七郎名延嗣,这次我们父子跟随国丈潘洪出征来边关,昨夜我奉命放哨出巡。暴风雨中迷了路,衣湿受寒,昏倒在恩人的大门前。”

老汉听了七郎诉说来历,不禁心中暗喜欢,这才是千里有缘来相会,无缘对面不相逢。笑对七郎说:“杨家父子是威名远扬的忠臣良将,风雨将你送来,我老汉真是三生有幸。老汉有件心事,说出来你可要担待别生气,我愿将小女许配你,不知将军应不应?”

人家救了七郎的命,七郎哪能一口回绝呢?便说:“恩公,令爱文武双全,我怎敢高攀?”

老汉忙说:“你不要推辞了,就算我委屈了少令公。今天就是良辰吉日,摆好香案你俩就成亲。”说完,立时摆放香案,七郎推辞不及。只得与金娥对拜成婚,吃了喜面,入了洞房。

转眼住了三天，七郎已痊愈复原，便对老汉说："多谢岳父救我一命，恩情永世不忘，怎奈小婿军务在身，不能在此久留，今天我要告别回营。"

老汉说："军令重如山，我也不多留你，就叫金娥随你出征做伴吧。"

七郎着急地说："潘仁美是大元帅，我父在帐下为先锋。我临阵收妻有斩罪，潘洪与我杨家有仇，他岂能把我容？还是叫小姐在家中侍奉岳父大人，待我父子平灭北辽回朝时，再把您父女接回京吧。"说着，摘下刻着"延嗣"的青龙剑，当作信物，双手递给杜金娥，杜金娥双手接过宝剑。

杨七郎告别了岳父，杜金娥又单送了一程，来到桃柳林，夫妻要分手，金娥说："为妻怕身怀六甲，又不知何时才能相见，你给孩子起个名为好。"

七郎说："咱杨家下一辈孩子是'宗'字……"说着看见马的红缨，就又说道："叫宗英吧，男孩儿就是英雄的英，女孩儿就叫红缨的缨。"

就这样，夫妻挥泪分手。杨七郎骑上青鬃马，登程回营，暂且不提。

再说七郎巡逻未归，急坏了杨令公和七位少令公，令公说："十有八九七郎儿出事啦！"

七位少令公见爹爹十分焦急，连忙安慰一番，齐说要去寻找七郎，令公说："为父也有此意，不过，人走一条线，找人一大片，往哪里去找啊？"

七位少令公要分头去找，令公嘱咐他们要多加小心，他们点头称是。他们走不多时，潘仁美下令传杨令公。杨令公不敢怠慢，急忙来到帅府堂拜见潘仁美，他一看太宗、八王都在，另外还有金鞭王呼延赞、东平王高怀德、汝南王郑印、常胜王史彦超、开国王曹滨、护国王曹汉、安乐王张光远、镇国王石横、保国王石守信，说道："请问大帅，把末将传来有何差遣？"

潘仁美说："如今要起营拔寨，保驾北征。"

杨令公听罢大吃一惊，忙将七郎巡逻未归、七位少令公出去寻找之事叙说一番。

潘仁美半晌无语，心中暗想："真乃苍天赐我良机，我把杨家父子留下，我保驾出征，若打了胜仗，也叫皇上、八王看看我潘家父子的能力，也叫他们看看没有杨家照样出征凯旋！若打了败仗，我就把太宗、八王送给北辽，叫北辽帮助我拿下杨家父子，给我三子报仇，我和北辽平分宋室江山！"

潘仁美越想越美，开口说道："杨令公，你暂且留在边关，等找到七郎再出兵北征。"

潘仁美给杨令公留下两万人马，他带领大军保驾北征。

一路上，他利用众家老王爷出阵交锋，抢过不少关，夺过不少寨，收回不少失地，一直打到卢沟桥。镇守卢沟桥的北辽将官有金铃川的都督苏天琼、银铃川的都督王黑虎、野马川的都督邱珍和北辽的二元帅韩虎。

按理说，潘仁美应该扎寨休息，因为这些老将接连冲杀，十分疲劳。可是，这个老贼居心不良，恨不得让这些老将死在疆场上，便又急忙下令："一鼓作气拿下卢沟桥！"派东平王高怀德讨敌要阵。

高怀德不敢违令，只好提枪出马。北辽都督苏天琼手端双鞭出马迎战，两人通报姓名之后，杀在一处。

东平王高怀德大战苏天琼，高家枪法高超，那真是十人见了九人惊！可是，由于连续作战，高王已十分疲劳，浑身无力，大战了十几回合，便难敌对方，幸好老将安乐王张光远前来接应。

这时，辽将王黑虎冲上来拦住老将，抡锤就打，张光远只顾得挥刀往上迎，不多时，他和高王一个样，败了下来。

老贼潘仁美见到这情景，急忙下令猛擂鼓催阵，他是想要二位老将命丧疆场。二位老将有苦无处诉，只好拼力与敌将再战。

当老将张光远挥刀往下砍时，王黑虎却将双锤用力往外崩，只听当啷一声响，直震的老将两膀酸麻，骨节疼痛，眼前发黑。张光远刚要拨马败回，耳边又听得催阵战鼓响了起来，老将勒马猛一愣，却被王黑虎大锤砸倒，老将"哎呀"一声跌下马，鲜血溅流，命归西天。后阵老贼潘仁美，心中暗自高兴。

这时，高怀德正在拼全力抖枪大战苏天琼，辽将韩虎却趁两匹战马错镫之际，暗中射了一箭，紧接着只听见"啊呀"一声！

第四回 杨家二杰挫辽将 令公一箭扭乾坤

韩虎一箭正射中高怀德的咽喉,高怀德"啊"的一声跌下马来,立时身亡。可怜二位老将就这样让老贼潘仁美给送掉了性命!

这时,潘仁美又下了一道令,说是要为死去的高、张二位老将报仇,全军出动夺下卢沟桥。他也带领两个儿子出战。这场大战杀了一天一夜,真是血肉横飞,尸横遍地!

金鞭王呼延赞东拼西杀,不见潘仁美。他哪知道这回老贼与北辽勾搭上啦!等夺下卢沟桥,辽兵退去,才看见潘仁美盔歪甲斜从对面而来。潘仁美下令打扫战场,整点兵将。可怜这场血战,九大王死了六位:高怀德、张光远、曹汉、曹滨、石守信、石横,只剩下呼延赞、郑印、史彦超。清点已毕,潘仁美带领兵马直奔幽州,像卢沟桥这样重要的地方,也不留人镇守。

来到幽州城下,潘仁美也不扎营歇息,说是要打下幽州,进城歇兵养马。他命众将压住阵脚,让两个儿子观阵,他亲自出马讨敌要阵。

潘仁美提刀催马来到阵前,抬头一看,前面兵层层、将层层,甲亮亮、盔明明,马上将、步下兵,大旗高挑半悬空,有一龙旗、二凤旗、三虎旗、四豹旗、五子登科旗、六六大顺旗、七星旗、八卦旗、九莲宝灯旗、十面埋伏旗,两杆门旗分左右,当中闪出一杆杏黄大旗,旗下蹿出一匹青鬃兽,马上一员将,金盔金甲,头戴雉鸡翎,肩搭狐狸尾,护心宝镜亮如明月,左肋挎青平剑,紫黑脸膛,浓眉大眼,秤砣鼻子,大嘴叉,手中端着三股托天叉。此人正是北辽大元帅韩昌韩延寿。别看他长得不好看,可是武艺超群,才高智广,是北辽天庆王的大驸马。北辽侵宋,主要就仗着他。他在天庆王面前说一不二。按理说,大元帅不轻而易举亲自出马,今天他为什么出马上阵呢?这里边有个缘由……

潘仁美看见韩昌心暗想："机会来了，我要万分谨慎问个详细！"立即用刀点指高声喊："来将通名，再动手比高低！"

韩昌说："我是北辽大元帅韩昌，你是何人！"

潘仁美心里有点惊慌，满脸堆笑说："我是征北大元帅，国丈潘洪潘仁美，我女儿是宋王的西宫娘娘，此次带领十万兵马北征平辽，在卢沟桥与韩虎一场大战，被他杀得大败，我求他留我一命，答应献出皇上和八王千岁，然后合兵共灭杨家将，你我平分宋室江山……"

韩昌说："这些话二弟已经和我讲过，你说说你打算何时献出宋王和八王千岁？"

潘仁美略思片刻，神秘地说："你我要如此如此……这般……"

韩昌心中暗想："待我拿到太宗与八王、灭了杨家将，再收拾你这老贼！"

他和潘仁美密谋已毕，便杀在一处。方才俩人说话声音不大，双方后阵是听不见的。二人大战三十多个回合，韩昌大喊一声："哎呀，不好！"拨马便败。

潘仁美急忙下令："众将官，随我追，一阵抢下幽州！"

宋军大队人马一拥而上，双方对战杀了一个天昏地暗，直到天黑双方才收兵。宋军在城外扎下营盘。

第二天，潘仁美升帐，命二子讨阵，一连三日不见北辽出兵。

探子禀报："元帅，幽州城北门已开，韩昌退兵，去向不明！"

潘仁美马上传令，要大军进城。金鞭王呼延赞说："且慢，这说不定是敌兵用的计策！应请万岁、八王商议一下才好。"

潘仁美只好请来太宗和八王。八王说不能忙于进城，应派人进城搜寻一下。

呼延赞和众将进城四处搜寻，没有发现什么，太宗说："进城吧，北辽这一败，也许要写降书呢！"

宋军进了城，不想三更天，城外喊杀声响惊天动地，北辽四十万大军围困了幽州城。

太宗和八王全吓坏啦！

潘仁美说："请我主放心，我父子定能退敌！"

太宗说："全凭潘爱卿了，有什么风吹草动，给朕送个信儿！"

潘仁美满口应许。第二天刚刚升帐，北门就有人来报：韩昌讨阵，指名要潘大帅出马。

潘仁美叫人抬刀备马，别人不带，只带两个儿子，点兵三千，冲出北门。

他催马来到两军阵前，韩昌端叉拦住，潘仁美说："韩元帅，困城有多少人马？"

"潘元帅，二十万，名将全来了。你打算何时里应外合献出太宗与八王？"

"韩元帅，此事赶早不赶晚，依我之见，后天夜晚三更天，四门城头挑起红灯，那就是我一切都准备好了。我带心腹之人对昏君明保暗拿，咱们里应外合，一阵得胜！"

韩昌说道："一言为定。"

说罢，二人催马假战了几十回合，韩昌败回营去。

潘仁美收兵回城，安排心腹之人把守四门，积极准备到时开关献出太宗和八王。这里按下不提。

但表七郎回到宋营，进帐拜见令公，讲述了巡逻迷路之事。七郎虽然鲁莽，今天却粗中有细，他想："军中人多口杂，潘洪老贼若得知我招亲，非杀了我不可！等我找时机再对父兄言讲。"因此，七郎没说招亲之事。

令公说道："既然我儿得病晚归，为父不怪。现潘元帅已保驾北征，咱父子不能久待，须立即发兵。"

令公父子带兵两万北征，来到卢沟桥前扎下营盘，原来，潘仁美夺下卢沟桥并未派人把守，随后又被北辽占领。杨令公在营中正对七郎八虎讲明出征之事，又有探马来报，说辽将前来讨战。杨老令公全身披挂就要出马，两边有人说道："爹爹且慢，杀鸡焉用宰牛刀？有事孩儿服其劳，爹爹可在大营休息，我兄弟出马去迎敌。"

令公一看，是六郎、七郎兄弟二人，就说："好，为父带众弟兄给你们观敌瞭阵。"

父子九人飞身上马，令公带兵三千压住阵脚。

六郎对七郎说："头一阵让我先打！"

七郎说："还是让我吧。"

六郎说："七弟比愚兄武艺高强，如果愚兄打败，你再过去不迟。"说罢，走马上阵。

六郎正催马往前走，忽听对面有人呐喊："来将少往前行，快快报名受死！"

六郎勒马抬头一看，见对阵旗幡错杂，难分青黄赤白，兵器纵横，杀气腾腾。看阵前有匹战马，马上端坐一人，这个人蓝靛脸，朱红发，生就的板刷眉，环睛豹眼，翘唇露齿，真是狰狞恶貌，奇型怪样，头戴赤金盔，身穿锁子连环金甲，大红中衣，脚登狼皮战靴，手中一口大砍刀。六郎看罢心中暗想："来者不善，我要多加小心。"高声喊道："呔！休要逞强，报上名来！"

辽将仔细一看杨六郎，但见——

亮银盔，双翅插，银抹额，闪光华，搂海带，项下系，身上披着亮银甲。

白战袍上绣团花，狮蛮大带腰中扎，三尺剑，左肋挎，挽手绨儿配剑匣。

金什件，银剑把，若要出匣敌人怕。左带弯弓龙角面，右别十二支狼牙箭。护心镜，放光华，白缎征裙银钉砸；大红中衣真可体，五彩战靴蹬内踏；骑着一匹白龙马，一双阔目放光华，手里端着银枪杆，胆小人见他活吓煞！

辽将看罢，大喊一声："宋将听了，我乃是北辽幽州的都督桑瑾，如今奉大元帅的命令镇守卢沟桥。宋将为谁？报上名来！"

六郎说："我乃征辽先锋杨继业之子杨延景是也。"

桑瑾久闻杨家将能征惯战，今日一见果真是与众不同，便说："宋朝皇帝无道，去贤用奸，民怨天怒。我北辽天庆凉王是贤君明主，洪福齐天。你如投降北辽，一定官封王位；如不听我良言相劝，定叫你死于我的刀下！"

六郎说："休要胡言，看枪！"

桑瑾摆刀急架相迎——

桑瑾大刀真有威，蟒翻身，龙戏水，上砍脖，下剁腿，指东西，奔南北，仙人指路夺英魁，翻江搅海龙摆尾，这口大刀如闪电，刷刷刷又似雪花飞。

杨六郎的枪法更是出奇——

虚点一枪不用忙，二郎担山赶太阳，左扎凤凰单展翅，右扎野马去还乡。前三枪金龙护口，后三枪进步神枪，铁扫帚打扫厅堂，金毛狮子滚战场，好厉害的神枪！

杨六郎一抖丈八蛇矛分心刺去，桑瑾连忙摆刀磕开；杨六郎手中枪白鹤亮翅，桑都督掌中刀老君托盘；两员猛将如同猛虎下山，一来一往，难分胜负。

此时，六郎有些性急，心想："这么一个辽将我若胜不了他，岂不叫父兄耻笑，有道是：头阵打胜阵阵胜，头阵打败阵阵难！"于是变换了枪法，改用了崩枪、甩枪，这样一来，直累得桑瑾气喘吁吁，汗流满面，两膀酸疼，暗中说道：杨家的英雄真是名不虚传！

杨六郎手中枪又使了一个白蛇吐芯，把桑瑾的赤金盔挑在地上。

桑瑾喊了声"哎呀，不好"，刚圈马往回走，却被六郎追赶上来，赶了个马头对马尾，一枪刺中桑瑾的后背心！扑哧一声响，桑瑾扔刀从马背摔到地上，只见他伸胳膊蹬腿，翻了翻白眼，就一命呜呼了。

六郎正想撒马闯敌阵，忽见对面冲来一匹黄膘马，骑马人手中拿着两把鞭。大吼道："呔！你吃了熊心豹子胆，竟敢把我大哥刺死，现在二都督桑林前来战你，我要抓住你扒皮挖心！为我兄长报仇！"

他话音刚落，便举鞭往下打，六郎赶忙拧枪架住鞭，两个人就此全力拼战起来。

桑林战不了几个回合，就感到自己想要取胜比登天还要难，心暗想："此仇不好报，再不退阵，我的性命恐也难保！"他正要勒马往回败，却被杨六郎一枪刺中左肋间，扑哧一声，鲜血往外直冒，他慌忙逃跑，败下阵去。

六郎正想紧追桑林，哪能知辽营三声炮响郡，半空中旗幡随风卷，有人大叫："站住！我要会会你这位将官，你好大胆，竟敢上阵来死伤我两员大将！"六郎正要与来人交战，忽听身后沉雷般的一声呐喊："六哥，头一阵小弟让给你了，你打一个胜仗就当回来。可是你扎死一将又伤一将，怎么一阵一阵打起来没个完？"六郎知道是弟弟七郎来接应，就此下阵拔马回后营。

杨七郎勒住马看对面这员辽将，头戴银盔，身穿铁甲，骑一匹黑马，灰脸膛，两道短粗眉，一对螃蟹眼，巴狗鼻子，蛤蟆嘴儿，膀乍腰圆，手使两把铁锤。七郎看罢，说道："来将通名受死！"

辽将答说："我名土金辉，乃北辽的大将。你是何人？"

"我乃杨延嗣，你要知七爷我的厉害，快快下马降顺。如若不然，定叫你死于枪下。"

土金辉说："杨延嗣休的夸口，看锤！"说罢，双锤高举，直奔七郎头顶砸来。

七郎手端皂樱枪把双锤左右两边一拨，当啷啷一声响，七郎的力量实在过猛，当啷一声，把个土金辉震的脑袋发胀，两耳生风，天旋地转，双膀酸麻，骨节疼痛，双锤再也拿不住了，从他手中飞出，双手虎口被震裂流出鲜血，从战马上摔了下来。七郎刚要动手，对面阵中又冲出一员大将，大喊一声："不准伤人！"话到马也到，随着又上来不少辽兵，把土金辉连人带马救下阵去。

杨七郎看见这员辽将真是与众不同，此人金盔金甲，狐狸尾，雉鸡翅，护心宝镜亮如明月，两扇征裙，绿色中衣，足蹬战靴，坐下骑乌龙驹，手端合扇板门刀，面似瓜皮，青筋暴露。来者正是北辽二元帅韩虎。

此人能征惯战，杀法骁勇。方才见六郎连挑桑瑾、桑林二位都督，七郎又战败土金辉，因此一怒出阵。

韩虎挡住了七郎一看，倒吸了一口凉气，暗暗夸赞："好将啊，好将！"只见杨七郎：

头上盔，镔铁打，配上大叶乌金甲；
皂罗袍，绣团花，上绣勾肩立蟒，下有海水江崖；
青龙剑，腰中挂，要出匣，敌人怕；
九股绊，勒住甲，护心铜镜放光华；
五彩靴，蹬内踏，坐下一匹乌骓马；
浓眉大眼锅底脸，皂缨长枪双手拿。

七郎问："你是什么人，多走一步我要你的命！"

韩虎勒马端刀说道："我乃北辽二元帅韩虎。你是何人？"

"我乃杨延嗣是也。"

韩虎暗想："我如不能胜他，必须如此如此……"

两员战将如虎如狼，刀来枪往，大战了十几个回合不分胜负。韩虎大叫一声："我不是你的对手，今日不战了，我要回营房去了，明天你我再决胜负。"

七郎大喊一声："你哪里走？既然你喊不是我的对手，那你就赶快投降！不然我抓住了你，定要叫你枪下身亡！"

韩虎不等话完，拨马就往西北逃下去，七郎只想取胜，催马紧紧追韩虎，此刻却惊动了后营的杨六郎，他眼望着令公说："爹爹，我怕敌人败中取胜有文章，让我追七弟去看一看。"

令公说："好，你去吧，要小心敌人的诡计！"

六郎催马追出不多时，就见韩虎得意洋洋催马而来。六郎便问："我七弟延嗣现在哪里？"

韩虎说："他已在我的刀下身亡！"

六郎一听，气往上撞，咬紧牙关。手端大枪就刺，韩虎端刀挡住枪。二人大战五六回合，韩虎一圈战马叫："六郎，如想给你弟弟把仇报，你就跟我走一场！"

杨六郎急着知道七弟是生是死，也把凶吉二字扔一旁，催马紧追韩虎不放，追出去不多远，就听到前边一片乱嚷嚷和喊杀声，抬头看北辽兵团团困住一员大将，再仔细一看，辽兵足足有一万多，困住的那员大将正是杨七郎。

杨六郎再找韩虎已不知去向，只好催马端枪闯进重围去救弟弟，要救七郎回营房。他没费多大力气就冲进重围，见到七郎。

七郎说："六哥你来这里，也中了敌人诡计了，这些辽兵实难对付！"

二人虽像下山虎般勇猛，怎奈辽兵人似潮涌。弟兄二人左杀右冲出不了重围，累得汗流满面，浑身湿透，气喘吁吁，疲乏无力，正在这危急之时，重围外来了老令公杨继业。

老将军怎么来的呢？原来是韩虎把六郎引到此处陷入重围后，他又拨马回到阵前，企图再引人中计。这时大郎延平、二郎延定全要过去，老令公不允，叫他弟兄观阵。老将军一马当先摆刀冲上去，见了韩虎，二人通名动手。韩虎打了三四个回合又败下。令公不知六郎、七郎兄弟的下落，哪能不追？撒马向西北追出十几里路，又不见了韩虎，只听前面杀声震耳。老令公一看，原来是辽兵围住六郎、七郎，见二人累的盔歪甲斜。老将军刚要往里闯，又一想："不行，论二人的本领，这些辽兵是不易围住的，为什么二人杀不出来呢？"

老将军勒马在高处往里观看，只见二人往东杀，辽兵往东围；二人往西杀，辽兵往西围。“啊？这么多辽兵围在一起，怎么知道里边这二人往那边冲呢？为什么动作这样齐呢？一定有机关！我如进去，看来不难，再想出来，也是不易！”老将军在马上一边思索一边观看。

猛然间，他发现里面摆的是一座阵，在远处有棵百尺高杆，上边有个吊斗，吊斗里坐着一名辽将，手里拿着一杆黄旗，不时往四方指引，旗杆下不远处站着一个辽兵，他手持大锣，一会儿打一下，一会儿打两下，一会儿打三下，一会儿打四下。打一回围兵动一次，原来，这是“四门斗底阵”。一万人摆的此阵，来几个围几个，放进不放出，活活把进来的人围死为止。在百尺高杆吊斗上的这员将负责指挥，他在高处，六郎、七郎往东杀，他用黄旗指东，下边拿锣的专看打旗的。黄旗指东，他打一下锣；指西，他打两下锣；指南，他打三下锣；指北，他打四下锣。众辽兵听锣声指挥，所以被围的二人很难杀出。

杨令公认出了此阵，就摘弓取箭，对准吊斗上的辽将，待他正挥旗一指之时，嗖！就是一箭，只听“哎呀”一声！

老令公这一箭扭转了乾坤，要救出六郎和七郎！

第五回 夺要塞声震八方惊敌胆 闯幽州力杀四门显神威

老令公弓硬箭长射得准，这箭正射在辽将的手腕上。

“哎呀！”辽将手一松，旗掉下去了。他心想：“旗掉了，不能指挥。阵一乱，被困之人若是跑了，韩元帅还不把我给杀啦！”他一着急，猫腰伸手抓旗，人慌失智，忘了抓住身后的旗杆，探身的劲头儿又猛了点儿，一头栽下去了，摔个脑浆迸裂，立时丧命！这小子一死，阵眼没了，失去了指挥，阵也就乱了。

那韩虎把令公引来之后并没回阵，他在远处偷看。原想令公一进阵，要捉拿杨家父子三人。哪知功夫不大，他一看阵乱了，便催马冲上前去。六郎、七郎

从阵里冲杀出来，正遇上韩虎，二话没说，战在一处。这时，大郎、二郎等率兵赶来。韩虎实难招架，落荒而逃。

杨令公带领八子一口金刀八条大枪大显神通，杀的北辽将丢盔弃甲，纷纷逃窜。

杨令公带兵夺下卢沟桥，打扫战场、清点人马之后，犒赏三军，歇息两天。

第三天，杨令公留下兵将镇守卢沟桥，便带兵奔往幽州城。离幽州还有三十里路，探子来报，说辽兵围住幽州，太宗、八王、潘元帅被困在城内。令公闻报，大吃一惊，连忙同七郎八虎商议退敌之计。

令公说："若要打退敌兵，须四面进攻，哪一路先冲杀进去，哪一路先报号，叫潘元帅开城出兵，里应外合，两面夹攻！"

七郎八虎点头答应："爹爹，请马上传令！"

令公说："你们要带兵多少？"

有的说带一千，有的说带五百，各说不一。七郎说："我一兵不带单人独马，如果三军跟着，人多目标大，倒不好杀过去。"

众弟兄齐说言之有理。令公说："也好。你们兄弟八人，每门两个，为父带兵四门接应。但你们千万不可轻敌！"

接着，令公派大郎、二郎打东门，三郎、四郎打北门，五郎、六郎打南门，七郎、八郎打西门。

七郎说："爹爹，我们兄弟八人全去闯营，只留下你一人，儿等放心不下，依儿之见，还是把八弟留下跟爹爹做伴，我们闯营也就放心了。再说，八弟小，在家时，我娘最疼他；临出京时，我娘对你说，一定要保护好老疙瘩，若八弟跟我闯营有个三长两短，老爹爹回府如何交代？"

杨令公听罢，暗暗说道："哎呀，别看七郎平时鲁莽，不想今日比我想的还周到！临出京时，太君对我说了又说，八个儿子全交给我了，但愿父子同去同归，尤其让我照顾好八儿……"

有人问了：这是为什么呢？原来，八郎不是令公和太君的亲生儿子，他父母被奸贼所害,他父亲同令公是结义弟兄,他真名叫王英。令公将他收为义子,改名杨延顺。虽是义子,可太君待他胜过亲生,视如掌上明珠。今天,七郎一提,令公立即点头答应了。

弟兄七人得令之后,争盔挂甲,提枪跃马,分路攻杀四门。

不提大郎、二郎去东门,不说三郎、四郎去北门,不讲五郎、六郎去南门,单表七郎一人一马一条枪,一直奔往西门。七郎撒马来到离辽营不远处,双眉倒立,虎目圆睁,大声喊道:"你们快去传信,快去叫你们主将来交锋!"

话语未了,响起三声炮响,半空中高挑一面大旗,辽兵忽地两边闪开,辽将耶律金龙骑着一匹菊花大青马跑出营来,手中握着梨花枪杆。

两人互通姓名后就开始交手,耶律金龙先下了手,大枪一拧,直奔七郎前胸,七郎一见就冒火,急忙端枪用力一磕,当啷一声,两枪碰到一块了,可把耶律金龙给震坏了,七郎随即大喊一声:"你给我松手吧!"

这小子也真听话,松手就松手吧!嗖,这枪飞上天去,能有多高哇?呆了三天没下来。怎么说呢?原来给挂到树上了。

耶律金龙见势不妙,一圈战马往回就跑,七郎飞马上前就是一枪,这一枪从后心扎进去,从前心穿出来,耶律金龙大叫一声:"哎呀!不好受!"那能好受吗!

七郎用力一挑,这小子摔下马来,龇了龇牙,咧了咧嘴儿,抓了抓心,蹬了蹬腿儿,玩完了。

这时,从辽营中又蹿出一匹战马,来者正是野马川的都督邱珍。

二人通报姓名之后,马来马往,杀在一处。

常言道:"行家一伸手,便知有没有。"邱珍和七郎打了两个照面,就知道七郎厉害;交手十几个回合,邱珍就知道难以取胜;又打了五六个回合,邱珍就只有招架之功,无有还手之力了,口说:"不好!"

噗哧一声,七郎一枪正刺中邱珍咽喉,邱珍扔枪跌下马来,当时丧命。七郎催马冲进辽营,早把生死二字抛在一边,左右开弓一枪挑一串,霎时辽营乱成一团,直杀得有的丢了剑,有的丢了鞭,有的弃了盔甲,有的掉下了马鞍。他像一只带翅的猛虎把羊群冲散,辽兵们抱头鼠窜,各自逃命。

七郎闯过连营,催马来到西城门外,抬头大喊:"三军快把城门开放,我杨延嗣闯营报号来了!"

城头的三军早看见一员宋将单枪匹马闯营的情景,原来大显神威的是七将军，忙说："七将军，我们不敢私自开城门，请你等等，容我们禀报元帅！"

潘仁美闻报，心中暗想："可糟啦！我和韩昌商定今晚三更天，以红灯为号，里应外合，献出太宗与八王，没想到杨七郎闯过辽营来报号！可能不是他一个人来的，一定是他父子全到了！看来，十有八九我和韩昌是白费心机啦！如若韩昌问我，我如何答对呀！"他又想起杨七郎劈死他的三子潘豹，至今冤仇未报，暗道："量小非君子，无毒不丈夫。小冤家杨七郎，这也是上天有路你不走，入地无门你自来投！我要如此这般……"他叫来潘龙，耳语一番，潘龙立时带手下亲兵上了西城城楼。

七郎等得正着急呢，忽听城上有人喊话："城下是少令公吗？"

七郎抬头一看，说道："少帅，我父子带兵打到幽州，我兄弟七人分头攻打四门，我奉父命闯西门，我父说谁先冲进来谁报号，请潘元帅带兵出城接应一下，里应外合，共退敌兵。少帅，既然潘元帅没来，你就开城吧，叫我进去见驾，报告军情。"

潘龙说："我是奉父命来查城的。七将军，你们来得太好啦！万岁、八王和我父正盼救兵呢！可是，你怎么单闯西门呢？现在西门上拴枷锁，钥匙在我二弟之手，他一时不慎给丢了，西门现在开不开，你能不能去北门，北门可以开。"

七郎心中暗想："怎么这么巧？我好不容易闯过辽营，西门还不开！如果有钥匙，谅他也不敢不开！"又一想："我现在也不觉得怎么累，就再杀他一门吧！"七郎撒马又奔向北门。

离老远，七郎就看见三哥、四哥被辽兵围住，正在厮杀，心想："我来得正好！"他催马抖枪大喊一声："二位哥哥不要担惊，小弟来也！"喊罢，抖枪冲杀进去——

七郎抖枪刚要杀进重围，那旁蹿出一匹马，马上非是别人，正是金铃川的都督苏天琼。苏天琼挥动双鞭挡住七郎。七郎一通名，苏天琼暗想："久闻七郎威名，今日与他交手，要多加小心！"想罢，抡起双鞭砸向七郎，七郎举枪往外招架，二人打了十几个回合，苏天琼抵挡不住，拨马大败，刚要叫三军围住七郎，哪知七郎追上来就是一枪，把他挑下马来，当时一命呜呼！

七郎刚想去帮两位哥哥，又冲来一员辽将，拦住去路，来者正是银铃川的都督王黑虎。王黑虎二话没说，抡动两把大锤来战七郎。王黑虎在银铃川是出名挂号的大将，可是他和七郎一交锋，就觉得自己差远了，有心再打，又怕丢掉性命，无奈只好圈马败下。

这时，涌上来一队辽兵，七郎奋力冲杀，杀出一条血胡同，闯过辽营，来到北城门外，又松了一口气，他想先报号，叫潘仁美开城出兵再接应二位哥哥，他向城头一喊，只见一人站在城头，他一看是潘仁美的二儿子潘虎，说道："二少帅，我从西门来，刚才看见你大哥，他说你把西门的钥匙丢了，无奈我又闯过北营，你赶快开城，我要见驾！"

潘虎说："我父帅有令，北门不能开。因为敌兵的主要能将全在北城外，别看你杀过来了，若开北城一时不慎，辽兵攻进城来，万岁和八王出了差错，那还了得！七将军，难道你不知道北门不开吗？"

"二少帅，你哥哥叫我闯的北营啊！"

"哎呀，我哥哥真是糊涂了，他可能忘了不开北门这回事儿，难为七将军，你就再转一下吧！"

"二少帅，我连杀两门的大营，确实有些劳累，如果再转一下，只怕是……"下边的话是"不行了"，可七郎没说出口，他怕让潘虎耻笑。

潘虎在城头上比划比划的说："七将军，你英名远震，难道就不能抖抖精神，再杀一门？你快去吧！"

潘虎说完就走了，七郎无奈，只好催马杀向东门。他来到东营外一看，二哥观阵，大哥正战一辽将，眼看着大哥的回马枪把那辽将挑于马下，不由大喊一声："好枪法！"

大郎延平一看是七弟来到，就问西门如何，七郎把连闯两营情况简要叙说一遍，大郎说道："如此讲来，七弟你不必再动手了。"

七郎说道："大哥，小弟不累……"

正在这时，二郎延定撒马过来，说道："待我杀他们一阵！"

大郎说："还是让我来吧！"

二人正在争执，七郎催马闯上去了。辽营的兵将一齐冲过来，大郎、二郎也不争了，催马杀了过去。他们哥儿仨这三条枪又如蛟龙出水，空中飞舞，东挑西刺，杀的是阴风惨惨，怪雾腾腾！三位少令公可也累得够呛，全身汗流满面，气喘吁吁！

此时，有一辽兵进入军帐禀报，东营元帅哈里达听了报告可气坏了，提刀上马出帐来追杀杨家弟兄，大声喊道："呔，你们伤了我的兵将，我要叫你们命染黄沙!”

七郎说:“大哥、二哥城下去报号,等我拨马去会会他!”

大郎说:“七弟,还是你去城下报号,我和你二哥去迎战他!”

七郎摆了摆手喊:“你我弟兄还争个啥!”边喊边圈马冲上去,拦住了东营元帅哈里达,通报姓名后,两人就动手了,枪碰大刀闪金花,震得七郎延嗣两膀酸麻,不由皱紧眉头紧咬牙关,眼看要败给哈里达。

这时候,正巧三郎、四郎寻找七弟到此处,急忙冲过来帮助七郎,哈里达只顾回头看来将,七郎趁此猛力一抖枪,刺中哈里达的右肋骨,用尽力气一挑,把他甩出三丈多远,吓得辽兵辽将魂飞丧胆,四下逃窜。弟兄三人笑哈哈。喘息多时,七郎笑道:“若不是二位哥哥来到,我不但挑不了他,恐怕连我的性命也难保啊!”

三郎、四郎很心疼七郎,说七郎太劳累了。七郎说:“我本来不行了,可是二位哥哥一来,我又行了。”

弟兄三人边说边走,来到东城下,看见大郎、二郎还在城门外,城上一点儿动静也没有,就问这是怎么回事。

大郎说:“城上军兵去报元帅,至今未有回信,不知为何!”

哥儿五个正在着急,忽听城上有人说话:“众位少令公,你们太辛苦啦!”

杨家弟兄抬头一看是潘仁美,便下马施礼,参见元帅,七郎说:“我父子带兵来到幽州,我弟兄七人分杀四门前来报号,请元帅开开城门吧。”

潘仁美暗道:“小冤家,我现在不能亲手杀你们,也不能叫你们痛快进城!”这老贼皮笑肉不笑的笑了笑,说道:“众位少令公,你们来得太好啦!万岁和众臣一直盼着你们来,也是苍天有眼,神佛保佑,我君臣逢凶化吉,遇难呈祥。现在三门被你们兄弟杀散,可是南门外辽兵未退,你们是不是再杀一门,杀退辽兵,一同进城?”

众位少令公是又渴又饿又累,巴不得潘仁美快点给开开城门,没料到又让他们再杀一门。大郎想:“这个老贼存心不良,想把我们兄弟累死!”他有心再叫潘仁美开城,又担心说了也不顶用;有心再杀一门,可实在是真顶不住了。他看了看七郎,七郎像一摊泥似的,不由一阵心疼,说道:“元帅,能不能开开城叫我七弟先进去,他累得不行了。我们几个去冲杀南门!”

潘仁美说:“大公子,我看七郎比你们几个谁的精神都好,你怎么说他不行啦？我看，还是你们几个杀退四门一同进城为好。”

七郎听闻，气冲斗牛，拉过战马，叹了口气，说道：“马啊，马啊，我知道你跟着我受了委屈，你也渴了，也饿了，也累坏了，可元帅不开城，咱们只好再战啊！”

这匹战马好像懂人话似的，点了点头，抖了抖鬃毛，甩了甩尾巴，跳了几跳，咴咴叫了几声。七郎扳鞍纫镫，叫道：“哥哥们，走！不必同他多费口舌，等杀退南门辽兵，看他还有何话言讲！”

大郎、二郎、三郎、四郎随即上马，弟兄五人往南冲去。走不多时，只见从侧面涌来一队人马，杀气腾腾，来者正是北辽大元帅韩昌韩延寿。韩昌单等今夜三更与潘仁美里应外合打进幽州城，不想杨家弟兄来闯杀四营，得知手下的战将死的死、伤的伤，火冒三丈，便亲自出马带兵赶来。

七郎催马在前，迎住韩昌，二人通报姓名之后杀在一处。若论武艺，七郎不在韩昌之下，可是他已连杀三门，浑身无力，力不从心，打了十来个回合就有点支撑不住了。韩昌越战越勇，抡起三股托天叉照奔七郎面门而来，七郎一看不好，用尽全力举枪往外拨开，当啷一声，虽然把叉磕出去了，可他也支持不住了，眼前一黑，身子一晃，扑通一声，跌下马来。

韩昌一看，急忙催马挥叉直奔七郎。大郎、二郎、三郎、四郎全吓愣啦！此时再往上冲已经来不及了，就在这千钧一发之际，从南边飞过一匹战马，马上之人一拧枪挑开了韩昌的三股托天叉。来者非是别人，正是六郎杨延景。那四位少令公一看六弟赶来，心中大为高兴，连忙上前救下七弟。

韩昌一见六郎仪态万方、英姿勃勃，暗暗夸赞：“这样的英雄世上稀少，真是一员好将！”他大声喝道：“来将通名！”

二人报过姓名，韩昌说道：“杨延景，你若归顺北辽，我保你官居王位。自古道：天下者乃人人之天下，非一人之天下也，无德让有德。你若不听我良言相劝，我叫你死于叉下！”

六郎大怒，喊道：“韩昌，你北辽三番五次侵我中原，害得黎民百姓苦不可言,今天我岂肯与你善罢甘休?!”

六郎说完拎枪就扎,韩昌摆叉相迎,两人大战三十多个回合,韩昌暗想:“我韩昌实难胜杨延景啊!”

正在这时,又从南边飞来一匹战马,来到阵前一挥大刀,对六郎叫道:“六儿,你快闪开,待为父前来擒他!”

第六回 北辽王摆宴耍诡计 杨家将替主闯龙潭

老令公要走马擒韩昌,后边冲上来了杨八郎,八郎叫道:“爹爹,拿他何劳您老人家?”说罢端枪刺去。

六郎说道:“爹爹,请一旁歇息。八弟,闪开,待为兄与他分个高低上下!”

就这样,六郎和韩昌又打在一处。战了十几个回合,韩昌感到抵挡不住了,暗自叹道:“看来真是撼山易撼杨家将难!”他圈马败下,下令撤兵。

此时,五郎也催马而来,老令公和七郎八虎一口金刀八条枪,真如天将下凡,大显神威,只杀得辽兵辽将丢盔弃甲,兵退四十里。这一战,震动了北辽三川六方九沟一十八寨,提起杨家将,无人不知,无人不晓。

杨家父子带兵杀退辽兵,早有宋兵报到行宫,太宗和八王大喜,忙叫潘仁美及宋将出城迎接。此时,七郎也已醒过来了,令公父子九人参见潘仁美,令公说:“元帅,我父子救应来迟,元帅受惊啦!”

潘仁美假情假意的寒暄道:“不惊不惊,若不是你父子来到,怕我君臣性命难保!此处非讲话之所,快请进城一叙。”

大家进了城,去行宫见驾。太宗和八王在行宫门前迎接,杨家父子又道了惊,一同来到行宫,太宗上坐,众将分列两旁。太宗问起一路的战功,令公一一禀报过后,七郎大喊一声:“万岁,我冤枉!”

君臣闻听一愣,太宗问道:“你冤从何来?”

七郎把潘仁美父子如何刁难于他，让他力杀四门之事叙说一遍，又道："若不是我六哥救我，我就屈死在韩昌的叉下。我认为潘元帅居心不良，蓄意谋害我父子！我父子死在阵前是小事，如若韩昌率兵杀进城来，那君臣就有性命之忧啊！为此我喊冤，求万岁做主！"

潘仁美急忙上前申辩："万岁，君臣被困幽州，为臣恨不得马上盼来救兵啊！万岁洪福齐天，杨家父子赶到幽州。西门上拴枷锁，钥匙确实丢失；北门直通北辽柳河川，乃是敌兵集结之处，为臣为保万岁的安全，早就下令不准任何人开北门；七将军等来到东门，为臣在城头上一问老令公也到了，只怕令公有个三长两短，才让他们去接应一下。如今，杨家父子九人皆都平安无事，可见，为臣让七将军等去南门接应还是对的。为臣本是一片好心，确无谋害他父子之意！"

太宗听了潘仁美的这番花言巧语，觉得有几分道理，说道："七将军莫怪，潘爱卿哪能有谋害你父子之心呢？他思虑欠周，处理不当，让七将军受累了，还是多加谅解吧！杨家父子幽州救驾，立下汗马功劳，应记功加赏！"

八王觉得太宗偏护潘仁美，但想到杨家父子没出什么差错，也就没争辩。于是，这事也就不了了之了。

太宗下旨给杨家父子庆功，又叫潘仁美下令犒赏三军，歇兵七日。

转眼七天过去，这一日，太宗和潘仁美正在帅堂议事，外面军卒来报："启禀大帅，北辽天庆王派人来下书。"

潘洪贼眼一转，叫道："来人！"

"有。"

"到外面把他搜查一下，不准他身带寸铁，叫他进来！"

此时潘洪请宋王暂到后帐休息。不大工夫，下书人被带进帅堂。

潘洪瞪眼下看，见来人年纪就在三十来岁，面如姜黄，很有精神，不像武将，便问："下书人，你来我边关有什么事？你要如实讲来不要胡说！"

下书人回道："元帅，我名叫土金秀，是天庆王手下一名小臣。奉天庆王之命前来下书，请观看！"说完，随即把书信呈上。

潘仁美拆封仔细一看，连连点头微笑。原来这信是辽邦凉王肖天庆亲笔写给宋王的休战书，信中说，原指望出兵能取胜，得到宋朝锦绣乾坤，没料想反倒打了大败仗，损失了许多兵将，我想了几天，决心休战，拟以明天九月初九在金沙滩设双龙宴，请宋帝君臣同去，共商休战大事，请放宽心，不用多带人马，如若同意，请回文。

老贼潘洪看罢来书，暗暗寻思：这定是北辽谋害宋帝之计，真是天赐良机，苍天不负有心人。万岁如果遇了难，潘洪我就可趁机夺取乾坤了！想罢，连忙到后帐把信奉与皇上："万岁，我看可以带着文武保驾去赴双龙宴，若不去，会被人耻笑，说咱胆小贪生怕死。"

皇上点头应允，当即回文：准时赴宴。并说："快请杨家父子九人前来。"

不一会儿，杨家父子来到帅堂，参见了元帅，叩拜了皇上，令公问道："元帅，找我父子有什么事？"

潘洪便把天庆王上休战书、宴请宋帝君臣之事细说了一遍，

令公听说皇上要去金沙滩赴双龙宴，既生气又担心："哎呀，元帅，这可去不得，万岁可曾答应？"

"已经答应。"

"万岁，自古至今交战的双方酒无好酒，宴无好宴，北辽打了败仗，才要弄阴谋诡计，双龙宴上必然加害我主！如果万岁有个三长两短，那便如何是好？去不得！"

那潘洪见北辽的阴谋被令公一眼识破，心知理亏，不便坚持，就又改用激将法，用皇上来压令公，便说："万岁已给北辽批下回文，如果不去，岂不让北辽耻笑万岁和八王千岁软弱无能？"

令公又问："八王千岁的意思呢？"

潘洪说："尚未禀告八王千岁。"

皇上一听，令公言之有理，觉得此事不妥，于是就说："快请八王千岁前来。"

八王千岁来到以后，一听此事，大吃一惊，问潘洪："是你批的回文吗？"

潘洪说："万岁已批，岂能不去？"

当时八王千岁又急又恨，因为事已如此，不能挽回，一气之下就说："万岁已批下回文，也只好如此了，既然皇叔不怕，那我就奉陪一死吧！"

此时，皇上也束手无策，已经知道此去危险万分，可是不去又会失去信义，常言道："宁失江山，不失信义。"真是进退两难！

众将官和总兵也不知如何是好，令公也在那里急得捶胸跺足，忽听一旁有人启口说："万岁，不要为难，为臣自有办法。"

皇上循声一看，原来是令公之子——大郎杨延平，就问："你有什么好办法，快说出来。"

"请万岁赦臣无罪，臣要假扮万岁，替君赴宴，如北巡真欲降服，臣把降书要来；如北辽要弄阴谋，臣情愿替主一死，死而无怨！"

大郎这一番话如空中霹雳，声震帅堂，感动了皇上和八王，不愧是忠良杨家将，真有危险敢承当！事已至此，也只好这样了。

那边忽又转过二郎杨延定说："八王千岁，臣愿假扮贤王去赴宴，尚望赦臣无罪。"

三郎要改扮丞相王苞，四郎、五郎、六郎要改扮保圣驾文武大臣，七郎身强力大扮马童，看护好战马和刀枪。

这时，可喜坏了老令公杨继业，心中感到无限自豪，脸上容光焕发，欣喜的说："元帅，你给我一万兵在外隐藏埋伏，七郎八虎去金沙滩赴宴，若有个风吹草动，我就带兵接应。"

老贼潘洪点点头说："可以可以，你父子真称得起是为国的忠臣，大宋的栋梁。"

七郎八虎又跪在堂上，大郎说："万岁，八贤王，我兄弟去金沙滩赴宴，但愿北辽能休战投降，万一臣儿们遇难不能平安回转，还望万岁多多保重，不要悲伤。"

杨家父子出城回营，一夜计议如何去金沙滩赴宴，第二天，刚交五更，弟兄几人就全都化装改扮，原来大郎延平与宋帝赵光义本来就有些像，何况辽邦又没见过宋帝，故而改扮起来十分有把握，二郎延定改扮成八千岁。其余三郎扮王苞，四郎、五郎、六郎扮成保驾官员，七郎扮成马童，负责把各位兄长的战马长枪看好，一旦动手，不耽搁骑马，肖天庆下的书上说不叫带兵，这不能不带，但也不能多带，就带兵五百。书上叫不带兵刃，七郎、八虎就把长枪带好挂在马的得胜钩上。不多时，一切准备停当。

按计议，老令公带兵一万埋伏在离金沙滩不远的地方。金沙滩一有动静，老令公就立即带兵往里打。

这时天色已亮，太宗、八王和潘仁美都来到先锋营送弟兄八人去赴宴，众弟兄又谢过太宗、八王，并请皇上多多保重。然后，太宗、八王和潘仁美又回边关城里。

临行之前，老令公叫过长子延平，暗中给他一支袖箭。这是一种藏在袍袖中的暗器，是一个细长的铁筒，内装一支箭。用的时候抬起胳膊，用手把筒盖的崩簧一按，袖箭即可打出。用在近距离，专伤对面将。这种暗器携带方便，以防万一。因为大郎改扮宋太宗，直接和天庆王对话，如果看出破绽，可用袖箭伤他，这是老令公的细心之处。延平把袖箭带好，和老爹爹告别。老令公自去带兵埋伏等候接应不提。

再说众弟兄带兵五百，跟随大哥去金沙滩赴双龙宴。人虽然不多，可是队列整齐，旌旗飘扬，威风凛凛，精神抖擞！

大郎延平嘱咐七郎和八弟："二位小弟假扮马童，须要小心谨慎，今天你俩看马可与平日不同，丢了马就如同没有了双腿一样，鸟若无翅膀，怎能飞出囚笼？"

七郎说："大哥，你不必担忧，尽管放心行事，如果动手了，决不耽误你们骑马！"

众兄弟行走多时，旌旗招展遮天日，远远看见金沙滩上营连营一大片，旌旗招展，刀枪如林，正当中矗立一座金顶黄罗帐。忽听得锣鼓喧天，号炮声声。杨延平急忙传令："注意前进，小心敌情！"大家点头齐声应道："遵令。"眼看来到辽营。早有探子把信送进大帐，凉王肖天庆率众将前官来相迎。

七郎八虎留神仔细观看，众辽将盔明甲亮，骑着壮马，当中一匹又高又大的逍遥马上坐着天庆王，年约五十多岁，头戴珍珠冠，身穿绣黄龙的黄缎战袍，姜黄色的脸庞，一双长眉垂至鬓角，狮子鼻，火盆口，铜铃般的大眼，辽兵将分列成雁翅形。

此时，天庆王细看杨大郎延平，见他头戴冲天冠，身穿绣金团龙的滚龙袍。腰中束着一条玉带，威武端庄，两旁有不少官员保驾，缓辔而行。不用问这是宋太宗赵光义。

天庆王在马上先拱手行礼说："肖天庆迎接来迟，望莫责怪！"

杨大郎延平也在马上还礼，"哈哈哈"大笑了三声。

天庆王说："宋帝一路辛苦，快请下马进黄罗大帐中歇息。请进黄罗大帐中，只是几百人进帐多有不便，能不能请宋君少带兵将？"

大郎回答说："可以，只带保驾兵将随朕进帐。"于是，走过了七层围军寨，来到黄罗大帐。

到了帐篷外边，肖天庆说道："请宋君、八王千岁和文武官员进帐，众兵将就在帐外设宴招待吧。不知宋君意下如何？"

延平说："也要带一些进去，好侍候朕。"

肖天庆又道："双龙会上还是免见刀枪吧，请把所有的兵刃放在帐外。"

延平只好说："众位爱卿，凡带兵器者，请交给马童看守。"

众弟兄只好把护身剑摘下来交给七郎。七郎小声说："众位兄长放心，如果打起来，决不耽误使用。"

唯有五郎那口剑没摘。他不管三七二十一，用大斗篷一围，就进了黄罗帐。

肖天庆也看见宋将有没摘宝剑的，心想："就是有两三个人带着宝剑，谅也无妨。"

七郎、八郎带兵在帐外遛马，辽兵过来就要拉马去遛，七郎大喝一声："我是奉旨看马，看你们哪个敢来拉！"

七郎相貌凶狠，身高力强，这一喊把辽兵吓的腿肚子直哆嗦，只好退下。七郎带宋兵把众弟兄的枪和马看好，寸步不敢离远，并注意探听里边的动静。

且说天庆王把大家请进帐内，里边早已设好座位。当中空着，左右两排桌案，桌后排开座位。肖天庆让宋天子坐在上垂手，他自动的坐在下垂手，和杨延平坐了一个对面，再往下和身后是双方的保驾官。宋将精神抖擞，辽将耀武扬威。

桌案上摆着各种茶点果品，杨延平众兄弟一动未动，只是随便和天庆王谈了几句。

时间不长就开宴了，真是山中走兽，陆地牛羊，海里鱼虾，云中飞燕，应有尽有。肖天庆笑道："请宋主放心，不要多想。酒是好酒，会是好会。"

说完叫人把延平桌上的酒壶拿过来，给自己斟上先喝了一杯，再叫人给大郎满上酒。大郎早已准备好一根银簪，暗中一试并未变色，才知道酒中无毒。双方君臣开始同饮。

酒过三巡，菜过五味，杨延平说道："天庆王派人下书说是酒席宴上交顺表，不知写好没有？"

凉王听罢，一阵狂笑说："宋太宗，我为什么要写降书呢？自古以来有道是'天下者非一人之天下，有德者居之'。自你坐天下以来，去贤用奸，天怒民怨，我北辽联合三川六方九沟一十八寨，就是要夺宋室江山。谁知你朝一门忠良杨家将在边关一战，杀死我无数兵将，我手下韩昌元帅兵退四十里，我有心带兵出征，双方难免又要损兵折将；孤家无奈，才在金沙滩设摆双龙宴，请来宋天子和八王。不错，酒是好酒，会是好会。常言道：'人讲礼义为先，树以枝叶为元。'你们宋朝现在应划给我们燕云十六州。今天请来太宗和八王不为别事，请在酒宴前给我们十六州。如若不然，你们就休想再回去！"

延平一听大怒，一拍桌子："你等大胆！岂有此理？十六州本是我中原之地，怎能划给你们？尔等还要立即让出幽州，不准占我中原寸土。牙崩半个不字，让你全军覆没！"

天庆凉王站起身来说："宋天子、八王千岁，你们还走得了吗？"

杨延平说："谁是宋君，谁是八王？"

"那你们是谁？"

"杨延平、杨延定。早知你们要弄阴谋诡计，我们兄弟假扮宋天子和八王，文武百官也是杨家兄弟。"

肖天庆大叫一声："上当啦！"

说着话他拿起酒杯往地上一摔，就听当啷一声，他大喊一声："动手！"

大郎见事不妙，看天庆王正要退身，一抬手说："着打！"

嗖的一声，袖箭直奔肖天庆而去。

第七回 潘仁美计害杨家将 老令公误入两狼山

大郎杨延平一扬手，袖箭正射中凉王肖天庆的咽喉，肖天庆当时丧命。辽兵辽将顿时一阵大乱，各摆刀枪一拥而上。杨家兄弟只有五郎身带一口宝剑，这一来可苦坏了杨家众将！

杨五郎一口宝剑救护众弟兄闯出了黄罗帐，正遇着七郎、八郎前来接应，给大家送来了马和兵刃，杨家兄弟上马端枪往外冲杀，这时，金沙滩上刀兵滚滚，杀声四起，北辽兵将如潮涌般团团围住了杨家八兄弟。

杨七郎一马当先，大喊："众位兄弟跟我走！"他犹如虎蹚羊群抖威风，只杀得辽兵尸体乱倒，血流遍地，金沙滩上一片昏天黑地。

这时，北辽元帅紧急传令："谁放走杨家将，定斩不容！"又调来一批兵将，围个前后八层、左右八层、里外八层、密密的八层外边又围了八层，犹如厚厚的铁桶。

大郎苦战多时，筋疲力尽，被辽将乱刃分尸丧生；二郎被辽将一刀砍下马，落地身亡；三郎后背中枪丧命，尸体被乱马踩成肉酱。杨家三弟兄为国捐躯，虽死犹荣！几百名宋营官兵也全部丧生。

马渴思饮长江水，人到难外盼救星。杨家弟兄正在盼望爹爹来接应之际，重围外杀进来了老令公。

老令公带领宋兵东冲西杀、左冲右杀，杀过七层北辽将，冲过八面虎狼兵，父子里应外合杀开一条血路，冲出了辽兵的重重包围。宋军这阵恶战伤亡很是惨重，杨家八弟兄只剩下六郎和七郎二人。

六郎说："大哥替了宋王死，二哥替了八王千岁亡，三哥尸身被马踩成肉酱，四哥、五哥和八弟全无踪影。"

老令公听了六郎这番诉说，心如刀绞，万分悲痛，不禁泪洒前胸，沉痛地说："八个儿只剩下两个，怎不叫老夫伤痛！"

七郎见爹爹泪流满面，提枪就要杀回辽营报仇。

令公忙把七郎叫住，连声说："不行，不行！我们须先回城禀过万岁和元帅，然后再重整人马上阵报仇。不灭北辽我气难平！"

令公父子三人带残兵回到边关，叫人报与潘洪。时间不长，里边传令叫杨家父子来见。三人走上帅堂，见元帅坐在上座不理不睬，两旁是各位总兵，却不见皇上和八王，父子上前拜见元帅。潘洪见父子三人盔歪甲斜，战袍上血迹斑斑。他心里明白了，金沙滩一场恶战早在他意料之中。他明知故问："啊，令公，为何只回来你父子三人？"

令公无奈，把金沙滩一战说了一遍。老贼听罢，故意叹息道："唉！疆场作战有胜有败，老将军不必难过。待重整兵马与辽邦决一死战，给各位少令公报仇就是了！"

令公问："万岁和八王可还在行宫？"

潘洪说："已经还朝了。"

令公听罢心中一愣，不知太宗为何离去？

书中暗表，万岁和八王千岁确实还朝了。因为杨家父子去赴双龙宴以后，皇上提心吊胆，非常害怕。如果北辽怀意不善，必然一场血战！怕的是杨家父子有了危险，城池必然不保，所以一定要还朝。八王无奈也只好保驾回京。他怕潘仁美在自己走后谋害杨家，就让皇上给金鞭王呼延赞下了一道圣旨，命呼王做监军，专管潘、杨二家。呼王有金鞭，哪家无理可以先斩后奏。

八王千岁临走时又嘱咐潘仁美，把双龙宴的情况派人报到京中。呼王放心不下,要送君王一程。所以令公回来时,这三人都没在边关。

潘仁美把这些事对令公说明后,叫令公父子回营休息,如辽营来人讨阵再去迎敌。父子三人出了帅堂,上马回营。

六郎、七郎太累了,回营后连饭都没吃就睡了。令公进帐坐下后,众兵将一边安慰老将军,一边暗自掉泪。令公叫众兵将好好把守营门,严防敌人偷营,一切安排妥当,才回到后堂。他想到八个孩儿只回来两个,四郎、五郎和八郎还生死不明,难过得彻夜未眠。

转过天来,六郎、七郎起身后参见爹爹,父子三人议论军情。用过饭后,外面有人来报:"元帅有令,请二位少将军去见。"

令公说:"你二人要多加小心。"

"是。"二人出营上马来到帅府,施礼见过元帅,"不知元帅传我二人为了何事?"

潘洪说:"呼王护送万岁尚未回关,本帅准备和辽邦决战,替死难的杨家众将报仇。现边关粮草不足,兵是将威,粮是将胆,趁着还未交锋之际,命你二人去益津关押运粮草,速去速回!"

二人说:"元帅,我二人一去,北辽如来讨战,只怕我父年迈难以抵挡!"

潘洪说:"二位将军自管放心,本帅自有安排,料也无妨!"

二人只好点头应允,又问:"何时动身?"

元帅说:"立即启程。"

六郎、七郎说:"我二人先去见爹爹一面,回来马上就走。"

潘洪说:"越快越好!"

二人回营见了令公,说明奉令押运粮草之事,有心不去,怕落个抗令不遵;去吧,又对爹爹放心不下。

老将军想了想说:"我儿放心去吧,北辽不来讨战,为父守营不征就是。你二人一路上要小心谨慎,切勿出差错!"

二人答应,又准备了一下随身之物,便领兵出发。

七郎说:"六哥,咱们快去快回,以防北辽来战。"

六郎说:"来回总得三天!"

六郎、七郎去押运粮草暂且不表。话说第二天,离幽州不远处号炮连天,有探兵报与元帅,潘洪传令公来见。

老令公进城来到帅府，问道："请问元帅，把我传来为了何事？"

老贼说："现在北辽要夺取幽州，离此不远，我命令先锋带兵五百马上出征，只许胜，不许败，如违军令，定斩不容！"

老将一听往后倒退两步："这、这、这……得令！"心中暗自思量："昨天派六郎、七郎去运粮草，今天又派我孤军去杀敌，且只准带领五百军兵，分明是老贼居心不良借机报仇。"军令如山，号令不遵是要问斩的。无奈何只得接令，转身退出帅府。

帅堂上众将虽感到奇怪，可无人敢问潘洪，都暗中为老令公担忧。

令公回营，点齐了五百挂甲兵丁，三声号炮响后，就催马提刀直奔北去。

一瞬间，见远处辽兵如潮涌来，马踏飞尘一片昏天地暗，老将军看罢紧皱双眉，骂道："尔等金沙滩设宴施诡计，害得我父子只剩三人，如今贼心不死又来讨阵，老夫拼着性命也要报仇！"

老将军正催马摆刀身前冲去，却被对面闯来一人拦住，原来此人正是北辽元帅韩昌，他手端托天叉问道："你这老儿是什么人？"

令公说："我乃威名远扬的杨继业，小贼通名，我叫你死在金刀之下！"

韩昌哈哈大笑，说："杨继业，我乃北辽元帅韩昌。天庆王死在你儿袖箭下，现由肖太后登基为主君，我奉命为天庆王报仇雪恨，你听我良言相劝早点归顺，何必保那无道昏君呢？"

令公听后不由大怒，举刀直奔韩昌脑门砍来，韩昌忙用托天叉挡住，两人交手打起来，马来马往六十多趟，双方战鼓声震天动地。

韩昌暗里称赞老将军武艺超群，刀法精妙，心中不断寻思：如果继续交战下去，三天也难决胜负，不如将他引入两狼山，围困活捉……

北辽元帅假装叉法散乱，大喊一声："老匹夫，我不是你的对手，败阵去也！"说罢，圈马而回。

这时，老将军身体也比较劳累，见韩昌败走，也就想收兵回营，因为今日出兵之时，潘洪说只许打胜不许打败，如今已经打败韩昌得胜而归，认为元帅不会再责怪了，于是带兵回营，哪知他来到营地一看，不由得大吃一惊，先锋营竟然踪迹全无！

老令公赶忙来到城下，只见城门紧闭，吊桥高悬。他勒住战马，高声叫城。

这时，潘洪在城上出现，大声说道："杨令公，我命先锋营起营拔寨进了城，因为城外危险。你今即战，就该拿住韩昌，为你死去的孩儿报仇。你既然没拿住韩延寿，就应战死阵前，还有何脸面回城？”

老将军听完这话，顿时全都明白了！望了老贼潘洪一眼，心中辗转暗思：潘仁美口口声声叫我为儿报仇，派我去捉拿北辽的元帅，拿住韩昌才能进边关，拿不住韩昌别想再回城，可韩昌手下兵多将勇，我又年迈力衰，哪能一阵就成功呢？老夫我就是一块铁，又能打出多少钉呢？他派六郎、七郎去运粮草，硬派我孤军去交锋，他不顾军情报私仇，恐怕宋室江山今后难保了！

老将军思前想后万般无奈，马上传令五百军兵：“你们跟随老夫往北打，追拿韩昌，若是拿不住韩昌，死在疆场上也不回城！”

众军兵精神振奋，齐声应答：“是！”随即跟着老将军往北冲去！

大约进兵几十里，才望见辽营，忽听隆隆隆三声炮响，辽营里冲出一匹菊花大青马，马上端坐一辽将：头戴铁盔，身披铁甲，脸上长着通发扫帚眉，一双大环眼，狮子鼻，火盆口，一副凶相，手端三停大刀，挡住老将军说：“宋将老儿快通名！”

令公说：“本将乃是征辽先锋杨继业，金刀下不死无名鬼，快报姓名！”

辽将说：“我是左军都督肖天佐，我姐夫天庆王死在你杨家将手下，今日我要活捉你去领功！”说完，摆刀往下就砍，令公一带战马刀便落空。两人便大战起来。

肖天佐挥大刀刀沉力猛，一路大刀分两路，两路又变四路，四路大刀再分八路。上八路插花盖顶，下八路枯树盘根，左八路龙探利爪，右八路凤抖翅翎，前八路封门闭户，后八路虎翻身形，直砍了八八六十四路。

哪知老令公的金刀更是精妙！头路刀乌龙摆尾来探爪，二路刀白鹤亮翅来抖翎，三路刀叶里藏花刀光闪，四路刀二龙戏珠夺双睛，五路刀猛虎摇头劈两肋，六路刀海底捞月不留情，七路刀金刀盖顶，八路刀奥妙无穷！

左军都督肖天佐暗地寻思：怪不得杨家将声名贯耳，今日一会才识英雄，肖太后曾指令活捉杨家将，我若是真杀实砍难以取胜，我必须施巧计才能成功。于是他故意一刀比一刀慢，一刀比一刀轻，一圈马往北败逃。

这时，杨老将军已杀得双眼发红，带领军兵不顾生死往前追杀。不知追出多远,肖天佐拨转马头大声喝道:“老儿杨继业,你已来到两狼山绝死之地,你进来容易可出去难,就是你两肋长双翅也难飞走!”

老令公听言勒马观看,倒吸了一口凉气:“哎呀,老夫聪明反被聪明误!只为贪功不舍,不想进了两狼山。山上全是辽兵辽将、灰瓶火炮,四面八方把守严禁,往山上攻是上不去的,只好和肖天佐以死相拼杀出山口。”

令公带领军兵要大战肖天佐。哪知肖天佐叫人把山口堵住,命令对老令公车轮战,辽兵犹如潮涌轮流上阵。宋军渐渐人困马乏,五百军兵死去大半。令公一看实难杀出山口,只好带兵往里打,肖天佐又带兵将在后面追杀。

令公带着败兵往里走,来到一片树林,打算带兵进去躲避一下。

这片树林方圆五里,肖天佐一见宋兵进去了,马上下令包围树林,但是不往里进,因为外面是明处,里面是暗处,明枪易躲,暗箭难防。他叫辽兵从四面往里射箭,乱射了一阵。又一想,这个办法太笨,费了不少雕翎箭,也不一定射上几个人。于是又心生一计,大叫:“杨继业,我爱你是一位老英雄,不肯下毒手伤你!我劝你投降北辽,可以官居高位。如若不然,把你困死在两狼山!”

他喊了半天,不见有人答话,又喊道:“既然你不肯投降,来人!点茅草放火烧林!”

杨令公被围困在树林里正为难,忽然听到外边一阵乱叫声,接着又射来一阵乱箭,令公不幸左肩中箭受伤。二百多军兵赶忙团团护住老将军,个个长吁短叹,埋怨老天杀人不长眼,害得大宋兵将好可怜,当兵的一死还算小事,可杨老将军身担着大宋万里江山!可恨那潘洪心肠狠毒,害得众兵将被困在两狼山……

令公看到三军精神不振,忍住伤痛说:“众军兵,老夫有句心里话要说,我一时不慎中了贼计,让大家跟着我遭罪,如今,我中箭受伤难以作战,难以带领大家杀出两狼山;即使拼命冲出去了,没拿住韩昌又怎么回关?到那时,元帅也要把我问斩,做大将不如死在阵前!奉劝大家不要跟我再受危难,齐心合力杀出两狼山，有家的回家，无家的投友，各自回去与家人亲友团聚吧！”

大家听到老将军说的这番悲壮话语，心里好比尖刀割剜，一齐下跪求道：“老将军，我们死活跟你在一起，如果大家杀得出去，决不把你留在两狼山！”

令公说：“逃出一个是一个，不要为我再遭残害！”

众人说：“车到山前必有路，请老将军放宽心！”

这时，四面敌人狂喊乱叫，点燃火把来烧树林，令公不顾伤痛，咬紧牙关，扳鞍纫镫，端刀大喊：“众三军，咱不能等着火起丧命，死也要冲出树林去！”

众军兵各举刀枪齐声响应。

令公带伤率领三军冲阵之际，忽听山口外有人大喊，要问来人是谁？原来是六郎、七郎来两狼山搭救爹爹老令公。

第八回 杨七郎闯山回营遭暗算 郡马公寻弟收尸遇知心

杨老令公要闯两狼山，忽然六郎、七郎飞马而来。他们两个人不是去押运粮草了吗？怎么到这来了呢？原来，他们去益津关押运粮草，走到半路正遇上金鞭王呼延赞。那金鞭王送了二帝和八王一程，自己催马回城，遇到二位少将军，才得知金沙滩一场大战，仅仅剩下父子三人。金鞭王禁不住落下两行伤心泪，为替国尽忠的杨家英雄放声大哭。

六郎说：“我们的几位兄长替主赴宴为国尽忠，是死得其所，虽死犹荣。请王家千岁多加保重，不要过分悲伤。”

七郎说：“元帅命我二人押运粮草，营中只剩下老爹爹，如遇敌人讨战，我等实在放心不下！”

呼王闻听也紧皱双眉，略思片刻说：“着实令人担心。这样吧，我来替你二人押运粮草，你二人速去边关保护令公。”

六郎说：“只怕元帅怪罪。”

呼王说:“自由老夫担待。你二人快快前去!”

二人谢过呼王,上马急忙往回赶。

进城之后,他们立刻到帅堂参见潘洪,说明路遇呼王,奉命赶回保护城池。潘洪一听是呼王的主意,不好再说别的,就假惺惺的说:“二位少令公辛苦了!自你二人走后,北辽前来讨战,你父讨令出征要为你众兄长报仇。我再三拦阻,他只是不肯,带兵五百出战,一直杀向正北,可是至今不见回还。本帅心中非常不安,又怕先锋营出什么差错,所以把先锋营调进城内。二位少将军先回营休息吧!”

二人听完,顿时心如火燎,忙说道:“元帅,快令我二人去营救爹爹吧!”

潘洪说:“你二人准备带多少兵马?”

二人回答说:“一兵不带,只需叫我二人前往就行。”

两旁众将一听二人一兵不带,心中莫不担心,可是,当着潘洪,谁敢多讲?全是:“满腹心里话,尽在不言中”。

就这样,二位少令公一兵没带,不顾疲劳,飞马直奔两狼山。

两狼山口的守将正是右军都督肖天佑,他是肖太后的二弟。儿郎们一报来了二将闯山口,肖天佑忙带兵迎上。这肖天佑身穿铜盔铜甲,坐下骑花斑马,黄色脸膛,浓眉大眼,满腮的胡须,问过六郎、七郎的姓名后,肖天佑狂笑道:“你父已被困山中,九死一生,尔等前来何用?”

七郎闻听大怒,催马拧枪直奔肖天佑。那肖天佑本是一员猛将,忙举双棒向七郎当头砸下。七郎用皂缨枪左右一拔,紧跟一枪,直奔肖天佑的前心。肖天佑躲得稍微晚了一点儿,枪顺甲叶扎上了左肋,只是扎的不深,没有刺死。七郎顺势往外一拨枪,肖天佑哎呀一声说:“不好。”立即圈马大败而逃。

杨家兄弟催马冲上,辽兵辽将与二人动手。实际上元帅韩昌有令,把来将放进两狼山,放进不放出,以山形之利捉拿宋将。

就这样,六郎、七郎没费多大力气就进了两狼山,正遇上老令公带兵杀出松林。二人闯过来见了老令公,齐声说:“爹爹,孩儿来迟一步,老爹爹受惊了!”

老令公看见六郎、七郎,连忙问道:“儿呀,你二人带多少兵来?山口留下人了吗?”

二人说:“没有带兵,就是我二人来的。”

老将问:“你二人不是押运粮草去了吗?”

二人把路遇金鞭王、回城请战之事说与老令公,老令公听罢,两眼一翻,由马上掉下来,不省人事。六郎、七郎跳下马来抱住爹爹,众三军也围上前来。

六郎、七郎心中万分惊慌,连声呼唤:“老爹爹呀,你快醒醒,你若有个好歹,孩儿怎能承担?”弟兄俩边哭边喊,众三军兵将也都伤心流泪。

半晌,老令公才缓过气来,抓住六郎、七郎的手说:“为父中计已遭危险,我儿又失策闯进山来,你们仔细地往四周看看,辽兵把山围得严严实实,山上堆满滚木、檑石,还摆有不少火炮,咱们想要出山是难上难!看起来杨家将要全军覆没了,大宋江山也难保全!”

六郎说:“孩儿和七弟不在营内,爹爹不当孤身征敌出阵。”

令公说:“儿走后韩昌来讨战,潘洪令我只带五百军兵出关应战,不捉住韩昌不准回关,为父只好又往北追拿韩昌,混战中杀进两狼山,不慎误中了敌人圈套,辽兵人多势众施行车轮战,为父败进松林。辽兵放了一阵乱箭,为父不幸左肩中箭受伤,过后,辽兵又要点火烧林,为父只得带伤领军冲杀出来,正在此时,你俩儿闯来,也就中了敌人连环计。我们外无救兵,内无粮草,要想冲出山去比登天还难!”

兄弟俩听了老爹爹这番数说,上下牙咬得咯咯直响,六郎愤愤地说:“潘仁美分明蓄意要害我杨家父子报私仇,难道他还想要出卖我中原!”

令公长叹一声说:“事情真假尚难分辨,他这样调遣,心中定藏有奸谋!我身受箭伤不能再战,你们俩今夜快闯山口,杀他个措手不及,冲出山去见潘洪搬救兵,如果他不肯发兵,就请临军金鞭王定夺。我想呼王不会不管,等援兵来后再救我们回关。”

弟兄俩沉思片刻,七郎说:“爹爹,让六哥留下陪伴你,我今晚杀出山口去见潘仁美,一定搬来兵马接大家回关。”

令公说:“儿呀,你一人单丝不成线。”

七郎说:“老爹爹,请放宽心,众三军,你们要随时注意敌人动静,保护好老将军的安全,等候我的佳音吧!”

转眼已到三更天，正巧夜雾弥漫，伸手不见五指，一片漆黑。

武艺高强的杨七郎提枪上马飞奔山口。离远时，山口的辽兵没有听见，等临近了，再想拦可就难了！杨七郎力大马快枪法好，又赶上大雾，辽兵们乱摆刀枪，弓箭手们乱放箭，叫喊得挺欢，结果也没拿住杨七郎。七郎冲出山口，奔往边关去见潘洪。

且说七郎走后，令公、六郎和二百多军兵，不断和辽兵交锋，因为人少势单，杀不出重围，自己和军兵却不断伤亡，老令公带伤不能再战，全靠六郎保护，最后宋军只剩下二三十人。这时，辽邦肖太后来了命令，对杨令公父子一定要活捉，如不降，就把他们困在山中，不要搜山再战，但一定要把住山口。

令公带着残兵败将来到了东北山下，想找个僻静之处暂时安身。看前边不远有座庙，匾上写着“苏武庙”三个大字。令公下马，众人忙问：“老将军，咱们能进庙避避寒风吗？”

令公笑道：“可以，我们就住在此处吧。”

众人进庙来到大殿上，庙外派人放哨瞭望。

令公对大家说：“此处是苏武庙，你们知不知道苏武这个人呢？”

三军齐说不知。令公说：“苏武乃是汉朝大臣，奉命出使匈奴，结果被扣留。匈奴多次劝苏武投降，苏武据理力辩，至死不降。匈奴王无奈，便叫他孤身一人去北海边上放羊，说等下小羊的时候，就叫苏武回汉。那北海边上无粮少草，羊群还光是母羊，就这样刁难苏武。但是苏武忠心不二，一天天坚持活下去，饿了就找草吃，实在没办法时，只好吃羊毛。后来又来了一个人，名叫李陵，也是中原人。他是汉朝派来打探苏武下落的，不想被匈奴拿住之后，经不起威吓就投了降。一次，李陵在海边看见苏武用手剜野草吃，他动了可怜之心，就把宝剑送给苏武，叫他用剑挖草根。就这样，苏武在匈奴过了十九年。知道匈汉和好，汉朝才派人来接苏武还朝。那李陵知道此事，忙来求苏武把他带回中原。苏武把宝剑还给他说：‘你还有何脸面回去呢？’李陵此时羞愧难当，结果宝剑自刎而死。那苏武忠心不变，终于回到了汉朝。我们应该学习这样的英雄！”

众人听后受到了鼓舞，连连点头。当夜就在庙里住宿。六郎留在庙外放哨。这庙中早已断了香烟，冷冷清清。令公肚内无食，身上也感到发冷，眼望着横躺竖卧的二十几名军兵，不由愁肠千转，扶桌而眠。

六郎从外面进来，见到老令公扶桌睡着了，怕爹爹受寒，忙脱下战袍给他披上，却反而把令公惊醒了，令公张开双眼东瞧西瞅地看着庙门。

六郎纳闷，问道："爹爹，你盼什么人啊？"

令公说："为父刚才得了一梦，梦见你七弟浑身上下血淋淋，刚要开口问他，他却一头扑在我怀中，我也就被惊醒了，儿呀，难道你七弟大祸临身？"

六郎闻听忙说："爹爹，请放宽心，常言说：梦是心头想。我七弟武艺高强，勇猛超群，定能搬来兵马救我们回去。"

令公说："但愿七儿一路顺风，早早搬来救兵，若是搬不来救兵，我们的性命就难保了。"

过了一会儿，老令公又说："孩儿呀，你七弟一去不返，为父我实在放心不下。如果太平无事，救兵也该来了。如今接应不到，只怕你七弟出了不测，我想派儿今夜像你七弟那样，杀他个冷不防，闯出山口，去寻弟搬兵，不知我儿意下如何？"

六郎闻听忙说："爹爹，孩儿去不得呀！孩儿岂能留你孤身在敌巢？你身受箭伤不能再战，倘若敌人再来，爹爹如何应付？"

令公含泪说："潘仁美一心想要七郎的性命为他儿报仇，恐怕你七弟难回来了。六儿呀，你快快冲出山口，到边关去寻弟搬兵吧！"

六郎说："爹爹呀，还是耐心等待为好。我不能让你孤身留在庙中，倘若敌人来了，怎么办呢？不是孩儿不听话，实在是这样做不妥当！"

此时，令公更为心焦，大声叫道："六郎，你割不掉父子之情，又岂能把同胞兄弟扔在九霄云外？我已年迈，你与七郎尚年轻，必当自我保重呀！"

六郎听了令公语重情长的这番话，感到再违父命即为不孝，不由得泪流满面，泪湿战袍，无可奈何，只得拜别爹爹冲出山去。

令公送走了六郎，心似火燎，回想起金沙滩一场恶战，大郎、二郎、三郎丧命身亡，四郎、五郎、八郎踪影全无，只剩下六郎、七郎兄弟俩，七郎去搬兵又无音信，恐怕凶多吉少呀！但愿六郎这一去能逢凶化吉……想到这里，便转身回庙等候救兵。

杨六郎单人独马一条银枪去闯山口，把守山口的辽兵辽将全都大意了，因为他们早就探明，杨家父子带二三十名军兵到了苏武庙，内无粮草，外无援兵，再过一两天恐怕连动也动不了，也不用再战了，只等着去抓活的啦！根本没有想到还能有人再闯山口。

此时夜静更深，天气又冷，辽兵全睡大觉了。有几个值夜巡逻的，也找个避风的地方忍着去了。因此杨六郎到了山口，一马飞奔没用力就杀出去了，有几个辽兵看见了，就大声呼喊。山上的辽兵正在睡梦之中，一听有人闯山口，就不管三七二十一地乱放滚石檑木，山口的辽兵也胡乱放箭，结果是互相残杀了一阵，根本就没看见六郎的人影。

六郎跑出山口以后，来到幽州，幽州已被辽军占领；又奔往卢沟桥，卢沟桥也被辽军占领。六郎心中纳闷，只好奔往边关。书中暗表，自六郎、七郎去两狼山之后，潘仁美就下令撤兵回到边关。六郎虽然年轻力壮，可这一阵奔跑也累得够呛了。马也是如此，人还没有吃的呢，马能饱吗？

六郎边走边想："这回到了边关，不知七弟怎么样了？见了潘洪，他如发兵救援便罢；如不发兵，我再去见金鞭王，一定要求发救兵，搭救爹爹出山。"

奔走之间，来到黑沙河，这是去边关的必行之路。原来河上有一道桥，现在不知道怎么桥没了！没有桥怎么过河呀？连条小船都看不见。他又来回在河边转了两趟，寻找能够渡河的工具。看见水边紧靠桥桩有一物，好像被桥桩挡住，不然也就漂走了。

六郎下了马，来到桥桩仔细一看，挂着的原来是一具死尸，身上挂满了水草。此人穿的是青衣服，身上全是雕翎箭。"呀，死尸面熟哇，像是七弟！"六郎急忙从水中把死尸打捞上岸，上下一打量："哎呀，我的亲兄弟呀！你可疼死六哥啦！"

六郎看到七郎被乱箭穿身，尸体又扔到河里水泡着，心中好似滚油煎，两天前兄弟俩才分手，满心盼他搬兵来救爹爹，谁知现在死得这么悲惨，这么可怜，不禁大哭："好兄弟，你能不能睁开眼，对六哥我说说是怎么死的呀！"又一想：人死不能复活，我就是哭死了也是枉然，应该探明七弟死于谁人之手，找到元凶给七弟报仇！

六郎正在哭泣，猛然听见有人喊："你是杨郡马吗？"

六郎急忙站起身来，怕是敌人来了，赶紧上马提枪。只见从上游来了一条船，船头站立二人，原来是边关的总兵陈琳、柴干。六郎又翻身下马，把枪挂在得胜钩上。这二人将小船拢岸，跳下岸来，看看六郎，又看看河边七郎的尸体，放声大哭，接着问道："六将军，你是怎么出的两狼山哪？"

这时，六郎全不知道难过了，眼泪也流干了，问道："你二人为何不在边关？

我七弟又是被谁所害扔在了黑沙河，你们可知道？”

“知道。七将军回到边关搬兵，因为丢了金皮将令，被潘仁美抓住这一差错，绑在百尺高杆上乱箭射死。丢令有罪，众总兵求情，也没救下七将军的性命。射死后扔在黑沙河，不想挂在桥桩上，被六将军发现。”

六郎又问：“这桥为何不见了？”

二人说：“是潘洪下令叫拆的。”

“为什么？”

“怕你们父子杀出重围再回边关。”

“啊！他们居心何在？”

“要害你们杨门全家。看来他安心不善，可能与辽邦有勾连。”

六郎又问：“金鞭王呢？”

二人说：“自从替你兄弟二人押运粮草，至今未归。”

六郎听罢，真是火冒三丈，心想：“好你个潘仁美！全然不顾大敌当头，宁可断送大宋江山，一心只想官报私仇！我就是回到边关去搬救兵也是白搭呀！”想到此，遂又问道：“你二人到此为了何事？”

二人说：“实不相瞒，是奉潘洪之命在黑沙河巡逻。潘洪怕你父子由两狼山杀出来，叫我二人在此等候。明着是渡你们过河，暗中叫把你父子暗害在河里，才算了了潘仁美的心头之恨。我二人接令之后，打定主意不能这样做。因为杨家是为国的忠良，潘洪是卖国的奸贼！我们明着无能为力，只好暗中相助。如若我们不接令前来，他另派别人，只恐于你父子不利。故而我们来到黑沙河，不想正遇上六将军。但不知老令公如何？”

六郎说：“我父身被箭伤，困在两狼山实难冲杀出来。他宁愿困死，绝不投降。我此来为搬取救兵，没想到潘洪老贼竟如此心毒手辣，欲把我父子全都害死。二位将军既然与我相见，有何打算呢？”

二人说：“六将军请放心，我二人决不会伤害忠良。否则，叫我二人不得善终。”

六郎一听此言，说道：“既如此，

我多谢二位将军了!”说罢,就欲跪下拜谢。

二人连忙扶住说:“郡马不可如此,我二人实不敢当。如今之计,郡马只好绕过边关回京去见万岁和八王告御状,只有朝廷下圣旨才能把潘仁美拿回京城,给死去的众将报仇。”

六郎说:“不行。一来我走后,老父被困两狼山无人搭救,二来进京状告潘洪,现在是空口无凭,万岁和八王也难相信。”

二人听完,觉得也有道理,忽然又想起一件事,说:“郡马,请再来看看七将军尸体。”

他们来到死尸跟前,二人又说:“潘仁美叫人把七将军绑在百尺高杆乱箭齐射,还觉得恶气未出,又亲手射了一箭,这支箭如在,便是物证。”

于是三人一起动手给七郎往外取箭,又把全身的箭取出后一数,共是一百单三箭。在前心取出的一支箭,比一般的箭都长,六郎拿箭一看,上边有三个字:“大帅潘”。杨郡马此时真是气炸两肺!七郎这样一位英雄,没死在疆场上,却被潘贼杀害惨死。六郎不禁又泪如雨下道:“七弟,你死后安心吧。六哥一定给你报这血海深仇!”

第九回　风云店里遇王强　寿筵席前告御状

六郎将老贼潘洪亲手射的这支箭收起,陈琳、柴干说:“郡马可以先把七将军尸体掩埋起来,以后有机会再起灵回朝。”

六郎点头答应,三人就把七郎的死尸抬到离河边不远的一片松林里,找了个僻静之处,用刀枪刨了一个坑,把七郎埋好。六郎又找了不少石头堆在上边作为暗记。

三人埋好刚走出松林,就听后面有马蹄响的声音。

六郎回头一看说:“不好,追兵来了!”

这时，从北面飞跑来一匹马，马上是一位辽将，此人叫叶黑熊。他奉命把守两狼山口，不想这两天七郎、六郎先后闯出山。他心里非常害怕，因为这违背了肖天佐、肖天佑的军令，一旦问罪，就有杀头的危险。所以天亮之后，他就带兵直奔苏武庙，想活捉老令公，以便将功折罪。

再说老令公送六郎走后，自己回到庙内，见军兵已经倒地而卧，自己也饥寒交迫，就伏在香案上昏昏睡去，但心中焦虑，也睡不安稳。约五更时一觉醒来，只觉得身上寒冷，四肢无力。再一看二十来名军兵，已然全部冻饿而死。此时老令公心里非常难过，这些军兵受了自己的连累丧命而死，现在只剩自己一人了，敌人如来，势必有死无生！做大将宁死阵前，不死阵后。想至此，提枪出庙，准备上马去拼死战场！哪知道一拉战马，马也已经七窍冒血死于庙外。老令公手扶战马又流下泪来："这匹马跟随老夫南征北战，经过多少风险，立过多少战功，不想今日也死在两狼山！哎，待老夫去杀他几名敌人，与你们报仇！"不想刚走到庙后竟被一块山石绊倒在地。原来一连几天老将军粒米未进，又饿又累，体力实在支持不住了。老将勉强站起身，只觉得两眼冒金花，身子摇摇晃晃，走了两步，见有一石碑，上刻三个大字"李陵碑"。老将一见此碑，怒从心头起："李陵啊李陵，你这叛国投敌的奸贼！不想还有人给你立碑，真给我中原人丢脸！"

刚说完，就听得兵喊马叫之声，原来是叶黑熊带兵来捉老将军。老将军一见，心想："就我一个人了，现又无力再与敌人征战，绝不活活落在敌人之手！"就面朝南方说："万岁，八王，臣不能再尽忠了。夫人和孩儿们，你们多保重，老夫要先走一步了！"说罢，一头撞死在李陵碑上。

那叶黑熊带兵到苏武庙之后，见老令公和宋军兵士都已经死去，恨自己一步来迟。他只得把情况报知肖天佐、肖天佑。

肖天佐闻报大怒："六郎、七郎逃跑，杨继业碰死，如何向太后交令？来人，把叶黑熊拉出去斩首！"

众辽将此时纷纷替他求情，肖天佐说："既如此，命你单人匹马去追杨延景。追回人来饶你不死，追不回来，定斩不赦！"

叶黑熊领命，只得单人匹马向南追赶。正巧六郎在黑沙河边的松林里埋葬七郎耽误了时间，所以被他赶上了。

杨六郎一看来的只有一名辽将，就提枪上马迎上前去。那叶黑熊见了六郎，哈哈大笑道："我可把你追上了，你趁黑夜闯出了山口，害得我差一点被杀。我本想拿住你父将功折罪，不想这老儿碰死在李陵碑。如今，只有捉你回去，肖都督才能饶我一命！"

六郎一听爹爹已死，差一点从马上摔下来，猛然间，悲中生计，抬头往叶黑熊的头上望去，嘴里说道："哎呀，爹爹，难道你死的冤屈来显灵吗？"

叶黑熊一听这话吓得一哆嗦，连忙抬头往上看，哪知六郎马快、手快、枪快，就听扑哧一声，叶黑熊躲闪不及，被刺中咽喉，当时扔刀落马，死于地上。

陈琳、柴干则赞声："好枪法！"只见六郎也扔枪摔下马来！二人急忙上前扶住六郎，一边呼叫，一边四下张望，担心潘洪又派兵来。

六郎缓过一口气，睁开双眼看了看身边二位总兵，说："刚才听辽将对我讲，我父令公已碰死在李陵碑，我杨家父子都死于此了，我也不想回京城了！"说完，站起身来就要拔剑。

陈琳、柴干二人苦苦相劝："不行，郡马要往宽处想，拔剑自刎绝非英雄汉！你若走了，血海深仇岂不化成清风？谁替七将军来报仇？又谁领兵征灭北辽？郡马要以社稷为重，不要落个不忠不孝的不好名声，休要任意轻生！"

六郎咬牙一横心，两手抱拳说："多谢二位救命恩公！我回京告御状，捉拿奸贼潘仁美，扫平北辽，收复失地后，再报答二位恩情！"

二人说："郡马不必太客气，赶快过河赶路回京吧。"说罢，带马上船渡河。

一会儿，船到对面靠岸，三人登了岸，六郎说："你们把我放过河，怎样回边关向潘洪交代？"

二人说："此事无人知道，我二人照旧巡河不回城，等潘洪派人来找我们，就说没见到郡马和令公。请郡马上马快快离去，免得被别人看见走漏了风声，反而不好。"

六郎只好与二人告别，扳鞍纫镫飞身上马，直奔汴梁京城。他边走边暗自伤心：父亲和七弟死得好苦、好惨呀，老母亲知道后定会痛不欲生！边走边觉得浑身发冷，骨节疼痛，由于过分劳累，继续赶路很是困难。

不多时，来到风云镇，正好路边有家店房，上面写"风云店"三字。这时，从店里边走出一名店小二,看年纪大约二十多岁,穿着一身青色衣裤,肩上搭了一条蓝布手巾。店小二见六郎是个行路人,就连忙过来招揽生意。上前拉住缰绳,忙招呼:“客爷住下吧,进店就是家,屋里很干净,上房也宽大,人吃马喂全包下,全镇唯独我这一家费用便宜。客爷,全镇人都知道我名叫张永发。”

本来六郎就已经很劳累了,经巧嘴的店小二一说,就住在风云店了。他哪知道已经有个人在暗中跟着他一段路了,一见他住店,那个人也住下了,暗中观察他的行动。六郎自己住了一间上房,本打算住一夜,天明就启程赶路,不料想得了夹气伤寒,一下子病倒在风云店中,身旁又无人侍奉,真是急上加急,痛上加痛,只有在吃饭的时候店小二才进来照应照应。

到了第二天下午,从外面走进一人,年纪三十多岁,长眉毛,大眼睛,鼻直口方,穿戴打扮像个客商。他迈步走进上房,站在六郎面前,带笑说道:“这位英雄,我也是住店的,就住在对面屋。昨夜听您一夜咳声不止,今天又没见你出屋,特来探望。就是你自己在屋里睡吗?”

六郎说:“有劳了,就我一人在此。”

“谁来侍候你呢?没有人也要请个先生看看病吧。”

“这个……”

“不必客气,我来帮帮忙吧。”

说罢,这个人转身出去,简单说,请医生、抓药、煎药、端药,都是这个人干的。这样过了几天,六郎才算缓过来,也能下地了。他回京心切,想去谢过那人,问过姓名,以图后报。正要出门,恰好那人来了:“哎哟,英雄你怎么下地了!好了吗?”

六郎说:“已经好了。我正要去告别恩人,并向您致谢。”

“这点小事儿何必客气?英雄病成这个样子,谁见了也得帮忙。我看英雄也不像平常之人,请问贵姓啊?”

六郎一想,不能瞒着恩人哪!就把自己的姓名、身世以及征辽、金沙滩之战、被困两狼山、闯营寻弟等事,一五一十都说了。

此人听完长叹一声:“哎呀,原来您是杨郡马呀!小人失礼了。郡马既然进京告状,可有物证吗?”

“有潘洪的一支箭。”

“光有箭可不行,有状纸吗?”

"没有。"

"好吧,我来帮你写状纸,今晚就可以写好。"

六郎说:"明天我就动身。可我还不知道恩公的尊姓大名?"

这个人说:"我叫王强,家住益津关,准备到汴梁行商。"

书中暗表,此人说的可不是实话。他真名叫叶黑律,被杨六郎挑死那个叶黑熊就是他的亲哥哥。他家住幽州,是北辽的一名文武状元,会说一口流利的中原话。这次他奉肖太后之命到中原来做奸细,准备混到汴梁,找机会弄个一官半职的,日后给北辽进攻中原做个内应。他从北辽出发,经过多日才绕过边关走到此地。路上他见六郎精神疲惫,战袍上沾满了风尘血迹,就知道是一员大将,他就暗中跟踪,准备找机会结识。正巧,六郎住店闹起病来,他就借机照顾。等六郎一对他说出自己的身世,提到了在黑沙河挑了辽将叶黑熊,他恨不能立即将六郎一刀杀死,为他兄长报仇。可又一想:"这样一来岂不暴露了自己身份,完不成肖太后之命!有道是:君子报仇,十年不晚。等以后有机会再报此仇也不为晚。"

当夜他把状纸写好,转天交给了六郎。郡马一看,确实文才出众,心中更加感谢。

王强说:"我久闻杨家的英名,不想路遇郡马,真乃三生有幸!我有心高攀,与郡马结为金兰之好,不知郡马能否应允?"

六郎说:"恩公救我性命,我也正有此意。"

说罢,二人就在风云店内八拜为交。王强比郡马大十岁,按理为兄,郡马又给王强磕了头。此时六郎做梦也没想到这位化名王强之人,正是辽邦的一个大奸细!

结拜之后,六郎听王强说要去汴梁行商,二人就一路同行,无非是白天赶路,夜晚住店。

这一天,到了汴梁城里,六郎邀王强去杨府。

王强说:"兄弟此行是进京告状,老令公和众兄弟全惨死疆场,家中还要商量大事,我就不去添麻烦了。我就住在前边的兴隆店中,贤弟办完大事再来找我吧。"

六郎说:"也好。我一定保举兄长作个一官半职,免得兄长去到处奔波。"

二人分手后,六郎赶忙回府。到了府门外一看,大吃一惊!为什么呢?只见府门外悬灯结彩，人来人往，好不热闹！郡马心想："这是什么日子，为什么里里外外这么多人？"老家人杨洪正走出来，一眼看见郡马："哎哟！郡马回来啦！"

六郎问道："杨洪，今天是什么日子，这样悬灯结彩？"

"郡马怎么把老太君的寿日全忘了？我还以为你是给老太太回来拜寿的呢！我先给老太君送喜讯去。"说罢，转身就往里跑。

杨六郎一想，今天自己见到老娘一说边关之事，这个寿日就过不好了。这时想往回叫杨洪，已经来不及了。弄得六郎也不知道如何是好，就拨转马头，来到后花园进了后门。他不叫看见他的家人们声张，一直来到了自己的房中。这时，丫鬟们正服侍郡主换新衣要去给太君拜寿。郡主一见六郎战袍上带有血迹，脸上气色不佳，连忙叫丫鬟退下，问道："郡马为何这般模样？莫非边关出了什么差错不成？"

郡马回到家里，本来就已经百感交集，一听夫人问起边关之事，不由得热泪盈眶，把出征以来如何被潘洪所害，只落得在金沙滩和两狼山父子惨遭伤亡之事对郡主说了一遍，郡主听完，早已泪流满面。夫妻二人当下商议如何去对太君言讲，不想老管家杨洪已奉太君之命来请六郎去见。事到如今，六郎也没主意了，只好换过衣服，和郡主一同去拜见太君。

夫妻二人来到太君房中，六郎赶紧给母亲叩头问安。太君正要问六郎话，郡主忙说："母亲，今年您的寿日与往年不同。因为杨家众将出征，万岁和八王也要前来为母亲拜寿。媳妇已将寿堂布置好，请母亲一观。"

太君说："边关之事关系到黎民的安全、江山的安危，比万岁和八王过府拜寿还要重大，六郎儿，你父子到边关交了几战，战况如何？"

六郎说："刚出师时打了几仗，现在罢兵休战。"

"谁叫你回京的？"

"孩儿奉命而来，元帅叫我回京见驾报告军情，父亲教我给母亲拜寿。"

太君没再发问，但两眼一直盯着六郎，只看得六郎坐立不安。太君又问："你父身体可好？"

六郎一听此话，脸色唰的一下就白了。

郡主急忙说道："爹爹在边关很好。"

"你怎知晓？"

"媳妇已然问过郡马了。"

“六郎儿，你的众位兄长如何？”

“都很健壮。”

“你七弟性情鲁莽，没犯军规吗？”

“没有。”

“他没想同你一起回来。”

“没有。”

“他在家时常常叫为娘生气，可他离开为娘日子一多，为娘还真是放心不下！”

这一句话，就把六郎给惹得眼圈红了，他怕母亲看见，赶忙低下头，不想被太君看在眼里。

“六郎儿，你七弟他怎么样啦？”

六郎这时实在忍不住了，一头扑在了太君的怀里：“娘啊……”身旁的郡主也随着跪下，满腮眼泪。

太君一见这情景，顿知不妙，拉住六郎的手，又叫郡主快快起来，接着说：“六郎儿，你先止住悲伤，快把边关之事给娘说个明白！”

六郎双眼含泪说：“杨家将为保主公和八王千岁，在金沙滩赴宴遭了灾祸，我父子九人只剩下我和爹爹、七弟三人突出重围，第二次我们又被困在两狼山中，七弟他突围搬兵不见归来，老爹爹身受箭伤，孤身难以奋战，众三军死伤惨重万般无奈，爹爹在李陵碑前撞碑自尽，我趁黑夜单身闯出山口，去寻找七弟，到边关找潘洪问个明白，哪里知道在黑沙河见到了七弟尸体挂在桥桩水中，他被乱箭穿身，惨不忍睹。这时，来了边关陈琳、柴干二位总兵，说潘洪谋害杨家，说潘洪官报私仇心肠太歹毒，他二人劝我不要去见潘洪，我这才把七弟尸体就地掩埋，带上潘洪射中七弟的一支窝心箭，赶回京城来告御状。进府中未敢先叩见老娘，是怕您老人家看到儿身上沾血的战袍犯猜疑……”

六郎刚说完这番话，老太君极度悲伤，顿时昏倒在地，不省人事，吓得六郎和郡主紧忙抱住太君连声呼唤。

不多时，太君苏醒过来，大声哭道："苍天啊，你怎么不睁眼呀，叫他父子死得不明不白，恨只恨那潘洪心肠太歹毒，害尽我杨家父子八位忠良将！"

太君心中万分悲痛，可是又一想："光悲痛又有何用？还是要往远处想。不然，我母子再有个三长两短，谁来报这血海深仇呢？"于是强忍悲痛说道："今天是我的寿日，万岁和八王要过府来拜寿，我们要如此如此……酒宴前，我儿可以告御状。现在众家儿媳还不知，等酒席宴前再教他们知道也好！"说罢，太君叫郡主去寿堂安排一切，等待万岁和八王到来。

不多时，听到钟鼓齐鸣，太君对六郎说："为娘先去一步，你也做好准备吧。"

太君来到了银安殿上，儿媳妇们已经全到齐了，都在欢天喜地的准备给太君拜寿。见到太君面色不悦，全以为是思念杨家众将之故，谁也没去多想。有不少的官员和亲戚朋友全都陆续到府上拜寿，真是热闹非常。众位儿媳拜完寿就去待客厅招待客人。时间不长，杨洪来报："八王千岁过府拜寿。"

太君一听，顿时满腹心酸又涌上心头，就带媳妇们到府外迎接。

八王为给太君拜寿，今天换了新朝服。他头戴王帽，身穿龙袍，腰横八宝带，足蹬朝靴，看年纪就在三十多岁，慈眉善目，鼻直口阔，双耳抱怀，精神百倍。八王没坐辇，是骑马来的，随身带了一些御林军。八王下了马，太君领儿媳妇们上前接驾见礼，郡主也拜见了皇兄。

八千岁笑道："太君，万岁驾到了吗？"

太君说："未见龙驾。"

"噢，我倒先来一步了。"说完，叫杨总兵抬过来寿桃、寿酒等祝寿的礼品。

太君说："多谢千岁！"

众人犹如众星捧月一般，把八王请到银安殿上。八王整冠束带要给太君拜寿，太君说："臣妻实在不敢当！"

八王道："杨门一家功高如山，这宋室江山也有你杨家一半哪，不必推辞了。"

太君说："王家千岁到此，已给臣妻脸上增光了，再要拜寿，臣妻实在担当不起！"

双方争执再三，太君执意不肯。最后由八王府的杨总兵代为拜寿。太君请八王坐上座，八王说："昨天我已和万岁说好，他今天必到，上座还是留给万岁吧。”说完，八王就坐在旁边了。

又待了一会儿，仍不见皇上到来，朝中的大臣也没到。

八王说：“时间不早了，怎么万岁还不来呀？”

太君说：“文武大臣也没来，也许朝中有事吧。”

八王说：“那就不用等了。”

太君吩咐开席，由杨家众人陪伴八王。太君给八王千岁满上酒，说：“八千岁，请！”

八王站起身来说：“太君请！”

众人也个个举杯刚要饮酒，就听外面有人高喊：“冤枉——”

八王听了一愣。太君忙问：“什么人喊冤？”

这时就见从外面走进来一人，众人一看全愣住啦！

第十回 贤王拜寿请圣命 不显荐己下边庭

大家正要举杯饮酒之际，忽然间听到外面有人喊冤枉，惊动了八王千岁赵德芳，他循声一看，原来他是郡马杨六郎。郡马已泣不成声，泪流成行。

八王千岁忙把御妹丈搀起，看到郡马血染征袍，心里发慌，问太君：“郡马回府为何不对我讲？”

太君说：“我也不知他何时回到府里。”

这时，众女将围上前来，纷纷问长问短。

太君问：“我儿为何离开战场？”

八王千岁问：“老将军令公可安康？”

郡马说：“我回京是为了告御状，不料想正好遇上八贤王。”说着，掏出状纸呈给八王千岁。

八王千岁接过状纸，从头至尾仔细地看一遍，见状纸上写满了国丈潘洪的桩桩罪行,不由义愤填膺,得知杨家父子惨死,不禁潸然泪下。

得知杨家众将大都被害,银安殿上顿时一片号啕哭声。众女将哭罢,齐说:"太君,我们上殿面君请旨,去边关捉拿潘洪!"

太君道:"有八千岁在此,你们不可放肆!"

众女将又跪倒请八王做主。八王止住悲痛说:"众位女将不要过于伤心,孤王先准下郡马的状,一定替杨家做主就是了。"

众女将平身,八王又对太君道:"此案先不要往外传说。如果传扬出去,有人去边关通禀潘洪,只怕这老贼一错再错,借机反了边关,勾来北辽的人马,那样一来,不但杨家的冤仇难报,只怕宋室的江山也难保!"

太君说:"依千岁之见,该当如何?"

八王千岁说:"我倒有一个办法:孤去金殿见叔皇,先不提潘、杨一案,怕有人走漏风声坏事,若是被西宫潘娘娘知道了,他准会派人报给潘仁美,一来怕老贼反大宋,二来怕杨家的冤仇报不成。待我把万岁请到天波府,暗地对他说出真情,并请万岁传圣旨,马上派人去边关,捉拿老贼潘仁美,押解进京审问,就是潘娘娘知道了,也不碍大事,只要审出潘仁美的口供,一定能给杨家报仇申冤。"

太君和郡马谢过八王千岁,送出府门,八王千岁心急如焚,上马直奔金銮殿。不一会儿,八王千岁穿过午门,下马急步来到金殿外,黄门官通报后,皇上请八王千岁上殿。

八王千岁整冠登殿,只见皇上哭丧着脸,满朝文武大臣也愁眉苦脸。八王千岁忙上前施礼道:"叔皇,今日是佘太君寿诞之日,杨家将为国为民去远征,应该表一表君臣之情,我来陪叔皇去杨府拜寿。"

皇上长叹一口气说:"朕方才刚要去杨府,可边关来了紧急公文,一是要求速派救兵,二是金鞭王得病身亡,问如何处置,我君臣正束手无策,你来得真凑巧,待你看过边关公文再商议。"

八王千岁接过公文仔细看,原来是潘洪亲笔所写,上面写道:杨家父子艺高胆大,违背军令私自交锋,中了辽将韩昌的圈套,损兵折将,丢盔卸甲,死伤了杨家众兄弟,多亏为臣带领二位国舅舍生忘死打接应,才救下杨家父子三人。谁料想杨继业又私自出马战辽兵,杀进两狼山,听说已丧命,六郎、七郎又违令出城,他二人败在韩昌之手,临阵脱逃下落不明,哪知道一波未平一波又起,金鞭王对杨家父子又疼又恨,重病染身,医治无效,为国牺牲,现今边关战局依然紧张，为臣万般无奈，只好禀奏万岁，如何安置呼王？请速派救兵，保全边关……

八王千岁看完后心里很是恼恨，暗骂潘洪老贼，呼王爷为何丧命，恐怕也是死得不明！强压住心头怒火说："以小侄之见，请叔皇到杨府，面见佘太君将此事谈清，因杨家将伤亡太惨重，然后再与太君商议出二路兵马之事。"

皇上听了八王千岁这些话，连忙点头应允，于是文武百官伴驾去往天波府。

不多一会，君臣来到天波府，太君和众女将出府相迎，陪万岁来到银安殿上，全都满怀心事尽在不言中！

众大臣忙给太君拜寿，皇上也抱腕当胸说："祝太君寿比南山、福如东海。"

太君连忙说："臣妻不敢领，谢万岁！"

八王千岁说："你满门忠良，何必谦恭！"

太君连忙吩咐摆设酒宴招待，又和八王千岁把皇上单独让进内厅。

皇上不解其意，正在纳闷，忽见八王千岁掏出状纸呈上，说："叔皇，请看杨家的冤枉状。"

皇上看后大吃一惊。

太君又把六郎杨延景叫来面君陈诉冤情，把杨家父子被害的经过，从头到尾详细地诉说了一遍。

这可难坏了皇上，心想："潘洪本是当今国丈，他怎么会私通辽邦谋反呢？如若没有坏心，他又为何金沙滩害了杨家父子？"这时，老太君领着六郎跪在面前哀求说："臣请万岁做主，下旨捉拿潘洪回京，为我杨家父子申冤报仇！"

八王千岁说："我已准下这一状了，请叔皇立即派人去边关传旨，把潘洪押回京来审问。"

皇上赶忙扶起老太君，叫六郎平身站立一旁，这才君臣共议捉拿潘洪押解回京之事。

八王千岁说："此事一定要严守秘密，切切不可走漏风声，对潘妃也不可告知真情，以防她派人去边关送信，也防潘仁美向辽邦投顺。"

皇上说："朕须到金殿派将，到那时岂能不透露风声？"

君臣正在议论纷纷之际，从外面进来老家人杨洪通报："马太君带着公子呼延丕显到金殿见驾扑了空，转寻来天波府要见圣上面报军情。"

这马太君乃是呼王爷的夫人，皇上不知她到此有何事，八王千岁对皇上说："叫他母子进来吧。"

佘太君便叫众女将去接马太君母子进来，只见呼延丕显身穿重孝。母子二人见过皇上和八王千岁，便放声大哭。

皇上说："马太君，你母子不要啼哭，快快起来！"

太君叫人看座，母子二人坐下。

马太君说："我母子二人由打府里来。马童来报：'金鞭王染病在床，潘大帅曾去探病，他走后呼王死去，死的不明。'才说至此，马童吐血而亡，因为他是连夜跑回京城，活活累死了！呼王的遗体还在边关，求万岁做主！"

听完马太君的话，没等皇上开口，八王就把六郎告御状之事告诉了马太君，然后说："我们正商议派人去边关拿来潘仁美，问清是非，他害杨家众将如果属实，绝不饶他！现在呼王又死的不明，马太君不必难过，自有万岁替你做主。"

皇上说："皇侄，你看谁能去边关捉拿潘仁美啊？去人少了恐怕不行，去人多了又容易引人注目，你看如何是好？"

此话惊动了呼王之子呼延丕显，小将当时上前施礼，说："万岁，臣儿愿下边关去捉拿潘洪！"

皇上听言，当时一愣！循声一看，原来是呼延丕显这小顽童！

皇上摆摆手说："不用，你年岁太小，你才一十三岁，怎么去带兵？怎么能捉来潘仁美，怕只怕你一去之后难以回京！"

呼延丕显说："万岁看我年纪小，可有几位古人臣儿牢记在心：甘罗一十二岁做了宰相，周公瑾一十三岁当上了水军都督领过兵，五代残唐的高行周，他九岁就挂帅为将领，小沉香劈山救过母亲，还有那文武状元小罗成。提起前几辈古人，臣儿还可算个老英雄哩！再好比金刚钻虽小能钻瓷器，枣核丁虽大可不行；狸猫虽小能避鼠，再大的兔子也怕小鹰；蟒长八丈只做一道菜，龙长七寸就能腾空穿云。请圣上、八王千岁放宽心，臣儿此去定能马到成功！"

皇上说："潘仁美是带兵元帅，边关有几十万人马，一旦你到边关提拿潘洪走漏了风声，一怕你性命难保；二怕他带兵造反进攻汴梁。"

呼延丕显说："万岁请放宽心，臣儿想过，到边关明拿潘洪比登天还难；只有用稳军计智取，骗他回朝。请万岁传下三道旨：一道旨是边关众将功劳很大，由我带着酒肉去犒赏三军；二道旨派我去请父灵还朝；三道旨命我捉拿潘洪。我带着万岁的三道旨意，到那里随机应变，见机行事，准能成功。如若办不成，臣儿情愿输项上之头！"

听完此话，八王千岁和太君都称赞丕显聪明伶俐，别看他小小年纪，却很不寻常！

皇上说：“皇侄，太君，你们看此事如何？”

八王千岁和太君同时又问马太君：“夫人可舍得叫丕显去边关？”

马太君说：“丕显儿人倒还机智，也有些本领，但能否拿住潘洪，却不得而知。只要万岁下旨，八千岁和太君愿意叫他去为国出力，老身绝不阻拦，就叫他去吧！”

八王道：“既然如此，杨景邦过来，你跟随丕显同去边关，对他捉拿潘洪之事，你要尽力协助。捉拿这个老贼早几天、晚几天全不要紧，只是要千万保住丕显的安全！假如他有个三长两短，杨景邦，你拿命来见我！”

杨总兵说：“请八王千岁放心就是。”

这时，六郎在一旁对丕显说道：“到边关之后，潘洪手下有陈琳、柴干二位总兵，是咱们自己人，有用到他们的时候，可以找机会说明真情。”

然后，六郎又对八王和太宗说道：“黑沙河边还埋着我七弟的尸首，请万岁准许丕显请灵回朝时，把七郎的尸首也带回京来！”

皇上和八王点头应允。丕显对皇上说道：“臣儿去边关，还请万岁封个官职，才好出面行事。”

皇上心想：如果官封小了，怕捉拿潘洪时，众将不服；如果官封大了，怕朝中文武不满。又一想，他这是舍命去边关，也算是一员了不起的小将！如果真能拿回潘洪，也称得起是擎天白玉柱，架海紫金梁，为国立功啊！他本来就是少王爷，于是就封丕显为双王。封罢，呼延丕显叩拜谢恩。皇上又道：“几时动身哪？”

大家齐说：“此事不宜拖延，越快越好！”

八王请皇上传旨校场点兵五千，呼延丕显、杨景邦第二天就动身去边关。

待一切安排好，八王又提醒皇上千万不能对娘娘言及此事，也不能叫文武百官知晓，暂时严守秘密。然后，皇上和八王各自起驾回宫，文武官员各自回府，暂且不表。

再说第二天五更，呼延丕显和总兵杨景邦带兵五千出京赶赴边关，一路上饥餐渴饮，夜宿晓行，不必细表。

这一天兵到边关，早有人报与潘洪。老贼听说来了奉旨钦差，心中提心吊胆，怕和杨家一事有关，就叫来潘龙、潘虎，告诉二人只要钦差一提杨家之事，就先动手杀死钦差，然后父子带兵造反汴梁。安排已毕，潘洪带兵将到城外迎接，一看钦差是个十几岁的小将，顿时就把心放下了。

潘洪来到近前跪倒说："臣潘洪接驾，愿吾皇万岁万岁万万岁！"

丕显说："太师免礼，带路进城到帅堂听候宣读圣旨。"

潘洪站起身来给丕显拉马，丕显赶忙下马说："老太师偌大年纪给我拉缰，实不敢当！"

潘洪听丕显如此说话，心中更加高兴，就在前边引路来到帅堂。

潘洪跪倒接旨，丕显高声读曰：

"奉天承运，皇帝诏曰：太师潘洪领兵征辽，日夜操劳，战功卓著，兹派钦差呼延丕显前往边关犒劳三军，将官每人晋升一级，兵士每人给半年军饷。钦此！"

潘洪领旨谢恩后，把圣旨供于案前。丕显又叫他领收带来的羔羊、美酒，犒劳三军。潘洪大喜，吩咐摆宴款待钦差。双王丕显说："潘大帅，我这次奉旨来办两件事：一是犒劳三军；二是接我父亡灵还朝。我父棺柩现在何处？我要先去参灵。"

潘洪说："双王一路辛苦，休息一天再去不迟。"

双王说："我一点儿也不累，大帅的酒宴我领情了，还是领我先去参拜父灵吧。"

潘洪听言，只得带丕显去拜灵。双王把杨景邦和五千军兵，全都带到了呼王的临时王府，走进门庭，闪目一看只见灵棚高悬白绫，棺椁前摆放一张八仙桌，桌上供着五贡，还有一盏长明灯，顿时觉得心如刀绞，万分悲痛，跪地放声大哭："爹爹啊！你一死闭眼离了人世，撇下我们孤儿寡母……孩儿再也不能见到爹爹了……"

呼延丕显哭得如痴如醉,众人一旁也伤心落泪。

老贼潘洪劝道:“双王,人死不能复活,再哭也无用,要保重自己的身体呀!双王若是有个好歹,谁来护灵转回京城?家中老母还需双王你来侍候孝顺呢!”

王府总兵杨景邦忙上前来扶起丕显:“双王,哭坏了身体如何回京呀!”

丕显这才止住悲痛,心中暗骂:潘洪老贼,若查出果真是你害死我父亲,我一定把你点天灯!想到这里,眼珠一转,假意说道:“大帅和我父生前有交情,刚才我身带圣旨公事公办,现在公事已毕,你也别谦恭过分客气,叔父如同生父,侄儿犹如你的亲儿,我父已病故离开人世,今后侄儿可全靠叔父啦!”

几句话说得潘洪心动,暗自寻思:不如我收丕显为义子,这样倒可以用他来挡风,蒙蔽众人,我再派心腹的人紧盯着他,他若于我不利,我就暗中把他除掉。想到这里,潘洪就说:“双王千岁,我有句话想要告诉你,如果不妥,你可别生气。自打我们一见面,我就非常喜欢你,我想高攀收你为螟蛉义子,陪伴在我的身边,不知你愿意不愿意?”

丕显一听此话,心中暗暗高兴,这样正好乘机稳住老贼,步步施行我的计谋。想到此,扑通一声跪下说:“干爹,你说的话正合干儿心意,从今往后我又有人疼爱了!你是棵参天大树,我可以在大树下乘凉了。”

双王这里认干爹,倒惹得边关众将不赞成,这时可急坏了陈琳和柴干二位总兵,暗暗埋怨说:你不知道老贼害了你父亲,竟然认贼作父,可惜你被他蒙在鼓里,我们又不能对你说实情,真是急煞、愁煞我们了!

潘龙、潘虎二人心里也不平静,心想:这小子看样子可够机灵的,今后我兄弟一定要多加防备,别中了他的圈套!

潘洪心中很是高兴,把丕显让到帅堂上,大摆酒宴,为双王等接风洗尘。

潘洪喝得高兴,丕显怕酒后失言暴露真情,饮不多便假装酒醉,趁机退出帅府回到公馆。

王府总兵杨景邦小声地问双王:“你打算怎样捉拿潘洪?你认潘洪为干爹又是怎样打算的?”

双王说:“杨总兵,你休要着急,莽撞了会坏事的,咱们稳住了老贼以后,再见机行事。棋错一着,满盘皆输!”

二人回到公馆不大一会儿,边关总兵陈琳和柴干来了。他二人原来是奉了潘洪之命来暗查呼延丕显行踪的。

老贼用人也算瞎了眼,拿着金子当黄铜,他哪里知道陈琳、柴干早已和郡马、呼王爷心心相通!

双王呼延丕显听到外边来人了,就向杨景邦递了一个眼色,二人也就不再谈话,只听见外面来人问道:“钦差大人可在?”

“在。”

“请回禀,我二人求见!”

差人进来报与双王,丕显和杨总兵简单商量了几句,然后说道:“有请!”

陈琳、柴干二人进来见了丕显,施礼已毕说道:“元帅差我们来看看钦差大人需要什么,我二人好给准备。”

双王说:“杨总兵,你到外边侍候。”

杨景邦答:“是。”随即走出厅外。

丕显叫二位总兵坐下后问道:“你二人是来招待我呢,还是奉命来监视我呀?”

二人听了大惊说:“钦差之言差矣,您是钦差大人,又是潘元帅义子,此话从何而出?”

丕显心想:我正想找你们哪!事不宜迟,拖延下去万一走漏风声就要性命难保。不如趁此机会对他二人言明。于是说道:“二位总兵,若不是你二人放走杨郡马,他回不了京城,我也来不了边关呀!”

陈琳、柴干听双王忽出此言,一时摸不着头脑,莫名其妙,又怕叫人听见惹出大祸,不由得两眼直往外看。

丕显看出了两个人的心思,就说:“二位总兵不用害怕,杨总兵在门外巡风,你们有话尽管说。”

陈琳、柴干听完这句话,抖了抖精神,壮了壮胆说:“双王,你来边关究竟为了何事,能把真情告诉我们吗?”

丕显说:“你们来得太好了,我正想找你们俩呢1”

然后,他就把郡马回京、八王准状、皇上传旨捉拿潘洪之事对二人说了一遍,又告诉他们:“御总兵杨景邦帮助我来捉拿潘洪,我认潘洪为父,以减少老贼的疑心。可能引起边关众将小瞧于我。其实,我和老贼也有不共戴天之仇!我父王的马童已然跑回京城送信,说我父王可能也被潘洪所害。不知你二人知不知道其中蹊跷?”

陈琳说："金鞭王知道七将军被潘洪乱箭射死以后，非常恼怒，气得要用金鞭打潘洪，不想一时晕倒，从此病在床上。那一天，潘洪去探病，他走后不久，老王爷就去世了。金鞭王之死定与潘洪有关！"

柴干接着说："潘洪害杨家父子，我们就可以做见证。他命我二人到黑沙河去截杀六将军，我二人不忍害死忠良，所以背着老贼放走了郡马。此事若被老贼知晓，我二人也必然性命难保！"

丕显说："二位自管放心，从我嘴里决走不了风声。"

二人又问道："潘洪权大兵多，凭你和杨总兵带的这点儿人马，如何能拿潘洪？万岁和八王为什么不多派兵将来呢？"

双王说："我来边关不能多带兵将。因为：一是要避人耳目，要悄悄地出城前来免得走漏风声，怕有人先给潘洪通风报信；二是多带兵将容易引起老贼怀疑，怕他索性来个投辽反宋。所以我们少带人马，先稳住老贼，再想办法拿他！"

二位总兵听了这些话，心中顿开茅塞，大为高兴，问道："双王，现在有何妙计呀？"

丕显说："我与杨总兵商议，打算明天校场内犒赏三军，借点大卯时机捉拿潘洪。可是俗话说：'单丝不成线，孤树不成林。'我来时郡马已经告诉我，二位总兵是自己人，叫我先找你们商量。如果明天动手，不知其他那六位总兵是忠于朝廷呢，还是听命于潘洪？"

陈林说："我们这八个总兵全是金兰之好，双王尽管放心！只是不知明天点卯如何拿潘洪？"

丕显说："我们计议如此如此……一计不成再用二计，你们看如何呢？"

第十一回 神童智拿潘仁美 奸妃贿赂刘秉臣

陈琳、柴干听罢丕显之言，连声称赞，又说："为给忠良报仇，为国锄奸，我们八人死而无怨！"

呼延丕显说："好！"随即把杨总兵叫进来，对他说明情况，叫他送陈琳、柴干。二位总兵回去分头准备，明天按计行事，暂且不提。

再说那双王呼延丕显用罢饭后，特意去见潘洪，说道："父帅，我打算明天在校场犒赏三军，不知父帅意下如何？"

潘洪心里也正恨不得呼延丕显立即就犒赏三军，然后离去，他心里也就踏实了。一听呼延丕显之言，他立即点头应允。

第二天一清早，潘仁美带领众将来到校场，他坐在点将台上，奉旨钦差呼延丕显坐在一旁，潘龙、潘虎和各位总兵分列两厢。校场内前、后、左、右、中五营人马到齐，边关营中的大小战将一个个威风凛凛，众军兵一个个杀气腾腾，好不威严！

只见潘洪打开放在桌案上的花名册开始点卯，头一名叫："黄龙！"可是没人答应，潘洪就在名字上点了一点，这意思就是误卯，该打四十军棍。往下点黄虎、陈琳、柴干、郎千、郎万……众将也都一一答应。等把众将点完，再从头点第二卯，又叫黄龙，还是没人答应。潘洪又在名字上点了一点，这就算误两卯，罪当插箭游营。一连点了三卯仍然不见黄龙，潘洪感到面子上实在太不光彩了。俗话说："国有国法，军有军规，令出山河动，箭发鬼神惊！"潘仁美怒从心头起，伸手抄起令箭叫人去调黄龙来见。传令官去不多时，回报道："回禀元帅，黄龙总兵身染重病起不来床啦！"

潘洪怒道："爬也要爬来！你再去传他，调不来黄龙，拿你是问！"

这一句话吓得传令官忙又去见黄龙，说："你若不去，我命难活！"

黄龙说："既如此，我绝不叫你为难！"随即勉强跟传令官来见潘洪，到了点将台下，跪倒磕头，说明有病了才误了点卯。

潘仁美一拍桌子，二话不说，就叫人绑出去杀——

潘仁美在点讲台上把令行，众三军哪一个敢不听？把黄龙绑在了辕门外，三声炮响要问斩刑。大小将官束手无策，跪下了陈琳、柴干众总兵，众人开口尊："元帅，请把黄龙来宽容！他因重病才误了点卯，元帅的发落要从轻！"

潘洪听罢来息怒，开口说道："众英雄，今日的点卯非小可，奉旨钦差在校场中，黄龙胆大敢误卯，叫钦差耻笑我无能！你等休要把情讲，谁要讲情我也不容！"

潘洪要把黄龙斩，忽听有人发笑声，潘洪听了就一愣，什么人胆大放狂声？循着笑声回头看，正是丕显小英雄。

潘洪见丕显在一旁放声大笑，就问道："钦差为何发笑？"

丕显说："元帅，黄龙误卯，可不能全怪他呀！"

潘仁美说："那要怪哪个？"

丕显说："元帅别生气，让我说就在元帅身上。元帅应该把军规经常向大家宣讲，使他们心明眼亮，军规铭记在心，谅他们也不敢误卯。今日点卯，我观校场内队形不整，军容不严，实乃元帅军规不严所致。不是我夸大话，我如果替父帅点卯，先把军中五才十过宣讲清楚，使得大家心服口服！"

潘洪心想："你个小毛孩子，别吹大话！"说道："既如此，我把兵权暂交于你，由你替我点卯，我倒要看看你有多大本领？"

丕显说："如果要我点卯，元帅你也要委屈一时。"

潘洪说："当然，我如不遵军令，也照样问罪！"

说完，丕显登台拜师。潘洪对众将说："现在奉旨钦差暂时为帅，替老夫点卯，大家要听从调遣。"

众将听了齐来参见元帅。丕显又对潘洪抱拳道："元帅，恕我不恭了。"

丕显此时心情也有些紧张，暗喜自己先拜潘贼为父，到今天才没有引起他的疑心。现在已然兵权在手，绝不能以小误大！想到此，又镇静下来，看了南清宫杨景邦总兵一眼,意思是叫他见机行事。然后丕显一排桌案说:“先把黄龙放回来,我要重点大卯!”

黄龙回到点将台前松了绑绳谢过新元帅,站在了一边听点。

丕显大声说道:“众位将官,我点卯与老帅不同,第一卯不到插箭游营;第二卯不到斩掉人头;第三卯不到抄家灭门!”

大家一听全都害了怕,注意听点。

丕显一拍桌案喊了一声:“潘仁美听令!”

潘洪老贼一听心里一愣,暗想:“怎么点起我来了?”

此时,丕显第二声又叫出来了:“潘仁美听令!”

老贼还在莫名其妙,没有应声。紧接着丕显又叫出第三声:“潘仁美听令!”

这时老贼有点心慌了,刚要站起应声,就听丕显大喊:“众将官!”

“有。”

“给我绑潘洪!你是元帅,听点不应,知法犯法,该当何罪?”

潘洪的贴身心腹刚要护卫老贼,杨总兵急忙从身上取出第三道圣旨交与丕显,丕显举起圣旨大声说道:“我是万岁加封的双王,奉旨捉拿潘洪。哪个敢抗旨,抄家灭族!”

那些心腹之将一看见圣旨,都吓得不敢上前。陈琳、柴干和几位总兵早有准备,此时一起动手拿住了潘洪、潘虎,杨总兵带领几名军兵早已捆住了老贼潘洪。

双王丕显拿下潘洪父子三人,命人装进木笼,又派陈琳、柴干带人去黑沙河边刨出七郎的尸首,然后又起着金鞭王的灵柩,回往京城汴梁。临行之前嘱咐八家总兵要镇守好边关。一路上晓行夜宿,不必细表。

等回到汴梁,丕显命人把潘仁美父子寄押刑部,自己去上殿面君。

太宗叫双王丕显回府休息,准备金鞭王的葬礼;又命杨家来人,把七郎的灵柩领回天波府;然后叫御总兵杨景邦回宫去请八王千岁。

一切安排已毕,太宗问道:“众位爱卿,哪个领旨去审问潘、杨一案?”

文武百官听了,你看我,我看你,无人答话,为什么呢?这个案子不好接呀!一家是当今太师,一家是郡马、八王的御妹丈,全是皇亲国戚!审问起来稍有偏差,就性命难保,故此无人答话。

太宗一见无人应旨,心中不悦,就命西台御史刘秉臣去审问此案,然后退朝。

刘秉臣无奈，只得领旨下殿。正要回衙，忽听八王在身后唤他，忙施礼问道："千岁，又何指教？"

八王说："圣旨派刘卿审理潘、杨一案，孤王但愿你大公无私，秉公而断，如果徇私偏向，你可知孤的凹面金锏的厉害！"

刘秉臣说："请八王放心，为臣我要一碗水端平！"

八王说："如有为难的事，可去南清宫找我！"

"是。"

八王和刘秉臣分手，自回南清宫不提。再说刘秉臣回衙坐在书房，对审理潘、杨一案前思后想，并无良策。这时，当差的来报有人求见。还没等他问是什么人，帘笼一挑，已经进来一人，头戴缎帽，身穿黄袍，足蹬双靴，手拿绳甩。刘秉臣一见连忙施礼让座，说："不知公公到此，有失远迎，当面请罪！"

这位太监说："孩子们进来！"

随着声音又进来九个小太监，抬着礼盒放在地上。刘秉臣问："公公到此，有何见教？"

"咱家奉潘娘娘密旨而来看望大人，给大人送来一份礼物。大人审理潘、杨一案，如果太师的官司打赢，保你连升三级！就是惹出天大的祸来，自有娘娘承担！如果把太师断输，可要小心你家的祖坟！"

说罢，叫人把东西拿出来放在桌子上，有珍珠玛瑙、各色宝石、一百锭黄金、一只翡翠猫。这些东西十辈子、八辈子也花不完！刘秉臣一见，正像馋猫看见腥鱼，自然是喜出望外。可是，一想起八王千岁说的那番话，不由得又有些担惊，就说："有劳公公回禀，对潘、杨一案我要秉公而断，绝不能收娘娘的厚礼！"

大太监一瞪眼说："你敢违抗娘娘的密旨？小心你的人头！"说完，他又收回怒容换成笑脸说道："大人，你怕什么呢？又不是娘娘亲手交给你的东西，万一出了事，你不承认，谁来作证？让我说呀，大人可以在审问之时抓住杨六郎的一些差错，把他当堂打死，你落个刑下逼供死人，最大也就是丢官罢职。这些钱也够你花的啦！娘娘在朝中，过不了多久，还可以保举你官复原职。"

说完，他一甩袖子，带人走了。

刘秉臣愣住了，一看密旨、礼单全放在桌上，他拿起一看，心中左右为难——

刘秉臣看罢密旨和礼单，思前想后左右为难："为审潘、杨这一案，八王千岁嘱咐我秉公勿偏。他叫我据理来判定，若出差错他承担。如今还没有升堂问案，娘娘就派人送来密旨和礼单，我有心按娘娘密旨把事办，杨家将要沉冤海底实可怜。老杨家赤胆衷心人人称赞，我不能丧尽良心叫他家蒙冤！我应当秉公来断案……哎呀！潘娘娘岂肯把我容宽？不但这些珠宝不能到手，怕的是连性命也难保全！看起来秉公而断实在危险，倒不如顺从娘娘发财升官！只要是受礼之事只字不露，就不会传到八王耳边。万岁爱娘娘犹如珍宝，有娘娘做主何必把心担？"想至此脚一跺心一狠："我不管他杨家冤不冤，千里做官为吃穿，把天理良心扔在一边！"

刘秉臣主意已定，差人将礼物抬到后楼。李氏夫人一见丈夫喜形于色，忙问道："老爷今日为何如此高兴？"

刘秉臣说："下官今日在朝奉旨审理潘、杨一案，没想到刚回到府中，娘娘就差人送来了密旨和厚礼，这真是飞来之财！"

说罢，叫人把礼物抬到房中，请夫人观看。李氏夫人看完这些礼物，忙问道："娘娘为何要送这么多珍贵的礼物呀？"

刘秉臣说："夫人怎么竟然一时糊涂起来了？下官奉旨审理潘、杨一案，娘娘此时送来厚礼，自然是为潘太师求情。如果我把潘太师断赢，不但宝物到手，以后还定会越级高升。看来你我夫妻的福分大，今后有吃不完的珍馐美味，享不尽的荣华富贵呀！"说完，他得意地哈哈大笑。

李氏夫人闻听，顿时一惊！口尊："丈夫啊！你可想错啦！"

李氏夫人大吃一惊，心想："谁不知杨家是忠良将，东挡西杀北战南征。为国为民忠心耿耿，扶保大宋屡立战功。潘太师为人凶残又奸诈，多行不义还纵子行凶。他上欺天子下压百姓，提起来谁不骂他三声！为妻良言把夫劝，不知官人听不听？"

刘秉臣早就听得不耐烦了："得了，得了！你一个妇道人家懂得什么？八王的凹面金锏虽说是上打君、下打臣，代管三宫六院七十二偏妃，也不过就是这么一说。究竟他打过谁呀？据我所知，一个也没打过！你不想想，娘娘深得万岁宠爱，谁人不怕？哪个敢惹？我若把太师的官司断赢，即使八王见怪，娘娘也不能不管。如果不按娘娘密旨行事，不但这些珠宝到不了手，连官职性命都难以保全！尽管杨家有救命之恩，现在也顾不得那些了。夫人，你就不必操心啦！”

说完，他扭身往屋外走，准备就要升堂。夫人抢步上前，一把拉住说：“官人，我不能叫你这样做呀！”

刘秉臣一见，立即怒从心头起，恶向胆边生——

好一个贪赃枉法的刘秉臣，骂一声：“不知好歹的狗贱人！我正在发福生财走官运，你百般拦阻安的什么心？”

李氏说：“你只想发财官升一品，你只贪图珍珠玛瑙翡翠黄金，你不想潘洪老贼人人恨，你不想国法条条不容人，你不看远来只看近，拿天理良心换金银。我今天只要有三寸气在，绝不能让你害贤臣！”

李氏对她丈夫无比愤恨，只气得五脏如同烈火焚，心如刀绞痛难忍，热泪滚滚湿衣襟，双手把丈夫的袍袖抓紧。

刘秉臣此时下了狠心，他双眉一立瞪圆了眼，拳打脚踢李氏夫人。只打得夫人在楼板上翻滚，只打得口鼻鲜血往外喷。刘秉臣打了一顿才住手，他气势汹汹出了楼门。

刘秉臣怒冲冲的来到前厅，心里想：“妇道人家真是头发长，见识短，若依了她，定会误了我的大事。”然后叫人端上酒饭，准备吃完了升堂。他正在那里连吃带喝，一名丫鬟慌慌张张跑进来哭喊道：“老爷，不好了，妇人抱着少爷从楼上跳下去啦！”

刘秉臣一听，立时起身来到后楼下一看，果然母子二人摔得脑浆迸裂，已经丧命。见三岁的小儿子这样惨死，心中本来也觉得可怜，可是转而更恨李氏了：“你这贱人一死不要紧，还摔死我的儿子，打算叫我断子绝孙！哼！等我升官发了财，娶下三妻四妾，儿子有的是！”好一个人面兽心的刘秉臣，一滴眼泪没掉，叫家人用席子一卷，把母子二人埋在后花园，连口棺材都没给！众家人和丫鬟无不被李氏的贤德所感动，有的暗中掉泪，有的敢怒不敢言，心中却痛骂这个不仁不义之人，咒他不得好死。

此时，刘秉臣更打定主意要投靠奸妃，从后花园回来立即升了二堂，叫差人到监狱去请来潘洪。只见老贼甩发免冠，身穿罪衣罪裙，戴着脖锁手铐。那潘洪走上二堂,也用眼打量问官,见他四十岁年纪,短眉毛,长眼睛,扁鼻子,菱角口,两撇燕尾胡须,头戴乌纱,身穿红袍,腰横玉带,看罢认出了西台御史。这时,刘秉臣抢先站了起来,报了抱拳满面带笑得说:"老太师,叫您受委屈了。来人,给太师去掉刑具,看座!"

这一来可把老贼乐坏了,知道一定是女儿把他买通了,也就不客气地落了座。刘秉臣又叫人给潘洪端过茶水,然后简单地问了问潘、杨一案的经过。老贼当然不会实话实说,他又颠倒黑白反诬杨家违令出征,临阵脱逃。刘秉臣也根本不去追问,就说:"太师请放宽心,我保你无妨!"然后,叫差人去提六郎。

时间不长,差人从天波府带来郡马。六郎一进二堂,见老贼大模大样坐在那里喝茶,就知道不好了。再一见刘秉臣对自己傲然不睬,面若冰霜,心里也就明白了八九成。原来六郎过去就认为刘秉臣为人不忠厚,不愿意搭理他,今天上堂来一件这般情景,更是气不打一处来,就站在那里一言不发。

刘秉臣一见六郎上堂来没拜见自己,就一拍桌案问道:"下边站立的可是杨延景?"

六郎说:"正是。"

"嘟!为何立而不跪?"

六郎说:"我上跪天,下跪地,中跪父母堂前行孝,我乃郡马少令公,跪你何来?"

刘秉臣闻言大怒:"好你个大胆的杨延景,本官是奉旨审问,谁管你郡马不郡马!"

说着,他取出圣旨高悬二堂。六郎无奈,只得跪拜圣旨。

刘秉臣此时一拍惊堂木:"杨延景,你不从军令临阵逃脱,反而诬告太师,你安的什么心肠?要从实招来!"

六郎一听真是怒发冲冠,哪有这样问案的?奸贼坐在那里逍遥自在,自己是原告反倒成了罪人!不问可知,一定是受了潘家的贿赂!六郎微微一笑说道:"刘大人,我父子跟随潘大帅带兵征辽,原是为报效国家、护卫百姓。谁知潘洪在营中借机官报私仇,还勾串辽邦意欲谋害万岁和八王!我父子替万岁和八王去金沙滩赴宴,寡不敌众,只剩下我父子三人。潘洪又不放我们进城,结果被困在两狼山。我七弟去边关搬兵求救,被潘洪乱箭穿身。老爹爹孤身无救,撞死在李陵碑。我逃回京城攒了御状,万岁才命双王下边关拿来潘洪。今大人升堂,还望秉公而断。一来替我杨家死难的众将报仇申冤,二来要清除内奸,保卫宋室的江山!”

刘秉臣听完,并不去接着再问潘洪,而向郡马大声喝道:“你大胆!潘大帅是皇亲国戚,岂能做出此事?分明是你安心不良要害太师!还不说出实情?”

六郎说:“我方才讲的都是实话。”

“嘟!分明是花言巧语欺骗问官。真是‘人是木雕,不打不招;人是木虫,不打不成’。来呀,把杨延景拉下去重打四十大板!”

差人过来,把郡马拉下堂去打了四十大板,直打得六郎皮开肉绽,鲜血淋淋!

刘秉臣一心要将六郎屈打成招,哪想到六郎是堂堂英雄汉,根本不吃这一套。于是,他又想用重刑逼供,逼供不成也要叫六郎当堂致残,他为贪图重金,竟然丧尽天良!叫差人把夹棍拿到堂上,要对六郎用重刑。这夹棍乃是榆木制成,当中一根长五尺,靠下边抠两个圆槽;两根短的二尺五,各抠一个槽,下边用铁链连在一起,另一头是活的,按犯人腿的粗细调整位置。用刑时把犯人的两个脚腕子套上夹棍,脚踝骨正在四个槽里,两个短棍上头拴有皮条,从长棍的铁环穿过去,由两个人一前一后向拉纤一样用力拽。一成刑时还能忍受,二成刑时两腿就疼如犬咬,三成刑时头昏眼花,四成刑时血管崩裂,五成刑时踝骨准碎,接骨匠也接不上了。即使官司是冤案,人也残废了!

这里差人给六郎上好夹棍,就用眼看着刘秉臣,等着用刑的命令。原来问官在拍完惊堂木后,伸几个手指就是几成刑。

这时刘秉臣又问道:“你招不招!”

六郎道:“你用重刑也不能屈招!”

刘秉臣一拍惊堂木,伸出了五个手指。这意思就是五成刑。眼看着六郎就要当堂致命!忽听得厅堂外一声喝喊:“住手!”

欲知后事如何,且听下回分解。

第十二回 八王挥锏打赃官 崔亭奉旨调寇准

刘秉臣正要残害杨六郎，忽听堂外大声喝喊："住手！"随着话音，闯进来了八贤王。

诸位要问：怎么这么巧呢？这可不是"无巧不成书"，而是八贤王的精心安排。

原来，八贤王对刘秉臣早就不放心，所以一下金殿就对他进行了叮嘱。为了预防万一，又派人在御史衙前巡望，今日一见派人去天波府提六郎，早有人去报知八王。八王知道事关重大，就来到堂外听审，并且告诉衙役不许通报，所以在这千钧一发之时，八王千岁来到堂上。

八贤王叫一声："刘秉臣你好大胆，把国家的王法扔在一旁。金殿散朝后我已对你讲，叫你大公无私审潘、杨。不想你面从心违把良心丧，原来是人面兽心肠！你千方百计保护国丈，无故动刑折磨六郎。光天化日乾坤朗朗，岂容你贪官污吏逞凶狂？"

八王越说气越往上撞，手举起凹面金锏，只吓得刘秉臣面如土灰，手脚冰凉，浑身颤抖，体似筛糠，头晕眼花转了向。他分不清东西南北方。猛听的手起锏落一声响，刘秉臣花红脑浆溅公堂。

刘秉臣贪赃枉法，在公堂之上将原告打成被告，说六郎诬陷国丈妄告不实对六郎要严刑拷打。南清宫八千岁赵德芳怒从心生，当堂用凹面金锏打死了刘秉臣。此后，满朝文武对潘、杨一案无人敢问。你想啊，一边是潘娘娘的父亲当朝国丈,一边是八千岁赵德芳的妹丈杨六郎,都是皇亲国戚,别管得罪了哪一边,小则丢官,大则丧命,谁还敢沾这个边啊!

忠良大人丞相王苞王延龄查了《清官册》,在金殿动本保举下邽县寇准审理此案。那寇准已在下邽县连了三任县令,官清似水,为人刚正,且与双方均无牵连。太宗准奏,立即派大太监总管崔亭为奉旨钦差去宣调寇准。崔亭领旨非常高兴:"常言道,钦差出朝,地动山摇。咱家在万岁爷身边当差,途经的州城府县,谁敢不给咱家送礼?自古道,文官怕调,武将怕宣。寇准一听说皇上调他这小小的县令,必然吓得魂飞天外,他一琢磨不知何事触犯朝廷,准得想尽办法打点门路,这岂能不给咱家送礼?这趟下邽县之行,必然捞他个满载而归!"

太监崔亭第二天就收拾启程,沿途之上搜刮勒索不必细表。这一天,崔亭正往前走,听差人说离下邽县已经不到三十里了。"怎么还不见县官来迎接呢?寇准你好大的胆子!一路上州城府县各地官员听说咱家要来,哪个不出城四十里迎接?你这个小小的县官,胆敢在县衙稳坐泰山不接钦差!咱家要给你点颜色看!"想到此,叫人马稍停,在此等候县官迎接。可是左等不来,右等也不来。崔亭这个气更大了。这时,打前站的差人来报总管,说下邽县的县衙门可难找了,费了九牛二虎之力才找到,可是衙门里连个人影都没看见。崔亭听说一愣,心想这事儿可真新鲜,别在这傻等了,到城里看看再说。真要找不到寇准,回去还没法交代。于是叫人带路直奔县城,来到县衙门前一看,不由得一愣!

崔亭勒马仔细观,见县衙一片凄凉破旧不堪,两扇大门还剩下一扇,影壁墙皮脱落坍塌了半边。鸣冤鼓上的尘土有一寸多厚,荒草一片在眼前。崔亭下马把县衙进,只见那大堂上寂静无声少人烟。公案桌坏了一条腿,下面垫着两块砖。破旧的椅子没椅垫,褪了色的屏风戳在后边。三班衙役全不见,这县衙难道关板散了摊?太监崔亭心里暗盘算:"怎么看不见寇准七品官?此一行八成要徒劳往返白受累,找不到寇准,万岁怪罪我怎承担?"想到此叫差人快把县官找,把他叫来要问根源。差人一听不怠慢,走出大堂奔后边。

"有带气儿的吗?滚出一个来!"就听有人答应:"你找谁呀?"

当差的留神看,只见转过一人,这个人十五六岁精神饱满,身上穿着一件青衣。

当差问:"你姓字名谁当面讲?"

这个人答:"我是寇大人书童叫寇安。"

当差的一听，这回算找到了寇知县，忙问道："你们县令在哪边？现在奉旨的钦差到，快叫他迎接钦差到堂前。如果再要来得晚，钦差一定会怪罪。"

书童答应说："是，是，是，我们大人正种菜在后菜园。"

说罢急忙往后跑，工夫不大从后边来了寇准七品官，崔亭看罢暗盘算："我可从来没见过这个样的穷县官！"

来人正是寇准。此人在下邽县连任三年知县，官清似水，两袖清风，断案如神，很得民心。他方才听书童报奉旨钦差来了，心中暗想，难道要大祸临头？又一想："我寇准扪心无愧，何必多虑？"于是来在钦差面前深施一礼，说："下官接迎钦差大人。"抬头一看这位钦差，满脸傲气，盛气凌人，肚囊子腆着，脸板着，腮帮子咧着，嘴撇着，这个"劲儿"可大啦！这时崔亭心中暗想："这真是穷县城穷衙门穷官哪，把他这身衣服扒下来卖了，也不值半两银子！好不容易弄了个肥差使，没想到遇上这么个穷鬼！哎，没枣的树我也要打他三竿子！"想到这儿，大喝一声："寇准，你这个小小县令好大的胆子！咱家是奉旨钦差来到你这下邽县，你为何不出城迎接？你可知欺君之罪！"

寇准说："卑职要知大人到此，天胆也不敢不接。怎奈没听差人来报，确实不知大人驾到，请钦差大人高抬贵手！"

崔亭心想："等读完圣旨就吓得你胆裂魂飞了，我也不告诉你是审理潘、杨一案，先吓你一跳。你一定猜想宣你进京是凶多吉少，看你怎么办？你要是心眼活一点儿，就是砸锅卖铁，也得给咱家送点儿黄白礼物，不然就叫你好受不了！"想至此，叫寇准摆香案接旨。

寇大人忙派人摆好香案，撩袍跪倒大礼参拜。崔亭展开圣旨宣读：

"奉天承运，皇帝昭曰：兹派内总管崔亭调下邽县令寇准随入都。钦此！"

寇大人听罢面带惊慌，三拜九叩接了圣旨，又把钦差崔亭请进书房。叫书童沏好茶水快端上。"贵差一路辛苦经受风霜。"

崔亭他刚喝了一口就喷在地，把嘴一咧咧到了腮帮，叫寇准："你这是用什么茶叶招待总管？"

寇准说："贵差息怒请原谅，小官我一不卖法二不贪赃，哪来的钱财招待总管，贵差委屈一顿吧！”

那崔亭肚子饥饿实难忍，也只好凑合了一顿。小书童连忙又把茶沏上，说：“这次给您换了茶叶名叫‘一扫光’。”

崔亭一听，这气可更大了。心说：“寇准他这是怎么回事，为何对我这样怠慢？连他的书童都这样狂气！我又渴又饿的时候叫我喝‘胀肚青’；才吃点儿窝头小米粥，又叫我喝‘一扫光’，再把这窝头扫下去，这小子可太坏了！”气冲冲地说：“寇准，你如此对待钦差，可知这是欺君之罪吗？”

寇准暗想：“调我进京为了何事，我是一点儿不知，大概凶多吉少。干脆爱怎么办就怎么办吧！”说道：“钦差大人既然怪罪下来，您就按律治罪吧。”

这一来倒把崔亭给制住了。他心想：“寇准到现在还不知进京去审理潘、杨，还以为是进京问罪哪！听这口气他这是豁出来了。他什么都不在乎了，我可就什么油水也捞不到啦！倒不如对他实话实说，他知道本差一路上鞍马劳苦为的是调他入京审案升官，他也得表示一番心意吧！”于是改变了主意，把怒容换成笑容说：“咱家不怪你了。你知道万岁调你入京什么事吗？”

寇准答说不知，崔亭就把审理潘、杨之事说明。寇准听罢，半晌无言。

崔亭见寇准半晌无言，以为寇准害怕了，说：“寇准，不去不行。明日清晨启程，你现在可以回去把家里安置一下。”

寇准说：“卑职在这里连任三任，弄得衣衫褴褛、一贫如洗，连入都的沿途川资也无法筹措。请钦差大人先回朝禀明圣上，待发下川资路费，卑职再应旨进京。”

崔亭一听就愣住了：“寇准，你不随我进京，我回朝怎么交代？”

“那，我就管不了那么多了。”

崔亭一看也没办法了，说：“既然贵知县如此清贫，咱家先替你垫上，你进京后再还清，怎么样？”

寇准说：“账，我可不敢借。入都后审潘、杨一案，一旦审理不好，性命难保，哪来的银钱还债？请大人谅解！”

崔亭一听，暗想这一趟差使我是白给他忙活了！“这样吧，我先拿出银两，你换套官服，把家也安置一下。到京城后如审清了潘、杨一案，你升官还账；如审理不好，你死了，那就算我赔了，我不要了。”

寇准说：“我从来不借账，还是您先回去吧！”

崔亭一想,回去也没法儿办哪?“干脆,这银两算我送你的,不要了。”

寇准说:“多谢贵差!”

崔亭想:这次我算是赔到底了。

寇准说:“差人、书童也得跟我去,他们全得要安家费。”

崔亭说:“行!一笔算清,要多少?快讲!”

寇准说:“您看着给吧。”

崔亭命人拿出银两,叫他们分头安置,明日一早动身。

第二天天刚亮,衙门外一阵嘈杂声。崔亭当时吓了一跳,慌忙起身派人查看。不大会儿,差人来报,下邽县的黎民百姓听说寇准要走,他们来送万民衣、万民伞。还筹集了三百两白银送给寇准。崔亭一听,心中暗乐:“寇准不是说没钱吗?这回有了三百两银子,一路上吃喝差不多了。再跟我哭穷就办不到啦!”于是来到衙门外。见寇准正和父老乡亲争执不下,听寇准说:“万民衣、万民伞我收下。银子我是分文不收,多谢乡亲们的好意!”

崔亭一听,可急坏了,这三百两银子又指不上了!立即吩咐马上动身。寇准换上了万民衣,收下万民伞。众百姓又给寇大人拿过来一双新官靴,留下他的旧靴子要挂在城头。有这么一句话,叫“清官留靴,赃官留帽”嘛。这说明寇准的为人是真不错了。寇准带书童刚要动身,哪知又被百姓团团围住,男女老少一齐哭喊:“大人,您不能走哇,我们舍不了您哪!”

寇大人手拉马离衙门,家人书童在后边跟。众百姓拦路不叫走,乡亲里三层外三层挤满了。都言说寇大人为官清正,两袖清风为国为民。这样的父母官怎舍得离去?众百姓还把大人送到城门,这就是奉旨调寇准书一段,欲知后事听下文。

第十三回 潘妃差人下密旨 寇准上任送厚礼

话说下邽县令寇准跟随钦差太监崔亭日夜兼程赶到了汴梁，崔亭把寇准安排在金亭馆候旨。两天后，太宗召见了寇准，说明叫他审理潘、杨一案，并且封他为西台御史。寇准领旨下殿，来到御史衙上任。寇大人把御史衙大小差人的

花名册查阅了一下，又命寇安叫来几个小当差的，问了问前任刘秉臣审问潘、杨一案的情况。这时有人来报："娘娘的密旨到，请大人快去接旨。"寇大人听完一惊："啊！我刚从金殿回衙，娘娘的密旨就到啦！看来必有缘故。"只好整冠束装，待差人迎接。到衙外一看，为首的老太监大约五十岁，圆脸庞，三角眼，头戴佛手金冠，身穿官服锦袍，手拿绳甩，满脸的傲气。后边有八个小太监，抬着四个礼盒。寇大人刚要施礼，老太监一摆手说："到里边再说。"

寇大人把他们接进待客厅，小太监放下礼盒，老太监拿出一道密旨、一份礼单，说："寇大人，这次你进京是又升官，又发财，恭喜，恭喜！这封密旨你拿去看吧。"寇大人接过来一看，当时就是一愣！

寇大人拆书仔细看，这份礼单共合黄金一百锭，雪花白银整三千。寇大人叫书童把礼盒盖好，封条封上，说道："公公千岁，我在下邽县当了三任县令，秉公无私，两袖清风。现蒙皇上重用调进京来，七品县令升为西台御史，更当衷心为国，报答圣上，请公公在娘娘面前替我美言几句，代劳把礼物退回。有道是

‘王法森严’,潘、杨一案,臣下当按律公断。”

老太监一听,圆脸变了长脸,气势汹汹地说:“怎么,寇准你敢不收?实话对你说,收也得收、不收也得收!只要太师在,不要太师坏!你若敢动他一根毫毛,你这顶乌纱不戴是小事,小心你的脑袋!孩子们,随咱家回宫。”

寇大人说:“送公公千岁。”

“免。”

寇大人一生气,干脆也不送啦!

老太监走后,御史衙大小差人交头接耳纷纷议论:

“看来咱们这位寇大人也活够日子啦!”

“怎么呢?”

“不收礼物吧,惹不起娘娘;收下礼物吧,就是贪赃!”

“对呀,刘秉臣收了礼,一升堂就拷打杨六郎,把原告打成被告,要庇护太师。哪知八王千岁听堂看明一切,用凹面金锏把刘秉臣当堂打死啦!”

“看着吧,明天寇大人一升堂问案,他的脑袋也得碎!”

“嗯,有点悬乎!”

这些差人众说不一。这时,寇安喊了八个差人进书房见大人,大人吩咐:“你们抬着礼盒,跟我送份礼去。”

差人一听,暗想:“这位大人真有意思,他跟刘秉臣可不一样。刘秉臣光收不送;寇大人比他多一招:连收带送。这叫借花献佛!”赶紧喊道:“给寇大人顺轿。”

“不,骑马!”

“是,备马!”

寇大人叫人抬着礼盒,自己上马,直奔南清宫而来。不多时,来到南清宫,门口有御林军把守,大人下马上前施礼:“烦劳贵差通禀八千岁,寇准求见。”

御林军一听是寇准求见,就上一眼、下一眼、前一眼、后一眼、左一眼、右一眼,把大人看了七、八、十来眼。这是怎么回事呢?只因为潘、杨一案早已轰动京城,刘秉臣被八千岁打死,从下邽县调寇准,这件事已是人所共知,所以御林军一听是寇准,就上下打量了一番,说:“请大人稍后。”马上往里层层通报。此时八王千岁正坐在御书房为了潘、杨一案犯愁呢。

八千岁这里还生寇准的气呢:“寇准进京三天了,在我这儿连个面也不露。

真是眼空四海、目无孤王!"这时听差人来报寇准求见,才稍稍高兴:"他心里还算有我。好,就说孤王有请。"

不多时,寇大人跟随差人进了书房,跪倒大礼参拜。八王千岁说:"寇卿免礼平身,一旁坐下。"

寇大人说声谢座,这才一旁落座。只见八王千岁三十多岁,面如白玉,眉清目秀,头戴王帽,身穿蟒龙袍,玉带朝靴,颏下三绺短髯。八王千岁叫书童献茶,寇大人又谢过千岁,八王问道:"爱卿你进京几天啦?"

"三天了。"

"噢……"八千岁没说话。寇大人暗想:八千岁可能怪我来晚了。"千岁,臣随钦差进京后,在金亭馆候旨上殿,不敢私离。今日万岁才把臣宣上金殿降旨封官。臣回到御史衙后,才来拜见千岁。一步来迟,还请千岁恕罪!"

八王千岁听罢暗想:好一个聪明的寇准!"本王不怪。今见本王有何禀奏?"

寇准说:"一来拜见千岁,二来给千岁送礼。"

八王千岁心想:"他给我送礼,用意何在呀?"这时,寇大人已叫差人把礼盒抬进来放好,差人退下。寇大人亲手打开礼盒,请千岁查收。八王赵德芳一看,里边全是金银翡翠珍珠玛瑙,耀人的双睛,夺人二目。千岁一看就愣了!都知道寇准一身清贫,从不贪赃,听说在下邽县上任以来,把仅有的三亩地都赔进去了。这些珍贵的东西,他从哪里来的呢?寇大人看出八千岁的心思,说:"千岁!这些礼物是我转送给您的。"说罢,把娘娘的礼单和密旨双手奉献,请千岁过目。八千岁接过来一看,暗暗骂道:"好你个潘妃!刘秉臣图了你的厚礼,公堂之上刁难郡马,被孤王将他打死。如今,你又送厚礼来买通问官。像你这样送礼,大宋的江山就得被你送出去呀!事后再找你算账,决不能跟你善罢甘休!"想到此,八千岁又把怒色换成笑容:"寇爱卿,娘娘的这份礼物你就当收下呀!"

寇大人说:"臣蒙皇恩浩荡调进京来,七品县令升为西台御史,命为臣审理潘、杨一案,我岂能知法犯法?今天把礼物送到南清宫备查,待审完潘、杨一案,一并奏明圣上。您看如何?"

八千岁心说:"好一个备查!"感到寇准的话句句有理,越听越爱听。"寇爱卿,你对潘、杨一案可曾想过如何审法?"

"千岁,我是秉公而断,以公治公!"

“好一个以公治公！寇爱卿，你可知道一家是皇亲国丈，一家是本御的妹夫。你官小职微，怎敢秉公而断？”

“臣官职虽小，圣旨为大。潘、杨两家虽属皇亲，常言道：王子犯法与庶民同罪。”

八王暗想，不愧是忠正无私，我还要再试他一试：“哎呀，惭愧呀，惭愧！”

寇大人说：“千岁何出此言？”

“爱卿有所不知，潘太师犯了罪，有西宫娘娘厚礼相送；那郡马与本御虽是内亲，本御比国丈穷，无厚礼送给爱卿，岂不惭愧？”

“请千岁放心，臣定当按律公断！”

“哦，这次我妹丈的冤屈就要水落石出了！爱卿审清此案，我保你加官晋禄，越级高升。”

寇大人一听，面冷如冰：“千岁此言差矣！”

寇准叩拜，口尊：“贤王，说出此言可不应当。为臣在下邽县连三任，一不卖法二不贪赃。为审清潘、杨这一案，调我寇准进朝纲。

进京来不为升官和求赏，只为澄清哪个卖国去投降，哪个杀敌保边疆。娘娘送厚礼要保国丈，八王千岁封官许愿为的是郡马杨六郎。

似这样潘、杨一案无法审问，我只好辞官不做回家乡。”

八王千岁听罢点头称赞，不住地夸奖寇准：“爱卿称得起上为国、下为民，一肩明月，两袖清风，为官清廉，秉正忠心，擎天玉柱，架海金梁，真是盖世无双！”

寇大人谢过千岁把马上，回到御史衙要升堂审潘、杨！

第十四回 大堂动刑打潘洪 寇准传令砸銮驾

寇准回到西台御史衙进了书房，有书童寇安给端过来茶水，寇大人吩咐寇安叫来几位老差人，又细问前任御史刘秉臣如何问的潘、杨一案。差人说明刘秉臣贪图娘娘贿赂，不敢升大堂公开审问，就在二堂拷打杨郡马，哪知道正好八王前来听审，知道了此事，结果刘秉臣在八王的凹面金锏下丧命。寇大人听说之后，沉思了片刻，咐嘱差人如此这般，马上照办。不多时，贴出告示，三天以后寇大人升堂、问案，大小官员、黎民百姓随便听堂。

在这三天之内，寇大人派下人去各处调查。自己也暗中做了查访。所到之处，听到的俱是为杨家诉冤，对潘家则骂声不绝。转眼三天过去了，御史衙门击鼓升堂。公堂正门大开，两旁听堂的人拥挤不动。寇大人派人到杨府请郡马。两个当差的来到杨府门外，由差人往里层层传报。总管杨洪禀告太君："御史衙来人请郡马去过堂。"

老太君闻听，当时就是一愣——

太君说："孩儿你要多加谨慎，为娘在家等候讯音。"杨六郎来在大门外，抬头看见二位差人。

六郎抬头看见二位差人，说："叫二位贵差久等了！"

二人回答："我们大人请郡马过堂，请跟我们走吧。"

杨郡马没戴手铐脚镣，浑身穿白挂素。因为父亲杨老令公碰死两狼山，他还给令公穿着孝呢。二差人说："二人是骑马来的，你也上马吧。"

六郎叫人带出马，三人并马而行。来到御史衙外，三人下马，有人把马接过去拴好。差人带六郎上堂。杨六郎上前跪倒说："杨延景拜见大人。"

"郡马请起！"寇准一看杨六郎三十来岁，五官端正，面透英气，身体魁梧，穿白戴孝。这时公堂以下围观的人议论纷纷，有为郡马担心的，也有替寇大人感到为难。寇大人对六郎说："我已看过了潘、杨的案卷，尚有不清之处，你可把潘洪对杨家是怎样陷害的，从头讲来！"

杨郡马万分悲伤眼望着寇准这为国的忠良，把事情前前后后详细说了一遍。

寇大人听了，心想："是真不能假，是假不能真。郡马一席话合情合理，绝不是虚言。"就问郡马："你七弟尸首在何处？"

六郎说："埋在黑沙河边。我进京后八王千岁准了状，我又叫人把七弟尸首运回京来，现在府上装了棺椁停在后花园，大人可以派人去验尸。"

寇大人当即派人去验尸。不多时，验毕回报：确属中箭身亡。郡马又从身上取出一支箭呈上，上边刻有"大帅潘"的字样。寇大人说："好吧。郡马先到下边休息。"郡马退下。寇大人又叫人去南监带来潘洪。这老贼一上堂就打了一个冷战，心想要坏。为什么呢？潘洪老贼久在官场，一看这气势，就看出来了。上一次刘秉臣审问是在二堂，这一次是在大堂。再看下面听堂的人是拥挤不动，大小差人面色冷漠，毫无偏向之意，这老贼就预感不妙。在堂前只见寇大人头戴方翅乌纱，身穿红色朝服，剑眉阔目，三绺短髯，潘洪看罢多时，一言不发。寇大人见潘洪大白脸，三角眼，胡子往上卷，满脸带阴笑，站而不跪，顿时激起怒火。他怒视片刻，一拍桌案："呔！下边可是潘洪？"

"正是老夫。"

"上得堂来，为何不跪？"

"寇准，老夫乃是当朝太师，带兵的大帅，岂能跪你这小小的御史！"寇准说："你大胆！本官虽是御史，却是奉旨审问。你上得堂来大摇大摆，分明是目无君王！现有圣旨在此，潘洪接旨！"说罢举起圣旨。潘洪老贼此时只得跪倒口呼："臣潘洪见驾，吾皇万岁！"寇大人说："杨家父子上为国，下为民，东挡西杀，南征北战，忠心赤胆，辅保大宋。金沙滩双龙会，你是如何勾串辽邦杀害杨家父子？又是如何害了突围搬兵的七郎？潘洪，你要从实招来！"潘贼听完，心想："这官司可不好打了！听寇准这一问，好像是他替杨家和我打官司一样。"就说："寇准，我是当今国丈，我女儿是娘娘，我岂能有造反之心？分明是杨六郎诬告不实。你就这样偏向的审问，贪图了杨家多少贿赂？"寇大人说："我好言相问，谅你也不说。来呀，把他拉下去重打四十！"差人上来拉下了老贼。众差人平日早就知道潘、杨两家一奸一忠，全恨透了潘洪。掌刑的人暗想："这回可到了出气的时候了！"

于是他装开了结巴了："啊……一。"打了好几下了，他才数了一个一。啪啪啪又是几板，他又喊了一声"二"。潘洪一听，心说："这不是成心跟我过不去吗？"李老耿是数五板住一住，数十板停一停，等数了四十实际上打了有一百还挂零。

打完了，寇大人一拍惊堂木："夹棍伺候！"

"是。"

这一句话吓得老贼浑身乱抖战兢兢、脑袋瓜子嗡嗡嗡，脖子后头冒凉风，腿肚子转筋拧成绳，喀叭叭崩开天灵盖，嗖的一声就飞走了魂灵！那位说："魂跑了，他还能活吗？"这老小子的胳膊长，手快，魂刚飞出来，他一伸手又给抓回来了，赶快又送回原位。这里正要动夹棍，有人跑上来报告大人：娘娘来到了，叫大人去接。寇大人一听，当时就一愣！

寇大人听报心中辗转："小奸妃来到衙外必有机关！她善者不来，来者不善，我必须如此如此，这般这般。"

想至此派人看守潘仁美，他带领衙役三班来到门前。寇大人大礼参见。只听娘娘说："你怎么审的潘、杨案？快快实说！"

大人说："杨家衷心保大宋，惨遭陷害理不端。我正给国丈动刑，要出口供好给七郎报仇冤。"娘娘听了微然冷笑说："寇卿你近前来哀家有话谈！"寇准往前走了几步，娘娘当时就变了脸，大叫说："你小小的御史胆大包天！竟敢调戏我！"

第十五回 宋太宗偏听斩寇准 八贤王据理救忠良

原来西宫潘妃心怀不善，自己挠破花容扯乱云鬓，血口喷人，说寇准调戏她，欲置寇准于死地。忠正无私的寇大人火冒三丈，把生死二字置之度外，叫差人们打了宫娥内监，砸了銮驾。娘娘带了宫娥内监一溜烟地跑了，寇大人这里吩咐把潘仁美押回监狱，叫六郎回府听传。随后寇大人上殿，要见皇上说明此事。

寇大人心想："如果万岁是明君有道，我就太平无事，回衙继续审理潘、杨一案；如果万岁听信奸妃谗言，怕的是我凶多吉少！"

却说奸妃带领宫娥内监跑上金殿，今天是大朝之日，皇上和文武百官正议国事。见娘娘披头散发脸上带血跑上殿来，二帝太宗当时一愣！

太宗听了娘娘一面之词，只气得浑身颤抖，说："爱妃不要啼哭，朕给你做主。"

潘妃坐下，宫娥内监分列两旁。太宗传旨宣寇准上殿。没等旨下，下边黄门官报："寇大人上殿。"

此时，就听的下边有人高喊："万岁，臣冤枉！"

寇大人走上九龙庭，闪目看左右站着文武卿，西宫奸妃在一旁坐着，太宗双眉紧锁，他明白一定是奸妃先告了状，这次怕的是跳进黄河也洗不清了！二帝太宗勃然怒对寇莱公说："把你调进京为审潘、杨案，大不该欺君犯上罪难容！"

吩咐武士绑寇准，推到午门外去问斩刑。就这样眼睁睁看着忠良寇准要丧命，这时候法场外传来救人声。

"刀下留人——"刽子手站在寇大人两旁正准备动手，听到有人大喊，仔细一看，是八王千岁来了。

原来寇大人在御史衙问案，八王千岁派御总兵杨景邦暗中去听堂，西宫娘娘到公堂去扰乱的情况，杨景邦全部回报到南清宫。八王千岁一听深为寇准担心，即刻赶来金殿。来到午门外，果然见寇大人被绑在法场，已经听到两声炮响，才高喊"刀下留人"。不然的话，三声炮一响，人头就得落地了。

八千岁喊罢走进法场，护卫接驾已毕闪在两旁。八王走到寇准面前说："寇爱卿，你为何落到这般光景？"

寇大人一见八王，心里也很难过："八王千岁，真叫为臣一言难尽哪！"接着，就把奸妃所为一五一十说了一遍。八千岁听完后，只气得咬紧牙关说："寇爱卿不要难过，待孤王上殿面君，一定要洗清寇爱卿，叫你继续审问潘、杨一案。"转过身又吩咐杨总兵："由你保护法场。寇爱卿如有个三长两短，拿你问罪！"

"是。"

寇大人说："多谢八千岁！"

八王道："爱卿暂且委屈一时吧。"说罢赶紧奔赴金殿。

黄门官报上去，太宗不知八王为何到此，赶忙宣召。时间不长，只见千岁怒气冲冲走上殿来。

太宗问："爱卿不在南清宫，来到金殿何事？"

八王说："万岁不要明知故问！"

"哎呀，千岁，孤自有不知，哪能故问？"

"好，请问寇爱卿身犯何罪？"

太宗说："要提起寇准，是气死孤也！"

八王闻听了太宗的这些话，用手一指大骂："昏王，你只听奸妃的谗言，要杀害寇准这为国的忠良。"

潘妃在一旁搭了腔："千岁，我听说断案如神数寇准，因此上哀家去听堂。没想他竟把调戏之言来犯上。"

八千岁听到这句话，再也压不住心头火！一张口说："呀！呀！呸！"

八王越想越有气,从怀中取出奸妃的密旨和礼单一张。说着十分恼怒,并举起凹面金锏要在金殿上打奸妃,这下可把宋太宗吓坏了。

第十六回 划计谋阴曹审潘贼 展才智八王赞寇准

宋太宗眼看娘娘有危险,连忙满脸换作笑容说:"爱卿,高抬贵手,不看僧面看佛面吧!她已经有了身孕!"小奸妃也战战兢兢哭个不停。

八千岁收回凹面金锏说:"我饶奸妃,你放寇准!"

寇准来到南清宫,下马进宫参见千岁,八王双手相搀叫道:"爱卿,这三天你怎样问得这一案?"

寇准说:"我是游山逛景看望亲朋,还没有问潘洪。"

八王一听,暗想:"寇准,你这是豁出去了!这可不是一般的案子,大意不得!"说着:"三天过去了,一晃就到七天。要不出潘洪的口供,二罪归一。你怎么还去游山逛景?转眼到七天怎么办哪!"

寇准说:"只要八王千岁肯帮忙,一天就能叫潘洪招供。"

八王说:"只要爱卿能审出谁是谁非,我当在所不辞!难道叫孤王做主,你要给太师动大刑吗?"

寇准说:"不用动刑。只需如此如此……"

八王点头称赞:"好!高见!"于是,命人把看守潘洪的老头偷偷找来。八王吩咐在这三四天里,要如此这般按计行事。如若走漏风声,定斩不容!牢头遵命退下。八王又派下心腹人按寇大人吩咐分头照办,暂且不提。

再说潘仁美,自从寇准砸了銮驾,老贼又被押回监狱。这一堂,他被打得血肉横飞,疼痛不止。牢头给他买来金疮药,抹上以后止住了疼痛。老贼说:"你待我太好了,我如死不了,一定提拔你做官!"

牢头说:"多谢太师爷!"

话说到了第六天晚上，西宫娘娘派太监送来了食品盒子，里边是酒菜。太监又交给他一个纸条。老贼接过一看，上边告诉他千万别招口供，明天是最后的期限，如果没有口供，过了第七天就杀寇莱公。老贼心想，只剩下一天，怎么也好挨啦！太监退出回宫，牢头给老贼把酒菜摆上说："太师爷，您说出去后提拔我做官，这回您可就要出去了。那寇准人称断案如神，看来也是徒有虚名呀！这六天来一堂没过，明天就到了期限。方才我出去听有人说寇准跑了。要是真的，他这一跑，明天也就把您放出去了。"

潘洪听了半信半疑："他若真跑了，我就太平无事啦！若是没跑，为什么这六天一堂不问呢？不论如何，我是坚决不招。要记住女儿的话，一过七天就没事了。"牢头又说："今天这是个喜信，应该多喝几盅。我再给您加几个菜，您就喝个痛快吧！"老贼说："对！咱二人同饮个高兴酒吧。"

牢头说："今晚和太师爷同桌饮酒，我是太高攀了。"

"不要客气，我出去准提拔你！"太师吃了一杯，牢头给满一杯，左一杯、右一杯，一连就是好几杯。由天黑一直喝到三更天，忽然起风了。只听狂风大作，吹打的窗户沙沙直响。

唔——当啷！门开了，一阵风把灯给刮灭了，黑洞洞什么也看不见了。老贼此时已烂醉如泥，说话舌头也短了，头如麦斗，两耳生风，头旋地转，忙叫牢头把灯点上，可是灯突然变成蓝火了！吓得牢头"哎呀"一声往桌下一钻，喊了一声："太师爷，你看有鬼呀！"

这时候狂风大作，潘仁美醉中睁眼抬起身躯，只见那刮灭的灯光火苗又起，变成了蓝火苗。紧接着门开分左右，"嗷"，闯进来穿着青衣的两个小鬼，手拿着勾魂牌往里走，他们龇牙咧嘴把老贼吓成了一摊泥。眼见那鬼卒的锁链套在了脖子上，老贼说："请问二位咱往哪里去？"二鬼说："阎罗找你去。"

大小二鬼叫老贼等候，他俩上殿交差。时间不长，阎君吩咐把潘仁美带上来。二鬼下来像拉死狗一样把潘仁美拉上殿来。两边站着五颜六色的鬼卒和牛头马面。判官守着生死簿，头戴尖翅乌纱，身穿红袍，腰横玉带，足蹬朝靴。正面坐五殿阎君，头戴王冠，身穿蟒袍，面如锅底，缕缕长髯。老贼忙跪下叩头。

阎君一拍桌案:“下跪你可是潘洪?”

“正是。”

“有人把你告下了。带原告!”

那阎君在上怒气冲冲的,老贼仔细看,老贼一看说不好,于是一五一十把事情都说了出来。

阎君又说:“就这样说下去!听你这些话,句句实言,我非常爱听。你再讲讲打算如何害杨家?”

老贼又倒吸了一口凉气,半晌无言,怕说出来要是被寇准、八千岁知道,那就全完了!阎君看出他又有顾虑,就说:“说下去,不要怕。由本君做主!”

潘洪听完一想,对呀,这是阴曹地府,怎么能传到八千岁的耳中呢?寇准也不会知道。想至此,牙关一咬全交代了。

老贼说完,也写好了口供,按上手印交给判官。判官看了看,又交给了阎君。阎君大笑一阵,叫声:“潘仁美,这回你还有的说吗?”

这时,潘洪也有点儿醒酒了,反倒越看越害怕,不由大叫起来。忽然灯光大亮,众鬼卒全脱去伪装,摘下面具,露出本相,原来俱是官兵装扮。再一看,装牛头的是郑印,装马面的是高君保,装判官的是寇准,装阎君的是八千岁,原来是假扮阴曹夜审潘洪。这就是寇大人在南清宫和八千岁定下的计策。那监狱中的灯冒蓝火,点的是酒;鬼卒、死尸、叉挑油锅、锯截磨研等全是假扮的,阎罗殿就是城外的城隍庙。

八千岁这时对潘洪说:“你还有何能抵赖吗?”

老贼说:“八千岁,我已经招供了,把实话全说了,只求千岁救救我吧!事已然做错了,我也很悔恨。不过,我还忘了写一句,我再给千岁添上,也算我的一点儿衷心。”

八王说:“这还算你愿意将功折罪。”说着将供纸又交给了潘洪。这一下可坏了!这个老贼三把两把撕了个粉碎,放在嘴里咽下去了。然后一阵狂笑:“八王,看你能把老夫怎样?”

八王气的要打死老贼。寇大人说:“千岁息怒!如果打死他,死人嘴里无有招对,打到金殿也是没理。”

八王说:“哎呀寇爱卿,让你白费了心机。我也对不起忠良杨家将啊!”

第十七回 宋太宗金殿赦国丈 杨六郎松林截潘洪

寇准和八王千岁设计夜审潘洪，取了老贼的真实口供之后，现出真相。老贼知道上当了，借口补供，要过来供纸一口嚼碎吞掉。这下子可急坏了八王千岁！不想寇准早有防备，递给潘洪的那张供纸是假的，真的还在寇准手里。八王千岁此时才喜出望外地说："寇爱卿，你聪明机智，真够个天官之职。"

寇大人一听，立即跪倒在地，口称："多谢千岁！"

八王不解地问："你谢什么？"

寇大人说："我谢封。"

八王说："我什么时候封你了？"

大人说："您方才说我够个天官之职。王驾千岁哪有说了不算了？"

八王说："那好，叫你赖了一个天官。"

寇大人又拜谢道："多谢千岁封我双天官。"

八千岁说："天官就完了，怎么还双天官呢？"

寇大人说："千岁封了我一个天官，又叫我赖了一个天官，岂不是双天官吗？"

八王说："你也不能吃两个天官的俸禄啊！"

寇大人说："千岁，您不是还吃着八个王子的俸禄吗？"

八王一听，也没话说了，只得同意。心里想："再说话真得小心哪！一会儿工夫丢了两个天官，好一个聪明的寇爱卿！"

审清潘、杨一案，取了老贼的口供，大家全很高兴。此时，天已五更，皇上早朝，八王和寇准立即带潘洪上殿交旨。八王奏明封寇准双天官之事，太宗应允。八王又呈上潘洪的口供，太宗一见，不好再加包庇，降旨把潘洪父子推出午门斩首。

这时,忽听一声喊:“刀下留人!”

随着声音,潘妃带着宫娥闯上金殿——西宫娘娘泪纷纷地跪倒替她父亲求情。

太宗说:“众位爱卿,御皇侄想必是夜审潘洪劳累过度,现已送他回宫休息。朕见娘娘求情恳切,意欲赦免潘洪一死,不知众位爱卿意下如何?”

文武百官知道太宗本来就不愿处死潘洪,潘妃一到,老贼就更有救了。今见太宗执意赦免,八王千岁又不在,谁还去讨这个没趣,故此全都一言不发。

太宗一见正合心意,就道:“既然无有异议,朕就放了太师。”说罢,命人将潘洪父子放回。

老贼回到金殿,连忙跪倒谢恩。太宗说:“死罪饶过,活罪难免,把你父子功名勾销,永不再用。三日送印,五日出京!”说罢,卷帘退朝。

那寇准寇大人为什么不说话呢?只因为他是新提拔上来的二品官,官职不大,即便说了,皇上也不会听他的。所以退朝之后,立即赶到南清宫,与八王千岁另议良策。

此时,八王千岁已经醒来,听寇准讲了太宗赦免潘洪之事,又要进宫去辩理。

寇大人忙劝道:“千岁息怒,事已如此,还是另想良策吧!”

八王说:“你还有什么好主意能拿住潘家父子,给杨家报仇?”

寇准说:“臣倒有个主意,不过,弄出事来,千岁您得做主!”

八王说:“只要能除掉这个奸贼,天大的祸事由我承担!”

寇大人说:“千岁,这件事需要如此如此……”

八王听完了说:“好,就这么办了。”

寇大人说:“千岁,多保重身体!”然后辞别八王,上马直奔杨府而来。

杨洪进厅启禀太君:“寇准大人到。”

太君说:“有请!”又嘱咐众人压压火气,等问明了寇大人,再做道理。郡马走出府外迎接寇大人,来到大厅见过太君。太君叫人给大人看座献茶,然后问道:“大人,来府为了何事?”

寇大人说:“今日上朝之事,太君大概已经知晓。潘妃求情,气得八王晕倒金殿,万岁趁机准奏,赦了潘洪。千岁回府醒来后,派我来商议此事。”

太君道："寇大人，万岁既然已赦潘洪无罪，还商量什么呀？"

"啊，太君，不必难过！别看在金殿上放了潘家父子，杨家的仇还一定要报！"

说罢，寇大人把和八王千岁商量的办法，对众人说了一番。大家听了，抖起精神齐说："好！"

太君又说："慢来，这样做惹出祸来如何是好？"

寇准说道："天大祸事，有八王承担！事已如此，这仇报与不报，全在你杨家了！"说完，寇大人告辞回衙。

老太君这里仍然举棋不定，哪知八姐、九妹在暗中与六哥商议，一定要给父兄报仇！暂且不提。

再说潘仁美，由金殿回到府内，贼心不死，盘算日后如何卷土重来。

转眼三天已到，老贼把帅印送上金殿。

到了五天头上，老贼只好动身，带着夫人、儿子、孙男孙女，马上步下，车车辆辆，出了城门。临行前潘妃来送，洒泪而别。

走了几十里，前边有一片黑松林，潘老贼刚要叫全家多加小心，忽见林中闯出一伙人来，当中三匹马，马上原来是八姐、九妹、杨六郎。

兄妹冲出黑松林，杨府的兵将后边跟着，都拿着刀枪与剑戟，他们兄妹要埋伏在黑松林结果了潘洪，杨八姐施展刀法一连三刀，猛听喀嚓一声响，潘龙的脑袋落在地上，此时节九妹也劈了潘虎，猛抬头见六哥正和仁美老夫交战，潘仁美一见，暗说："不好！如被他兄妹三人围住，必然九死一生。不能再战！"于是圈马败走，往北而逃。六郎叫八姐、九妹收拾潘家的人马，自己策马紧追。

欲知后事如何，且听下回分解。

第十八回 杀奸贼六郎受斩刑 救忠良八王闯金殿

话说杨六郎纵马追赶潘仁美，那老贼自知害了杨家父子几人，今日落在六郎之手定难活命，只吓的心惊肉跳，体似筛糠！跑不多远，早被六郎从后面追上，一枪刺穿了老贼的后心，扑通一声倒在地上。这也是潘洪恶贯满盈的必然下场！

六郎见老贼已死，拨马回来，只见八姐九妹已将潘家的人全杀了，家丁和丫鬟们早已四散而逃。兄妹三人见大仇已报，怕人发现，不敢久留，也就连夜赶回城内杨府，三人各自回房，不敢叫太君知道。

六郎回到房中，把今天的事都和柴郡主说了。郡主说："只要八王给做主，那就不怕。太君知道了也不会生气，因为你们这是给全家报仇！"

第二天，老太君在无佞楼上才吃了早饭，老管家杨洪来报："万岁传旨叫郡马上殿！"

太君听了一愣，不知为了何事！连忙差人叫来郡马。六郎一听太宗宣召上殿。心中猜想："莫非劫杀潘洪之事被万岁知晓？可是也不一定。"所以，仍未对太君说昨天之事，只是说："待孩儿上殿面君回来，再禀告母亲。"说吧，辞别太君便随钦差上殿。

到了金殿参拜之后，只见太宗面带怒色问道："杨郡马，你可知罪？"

"臣不知身犯何罪。"

"你带八姐、九妹在黑松林劫杀潘太师一家，还不承认吗？"

太宗说完，走过来东台御史黄守义。这黄守义是潘洪一手提拔起来的，是潘洪的心腹。昨日潘洪离京，黄守义送行一步来迟，就带着两名家人和礼物上马追赶潘洪。等来到黑松林，正遇上六郎、八姐和九妹劫杀潘洪一家，黄守义一见，不敢靠前，连忙拨马回城。今日早朝奏明太宗，太宗才召来六郎。此时，黄守义说道："郡马公，大丈夫做事，敢作敢当。昨天的事，我全看见了，说实话吧！"

六郎点了点头说："那潘洪不但害我杨家，还勾串北辽，意欲夺取宋室江山，放走他于朝廷不利。因此，我兄妹瞒着母亲去劫杀了潘洪。"

太宗说："潘洪离京是朕的旨意，你半路去劫杀就是抗旨，有欺君之罪。按理说该杀你兄妹，现在你已承认，念你杨府有功，就由你一人领罪吧！"说罢，命武士把郡马绑在午门外开刀问斩。

刚把六郎绑下金殿，迎面来了佘太君，还带着老管家杨洪，因为太宗宣召郡马上殿，太君心中感到奇怪，不知出了什么事情，所以就带了杨洪来到午门。一见儿子被绑下金殿，太君大吃一惊，连忙走过来问：

"六儿，你……这是怎么啦？"

郡马见母亲到来，此时不能再瞒，就把事情向母亲讲了一遍。

太君听完说："事已如此，不再怨儿。你在法场上等候，娘去上殿求情。如能救下我儿，我们全家辞官不做回家为民；如救不下我儿，咱母子就同死一处！"说完，叫杨洪在此等候，太君自去上殿。

再说金殿上，太宗叫人把六郎绑下去之后，依然怒气不息。文武百官正寻思要保本求情，听说太君来了都暗自高兴，但愿太君上殿能救下郡马。

太君上殿来，用龙头拐杖点三点，算是大礼参见太宗。

太宗问道："老太君上殿为了何事？"

太君说："为臣不知我儿六郎身犯何事？"

太宗说："太君你这是明知故问！他兄妹三人在黑松林劫杀了潘国丈一家，此乃违抗圣旨，犯有欺君之罪。孤念你杨家有功劳，才拿他一人问罪！"

太君道："六郎违旨是有罪，但他杀的是私通北辽、谋反大宋的奸贼！我杨家众将为国尽忠，现在只剩下六郎一人，万岁再把他斩首，就如同摘去我的心肝一般。请万岁念他父兄皆战死金沙滩，免其一死。圣上愿用我母子，仍当衷心报国；不愿用我母子，情愿回家为民，请万岁宽恕于他！"

太宗说："正因你杨家有功，才杀他一人，不然就抄家灭门了！太君不必多讲，回府休息去吧，六郎非杀不可！"

太君说："一定要杀？"

“对,一定要斩!”

“既然如此,我还活着做什么?不如连我也绑上,同我儿一起丧命吧!”

太宗说:“你既讨罪就有罪,休怪朕无情了!”

太宗立即下旨,去掉了太君的龙头拐,摘下了她的翡翠朱冠,太君迈步下金殿,心潮澎湃,叹只叹杨家将南征北战,到头来却落了一身罪名;叹只叹在朝如同羊伴虎,虎要发威羊命终。郡马公看老母亲这般光景,不由得热泪洒地。两位王爷也束手无策,

这时候丞相王延龄紧走几步,奏道:“万岁,大宋的江山千金重,八百斤是杨家来担承。现在边关很吃紧,万岁再杀忠良将,只怕宋朝的江山不稳!求万岁看在老臣的面子上,宽容太君、郡马!”太宗摇头摆手不准,这时候寇准也上前施礼。

太宗一见寇准过来施礼,心中不悦,说道:“寇卿家,方才朕已传旨,不许再给他三人求情。谁再保本,一律同罪。你还有何本奏?”

寇大人说:“臣不是保本求情,是不知道郡马和太君犯了何罪?”

太宗说:“寇爱卿,朕可以再告诉你,杨六郎私自劫杀太师,抗旨不遵,不是忠臣!”

就这一句话,寇大人笑了:“万岁,您说得对。不但六郎不忠,就是他全家也都不忠,该杀!当斩!”

文武百官一听都愣啦!寇准为了审理潘、杨一案费了九牛二虎之力,最后假扮阴曹,才问出口供。谁忠、谁奸?他最清楚,怎么今天说出这种话来呢?全都莫名其妙!

太宗一听寇大人这句话,正合他的心意,说道:“寇爱卿,你既然知道杨家的罪,那就不必多讲了。”

寇大人说:“不,我还得说!一来金殿上还有人想给杨家保本;二来杨家有些罪名,万岁也已经忘记。臣再说一下,好给杨家将来个罪上加罪,二罪归一。这样,就是文武大人们再想求情,也不好开口啦!”

太宗一听更为高兴:“既如此,寇爱卿快快讲来!”

寇大人说:“我记得有这么一件事,潘国丈勾串北辽想害万岁和八王,在金沙滩设摆双龙宴,此时难坏了万岁和八王,如去赴宴必是九死一生!幸亏了杨家众将乔装改扮替主赴宴。大郎、二郎替万岁、八王而死,三郎被马踩

如泥……"

刚说到这儿,太宗早听的不耐烦了:"寇爱卿,别再说了,这已经是过去的事啦!"

寇大人说:"您不叫说,我就不往下提了。单说这杨大郎,他竟敢冒充万岁去赴宴,这也是欺君?"

太宗说:"寇准,杨大郎替孤王去死,那是有功之臣!"

寇准说:"他明知赴会犹如上刀山、下火海,还是替主公去死,算不算忠良?"

太宗说:"当然是忠良!"

寇大人说:"既是忠良,为何今天万岁又说杨家不是忠良啊?为什么还要开刀问斩呢?"

太宗一时无言以对:"……"

寇大人又说:"万岁,你要杀为国为民功高如山的杨家,去给害国害民私通敌人的卖国贼报仇?现在大敌当前,朝廷正在用人之际,你杀害忠良,谁还为国出力?潘洪之死,死有应得!即使娘娘不依,万岁也要以江山为重呀!"

这一番话使得文武百官暗挑大拇指,人人佩服!寇大人真是胆子大,主意正,说得句句在理。

太宗听寇准这些话,越听越不是味儿。但是寇准提出来为了江山社稷,也不好怪罪于他!就说:"爱卿,无论何人,有功便赏,有罪便杀。朕已传旨不许保本,你依然变相求情,姑念你是新官上任,又有功劳,不将你问罪,快退下去!"

寇大人说:"万岁既然不放太君、郡马和王大人,臣还有本奏。"

"讲。"

寇大人说:"老太君当初是渴饮刀头血,困睡马鞍旁,现在不用了;郡马可说是擎天白玉柱,架海紫金梁,现在也不用了;王丞相是朝廷的老臣,陪王驾多少年,忠心赤胆,现在也不用了!臣不愿将来也走这条路,现在要辞官不做,告老还乡!"

太宗一听这气可大了:"你现在才将近四十岁就告老还乡?分明是成心拿朕一把,拿不住!刚才拐弯抹角的损我,现在又辞官!也罢,不能连杀四人,算便宜了你!"于是大声喝道:"准你辞官。三日送印,五日出京!"

寇大人说:"臣遵旨。"

有人过来给寇大人摘下乌纱。寇大人走下金殿来在法场,打算临走时先来祭奠被绑的三人。这三人见寇大人如此模样,忙问:“大人,你为何如此?”

寇大人说:“也是为保本求情而丢职罢官。”

太君说:“王丞相为我母子被绑法场,寇大人为我母子丢职罢官,叫我母子心中不忍哪!”

那老管家杨洪在一旁早已泪如雨下,老太君说:“杨洪不必啼哭,你快回府叫我那众家儿媳和八姐九妹快来法场祭奠祭奠!”

杨洪一听这句话,喊了一声:“早该如此!”回身就跑。六郎一听这句话很不顺耳:“早该如此?我现在就该死不成吗?”老太君一听这话也莫名其妙,想叫住杨洪再问问,可是老杨洪已经跑远了。

老管家杨洪跑回杨府,怕到各房去送信儿耽误了时间,急中生智就跑到银安殿撞钟击鼓。按杨府的规矩有紧要大事才击鼓撞钟,一听到钟声,众位女将很快全来了,问杨洪:“出了什么事?”

杨洪说:“可不得了了!万岁要杀太君和郡马,已经绑在午门以外。王丞相和寇大人求情保本,一个要挨刀,一个丢了官。太君这回也伤透心了,叫我回府送信,叫众位奶奶快去法场急反、急反!”

书中暗表,杨洪他听错了。老太君叫他告诉众位女将快来法场“祭奠祭奠”,他听成个“急反急反”。

众位女将一听要杀太君和六郎,全都急啦!一个个立刻顶盔挂甲跨上战马,带领杨府里的二百名军兵,直奔午门而来!

柴郡主下了马,和八姐九妹一同进法场,把太君围在正当中。太君一见发了愣!问:“你们全身披挂要往哪里去出征?”

众女将说:“我们哪也不出征啊!”

太君说:“为何一个个盔明甲亮拿着刀枪?”

大家一听,有点儿奇怪,就说:“不是太君叫我们急反、急反吗?”

太君问:“这是哪个讲的?”

大家说:“杨洪啊!”

这是杨洪正好也到了,太君说:“我叫你给他们送信,叫他们快来法场祭奠祭奠。你怎么叫她们急反、急反呀?”

杨洪说:“我听太君说是叫他们快来法场急反、急反嘛!”

太君说:“哎呀,错啦!差点儿又惹出了大祸。我杨家是忠良,令公父子那样冤死,杨家都没有造反。郡主,快替为娘下令,谁也不准造反!"

郡主答应一声,急忙传下太君之命。排风丫头说:"早知如此,不如不进法场,一直冲杀到金殿!"

郡主斥道:"休要多言!"

众女将只好全都下了马。八姐说:"难道就这样等死吗?"

寇大人说:"郡主,你还不快去南清宫找八王?郡马和八姐、九妹去劫杀潘仁美,是八王叫去的,该由八王做主!"

郡主说:"我现在去,怕来不及呀!"

寇大人道:"有这些人保护法场,你放心吧!"

郡主刚要动身,只见军兵们闪开一条路,有人喊道:"八王驾到!"

那位说了,八王怎么来的这么巧啊?你想啊,这是多么大的事啊,太君、六郎、王丞相先后被绑赴午门外,寇大人罢职丢官,杨府众女将兵过京城上午朝门,早有人报给八王千岁啦!

八王一听,这还了得!赶紧骑上逍遥马带着御总兵杨景邦来到午门。一看还好,被绑的人还没死,杨门女将也还没反,总算来得及时,心里一块石头才落地。他急忙下马来到近前,见老太君、郡马、王丞相都上了绑,寇大人也摘去了乌纱,心里是又痛又气!

八贤王在法场见了太君,一回头看见寇准。寇准说:"小民见过千岁!"

八王说:"寇爱卿,你这是怎么回事啊?"

寇准说:"万岁要杀郡马、太君和王丞相,我不能袖手旁观,就替他们讲情。结果万岁不但不准,还把臣的功名一勾到底,永不再用!"

寇准多会说话呀!这点儿眼药给太宗上上了。八王一听可气坏了!说声:"你们在法场等候,我上金殿!"

欲知后事如何,请看下文分解。

第十九回 杨六郎充军延安府 高君保护灵汴梁城

话说八王一到，把监斩关东台御史黄守义吓得跑上金殿给皇上送信去了，太宗一听八王来到，忙叫人请上殿来。

八王见到太宗，说道："小王晚来一步，想不到出了这么大的事情！不知太君、郡马和王宰相身犯何罪要在午门斩首？"

太宗听完八王问话，就把刚才金殿之事说了一遍。八王又问："寇大人身犯何罪？"

太宗说："他没罪。"

八王说："既然无罪，为何把官职一勾到底永不听用？"

太宗一听，心想："寇准，真有你的！你把朕算琢磨苦啦！"叫道："御侄，谁说朕勾销了他的功名？是他自己辞官不做呀！"

八王一听，心想："这也许是寇准言语不实，不能再追究，不然寇准倒许真有欺君之罪了！"就接着说："他辞官也好，你勾掉的也好，像这样两袖清风的忠臣，我是舍不得放他走的！求叔皇召回他官复原职。"

太宗心想："干脆别找麻烦，这个情准了吧。"立时传旨召回寇准官复原职。寇大人来到金殿谢过太宗，又重新戴好乌纱。

太宗又问："御侄还有何事？"

八王说："太君根本无罪；郡马去黑松林劫杀潘洪是受我之命；王宰相为救忠良而保本，偌大年纪说了点儿过头话也不足为怪。这三人都杀不得！"

宋太宗闻听此言，真是骑虎难下。暗想："如果准了本，自己的脸面无光。"于是，横下一条心说道："杀他三人，朕意已定。御侄不必多讲，回南清宫去吧！"

一听这句话，八王可急啦！"怎么，不准？叔皇可别怪我无礼了！"

说罢，手举凹面金锏向太宗打去。当时把皇上吓坏了，叫道："御侄饶命啊！朕有话讲。"

八王说罢，这才收住金锏。

为什么太宗这么怕八王呢？这说起来可就话长了。

宋朝的江山本是太宗之兄宋太祖赵匡胤得来的。当初赵匡胤和大哥柴荣、三弟郑子明结拜时曾讲过，日后打了天下，大哥柴荣先坐，柴荣坐完传给赵匡胤，赵匡胤坐完传给郑子明。后来果真打了天下，就由柴王做了皇帝。等到柴王病重不行了，就要传给赵匡胤，赵匡胤说啥也不坐殿，让传给三弟。郑子明说大哥有儿子，传给侄儿吧。柴荣推让半天，二人执意不肯。最后无法，柴王把儿子叫来，给二位叔叔磕了头，谢二位叔叔让了江山。柴王的儿子叫柴宗训，等柴王死后就坐了江山。没坐多久，汴梁东北的陈桥接连打来三次战表。赵匡胤就带苗光义、高怀德、罗彦威、史彦超等人带兵打陈桥，到那儿之后，发现平安无事，并无反兵反将。这时，苗光义才对赵匡胤说明是他们打的假战表，为了把赵匡胤诓出京城，叫他带兵再打回去，夺皇位。赵匡胤不答应，说既然让给了柴宗训，就不能再害他，那样对不起去世的柴荣大哥。可是那几个人并不容他分说，高怀德早有准备，拿过一件黄袍就给赵匡胤披在了身上，众将跪倒就拜。这就叫做：陈桥兵变，黄袍加身。

赵匡胤无奈，就带领众将进京去见柴宗训说明此事。叫他去云南为王。柴宗训年纪小，又没有人支持他，也只有听从安排了。柴宗训说："我走倒不要紧，我有一个妹妹柴美蓉留在赵匡胤身边，和他儿子赵德芳一块儿读书，俩人亲如兄妹。"赵匡胤坐了天下，改国号为宋，封苗光义为军师，又大封众位大臣。

当时，郑子明正在生病，不知道陈桥兵变赵匡胤登基。等他病好了知道此事，到金殿大骂赵匡胤，说既然把江山让给了侄儿，侄儿也磕了头，为何出尔反尔？现在把侄儿赶走，怎能对得起死去的大哥？非要杀了他不可，由金殿一直追到后宫院。正赶上赵匡胤吃醉了酒，被骂得心头火起，结果杀了郑子明。

郑子明的夫人陶三春也有一身好武艺，听说丈夫被杀，跨马提刀要杀上金殿。赵匡胤闻讯，忙下令紧闭午门，来到皇城上。陶三春在皇城外边不停地大哭，文武官员连说好话，三春就是不依，非要造反不可！赵匡胤心中也十分悔恨，感到确实对不起陶三春。"嫂夫人岂能再怪杀万岁？"

陶三春说："不杀背信弃义之人，我死不甘心！哪怕我剁他一刀杀不死他，剁了他的龙袍,也算给我的丈夫报了仇!"

苗光义说:"你说话可得算数!"

说罢,叫赵匡胤把龙袍脱下来,扔在午门外。陶三春一见龙袍落地,一气之下摆大刀连砍数刀!这段书就叫:斩龙袍。然后陶三春大哭了一场,圈马离开了午门,远奔他乡。

赵匡胤酒兴过去之后,心里明白了,不禁恼恨苗光义:我杀郑三弟时,你这个军师为什么不管?你如要管,我能把他杀了吗?因为他和郑子明是生死之交,越想越后悔:"我办错你不拦,要你这军师何用?"一气之下又赶走了苗光义。这正是:醉酒杀了郑三弟,醒酒撵走苗光义。可是,日后他又后悔了,又把苗光义的儿子苗从善找来,封为军师。

到了赵匡胤病危时,他留下了遗诏,传位给儿子赵德芳。就在他临终前,他的二弟赵光义进宫探望,吩咐太监们都退出,宫内只留他二人。到后来内侍们只见里边烛光摇曳,斧影闪动,等赵光义出殿时,只见他手拿遗诏,说太祖已然驾崩,诏书命他接位,这就是二帝太宗。到底太祖临终都说了什么,谁也不知道。甚至于太祖到底是怎么死的,谁也不清楚!这就是所谓的"烛光斧影,千古之谜"!这时,宋太祖的皇后贺氏可不干啦!上殿大骂:"你皇兄虽死,还有太子在,你为什么篡位?"

太宗连忙对贺后说了百般好话,又把赵德芳找来,说:"德芳年纪太小,不便处理朝政。事已如此,皇嫂不必再叫我让位了,我这不过是替皇侄管理朝政。今日当着皇嫂和满朝文武,我加封皇侄为八千岁,领取八个王子的俸禄,可以上殿不参王,下殿不辞王。并赐凹面金锏,上管君,下管臣,代管三宫六院七十二嫔妃。"

这样一说,贺后也不好再骂了。太宗又把贺后送进养老宫,贺后也就认可了,不再争了。尽管如此,二帝总觉得亏心。八王和柴美蓉在宫院里一同长大,好比亲兄妹。后来柴郡主许配了杨六郎,八王自然对六郎也另眼相看。再说杨家又是忠良,八王哪能不偏爱呢?所以才在金殿上一怒之下,举起凹面金锏要打无道昏君！

文武百官一见，连忙齐来阻挡，要八王千岁锏下留情。寇大人急忙上前说道："万岁，还是放了太君母子才是，臣等全都跪下啦！"

这时，二帝太宗也只好就坡下了，说道："爱卿们请起来，孤赦免他们死罪就是。"

八王说："放走潘洪老贼，犹如放虎归山，日后必然为害。"

太宗说："郡马劫杀潘洪，总还算抗旨。如今死罪饶过，活罪不免，把他发配延安充军十年！不然，孤还有何脸面坐殿？"

八王一听，也觉得差不多了。王丞相骂他，寇准捉弄他，也够他难看的了！如今把佘太君和王丞相全放了，只是把郡马充军，总还得给皇上留个台阶，就答应说："就依叔皇。不过得有个条件：得派个公正之人押送郡马，不然在中途也许被害！"

最后议定叫高君保押送，今日回府准备，明日启程。

退朝之后，八王、寇大人和太君一起来到杨府。太君含泪对八王说："明日六郎走后，我打算全家辞官，回乡为民，看来久在朝中，无有什么好下场！"

八王说："太君不必难过。高君保一路保护郡马，料也无妨。到延安以后，我已叫君保带有我的一封书信，那里的官员也不会难为我的妹丈。过几个月，我再动本保郡马回京。如万岁不准，我另有办法。辞官之事，万万不可。就是万岁放了，我也不放！"

寇大人说："不用说八王不放，就是我寇准和朝内群臣也不会放杨家走！还是等郡马充军回来后，另作商议吧！"

太君无奈，只好点头答应，然后送八王和寇准大人各自回府。这一夜，太君千思万想，彻夜不眠。次日清晨，全家都起得很早。八王和寇大人也来了，太君接入前厅落座。不多时，高君保和二位解差张茂、刘平带公文来到。八王嘱咐二位差人不许难为郡马，二人说："我们知道杨家满门忠良，请千岁放心，路上我们一定照顾好郡马！"

太君又请八王、寇大人陪同高王爷一起吃了饭，对二位解差也酒宴款待。吃饭时，郡马想起了一件事，对八王说："千岁，我有一位结义之友叫王强，我回京途中在风云店与他相遇，我告潘仁美的状纸，就是他给我写的。我原想打完官司保他入朝为官，不想拖至今日，一直没机会见他，他还住在北门里王家店。

他是我的恩人，我充军走后，请千岁提拔一下才好。”

八王问：“此人没错吗？”

“没错！”六郎这一说可坏啦！因为他并不知道王强的根底。

这王强真名叫贺黑律，是北辽的文武状元，也是肖太后的二驸马。他会说一口流利的中原话，肖太后和大驸马韩昌商议，叫他设法打进中原做奸细，以便里应外合夺取宋室江山。他领命之后，半路在风云店遇见六郎病倒店中，他借机会照看六郎，与六郎结拜，从六郎口中听说从两狼山追下来的贺黑雄正是他的哥哥。

八王听郡马保举此人，就答应上殿保举。吃过饭后，郡马和家人洒泪而别，跟随高君保和二位解差奔赴延安。

转天，八王上殿见驾保举王强。太宗已经金殿御试，见王强果有才学，于是就把他留在宫院教太子念书。从此，这个北辽奸细就打入了宋朝的心腹之地了。

转眼又过了七八天，高王爷回殿交旨。太宗问：“可把郡马押送到延安？”

高君保万分难过地说：“郡马出京后，中途水土不服，得了急病，未等请来先生诊治，郡马就已身亡！”

这时黄守义说高君保欺骗皇上，高王爷举拳要打黄守义，太宗急忙拦高王。“高爱卿，金殿不可动武，有理讲理。”

高王说：“万岁，黄守义说郡马未死，说臣欺君，为臣哪能不急？”

太宗问：“黄爱卿，你怎么知道郡马未死啊？”

黄守义说：“郡马出京时生龙活虎，怎能一病即亡？为何别人服水土，他不服水土呢？实难令人相信！高、杨两家，情同一家，臣以为杨六郎早就偷着回了杨府，棺椁里一定没人！”这个奸贼一说完，寇大人想：“嗯，差不多，我也是这么想的。”八王也想：“真要是郡马未死，我是谢天谢地！”

高王听黄守义说完，便道：“好，既然如此，你敢和我打赌吗？”

黄守义说：“敢。”

这个奸贼刚才又偷看太君，觉得太君表情不安，心想：“郡马绝没死，棺材里即使有人，还不一定是谁哪！潘太师待我天高地厚，我一定要抓住这个机会给太师报仇！”这时，他又说：“开棺检验如果没有郡马尸体呢？”

高王说：“输我人头。如果有郡马尸体呢？”

黄守义说:“我愿在万岁面前认罪!”

高王说:“好!”

黄守义说:“请万岁下殿,君臣同去检验。不然高王若恼怒,我可不敢惹他!”

太宗应允,和众官员来到午门。这时,灵车早已进城。

老太君对郡主说明要在午门验尸,郡主看了看黄守义,心中暗骂奸贼!

此时,太宗传旨开棺验尸。众官员心里全都七上八下,又盼郡马不死,又怕蒙君有罪,可见到杨家的人又这样痛哭,又不得不信。寇大人心中很担心,怕棺中无人,杨家罪责难逃!等打开棺椁,众人一看,果然郡马躺在那里,脸上蒙着一块白绸子。黄守义亲自揭开绸子一看,果然是杨郡马,这一来吓得他浑身乱抖,手脚冰凉。皇上和八王都看见郡马了,八王当时就晕倒了,内侍忙过去搀扶。在这混乱之时,有人就要把棺材盖上。寇大人说:“慢,我再看一眼。”

高君保和太君都说:“大人别看了,他死得够可怜啦!”

寇准说:“我和郡马虽相处不久,但情深似海,我一定再看他一眼。”

寇准说完,伸手揭开六郎脸上的白绸,盯住郡马脸上仔细一看,放声痛哭:“哎呀,我做梦也没想到,杨郡马你真死了!”

欲知后事如何,请听下回分解。

第二十回 寇天官惩罚黄守义 宋太宗搬请佘太君

寇大人仔细看了看棺中的杨郡马,然后有人把棺材盖好。太宗叫把棺椁抬回杨府,太君叫郡主等也随同回府。又见八王哭得死去活来,众官员纷纷劝说,然后保驾上殿。

高君保说:“万岁,东台御史可输给为臣了!”

太君说:“东台御史分明和杨家作对,请万岁替为臣做主!”

太宗说:“黄守义,你现在还有何话言讲?可别怪朕无情。来呀,把他绑出午门斩首!”

这一下子,可把黄守义的魂全吓飞了!连忙哀求。

太君一看黄守义苦苦哀求,又说家有妻子和高堂老母,太君心软,就替他向高王说好话。本来这事就快完了,俗话说:“要得官司了,须要原告倒。”可这时寇大人过来了,对高王说:“方才太君说黄大人家有高堂老母,真要叫万岁把他杀了,我心里也替他一家难过。我现在愿意做个说合,叫黄守义认罚吧!”

黄守义暗想:“好你个寇准,眼看高王要把我饶了,你这一说还得罚我一下!”寇大人这一句话确实把高君保提醒了:“好,就依大人之意。黄守义,你是认打,认罚?”

“我要认罚呢?”

“教万岁杀你,你是罪有应得!”

“寇大人是最公平的人,叫寇大人说一句话也就把你成全啦!”

黄守义暗想:“寇准绝不给我好道走,我算倒霉啦!”没办法,只好说:“请寇大人给调解吧!”

寇大人说:“我一碗水端平,没偏没向,黄大人拿出三千两银子,包赔开棺验尸的损失就行啦!高王爷,老太君,你们就受点儿委屈吧,看在我寇准的面上。这样如何呀?”

黄守义一听:“开开棺材盖就罚纹银三千两?寇准,你可真能琢磨人哪!”

高君保心里暗乐,嘴里说:“黄守义,便宜你啦!”

黄守义说:“高王爷,这三千两纹银我拿不出来呀!”

太宗说:“高爱卿,他现在拿不出,容他一个日期好吗?”

高王才要点头,寇大人说:“黄大人拿不出来不要为难,可以请万岁先给垫上,以后万岁再扣发黄大人的俸禄,这样就把黄大人成全啦!”

太宗心说:“寇莱公,你又琢磨到我头上了。”

黄守义说:“万岁救命吧!”

八王说:“寇大人说得有理,就这样办吧!”

太宗无奈，只得叫人取出三千两纹银交与高王。高王说："这银子送给杨府，给六哥把丧事办好吧！"

太君也不好推辞，自去回府办理丧事，金殿退朝不提。

转天早朝，太宗升殿，传达官禀报："万岁，现在北辽兵将势如潮涌，眼看要到边关，八位总兵派人进京求救。如不派兵，怕边关有失，京城难保！"

太宗闻报惊慌失色，与文武百官共议解救边关之策。

寇大人说道："万岁，大宋文武将如云似雨，文能安邦，武能定国。黄守义贪生怕死畏刀避剑，竟主张屈辱求和，理应严惩。依臣愚见，还是速派兵将解救边关才是！"

黄守义听了寇大人的话，嘿嘿一阵冷笑说："寇大人，发兵这句话我也会说，可是像杨家这样的名将全都为国捐躯了，只剩下郡马公也已病死。敌军锐气正盛，谁能抵挡？如果再要战败，后果更难收拾！"

二帝太宗早已胆战心寒，越听越觉得黄守义言之有理。出兵确实不容易打胜；求和则免得韩昌大兵攻破边关。所以，他一边听黄守义的话，一边微微点头。

寇大人一见太宗的神态，心想："要遭！眼看大宋江山要断送在奸贼之手！我身为大臣，岂能坐视不管？"急忙上前，口尊："万岁，为臣想请万岁亲临杨府，把议和之事与太君说明，我想太君一定主张出征。虽然杨家无有男将，可女将也都是巾帼英雄！老太君一心为国，也许就能挂帅出征。"

黄守义想："我为了开馆验尸和高君保打赌，被寇准出坏主意，罚了我三千两纹银。不如借此机会如此这般，叫寇准也输给我三千两，以解心头之恨！"想至此说道："寇大人，杨府只剩下女将，太君绝不会答应挂帅出兵！"

寇大人道："太君如知道要求和，一定不答应，准能出兵挂帅！"

黄守义说："寇大人，太君若不挂帅呢！你敢和我打赌吗？"

寇大人暗笑："好你个狗奸贼，还想从我身上捞回你那三千两纹银？痴心妄想！"说道："如果太君主张求和，我可以认输。"

"好！"

"如果杨府若有能人挂帅呢？"

黄守义说："那我认输。"

"怎么个输法？"

"赌纹银三千两!"

"好,一言为定!"

二人击掌之后,不少官员替寇大人担心:"杨家众将皆惨死,太君又险些被万岁斩首,岂能不恨万岁?决不会再出兵。寇大人准得输!"

太宗传旨摆驾杨府。等来到杨府,太君早带众女将在府门迎候。进府以后,只见天井院高搭起灵棚,里边停放着棺椁。君臣一来,不少亲朋全退下去了。先死为长,君臣进棚吊了灵。二帝太宗心中悔恨不及,早知敌兵压境,决不能把郡马充军,也就不至于死在中途了!想至此,眼圈也红了。几位大人也是泪流满面。太君忙请君臣进银安殿,叫人献茶。太宗此时愁眉不展,唉声叹气,太君问道:"万岁为何这样愁闷,难道有什么为难之事?"

太宗道:"太君,现在边关吃紧,八位总兵派人告急要援军,朕是又急又难过!急的是救兵如救火,不知何人能挂帅击退敌兵?难过的是郡马一死,犹如带走了孤的江山哪!"

太君虽然恼恨朝廷,终究是爱国爱民心切,忙问太宗:"主公准备派何人为帅解救边关?"

太宗道:"孤有意出兵,怎奈朝无良将,故而……"下边的话他就不好意思出口了。杨家将血染金沙滩,战死两狼山,令公饿死不吃北辽饭,渴死不饮北辽水,最后碰死李陵碑。这"求和"二字,太宗实在不好出口。

太君接着说:"只要万岁传旨,臣妻无不遵从!"那意思就是:只要万岁下旨,我还能出征。

可是黄守义却以为太君怕太宗为难,同意求和了,忙说:"既然太君顾全大局,不愧为国家贤臣!"暗想:"寇准,你算输给我了。只要万岁旨意一下。就是八王来了,求和也不能变了!"

寇大人心里明白,老太君还不知道这个奸贼的阴谋,必须把此事挑明,就说道:"听老太君之言,是愿意与北辽求和啦?"

佘太君听完一惊:"什么,向北辽求和?"

寇大人说:"是呀!万岁此来,一不是调兵遣将;二不是商议出征。只因朝中有一位大人说辽邦兵力强大,出征必败,故而献计求和!黄大人和我打赌,说太君顾全大局,一定同意求和。如果太君真同意万岁求和,那我寇准就算认输了!"

太君听罢，只气得脸色大变！太君马上提出要挂帅出征。

寇准说完，向太宗问道："圣上看太君挂得帅、挂不得帅？"

太宗一看太君怒容满面，怒视着黄守义，只好说："挂得，挂得！"

黄守义一听，不好，又要输三千两纹银！忙说："太君即便能挂印为帅，还缺少能征善战的先行啊！难道太君还亲自冲锋陷阵不成？"

正在这时，忽听外边有人喊了一声："我当先行！"随着声音进来一员女将——杨府中的一品丫环杨排风！

黄守义一听，啊！连丫环全上了品了！

太宗问道："你要当先行？"

姑娘说："对。老太君挂帅，我当先锋，出兵打仗，马到成功！"

寇大人笑道："别说老太君和众女将了，连杨府的丫环全知道为国杀敌，不能求和！"

黄守义说："太君只要带队，就你一个先行跟太君出征，打得了敌人吗？"

杨排风说："杨府虽无男子，还有众女将在！"

语音刚落，各位寡妇奶奶全闯进来了，一个个柳眉倒立，杏眼圆睁。方才里边说的她们全听见了，不过杨府的规矩严，没有太君的话，谁也不敢进来！哪知排风丫环听了奸贼的话，一气闯进去了。众女将一见太君没有怪罪，干脆全进去吧！进来之后见过太宗、太君和各位大人。太宗一见这些女将个个威风凛凛，杀气腾腾，全都怒目盯着黄守义。

排风对黄守义说："方才我说是天波府的丫环，这位大人有些不服气。你可以请进来，像你等之辈，我一人打你八个！"

黄守义一听忙说："老太君，我可不是放肆，下站！"

寇大人也怕太宗怪罪排风，忙道："万岁，这丫头为国心切，万岁不会见怪吧！"

太宗说："不怪，不怪！"

黄守义一看太君要挂帅，又有了先行，心想："我又输了！这三千两银子哪儿借去呀？"就又说道："老太君，我知道杨府父子死在北辽，太君报仇心切，这可事关朝廷的安危，太君还要三思！"

黄守义这句话可太损了！把杨家太君和众女将要出征说成是报私仇。太君已明其意，冷笑一声说道："黄守义，你太小看我杨家啦！照你一说我杨家不是为救国难,只报私仇!难道你不知道我杨家南征北战是为什么吗?”

老太君气得眼发红,干冒风霜要出征。太宗道“朕封你挂帅!即刻兵发边关灭敌寇!”太君领旨挂帅印,跃马横刀要出征!

欲知疆场战况,下回书里交代。

第二十一回 佘太君挂帅赴边关 杨排风出马战韩广

太宗传旨太君挂帅自挑先行,明日校场点兵启程。杨府的丧事另派人办理。然后,太宗带领众位大人回金殿。

到了金殿,太宗派人请来八王,告知太君挂帅,兵发边关。

八王说:“现在杨府的男人全都没了,六郎新丧,太君还不知如何伤心?可仍以国事为重又挂帅出征!”说至此,感动得流下热泪。

太宗道:“六郎之死,实乃孤王之过,朕心中亦自愧至极!”

寇大人一听此言,想起了奸党陷害杨家之恨,就对黄守义说:“黄大人,你输给我了,拿三千两银两吧!”

寇准说:“还是请万岁给垫上吧,然后再每月扣你的俸禄。”

太宗觉得自己刚才听信黄守义之言,现在替他垫钱也是应该的,就应下了。寇大人当然不要这三千两银子,拿去周济穷人了。

转天清晨,太宗、八王和文武群臣都到校场给太君饯行。

太君昨天就把家中之事安排好了,留下柴郡主在家给六郎守孝,照看杨府一切事务。因为老管家杨洪跟了太君一辈子,这次出征也要随行。其余众家奶奶和八姐、九妹、杨排风全都随太君出征。

在校场之上,太君和众女将拜见过太宗和八王之后,太君登上帅台。

太宗问:“太君可选出先行?”

太君说:“万岁,先行不变,就给了排风。”

太宗说："全由太君决定。"

太君拜元帅印，排风拜先锋印。大家一看杨府丫环随军出征拜为先行官，全感到惊讶。

那位问了，杨排风有多大本领？她能当先行吗？要说这排风的能为可大了！太君知道吗？知道！

原来，这排风本姓张，叫张排风。父母双亡，无依无靠，是个没家没业的姑娘。十二岁的时候自卖自身，正巧遇见太君，太君问明了情况，很可怜她，就带回府中，留在身边。这姑娘口快心直，爱说爱笑，太君很喜爱她，不以丫环相待。排风也学着下了两次厨房，第一次炒菜就没放盐。吃饭时大家就生气了，问她这菜怎么不放盐呢？老太君忙拦住说："大家将就吃吧，下次注意就是啦。"不想第二次做菜放盐又太多了，大家要怪丫环。太君又拦住了，对众人说："上次没放盐，这次才放了双份的，两次一匀，不是正好吗？"大家一听也乐了。有这么匀的吗？

排风年纪小，有了错处太君就护着，不叫说。少夫人们在花园练武，排风就在旁边看，有时也跟着练。时间长了，学了一身好本领。她不拿刀，不拿枪，就用一条烟火棍。杨府内也不断来武术名师，她也经常得到指点。有一天，她自己正在花园练棍，被太君看见，非常高兴。等她练完，太君过来夸她说："儿啊，你练得不错！"

排风听了不由一愣。站在太君身旁的八姐、九妹忙说："母亲！"太君喜笑颜开地说："好，从此我收你为十姑娘！八姐、九妹、十姑娘，告诉全家明天吃喜面！"家里人听了，也全都乐意。太君说："从此你当叫什么就叫什么，都是你的哥哥、嫂子、姐姐，别拿自己当外人！"太君虽然这样说了，可排风并没这样做，仍然五爷、六爷地叫着，自己该干什么活还干什么活，只是自己改姓杨，叫杨排风了。太君几次拦她干活，后来太君也就不再管她了。今天把先锋印给她，太君是很有把握的，认为她的本领胜过八姐、九妹。可是朝中众臣当然对排风并不大清楚。太宗又命高君保为监军，随太君出征。

太君当即在校场点兵十万，大小三军、男女众将一个个精神抖擞、盔明甲亮,列起队来刀枪密布,旌旗飘扬。太宗和八王一看,好威风啊!这才是将在谋而不在勇,兵在精而不在多。

校军场里:有一字长蛇旗、二龙出水旗、三才分立旗、四门斗底旗、五虎五方旗、六丁六甲旗、七星北斗旗、八卦连环旗、九宫遮阳旗、十面埋伏旗、三十六杆天罡旗、七十二杆地煞旗、青龙旗、白虎旗、飞熊旗,正当中闪出一杆坐纛旗,随风飘摆,上绣:三军司命。帅字旗红绸子面,蓝缎子边,蜈蚣走穗,火焰加边。当中白月光绣黑字,一个斗大的"杨"字在上边。真是旗挨旗,旗挤旗,旗碰旗,旗靠旗,旗幡招展,号带飘飞。

战马嘶鸣:乌骓马、胭脂马、艾叶青、干草黄、火焰驹、雪里站、白龙驹、浑红马,一匹匹,一排排,来往冲撞。

枪缨闪闪:鸡嘴枪、鸭嘴枪、金凤枪、银凤枪、武鬼神舌枪、丈八蛇矛枪、梨花站杆枪、八宝驼龙枪,一杆杆耀眼生辉。

刀吐寒光:大砍刀、小砍刀、鬼头刀、绣绒刀、七星古铜刀、八卦电光刀、洒耳八环刀,一口口光华灿烂。

剑生杀气:太和剑、玉峨剑、锟铻剑、诛龙剑、斩龙剑、青铜剑,一对对冷气生烟。

描金戟、方天戟、加钢斧、宣化斧、渗金斧、月牙斧、毒龙摆尾开山斧,大如冰盘。

梅花锤、镔铁锤、青铜锤、倭瓜锤、八棱亮银锤、擂鼓撞金锤,一把把左右摇摆。

独龙棒、亮银棒、青铜棒、螺丝榜,一对对上下直翻。

正是:五色旌旗迎风翻,铁甲将军好威严,大小儿郎两旁站,可称动地又惊天!

自从潘洪被双王呼延丕显拿进汴梁之后,边关就由陈琳、柴干、郎千、黄龙、黄虎、姜山、姜海八位总兵镇守。这一日,听报太君率大队人马来到,八人急忙出城接风,大小三军也分头扎营用饭。

席间,几位总兵向太君介绍了边关的敌情,说明辽军兵力强大,已离边关不远。

太君说："不能等敌兵来到边关再打，那样边关的百姓就要吃苦。我要带兵北上迎敌！"

众将觉得太君言之有理。太君当即传令三军休整两天，准备好粮草。

第三天清早，太君安排了几位总兵留守边关，带领其余众将和三军出边关往北打，去收复失地。

简单节说，大军奔往黄土坡。这黄土坡上有个黄土城已被敌人占领。太君吩咐离黄土坡不远扎下大营，令军兵们严守驻地，防止敌人偷营。众将做好了出战的准备，单等太君下令出战。

太君说："兵行百里，不战自乏，今日休息，明日出兵！"

话音才落，探兵来报："启禀元帅，土城三声炮响，涌出一队人马讨战。"

太君听罢微微一笑："胆大贼寇也太猖狂！我军方到就来讨战，分明要杀我们一个措手不及。我倒要看尔等有多大本领？"说罢抽出一支将令："众位将官，哪位领令出战？"

话犹未了，高君保说道："元帅——"还没等他说出"末将愿往"四个字，旁边一人过来得慢，话出来得快："元帅，我去！"一下子把高君保的话给截回去了。

高君保一看，原来是杨排风。杨排风上前施礼道："太君，先行先行，遇事先行。我要去打头阵。"

太君听了心里很高兴："这个丫头胆量大，敢说敢闯。"说道："排风，你别认为头阵好打。头阵打胜，阵阵打胜。"

君保说："排风，我打头阵吧！"

排风说："高王，我第一个讨令，怎么能让您打头阵呢？"

说实在的，丫环上阵，高王真有点儿担心。他不知道排风有很大能为！

太君说："就叫排风打头阵吧。谁给排风观阵？"

八姐、九妹二人上前："母亲，我二人愿往。"

太君说："你们带三千兵马，多加谨慎！"

三人全身披挂，排风说："二位姑娘压住阵脚，我要看看来的何人！"

说罢，排风出马。三声炮响之后，排风闯到阵前——

排风看见这员辽将，心想："我今天一定要打他们个落花流水，要叫他们认识认识我杨排风！"这时，辽将已来到近前，排风说："呔，站住！再往前撤马，叫你死无葬身之地!"

这员辽将威风,面如紫蟹,络腮胡子。头戴烈焰金盔,身披铜钉铠甲,手持一条大枪。排风喝道:"你通名姓!"这辽将勒住战马吼一声:"我乃北辽的三元帅韩广!你是何人?"排风说:"我天波府的杨排风。"说着大棍飞舞,韩广边战边暗想:"好厉害的丫头杨排风!她的棍法了得!我必须小心来应战!"韩广战了以几个回合,便招架不住,意欲逃走,杨排风追了一个马头对马尾,手中的大棍不留情,紧接着就听喀嚓一声,欲知韩广生死,下回书里交代。

第二十二回 高君保力敌北江将 杜金娥报号黄土城

话说杨排风见韩广想逃回去,就策马紧追,赶至近前手起棍落,只听喀嚓一声把韩广打下马来,当时废命。辽兵将一见元帅被打死,顿时一片大乱。后边八姐、九妹带三千兵马一冲而上,三员女将一阵冲杀,北辽兵将死伤大半,大败而逃!宋军一举收复了黄土城。高君保奉令在城内搜查一遍,没发现敌人的埋伏,然后太君率大队人马入城,得了敌人留下的不少粮草和兵器。太君派好了守城的兵将,给杨排风记了头功,就地犒赏三军,准备休息三天再发兵北征。不想在当天夜晚三更,土城北边炮响连天。太君急派众将轮流巡城,不得有失。直到天亮,有人来报,说北门外敌兵扎了营。

书中暗表,北辽兵将从黄土城败走二十多里路时,迎面又来了北辽大兵。原来是二元帅韩虎奉大元师韩昌之命,带兵十万来夺取边关。来的大将有土金牛、土金秀、洼尔青、洼尔红四位都督，半路上正遇见退兵。韩虎拦住一问，才知道洼尔单和韩广都被打死，黄土城又回到宋军手中。韩虎和洼尔青、洼尔红闻知自家兄弟被杀死，全都大哭，咬牙切齿地一定要杀宋将报仇！韩虎领十万大军来到黄土城北门外扎营，炮火连天，大做声势。

再说佘太君这里听到报以后，叫众将到帐中议事。可是没见杨排风，八姐、九妹说，排风昨日连战北辽二将过了力，回帐解甲时受了风寒，现在还时冷时烧。太君听了，忙派军中大夫去给排风诊治。辽邦这次来得兵力多，敌众我寡，土城又不坚固，不易守，这时就听有人叫阵。讨阵的正是洼尔单之弟洼尔青、洼尔红。三声炮响，两人在阵前只见宋军出城，当中一员将官，细腰乍膀，相貌堂堂，盔明甲亮，白马银枪。洼尔青一见大声喊道："来的宋将快通名受死！"

高君保勒住战马打量辽将，只见他铁盔铁甲青龙驹，手中两把镔铁锤，相貌丑陋，三分像人，七分像鬼。高君保看罢大喝一声，催开坐下白龙马，四十多个回合难分胜败，这时候洼尔红上来替下了洼尔青。高君保二话不说就注上冲，一枪刺伤了洼尔红。接着高君保又大战韩虎，于是太君不放心了，叫八姐、九妹巡城，自己带张金定、李翠平出城来到战场。只见君保已经疲劳，只有招架之功，无有还手之力，眼看就有性命危险。太君刚要策马，张金定已经冲上前去，让过君保，挡住韩虎。

韩虎一看是员女将，大声喊道，"你可是杨排风？"

"我丈夫杨延平替宋主死在金沙滩，我叫张金定，今天要替夫报仇！"

韩虎哈哈大笑："张金定，你丈夫都死在我们手里，你还有多大能为不成？我不想和你交手。我三弟韩广死在杨排风之手，我要杀她替弟报仇！"

金定哪还容他再往下讲，举刀劈砍。要说张金定的杀法确实不错，可是还胜不了韩虎，十几个回合就不行了。这时，李翠平一见急忙冲上前去，救回金定。韩虎一愣，问道："你可是杨排风？"

李翠平说："我乃李翠平，我夫杨延定替宋八王死在金沙滩，我要替夫雪恨！"

韩虎笑道："看来大宋朝无有能人啦！来一个是女人，换一个还是女人，这是宋朝气数已尽，该我主洪福齐天！"

说罢手中举合扇板门刀来战李翠平。李翠平想："他力大刀重，只可智取，不能力敌。"翠平举刀下劈，韩虎用刀往外架，想把翠平的绣绒刀磕飞。李翠平手急眼快，立时将刀撤回。韩虎的刀落下时，翠平却不敢用刀架，怕力小架不出去，只好带马躲过。就这样战了十几个回合，太君一看不行，叫高君保、张金定观阵，自己就要出马。二人连忙阻拦，怕太君年老出了差错。太君说。“无妨！”然后鸣金叫翠平回来，李翠平只好拨马败下。韩虎催马就追，只听对面三声炮响，韩虎勒住马头，呀，当时一愣！只见宋营三军各举刀枪门旗分开，当中闪出一杆坐森旗，旗上一斗大的“杨”字。旗下一匹浑红马，马上坐一位六十上下的老夫人，全身披挂，手中一口九凤朝阳刀，威风凛凛，杀气腾腾，精神百倍，与众不同！这正是佘太君来了。

韩虎对佘太君的刀法从心里佩服。要说太君佘赛花的本领就是高强，连金刀令公杨继业当初都是她的手下败将。当初佘赛花和父亲佘表镇守佘塘关，杨继业带兵攻打，先打败了老将佘表，姑娘佘赛花上阵大战杨继业，把杨继业走马活捉，来在七星庙。佘赛花向杨继业提亲，说：“不答应就杀了你，如果应亲我就献关。”杨继业应了亲，二人就在庙内拜天盟誓。佘赛花一抬头，见七星神全都对她眉开眼笑。实际上七星神全是笑脸。佘赛花用手一指大声说道：“别笑，别笑，我回去养你们一庙。”这一庙是七星神，七位。说也凑巧，二人成亲后佘赛花真生了七个儿子，后来又收了一个义子八郎，所以叫七郎八虎。

今天太君大战韩虎，不减当年之勇。韩虎的合扇板门刀难胜太君，太君的九凤朝阳刀也难胜韩虎。二人杀得难分难解！

这时，从南门外跑来一匹马，马上坐着一员女将，来到土城南门外把马带住，见城头上是宋军，宋朝大旗随风飘摆。女将高喊：“宋军听了，你们急忙报信，我要求见太君！”

城上军兵一看，这女将很年轻，穿白戴孝，就问道：“你是何人？”

女将说：“不要多问，我见了太君再说。”

“好，你等一等。”军兵才要去报信，有人喊道：“什么事？”

原来是八姐、九妹巡城来到这里。军兵们说：“二位将军来得正好，城外来了一员女将，要求见太君元帅。”二姐妹一听，说：待我二人看看来的是何人！”

只见城下一匹桃红马，上坐一位女英雄，正是杜金娥，二人不解其意，问声：“女将你叫何名？”女将马上答话说：“我要见太君！”

女将说：“我家在边关以西一百里的杜家村。七郎奉令查敌情的风雨之夜迷了路,病倒在我家,我爹爹做主把我许配给了七郎,没想到父子均被潘洪害,七郎他乱箭穿身而死!我来到土城是找婆母来了,遇上二位妹妹在巡城,这就是我的真情话,请二位妹妹快快开城!我正想前去杀敌兵呢!”

于是杜金娥催马闯上去,举起绣绒刀要劈韩虎,欲知后事下回书里说分明。

第二十三回 杜金娥松林生娇子 佘太君土城战韩昌

杜金娥持刀跃马来到阵前直奔韩虎杀来。老太君一见也很奇怪,不知这位穿白戴孝迎战韩虎的女将是什么人?可是女将已经与韩虎交手,老太君也不好再问,只好撤到后阵。太君刚一回来,张金定、李翠平,高君保等人齐向太君道:“元帅,这位女将是谁呀?”

太君说:“我不认识她,我还正要问你们哪!”

大家一听,全都你看看我,我看看你,感到莫名其妙。

太君说:“既然她上阵杀韩虎,就是我大宋的兵将,我们且在这里观阵接应!”

再说杜金娥,她一看见辽将,就想起了金沙滩杨家父子血染疆场,想起了杨七郎为搬兵求救而惨死在潘洪之手那些往事,这气不打一处来,恨不能一刀结果韩虎的性命!可是杜金娥已经怀孕在身,就要临盆了。她是一气之下冲上战场。韩虎一见杜金娥冲上战场,自然也以为是太君手下之将,忙大声喝道:“来将通名再打!”

“你七奶奶杜金娥到!”说罢举刀直奔韩虎。韩虎架刀相还,为了报杨排风杀韩广之仇,韩虎手持合扇板门刀杀势凶猛,那杜金娥也是勇杀实砍。论武艺,杜金娥在杨门众女将之上,可现在不行了,一来是由杜家庄到边关,又由边关赶到黄土坡,人已十分劳累;二来是怀孕在身,身体不便。不然的话,韩虎还未必打得过杜金娥。

这两匹战马来来往往，翻蹄亮掌，尘土飞扬。两员战将刀光闪闪，上下翻飞，拼力厮杀。杜金娥本想杀死辽将，打个漂亮仗，谁知天不遂人愿！腹内一阵疼痛，金娥暗想："不好，不能再战！"虚点一刀往回拨马，要回阵去见太君。偏偏这匹马炸了！它一抖鬃毛，一瞪双睛，一撅尾巴，四蹄蹬开，一直往东下去啦，而杜金娥想勒也勒不住了。心说："马呀，马呀，你这是往哪儿跑哇？如果能回太君的后阵，我就算保住了性命，你若是驮着我不回城，只怕我母子就要性命全休！"她回头一看，韩虎远远在后边追来了。

原来，韩虎一见杜金娥拨马，以为她败回城去，也就没有追赶。可是后来见杜金娥没回城，战马一直往东跑下去了。他又想追，又怕中了计；等杜金峨跑远了，他才一狠心，催开坐下枣熘马追下来了。杜金娥见远处韩虎策马追来，也不由得暗自心慌！

杜金娥在马上慌了神，腹内疼痛就要临盆，猛然见前边有片密松林。杜金娥忙下马藏进松树林，边思边想腹疼难忍，一时之间生下了一个婴儿，那韩虎追到松林不见了女将，在林外张望暗自思寻，他左思右想不敢进松林，正在这时婴儿啼哭起来，杜金娥心里也很着急，暗说，儿啊，你千万别哭了。如若被敌人听见，我母子二人谁也别想活命！幸好这孩子哭了两声就止住了。杜金娥一想："抱着孩子出林也不能与敌人交战哪！我死倒不要紧，不能叫孩子有个好歹，孩子若是不能保住如何对得起死去的七郎？这里林深树密，不如把孩儿包好，暂时挂在树上，等把敌人赶走，再回林中取儿回城，对，就是这个办法！"于是撕了半幅白罗裙，才要包孩儿，又一想："万一战死在敌人之手，杨府众人也不知我在松林产子，这孩子没人管，还不死在树上？即使是被人救走，人家也不知道孩子是谁呀！"想至此，急中生智，把半幅白罗裙铺在地上——

杜金娥两眼泪汪汪，写下血书："杜金娥临阵之时产一子，暂在林中把儿藏，谁捡到就是谁家的孩子，孩子的父亲是杨七郎，孩子叫杨宗英！"写完把孩子包裹好，找了棵大树把孩子藏了。扳鞍纫镫上马，出了松林，准备和韩虎决一死战，正在这时跑来了八姐、九妹。

大家要问了：八姐、九妹怎么来的呀？上回书已经说过了，杜金娥在南门外报号求见太君时，正遇上八姐、九妹巡城，杜金娥讲明来历，又有七郎的剑为凭证，本该放她进城。由于八姐、九妹年轻无知，连杜金娥这一路劳累饥渴全不问，就叫她去北门迎敌了。

杜金娥去北门以后，八姐、九妹这姐儿俩嘀咕上了：万一七嫂有个好歹怎么办哪？母亲还不怪罪下来？这俩人放心不下，又急忙赶到北门。这时杜金娥已经马炸了，韩虎见她一人一马，也追下去了。姐俩把情况对太君一说，可把太君急坏啦！当时命二人去追韩虎、保护杜金娥，并说："如果你七嫂有个差错，你二人也别回来见我了！"

八姐、九妹急忙催马追赶韩虎。太君仍不放心，又派张金定、李翠平二人带兵五百去接应。命高君保在四城严加防守，因为这座土城并不坚固，不能大意。八姐、九妹赶到松林，正是社金娥在危险之时，二人连忙冲上前去挡住韩虎，厮杀起来，杜金娥乘机到一旁喘息。战不多时，张金定、李翠平带兵马赶到，跟着洼尔青、洼尔红也带辽兵来给元帅韩虎打接应。这一来，双方又是一场大战！

这时天色已晚，韩虎也累得够呛了。杜金娥边战边想起孩儿还在树林之中，这条小命还不知如何呢？这一着急，浑身不知有多大的力量，正是一人舍命，万将难敌！她一刀朝韩虎迎头劈来，韩虎用刀架出去了。杜金娥又摆刀向韩虎的脖子砍来，韩虎一低头，刀过去了。等他又抬头时，哪知杜金娥又用了个返刀式，这刀又返回来了，他急忙一低头，可是已经来不及了，喀嚓一声，头盔掉下去了，连头皮都被削去一块！血唰地一下流下来了。韩虎哎呀一声大叫："不好！大小儿郎，天色已晚，跟我撤兵！"说完，他圈马而逃。

辽兵辽将一见二元帅败走，也都跟着退下去，真是兵败如山倒！

韩虎一败走，杜金娥也突然从马上掉下来晕过去了。原来她是靠一口气顶着，等战败了韩虎，这口气一泄，她气血太虚，顿时摔下马来不省人事。叫八姐、九妹连忙过来抱住杜金娥，张金定上了马，叫八姐、九妹把杜金娥抱在她的马上，张金定搂住了杜金娥，叫八姐、九妹带着杜金娥的刀马，领兵急速回城。她们哪知道松林中还有杜金娥的小孩儿呢！

等回到黄土城，张金定去报与太君，八姐、九妹等把杜金娥抬到帅府后堂的一间房屋里。太君来到后堂，派人叫来随军大夫给金娥看病。可是由于杜金娥产后用力过度，身体过于虚弱，直到第二天清晨才苏醒过来。八姐、九妹一直留在身边照看，见七嫂醒过来，忙把太君请来。杜金娥一头扑在太君怀里放声大哭，可算见到亲人了！就把自己和七郎成亲，父亲死后自己来找婆母，大战韩虎，并在松林产子等事，都说给了太君。太君听说桂金娥在林中生下了小孙孙，又惊又喜，又疼金娥，满眼热泪直流，忙派八姐、九妹带人去林中搜回小孩儿。等到八姐、九妹回来说，树林中每棵树都找遍了，就是没有小孩儿。婆媳听罢抱头痛哭，不知是被敌人劫走，还是叫人拾去。后来，杜金娥劝太君道："事已至此，母亲不必难过。如你孙儿不死，以后还能相认！"

太君道："即使孙儿活着，以后他也不知自己是谁家之子，又如何相认呢？"

金娥说："儿媳已在包他的白罗裙上写明他的姓名、家世，以便日后相认。"

太君听了，夸赞金娥心细，同时祷告苍天保佑孙儿。这杨宗英自从出世就与母亲分离，直到大破天门阵时，母子才又重见，这是后话。

杜金娥这里十天半月不能出征，杨排风也病倒未愈，只有太君和高君保、张金定等女将又和敌人连战了几天，未分胜负。这一天夜里，土城四外炮响如雷，杀声四起。天还不亮，太君就急忙升了帅堂。探子来报："北辽兵马大元帅韩昌亲自带兵二十万包围了黄土城！"

太君闻听暗自着急。本来战韩虎就难以取胜，韩昌比韩虎又厉害十分，这便如何是好？等到吃过早饭，外边有人来报：韩昌讨阵。

太君问："哪位将军出阵应战？"

高君保上前施礼道："启禀元帅，末将愿往！"

太君传令高君保出战，由张金定、李翠平观阵。可是时间不长，三人败下阵来。太君忙传令四城的兵将多备灰瓶、火炮，严加防守。这时探马又来报，说韩昌打了胜仗不收兵，在城门外大骂，叫元帅上阵。

太君一听韩昌如此猖狂，勃然大怒，叫人备马抬刀，众女将一见太君要出阵，全都要出城迎敌，太君却叫他们伺候杜金娥和杨排风，只带八姐、九妹去迎敌。

那韩昌勒战马正在骂阵，只听土城内三声炮响，顿时，护城门大开，冲出来一队人马！太君果然出了战场，老太君勒马观看韩昌，那金盔金甲闪金光，坐下骑的青鬃兽马，横眉立目凶似魔王！太君看罢用刀指着韩昌，二人大战起来，欲知疆场战事如何，下回书里交代。

第二十四回 高君保突围搬兵将 寇天官背靴访六郎

话说二人大战多个回合，左拼右杀直到黄昏。也分不出胜负，于是二人圈回马，带领三军回了营门。太君便与诸将商议对策说："韩昌力大武艺好，营中难找胜他之人。如果他三十万大军围困我们的话就麻烦了，我打算派人搬兵去，等兵将来到两军兵合一处再杀敌人！不知众将可同意？"众将齐说："就依太君。"言语刚落高君保说："请给末将一支令，我去闯营搬兵。"就这样，高君保杀过敌军帐，飞马朝前奔，过了一镇又一镇，跑过一村又一村，第三天清晨到了午朝门。

高君保兼程赶路，两天三夜来到京城午朝门外。人也到了，精神也散了，只觉得头晕眼花一阵心慌，从马上掉在地上，当时昏迷不醒。御林军认识少王爷高君保，连忙上报，传达官上殿报与太宗，太宗叫人把君保抬上殿来，忙叫御医给君保诊治。君保征袍上虽然带血，可身上没伤，只是由于劳累过度而昏迷。御医给送下稳心丹后，时间不长，高君保缓过来了。太宗和众文武大臣才放了心。

高君保睁眼一看，自己躺在金殿上的一张软床上，急忙翻身起来给太宗施礼。被太宗拦住说："爱卿先别动，现在觉得如何？"

高君保说："在午门外，臣不知不觉地掉下了马，现在已经好了。"

太宗这才问："爱卿由何处而来，前方战事如何？"

高君保忙取出老太君的奏折交给太宗。太宗看完，当时变了脸色，说："众位爱卿，不好啦！杨排风得了解甲风不能征战，北辽元帅韩昌又领二十万大军进攻中原，现在一共三十万大军把太君的兵马困在黄土城。高爱卿连夜闯营，回朝搬救兵来了！"

众文武一听,不禁全都焦急万分。唯有东台御史黄守义觉得这回可逮住理了,连忙说道:“吾皇万岁,您看如何?臣再三拦阻不叫太君出征,太君不听,寇大人也不满,结果呢?敌众我寡、弱难胜强,还是谈和,才能安全无事……”

他刚说到这儿,寇大人拦住道:“万岁不必为难,家贫出孝子,国难显忠臣!可把八王爷请来,共商哪个领兵。”

黄守义说:“好,不求和,我倒要看看谁能挂帅?”

太宗说:“高爱卿先回府休息等待音信,朕派下领兵之人,再给你送信。”

高君保遵旨回府。太宗命人去南清宫请来八贤王,把太君的求救奏折交与八王看过。八王可着急啦!杨家将男的全死了,女将出兵又被困,这还了得!忙说:“叔皇可以问问哪位将军可挂帅去救?”

太宗说:“众位爱卿,你们哪个挂帅呀?”

群臣不敢搭话,杨家将都不行,谁还敢去呀?

黄守义又说话了:“万岁,微臣看没人敢去。杨家将都不行,谁还敢去和韩昌对阵?”

话音刚落,有人搭言:“万岁,臣有本奏!”

太宗一看,是寇莱公,说道:“寇爱卿请讲。”

寇大人说:“万岁免忧。天子脚下藏龙卧虎,金殿之上就有能人。”

太宗一听十分高兴。文武百官可全都担惊了,不知道寇大人要点哪个。太宗说:“寇爱卿,你说的是哪一家呀?”

寇准说:“八王千岁就能挂印为帅,到黄土坡救太君,退韩昌,准能马到成功!”

八王一听就吓了一跳,心说:“寇准,有你的,你这不是成心捉弄我吗?”

太宗说:“寇爱卿保你挂帅,你看如何?”

八王说:“寇爱卿,孤王有何本领能退韩昌、救太君哪?”

寇大人说:“臣以为八王千岁很有智谋,将在谋而不在勇,兵在精而不在多。八王如挂帅远征,定能易如反掌!”

八王一生气说:“好!既然你说我能挂帅,我不能不为国出力!叔皇我为元帅,我要一个先锋。”

太宗说:“你要哪个?”

八王说。“我要寇准。”

文武百官全都很奇怪,这不是开玩笑吗?可看看八王和寇准,俩人全很严肃。

只听寇大人说:"臣愿前往!"

八王说:"你我今天回府准备,明日校场点兵二十万去打韩昌!"

太宗当然对八王前去并不放心,可是两个人都说愿意去,他也不能阻拦,只好退朝,说明日校场送行。

八王气冲冲地回到南清宫坐在书房前思后想:寇准为什么这样做呀?分明是去送命啊!越想越气,叫御总兵杨景邦:"把寇准给孤叫来!"

话音刚落,外边有人来报:"寇大人求见!"

八王说:"来得正好,叫他进来吧!"

只见双天官抱腕尊称:"千岁,您只管挂帅别担心!我们去天波府里请能人吧!"一句话惹得八王莫名其妙,八王也没带保驾的,和寇准两匹马直接来到杨府,家人忙去通报,郡主把八王和寇大人迎进去,见完礼,八王说:"御妹,我和寇大人明日要出征,今日来参灵吊孝,和御妹辞行!"

那位问了,郡马死了多少日子,怎么还不埋呀?这不是平常人家三五天至多七天就埋了,这是郡马、少令公,至少也要放七七四十九天!

郡主说:"不敢有劳千岁和寇大人前来吊孝。"

"先死者为长,郡主不必推辞了!"

郡主说:"既然如此,多谢千岁和寇大人!"

柴郡主哭得肝肠寸断,八贤王哭得更伤心。唯有双天官寇准不住地偷看柴郡主,他劝了八王劝郡主,兄妹二人才止住悲声。八王和郡主止哭声以后,寇大人突然说:"郡主不必难过,一会儿郡马就活了。"

这话可把郡主吓了一跳:"寇大人,我家死丧在地,你怎么还开玩笑呢?"

八王也不高兴了:"寇天官,郡主难过万分,你怎么还说笑话呢?"

寇大人说:"王爷,郡主,笑话有时候也可以弄假成真。备不住郡马一听我们都在盼望他,他又活过来了,那时,郡主你夫妻团圆,八王你君臣见面。郡马出兵去征讨韩昌,王驾千岁你不乐吗?"

八王说:"寇准你疯了吗?怎么说起胡话来啦?"

这时,郡主偷偷对身旁的丫环使了个眼色,丫环说:"八王千岁,郡主连日悲伤,体力不佳,千岁痛心也有伤玉体,是不是和寇大人该回府休息?"

八王看了看寇大人，寇大人说："我们明天出兵黄土坡，今天不走了，替郡主守灵。"

郡主说："不敢有劳千岁和天官守灵，请二位回府吧！"

要依八王呢，走就走吧！寇准却偷偷地对八王说："现在就走，能人可没有！明天咱二人怎么出兵？"

八王说："不走就有能人吗？"

寇准说："今晚守灵，准有能人。"

八王说："好！御妹，今晚你休息，我和寇爱卿守灵。"

郡主说："那就请八王和寇大人多辛苦吧！"说罢，郡主退下。

这时灵棚里没别人了，八王说："寇准，咱还没吃饭哪！"

寇大人说："郡主有意把咱们饿跑了。她不管饭不要紧，咱们找个家人来。"

这时，有个家人路过，寇大人把他叫住了，说："我和八王守灵，你们郡主连顿饭也不管哪！"

家人说："现在连郡主自己也不知道吃饭了！"

寇大人说，"你给我们上酒楼要桌酒菜，叫他们给送来。"

家人说："遵命！"

八王说："寇大人，咱这是多没有味儿啊！"

时间不长，酒饭送来了，二人就在灵棚内吃喝起来。八王想妹丈、疼郡主，吃不下去，寇准可连吃带喝，还说："千岁得吃呀，明天还得出兵打仗哪！"

八王说："寇准，咱先得说好了，去打韩昌，我可不行！"

寇准说："那您也得多吃点儿，不然今晚守夜可顶不住！"

八王也只好吃了点儿。吃完了，由醉仙楼的伙计把碗碟收拾好。寇准说："千岁，您请客吧！"

八王心说："寇准，你可真能算计！"八王给了钱，伙计走了。天色也晚了，家人给送来一壶茶。君臣二人喝足了茶，夜已深了，天波府内冷冷清清，连个人影也没有。八王也累了，趴在桌子上就要睡。寇准说："千岁可别睡觉哇！"

八王说："不睡觉干什么呀？"

寇准围着棺材转了两圈，又用手拍拍。八王说："你拍它干什么？"

寇准说："听听里边有人没有！"

八王说："听得出来吗？"

寇准说:“千岁,这您可外行啦!里边有人,声音是呼呼的!里边没人,是嗵嗵的,向敲鼓一样。”

八王说:“里边有人吗?”

寇准说:“有。”

八王叹了一声。寇准又拍着棺材说:“郡马,你出来吧,我们在外边等着你哪!别装蒜了!”

八王说:“寇爱卿,你要是再瞪着俩眼说鬼话,我可要跑了!”

寇大人说:“我说的不是鬼话,是实话!”

又接着说:“郡马,太君被困黄土坡九死一生,我与八王明天发兵,你想,我们君臣二人能打得过韩昌吗?八王千岁若有个好歹,你不心疼吗?再说潘家的人已经全死了,郡马还有什么想不开的呢?”

八王越听越发毛,说:“寇准,你跟谁说话哪?你若再不住口,我可一定躲开你!”

寇准说:“好,我不说了,千岁身体疲劳,就请休息吧!”

八王也确实累了,时间不长,真睡着了。

寇大人就躺在铺地的白毡子上,头不躺在地上,把耳朵挨着地,就为的听声音听得远。时间不长,果然听到有脚步声。他心想:“来人了。”故意地打呼噜装睡。不一会儿,偷眼一看,果然是郡主来了。

郡主看了看八王,又看了看寇准,微微一笑,转身就走了。寇准连忙起来也跟着走,刚走两步有了响声,郡主一回头,寇准急忙躲开。他怕再叫郡主听见动静,急中生智,把靴子脱下来了,用带儿一系,往肩膀上一背,光着脚,瞄着郡主的人影往前走进了后园。

郡主忽然又猛一回头,大人忙躲在一棵树后。郡主心里也有些害怕,虽然是自家的花园,可是夜静更深,哪能不怕?就抖抖精神,壮壮胆量问了一声:“谁?”

寇准暗笑:“我。能告诉你吗?”

郡主又说:“别以为蹲在树后我没着见,我早瞧见啦!你敢出来见我吗?”

寇准心说:“好厉害的郡主,换个别人也早叫你给诈出来哪,你还是没看见我,若不然,你绝不到后花园来!我可不能上当。”

这时,又听郡主自言自语地说:“哪来的人哪?真是自己吓唬自己!也许是只猫?”说着,又往前走。

寇准心想:“现在说什么都由你,骂我我都不还嘴,等找着六郎再算账!”寇莱公又跟着走下来了。拐弯抹角,前边有个假山,寇准躲在一个葡萄架后偷看,借着月光见郡主把假山上的花盆一盆一盆地全搬开,这时闪出一个小门,有灯亮透出来了。郡主伸手拍了三下,就听里边直人问:“谁?”

“郡马,是我呀!”

这一句把个寇准乐得差点儿蹦起来。又听到郡马的声音。“快进来!”只见郡主进了小门,门又关上了。寇大人急忙赶过来,他哪光着脚走过路啊?脚踩到石头棱上,真疼啊!此时也顾不得了。他到了近前一看,花盆堆在旁边,小门缝透出一线灯光。他把耳朵贴在门缝上,就听里边低低的声音:“郡主,你怎么把我忘了?这一天也没给我饭吃!”

“唉,别提啦!八王爷和寇咕嘟来了。”

寇大人一听:“嗬!还给我起了个处号,我可没咕嘟过好人哪!”又听郡马问:“八王和寇大人干什么来啦?”

接着又听郡主把白天的事对六郎说了一遍。郡马说:“母亲被困派高王搬兵,朝中谁能挂帅呢?”

郡主说:“听说是八王为帅,寇大人为先锋。”

郡马说:“这是谁出的主意呀?叫他们去打仗,不是自取其祸吗?”

郡主说:“我也是不大相信!不管谁出兵,你也不能出面!不然就是蒙君作弊,罪该万死!”

郡马说:“我担心老娘啊!”

“你放心吧,自有人去救!”

“他们君臣走了没有?”

“唉,要是走了,我不早就来了吗?他二人非给你守灵不可,我怎么叫他们走,他们也不走。现在他二人在灵棚睡着了,我才来。”

郡马说:“你可要注意呀,怕的是寇大人来者不善,善者不来!他在灵棚里跟你说的那些话,可全是话里有话哪!把水给我吧,渴坏啦!”

“哟,我忘了把水拿来了,你等会儿吧!”

听至此,寇准急忙躲开。果然小门开了,又听郡马说:“郡主,越快越好。小心寇大人。”

郡主答应一声走了,小门又关上了。

寇大人想:"我得趁这个机会叫门去,不然一会儿郡主回来就不好办了!"他急忙走过来用手拍了三下,就听里边问:"谁?"

寇准一想:"糟了!我若说是寇准,他准不给我开门哩。小门里边有没有地道,我也不知。如果有活地道,他再跑了!我上哪儿找他去?没办法,委曲一下吧。"于是就把鼻子一捏,装了女人的声音:'郡马,是我呀!"

"噢,郡主,等我开门!"

郡马把门打开,一看是寇准:"哎呀,不好!"

刚要关门,寇大人早把大腿伸进来了,郡马一关,寇准大叫道:"掩着腿啦!"

欲知后事如何,且听下回分解。

第二十五回 八贤王遭难芭蕉寨 杨延景会战孟伯昌

杨延景无奈把门打开了,一见寇大人他慌里慌张,寇准说:"客气话不要多讲,快跟我到灵堂去见八王。"

他们来到灵棚来见八千岁,八王还趴在桌子上睡觉呢。寇大人说:"八王别睡了,郡马公活啦!"

八王醒来,闪目一看,不由大吃一惊:"啊!"往后倒退,眼都发直了,他以为活人见鬼啦!只见寇大人肩上还背着两只靴子,后面站着郡马和郡主。寇大人说:"八千岁别害怕,杨郡马他没死!"

郡马、郡主此时连忙跪在八王面前,口尊:"请千岁开恩饶命!"

八王一时愣住了,不知是怎么回事?寇大人说:"他们二人是不好意思说了,我替他们讲吧!"接着,就把刚才的事,由头至尾说了一遍。

郡马说:"千岁,臣有欺君之罪!"

郡主说:"请皇兄恕罪!"

八王上前搀起御妹，又扶起郡马，眼含热泪道：“御妹丈，可叫你把我疼死啦！漫说没罪，就是有罪，孤也不怪！”

郡马夫妻连忙谢过八王。

寇大人说：“你们全没事了，我可不完哪！”

八王说：“你还有什么不完之事啊？”

寇准说：“千岁在这里守灵睡大觉来了，我可是又挨骂、又扎脚、又装郡主。”

八王一听也乐了，说：“寇大人不必计较，叫郡主与你赔礼就是了！”

郡主马上又要向寇大人赔礼，寇准连忙拦住道：“哎，几句笑话，何必当真！倒是这脚下的一双袜子，要郡主赔一双才好！”

原来寇大人追踪郡主之时，怕出声响被郡主发现，就脱下了靴子背在了肩上，找到郡马以后又急于来见八王，一直没顾得再穿。再说那袜底也早已弄脏了，不能再往靴子里穿了，所以，寇大人才叫郡主赔他一双袜子。

郡主刚才也没顾上看，此事一看寇大人果然只穿着袜子，禁不住也笑了，忙叫人给取来新袜，又叫人给准备了洗漱用具。等八王和寇大人洗漱之后，郡马把君臣二人请到客厅用早饭，此时天色已亮。

八王说：“现在太君被困黄土坡，派人搬取救兵，寇大人保我为帅，我保寇大人为先行，今天点兵启程。还是寇大人谋多智广，他说杨府有能人，果然妹丈未死。快跟我上殿面君，由妹丈领兵去黄土坡吧！”

郡马说：“我不能去见万岁呀！我诈死瞒名，蒙君作弊，万岁怪下如何是好？”

八王说：“有我做主！”

郡马说：“那样怕文武百官也不服。既然八王挂了帅，寇大人当了先锋，你们可以先在点兵去黄土坡。你们明着走，我在暗中跟随，到了黄土坡杀敌立功，然后再见万岁，也好将功折罪。”

八王听完看了看寇大人，寇大人说：“也好！但郡马不要失信，一定要去！”

郡马说：“我叫你们出兵，我岂能不去？再说我母亲还被困在黄土坡，我一定不误打仗！”

寇大人说:“那就一言为定！八千岁,我们走吧,该去校场了。”

郡马夫妻把八王和寇准送出天波府。

八王边走边问:“寇爱卿,你怎么知道我妹丈没有死呢?”

“千岁,那天开棺验尸后要盖棺时,大家往后一退,我却往前一步仔细看了看,看见郡马胸脯动了一下,我就知道他是憋住一口气,也肯定棺材里有透气的地方,所以猜定郡马没死。”

八王说:“寇爱卿真是高人哪!”

二人来到校场,文武百官早已等候送行。八王以圣旨为印,点兵二十万。御总兵杨景邦随军出征,书童寇安也跟随寇大人去。

高君保心里可真有点儿着急啦！把八王和寇大人搬到黄土坡去,怎么能打仗呢?就偷偷的问寇准:“八王和双天官出征,这不是笑话吗?不但救不了太君,还怕你君臣有去无回呢!”

寇准说:“请少王放心,我和八王上阵,定能逢凶化吉、遇难呈祥。如果没有能人,我们是不敢去的。”

高君保问:“能人在何处?”

寇大人说:“就在杨府,你还不知道吗?”

君保听了,没敢往下问。直到点齐二十万人马,八王、寇准和太宗、众文武官员分手。大家无不替八王君臣担心,暂且不提。

八王、寇准和高君宝率领大军赶奔黄土坡而去。这一天,大队正往前走,前面闪出来一座山峰,此山名叫太行山,有座山寨叫芭蕉寨。宋军刚要过去,从山上闯下两队人马拦住了去路。有人马上报与八王和寇大人。

八王说:“先锋官,出事了,没等到黄土坡就走不了啦!”一队是枪队,为首的是黑、红二将。红脸大汉说:“兄弟等候,看为兄的本领如何?”说罢,催马直奔高君保而来。高君保细看来将,见他红发红脸,豹脸狮鼻,胸宽背厚,膀大腰圆,头戴红缎扎巾,身穿红缎箭袖、红中衣,脚蹬厚底快靴,坐下骑浑红马,背后背一个大葫芦,手中端日月宣花斧,一派威武刚强之气！高君保看罢心中暗夸:“好将啊,好将!”当时用枪一点:“来将是谁,为何拦挡队伍?”

来将勒马抬头观看,只见高君保盔明甲亮,龙马银枪,五官端正,眉清目秀,细腰乍膀,一派英雄之气。看罢用手一指:“你通名上来!”

高王道:“我乃高君保,随大军去征讨辽兵从此路过。尔等为何下山拦路?”

这位红脸大汉哇呀呀大叫三声说："我与大宋朝的一兵一将全是仇深似海！"说完，举斧子搂头盖顶往下劈来。

高君保急架相还，骂道："匹夫好不讲理，你想动手不难，应当通名上来。高王枪快也不扎无名之鬼！"

红脸大汉说："休要多问！"一连又是三斧。高君保气得大骂一声："好山贼！"高君保怒催战马把枪拧，骂一声："山贼野寇你不通人情！无名之辈你往哪里跑？"

二人你来我往，战了数回合，红脸汉来了一个急圈马回身，右脚离镫，马上一伸手抓住了高君保的绊甲绳。高君保知道不好，刚要用手抓住铁过梁，红脸汉用脚一踹高君保的马屁股，马往前一窜，红脸汉一把拉住君保，来了个走马活捉。红脸汉三声怪叫，眼望斧子队大喊一声："来人，给我绑！"把高君保往下一扔，众喽啰闯上绑住高君保，连人带马押上山去。

杨景邦早已从后阵催马上来高声喊道："山贼，快把高王送回来。如若不听，我们要扫平山寨！"

红脸汉见来人顶盔挂甲，威风凛凛，杀气腾腾。他也不等问姓名，抡斧子便砍。杨总兵虽然武艺高强能征善战，但难胜山大王。他救高君保的心切，也就以死相拼。红脸汉假装败下，杨总兵赶过去，红脸汉把马拨回，大斧交于左手。他身后背着一个大葫芦，底下有一个烧饼大的圆活门，当中有一尺长的丝穗。葫芦里装的是硫磺火药丸，带有黏性，是他家的祖传暗器。用的时候一拉丝穗，圆门里边有弹簧，能把硫磺火药丸打出去，打到哪就粘住了，准把对方烧伤，非常厉害！红脸汉一见杨景邦要拼命，就用败中取胜法，用右手一拉丝穗，打出硫磺火药丸。杨总兵一心拼命没有防备，被火药丸打在身上，当时起火。

杨景邦忙圈马败下。寇准在后阵大吃一惊，等杨总兵跑过来，忙命弓箭手开弓放箭，挡住了红脸大汉。杨景邦急忙下马在堤上来回一滚，才把火压灭，可是身上已经带伤。

这时，寇准又听到队伍后面一阵大乱，有人喊："不好了，八王千岁被一个黑脸山贼捉去啦！"

寇准一听，只吓得魂飞天外！这时候只听有人来报，郡马来到营房了。

寇大人一听，真好似"旱田下了及时雨，多日断饮送米粮"，忙到营外把郡马接进大帐，请郡马落座。

六郎见只有寇大人在此，忙问八王和高王在何处？寇大人就把今日之事说给六郎。

六郎说："我真担心八王他们在山上有性命之危！不知这黑、红二将姓字名谁？"

寇大人说："郡马你若早来，也就不会出事了啦！"

六郎说："我只算计你们还到不了黄土坡，谁知道中途又遇见山贼拦阻撒野！只要八王和高王不死，我定能把他们救回！"

寇大人又对郡马说杨总兵被火药丸烧伤，带郡马到后营去探望。然后给郡马备饭，郡马吃过饭天色已晚，就休息了。

第二天，杨郡马全身披挂出征。寇大人带兵五百给郡马观阵。三声炮响，郡马出营，来到山下抬头观看，见山上周围是拦山大寨墙、灰瓶、火炮，弓箭手戒备森严！郡马用枪一指高声喊道："呔，喽兵们听了，快报与你家寨主，把宋八王和高君保送下山来！不然我要杀上山去，刀刀斩尽，剑剑诛绝，老少不剩，片甲不留，叫尔等全山尽没！"

时间不长，只见山上寨门大开，闯出两队喽啰左右分开，冲出一匹乌骓马。

六郎说："你想动手先把姓名报上来，我不杀无名之辈！"黑汉也不说话，于是二人战在了一起，杨郡马枪法受过真传，抖开这条枪如摇头的狮子、下山的猛虎、出水的蛟龙！黑大汉渐渐只能招架不能还手了，大叫一声："我要回山去也！"圈马败走。六郎岂肯放他？一催战马追了下来。

郡马是罕见的英雄，战马也不是一般的坐骑！郡马追过去，眼看要扎着黑汉了。这时，斧子队里又冲出一名红脸山大王，叫声："兄弟闪开，我来会他！"让过了黑汉，斧子一摆拦出了六郎。

郡马见此人身后背一个大葫芦，知道火烧杨总兵的定是此人。红脸汉问道："你是哪家？"

六郎说："我家住汴梁天波府，我父杨继业金刀老令公，我母佘太君官拜无佞侯。我名杨延景，在往下就是郡马爷是也！"

红脸汗一听,往后一带浑红马,上下打量郡马一番,说:“你是杨家将?”

“正是!你是何人?应报真名。如不报名不算英雄!”

此人听完,哈哈大笑:“我不想通名。绝不是胆小怕事!如胆小怕事,就不拿八王和高君保了。告诉你,我与大宋朝仇深似海!我乃河北翼州人氏,姓孟名良字伯昌。”

这孟良为什么和大宋朝有仇呢?说来话长。原来,孟良的爹爹叫孟仁杰,和那个黑脸大汉焦赞的爹爹焦鸿亮两人结为金兰之好,二人一块保过高行舟。高行舟一死,焦鸿亮回了太行山下崔家庄;孟仁杰回了河北冀州孟家村。孟家祖传使斧子和火葫芦,孟仁杰就都传给了儿子孟良。孟良文武全才,但性格粗鲁。孟家镇有个千户,千户这个官多大呀?管着一千户人家,也就是镇子上最大的官了。这个千户叫万事通,他仗势欺人,无恶不作。有一次万事通正在调戏良家妇女,被孟良看见了,他就把千户打了一顿。万事通当然怀恨在心,就花钱买通了冀州知府,把孟仁杰抓进府衙借此关押了一个月。放出来以后孟仁杰气病了,没过多久就死了。孟良大怒,埋葬了父亲以后,不顾家里的阻拦,三更天进城火烧了府衙,又砍死了万事通。为避官府追捕,只好离家出走,信马而游。最后来到北辽,走遍了永平、劳亭、三合、哈风、遵化和幽州,学会了这六个地方的语言。水流千遭归大海。他还是想自己的故乡和亲人,就又回到了孟家村。哪知道全家早已被抄得无影无踪,不知道谁死谁活了。他无家可归,只好出走。这一天,来到太行山芭蕉寨,遇到一人劫道,原来正是蕉鸿亮之子焦赞。二人相认之后上山,立志要招兵买马杀尽大宋官员,以给全家报仇。二人早已传下命令:凡遇到大宋官员、大小三军,无论好坏,一律劫杀!

昨日八王带兵过山,喽啰报与孟良、焦赞。孟良带斧子队、焦赞带枪队下山。

孟良说:“我打头阵,你在后面见机行事。如得胜,可以带人抄他的后路!”

结果孟良战高君保时,焦赞就去抄后路,一见八王穿装打扮与众不同,知道是宋朝的大官,他就一阵乱杀,捉拿了八王。八王不会调兵,又没有战将保驾,被捉上了山。孟良也捉了高君保,一起押到后山。

今天六郎骂阵,焦赞说:“昨天你打头阵,今天该我的了。”

孟良说:“好!”结果焦赞败给了六郎。若不是孟良接应的快,焦赞非死不可!

孟良上阵一问，也知道杨家将是保国卫民的英雄，他才报了真名。孟良满心愿意叫六郎和他一同占山灭宋，这六郎哪里同意，孟良碰了一鼻子灰！气得他举斧直奔六郎劈来。

六郎拧枪，二人杀在一处。打了几个回合，孟良一圈马，说声："姓杨的，回头见吧！"就败下去了。

六郎想："他还没败，为什么圈马而回？噢，要放火烧我。"六郎策马就追，但是不错眼珠地盯着孟良的举动。孟良一见六郎追来，心想："不用火烧你，你也不知道马王爷有三只眼！"一拨战马，斧子交与左手，右手一拉葫芦穗，崩簧一响，火药丸打出去了！

六郎早有准备，右脚甩镫，左手向下抓住铁过梁，一伸右腿平躺在马旁，来了个镫里藏身！火药丸没打上，从马上飞过去了。孟良的马这时和六郎的马一错镫，孟良的马在左边，六郎右手拿枪一起身，正扎在孟良战马的右大胯上。这匹马疼得儿儿乱叫，这下子把孟良摔在地下，六郎脚已入镫，催马闯上用枪尖压住孟良说："我看你再动！"

欲知后事如何，且听下回分解。

第二十六回 黑山王单骑偷营帐 杨六郎大义收孟良

杨六郎双手把大枪，压住了孟良的心窝，孟良高喊："杨六郎你别动手，孟良有话对你说。你是趁机伤我，如果是真是英雄这次把我放了，咱二次交战比试比试！"郡马听了这句话便放了他，孟良上了马啥话也不说，大斧一摆就往下剁，六郎拧枪往外拨，二人杀了一阵，也分不出胜负，眼看日落西山。郡马想："今天必须要战败孟良，不然救不出八王和君保，更去不了黄土坡。"这时，就听孟良喊道："杨延景，今天已经不早了。人是铁，饭是钢，一顿不吃饿得慌。咱二人回营吃饭，明日再战！"

六郎说:“我们八千岁和高君保都在你寨内,只能叫君臣在,不能叫君臣坏!如果他君臣太平无事,你全山人马能保性命;如果八千岁和高君保有个三长两短,我要平山灭寇,你们一个也别想活!”说完,带三军人马回营。

吃晚饭时,寇大人依然愁眉不展地说:“八王、高王的安危真叫人担心!方才郡马把山贼打落马下,为何不杀,又二次上马交锋呢?”

郡马说:“正因为八王和高王在山上被困,我才不敢杀他,怕给他二人惹来祸端。另外,姓孟的这员将官乃忠臣之后,也是位英雄,我打算设法把他收下。这倒是:千军好得,一将难求。如他和那位黑脸将能归顺,也是我的左膀右臂,何愁不灭北辽韩昌!”

寇准道:“他和大宋仇深似海,岂能投降?”

郡马说:“那孟良不是一勇之夫,乃有勇有谋之人,不会莽撞行事。所以,不会对八千岁和高王下毒手。我们对他,也要见机行事。”

寇准说:“好。那么营中之事,就全由郡马安排吧。”

郡马说:“请大人后营安歇。今夜我还要防山贼来偷营。”

再说孟良回山,叫喽兵严守寨门,在拦山的寨墙上,多加火炮、灰瓶、弓箭手,以防宋军攻山。然后他来到聚义厅,只见焦赞在上面坐着。

孟良想:“大概他早回来了。”就问:“兄弟你早就回来了吗?”

焦赞说:“二哥,我可对你有点儿看法。”

“什么看法?”

“二哥你平时常说大话、夸海口,今天你和六郎一战,我可全看出来了。要不是你和宋将说好话,大概你也早去望乡台了。除了会放火,你还有什么本事呀?叫我看,你不在饭桶以上,不在饭桶以下,正在饭桶当中间儿。这回我可认识你了,以后别再跟我吹大话啦!”

孟良听完这话,只气得大声怪叫:“焦赞,你真是从门缝看人——把我看扁啦!从筛子底看人——把我看零碎了!我并非输给杨六郎,而是马失前蹄。在当时,杨六郎要扎死我,并不算他真有本领。所以经我一说,他才叫我二次上马交锋。有道是英雄爱好汉,我打算活捉杨延景劝他归山,所以二次交锋我才没下毒手。我有我的打算!”

“噢!你有什么打算?”

孟良说:“杨六郎自以为得胜回营,必然要庆功犒赏!今晚我就趁此机会下山去偷营劫寨！宋八王和高君保现在何处？”

焦赞说：“押在后山。”

孟良说：“先别杀，等我拿来杨延景一同问罪！”

焦赞大笑说：“你去偷营要带多少兵？”

“一兵不带！”

焦赞说：“依我看来呀，咱们的芭蕉寨是自身难保哇！”

夜里，孟良来到宋营近处隐蔽身形观察，见宋营放哨的、下卡的全都横躺竖卧地睡上了，鼾声如雷，随风又飘来一股酒气。孟良恍然大悟：“六郎啊六郎，我只当你是才高智广的英雄、久经大敌的好汉，不想却是稀松平常二五眼！难道山下一战你就决定胜券了？你在这里犒赏三军，全不想八王和高君保还被我押在山上，把两位王爷全丢了，还庆的什么功？你岂能想到今夜三更天我孟良来偷营，要杀你一个措手不及！营外这些宋军都醉成烂泥了，我一举斧子，一个也活不成。不过，杀多少也不如抓住一个杨六郎！若是有没喝醉的，见我一杀，他一喊，可就误大事了！等拿住你杨六郎，出营时再杀他们一阵也不晚。”想到此一催战马，就闯进了大营！

孟良闯进大宋的军营，催马闯到大帐篷。见当中坐着杨延景，六郎扶桌睡着了，还不时轻轻发出鼾声。孟良看到此把牙一咬心一狠，杀杀杀，大斧一举不留情！一下子砍了郡主的人头，这一下反把孟良吓坏了，只见那人头掉下来，脖腔子里不冒血，哧！冒烟。啊？这是怎么回事？不好！其中一定有一计。他刚要催战马往外冲，就听轰隆一声炮响。原来坐着的六郎是草人装扮的，肚子里是信号炮。草人的头和脖子全是药芯子，用铁器碰撞就着！孟良砍了草人的头，脖腔里一冒烟，肚子里的炮就响了。孟良这才知道上了当，就听四面八方杀声震耳：“拿呀！绑呀！别叫山贼跑了哇——”他赶紧飞身上马。刚出了大帐，马就被绊马索绊趴下啦！宋军一拥而上，用挠钩把孟良拉下马来，抹二臂，五花大绑捆上孟良。这时有人大喊：“报郡马爷，山贼已被捉住了！”

一阵鼓响，杨郡马升帐。

书中暗表：孟良所见营外横躺竖卧的兵士都是草人，草人下边都有个坑，里边藏着真人，等偷看到孟良来了以后，就在草人下打呼噜。所以，即使孟良动手，杀的也是草人。哪儿能拿着真人来冒险呢！

六郎早有令下：如山贼来偷营，放进不放出！听到信炮一响，一齐动手。

杨六郎倒不知道孟良准来，而是防备万一，如果孟良不砍假六郎而去活捉，也会发现是假人，等他往外跑时，三军也不会放他走。三军一喊，六郎当然也就知道了，孟良是逃不掉的！绊马绳、陷马坑，全给他准备好了，结果按计捉住了孟良。

郡马升帐以后，东方发白，天色渐亮。宋军拉拉扯扯把孟良推进大帐："启禀郡马爷，山贼现已押到！"

孟良听了，反倒挺起胸膛说道："我上跪天，下跪地，中跪父母面前行孝。不能跪服宋将！"六郎听了并不恼怒，叫军兵们退下。六郎忙尊一声："孟寨主你受苦了。白天里你与我未分胜败，讲定了到来日再战几回。却为何说话不算数，偷营劫寨？进大帐你就砍我的人头，你的心够恨啊！若不是我早有防备，我早死了。你似这样的做法谁能钦佩？还望寨主快回头。送回八王和高君保，我们同去解围灭辽贼！"

孟良说："我全家冤仇未曾报。"

郡马说："你曾杀官放火还埋怨谁？"

孟良说："我曾盟誓不保大宋。"

郡马说："就算你给我帮忙去解围。"

六郎用好话再三劝，孟良他就是往外推。两旁众将气炸肺，齐说他不知好歹要杀山贼。

郡马说："哪个大胆敢胡闹？快与我解绑放英魁！"

众兵将遵令给孟良松了绑，孟良刚才一听杨六郎说放了他，一时惊呆不知如何是好！后来一想："嗯，杨六郎不会真放我！要说白天在阵前放我，那是事出有因。今夜我来偷营杀他，进了大帐我就动了手，砍下了他的人头，那人不是草人，他早就没命了！把我拿住劝降，我又没答应，他倒把我放走？这绝不是真放！你假放，我真走，走不了再说！"想至此，他就猛一转身向外走去。

这时，他听六郎说："三军，把孟寨主的战马和斧子全给他，送他出营。哪个违令刁难，定斩不饶！"

"是！"

孟良出去了。两旁军将可有人不服了:“郡马爷,您也太大仁大义了,这样的混账东西不能放他呀!”

郡马说:“不对,一来我和他没仇;二来八王和高君保在山上被押,我如对他下毒手,恐给八王爷他们也招来杀身之祸;再说他仇恨官府,是因他全家死在一个州官之手。他也以为并不是官员皆与他为仇。如今我放他走,他准会明白过来,以后会降顺的!”

众人道:“他这人浑天黑地、人事不懂,郡马爷说了那么多好话,他都听不进去!”

郡马说:“我看他武艺高强,粗中有细,是位英雄,不会永远如此的!”

郡马话音未落,有人来报:“启禀郡马爷,孟良到营门上马走出不远,他又回来了。下马扔下斧子,他要求见郡马爷。”

郡马一听暗喜,说声:“有请!”

时间不长,孟良进帐,一见郡马就跪在地上,一连磕了三个响头,大叫:“郡马爷,你真是大仁大义宽宏大量,我万没想到能把我这罪人放走!我左思右想,我算什么好汉?这样一走,我再也无法见人!我现在再次进营,情愿归降郡马,跟你去黄土坡解救老母。但我不是投降大宋,我吃郡马的饭,不吃大宋的饭!”

郡马听完他的话,心中也暗暗好笑。忙站起来走下虎座,双手搀起孟良,口尊:“英雄,就依你的条件。我很喜爱你的英雄豪气,想与你结为金兰之好,不知你可愿意?”

孟良高兴地说:“我只怕高攀不上!”

“既然你我都愿意,何谈高攀二字?”郡马说罢命人设摆香案,二人八拜结交。孟良问道:“双天官大人为何也随营征战呀?”

六郎就把八王挂帅、寇大人为先行以及花园夜访之事,都讲给了孟良。

孟良听完哈哈大笑说:“双天官大人真乃仙也、神也!”

此时天色大亮,寇大人传令大摆宴席,庆贺郡马公收下一位英雄。

饭后,寇大人说道:“如今八王千岁和高君保还在山上,不知安危如何?郡马和孟将军还要早做打算!”

郡马对孟良说:“贤弟,不知何人拿去八王千岁?令人放心不下!”

孟良笑道:“天官大人不必害怕,六哥也不必担心,拿八王之人是我的过命好友,叫焦赞。我们是父一辈、子一辈的交情,我二人占山为王,他听我的。八千岁和高王在后山被押，我已经告诉不要杀。既然寇大人不放心，六哥你跟我上山去找焦赞。一来叫他也投降六哥；二来去迎回八王和高王，你看如何？"

寇大人说："但愿你们马到成功，和八王、高王平安而归！"

孟良道："大人只管放心！"

说罢，他和郡马二人跨马上山。

六郎问："贤弟，山上共有多少人？"

"六哥，有五百大枪队，五百斧子队，我和焦赞各领一队，共有一千人！"

"这么多人怎么为生呢？"

"不瞒六哥说，一来是种了些山田，能收些粮食、瓜果；再有就靠打劫赃官恶霸、土豪劣绅和过往官商，山上的吃喝倒是富富有余呀！"

二人边走边谈来到寨门。孟良喊道："儿郎们快去送信，叫我那焦赞兄弟快来迎接六哥！"

话音未了，寨门大开。斧子队众喽兵齐见过孟良说："大寨主，不好啦！二寨主带着大枪队离开芭蕉寨不知去向。我们拦挡不住，正在这里等候大寨主您哪！"

孟良一听："哎呀！不好！六哥，咱们快上山！"

等孟良带领郡马来到后山寨，叫人打开囚房一看，只吓得孟良和郡马目瞪口呆！

欲知八王和高君保的性命如何，且听下回分解。

第二十七回 追焦赞孟良访岳胜 救君臣郡马战群雄

话说孟良带杨郡马来到后寨囚房，只见屋内冷冷清清空无一人，孟良忙问身边的喽兵："可知八王和高君保哪里去了？"喽兵齐说不知。这下可吓坏了郡马，急得孟良哇呀呀大叫，吩咐他的斧子队快去四下寻找。

孟良叫六哥:“快去青龙寨,咱们与焦赞等比个高低!”

六郎问:“那青龙寨是什么所在?”

孟良说:“由此奔西北,也在太行山。青龙寨内有几家寨主,为首的大寨主叫花刀岳胜。他手下有个打虎将杨兴,枪法出奇,弓箭神妙,能征善战。岳胜和我们山寨早有来往,他想叫我们投靠青龙寨,两寨归一。不过,我们没有答应。昨夜我去偷营时,焦赞就认定我有去无回。他准是怕山寨难保,就把我的斧子队留下等死,而他带着枪队押八王和高王去青龙寨送礼投靠。我如见了他,决不善罢甘休!”

郡马说:“我们还是先回营中,与寇大人商议一下吧!”

孟良依然把斧子队留在山上,命他们守好芭蕉寨。

二人下山回到宋营,见了寇大人说明了山上的情形。当即商定起营拔寨。大队人马浩浩荡荡行走几十里路,来到了青龙寨山下,郡马传令放炮扎营。寇大人说:“八王既然不在,郡马公,由你为临时元帅吧!”

众将闻听,无不赞同。郡马也只好点头应允,下令埋锅做饭、铡草喂马,准备迎战。

帐内,寇大人和郡马等人商量如何攻山。孟良说:“我想先由我上山去见花刀岳胜,让他放回八王和高王。他如能放,那就更好;如不放,等我回来元帅就发兵攻山。”

寇大人说:“也好。不过这些人都是反对朝廷的,如果他们听说孟将军归顺,要下毒手呢?”孟良说:“谅他们不会如此!”

郡马道:“寇大人言之有理,贤弟不可不防!如贤弟能保自安,应就等你回来再做决定。”

说罢,六郎送他出营,再三叮嘱要小心谨慎。孟良叫人备马,把大斧子挂在得胜钩上,催马直奔青龙寨!

孟良急奔青龙寨,即命喽啰入报,两旁众位寨主一听,你瞧我看。陪坐在一旁的焦赞大笑说:“岳大哥,这就好了!我以为孟良死在宋营,不知他是如何逃出宋将之手?快请他上山吧!”这时,旁边有人喊道:“且慢!”原来是打虎将杨兴。他傲慢地说:“孟良在宋营被拿没死,不知宋将为何将他放出?又不知他来青龙寨为了何事?我看不必接他!素常他目空似海,没把我们青龙寨的人放在眼里。今天可以叫他上山,先问问他,如果他不要芭蕉寨了,情愿归顺青龙寨,问清他怎样从宋营逃出的,可以收他为偏寨主;如果他来历不明,已经投降了宋营,那咱就不叫他上山了!”

众寨主听完,齐声说:“对!”

花刀岳胜叫喽兵回去,就说有请。喽兵回到寨门,告诉孟良:寨主有请。

孟良一看只有喽兵送信,并无一人来接,心想:“别人不来,焦赞你还不来吗?好,等见面再说!”孟良进了寨门,下马直奔聚义厅而来!

孟良来到聚义厅,孟良上前深施一礼说道:“寨主岳仁兄,小弟这里来拜见!”岳胜在上回礼说:“我未曾迎接,贤弟莫怪!”

这时只见焦赞一旁大声怪叫:“孟良你算哪路的宾朋?你我对天发过誓,不保大宋,更不投降北辽寇,这才占山为王。姓孟的你说话不算说,没想到你投靠宋营,今天我要和你绝交,不叫你再出聚义厅!”

众寨主一听往上闯,就要动手,孟良一见青龙寨众人要动手,不禁心头火起,大喊一声:“尔等后退!我看你们哪个敢动手?”

花刀岳胜此时也说:“大家不许动!孟良有话讲。”

众人听了岳胜的话,各把刀枪收回。孟良说:“岳寨主,咱们全是占山为王之人,又有来往,论岁数,你还是大哥。今天人上山来与你商量宋八王和高君保之事,你放,是人情;不放,是本分。又何必舞刀弄枪?我是来者不怕,怕者不来。真要动起手来,也未必人多就能取胜!即便是你们人多势众,把我杀在此地,也不算你们英雄!真讲打仗放我下山,我们在山下一战。你们能在阵前拿住我,我死而无怨,也算你们够朋友!”

孟良还想往下说,花刀岳胜已经吩咐:“来人,把孟良送下山!”

孟良说:“这样做就算对啦!”说完出厅,早有人把斧子和马给了他,孟良下山回营。

原来这孟良不光能打、能放火,而且还能言善辩,正像杨六郎说的,他是个粗中有细之人。也正因如此,他才躲过了刚才的一场大祸。不然,他的本领再大,也敌不过青龙寨的人多势众,非把命扔在那里不可!他从山上往回走,气可消不下来:“嗯,我今天非把郡马搬出来不可,叫他给我解心头之恨!”工夫不大,他已经回到宋营。郡马问道:"贤弟上山见了寨主如何?"

孟良说:"六哥放心,八王和高王全在山上。我劝他们献出八王君臣,如若不然,我家郡马爷用兵如神、枪法超群,定要攻打你青龙寨。哪知花刀岳胜听了以后冷笑三声,马上传令放我下山。他说我如不提到郡马,就要留我的人头。既然提到郡马如何厉害,就放我回来送信,一定要看看姓杨的有多大本领！我这才回到营来见六哥。看来青龙寨是非打不可啦！不把这些人制服,也救不出八王和高君保。"

六郎听罢心中暗想:"但凡有一线之路能救出八王君臣,也不和青龙寨交兵！因为黄土坡急需解救,不能在此耽误时间误了大事！可是不打,青龙寨又不肯放过八王君臣……"正在左右思凝,忽听外面传来炮声。军兵进帐报:"启禀郡马爷,青龙寨炮响连天,冲下来不少人马到营前讨战!"

郡马闻听,说声:"给我备马,我要亲自出阵!"

孟良说:"你把打我的本领拿出来,打败了他等,救出八王不难!"

杨郡马点兵五百,孟良观阵,寇大人守营。炮声三响,郡马冲到阵前,只见对面有几百喽兵,当中有几位寨主。原来花刀岳胜没有下山,来的是周伶、苏万庆、鲁奎、阵雄和打虎将杨兴,这几人是偏寨主,也全是花刀岳胜的结义兄弟。放走孟良以后,这几人就讨令下山。花刀岳胜嘱咐他们,如果和杨家将交战,不许伤害,一定要活的！这五人就带了喽兵下山而来。

杨郡马正在观看,对方催马闯出一位寨主。郡马一看此人面色微紫,浑身穿青,腰系大带,肋佩宝剑,手中一口门扇刀。六郎说:"来将通名!"

"我乃二寨主鲁奎是也!"

"我乃杨延景。"

鲁奎一听吃了一惊,果然第一阵就碰上了名将,就说:"杨延景,你不该带兵来打山寨!"

郡马说:"你们如果把八千岁和高君保送下山,我马上退兵。"

鲁奎说:"我们占山为王,就为了要反大宋！那宋朝昏君无道,你杨家为他卖命,可落得什么下场呢?假如你能归降我们青龙寨,我们大寨主就把第一把金交椅让给你坐,先灭辽邦再打大宋,得了江山咱们同享荣华富贵！如要不听,今日叫你死在刀下!"

郡马听罢点点头说:"鲁奎,你方才说的话也有道理。不过,杨家祖祖辈辈全是忠良,决不能落个叛逆之名！我劝你倒不如归顺大宋……”

“住口！既然你杨家死抱住大宋不放,你就撒马过来一战!”

二人言错语差,杀在了一处。鲁奎这口刀上下翻飞如龙似虎;郡马这条枪快而不乱似怪蟒穿林。两人战了十几个回合,鲁奎难胜郡马。这时郡马的枪对准鲁奎的前心一连就是三枪,鲁奎急架过前两枪。第三枪,鲁奎闪身稍慢了一点,只听“唰”的一声,当时鲁奎只吓得魂飞天外、魄散九霄！以为自己轻则带伤,重则丧命。他哪里知道杨郡马并不想要他的命。不然的话,第三枪就把他扎死了！可是郡马故意往外一拧劲,枪挨着他的左肋、贴着他的肉皮过去的,只是把衣服挑开了。郡马见鲁奎吓得不得了,哈哈大笑道:“咱二人无仇无恨,我不能扎死你。放你回山,走吧!”

鲁奎这才明白,原来是杨郡马留自己一命,心中佩服郡马的枪法,又感激留命之恩,败下阵去。

后面又冲上来陈雄。此人青铜盔,黄脸庞,手使青铜刀,坐下战马干草黄。郡马问:“来人通名!”

“我乃三寨主陈雄是也。杨六郎你看刀!”

陈雄这口青铜刀快如闪电、杀法高强,可是也难胜郡马这条枪。后边又冲上来四寨主周伶,五寨主苏万庆,这俩人每人一口大砍刀,上来二话不说,抡刀就砍,郡马往后一带马,大喊:“尔等休得无礼！你们是君子战,还是小人战？君子战一个对一个;小人战一帮对一人,以人多取胜不为英雄!”

话音刚落,听对面有人大喊:“众位兄长,你们退下。我倒要看看怎么样的一个宋将杨延景!”

陈雄等人应声退下。杨郡马留神观看对面来将,暗自叫道:“哎呀,好将!”六郎勒马观看,这员少年小将不平凡,他正是打虎将杨兴,论枪法他在山寨是第一位,论剑法百发百中受过高传。他来阵前看见杨延景,果然是威风凛凛不虚传！二人催战马,一个往北一个往南,马摆銮铃声震耳,二人交手十几趟,杨兴心中暗打算盘:要取胜势比登天难！想到此处灵机动,想出一条妙计,他虚点一枪拨回马,

大喊六郎我要回山。暗中杨兴手拿一把弓箭,当弦搭扣马上一回身走马射箭,硬箭直奔六郎的致命处。哪知六郎早有防备,把枪交与左手,一闪身伸右手把雕翎箭抓住了。此时杨兴的第二箭也飞过来了,六郎又把枪交到右手,伸左

手抓住了第二雕翎箭。“嗖”！杨兴的第三箭又飞过来了。您再看郡马这手功夫真绝了，马上一扭头，把箭头让过去，一张嘴，把箭杆叼住了！

杨六郎巧接三支箭，把个杨兴吓得手脚冰凉，心里发慌。这一刹那间，六郎也摘弓取箭当弦搭扣，一声：“杨兴别动！”

只听“嗖”的一声响，吓得杨兴魂飞天外！

欲知后事如何，且听下回分解。

第二十八回 郡马走险深入虎穴 君臣患难同抛生死

话说杨六郎巧接了打虎将杨兴射来的三支箭，早把杨兴惊得目瞪口呆！六郎这里回了他一箭，并大喊一声：“杨兴别动！”在杨兴正迟疑之际，箭已经射到他的盔缨上。打虎将杨兴倒吸了一口凉气。好一位箭法如神、大仁大义的杨六郎！真是百闻不如一见，见面胜似闻名。此时他已没有脸面与六郎继续作战，含羞带愧和众位寨主收兵回山。

杨郡马并不追赶，也和孟良收兵回营。郡马把战场上的情况告诉了寇大人。虽然打了胜仗，可是八王和高君保仍然在山上，所以几个人还是愁眉不展，思绪万千。

到了次日清晨，郡马升帐与众人议论青龙寨之事，都认为最好的良策是收服这些人，以便同去讨辽。正所谓“千军易得，一将难求”。

大家正在议论，外边有人来报：“青龙山来人下书，求见郡马！”

六郎说：“把来者搜身，不准叫他带寸铁进营！”

“是！”

功夫不大，来人被带进帅帐拜见郡马。杨郡马看罢多一会儿，认出来是焦赞这位黑山贼。焦赞施礼参见临时元帅杨六郎，说：“杨郡马，我焦赞奉命前来下书。”说罢取出书信，有人接过递与六郎。六郎看过以后微微一笑，叫人准备文房四宝,当即写了回文:杨延景准时必到。就是这四个字。写完交与焦赞,“你回去吧!”

焦赞转身刚要走,孟良大喊一声:“兄弟们动手,别叫他走!”

两旁兵将刚要围上前去,只听郡马大喝一声:“站住,不许动手!双方交兵,不伤来使!”

这一喊,众人忙往后退,孟良也不敢过来了。郡马派人把焦赞送出大营。孟良心里可窝火了!“六哥,要不是焦赞把八王二人送到青龙寨,哪能给咱们找这么多麻烦呢?你怎么还放走他?”

郡马说:“他来下书,多半是花刀岳胜又一次试探我。看我会不会扣住焦赞,不放他回山?”孟良又问:“那么山上的书信所写何言?”

六郎说:“岳胜说我连打了几位寨主,他不想下山再和我对阵。他听几位寨主说我杨六郎是位英雄,他想约我上山相会。但是,不准带兵将,不准带寸铁。今日午时约我一人上山去见岳胜,敢去,他献出八王君臣;不敢去,则君臣难活!”

孟良又问:“六哥,你的回条是怎样写的?”

六郎说:“准时必到。”

孟良说:“六哥,那可太危险啦!我和岳胜虽然认识,可没有交情。他手下那几位寨主,我都不清楚。听说有的人是无恶不作。他叫你一人上山,万万去不得!”

六郎说:“回条已经写去,岂能说话不算?”

孟良说:“那我跟着你。如果他们不讲理,我就放火烧他们!”

寇大人说:“还放火哪?杨总兵被你用火烧伤,到现在还没好呢!”

大家都觉得郡马上山去,怕是凶多吉少,都为郡马担心。郡马说:“我一兵一将不能带。不入虎穴、焉得虎子?为了救八王君臣,我虽死无怨!”

寇大人说:“郡马还是要多加小心,见机行事。如果当真出了危险,不但不能解黄土坡之围,还怕大宋江山难保!”

说话之间已快进午时。郡马把自己的兵器全放在大营,也不穿盔甲,只是一人一马出营奔山寨。众人送到营外,见郡马走远,方才回营。

杨六郎策马来到山寨之外,高喊一声:“众喽兵听了,报与你们大寨主得知,就说杨延景要上山拜望!”

喽兵听了急忙去报信。时间不长，杨郡马就听三声炮响，只见寨门打开！众寨主带队下高山，郡马看了一下，青龙山寨果然是非同一般！十几位寨主威风八面，穿戴打扮也不平凡。一个个满脸生杀气，郡马下了战马，岳胜叫人接过去，然后说："杨元帅请！"

这时前边的喽啰兵早已雁别翅分开呈两列，一个个手持钢刀，刀头对刀头搭成刀棚，这叫钻头进山。也就是叫杨六郎从刀下钻过去，看你敢过不敢过！敢过方为英雄；不敢过，那你就什么话也别说了，就算栽了跟头啦！就更甭提往回要人啦！

六郎一见两边这些兵短衣襟、小打扮，一个个拧眉瞪眼，咬牙切齿，刀尖拧刀尖嘎楞楞地响亮，火星乱蹦。心想："好厉害呀！也许是试我的胆量如何，也许是要叫我死在此地！不过，即为救八千岁而来，死也心甘！"于是挺起胸膛、大摇大摆直奔刀队而来。

那位说了，这不过是摆个阵式吓人的，并不会有危险。其实不然，如果哪个拿刀的喽兵在六郎走过时故意地把刀拿不住了，刀一掉下来，人就得完。砍死人喽兵可没罪，因为钻刀进见的人本身就是死罪。若是有的喽兵故意把刀头放低，六郎就得猫腰低头而过。一低头正把脖子给人家，若是有人暗算，就会刀落人头掉！可是，杨郡马早把生死二字扔在九霄云外了。杨六郎穿刀山，走枪林，闯箭雨，真是万分危险！忽然听乱响一阵，再看刀、枪、弓箭队全撤下去了。众寨主像众星捧月一般拥着郡马来到聚义厅前，岳胜说："郡马请进吧！"

六郎迈步走进大厅。只见当中摆设着八仙桌，上放茶水、点心、水果等。岳胜又说："请郡马上座！"

郡马也没推辞，说了一声："不恭了。"就在上边落座。岳胜坐在了旁边，众位偏寨主各拿刀枪如狼似虎地站立两厢。岳胜亲自给郡马把水倒上："请郡马先喝一杯吧！"

郡马推辞说："我不渴！"

岳胜说："怕有毒药吗？"

郡马一听此言，二话没说，端起水来一饮而尽。

岳胜看了连连点头："还够朋友"

郡马说："大寨主派人下书叫我上山，说是上山能救八千岁。现在我已经来到聚义厅，大寨主是不是该把八王和高君保放出来了？"

岳胜笑道:“你先不要着急,我说到哪里,就做到哪里。现在天已过午,杨元帅恐怕早就饿了,来呀,摆酒宴!”

时间不长,酒宴摆好。岳胜说:“弟兄们来坐吧!”

各位偏寨主听言,全都围住郡马坐下。两边的喽啰兵还不少,一个个目不转睛地盯着郡马,像是只要寨主一声令下,就要动手的样子。

六郎并不问周围几位偏寨主的名字,用眼一扫,并没有被他打败的那几个人。郡马也摸不清岳胜的打算:“他如果要害我,也用不着这么费事呀?在我过刀山、穿枪林、闯箭雨时,他完全可以把我乱刃分尸,可是岳胜并没有下毒手。难道他真的要献出八王吗?为什么又没有一句痛快话呢?山寇的性野,备不住随时有变,我得要时时小心!”

这时,岳胜和几位寨主给郡马又是满酒,又是添菜。郡马并不饿,但是也得吃。不然他就说你胆小怕死。郡马也豁出去啦!这些寨主各举酒杯:“杨郡马,请啊!请啊!哈哈……”

吃酒中间,郡马刚要提八千岁和高君保,岳胜就拦住了:“杨元帅,现在不是提他们君臣的时候!”

又吃了几杯,郡马说:“寨主,我不能奉陪了。”

岳胜说:“且慢!还有一道主菜没上。”

郡马说:“我是半点儿也不能再吃了!”

岳胜又说:“不吃这道菜,是见不到八王的!”

郡马一听,别看又吃又喝,还不是一帆风顺,不知道他后边还有什么花招哪!这时就听岳胜说:“来人,把给杨元帅准备的那盘好菜端上来!”

外边有人应声:“来啦!”

郡马见从外边进来一人,穿一身靠色衣服,系一条白围裙,肩上搭一条白手巾,年纪在三十上下,长得很精神,双手托着一个盘子,里边的东西热气腾腾好像才出锅,但不知是什么东西。此人把盘子放到桌上,站在那里并不退下。郡马一看盘子里原来是牛肉。心想:“我以为是什么奇菜,原来就是牛肉。大概山寨里吃不到牛肉,才当成好菜招待客人!既如此,不吃一口也是过不去的。”他刚要吃,只听端牛肉的这个人说:“客人等一下,吃这个菜,得由我来送第一口。”说着,从腰中抽出一把尖刀,往一块牛肉上一扎,胳膊往前一伸,把刀尖扎的这块肉送到郡马嘴边说:“郡马,请你张嘴吧!这是我们山寨的规矩。只要是贵客

到此，就由我敬这块肉。已经有不少的贵客吃过我递的这口肉，想来杨郡马也不会推辞吧？”

各位寨主也齐说：“杨元帅赏光吧！”

郡马心想：“不料这帮山贼叫我死在牛耳尖刀之下。现在往外打，也打不出去。也罢！”一张口，拿刀之人就连刀带肉往嘴里一放。这时刀子如果往里一捅，郡马就要立时丧命！可是此人把手一抖，刀尖一颤，肉掉到郡马嘴里，他把刀子轻轻撤回，笑道：“多谢郡马赏脸！”说完，退出了聚义厅。

郡马把这块牛肉吃下去了，众寨主无不暗暗佩服郡马的胆量。这时，岳胜吩咐把酒宴撤下。郡马说：“岳寨主，我已经酒足饭饱。你也该把八王请出来了吧？”

岳胜说：“来人！把宋八王和高君保押进大厅！”从外边押来八王和君保，二人眼望郡马公说：“宋朝的江山在你身上，别忘了要去解围黄土城！不要管我们！”

八王说的句句是真情话，可是郡马此时又岂能扔下君臣二人不管，自己一人下山呢？郡马此时真弄不明白山寇们到底要干什么呢？只要他们杀我一人肯放走君臣，那我就应当替八王和君保一死。想至此，口尊：“八千岁，不必多讲。当初在金沙滩，我大哥替了万岁，二哥替了八王。今天八王有难，难道我就不该替吗？”

花刀岳胜哈哈大笑，叫道：“杨六郎，我早就听说杨家将替皇上和八王死，不过那是耳闻。今天，我倒要亲眼见见！”

郡马说：“这有何难？不过，岳寨主，你可要说话算话。杀了我，一定要放走八王和高君保。绑我吧！”

岳胜叫人绑上郡马。在一旁可急坏了八王、君保二人，忙叫道：“杨郡马，不能服绑！”

郡马说：“为救你二人，我死也甘心！”

八王说：“你如这样做，我君臣与你同死！”

岳胜一听，大笑三声说：“我本想杀了六郎就放你二人，既然你们愿意同死，那就更好了,把你们三人一块儿杀!"

郡马说:"姓岳的,你为什么说话不算哪?"

"不是我说了不算,是他二人愿意与你同死呀!"

八王说:"山贼,我是不忍心看着杀郡马和高君保!来,来,来,第一刀先杀我赵德芳吧!"

岳胜叫人拿过一口大刀:"就把你斩在此地!"

郡马说:"姓岳的,你如说话算数,就不该杀八王!"

岳胜说:"本来我就不准备放他!"

郡马说:"你如此无理,那就先来杀我。我不忍看第一刀杀我们的千岁!"

结果君臣三人全争着第一个死。岳胜说:"杨郡马是出名的忠良,就让你来领第一刀吧!"

八王和高君保一听,都不忍心看着郡马挨刀,就闭上了眼睛,心想:"郡马这回算完了!"

六郎一见岳胜举刀奔自己脖颈而来,也把眼一闭,专等刀到人头掉。可是左等刀没落、右等刀没下,耳中听聚义厅内鸦雀无声。心想:"难道我的人头落地了吗?死啦?没有啊!没觉得刀挨脖子,怎么会死呢?"想到此,他就把眼一睁,啊!不由得大吃一惊!

欲知后事如何,且听下回分解。

第二十九回 青龙寨郡马收岳胜 黄土城孟良战韩昌

杨郡马引颈等死,可是不见动静。他心里感到奇怪,睁眼一看,大吃一惊!原来面前跪倒了一片人,最前边的就是花刀岳胜。只听众位寨主齐声说道:"杨元帅,我们错了。请郡马恕罪!"

郡马一时也闹不清是怎么回事,一听这话,忙说:"岂敢,岂敢!我还绑着呢。”

这时众人才恍然大悟，真是人慌失智！都忘了给郡马松绑了。岳胜忙站起身，亲手给六郎松绑，又给八千岁和高君保解了绑绳。请八王上座，众人重新拜见八王。八王说：“众位英雄请起！你们无罪。这全怨我叔皇听信潘仁美之词，忠奸不分，才惹起大家的义愤。孤王就是一死，也不愿连累众位英雄！”

花刀岳胜说：“我们今天和杨元帅开这样大一个玩笑，也让八王受惊了！因为我的结义兄弟杨兴、鲁奎、陈雄都败给了郡马，可是他们回山寨后都异口同声地夸六爷真是少见的大仁大义的君子！也有的人说只听见人说杨大郎替皇上死、杨二郎替八王死，可是没亲眼得见。今天倒要看看杨元帅如何为国为民赤胆忠心？所以就开了这么个玩笑。果然杨家将堪称擎天白玉柱、驾海紫金梁！我们虽然占山为王，可敬的是忠臣孝子，恨的是赃官恶霸。今天我们大家有个心愿，希望元帅能答应：我们愿和郡马八拜结交为生死兄弟，不知郡马意下如何？”

还没等郡马说话，八王笑道：“我来主盟。这正是英雄爱豪杰！”

郡马心中也早想收服这些英雄，当然不推辞，忙派人去叫来孟良一起结拜。孟良上山后，对大家哈哈大笑：“怎么样，这回不怪我孟良了吧？”

郡马说：“贤弟，过去的事，不必再提了！”

这时，有人摆上香案，各位英雄在聚义厅上叙金兰谱，挨个报名、报年龄，结果按年龄讲花刀岳胜是大哥，往下顺序是六郎、孟良、焦赞、陈雄、鲁奎、苏万庆、周伶、孙明、孙亮、杨兴，大家互相按长幼拜见。

八王和高君保见群英团聚，心中无比高兴，又命人把寇大人请上山来。众位寨主对天官大人假扮阴曹为国锄奸、为民除害的事早就很钦佩，这次文官挂武衔当了开路先锋帮助八王征北，更受到众人的赞扬。

寇大人说：“提到我为先行之事，我就更对不起八王了。我保八王，却把八王保丢了！”

八王道：“寇爱卿，怨孤王无能！”

郡马说：“都怨我来晚了！”

岳胜说：“我们这也是不打不成交啊！”说完，吩咐重摆酒宴。

吃酒中，大家商量急救黄土城之事。有人就说：“芭蕉寨和青龙寨不能留了。不然我们走后来了坏人占山，免不了要欺男霸女、越礼横行，岂不给这一带的老百姓招灾惹祸?"

岳胜说:"我们不如就放火烧山!"

众人齐说:"对!咱们跟六哥走,六哥走到哪儿,我们跟到哪儿!"

这些英雄和六郎结拜,六郎排行第二,可是这些人没有叫他二哥的,全叫他六哥。

八王说:"众位英雄既然愿意和郡马去扫北,我替万岁暂封众位总兵之职,等战胜北辽再回朝奏明万岁,请旨加封!"

众位英雄听了,全都谢过八王,把两个山寨的金银财宝、刀枪剑戟、粮草马匹全都带着,然后放火烧山。有不愿意降宋的喽兵,就叫他们各奔他方。

孟良一见放火烧山,又说愣话了:"到宋营要再有呆不了那天,我们可无处投奔了!"

八王说:"但愿大家和杨郡马同殿为臣,不必再占山为王啦!"

随后,八王把二路元帅正式让给郡马,让高君保为先行,寇大人和八王随营征讨。两座山寨共有喽兵三千来人,全都编成宋军,穿上了宋军的号衣,与大军合成一路。

转天,杨元帅下令起营拔寨,兵发黄土城。真是兵多将广,旌旗遮日,马上步下,耀武扬威,一路行军不必细表。

这一日,探子来报:"前面到黄土坡,辽兵还围着土城。"

杨元帅说声:"再探!"然后吩咐扎营,埋锅做饭,铡草喂马。按理说:兵行百里,不战自乏。如敌人不来,应该休息三天再出兵交锋。可是怕太君和众女将被困多日缺粮缺草,所以郡马用过饭后就和众将商议,想派人杀过辽营去城下报号,给太君送个信,叫被围众将放心。另外,再和太君定计,里应外合,两肋夹攻扫灭辽兵!

众将听了以后齐说有理。元帅问:"哪个去闯营报号?"

高君保才要讨令,就听那边有个大嗓门的喊了一声:"六哥,末将愿往!"

郡马回头一看是孟良。要论他的大斧子,确实很有本领,不过有些担心,怕一时鲁莽,闯营报号弄出差错!就说:"贤弟,你一个人去有点儿孤单,可以找个左膀右臂同去。"

焦赞刚要说话,孟良摆手说:"我一人一马闯营不难,人多对我过营不利!"

郡马说:"既如此,你要小心了!"

孟良点头答应。元帅给了他一支金钺皮将令,孟良接过带好。到了夜间,孟良又吃了一顿饱饭,全身披挂好,上马直奔辽营。

离辽营不远时,孟良被辽兵发现了。

“什么人,口令?”

“我。”

放哨的军兵大吃一惊!怎么呢?辽营的口令不是“我”。当时辽兵就大喊一声:“有人偷营!”这一喊不要紧,营门内外的辽帮儿郎弓上弦、刀出鞘,各举兵刃拦住孟良!孟良催马过来,大斧子高举半悬空,多木松全身披挂上战马,二人战了十几趟,孟良回头看,猛然圈回坐下马,用力一拉葫芦穗,一连串的火球往外崩,火球打在他的前胸。多木松的身上起了火,战马似火龙到处跑,处处引火烧了连营。孟良火烧辽营,来到了黄土城下,早被巡城的人看见了。因为辽营内火光冲天,一片乱喊声,引起了城内宋军的注意。今夜巡城的正是八姐、九妹。孟良来到城下,勒住战马大声喊道:“三军听了,你们急报太君元帅,就说报号的来了!”

八姐、九妹就在城头,全听见了。此时天色已亮,二位姑娘往城下看,只见来人顶盔挂甲,手端大斧,一连的杀气。二人看罢多时,不认识这是谁!孟良向腰间一伸手,哎呀!令箭不知何时不见了!二女将不敢信,左思右想没了主张:“孟将军,空口无凭怎报元帅?

“你要回去找回令箭!”孟良无奈只得回去,正好遇见韩昌,二人通罢名和姓,交手不过十几趟,孟良心中拿好主张,准备用葫芦烧韩昌。

韩昌追下来了,孟良忙圈回马来,把大斧交与左手,右手从背后一拉葫芦穗,一低头,硫磺火药丸直奔韩昌打来。韩昌早有防备,在马上来了个镫里藏身,火药没打上。韩昌命令大小儿郎一拥而上围住了孟良。孟良一看没烧着韩昌,就知道遇上了能人,只好重新轮斧子大战辽兵。

八姐、九妹在城头上见孟良大战韩昌,准知道他不是北辽的奸细了,又见他被辽兵包围,二人就急忙来报与太君。

再说太君在元帅帐内一夜未睡,早已听到南门外的战乱之声,只因有八姐、九妹在那里巡城,才比较放心。太君为什么一夜未睡呢?还不是为军情担忧!杨排风的解甲风病倒了多日,现在病刚好,体力还没恢复。杜金娥松林产子后又作战劳累过度,现在也不能出征。其余女将也不是韩昌的对手,所以太君这里是日夜盼望着救兵，心如火焚！

天快亮时有人来报："有人闯营报号说救兵来到，可不知为何二位姑娘没开城门。"太君也莫名其妙。不多时，八姐、九妹进帐，把孟良报号失落令箭之事报与太君，因为怕中了敌人奸计，所以没敢开城门。孟良还说救兵是六哥为帅。太君一听就愣了！难道六郎诈死瞒名走漏了风声？不然，他怎么能又挂帅呢？这可有欺君之罪呀！二位姑娘又说："可是我们并没有见到六哥和君保哥哥，这个孟良我们又不认识，所以叫他返回原路去找令箭。他没走多远，迎面就来了韩昌，二人动起手来。现在孟良已被辽兵围住，我们特来禀报，请母亲定夺！"

太君听完说声："不好！看来孟良是自己人，如遇危险，这如何是好？"

八姐、九妹说："依母亲之见呢？"

太君："与我备马抬刀，我要出南门，到阵上去看上一看！"

众女将一听说太君要出城，一个个也各持刀枪齐说上阵。太君说："城中不可无将！我带八姐、九妹出城，你们众人分路把守东、西、北三门，注意敌情！"

众将遵令而去。太君点兵三千，带着女儿，三声炮响出了南门。

辽兵早报与韩昌，韩昌带兵迎上太君。八姐、九妹则杀奔重围去解救孟良。

太君一见韩昌，真是满腔怒火，催马摆刀说："韩昌，我看你往哪里走！"

韩昌大笑道："老太君，我再一次劝你投降北辽，我管叫你一步登天！"

太君说："休要胡言，看刀！"

韩昌想肖太后一再传旨：和杨家将作战，要活的，不要死的！看来活的难捉，不如今天下毒手要她一死！于是他端叉急架。

老太君久经沙场，虽然上了年岁，仍是精神百倍。见韩昌如此凶狠，太君也使出了绝妙的刀法！

这时候忽听杀声震耳，从辽营闯过几员将，为首的就是杨六郎，还有岳胜和焦赞等人。杨六郎大叫一声："母亲，孩儿来了！"

上前便挡住韩昌，老太君带马往后退下。六郎对韩昌说："我若败给你，就算你得了宋室的江山！"

韩昌说："我若败给你，从此不战，我北辽投降！"

"好,一言为定!"

"决不反悔!"

"韩昌,咱们君子战,还是小人战?君子战单打独斗,小人战是群殴齐斗。"

韩昌说:"我二人君子战吧!"

六郎说:"好。君子一言——"

韩昌说:"快马一鞭!"

说罢,二人动手杀在一起!

韩昌拼着命地想打败郡马,以便得到宋室江山。可是,他使出了平生之力,也难以取胜。说来也巧,这时二马一错蹬,郡马刚要用回马枪扎韩昌,不想韩昌忽然马失前蹄。韩昌说声:"不好!"

杨郡马早催马拧枪而上,叫声:"韩昌,你往哪里走?"

杨延景要枪挑韩延寿!

欲知后事如何,且听下回分解。

第三十回 杨郡马抖威退辽兵 谢金吾夸官闹杨府

话说韩延寿猛然间马失前蹄,掉下马摔了一个嘴啃泥,六郎的大枪紧接着逼了过来,韩昌只吓得把眼一闭,却见郡马叫声:"韩元帅你受了委屈!咱二人动手并没分高低。我不能这样杀害你,你再换上战马,接着咱们再比试。"

韩昌听完这些话,心想:杨六郎对我大仁大义,倒给我韩昌出了难题!于是他对着郡马作了个揖。二人说罢,韩昌令人换了战马。因为二人说好是单对单,别人不许上阵。两个人二次交手,六郎振起精神,重抖威风。韩昌本是讨宋的元帅、北辽的驸马、著名的武将,方才落马六郎没刺死他,他心里也感到惭愧,面上无光。所以越战越长不起精神,浑身骨节发软、四肢无力,好像丢了魂一样!可是六郎的枪是快上加快,紧上加紧,妙上加妙。韩昌一个精神不集中,郡马已经一枪奔他的右肋扎来。韩昌刚要躲,六郎大喊一声:“不许动!”韩昌也真听话,一动没动。六郎一枪刺透了韩昌的征袍,紧贴着韩昌的肉皮扎过去,并没伤着他。可是枪没往回撤,用力一拨,韩昌又掉下马来！六郎用枪又压住韩昌。此时北辽儿郎要往上冲,六郎大喊一声:“你们哪个敢动？谁要往前多走一步,我就扎死你们元帅!”

还没等辽兵往前走,韩昌大叫一声:“尔等后退！哪个也不准上前!”

这一声谁还敢过来呀？韩昌已经甘心等死。但是六郎又撤回枪来,说道:“韩元帅,你起来吧!”

韩昌愣住了,说道:“杨延景,这次我是真正败于你手,你为什么不扎死我呢?”

郡马说:“韩昌,你还没有真正输给我。你因为马失前蹄才换马作战,马不如原来的好骑,这是一。你刚才从马上掉下来能说不受一点儿伤么？没有休息就二次交手,所以精神散乱,这是二。这样,我虽然占了上风,也算不上英雄。论真武艺,你还没败给我,所以我不能杀害你。今日不战了,请你回营休息三天,我二人再战,分一个胜负!”

韩昌听了杨郡马的话,真是大仁大义君子之言,感到自己实在无脸再战,脑子一热,口中说道:“杨郡马,我不再打了,我和你从此为友。只要中原有你杨郡马,我韩昌决不再造反。不但中原有你我们不反,看见你的枪也不反!”说完话,韩昌跪下对天盟誓:“如果口是心非,叫我韩昌死在乱箭之下!”

六郎下马扶起韩昌,然后说道:“北辽如不侵犯中原,我中原决不打北辽。如有三心二意,叫我死在泰安庙化身!”

二人盟誓以后,韩昌下令大兵不再战,自去见肖太后不提。

韩昌撤兵以后,杨郡马带领芭蕉寨、青龙寨众位英雄进城,大兵合在一处。太君和众女将拜见了八王和寇大人,郡马把两个山寨的众位英雄给太君和众女将作了引见。此时,杨排风病已痊愈,杜金娥未出产期,但身体还好。

八王见众将会合,大军取胜,非常高兴。寇大人说:“千岁,看来这次你挂帅出京功劳非小!”

八王说:“全靠寇爱卿的智谋高强,也多亏了郡马和孟良火烧辽营!”

八姐、九妹听到此处,又向孟良道歉,说没有立时开城。

孟良说:“我当时丢了令箭,不能怪你们！再说两军阵前,谨慎些也是应该的。”

此时,太君对八王说:“八千岁,六郎诈死瞒名,我母子有欺君之罪呀!”

高君保说:“是我运灵回朝的,如果有罪,我是头一名!”

八王说:“快别提了,杨家的功劳高如泰山,将功折罪,万岁不能见怪。漫说杨家有功,就是没功,只要孤王在,杨家就在!”

因为战事已停,转天八王下令班师回朝。黄土城留下少数军兵防守,大队人马兵回边关。到了边关以后,八王留下两个山寨的英雄协同原边关众众位总兵把守边关,等回京后请太宗下旨正式加封。

孟良和焦赞齐对郡马说:“六哥,把我们留在边关和你分开,我们可想念六哥呀!”

六郎说:“兄弟们放心,只要我在朝保住官职,一定动本把兄弟们调回朝中。不过我现在还带着蒙君之罪,必须先回朝去向万岁请罪。那韩昌虽已败走,但边关不可无将,以防万一。”

众位英雄听六郎言之有理,只好暂守边关。其余众将保着八王千岁回朝。这才是鞭敲金蹬响,齐唱凯歌还!一路上吹吹打打,礼炮连天,红旗招展,迎风飘扬。

八王早派人送信,叫太宗到十里长亭迎接功臣。皇上带文武百官接到十里长亭。八王一见皇上就愣住了。原来二帝太宗已经晏驾,来的乃是三帝真宗。带来的文武有老臣,也有新官。当时也不便细讲,大队人马就进了汴梁城。

进京以后,军兵人马有镇京元帅安排。杨府众女将全都回府。八王、佘太君、寇准、杨郡马和高君保等人上殿,和众位老臣全见了面。

八王问三帝真宗:“叔皇晏驾,为何不给孤王送信?”

真宗说:“父皇晏驾后,潘娘娘也患急病身亡。朕登殿后,本欲给八王去信,怕的是八千岁身在战场着急难过,又赶不回京城,叫各位爱卿知道又怕于交通不利。因此和众位老臣商议,没给八王去信。”

八王一想,二帝叔皇已经晏驾,难过也无用了。听说潘妃母女已死,心里倒是很高兴。真宗皇帝又把八王千岁给一些新官员做了介绍。

新官当中有兵部司马、镇京元帅王强。王强因为过去替杨六郎写过状纸,当时六郎和他结拜为兄弟,他入朝做官就是由于杨郡马的保举和八千岁的提拔。后来他进宫院教太子读书,现在太子坐殿,王强也就一步登天了!当了兵部司马、镇京元帅。

真宗坐殿后又开了文、武场，录取了两名状元：武状元是王强的姑爷谢金吾，文状元是王强的学生刘文龙。

新官员和八千岁见过礼之后，八王就把杨延景诈死瞒名和退兵立功之事奏于真宗，又说不是杨家之功大宋江山难保。真宗当即赦六郎无罪，并加封为三关大元帅去镇守边关；封杜金娥为猛烈侯；其余众女将封为一品夫人；杨排风愿意永远伺候太君不受皇封，经太君奏明真宗，赏给千两黄金、百匹绸缎；封孟良、岳胜等众英雄为总兵，随六郎镇守边关；封高君保子承父职为东平王；赏给老太君和寇大人各黄金三千两；赏给南清宫八千岁黄金五千两；死去的战将也依次加封；然后真宗在金殿赐宴庆功并犒赏三军。

在金殿上只气坏了两个人：一个是王强，一个是黄守义。王强本来就是北辽派来的奸细，一听说韩昌和六郎定了休战条约，他不知道该怎么办了？只好另想办法再和北辽取得联系。另一个奸贼黄守义，本来是潘洪余党，他心想："我原来在金殿为杨六郎的假死输了两次金银，到现在还在扣发俸禄，结果杨六郎不但没罪，反而加封。合着就我倒霉？我倒霉也倒在寇准身上，咱们走着瞧！"

老太君原本想出征回来全家辞官，可是一见真宗逐次加封，明知道提出来辞官也是枉然，就没再开口。真宗又叫郡马回府休息一个月再去边关。太君只好和六郎回转杨府。八王带杨景邦回南清宫。寇大人带寇安回天官府，暂且不提。

郡马和太君回府后，和全家人说了朝中的情况：三帝真宗登基，朝中新官不少，我们仍要多加谨慎。六郎说："我出京后，全家人不要随意出府，能忍自安。"

太君说："对王强和两个新科状元要特别留心，不可多近！"

六郎说："王强是我的恩人，不会加害于我们。对黄守义倒是要多加注意！"

太君说："知人知面不知心，知山知水不知深，自己说的知心话，知心害的自己人。六儿走后，我全家没事大门也不开，也没人出去惹祸，你自管放心就是。"

现在杨府下一代只有郡马的两个儿子宗保和宗勉，其他弟兄之子有的因病死去，有的自幼跟师父学艺不在家。七郎之子宗英现在下落不明。

日子一天天过去，转眼一月假期已满，郡马奉旨去镇守边关。临走时对郡主说道："请夫人在老娘面前多替我行孝吧！"

太君又吩咐六郎，到了边关要爱护众将，小心守关。特别对孟良、焦赞两个鲁莽之人更要多加照顾。八姐、九妹也叫六哥对家中之事自管放心。

郡马又到各王府去辞行。八千岁、呼王、高王、寇大人和王强等人送郡马到十里长亭，郡马自去边关不提。

再说天波杨府，自郡马走后，老太君总是愁眉不展，时时想念郡马。因为老令公和那几个儿子全都不在了，就剩一个六郎了。可是想也没有用啊！尽忠不能行孝，行孝不能尽忠，谁想到真宗派他去镇守三关！太君更没有料到：闭门家中坐，祸从天上来。这一天，杨府门外突然一阵大乱！

天波府外乱哄哄，御林军里三层来外三层，开道的回报叫新状元谢金吾下马，谢金吾听了早把眼一瞪问：“为何要下马？”

军兵说：“天波杨府外有立龙牌、卧龙匾，到了此地文官要下轿，武官要离鞍，请状元公下马，过了立龙牌、卧龙匾再上马。”

谢金吾听罢，三声冷笑道：“天波府并非禁地，我今天就不下马，还要叫佘太君知道知道，看他能把我如何？”说罢，令人吹上三通，打上三打，又放三声炮。这一下可把四面八方来往的行人全吓乱了，七言八语地议论纷纷。那些胆小的早就吓跑了，胆大的就远远地站住想看热闹。

杨府老管家杨洪正坐在门房中休息，忽听府外一阵喧哗。杨洪感到奇怪：“杨府门外有立龙牌、卧龙匾，禁止喧哗，这是谁家娶媳妇吹打得这么热闹哇！”又一想：“京城以内文武百官、五府六部八大朝臣，谁不知道天波府外禁止喧哗呀？可是今天好像是专门堵着大门来敲锣打鼓放鞭炮！这不是成心找事吗？”老杨洪才要出去，又一想：“算了吧！郡马走时曾经吩咐，没事少出去，别惹祸！外边吵，吵他的吧，不管啦！”老杨洪刚才的一腔怒火这时自消自灭了。他想躺在床上睡一觉，可是睡不着。外边的锣鼓鞭炮打个不停、放个不停。杨洪就起身来到大门里，扒开门缝往外看了看。只见御林军不少，门前站满了一片，当中一匹马，马上的人穿新官袍，双插金花十字披红，正在拧眉瞪眼地传令：“你们说杨府门外禁止喧哗，我在府外锣鼓齐鸣，怎么没人敢来拦阻？连个带活气的全看不见！我看着立龙牌、卧龙匾纯粹是给文武大人们添麻烦的，长了他杨家的威风，没了百家的锐气。今天我干脆办点好事儿，来呀，把牌坊给我拉下来砸了！”

那位问了：“他一个新科状元，怎么又这么大的胆子呀？”不是他胆子大，是倚仗他的岳父王强给他撑腰。他今天的行为就是冲着杨府来的，也都是王强指使他干的。因为杨家将打退了北辽的军兵，保住了大宋的江山，不单皇上封赏杨家，连朝中官员和黎民百姓，提到杨家没有不伸大拇指的！王强是北辽派来打入宋朝的奸细，他心里当然不是味儿！他知道要想给北辽谋取大宋江山，还得先从杨家将身上下手。杨家将不倒，要想夺取中原就是白日做梦。故此他就指示他的女婿谢金吾在游街夸官时，故意到杨府门前去挑动是非，并且说惹出天大的祸事，都由他承担。

再说谢金吾的命令一下，短刀手和御林军谁敢不听？不听就是违抗军令。反正军兵是按令行事，惹出事来，他们也没罪。所以就一齐动手拉倒了牌坊。

老管家杨洪见此情景再也忍不住了，急忙把门打开，大喊一声：“慢动手！”

军兵一看老管家出来了，大多认识他是杨府总管，也就住了手。老杨洪只气得浑身乱颤，手脚冰凉，咬牙切齿地喊道：“你们想干什么？给我住手！”

杨洪手指着御林军和短刀手说：“你们这是安的什么心？立龙牌卧龙匾是先皇所赐，都是为表彰杨家的功勋。你们吃了熊心豹子胆，王法条条不要引火烧身！”

有人忙报与谢金吾，武状元听报把脸一沉，冷笑一声说：“不要紧，我倒要看看这位老家人！”

军兵们忙叫过老总管，说：“状元公有话对你说。”

老杨洪气冲冲地问谢金吾：“你是什么人？你与杨府何仇何恨？砸坏牌坊是什么原因？”

谢金吾皮笑肉不笑，用手一指：“你可是家人？”

杨洪说：“我是杨府老总管。”

金吾说：“你去报与太君，你小小的总管无权问我！”

杨洪说：“你下令砸匾就是欺君！”

这一句话不要紧，只见谢金吾举手把皮鞭往杨洪脸上抽打。报信的人进到府中，大家知道了此事，众女将要出府去找谢金吾，才引出孟良杀谢破腹摘心！这是后话。预知后事如何，且听下回分解。

第三十一回 太君上殿申冤屈 六郎探母离边塞

杨洪撞钟击鼓,到银安殿上把府门前之事报与了老太君。众女将一听,全气得火冒三丈,要出这口气,给老杨洪报仇。老太君也觉得忍无可忍,就带众女将出来与谢金吾论理。谁知谢金吾已带着御林军走远了。

众女将一见府门前的牌坊已经被砸坏,气得立时就要去追谢金吾。老太君哪敢叫她们去呀?真要是追上谢金吾,双方一动起手来,汴梁城还不得大乱?不知要弄出什么局面!所以太君说:“大家全都回府吧!待为娘到金殿面见万岁,去告这个狂徒!”

杨排风过来对老管家说:“老哥哥,别难过了,今天这个仇是一定要报!”

众位夫人也全都过来安慰老管家。杨洪多少年来一直跟随老令公,如今又伺候太君,在杨府当老总管。他为人忠厚,老令公和太君从来连说都没说过他一句。七郎八虎也都把他当老哥哥看待。几位少夫人对老管家更是恭恭敬敬了。今天老管家被打,谁也忍不下这口气去。

太君带八姐、九妹去金殿告状,排风也要跟去。老太君可不带她上殿,因为这个十姑娘爱说、爱笑、爱打、爱闹、爱惹大祸!太君不带她去,排风也没有办法,只好把老杨洪劝回门房,找来金枪药给老管家治鞭伤。众位女将也各自回房。

老太君带八姐、九妹来到午门,不是大朝之时,皇上没在金殿。太君就撞钟击鼓,时间不长,真宗登殿,文武官员也全来到。太君上殿喊冤,真宗一愣,文武大臣们也觉得奇怪,不知太君为何喊冤!

真宗问:“太君不在天波府,为何事金殿鸣冤啊?”

太君说:“有人砸了杨府的立龙牌和卧龙匾,还打了管家老杨洪。”

真宗闻听这句话,开口说道:“老爱卿,砸牌坊是何人啊？你对朕说!”

太君说:“他就是新科状元谢金吾,砸牌坊是欺君之罪,应判死刑!”

还没等皇上再说话,只见谢金吾官袍不整,脸上带伤上殿来了。说道:“臣今天领了万岁旨夸官游街,到后来过天波府的时候,看热闹的百姓很多,以至于把牌坊挤倒在路当中。可是杨府里冲出家人和总管,抓住我说我砸坏了杨府的牌匾,还把为臣打了。臣来在金殿见太岁就是要状告天波府仗势行凶!”

听完了谢金吾的话,真宗说:“太君已上殿将你告下,你夸官到杨府门外,不但不下马,还吹吹打打,砸坏了牌匾,打了总管杨洪。你上得殿来又告杨府的人打了你,这倒叫朕难猜难解了。老太君,你可听到谢状元的申冤吗?”

老太君说道:“谢金吾,我们往日无仇,素日无恨,你奉旨夸官路过我杨府,府前的立龙牌、卧龙匾本是老王加封,文官下轿,武将离鞍。你不下马还不算,故意吹打三通,鞭炮齐鸣,又吩咐手下人砸了立龙牌、卧龙匾。我的老管家万般无奈才出府拦挡,被你打得血流满面。他回府报信,待我出府时,你已带人走去,我这才上殿面君。不想你还来告我杨家的状,真是岂有此理！万岁可以派人核查,哪个诬告不实,该当领罪。谢金吾,你要说实话!”

谢金吾说:“老太君,我刚才说的句句都是实言。”

金殿上的众官员听了老太君和谢金吾的话,也不知到底谁说的是实情。双天官寇大人心想:“杨家决不会不分青红皂白地打谢金吾;谢金吾是个新科状元,也不一定就敢去砸牌匾。如果当真,也是与杨家有仇之人在背后指使他。可是谁呢?”寇大人偷眼看文武百官,只见镇京元帅王强走上前来,手指谢金吾,喝道:“奴才,你好大胆！你快讲实话,为什么要砸坏牌坊？我和郡马是结义兄弟,他的娘就是我的娘!”说至此又向太君躬身施礼赔不是。

于是真宗金殿传旨,派人去杨府门外,看龙牌、龙匾是被百姓挤倒的,还是被人砸坏的;再探听是谢金吾打了杨洪,还是杨府人打了谢金吾。传旨之后,真宗叫太君和谢金吾先回府,说罢退朝,群臣散去。

转眼几天过去,真宗又宣太君上殿,对太君说:“经过派人打探,立龙牌和卧龙匾是被百姓挤倒的,留着也没什么用啦！与谢金吾无关。杨府人打了状元也算白打;状元打了杨洪也算白打,此事不必再追究了!”说完当即散朝。

王强和谢金吾等人全走了,金殿上只还有太君和寇大人,老太君目瞪口呆,半晌无言,只觉得天昏眼花,一阵心慌,摔倒在金殿上。寇大人急忙扶起太君,

叫内监找来等候在午门外的八姐、九妹。二人一见吓坏了，忙问："母亲，您这是怎么了？"

太君苏醒过来，看了看寇大人，又看了看两个女儿，不由得泪如雨下。

寇大人说："老太君不必难过，可以去南清宫找八王千岁说理。"

八姐、九妹问："母亲，咱们的官司怎么样了？"

太君说："别问了，回府吧！"

姐妹二人说："寇大人，谢金吾砸了我家牌匾，万岁如何给他定罪的？"

寇大人一听二人追问，只好把皇上如何了的事，对二人说了一遍。只气得姐妹俩银牙乱咬："怪不得老娘气倒在殿上，想不到这新君也如此偏向！"叫一声："母亲，你在此等候，我二人到宫院去找昏君评理！"

太君拦道："不必了！搀娘回府，我自有主张。"

姐俩无奈，只好和太君回府。到了无佞楼上，太君进房，一头躺在床上就起不来了。

众位女将听说金殿之事后，气得真想反了，杀了狗官和昏君。可是太君家规严，谁也没办法，干着急！

老管家知道太君是冤气没出才病倒在床，心里很后悔。不如当初自己挨了打，忍了也就完了！朝内老臣得知太君有病，不少人都来探望，都说："一朝天子一朝臣，我们这些老臣在新君面前是不吃香的！"劝太君好好保养身体，只要太平无事，立龙牌和卧龙匾就不要去多想了！太君只好点头答应。八王千岁最近身体不好，所以谢金吾砸牌坊之事，也没敢去报知八王千岁。

太君这一病，可怎么也好不了啦！请先生开方吃药，就是不见效。高君保从几百里地以外请来一位老先生，这位老先生给人看病真如神仙一把抓，可是太君吃了他的药，也不见效。朝里的各位忠良全为太君着急、担心，杨府内众女将更是发愁。

太君病一天天重了，睁眼就喊："六儿啊！"闭眼就是："延景啊！"大家琢磨着：一是谢金吾砸牌坊打杨洪这口气没出；二是想延景了。

八姐、九妹心疼老娘,就去找六嫂商量该怎么办。郡主心生一计,偷偷对两个妹妹说:"想人的病不好治。真要是这种病,见到了所想的人就能好。"

姐妹俩说:"我六哥镇守边关,尽忠不能尽孝,这可如何是好?"

郡主说:"我想穿上你六哥的衣服,冒充你六哥,老娘见了一高兴,也许病就好了!"

八姐、九妹都说:"对!"

姑嫂三人定好计,郡主就穿上了六郎的衣服,学着郡马走路的样子,大摇大摆地走进太君的房中。几位嫂夫人正在床前伺候,太君只是唉声叹气。郡主进来在床前一跪,学着郡马的声音说:"娘啊,儿我回家探望您来了!"郡主跪在太君的床前,太君高兴得伸手去摸郡主的脸,可是郡主没有胡须啊,于是老太君睁开眼睛看,一看是郡主,老太君默默不言再也不说一句话了,于是众姐妹商议让杨八姐到边关去给六郎报信。

郡马和众位总兵把守的边关乃是草桥关、瓦桥关、益津关。草桥关是现在河北省的高阳县,瓦桥关是雄县,益津关是霸县,瓦桥关在当中,东为益津关,西为草桥关。郡马为三关元帅,陈琳、柴干、郎千、郎万、黄龙、黄虎、孟良、焦赞、花刀岳胜等人分守三关,众弟兄每日习文练武,时常见面。

郡马在边关也不放心天波杨府,太君也常派家人杨永来给郡马送信,报告家里的情况。最近不见杨永来,郡马就有些不放心,怕家里出了什么事。众弟兄们也看出来了,孟良虽然粗鲁,但粗中有细,连问了几次:"六哥,这几天你满面愁容,可有什么心事?"

六郎说:"这几天总是坐立不安,心惊肉跳,非常烦躁,不知是何原因?"

孟良信口开河地说:"得了吧,六哥,你想我六嫂了!"

众人全哈哈大笑起来。这时外边有人来报:"启禀元帅,有位英雄叫关求见。我们问他姓名他没说,只说由汴梁而来。"

元帅闻听叫人备马亲自出城,众位弟兄也跟着。六郎出城门一看马上这员将,当时就认出来是八妹,因为八姐在家中也时常女扮男装。六郎准知道有事,可是在城外不便说话,就带着妹妹进了城。总兵们也有不认识八姐的,六郎当时也没介绍,到了帅府才给大家指引。

孟良说:"怪不得一见面我差点儿张口叫妹妹,可一看是男的,没敢叫。看来我孟良的眼光还是够亮的!"

大家又笑了一阵。元帅叫人打水，叫姑娘洗漱，然后才问她："来此何事？"

孟良又说："妹妹，这几天六哥坐卧不宁，想妹妹，妹妹就来了。"

八姐一听，眼泪就流下来了。六郎忙问："家中出了什么事吗？"

姑娘取出了郡主的书信交给六郎，六郎打开一看，当时就吓坏了！可是想对众弟兄说实话，又怕孟良、焦赞两个祸头，郡马一想：不能和他们实话实说，真要叫众弟兄知道了，有的人就非造反不可，起码也要到京城去杀了谢金吾，替我家报仇。那后果可就不堪设想了！只好对大家说："老母亲有病了，八妹和她嫂子想叫我回去一趟。我不回家，老母亲有病；回家，又没有圣旨。私离巡地可就是死罪啊！"

众人齐说："六哥，现在是太平天下，三关一点事也没有。六哥就回去探母吧，只是不要叫汴梁城里的人知道就行。去几天，老太君一高兴，病就也许好了。那时六哥你再回三关，岂不两全其美？"

大家你言我语，都劝六郎和八姐马上动身！

这时，孟良、焦赞说："六哥，我二人在边关也没什么事，愿和你同去！"

六郎说："我回京怕走漏风声，人多显眼，二位贤弟还是不要去了。我走后请岳胜大哥替我执掌兵权，大家要听岳大哥的指令！"

众人齐口答应。孟良、焦赞却说："六哥，老太太是你的娘，也是我们的娘。你能回家探母，我们就不能尽孝心了吗？你不带，我们也要去！"

郡马说："我见到老母，一定把二位贤弟的孝心禀报老母。我一人私离巡地，如被万岁知道，就是死罪在身。你二人如果也去，人越多罪越大！"

二人说："一个死字不全有了吗！怕什么？"

六郎一看拦挡不住，就说："本帅命你二人守边关，不得违令！"

二人一看元帅下令了，互相一对眼神："好，好，好，六哥一定不带，我二人只好不去，替我们多问候老娘吧！"

六郎说："请放心，一定替兄弟问候。等以后有了机会，我们弟兄正大光明地进京，玩个痛快，何等不好？"

众人也劝阻孟、焦二人。于是俩人说："行，我们不去了。"

六郎吩咐用饭，然后换了衣服，还涂了脸和眉毛，叫人认不出本来面貌，就同八姐出关回京。众人送到城外，可是没见到孟良和焦赞。郡马就问这二人哪里去了，陈琳说："我看见他们了。他俩说六哥既然不带我们去，我们也不送他出城了！”

郡马说：“我走后，你们多替我美言几句，别叫二位弟兄心中不快！”

陈琳说：“也许一时想不开，过两天也就没事了！”

众人和兄妹二人分手。八姐还是男人打扮，路上问郡马：“六哥，为何不带孟、焦二位哥哥同来呢？咱娘还真想他们二人！”

六郎说：“不能带。这二人生死不怕，什么祸全敢闯！我们是私离边关，再一闯祸，岂不是罪上加罪吗？”

路上，八姐又把谢金吾行凶之事和哥哥详细说了一遍，还告诉他八千岁也正有病，此事没敢叫八千岁知道。

兄妹二人赶路心急，马上加鞭，不多时就走出了几十里地。前边路过一片松林，忽听里面有马的嘶鸣声。

八姐说：“六哥，有贼！”

话音刚落，就听有人大喊：“来人站住！此树是我栽，此路是我开，要打此处过，留下买路财。如果说不字，小心你脑袋，死在松林外，管杀不管埋！”

八姐一听：“哟，六哥，这响马可真厉害！”

六郎说：“妹妹闪开，我来战他！”对松林里大喊一声：“什么人？”

里边回答说：“是我！”

六郎闪目一看，大吃一惊。

要问林中人是谁，且听下回分解。

第三十二回 无佞楼上探虚实 状元府里杀金吾

丛林中是孟良和焦赞，二人下了龙骠马，上前施礼。八姐一看孟良、焦赞执意要去，就说：“六哥，就叫二位哥哥一同去吧！”

六郎说：“不行！”

二人一听说不行,就更着急了:“六哥,怎么还不行啊?”

“二位兄弟,我说句肺腑之言:怕你二人惹祸啊!听六哥的话,你们俩还是回边关吧!”

孟良、焦赞可真忍不住了:“六哥,你真不带着我们二人?那也好!你兄妹走吧。”

六郎说:“那你二人呢?”

“你可就别管我们俩了!你兄妹头里走,我二人随后走。如果我们闯出祸来,你可别后悔!”

六郎一听,这可麻烦了!他二人说到办到。真要叫他二人随后走,一进汴梁还不定惹多大祸呢!想了想,实在没办法:“二位贤弟,还是跟我一同走吧。到京城后,哪也不准去!咱们是私自探母,多则三天,少则两日就返回边关。”

二人说:“只要六哥带我们进京看望老娘,你怎么说,我们怎么听。你只管放心!”

六郎说:“那我们就赶紧走吧!”

男女四人快马加鞭,直奔汴梁。到了汴梁,杨六郎心想:“现在不能进城,人多耳目多,被人看见一传出去就不好办了!”只好拦住孟良、焦赞说:“我们等到天黑再进城吧!”

孟良说:“我二人听六哥的。”

六郎想找个僻静地方买点吃的,孟良说:“我看饿一会也不要紧,回到家再吃吧。”

六郎说:“你二人是大肚汉,怕等不了那么长时间!”

二人说:“我们高兴得不知道饿了。”

结果在僻静的地方也没找到卖饭的,四个人一直等到天黑才进城。

杨郡马恨不得立时看到老娘。孟、焦二人来到了汴梁,人生地生,由八姐在前带路,穿大街,过小巷,路过了一条街叫顺龙街,虽然不太宽,可是灯火辉煌。

孟良说:“八妹你看,这是谁的府,悬灯结彩这样排场?”

八姐说:“那是新状元府。”

“啊!”孟良没往下多问。六郎暗中点了点头。他知道妹妹的意思是叫他知道这是仇人府,但六郎并不回答妹妹。为什么呢?怕说多了叫孟良知道谢金吾的所作所为。如果叫孟良知道了,他非现在就闯进去找谢金吾不可!

不多时,大家一同来到杨府门外。六郎一看,果然砸倒的牌坊还在那里。这时已到定更,四面没有人了。六郎下了马,上前叩门。里边老管家杨洪还没睡呢,经过问话知道是八姐请郡马回来了,就急忙开门。进门以后,郡马把孟、焦二人给老管家作了引见。杨洪找来家人把马牵到马棚去喂料。六郎把二位兄弟先带到书房洗了脸,叫老管家给准备饭,几个人饿了一天了。八姐早回自己房中去换装了。

老杨洪一见郡马回来,心里特别高兴。心想:"老太君一见到六爷,也许病就好了。郡马也一定能去找谢金吾,给杨府申冤,给自己也出口气!"

他跑前跑后的忙活着。六郎乘个机会暗中嘱咐他:"不能把谢金吾的事情对孟、焦二人提起。"杨洪以为是家丑不可外扬,点头应允。摆上了菜,孟良、焦赞说:"来到府里,应该先去看望老娘!"

六郎说:"太晚了,咱们明天早晨再去探望吧。"

孟良、焦赞二人又渴又饿,就狼吞虎咽的吃起来。六郎可吃不下去,恨不能一时飞到母亲身边!他好歹的陪二人吃了几口,故意用手一捂肚子:"哎呀,二位贤弟,我这肚子疼,也许着凉了。为兄要告便一下,你二人慢慢地吃着。"

"六哥用我们跟你去吗?"

"不用啦!"

郡马猫了腰出了书房,刚到外边就把腰板挺起来了,他不去厕所,一直狂奔无佞楼来。到了楼前,他还多了个心眼儿,回头看了看,冷冷清清,没看见人,他这才上楼。到了母亲的房外,就听见屋里母亲说话的声音:"郡主啊,我知道你这是为了孝敬为娘,你不必骗我了。我一摸你的脸就知道不是六儿,你没胡子!"

六郎听完一愣,不知道是怎么回事,就用指甲把窗户纸划了一道小缝仔细观看。只见几位嫂嫂和九妹都在房内,老娘脸朝里躺在床上。床前站着一个男人,穿戴打扮和自己一样。再一细看,原来是郡主。这一下,六郎才明白刚才老娘说的话,是郡主穿了自己的衣服,在给老娘解宽心。好一位贤德的郡主!六郎这才急迈步走进房门。

众女将一见六郎来到,真是悲喜交加,热泪成行。郡主更是泪湿衣衫。郡马也顾不得说别的了,扑通一声跪在床前,低声哭道:"母亲,你回身看看,不孝儿延景回来了。"

柴郡主也说道："娘啊，您的六儿可真回来了！"

太君仍然一动不动地说道："你戴上我儿的帽子，穿上我儿的衣服，可还不是我儿延景啊！"

郡主说："娘，你回身再摸一摸，看一看。"

九妹扶着太君很吃力的转过身来，太君强打精神撩了撩眼皮，恍恍惚惚见床前跪着一人，好像是六郎，不由得想用手去摸摸。这时郡马的泪水有如断线的珍珠，双手捧着娘的手往自己的脸上摸了摸三缕短鬃。太君高兴的立时就想坐起来，可是坐不起来了。

再说这边六郎说告便，时间长了没回来。孟良就坐不住了，说："焦赞，你先吃着，我也去方便一下。"

杨洪说："我带您去吧？"

孟良说："好！"

等到了厕所，孟良说："我要解大手，老管家先回去吧，我认识道了。"

杨洪听罢，回书房去了。孟良也就出来了，在府院里一转，看到全黑着，只有一处楼上有灯光，他就循灯亮而来，原来正是无佞楼。

他想六哥一定在这里，就高抬脚轻落步上得楼来。准是杨府出了什么不可见人的事？他就循窗户纸的小洞往里观看，见六哥正在床前跪着，身旁是众位夫人，老太君在床上躺着。就听太君问六郎："你怎么知道老娘病了呀？"

孟良一听："哎哟，老娘还是真病了！我刚才又太多心了！"又听太君说："你私离巡地，身犯重罪呀！"又听六郎说："母亲放心，边关弟兄和孩儿有过名之交，不会对别人说出。"

"谁给你送的信？"

郡主也跪下了："母亲，你不吃不喝好几天了，有时还说胡话，光念叨延景。我们姑嫂实在无奈，就商量叫八妹改扮男装，去边关找来郡马。万一娘亲见到郡马后病好了，我们也就放心了，儿媳有罪！"

孟良一听，心中十分佩服："不单杨府的儿郎忠孝双全，媳妇们也全是芳烈璸孀、孝敬婆母。看来是我的脏心太大，我不是人！"刚要进去，又听太君说："郡主，你的一片孝心，我怎能怪你呀？延景，就是你自己来的吗？"

孟良在外边一听，差点乐得蹦起来！"对呀，娘啊，应当问问他！要不是我们二人百般地恳求，六哥哪能叫我们来呀！"

又听六郎说:“孟良、焦赞跟来了。”

“啊!”太君高兴地说,“为娘自从和他们见面,就非常喜爱他们俩,也很想念他们。你怎么不叫他们二人上楼啊?”

孟良一听,心里更高兴了:“应该这么问他!”

又听六郎说:“因为他们二人最爱闯祸,有些事不敢叫他们知道,所以今天没叫他俩人来。明天天一亮,我再领他二人上楼探望娘亲。”

“六儿,你知道为娘这病是怎么得的吗?”

“孩儿略知一二,母亲可千万别生气,一定要把病治好!”

孟良一听:“噢,这里边还有事呢!”

又听太君说:“六儿,我好不了啦!叫谢金吾就活活把娘气死了!”

孟良心想:“这谢金吾是谁啊?”

太君又说:“真没想到万岁如此偏向!就因为新状元谢金吾是王强的姑爷,万岁赐他半朝銮驾,在汴梁城内走街夸官。他走过我府门不但不下马,还大吹三通,砸了立龙牌、卧龙匾,打了老杨洪。为娘上殿见驾,无道昏君竟然说牌匾也没什么用了,谁打了谁也算白打了!为娘这一口气不出,才病倒在床。我儿还是辞官不做、回家为民吧!告诉边关的众位弟兄也走,这样的昏君,还保他干什么?”

郡马说:“娘,只要你病好了,咱们就辞官!”

太君说:“我好不了哇!”

六郎说:“母亲想吃什么?我去买。不吃东西可不行啊!”

“你别问了。我要吃的东西,你是办不到的!”

孟良在外边全听明白了,也是又气又急!恨不得六哥快问老娘想吃什么,自己去把东西办到,尽一点儿孝心。

又听六哥说:“母亲,哪怕走到天边,孩儿也一定要办到!”

太君说:“不用远走,就在京城!”

“那就更不难了!请母亲快讲。”

太君说:“有一种东西我吃了就好,就是谢金吾的心!”

六郎听了感到莫名其妙:“母亲平时总怕我们惹祸,今天怎么说出这样的话,不知是何道理?这话要叫孟良、焦赞听见可就糟了!”他还没有想到太君一病多日,实在叫谢金吾给气糊涂了,才说出了这句气话。

众人哪里想到正好叫孟良听见。孟良早已等不住了,也顾不得进入房中就下楼了。回到书房,正碰上焦赞出来,他正吃得酒足饭饱。“哟,我以为你掉在茅房坑里了,正想捞你去哪!”

孟良说:“你先跟我进来!”

进书房后,孟良问杨洪:“新状元谢金吾在哪里住啊?”

因为刚才郡马嘱咐过杨洪,所以杨洪说:“你问他干什么呀?”

孟良说:“我要去拜访一下。”

杨洪真以为他明天要去拜访,就说:“出了杨府往东走,就在顺龙街,府门冲东。”

孟良听完,突然想起刚才进京时路过一条街,好像是有一道府门,门前悬灯结彩,记得八妹还说了一句“那是状元府”。对,准是那座府!就说:“老人家,你去休息吧。我二人今夜就住在书房了。”

杨洪问:“六爷上哪去啦?”

孟良说:“不管他,大概找六嫂去了。”

杨洪说:“我去给你们二位准备被褥。”说完就出去了。

孟良拉着焦赞跟着也出来了。俩人身穿青衣,肋佩宝剑,没骑马出了杨府。焦赞不知孟良要干什么,就问:“二哥,你要带我上哪去啊?”

孟良说:“三弟,我告诉你吧!”他一五一十地把刚才在楼上偷听到太君对六郎说的话,全都告诉了焦赞。然后说:“我二人虽不是太君的亲儿,可盟儿也和亲儿差不了多少。我看六哥有点胆小怕事,咱俩应该替六哥尽这点孝心!老娘说要想病好,除非是吃谢金吾的心。咱们就去状元府。找他算账,别的都不要,叫他把心交给咱们就算完。你敢不敢去?”

焦赞说:“怎么不敢去呢?咱们是焦不离孟,孟不离焦。快走!”

二人出府,还顺原路走,状元府离杨府本来不远,不多时就到了北街上冲东的大门。街上没有行人,府门外还有人。孟良、焦赞二人艺高胆大,哪把这状元府看在眼里?二人商量如何进府,如何去办。

为什么状元府今天悬灯结彩,到了半夜三更还不闭门睡觉呢?说来也巧,今天正是谢金吾的生日。他又是新官上任,岳父是镇京元帅、皇上的御先生;他的师兄又是新科的文状元,真是一朝天子一朝臣。朝中的大小官员都接到了他的生日请帖。谁能空手来呀?特别是新官员,这份礼只有多送。这一天状元府真是白马红缨彩色新！不是友者认友，不是亲者攀亲，你来我往，拥挤不动。直到天色很晚，客人都走净了，本府的家人、丫环、护院的门军等人才吃饭。谢金吾高兴的不知道东南西北了，赏下了酒宴叫家人们随便吃喝。这一来可好，看家的、护院的、打手和门军全都喝多了，有的烂醉如泥。两个门军只喝的脚都没跟了，真是"酒是高粱水，先醉胳膊腿"。忽然看见门前来了两个人，就大喊一声："干什么的？"

孟良一看，就知道这俩小子喝多了。回答说："我们是拜寿赴宴来的，来晚了。怎么，不让进吗？"

两个门军刚要合计一下，焦赞一步上前，手拉宝剑把左边的门军杀了。孟良一看，赶紧动手把右边的也砍了。然后说："焦赞，你在这把住大门，我进去！"

焦赞说："我进去！"

孟良说："干什么？抢我的功怎么着？告诉你，取出谢金吾的心来，算咱俩人的！"

焦赞说："这还行。外边有我没事，你进去可要小心！"

孟良应了一声就往里走。才进院，迎面来了两个打更的。两个更夫一见来个红脸汉，手拿宝剑，也不认识，忙问："找谁啊？"

"找你！"

"找我们，你是谁？"

"是你们祖宗！"

"哟，不好！"二人刚要转身跑，孟良哪能让他们去报信！一纵身，手起剑落，先劈倒一个，那一个吓得趴下了！

孟良说："不许动！我来问你，谢金吾在何处？

"他在后院。"

"站起来，领我去！"

"是。"

更夫领孟良来到后院。上房点着灯，四面无人。更夫说："这就是状元的寝房。"

孟良说："你看有人来找你！"

更夫一回头，孟良一剑给他穿个透心凉。

状元府为什么这么静呢？因为外边有门军和更夫巡逻，里边看宅护院的喝多了，也就全睡了。谁也没想到今天来了要命祖宗！

孟良来到了上房窗外，用舌尖润湿窗纸，划了一个小洞往里观看：里面有男女二人正在算账。就听女的说："时间不早了，该睡了。"

男的说："不行，我得把没送礼的全记下来！"

女的问："都谁没送啊？"

"高君保、郑印全是礼不到，人也不来；杨府就更不用提了！八王爷没送礼，情有可原；最可恨的是寇老西儿，也敢人礼都不到！小瞧我谢金吾。别忙，过三不过五，走着瞧！"

女的又说："寇准可不好惹，你也不是不知道！审潘杨一案，他有多少高招啊！最后来个假扮阴曹，这个办法谁想得出来啊？别看他是文官，潘仁美还不等于是死在他手里？最好还是别惹他！"

男的又说："你不要长寇准的威风，灭我的杀气！我要是不把寇准杀了，你也不会服气我的。"

"哟，你可千万得小心！自从你打了杨府管家、砸了牌匾之后，我总是提心吊胆！"

男的又说："你怕什么呀？"

女的说："这两天我看你印堂发暗，眼皮发青，嘴唇发黑，鼻子发绿。"

这几句话可叫谢金吾不耐烦了："你这不是给我念丧经吗？叫你这一相面，我快死了！行啦行啦！你睡觉去吧！"

孟良早听得不耐烦了，知道这小子准是新科状元谢金吾，见房门对着没插上，就上前一脚分开左右，大喝一声："谢金吾！"

这边谢金吾一看，吓得他浑身乱抖似筛糠一样，他的夫人堆在那里脸色全吓黄，孟良说："你打了杨洪老总管，气得老太君卧病在床，你无事生非把人害，岂不怕恶贯满盈天理昭彰？这是上天有路你不走，入地无门你却找上来！"说完上前就是一脚，把谢金吾踢倒在地中央，谢金吾一听，说："只要你不杀我，要什么给什么。"

孟良说："我的盟娘叫你气得卧病在床，医治无效。他说除非吃了你的心，重病才能好。我要你的心来了！"

这句话吓得谢金吾魂全飞了！孟良过来，把这小子的衣服用剑挑开。正好旁边有一盆水，原来是丫鬟给夫人准备的洗脸水，现在早凉了。孟良端过来，往状元头上一浇，用宝剑划开谢金吾的胸膛，要大闹状元府，杀贼报冤仇！

预知后事如何，且听下回分解。

第三十三回 状元府题诗留灾祸 孟伯昌挥斧劈三关

话说孟良杀死了状元、夫人以后，用凉水给谢金吾淋头浇下，谢金吾一打冷战血液凝聚，孟良乘机用剑划开了他的肚皮，取出心来。又撕下一块谢金吾的袍子把心包好，带在身边。

孟良返身刚要走，忽想起老娘要吃心，本该六哥亲手来取，如今我和焦赞先来了一步，也不能抢功，该有六哥一份。想罢，也没料到会有后患，就蘸了谢金吾的鲜血在粉皮墙上留诗一首。才写完，焦赞跑进来了："二哥，天不早了，你办完事没有？"

孟良说："到手了。兄弟你往墙上看！"

焦赞看了不住的夸奖说："二哥，真够朋友，太会办事了！"

说完二人来到院里，要出府而回。可巧有个家人起来解手，发现了孟良、焦赞，一嗓子就喊开了。孟、焦二人心一横，干脆一不做二不休，共杀了状元府男女大小十八口，然后趁天未亮跑回杨府。

一进天波府门，正碰上杨洪："哎呀，二位总兵爷，你们上哪去了？六爷快急死了，在到处找你们！"

俩人说："老哥哥，我们给你报仇去了！杀了状元家十八口，摘下他的心来去献给老娘。"

老杨洪一听这话，想说什么，可吓得嘴都张不开了！二人也不管杨洪在说什么,就急忙来到无佞楼。老太君正在问六郎:“你去叫孟良、焦赞来看我,怎么你自己回来了?”

六郎说:“找了半天没在府里,不知他俩到哪去了。”

太君说:“快去寻找。这俩人是愣头青,可别再惹出祸来!”

话音未落,二人走上楼来,高兴地喊了一声:“你想吃的东西,我二人给你老取来了!”说完,解开身旁的布包,把谢金吾的心拿了出来,鲜血还未干呢。

老太君只看的两眼发直:“孟良、焦赞,这是什么?你们再说一遍!”

“娘啊,这是谢金吾的心哪!”

太君顿时吓得出了一身冷汗!自从有病以来,一滴汗都没出过,这回可算出了透汗了。太君的病主要就是由气上引起的,又受了风,是夹气伤寒,这一身透汗出来,病也就好了。太君忙问:“儿啊,你这俩兄弟乃是鲁莽之人,你不当把为娘的话告诉他们俩!为娘不过是说了句气话,不想他二人就惹下了大祸!”

六郎说:“母亲息怒!儿知道母亲说要吃他的心是气话,我没有告诉他们。”

孟良说:“老娘,不是六哥告诉我们的。六哥上楼来探望老人家,他没带我们上楼。是我自己找六哥来到楼上,正好听见娘和六哥说的话。这可不怪我六哥啊!谢金吾这小子该杀,我去的时候,他正和老婆商议,要害八王、寇大人和高君保等人。这小子是可杀不可留!老娘着什么急呀!”

太君问:“你二人到状元府,有没有被人看见?”

“有倒是有,全叫我们给宰了!”

“那你们杀了几个人哪?”

“不多,男女老少全算上才十八口!”

太君说:“可坏了!杀人的偿命、欠债的还钱。先死得容易,后死的难啊!”

郡马和几位女将也吓得不敢说话了。孟良、焦赞二人可满不在乎:“娘啊,怕什么?我看他们谁敢不服?不服就和我孟良比试比试!”

太君说:“别再说愣话了!”说完,叫人把谢金吾的心扔在了后花园的枯井里。

老太君对六郎、孟良、焦赞三人说:“如今之际,还是三十六计走为上策。我的病也好了,你们一天也不要呆了!”

孟良说:“真倒霉,老娘也不叫多呆几天了!六哥和六嫂连句话还没说呢。”

六郎说:“二位贤弟,不要多说了。如今汴梁已成为是非之地,不可久留。

你我急速出京!”

老太君说:“娘的病好了,你们不要惦念。一路上要多加小心!”

三人辞别太君,趁着天不亮,骑上战马,飞奔出京。

待到东方发白,三帝真宗登殿,文武百官入朝。拜见已毕,真宗说:“众位爱卿有本早奏,无本……”言还未尽,太监报:“镇京元帅王强上殿鸣冤。”

真宗一听就有点奇怪,王强是镇京元帅、朕的御前师,可算是一人之下,万人之上,他有何冤屈?想罢传旨叫王强上殿。王强把事情向真宗一一说了。皇上派寇准、高王、郑王去状元府查看,寇大人和高、郑二位王爷到状元府里一看,可把几位忠良吓坏了。果然是十八条人命!状元夫妇都被杀,谢金吾还被人开膛把心摘走。是什么人做的案子哪?众人在府中,前后左右到处查看!

三人跟着王强进了上房,王强用手一指粉皮墙上,只见是面有一首用血写的诗:

杨花柳絮艳阳天,
延师学艺十几年,
景逢三春佳期日,
杀死奸贼报仇冤。

三人看完了诗,你瞧瞧我,我看看你,全都束手无策了!心中暗说:“杨六郎啊!这回你可活不了啦!你这么聪明的人,怎么会办出这样的傻事来,叫我们可怎么救你呀?”

原来墙上这四句诗是藏头诗,如果把每一句的头一个字联在一起念,就是:杨延景杀。

王强叫人把墙上的这首诗抄下来,然后说:“寇大人、二位王爷,我万万没想到杨郡马会私自进京杀了我女儿一家!咱们上殿去吧。”

三个人此时一点别的办法也没有,只好随同王强上殿面君。

到了金殿,真宗问察看的结果如何,二位王爷和寇大人只好如实回奏。王强又把抄下的诗呈与真宗,三帝真宗接过一看,真是怒发冲冠:“朕万没想到是杨延景做出此事!”

王强在一旁泪流满面:“请万岁给我女儿报仇冤!”

三帝问："哪个领旨去杨府？先把老太君调上金銮！"

双天官寇准说声："且慢！我主万岁，老太君得重病卧床不起，郡马镇守在边关。臣以为他不会私离巡地，现在要先找杀人犯，切不可不清不白把忠良冤屈！"

王强听了寇大人的话，他紧走几步抱了抱拳："寇大人的话言之有理，郡马也曾和我结拜金兰，他哪能下这样的毒手，我也怕有人耍弄鬼机关。若不然我陪寇大人去杨府！"

于是二人下殿上了马，王强带着手下两个，寇准带着小书童寇安。不一会来到杨府门前。进了杨府上了无佞楼给太君问了安，见太君倒卧在床面容瘦，因为寇准想早点回去，于是他说："王元帅咱们回去吧。"离开杨府马上回到金殿，把进府的经过如实说了。

寇大人为了避嫌，就说："王元帅，你说吧！"

王强说："启禀万岁，看来寇大人说得有理，可能是凶手借刀杀人，杨府没什么破绽。听老太君的口气，郡马根本没回来。"

真宗说："那么此事该当怎么办呢？"

王强说："不如把郡马调回朝来，如果真是他杀了十八条人命，那就杀人者偿命！他要是没杀人，一来叫他看看老太君的病；二来也叫他帮助找找线索，想想仇人都有谁？为什么给他留诗栽赃？"

真宗说："这倒是一个好办法。"

寇准说："边关重地，不可一日无帅！"

高王、郑王也齐声道："对呀！"

王强说："可派镇京副元帅张志彪去临时接印，镇守三关。等郡马回朝后如果对证无事，可再回边关去换回副元帅。"

王强在真宗面前是个红人，说一不二，真宗当时就答应了。

其实，王强早就怀疑杨府的人杀他的女儿，可是故意装出一副公正的样子。暗中去对他的一党兵部司马刘文进、文状元刘文龙、左殿将军周得财、右殿将军李玉山使眼色，周得财、李玉山二人忙见驾说："万岁，臣愿随副元帅去暂守三关。"

真宗准奏，叫三人带兵一千立即动身。

三人走时，王强送出很远，不知与他们说些什么。回城后，又派兵围住了状元府保护现场等调回杨六郎,再做道理。

再说副元帅张志彪带着周、李二将军和一千兵马来到边关城外,早有人报与杨延景。

杨郡马和孟良、焦赞早已回到边关,六郎并未隐瞒,把孟良、焦赞惹下的祸告诉了众位弟兄。花刀岳胜听了也很着急,可是他二人是为了给太君治好病,给杨洪报仇,所以也不能怪他二人。但是,谁也没想到孟良给郡马题诗留名!

杨六郎心里知道:“没有不透风的篱笆,早晚还是躲不过去!他二人是为给我报仇才惹的祸,自己拼死也要保护他二人的安全。”于是,和二人说明情况,派孟良去镇守草桥关,派焦赞去镇守益津关。

岳胜感到这里面可能有事,从来焦不离孟、孟不离焦,这回怎么把二人分开了呢?不过元帅派将之事,自己也不便多问。

郡马和岳胜镇守在瓦桥关。杨延景人在边关,心在汴梁。这一天,有人来报:“京城的奉旨钦差来到,请元帅接旨。”

六郎听了大吃一惊,沉吟了好一会儿,才传令带众位总兵迎接。副元帅张志彪在马上威风凛凛,展开旨意念道:“奉天承运皇帝诏曰:调边关元帅杨延景回京议事,派张志彪暂理边关防务。钦此!”

延景听完心里就明白了,一定是杀人案犯了!只好把张志彪请进帅府,然后交印。

众将官看要交印,全都愣住了。岳胜小声对郡马说:“元帅,这帅印不能交呀!来的这几个人我看面带不善。人心隔肚皮,做事两不知。画龙画虎难画骨,知人知面不知心!六哥,是不是孟良、焦赞惹的祸犯了?”

六郎哼了一声:“万岁下了旨意,无论如何也是要进京的。奇怪的是为什么派人来接印?岳大哥,你们可要多加小心!”

杨郡马向张志彪交了印和众将的花名册。暗中嘱咐众弟兄要为国为民守好固定边关,多关照孟良和焦赞。

岳胜到此时才明白郡马把二人调开,是为了防止他被宣回京时这二人再惹祸,越这样想,他越觉得郡马此去是凶多吉少!

圣旨已下,不容迟缓,郡马即刻启程回京。

郡马一走,新元帅张志彪马上派左殿将军周得财去草桥关;右殿将军李玉山去益津关,每人带三百军兵。这都是王强在京城时对他们的安排,为的是夺下三关的兵权,等韩昌再进兵时可以马到成功。

郡马走了以后,边关众将个个无精打采。张志彪为了收买人心,就大摆酒席假亲假厚地款待众将,并且说:"杨元帅也许留在朝中了。本帅今后要和众位将军共守边关,还请大家多多相助"

众总兵虽然吃酒宴,心里没有一个高兴的,更没有什么人去奉承新元帅。张志彪看这情形,心里很生气:"怪不和王强嘱咐我要夺下三关的兵权,看起来他们只听杨六郎的,没把我放在眼里。我索性给他们来个杀一儆百,叫他们也知道我的厉害!"

转过天来,新元帅点大卯。连点三卯,岳胜都没到。惹得众位总兵全都替他担心。

张志彪令人去把岳胜找来,时间不长,岳胜来到。他干什么去啦?哪儿也没去!只因为郡马被调回朝不知吉凶,张志彪来了以后又接过了三关的兵权,岳胜想这其中必有原因,所以他一夜未曾合眼。开快亮了,他才迷迷糊糊地睡去,因此误了点卯。

来到帅堂以下,有人报元帅:"岳胜到帅堂下。"

张志彪大怒,马上下令:"岳胜报名而入!"

众将此时都替大哥担心,不知这位新元帅是什么脾气秉性。

岳胜低头报名而入,跪下说道:"末将参见元帅!"

"哇!胆大的岳胜连误三卯,分明是目无本帅。本帅奉旨接印,你小看本帅也是欺君!难道你不懂军规?头卯不到重打四十;二卯不到插箭游营;三卯不到割头号令!你今连误三卯,军令军规非同儿戏。来人呀,把岳胜绑出去杀!"

这一下可急坏了堂上众战将,他们全都跪下来求情,张志彪闻听这些话,连连摆手说:"不行!哪一个再替岳胜讲情,一同问斩!"

众将无奈,于是陈琳、柴干说:"我们要去祭奠法场!"张志彪点头答应了一声,众位总兵到堂下,到了辕门外,正在这时,法场上忽然大乱,孟良一伙人要劫法场。新元帅张志彪才带来一千兵马,周得财和李玉山各带走三百,他身边才留下四百人,还不够孟良一个人杀的哪!

边关的军兵与众将感情深厚,谁肯动手?不大工夫,张志彪带来的四百人死的死、伤的伤、降的降。孟良一把抓住张志彪,叫人把他捆上。

话分两头说,孟良、焦赞为什么杀回瓦桥关呢?原来周得财到了草桥关后,孟良就知道张志彪带这二人来三关是来者不善,善者不来。他假意设宴欢迎周得财,用酒把他灌醉,套出了他的实话,知道调六郎回朝为了问罪。孟良当时就急了,一斧砍死了周得财。然后去益津关找焦赞,杀了李玉山。准知道张志彪在瓦桥关也要无事生非,就急往回赶,索性来个一不做二不休!

到了瓦桥关,正赶上张志彪要斩岳胜,再晚一步,岳胜的人头就保不住了。

孟良抓住了张志彪早已气得两眼通红,说了声:“跪下!”

张志彪说:“我是边关奉旨钦差,怎能跪你?”

后边焦赞过来就是一脚,把张志彪跪倒在地。

孟良说:“你说实话,叫我六哥回朝是不是为了十八条人命案?你给我说呀!”

张志彪一看孟良像中了疯魔一样,更不敢说了。孟良哇呀呀地大叫,用斧刃在这小子的脑瓜皮上来回噌噌噌,这一噌,这个奸贼吓得仨魂跑了俩:“我说,我说。”

张志彪浑身乱抖,上牙打下牙:“郡马调回朝是要问罪……”

还没等往下说,孟良哇呀呀暴叫如雷,一斧子砍下去,张志彪咕咚咚人头落地!

欲知后事如何,且听下回分解。

第三十四回 郡马舍命保义弟 孟良发兵打汴梁

上回说到孟良斧劈三关,孟良焦赞闹翻了天。孟良想:“六哥回京多半问斩,张志彪分明是调虎离山。不能让六哥去投案,是我孟良杀的武状元。斧劈了张志彪帅印归我!”转眼间帅堂乱成一团。陈琳、柴干、朗千、郎万、黄龙、黄虎、姜海、姜山、鲁奎、陈雄、孙明、孙亮,苏万庆、杨兴都举手上前:“情愿跟着孟元帅,指到哪边,我们打到哪边!”只有岳胜没答话,前思后想还是觉得进退两难。

花刀岳胜说："众位贤弟,可不能都去呀！杨元帅是你们六哥,也是我六弟;你们着急,难道我就不着急吗？杨家是忠良,咱们可不能胡来呀！孟良,谁封你是元帅?"

孟良说："还用别人封吗？私凭文书官凭印,我有了帅印就是元帅。我叫谁给我当先锋,谁就给我当先锋！怎么？花刀岳胜你不服吗?"

岳胜一看孟良如同疯子一样,也就不去惹他。心想："孟良这罪可大啦！斧劈三关军兵,杀死奉命钦差,这还了得!"

孟良说："我看这样吧,我带兵十万去汴梁,剩下的兵由岳大哥带领镇守三关。"

众人齐说："也好,留下大哥吧!"

孟良心想："除去六哥能管我和焦赞,再就是大哥了,把他留下正好!"

岳胜说："孟良,你当了元帅带十万兵进京,打算怎么办哪?"

"好办,到京城先打听六哥的情况,如果十八条人命案皇上不怪,还叫他回边关,我们就一声不响地偷偷撤兵回来。至于劈死钦差之事,由我顶着,与旁人无关！如果六哥到了京城被皇上问罪,那我可就对不起啦！我要杀进皇城闯上金殿,宰了皇上杀死娘娘,征服了文武大臣,我就保着六哥坐朝廷啦!"

岳胜叫他给气乐了："孟良,方才我就对你说杨家是忠良,人家能篡位吗？你六哥能坐朝廷吗?"

孟良说："他要是不坐,我坐!"

焦赞说："对了！二哥做了皇上,得封我个一字并肩王。"

孟良说："当王子有什么好处啊？等我做了皇上,封你个娘娘吧!"

这一句愣话惹得众总兵哄堂大笑。

孟良又叫："岳大哥,别看叫你守三关,我们进京后不论立多大的功,也有你一份,你放心好啦!"

然后,孟良点兵十万,与焦赞带领众位总兵直奔汴梁。一路之上真是"人马上了万,无边又无沿",浩浩荡荡,刀枪乱舞,旗幡招展。暂且不提。

回过头来再交代杨郡马。自从离了边关奉旨回京,真是人不欢,马不叫,无精打采。这一天来到东京汴梁！便看到了双天官寇莱公。

寇天官也看见杨郡马,寇大人一把拉住郡马说："杨元帅,你不该回来呀！

哪有什么大事相商？这是把你诓回京城拿你问罪呀！你聪明一世、糊涂一时，杀了谢金吾也不要紧，不该粉皮墙上留诗写下是你杀的人哪！"

郡马说："没有哇！"

大人问："你进京没进京啊？"

"我进京了。"

"有万岁的圣旨吗？"

"没有。"

"是啊！你是三关大帅，私离巡地这是欺君之罪，知法犯法，罪加三等！"

郡马说："别提了。我母亲病得卧床不起，八姐女扮男装去边关叫我回家探母，又加上众弟兄们相劝，我才进京。到了杨府才听说谢金吾如此猖狂！"

寇大人说："是啊，你才动手杀了他开膛摘心。郡马，我恨你不是别的，是你不当留诗！"

郡马说："我曾记得没留名字！"

其实，他根本没杀谢金吾，更没留诗。他这么说，主要是不露出孟良、焦赞来。

寇大人说："你等等！"说着从怀里取出一张纸，说："王强当场抄下一份，交到万岁手里。我也抄下一份，你拿去看看吧！"

六郎接过一看，哎呀！暗叫："孟良，我那好兄弟，你可要了我的命啦！"

寇大人说："王强一看，就知道是你干的了。当时我和高王、郑王也在场，我们看完了也吓坏了，毫无办法。八王最近一直有病，我们也没敢去找他。王强又到杨府以探病为名，去探察你的踪影。他没看出破绽，才金殿动本将你调回，并保举张志彪去边关接印。我们正担心你回京遭到不测，没想到今日巧遇！郡马，说一千道一万，你太不当留名了！"

杨郡马此时半晌无言，不想再和寇大人提孟良、焦赞，免得叫寇大人为难。

寇大人早已看出杨六郎是"满怀心腹事，尽在不言中"，就说："郡马，其实，我是不相信你杀人，更不相信你留诗。是不是有人替你杨家抱打不平而去杀了状元一家？我猜八九不离十，会不会是孟良、焦赞哪？”

六郎一听，心中不禁暗暗佩服：“好个高明的寇大人！可是，我不能把他二人在讲出来啦！天大的事，我一人承担！”就摇摇头说：“寇大人，你猜错了。人是我杀的，诗是我留的！”

寇大人叹息了一声说：“郡马，有道是：‘法不责众’。如果是人多做的这件事，你的罪还能减轻点儿！”

郡马说：“因为我母被他气得病倒在床，我一时愤怒，杀了他一家。明人不做暗事，我才题诗留名。我这次回京没进府，怕的是老母知道后病情又加重。我上殿见驾，如果万岁怪下罪来把我问斩，我死后再请大人转告郡主和我的众位嫂嫂以及八姐、九妹，请她们多多替我行孝就是啦！”说完，就要辞别寇大人去往金殿。

寇大人说：“万岁已经散朝，你就在我府里住上一天，明日再上殿吧！”

郡马当天就住下了。第二天清晨，出府奔金殿而去。寇大人也不坐轿了，骑马先奔了南清宫。尽管八王有病，寇大人也没办法了，只好去找八王。

再说杨郡马为了救朋友，自己上金殿去认罪见驾。到了金殿，把杀人留诗之事，一口承认下来。真宗当即传旨：把杨廷景绑至午门外斩首！

左班丞相王苞忙上前跪倒口尊万岁，真宗说：“你是要给郡马求情吗？他身为三关元帅，私离巡地就当斩首；他又杀了状元一家十八口，更是罪上加罪！只因他上殿来不打自招，我才只杀他一人，已经是从轻发落。王丞相，有别的事可讲；如替杨廷景求情，就免开尊口吧！”

这几句话，说得王丞相闭口无言，把一肚子求情的话，全给挡回去了。没有办法，只好说：“啊，万岁既然不准本，臣要去祭奠法场！”

真宗说：“容你去祭奠。”

王丞相下殿而去。

高君保、郑印出班也想给郡马求情。还没等张嘴，真宗就说：“为救郡马不必多说，朕不准！”

二人无奈，只好也说要去祭奠法场。真宗准奏，二人下殿。其他官员一见，真宗一律不准求情，也只得作罢。

王丞相和高、郑二王出午门来到法场，只见郡马被绑在桩上低头不语，单等午时一到人头落地。

君保一见郡马落到这般光景，上前一把拉住郡马，喊道："六哥呀，这回可救不了你啦！"

他说着放声大哭，郑王也哭了。王丞相热泪盈眶地说："郡马呀，你做错了！我在金殿见驾保本，当今天子不肯轻饶。只好到法场来祭典，七郎八虎死得惨，你今天又要丧性命，老太君又该何等心焦啊？"

这时追魂炮声响，刀斧手举起了鬼头刀，正在这千钧一发之际，来了寇准和八千岁，八王爷怎么来了呢？还不是寇准去给送的信儿！

八王有病刚刚好转，身体还没复原。寇大人来到南清官就告诉八王："万岁把郡马调进京城，听说要问罪！"

八王一听，怎么着，又要问罪？"走，寇爱卿，跟我上殿看看去！"说完，带了御总兵杨景邦，直奔金殿。路上，八王问："郡马来京，怎么不到南清宫呢？"

寇大人说："听说连杨府也没回去。"

八王说："看来是事情不妙，你我快去！"

刚到午门，就听得一声炮响。

寇大人说："王驾千岁，这是追魂炮响，再晚来一步，郡马可就完啦！"

八王这才高喊："刀下留人！"

八王一进法场，护场的军兵和刀斧手全吓跑了。一来郡马是八王的御妹丈，二来八千岁有凹面金锏，先打后奏，打死白打！谁还去惹那个麻烦？三是谁不晓得杨家七郎八虎全都为国捐躯，只剩下一个六郎啦！谁还忍心来杀他呀？不过皇上下了旨意，那就得例行公事。如今一见八王来到，也就借机会溜了。

八王来到郡马近前说："御妹丈，你犯了何罪呀？"

六郎早已横下一条心要保护孟良、焦赞，所以还是没说实话，把对寇大人说的话，又对八王说了一遍。

八王一听可为难啦！郡马自己承认杀了谢金吾全家一十八口，又题诗留名，又是私离巡地，确实是死罪。自己也觉得不好张嘴了。

六郎说："千岁不必为我发愁，我这也是命该如此！"

寇大人说："不论怎么样，八千岁您既然到了，就得想尽一切办法救郡马呀！"

八王心想："这才是：'有理走遍天下，无理寸步难行'。只怕这次不好办了。不好办也得试试看哪！"就叫杨总兵保住了法场，自己带寇准去上殿见驾。

到了金殿参礼已毕，八王在一旁落座，寇大人站在身边。

真宗问道："先王不在南清宫，来此何故哇？"

八王说："这些天一直闹病，今日方见好转。听手下人说杨郡马已然回京，被万岁绑赴法场开刀。我急忙来到午门，果然是要杀郡马，我叫刀斧手刀下留人。我先上金殿问一问，郡马他身犯何罪呀？"

真宗说："千岁不知，朕可以告诉你。"就把六郎承认私自进京夜入状元府，把谢金吾开膛，杀了十八条人命之事说与八王。

八王听了，郡马做的这些事确是无理。可是也不能不讲情啊？就说："万岁，这件事能是郡马做的吗？"

真宗说："八王爷，你可以到法场去问问郡马，他一上殿就全招了。朕念杨家有功，才罪归他一人。王法不认亲，国法不认人！郡马这样的重罪，难道八王还想保他么？如果准了你，别的文武官员再犯这样的罪，朕当如何处置呢？八王，你的身体不好，还是回府休息去吧！"

八王千岁实在为难，这边双天官说话了："万岁，我看杀人者不是杨郡马，郡马不过是替朋友担罪罢了！如果不清不白就把人斩了，只怕杨郡马死得冤啊！"

真宗闻听一摆手："八王和寇卿不必多言了，郡马已经都招供了，再想放他比登天还难！"

寇大人说："万岁，杨家的功劳高如山！七郎八虎只剩下郡马，他杀退韩昌力保中原，北辽的韩昌发过誓，只要郡马在，他永不犯边关。今天如把郡马杀了，只怕锦绣江山难保啊！"

真宗听了这些话，双眉紧皱怒眼圆瞪，但是真宗已经看出来八王的意思了，知道他求不下情来要动金锏，就迎着八王说："千岁，郡马私离巡地，杀了十八条人命，一上殿他就招了口供，这还有错吗？你虽然有凹面金锏，可以上打君，下打臣，代管三宫六院，可是如果朕没做错事，八千岁你能动凹面金锏吗？"

八王心想："皇上说得对呀！就冲这几句话，我这锏也举不起来呀！我不如下殿去保护法场，我就来个不讲理，看谁敢杀？既然我救不了他，也叫你杀不了他！"想至此，就说："好吧，我有金锏也不能做无理之事，我要下殿去了。"

寇大人说："万岁，臣要去祭奠祭奠。"

真宗想："只要你们不再生事，一切都可依从。"就说道："准本！"

八王千岁和寇大人下殿去法场。因为上殿没能救下郡马，八王心里很不是滋味儿。高君保和郑印一看八王和寇准回来了,忙问结果如何。

寇准说:“连八王爷说话也不灵了。”

八王叫人搬过一把椅子,挨着郡马一坐:“谁要杀郡马,就先杀我吧!”这谁还敢杀呀?

寇大人和几个人一商量,真是人多主意多。一人不赶二人智,三人出个大见识。叫人去杨府请太君。

郡马说:“不能叫我母亲知道哇,怕她老人家着急!”

寇准说:“怕也没用啊!不叫太君知道,你要有个三长两短,我们岂不落埋怨?”

郡马一听也有理,早晚还不得叫母亲知道!也就不再拦阻。双天官又派人给双王呼延丕显送信。

时间不长,太君带八姐、九妹来了。老太君哭进了法场,先见过八王、双天官、王丞相,又见了高王和郑王,再看六郎。太君上前抱住郡马放声大哭,母子二人真像个泪人一样。

太君知道儿子冤枉,可是老太君又不能说出是孟良、焦赞二人干的。

六郎说:“母亲不必伤心!儿死后,您要多多保重身体。”

太君说:“儿一死,娘也就不再活啦!”

大家叫太君上殿保本求情。太君说:“八王保本全不行,我何必再去?”

法场上哭声、说话声交杂在一起,乱乱哄哄。大家说,这样下去也不行啊!万岁不饶命,八王护法场,郡马绑在桩上,这可怎么办哪?

正在此时,汴梁城中忽然大乱!老百姓纷纷往家跑插门闭户,做买卖的摘幌子关板,转眼间大街小巷人烟稀少。守城的镇京元帅王强急忙下令:城门紧闭,吊桥高绞,城楼上增兵加炮!

这是怎么回事呢?原来是边关反了!孟良、焦赞带众位总兵兵临城下扎了营寨。早有探子来报:“郡马被绑在午门外法场,死活未定!”

大家一听全急眼了,孟良叫人备马,要亲自出征。

焦赞说:“头一阵还是让我吧!”

孟良说:“不行,这口气我憋不住了,大家给我观阵!”说完,上马来到汴梁城下。抬头看,城楼上兵将不少,就大声喝道:“三军,快去给你家皇帝送信,就说边关孟良、焦赞造反了,带兵来到京城!我们造反不为江山,就为了要救杨郡马。如果放了郡马,我们立时回边关;如不放郡马,我们就杀进城去,来个刀刀斩尽、剑剑诛绝,杀你们一个全军尽没!”

他的嗓门也大,声若铜钟。有人报到午门,黄门官报与内侍,内侍报与真宗。三帝一听大吃一惊,忙传旨把八王、双天官、王丞相、高王、郑王,连老太君也都召至金殿。

等众人来到金殿,真宗对六郎的事一字不提,只说:“众位爱卿,刚才有人来报:边关众将造反,兵到汴梁城外。众爱卿要替朕想个退兵之策呀!”

寇大人说:“依微臣之见,且到城上看一看,造反的究竟是何人?看清问明再做道理。”

八王说:“对!”

真宗说:“就依寇爱卿。”然后传旨,叫法场上军兵看好郡马,暂时不杀,等君臣回来再做决定。

八王不放心,就命总兵杨景邦留在法场保护妹丈。

三帝真宗和群臣走下金殿,只听城外炮声隆隆,喊声冲天。

欲知后事如何,且听下回分解。

第三十五回 围汴梁孟良斧劈三将 救郡马寇准智荐二王

君臣们来到城根下了马,顺着盘道上了城。站在城楼上往下看:见无数大兵扎下营。正是孟良和焦赞,他们见了皇上不理睬,把君臣之礼扔到一旁。一眼又看见太君也在,二人忙下马跪倒,大声说:“老娘,千错万错都是我二人错,杀了状元一家人!不该题诗留下六哥的名,给六哥惹下杀身祸,我们带兵来京城就是为了让他们放了六哥,如若不然,我杀他们一个片甲不留!"

太君见了孟良、焦赞,忙劝二人:"千万不能反,你们也没进京杀过状元公!不要为救六郎就说胡话,快快领兵离开京城!"

八王和寇准明白了:郡马他舍命全交都是为了朋友啊! 原来是焦、孟杀的状元府一家,这边三帝真宗给吓坏了,忙叫道:"寇爱卿,你快想妙计让他们退走啊!"

寇准说:"万岁您再问一问,究竟是谁杀人行的凶?"

真宗无奈斗胆问道:"孟爱卿,你要救六郎杨郡马,可知他犯的什么罪名?国有王法你懂不懂?"

孟良听完大笑三声! 大声说:"你说什么? 王法? 咳咳,狗屁! 方才我二人与太君说的话,你听见了吗? 谢金吾全家是我杀的,焦赞帮的忙。因为我与六哥有交情,才替他报仇。我们是明人不做暗事,就题诗留名。这些事,太君并不知道!"

真宗又问:"朕派人去接郡马的帅印,他们现在何处啊?"

孟良笑道:"皇上要问那三个人,可以告诉你。我二人并不知道六哥被调进京,因为我们奉令分守草桥关和益津关。周得财去接兵权,被我用酒灌醉,他才说了实话,被我用斧劈死。我又到草桥关去找焦赞,杀了李玉山。我二人才返回瓦桥关,斧劈了张志彪,夺下帅印,才带领众将来到汴梁救我六哥! 你只要放了他,叫我们做官,我们仍回边关,不叫我们做官,我们情愿回山寨去。如果非要杀我六哥,可休怪我们手下无情!"

王强一听,心里就全凉了! 自己的心腹之人死了三个,失去了左膀右臂,连忙口尊:"吾皇万岁,孟良、焦赞二人实属罪大恶极!"

寇大人说:"镇京元帅言之有理,对这二人是可杀不可留!"

真宗说:"这样不知王法的反叛,众位爱卿,哪个出兵去把二人活捉见朕?"

高君保、郑印和呼王此时心中暗想:"漫说我们出兵不一定能取胜,就是能拿住二将,我们也不能去战!"他们又怕真宗真的派到自己头上,就上前施礼说道:"万岁,我等俱是孟良的败将,过去交过锋,不是他的对手。"

真宗又问寇大人:"寇爱卿,你看何人可去迎敌?"

寇大人说:"臣保举一人,可以马到成功!"

真宗忙问:"哪一个人能退兵啊?"

寇准说："镇京元帅王强！"

王强心说："寇准，你太损啦！"

高君保忙接着说："对，镇京元帅应该出兵！"

众人也齐说："寇大人眼明，王元帅出战，准能取胜！"

王强无奈，身为镇京元帅就是要保护京城。如不出战，岂不被这些人小看？也不能让高君保他们出兵，还怕他们倒把孟、焦等人引进城来哪！自己要出城，万一败给二将，一定性命难保。想到这，对真宗说："圣上放心，臣马上派将出马！"立时传令，叫守城二位将军出战。二位守城将军魏国珍、魏国祥是亲哥俩，平时常去王强家练武，王强也早把二人拉到自己一边了。

出城之前，王强对二人说："如果能拿活的，就拿活的，不能拿活的，就下毒手杀！"

二人点头答应，每人手使一口大刀，力大刀沉。出城时，先放三声大炮，马、步儿郎两旁分开。魏国珍叫兄弟在后阵助威，自己一马当先冲到战场。

孟良说："焦贤弟，你观阵，我来要他的狗命！"说完，抡斧子冲上来，大喊："来将通名！"

魏国珍看那孟良，真好像凶神下界，就答道："我在镇京元帅手下为将，名叫魏国珍！"

孟良大笑说："别说你是他手下战将，就是王强来，也是白送死，看斧子！"

魏国珍杀法还算不错，可比起孟良，还差得远。几个回合后，魏国珍就不行了。孟良一斧子砍过来，这小子一低头，斧子过去了。他刚一抬头，孟良一反手腕，斧子又回来了，只听喀嚓一声，人头落地。

城上君臣全看见了，把真宗吓得手脚冰凉。

魏国祥一看大哥被砍落马，眼泪盈眶，火撞顶梁！常言说："打仗亲兄弟，上阵父子兵。"魏国祥马上抡刀闯到军前，见了孟良二话不说，举刀就剁。

孟良往后一带战马，喊道："来者报名，再战不迟！"

"我名魏国祥。方才我大哥魏国珍死在你手，我要替兄报仇！"

孟良听完哈哈大笑："原来你叫魏国祥。魏国珍是你大哥？"

"不错！"

"你们哥俩一块来的？"

"一块来的！"

"好,叫你们一块回去吧!"

魏国祥一听,只气得牙关紧咬:"孟良,你欺人太甚!说完一连砍了几刀。

孟良摆斧子左劈右砍,最后用力说声:"开呀!"大斧搂头盖顶直劈而下。

魏国祥说声:"不好!"只震得他头如麦斗,天旋地转,两膀酸麻,骨节疼痛。大刀拿不住了,一松手,刀飞了。他刚一圈马想败回阵去,哪知孟良早已催马追上,拦腰就是一斧,尸体分成两截落地。

后阵三军见主将被杀,早已乱成一团。孟良和焦赞追上前去,拧枪抡斧一阵杀。三军死的死,伤的伤,腿快的败回城里,把吊桥高绞,城门紧闭。

在城上只吓得真宗不敢睁眼。孟良在城外高声叫道:"城上的昏君听了:要派人出征,就派那些经过名师、受过真传、真正有本领的人出来交锋。如果像魏国珍、魏国祥这样的酒囊饭袋、压马的肉墩、泥捏的娃娃、无能的小辈,千万别来送死!我杀了这等之人,还得到东洋大海里去涮斧!"

真宗眼望群臣说:"众位爱卿,阵前之事你们也看见了,哪一个出兵能捉住孟良、焦赞?"

寇大人说:"王元帅出征,准能旗开得胜!"

王强也看见了刚才的阵势,明白自己出去也得死,所以默不作声。

八王也为难了。如果没人能退边关的总兵,不一定要死多少人哪!就用眼直看太君。

太君想:"我不能在城上再看了。六郎儿的性命还不知道能不能保住?真宗是这样一个无道的昏君,你爱如何便如何吧!"就开口说道:"万岁,老臣觉得浑身发冷,眼前发黑,双腿发颤,心里发烧,我要下城回府!"

真宗和八王齐说:"八姐九妹,搀扶你母回府去吧。"

寇大人明白:老太君在此不能袖手不管,所以干脆就三十六计走为上,看看皇上到底怎么办!

八王偷着一拉寇大人,小声说:"寇爱卿,你再不想办法,此事就越闹越大啦!你看,死了这么多人,难道你不心疼吗?"

寇准说:"我有什么办法?假扮阴曹还行,我可不会动刀兵!"

八王一听,寇大人是推了个一干二净啊!

城外孟良、焦赞口口声声叫把郡马放出去,要不出六郎不收兵。后边的边关众将心里又高兴又害怕:高兴的是二位哥哥也许能救出郡马;害怕的是又杀了不少人，恐怕这罪更大了！

城楼上真宗说："镇京元帅，你还可派将出城。难道连败二将就没有人出阵了吗？"

话音刚落，有一人上城奏道："万岁，不要为难，臣子要上阵去捉拿造反的孟良、焦赞！"

寇大人、高王、郑王等人一见此人要出阵，全都暗中发笑。

来的乃是兵部大司马刘文晋之子刘成仁。刘文晋一看这气可大了！暗骂："小冤家，你干什么来啦？你有多大的本领，要去斩孟良？"他刚要拦挡，寇大人说话了："小公子要出兵定能取胜！"

刘文晋忙说："万岁，臣子还很年轻，怕他难胜孟良！"

真宗现在就盼着有人讨旨出战。半天没人说话了，好容易刘成仁要出战，刘文晋还拦挡，真宗心里当然不高兴。刘成仁是一心为打仗来的，他父亲一拦，他很不高兴。要是精明人，一看爹爹出面拦阻，一定是有原因，一走不就完了吗！他不，眼望着刘文晋说："爹爹放心，我一定取胜！你怕我死，对吧？别人死你就不疼啦？我非上阵碰碰孟良不可！"

真宗一听又高兴了，说："刘爱卿，那就叫他去吧！"

刘成仁说："谢万岁！爹，我可去啦！"

刘文晋此时不好再拦阻，可又不放心，只好下城上马给儿子来观阵。

王强给刘成仁点了三千兵，放完了三声炮，城门大开。

刘文晋说："成仁哪，你动手时可要注意锣鼓响：鼓响，你往前追杀；锣鸣，就一定收兵。不然怕出危险！"

刘成仁说："爹爹放心吧！"催马出阵。

孟良一看，是又气又笑！没几下子，就把那小子给收拾了。后阵刘文晋见儿子人头被孟良劈成两半，他心疼得差一点儿由马上掉下来。孟良这时挥斧带兵一拥而上，想冲到城里救出六郎。

刘文晋有心为儿子报仇，一见边关众将一拥而上，准知自己上去也是白白送死,想抢回儿子的尸体都晚了!只好带兵败进城去,见了真宗大哭,求万岁给儿子报仇。

高君保、郑印、呼延丕显等人你瞧我看,对于小奸贼之死全是暗中欢喜。

真宗说:"家贫出孝子,国乱显忠良。难道就叫边关众将杀我们一个闭门不出吗?"

双天官说:"我主不必担惊,有能人!"

真宗说:"寇爱卿,没有真本领的,你千万别保举呀!"

寇准道:"万岁,本领再大也有个失手的时候,大将难免阵前亡嘛!"

"那么,哪个能出战呢?"

寇大人心想:"万岁专门问我,我若不出主意,怕万岁恼恨。有心不叫忠良们出战,又见王强的两只狼眼死盯着自己,还不能叫他看出来我有偏有向,对王强还要格外地留神!"这时只好说:"万岁,臣看呼王、高王有百倍的战勇,不能出去走走吗?"

二位王爷一听,心说:"寇大人哪,你这是怎么回事呀?论真打,我二人谁都战不过孟良,你这不是叫我们丢脸去吗?就是我们能打胜,我们也不能打呀!打走了边关将,谁能救郡马呀?"二人一看寇大人,意思是说:"别叫我们二人出去呀!"

哪知寇天官倒说:"二位王爷,你们看,连死三将,又伤亡不少军兵。难道你们还忍得住吗?如果杀了孟良、焦赞,边关兵将不打自退。孟、焦一死,兵部大司马和王元帅绝忘不了你们二位王爷!"

二人一听,心里暗说:"寇准,你是哪头的呀?怎么又向着王强说话啦?"

真宗这时说话了:"既然寇天官夸赞呼王、高王,你二人就出马一战吧!"

皇上说话,不能不去啦!二人只好下城楼顶盔挂甲上马提枪,带了三千兵,三声炮响出城。高君保说:"我先过去吧!"

呼王说:"你在后阵,我先过去。"说罢催马抖枪,直奔战场。双王和孟良动手几个回合,双王假败而逃,孟良催马抡斧追赶,大叫:"呼延丕显,你哪里走!"

城上的君臣能看见二人交战,说什么话在上边是听不见的,两位王爷一出城,王丞相就偷偷地对寇大人说:"你不当叫君保和丕显出兵!那孟良是何等凶恶?只怕二人有险!"

寇大人说:"丞相自管放心,呼王和高王本领高强,不会败阵!"

一言未了，只见呼延丕显败下阵来。

呼延丕显心里知道孟良不会杀他，就没拼命跑，他大意了。又赶上孟良犯老粗，打马真追上了，赶了一个马头对马尾。

孟良说："糟了，小兄弟你可跑快点儿呀！我离你可太近啦，一伸手就抓住你啦！"

丕显一想："城上的人都在看着呢，可别露出假来！"就说："干脆你就抓吧！"

孟良说："也好，到我营里先住两天也不错！"说罢，伸手抓住呼延丕显的绊甲丝绦，单膀一用力，大喊："呼延丕显，你给我过来吧！"

丕显心说："过去就过去吧！"身体往后一仰，被孟良走马活捉。

孟良回头往后边大叫："三军，冲上阵来！"然后把呼延丕显往下一扔。"给我绑！"扑通一下子，双王可摔得够呛！

孟良低声说："哎哟，小兄弟，摔着没有哇？"

丕显疼得直咧嘴。军兵上前绑好双王，押往后阵。

城上君臣见双王被拿，吓得面如土色，再看高君保又冲上阵前。

孟良说："高君保，你也来和我战吗？"

君保说："方才你二人说话的时间太长了。我直为你们担心，怕叫城上的人看出破绽。我也是不得不来，你把我再打败，也许万岁就能放六哥啦！"

孟良说："干脆，你假败把我带进城中，把皇上捉住就好办了！你跟六哥要是有交情，你就听我的。不把皇上制服了，难救六哥！"

高君保听了，咬牙关、皱眉头："一不做，二不休，搬不倒葫芦洒不了油，我豁出去啦！"叫声："孟将军，就依你的主意！"

二人说罢，动手交锋。战有十几个回合，高君保只招架不还手了，大喊一声："不好！姓孟的，你好厉害！我不是你的对手，回头再见！"他一圈马，回头低叫："孟将军，你随我来！"

孟良大喜，暗骂道："昏君，只要我进了城，也叫你知道知道我孟良不是好惹的！"

高君保在前，孟良在后，二人定计要闯汴梁，搭救杨六郎！

欲知后事如何，且听下回分解。

第三十六回 寇准思谋退兵马 六郎充军离汴梁

孟良和君保把计谋定成，要杀进汴梁拿真宗，于是高君保假意打败仗，孟良紧追不舍，他原想跟着君保进城，没想到出城的三军乱了营，王强怕汴梁难保，马上下令赶紧闭城！孟良只好又活捉高君保，把高君保带回后营去了。

寇准说："若不然叫八王千岁去交锋！"

八王一听说声："寇准哪，这几仗死的死，被拿的被拿。孟良口口声声要把高王和双王开膛摘心，你还有心开玩笑呀？"

寇大人说："不是开玩笑。八王千岁挂帅印征过北，今天就不能打一仗吗？"

真宗说："寇爱卿，八王岂能上阵？"

王强说："绝不能叫八王上阵。方才要不是城门关得快，孟良就闯进来啦！"

寇大人说："这一关城门，高王可被拿去啦！我看别人出去也不行了，万岁，还有一个人可以退兵。"

真宗正万分焦急，忙问："谁呀？"

寇准说："可以把郡马带上城来，问问他能不能把这些人退走？"

真宗一想，别人也没有可以出战的了，就说："那就把他先松绑，叫他到这儿来！"

时间不长，有人把郡马带到城上。六郎参见了真宗和八王，又见过众位大人，然后对真宗说："不知把罪臣叫来为了何事？"

真宗说："你那边关的众位弟兄反了，带兵来攻汴梁。孟良和焦赞斧劈了三关新元帅，又拿去了高王和双王，还不知二人的死活！还杀了朕无数的兵将，因此把郡马叫来。你能不能退了边关众将啊？"

真宗说这些话也留了心眼了：他对郡马是杀是放，一字不提！

杨六郎说："万岁，为臣也没多大本领，更不是孟良的对手之将！请万岁另派别人吧！"

寇大人此时心想："是时候了，我不能再看热闹了！我要叫大家知道我寇准有智谋，我要想办法叫郡马退兵，最后还要救郡马！"就对六郎说道："郡马，你不退兵谁退兵？我可以明告诉你：退完了兵，万岁回殿还得杀你！"

真宗听着这个别扭呀！可是现在不爱听也得听。

寇大人接着说："郡马，你身为边关元帅，你手下的战将带兵造反，你能说没罪吗？"

寇准的这句话，各位忠良全不爱听！暗叫："寇准，你借这个机会救下郡马才对。你这几句话，分明还给杨六郎加罪呀！"

又听寇大人说："郡马呀，不论怨哪家，你现在就得先退兵！你杨家是父一辈、子一辈的忠良，名声传天下，谁都承认！金沙滩一战，你大哥替了万岁死，你二哥替了八王死。你三哥被马踩如泥，其他弟兄下落不明。后来老令公又碰死在李陵碑，你七弟又被潘洪乱箭穿身，只剩下郡马你这一人。今天，你就是受多大委屈，也要忠心赤胆，死而无怨！别忘了：君叫臣死，臣就得死；臣若不死，就是不忠。现在无人敢敌孟良、焦赞，你应想尽办法把他们退走！退了兵万岁再斩你，也算你心屈命不屈。"

真宗听了这些话，脸上一红一白的，心说："寇准，你可太损了！"

八王也想："双天官，你这些话把我们老赵家说的分文不值！可说的都是实话，老老实实地听着吧！"

寇大人又说："郡马还是应该舍己为人，以国为重！"

六郎点点头说："好吧！就依大人。我先见见众位弟兄。"

说罢，大家往两旁一闪，郡马手扶着垛口往外观看。只见边关众将一个个全身披挂、手举刀抢。孟良、焦赞在最前边，坐在马上大骂不止。郡马此时对他们二人是又疼、又爱、又恨。

城外的众将一看六郎上了城头，纷纷甩镫下马，撩战裙跪倒在地，齐喊："六哥，小弟们来晚一步，叫六哥受委屈了！"

孟良高喊道："六哥呀，你是为我被绑，可把小弟疼死啦！"

郡马说："众位兄弟快请起，你们都来到汴梁城下，哪一个带兵守边疆？万一辽兵来侵犯，怕的是百姓要遭祸殃！"

寇准忙把话说："请万岁听听郡马的肺腑话。"三帝真宗是有口难张，八王千岁热泪盈眶。

六郎说："你们现在身为边关总兵，不是当初占山为王的时候了！应该食君禄、报君恩。且不可知法犯法，罪加三等……"

六郎还想往下说，孟良早听不下去了："六哥，你说什么？知法犯法？什么王法？屁法！什么君王、八王，多少钱一斤？"

八王一听这个气呀！合着我们全论斤约哇！

六郎说："你带兵造反，有惊驾之罪！"

孟良说："惊驾之罪？惊谁的驾？我还要宰他哪！我们没投降大宋，我们投降的是六哥！要不是有六哥，那次在芭蕉寨我们拿住八王决不放他！大宋朝除去杨门，没有好人！六哥你也不想一想：不是你杀的人，也拿你来问罪！谢金吾砸牌坊、打杨洪，为什么就没罪？皇上对你几次三番非要杀，你还忠心耿耿保这个昏君干什么呀？六哥，你不是粗鲁之人，什么全明白！君正臣贤，父慈子孝；君不正，臣投外国，父不慈，子奔他乡！天下非是一人之天下，而是人人的天下，谁有贤德，谁做君王！六哥不必劝我退兵。我打进城中，皇上、八王、三宫六院我杀个干净，我保六哥你就坐天下啦！"

郡马一听，这孟良的胆子太大啦！回头看看真宗和八王，他们也是毫无办法。

六郎说："贤弟呀，朝中只要有六哥在，你们就别想造反！你这样信口胡说，欺君犯上，六哥的罪可就更大了！"

孟良说："不就是一个死吗？难道还死两回吗？我看谁敢动你一根毫毛！"

真宗和八王都气得了不的，可是，谁连一句大话都不敢说！

八王对寇大人说："他们还是不退兵，怎么办？"

寇大人说："一定要退。郡马有办法，他喝过磨刀水儿，有内锈（秀）！别着忙。"

真宗和八王一听寇大人说这句话，知道他的话中有因，才放了点儿心。

城外的众位总兵这时又齐声高喊："叫皇上快把郡马放出城来！"

六郎也高声喊道："众位弟兄，你们怎么也跟着孟良、焦赞这样胡来呀？"

众将齐说："朝中皇上大，军中元帅大。元帅发令，我们怎敢不听？"

六郎说："谁是元帅呀？"

众将说："六哥，闹了半天你还不知道？孟良斧劈三关、杀死钦差，他掌了帅印了！焦赞是先行官。叫我们大家来，谁敢不听？"

孟良说："大家说得对，谁不来，我就割头号令！六哥，你别劝我们啦！不放你出城，我们誓不退兵！"

只见这边郡马拔剑就要自杀，被寇大人一把拉住，只见郡马大声说道："孟良你退兵不退？寇大人，你松手！"

孟良说："六哥，不要自刎！我退，我们就退！"

寇大人说："郡马，他答应退兵了。快把宝剑收回！"

郡马此时万般无奈，心里也难过万分。

孟良大喊："昏君听了！我把六哥交给你了。只要六哥在，不要六哥坏！只要我六哥有命，你们全太平无事；六哥如有差错，我叫你们一个也活不了！"

寇大人说："郡马，先别叫他们走。高王、呼王被他们拿去，还没放出来呢！"

六郎暗想："寇大人真会装蒜，明知这二人准死不了，才叫这二人出阵！"

六郎连忙喊："孟良贤弟，一定要把呼王和高王放回来！"

孟良答应了，吩咐放回二位王爷，然后起营拔寨，退走了大兵。

皇上此时也不敢再追究了，心想："等他们回边关以后再说，决不算完！"

再说边关众将撤离汴梁，问孟良道："二哥，咱们是回三关吗？"

孟良说："回三关找谁去？不退兵六哥要自刎，只好先退兵。我直说那谢金吾是我杀的，可是昏君不理这个茬儿，他是成心要六哥死。咱们退兵也不回边关，退他个三四十里，然后派人去打探。如果他们真不杀六哥，放他回边关，等六哥走到这儿，咱们就和他一同回去！他们要真把六哥杀了，我不杀他一个血水成河，誓不为人！"

众将说："二哥还真有办法，粗中有细！"

孟良哼了一声："嗯，有勇有谋。"

众将听了，哈哈大笑。

不说孟良屯兵汴梁城外四十里，等待六郎的消息。再说三帝真宗叫人把死者抬进城，派人料理后事，死者追封，也不细说。

君臣回到金殿，真宗对郡马是杀还是不杀，还没拿定主意。郡马也到了殿上，还没等别人说话，寇大人说道："万岁，可不能斩郡马了！就算把原来的功劳化为清风，现在又戴罪救了汴梁全城人的性命，这个功劳可不小，该将功折罪了吧?"

真宗说:"要想官司了,还得原告倒。王强是谢金吾一案的原告,王爱卿,你看怎么办哪?"王强此时已经明白郡马杀不了啦,只有另想他策!就答道:"万岁,寇大人说得有理,不能再斩郡马。可是十八条人命就算完了吗?"

兵部司马刘文晋哭道:"我儿白白死在孟良之手,守城二位将军也死得好苦哇!"

这几个奸贼一顶本,真宗为难啦!王强看这又是个好时机,就说道:"万岁,当初是郡马提拔我做的官,是我的恩人。我二人也还有一拜之交,我前思后想,我姑爷做的事也确实不对,才惹起杀身之祸。就是斩了郡马,死人也不能复活。不过,我女儿无缘无故死得可怜!郡马承认杀了人,孟良也承认杀了人,就算真是孟良杀的,郡马也有军规不严之责。我看可以把郡马充军发配出去几年,也压压边关众将的火性。不知郡马可服?万岁的心意如何?八王和众位大人以为这个主意怎么样?"

八王心里倒乐意,叫郡马出去两三年,也叫他歇歇心。

郡马表示同意。寇大人也不好再说别的。

八王想:"我还得问问充军到什么地方?"就说:"王元帅提出把郡马充军,到何处去呀?"王强心想:"云南昭通府有位云南王,听说此人非常厉害,从汴梁充军去的人,到那里九死一生。把六郎充军走后,我就给肖太后去信,叫她兴兵反宋,我做内应,夺江山何愁?"他口尊:"万岁,是不是叫郡马去云南昭通府?"

真宗说:"八王,你看如何?"

八王说:"郡马,你看怎样?"

郡马说:"臣是个罪人,万岁不斩是开了天恩。充军发配,但凭原告。"

真宗此时又想起刚才被孟良叫骂的情景来了,谢金吾一家被杀十八条人命,刘成仁和守城二将全都被杀,还死了很多官兵,还不是郡马的部将所为?他越想气越大!就说道:"御先生既然不叫郡马偿命了,就把他充军到云南,永不许还朝!"

真宗的旨意一下,众官员全愣住了!怎么的?不叫郡马回来啦!

八王此时也觉得束手无策啦!皇上正在火头上,不如过一过,再动本给郡马求情。现在只好如此!就说道:“万岁,叫郡马充军不回,我御妹怎么办?不如叫郡马带家眷同去,我也就放心了。”

真宗说道:“准本,郡马可带家眷同去。”

郡马领旨回府,叫郡主也准备一下,带孩子一同前往,在府中和太君一起呆了三天。三天后,皇上派来两名解差,押送郡马去云南。

郡马夫妻走的时候,八王和寇大人都来送行。太君和全家人都哭了,八王劝道:“过个一年半载,我再金殿动本,一定叫郡马回来!”

太君又对郡主说:“你们带着二孙儿宗勉,把大孙儿宗保给我留下吧!”

郡主说:“也好。留下宗保叫他替我夫妻二人早晚向母亲问安!”

郡马说:“母亲年高,还要多多保重身体才好!”

宗勉说:“奶奶,那我们就走了,您多保重吧!”

太君说:“我那可爱的小孙孙,恐怕你和奶奶见不着面啦!”

宗勉说:“见得着,见得着!奶奶永远永远也不会死的!”这句话又把太君给说笑了!

郡马又嘱咐宗保说:“你已经十二三了,每日要习文练武,听奶奶的话。不可惹奶奶生气!”

八王又叮嘱两名解差:“路上不必叫郡马戴刑具,要骑马而行,家眷坐轿车跟随。到了云南,再依法办事。如若刁难郡马,回来后孤定不饶!”

八王的安排,两个解差哪敢不听?八王又问了他们的名字,二人答:“史金山、唐玉林。”

八王又赏给他们每人一匹马,太君又给了二位差人一百两纹银,叫他们路上好生照顾郡马。二位谢过八王和太君,说:“我们一定把郡马爷平安送到,请八王千岁和老太君放心吧!”

八王叫人从南清宫牵来两匹马交给解差。杨洪给郡马和郡主备好了马、轿车,文武官员和杨府的亲友很多人都来送行,有丞相王苞、高王、郑王、呼王、东台御史黄守义,连兵部司马刘文晋也来了,就是王强没来。郡马拦阻,不叫大家送行,众人哪里肯听?有坐车的,有坐轿的,有骑马的,有步行的,离开杨府顺大街奔南门。一路上买卖店铺过往行人听说郡马要充军云南,也都纷纷观看。更有很多人感念杨家众将保国爱民，也跟在后面自愿送行。真是人山人海，浩浩荡荡！

大家正然要分手，忽然前边乱了营，杨六郎提枪上了马，叫八姐九妹也准备冲锋，郡马对高君保、呼廷丕显和刘文晋说："你们保护众人和八千岁！"后来一看，那兵马是孟良所带，孟良说："怕六哥被杀在汴京。我们兵退四十里，后来知道六哥被充军去昭通！我们在此等六哥，现在我是带兵元帅，我掌帅印比你灵！"说着他们人多势众要抢郡马，于是有了边关将大闹十里亭之事！具体如何，下文交代。

第三十七回 杨郡马割袍断义 孟元帅划地绝交

话说孟良率兵要劫郡马，郡马大怒，叫声："不要动！孟良，你们现在是边关的总兵、朝廷的武将，在汴梁造反杀死不少兵将，万岁还没见怪，怎么又竟敢半路劫差？你们速速退兵，咱们还是好友；如若不退，来吧——"

孟良说："六哥，你要动手吗？"

六郎说："我不能和你们动手！我们是结拜兄弟，我也知道你们的一番好意。可是我不能那么做，也没有脸和你们打。干脆，你举斧子先把我砍了吧！我一死，你们爱怎么干就怎么干，也就没人干涉啦！来，你过来杀吧！"说完，六郎把枪挂在得胜钩上，甩镫下马，来到了孟良的马前。

这时刻把边关众将全难住了，不知道怎么办？全看孟良！孟良是元帅，大家都听他的。只见孟良挂好了大斧，也从马上跳下来，扑通跪在郡马的面前。他一跪，后边的众将也全跪下了。孟良是从不爱掉泪的，今天却放声大哭起来了！

郡马对众将说："你们全起来，我有话对你们说。"

众将全起来了："六哥，你说吧！"

郡马说:“你们是叫我死,还是叫我活?”

大家一起说:“叫六哥活!”

“孟良,你说呢?”

“六哥呀,不是为你活,能三番五次来救你吗?”

六郎说:“叫我活,你们就回边关,叫我去充军发配。我现在已经平安无事了,你们看——”说着往后边一指,“你六嫂和侄儿宗勉坐在轿车里,六哥不穿罪衣、不系罪裙、不戴重刑,并且还骑马到云南,这还用你们救吗?只不过咱们兄弟分开感到寂寞!八王千岁在朝里一定会想办法把我提前赦回,到那时我一定去边关找众位弟兄。还是放我走吧!”

孟良说:“六哥,我们这头全白磕啦?你也太难点儿啦!我爹娘活着的时候,我也没说过好话呀!你怎么这样凿死卯、认死理、钻牛犄角、一条道走到黑全不带拐弯呢?你算什么孝子?老母偌大年纪,你充军走了,老娘现在只有你一个儿,能说老娘不想你吗?想人的病是没法治的!老娘如果为想你死了,你还算哪道的孝子呀?在边关时你说过:尽忠不能行孝。你现在就不能不走,来个行孝不能尽忠吗?”

焦赞说:“二哥说得对!”

众将也说:“孟二哥言之有理。”

郡马说:“看来你们这些过去占山为王之人是不懂王法的。我不再和你们多讲。来,闪开道路,叫解差走!”

孟良说:“六哥,你走不走?”

六郎说:“我就得走。”说罢,转身就要上马。

孟良紧跑几步大叫:“六哥,我不叫你去充军,你宰了我吧!”说吧,伸手抓住了郡马的白箭袖袍。

六郎一气之下,拉出肋下宝剑,叫孟良松手。孟良不松手,说:“我愿死在六哥的剑下!”

六郎此时万般无奈,文武百官、八王千岁、各位忠良及奸贼都在看着他。他这口剑出鞘难入鞘,拉出来,舍得砍孟良吗?舍不得!可是孟良又死不松手,抓住他的袍子,不叫他上马!六郎一急,摆剑一挥手“哧啦”一声,正好将孟良抓住的白袍割下一块。孟良噔噔噔退出几步,扑通一声,一个大坐蹲儿摔在地上了。割下来的那块白袍子还在手里抓着呢!

孟良站起身来火冒三丈："哎呀，还个杨六郎，你太狠啦！不跟我们走也不要紧，不该和我们割袍断义！你不想想，我孟良闹状元府不是为我，也不是为众位弟兄，而是为了替你行孝，替你母出气！我斧劈三关，拼命攻汴梁，为了救你杨六郎！我们费尽了心血，又到十里长亭来救你，怎么能割袍断义？你既然这样做，别说我孟良不对！"说完话，扔了手中这块袍，拉出宝剑在地上唰地划了一下："杨延景，你跟我割袍断义，我和你划地绝交！咱们看看谁离了谁不行？姓杨的，你可别后悔！现在我们不和你打，以后碰上再说！"说完大喊一声："众将官，跟我走！"

边关这些总兵一个个眼含泪水，马上步下都跟着孟良、焦赞走了。六郎呆呆地站在那里如同木雕泥塑，心里如同刀绞一般！远远望着边关众将，只见他们边走边回头，直到这些人去远了，六郎才放声大哭了一场。这些人到哪儿去了？这是后话，暂且不提。

此时，文武百官全都竖指赞美郡马真是忠心耿耿的为国栋梁！

八王劝道："妹丈不必难过，我把此事回殿奏明圣上，郡马又立一功。我想，会很快调回京城的！"说罢，大家刚要分手，忽听后边马蹄响，有人高喊："六弟，杨郡马，等我一会儿！"

郡马回头一看，原来是王强带了几个随从，飞马来到近前。六郎心想："王强干什么来啦？"就问道："王兄来此做甚？"

王强叹息了一声，强挤出两滴眼泪："兄弟呀，我实在对不住你呀！想你我兄弟二人在风云店里有缘相会，结为兄弟。郡马待我天高地厚，要不是你提拔，我哪有今日？没想到我选上这么一位姑爷，原以为他读书知理，哪知他胡作非为！夸官砸了天波府门前的牌匾、打了老管家杨洪，才惹得老娘病倒在床，又引起了孟良杀人给六弟你栽赃，闹得咱兄弟二人很伤感情！我出主意叫六弟充军，也有我的想法：六弟在外边待一个时期，养养精神，避一避朝中之事。过个一年半载，八王千岁和寇大人能不管吗？我能不管吗？到时候一动本，六弟你也就回来了，你我还是好兄弟，别看我女儿、姑爷全死了，我可不恨你，因为那不是你干的！人死了我能不想吗？当然也疼、也想。可是人死不能复生，再想也没用啊！"

那位说了："他是真想吗？"其实他一点儿也不想。怎么回事呢？

王强本是北辽的文武双状元，肖太后的二驸马。肖太后有四个女儿，一个儿子,天庆凉王一死,儿子耶律真太小,不能执政,北辽的文武官员才保肖太后坐殿。肖太后智谋多段,对执掌朝政很有办法。女儿大了全招了驸马。大驸马就是三川六方九沟一十八寨的大元帅韩昌韩延寿,二驸马就是王强。王强文武全才,天庆凉王活着的时候,曾对太后提过几次,要把他派往中原去做内应。天庆凉王被杨大郎射死以后,肖太后就叫王强想办法打入中原。王强为了不引人怀疑,就先混入益津关住下了。并且经过肖太后同意,娶了一个中原人为妻以做掩护。这个女人不知道王强是北辽人,可是她一直没生养,王强就在益津关收下两个义子、要了一个姑娘。后来王强借给六郎写状纸的机会和六郎拜了盟兄弟,并且由六郎荐入朝中。真宗登殿后,王强作了震京元帅,皇上传旨给王强修了一座镇京元帅府,王强就把益津关的家搬到汴梁。两个义子见王强做了大官,也全跟了来,并且改了姓,一个叫王聚,一个叫王宝。这两个人会一身好武艺,王强待他们很好,他们也就干脆给王强当儿子啦!原来他俩卖艺为生,这回也一步登天了。王强要的这个姑娘后来就嫁给了新状元,没想到叫孟良给杀了。别看王强大哭大叫,其实他并不伤心。不用说是要的女儿,就是夫人死了,他也无所谓,因为他在北辽还有二公主呢。

今天他追郡马干什么呢?他这是黄鼠狼给鸡拜年,没安好心!方才孟良带军兵要劫郡马的时候他已经来了,他带了随从人员藏在树林里了。要是双方真动起手来,他也就带人跑了。直到孟良带人走了,他才出来见郡马。他之所以要来,是怕这些官员对他不满,以后在朝中不好办事。他来了一可以掩人之口,二可以和杨家消除隔阂。叫众位官员看出他大仁大义,不计私仇。果真不出所料,他确实博得了不少官员的称赞。

郡马听完王强的话,并不大相信他,说道:"你女儿一家十八口全死了,能不恨孟良、焦赞?能不恨我杨延景吗?王兄不必多讲了。只要你不恼恨我,我就很高兴啦!"

王强说:"太好啦!"说着话,叫从人取出一百两纹银,双手递给二位解差,"一路上要把郡马照顾好,这一百两银子你们收下吧!"

郡马说:"众位大人请回吧!"

王强说:"六弟多多保重,我们不远送啦!"

于是,八王、寇大人和众位官员以及杨府亲朋回城去了。

二位解差马分左右,中间是杨郡马,后边是轿车,几个人上路而去。

郡马的心里仍是万分难过，心里边放不下边关的好友，更放不下孟良、焦赞，心里想："今天实在对不起孟、焦二位贤弟。如有回来之日，一定向他们赔礼道歉。"

二位差人说："郡马爷，你路上看到哪里风景好，咱就在那里玩两天，这也是八千岁的吩咐。"

郡马说："我是罪犯充军，只望早到云南，你二人领到回文好早日回朝。不必游山玩水。"

差人说："郡马不必替我们着想。我们两人干的就是东奔西走的差事，早日回京也还得出去。我们这次就听郡马的，你叫我们怎么着，我们就怎么着！"

一路之上，郡马只是急着赶路，饥餐渴饮，夜宿晓行。这一天，来到云南昭通府，二解差问："郡马，咱们在城外玩两天吧，一入城交案，郡马您可就没有自由了！"

郡马说："不了，咱们马上进城吧！是不是给我穿上罪衣戴上刑具？"

解差说："等过堂的时候再穿吧。"

说完，进了昭通城。二位解差又问："郡马在这里可有亲戚朋友吗？如果有，可以先把郡主和小公子安排下。"

郡马说："我有个朋友，只知道住在云南，可不知道在什么地方？我现在是个罪犯，就是找到他，我也不能给他找麻烦！咱们先找个店房，把她母子安排下，二位再去递公文如何？"

二位差人说："我们听郡马爷的。说实在的，杨家忠良是人所共知的，我们二人是没能力救郡马爷，不然我们一定救您。"

郡马说："一路上已经多蒙你们照顾了！"

不一会儿，他们来到十字大街。这里很热闹，做买卖的黎民百姓来来往往。宗勉在车里坐不住了，拉开窗帘往外看："娘，外边真热闹呀！"

这时，迎着轿车从对面来了一匹马，马上坐着一人。宗勉一看，喊了一声："爹爹，你怎么又从对面来啦？"

二位解差一看，当时就愣住了！只见马上的这个人头带白缎扎巾，身穿白缎袍，腰系英雄带，足蹬薄底靴，三十多岁，眉清目秀，鼻直口阔，相貌堂堂，仪表不凡！

二位差人惊道："这不是杨郡马吗？"

杨六郎听见宗勉的话，从轿车后面转过来问："宗勉，你喊什么？"

宗勉一看，哎？怎么两个爹爹？他看看身边的爹爹，又看看对面骑在马上的人，竟然一模一样。

杨六郎循着孩子的眼光也看见了来人，连忙催马迎上去，口叫："任贤弟！"

马上之人一看郡马，"哎呀，六哥！"忙从马上跳下来，给郡马磕头施礼："六哥，哪阵香风把你给刮来了？这几年来小弟只在南方做买卖，今年正打算去汴梁看望六哥，不想六哥来到云南，太好啦！六哥，您到这儿干什么来了？是自己来的，还是有别人？"

郡马说："贤弟呀，六哥是犯罪充军来到云南。"

"六哥犯的什么罪？"

郡马说："回头咱们再仔细说。你六嫂和小侄儿宗勉也跟来了，我正想找个店房把她母子安排下，人生地不熟，还没有找到，不想正好遇上任贤弟。"

原来，此人就是任秉任堂惠，以贩卖珠宝玉器为生。想当年，他有一次进汴梁，在城外遇上劫路的强盗，正巧杨六郎在城外遛马，六郎打跑了强盗，救下了任秉。二人互通姓名后见彼此的相貌相似，言谈之中有很投机，当时就堆土为炉，插草为香，结为金兰之好。因为任秉所带的珠宝被劫走，就没进京到杨府逗留，立时返回了云南，约定他日相会。又过了几年，任秉到汴梁去看望六郎，正赶上杨七郎擂台劈潘豹，潘仁美派人拿七郎，任秉帮助七郎杀出重围回了杨府。打那时一直到今天，才又和六郎相见。任秉此时已经有了万贯家财。

任秉一听六嫂也一块来了，忙来到轿车前和六嫂见礼。宗勉直瞪两眼看着，简直分不出哪个是爹，哪个是任叔叔！

任堂惠说："走吧，跟我回家吧，我家有的是地方，住什么店房？二位贵差，

行行方便吧！"还没等解差说话，郡马就说："一路上我没戴刑具，没穿罪衣，全靠二位贵差照顾了。"

任秉说："那就更好了，先请到家里吧！"

任秉的家由十字街往西走，黑漆的大门，红油走边，门上的铜环亮的能照见人。门外有五蹬汉白玉的台

阶,还有拴马桩,两旁栽着垂杨柳。

任秉领着六郎等人来到门口,家人们就跑出来了:“哟,员外,您出城访友,怎么这么快就回来啦?”

任秉说:“我把朋友接来啦,快来把东西往里搬一下!”

郡主把穿的、用的东西带来了很多,家人们拿的拿,搬的搬,忙了一阵儿。

任秉叫把轿车停在门旁,把赶车把式和二位解差全都请进来,郡主和宗勉也进来了。任秉忙叫丫鬟到后院去请夫人来参见兄嫂。

不多时,夫人姜氏来到前院。姜氏没见过六郎,但是六郎的英名和义气久已闻名。见过礼后,姜氏觉得郡主温柔典雅、美貌无双。郡主见姜氏穿戴长相也与众不同。郡主忙叫宗勉来见婶娘。

宗勉过来施礼道:“婶娘您好!”

姜氏一看这个十来岁的孩子,还没等说话,眼泪就流下来了!郡主不解其中意,叫贤妹:“见到侄儿为何伤情?”

姜氏急忙擦去眼泪:“嫂嫂听我说,我有一子当年五岁,名字叫任宝童。大门以外去玩耍,谁知道无影又无踪,一直没有找到!他要在也和侄儿宗勉一般大了!”郡主听完叹了声气,劝了一会,就让小宗勉过去叫娘。吃饭的时候,郡马要给任秉满酒,一抬头见他双眉紧锁,郡马把酒杯放桌上,问道:“有什么为难事说给我听!”

郡马这一问,任秉才觉出自己不对了。既然请大家饮酒,就不应面带愁容。岂不是叫大家多想?忙换上笑脸:“六哥,没事,请大家多吃多喝,我才痛快!”

在饮酒中,郡马对赶车把式王二说:“王二兄弟,请你回去后到杨府去一趟,告诉老太君我们平安到了云南,请她老人家放心!”

车把式说:“我一定去送信!”

吃过酒饭,车把式就要回去。任堂惠也就不留他了,送了他五十两纹银。车把式谢过任秉,转回汴梁去了。

任秉叫人端上茶来,然后问道:“六哥,你究竟犯的什么罪,才充军发配呀?”

杨郡马就把事情的前前后后对任秉说了一遍。二位解差说:“任员外,六哥交朋友是热心熊胆。谢金吾一家十八口是孟良、焦赞杀的,六爷承认是他杀的,后来边关众将造反无人敢当,是六爷上汴梁城头退走了边关众将。发配离京的那天,到了十里长亭又遇上边关众将,六爷宁愿守国法充军,也不愿意造反。六爷又把众将赶走。这样的好人真是天上少有、地上难寻哪！”

任秉说：“二位贵差，你们打算什么时候递公文？”

解差说：“听六爷的吧。任员外是本地人，给六爷托托人情，六爷也可少受点儿罪！”

任秉说：“我倒是认识王府的两个旗牌官，一个叫董铁锤，一个叫宋铁棒，我们交情很深。据我知道，云南王有个拗脾气：他在公堂上设下了杀威台，凡是有充军的人到此，他一律摔堂问案。身体不好的人，这一摔也就摔个半死。再有就是不问轻罪重罪、不分青红皂白，摔完后按在杀威台上打了二百杀威棒，不论多壮的人也躲不过去。打十个得死十个！不知道为什么，云南王最恨大宋，我想先找这两位朋友商量一下，看看有什么办法？二位公差先住我家，等个三两天，听听信儿再递公文如何？”

差人说：“但凭员外安排。不过我们住在这里，要添很多麻烦！”

郡马说：“任贤弟，我看不必啦！明天叫二位贵差交案，也就可以回去了。”

任秉说：“二位贵差对六哥这样好，都是自己人，还说什么麻烦？”说完，就派人去请董、宋二位旗牌官。

时间不长，听外边有人说：“任大哥，你找我们有什么事啊？”

任秉说：“二位请进来吧！”

这二人都穿一身青衣，系大带，足蹬快靴。董铁锤面似锅底，黑中透亮，粗眉大眼，二十多岁。宋铁棒是黄脸，短眉毛，小眼睛，小鼻头，薄片嘴。二人挎着腰刀走进来，看见六爷刚要叫任大哥，又看见了任堂惠，也要张嘴叫，可是结果谁也没叫！

任秉笑着说：“二位贤弟，我不是常和你们讲有位和我相像的知心好友六哥杨延景吗？这位就是六哥，你们赶快见见吧！”

两个人一听：“哎哟，原来这就是久仰大名如雷贯耳的杨郡马！六哥，小弟给你见礼。”说着，跪下就磕头。

六哥急忙起身搀扶二将：“岂敢，岂敢！”

任秉又给二位差人做了引见，叫家人沏上茶水。

董铁锤说：“早听任大哥说六哥与他相貌一样，今日一见果然不错。不知六哥到云南来又何贵干？”

没等郡马说话，任秉就把六郎来充军的前后情况作了说明，然后说：“把你二位请来,就是请你们给设法托个人情,花多少钱由我兜着!"

二人听了后,半天低头不语。六郎明白了八九,大概是两个人感到此事难办!就说:"二位朋友不必为难!"

任秉说:"二位贤弟,行与不行,你们倒是说话呀!"

二人说:"任大哥,你不是不知道,几年来云南王摔堂问案、打杀威棒是一律不免。有人托人情的,该两百打四百,那就成了肉泥了!云南王不图钱,这个规矩谁也打不破呀!"

郡马听完说:"任贤弟,别为我着急了,听天由命吧!按我的罪,早该死在汴梁。如今又多活了这些天,就是捡来的!"

任堂惠此时咬了咬牙关说:"我倒想出个办法来。我和六哥长相一样,这二百杀威棒,我替六哥挨啦!"

二位旗牌官说:"二百杀威棒,你也活不了哇!"

任秉说:"我死不要紧,六哥是国家栋梁,文能安邦,武能定国,家中上有老母,下有妻儿,他实实死不得!我已下定决心,不叫我替也要替,我是非替不可!"

预知谁去挨杀威棒,且听下回分解。

第三十八回 杨六郎装病躲避杀威棒 柴郡主登堂斥责云南王

任秉一心要替郡马过堂,这急坏了延景杨六郎,他上前拉住任秉的手说:"我一人做事一人当!此事六哥就这样定了,贤弟如果非要前去,六哥我就拔剑自刎身亡!"

这时只见董、宋二人说:"任大哥别着急,告诉你,有上堂不挨打的。云南王有三不打:十二三岁的不打;七八十岁的不打;有病的不打。除此三种外,其他的充军之人都要打!"

大家听了,全都眉头紧皱,想不出什么好办法来。

忽然,董铁锤说:“能不能叫郡马装病过堂?叫二位贵差找半扇门板就行。让郡马躺在上面,用黄颜色把脸涂涂。云南王最怕得瘟病之人,怕传染上他。过堂时就说郡马得的是瘟病,云南王就不问了。只要第一堂过来,押到了狱中,云南王就不理这个茬儿了。到那时咱们再想办法,也就容易啦!”

大家一听,觉得这个主意挺好。

任秉问:“二位贵差,你们能帮这个忙吗?”

二位解差说:“你们众位都这样仗义救郡马,我们也很感动!郡马爷是国家的顶梁柱,百姓的救命星。为了救郡马爷,我们二人情愿上刀山,下火海,死而无怨。请大家放心,你们商量怎么办,就怎么办!”

大家听了非常高兴,都说:“多谢二位啦!郡马,那就请您装病吧!”

郡马摇摇头说:“众位弟兄,我本是三关大元帅,虽然不算名将,也是堂堂男子汉,怎么能怕死装病呢?万一被人看破,我还怎么活在世上?多谢众位替我杨延景着想。可是,这个办法使不得!”

几个人一听,都用眼看着仁堂惠,不知道怎么办好。任秉说:“六哥,现在只有这两个办法:一个就是小弟替你领这二百杀威棒;一个就是六哥你装病。六哥,我知道你一贯做事光明正大,当然不愿意装病,不过,现在六哥还就得这样做。你应想一想,上有年迈苍苍的高堂老母,下有两个侄儿尚未成人,你真要死在杀威棒下,谁来照管他们?就算六哥你不要家了,还要想想北辽的敌兵!有你在,他们就不敢反;没有你,他们必要进攻中原。无辜的黎民百姓,又要落在水深火热之中!六哥,你不为自己,也要为大家着想。你再不答应,小弟就与你跪下了!”

郡马此时实在无奈,只好点头答应。这一来大家全高兴啦!

任秉问董、宋二人:“云南王这样的案子,几天开一次公堂?”

二人答:“每月开三次:初八、十八、二十八。今天是八月二十五,还有三天就是升堂的日子。如果三天后不递公文,就等到下月初八。”

郡马说:“那就再三天后吧,不要拖啦!”

大家一商量,早晚也得过一堂,过完堂把郡马一发落下来,董、宋二人就可以把郡马送到任府,也就没事了。于是就定好二十八日过堂。

任秉说:“到那天,董、宋二位贤弟有什么要紧的事也得在堂上顶替!”

二人说："那是当然了！往上转递关文就是我二人，不顶着还行？"

任秉说："六嫂母子要去听堂，你们也得提前想好办法。"

二人说："没关系，到那天叫她母子跟着一块去就行。到了哪儿，我们给安排一个地方就是了。"

任秉说："好，那咱们就这样办！"

说罢，留董、宋二人吃过晚饭，然后二人各自回家。任秉给郡马夫妻安排了住处，安排了一名家人伺候。

姜氏和郡主自是万分注意，因为郡马和任秉不好辨别，各人生怕认错了自己的丈夫！后来干脆叫任秉说南方话，这样就好分清了。郡马虽然不会说南方话，可是完全能听懂，只是姜氏和郡主不在跟前的时候，两个人才说北方话。

郡主和姜氏两个人也很投脾气。郡主说把宗勉给了姜氏，姜氏也知道杨家府上少男儿，哪能真要？

这三天里，两个解差也住在了任家，任秉每日热情招待。

转眼三天已过，到了八月二十八日。六郎表面上很镇静，心里也有些不安。任秉夫妻和郡主全都替郡马担心。这天的早饭，谁也吃不下去，郡马为了过堂，才多少吃了点儿。

任堂惠叫家人找来半扇门板和旧被褥，用黄颜料冲了水叫郡马把脸洗黄。郡马觉得真是脸上无光，可是也毫无办法，只得平身躺在半扇门板上，用被子盖好。

任秉一看，虽然六哥的脸黄了，但还不像病人的样子。就到后边的祖先堂里，把平时烧的香灰抓来一把，给郡马的脸上、脖子上又抹了抹。郡马也豁出去了！

准备完了，二位解差说："咱们走吧！"

任堂惠人熟地熟，领路在前。二位差人抬着门板，郡主母子跟在后边。

郡马说："二位贵差，叫你们辛苦啦！"

二人说："六爷说得哪里话？"

王府离任家不远，走的时间不长，就来到王府外，府门还关着呢。大家就在府门旁停了下来。二位差人也把门板放下休息一会儿。时间不长,府门内三通鼓响,接着又是三通炮响,府门大开。里边一阵吆喝,中军官、旗牌官以及众将官在大堂见了王爷后归班站立;随后有辕门官、听事官、传宣诸将五营四哨各位副将堂上伺候。

云南王坐在堂上,两旁众将有的顶盔挂甲,有的穿青挂皂,有的短衣打扮,个个威风八面。云南王头戴三扇王帽,身穿蟒龙袍,足蹬朝靴,两道粗眉,一对大眼,鼻直口方,五绺长髯,真是精神百倍、面带杀气。堂上刀枪林立,十分威严!

云南王两眼一扫众将,不见董铁锤和宋铁棒,刚要发问,二人匆匆忙忙走上堂来,参见了云南王。

因为他们二人是云南王的爱将,来晚了一步,云南王也没追问。怎么来晚了呢?来得不晚,在外边办了点儿事。什么事呢?把郡主母子领进府来,叫娘儿俩站在影壁墙后。大堂问案时也能听得见,也能偷看。两名解差把郡马也放在影壁墙后了,把文书交上去。投递官今天一共接到三份文书,接完以后转身到堂上来。

董铁锤站在堂上,准知道这其中就有郡马的那一份文书。真是事不关心,关心则乱!他没等云南王吩咐,就急忙迎了下来,接过了文书。他眼快手快,把这几张一翻,就看见了郡马的那一张,当时心里很不安。因为每次接公文,最少也有十几份,今天才三份。有心把六爷这张放上面,又怕王爷从上往下看,那就是第一个要拿六爷开张;如果把六爷这份放在第三张,又怕王爷从底下往上拿;要是夹在当中,又怕云南王抽心看!

董铁锤这一犹豫,云南王在座上也起疑心了:"今天董铁锤有什么毛病不成?为什么这样嘀嘀咕咕的?"就叫:"董铁锤,拿上来呀?"

董铁锤心里一慌,听天由命吧!就把六郎的这张往下边一放,急走到云南王的面前,双手奉献。

云南王接过来,没从当中抽,也没从底下拿,而是拿起了上边的一张。拆开一看,是河南来的犯人。犯人叫李军,三十多岁,因拦路抢劫行凶伤人,被充军五年。喊堂的嗓音洪亮:"河南的解差,把犯人带上来!"

这一声喊,在堂口影壁墙后的柴郡主、任秉和宗勉心里也是一惊,担心犯人上堂这二百杀威棒!郡马更是心神不安,又听堂上道:"跪!"

云南王的手下人,早把犯人从解差手里提过来,老远的就摔在堂上,这叫摔堂问案。任秉和二位解差全都吓了一跳,就听云南王下令:"拉上杀威台,打!"只听堂上传来"啪、啪、哎哟、哎哟"的声音。后来挨打的喊声变得似鬼哭狼嚎,再往后就听不见嚷了。时间不长,只见差人把这个犯人拖下堂来,已经死了。

下边又听叫带山东的犯人,和第一个一样,活活打死后又拉出了公堂。

第三个就是杨郡马了。二位解差心想,是福不是祸,是祸难拖过。

郡马对任秉说:"贤弟,六哥如有个好歹,就请你费心把你六嫂母子送回京城。"

任秉道:"六哥别说了,叫别人看出来就不好了!"

小宗勉道:"任叔叔,我爹上堂,他们也是这样打吗?"

任秉说:"不,你爹有病,云南王不打有病的。"

此时,就听里边有人喊:"汴梁解差带犯人上堂!"

二位差人没动郡马,先走上堂来施礼叩头说:"我们是汴梁来的解差史金山、唐玉林,只因犯人杨延景由汴梁发配到云南的路上,水土不服得瘟病,十分严重。自己不能行走,王爷要审问,只好由我二人把他抬上来。"

二人说得理直气壮,云南王看了看两名解差,然后说:"好,把犯人抬上来!"

二位解差下了堂,抬着郡马走上大堂。董铁锤、宋铁棒口叫差人:"放下,放下!别往上走了,不知道王爷就讨厌这种病吗!"

解差把郡马放在地上,走上前施礼道:"请云南王爷来发落,下边躺着的是犯人。"

云南王开口又叫差人:"二位解差!"

"有。"

"我来问你,杀人犯杨延景他得的什么病?"

"回王爷,他得的是瘟病。"

"怎么得的?"

"一路上水土不服。"

"你二人为何没得呢?"

"王爷,这就不好说了。我二人经常走南闯北,已经习惯了。"

王爷说:"抬过来,我要看上一看!"

"是。"二位解差忙下去把郡马抬上来了。想不抬也不行了,再一嘀咕就更坏了！把六郎抬到王爷的桌案前边放下。

郡马暗想："看来云南王非检验不可了！王爷一看准露馅！任贤弟呀，王爷看出来一追问，我们谁也跑不了啊，我六郎该多丢人哪！"

云南王走下来了。这一来可把董、宋二人吓得全转向啦！怎么办？一点儿办法也想不出来！影壁墙后，早把任秉、郡主和宗勉吓得出了一身冷汗。只见云南王下来，从上到下打量郡马，对二位解差说："他的脸真够黄啊！"

二位解差说："他原来不黄，一得病才黄的！"

云南王又仔细一看，啊！发现脖子上有香灰，"解差，要说实话！他是真病，还是假病？"

二位解差也豁出去了："我二人为郡马爷，死就死，活就活。事已如此，怕也没用！"就说："王爷，他确实有病！"

"好，我来问你们，他这脖子上的香灰是哪儿来的？为什么抹香灰？说！"

"这没有什么奇怪的！他得了这种病后，过府府不收，过县县不留。我们有店住店，没店房时就住在破庙里。我们俩躺在供桌上，他躺在桌下。夜里我一不小心，把香炉碰掉了，没砸着犯人，可是弄了他一脖子灰。"

王爷点了点头："你们说的是实话吗？"

"一句瞎话也没有！"

"如果要有呢？"

"那就请王爷给我二人定罪，给什么罪，就领什么罪！"

董铁锤、宋铁棒听了，佩服这二人的嘴茬子真硬，也算是铁嘴钢牙啦！

只听云南王冷笑了三声："来人哪，打盆洗脸水来，在公堂上给他洗洗脸，我再看看！"

董、宋二人，两位解差和影壁后的人全都吓傻了！

差人们打来洗脸水，谁敢拦住不叫洗呢？王爷不叫董、宋二人洗，也不叫解差洗，就叫打水的差人给洗。

差人怕病传染，硬着头皮给六郎洗脸。嗳，水变黄了，脸变白了，郡马是白脸，一害臊，脸又变红了，真是红里套白、白里套红。

云南王一看，啊！"解差，你们还有说的吗？"

二人低下了头，默默无言，单等领罪。

王爷归座，看了看董铁锤、宋铁棒："你二人和犯人又是什么关系？为什么要保护犯人？你们和两个解差又是怎么认识的？要给我讲？”

董、宋二人说：“王爷就不必多问了，要杀就杀吧！”二人心想，事已如此，不能再把任秉牵连上啊！

王爷又问解差，二人也不回答。云南王吩咐把四个人绑上。郡马此时忍不住了，站起身来，口尊：“王爷，我一人犯罪一人担，不能叫朋友们受连累！该打就打，该杀就杀，与他们无关！”

云南王说：“好，看来你认识我王府的人也不少啦！一定是你财大势大，买通了大家！也罢，把来犯按在杀威台，先打二百杀威棒，打完了再问。只要是和犯人有关系的人，一个也跑不了！”

有人过来抓住郡马。那位说了，郡马那么大本领，能叫几个差人抓住吗？他不能动手。因为是皇上给他定的罪，如果违抗，等于不遵王法。六郎就是这么一个愚忠之人！

差人把郡马按在了杀威台上。四个被绑之人齐声喊道：“别打他，打我们吧！”

王爷大怒：“别忙，打完他，就打你们。想躲过一个比登天还难！”

四个人一听，这回郡马爷可完了！死不了，也得残废了！

正在这千钧一发之际，影壁墙后有人高喊一声：“不能打，冤枉啊！”

这一声，杀威台的差人愣住了，云南王也愣住了，叫差人：“先别打，看看什么人喊冤？”

差人下堂看完，回禀道：“报王爷，是一位妇女领着一个小男孩，哭成了泪人，要见云南王！”

王爷说：“有冤叫他去府县衙门，孤王这里不理民讼！”

差人去不多时，又回报：“这妇人不走，一定要见王爷。如果王爷不见，母子俩就要死在堂下！”

云南王听了莫名其妙。两旁众将齐上前见礼：“王爷，您还是问问吧，可能她有莫大冤屈，不然，也不能要死在堂下。”

云南王平时最可怜小孩，一听众将之言，就叫杀威台上的人先别动手，把鸣冤的女人带上堂来。

任堂惠在下边等着。郡主豁出命去了，带着宗勉走上了大堂。

云南王一看，这个妇人真不寻常，长的花容月貌，身边的男孩十岁上下，母子来在了大堂上,施礼拜见云南王。王爷开口问母子:“不要啼哭,为何叫喊冤枉?孤王给你做主!”郡主闻怒眼圆睁说道:“我不告州城和府县,告的就是你云南王!为什么你一连就把二人打死在公堂?我和杨延景是夫妇,我丈夫没病难躲杀威棒,是你逼得他才病装!我告你执法就不该再犯法,为人做事要有天良啊!”

几句话问得云南王无言答对:“这妇人你叫何名家住何方啊?”

郡主说:“家住汴梁天波府,我丈夫是郡马杨六郎。我是八王的御妹柴郡主,我今天就是带孩儿来听堂的。”

柴郡主把来由说了一遍,只见云南王离开虎座往前走,他用手忙搀起柴郡主,一时杨郡马逢凶化吉,遇难呈祥!

欲知后来之事,且听下回分解。

第三十九回 郡主公堂认长兄 六郎昭通遭横祸

郡主到堂上见了云南王,云南王一问她的姓名,热泪盈眶地走下虎座,扶起郡主说道:“妹妹,想不到大水冲了龙王庙,一家人不认识一家人!你知道你有个大哥叫柴宗训吗?”

郡主说:“记得。不过多年来只知落在云南,不知详情!”

云南王说:“我就是你的哥哥呀!妹妹,在你很小的时候,我被赵匡胤赶出汴梁,那时我年岁也不大,实在无法带小妹,就把你留在皇宫。过了几年我曾经派人去打听你的下落,没有得到消息。我以为宋王也许把小妹害了,相隔山高水远,以后也没再派人去。想不到今天又能和妹妹见面!”说罢,兄妹二人抱头痛哭!

郡主说:“兄长被撵离汴梁城,八王待我如同亲生一样,赵德芳和我以兄妹相称。”如此如此,这般这般,说了很多话。云南王听到这些话,并叫人给二位解差松绑绳。云南王又上前亲自给董、宋二人解绑绳，云南王忙到杀威台扶起郡马，于是云南王和任堂惠等人一起摆酒宴给众人压惊！

云南王和郡主是亲生兄妹，这是谁也没想到的事！大宋朝当初的江山是老柴家的，只因为陈桥兵变黄袍加身，赵匡胤才坐了金殿，把柴宗训撵出了汴梁。当时郡主年岁幼小，赵匡胤就把他留在宫中和赵德芳做伴，赵德芳待她如同亲兄妹，长大以后，将她许配给杨六郎。

郡主问柴王："兄长对充军的犯人为何这样狠呢？"

云南王说："别提了，我原来也不这样。可是，头几年有从汴梁来的充军几次深夜来刺杀我，后来抓住一个一审讯，原来是潘仁美指使的。他耳闻我有兵将，怕我造反，就派人明中发配，暗中刺我。打那以后，我才立下杀威台，打杀威棒，不管是不是刺客一律打死，以解我心头之恨！"

郡马听罢，暗骂："潘洪你也太狠毒了，连云南王也不放过！"就对云南王说："潘洪老贼早已被我刺死，替杨家被害之人报了仇！"

郡主说："王兄，以后这杀威台还是去掉为好！"

王爷说："妹妹言之有理，我应该分别对待，不能上堂就打！任员外，我对你早有耳闻，称得起是舍命全交！"

任秉说："要是比起六哥来，还差得远呢！"

王爷又对董铁锤、宋铁棒说："以后任员外有什么为难之事，你二人可以帮忙。有办不到的事，也可以找孤王！"

二人说："王爷，小人再也不敢了。为了给郡马出主意装病，结果差一点儿被王爷把我们宰了！"

王爷说："嗐，就别提这个了！"

大家吃过饭，二位解差说："我们俩可该回朝了，请王爷批一下回文吧。郡马，您还有别的事吗？"

郡马说："回去以后，请二位在百忙之中到杨府去一趟，告诉我母亲这里的一切，叫她老人家放心！"

郡主说："我和王兄相认之事只可对老太君提，不要对外人讲才好！"

二位公差点头答应。王爷批了回文，又赏给二人百两纹银，二人辞别回朝。

云南王对郡马说："你夫妻二人就在王府吧。因为你是充军不回，孤王找个风景之地，给你们修座府。郡马如果愿意，就给我当个领兵大元帅，起兵反汴梁,不保这昏君了!"

郡马说:"那可不行!如果造反,早就反了!"

郡主把边关众将造反,郡马如何退兵之事说与了云南王。云南王说:"杨家既然死保大宋昏君,我也不加干涉。府第是一定给你们修!"

任堂惠说:"我看不必修府了,郡马虽然是充军不回,可是朝中还有八王和很多的忠良,过个一年两年他们一定想办法把郡马保回去。我家中有的是地方,我打算叫六哥和我住在一起,因为六哥的枪法超群,我要和六哥学学枪法。如果住在别处,就不大方便了,请云南王答应!"

云南王问郡马:"你愿意住哪里呀?"

郡马说:"王兄不必为我修府了,我就住在任贤弟家吧!"

王爷又问郡主:"贤妹是不是也住在任府呢?"

郡主说:"我带着宗勉可以在任府和王府两头住。"

说罢,郡马夫妻领子先回任府。王爷派人护送,并且送去很多金银绸缎。

从此,郡马每天就和任堂惠在一处习文练武,教任秉枪法,有时也向任秉学南方话。郡主和任妻姜氏也如同亲姐妹一般。可是,由于两个人相貌相同,也闹了不少笑话,连郡主和姜氏夫人也经常分不出哪个是自己的丈夫!后来还是郡主想了个办法,他用白缎子给任秉和郡马做了两件袍,一件上绣惠字,一件绣上景字,后来就以袍分人,免得认错。

光阴似箭,日月如梭,一转眼郡马已经充军三年。这三年中董铁锤、宋铁棒二人也常来任府,后来和郡马也结拜了。任秉也没出门行商,一心和六哥学梅花枪,只还有一招没有学会。宗勉也同时学会不少武艺,现在已经十三岁了,舞刀弄枪踢腿打拳还真有两下子!只是郡马最近很想家,老母亲偌大年纪身边无儿行孝,一阵阵非常痛心。

谁料想闭门家中坐,祸从天上来!这一天,董铁锤来到任府对郡马说:"六哥,王爷请你去一趟,说是汴梁来了奉旨的钦差,请六哥去见。"

郡马不知道钦差是谁,就忙告与郡主,又说与了任秉,任秉说:"我跟六哥一起去吧!"

郡马说:"不必了,贤弟在家听信吧。"

任秉想:"也许是调六哥回朝吧?我们哥俩还真没呆够哪!"郡马跟董铁锤一同上马来到云南王府,到了银安殿之间王爷自己在座,并不见钦差。王爷叫

郡马落座，然后叫两旁众将退下，只留董铁锤、宋铁棒二人。

郡马问："王兄，叫我来有什么事？"

云南王说："妹丈啊！有人告你在云南造了反，要夺取大宋江山。三帝真宗已经传下旨意，要抄你的全家入监，又派王强、高君保带着圣旨到云南了，妹丈你打算怎么办啊！"

郡马听了这番话，知道是有人暗算，左思右想实在为难！

云南王眼望郡马说："想当初我父柴王坐金殿，赵匡胤和郑子明扶保江山，可我登基不久陈桥兵变，赵匡胤抢皇位把我撵到了云南。妹丈啊，天下本是柴家的江山！宋朝昏君一帝不如一帝，你杨家保宋该有多冤啊？潘仁美害了杨家将，杨家是劳苦功高啊。你好好想一想吧！"

郡马听了，也不答应，云南王气得怒火冲天！

云南王说："你杨家果然是忠良！没造反皇上就派人来要人头，你也自愿献出？哎呀，世上竟有这样愚忠之人！"云南王也是个性烈如火之人，一气之下叫众将上堂，又叫人找来钦差，叫他们自己当面谈。

王强和高君保二人走上银安殿，郡马一见急忙走上前去，抱腕当胸叫声："王兄，高贤弟，你们可好！"

高君保半晌无言，热泪成行。王强取出圣旨说道："郡马接旨！"

王强手捧圣旨念道："奉天承运皇帝诏曰：杨延景犯罪充军到云南，非但不思悔过反而图谋不轨，暗派刺客夜入皇宫刺王杀驾。行刺未成，刺客摔死在宫院。身上搜出杨延景亲笔信一封是为物证。朕念杨家屡有功勋故而罪归一人，暂把你全家入牢，派王、高二卿去昭通斩回杨延景人头再放你全家无罪；如若不献人头，定斩全家满门！钦此。"

郡马听完，看了看君保。高王过来说："万岁叫来，不能不来。大哥，你是反了吗？"

郡马说："贤弟，杨家世代忠良，我岂能造反？说我谋反，有凭证吗？"

王强说："叫高王来，就是怕郡马要凭证！高王，你说吧。"

君保说："有凭证。"

六郎大吃一惊："什么凭证？"

"你亲笔写的一封反书。王元帅把你母老太君请上金殿当面验过，果是郡马笔记。因此太君和众女将才服绑，全家被押入监！"

郡马听完，真是有口难辩。王强说："贤弟，你我二人也是结义兄弟，我也出于无奈才来云南。你不服死，全家难活；你如服罪，我二人又怎能忍杀你？说罢，还装出一副愁容。"

郡马心想："不管王强说的如何，高君保绝不会骗我，我不能叫高王为难！"就一狠心说："你们就杀吧！"

高君保能下手吗？王强也不能动手，可是他暗想："杀了六郎也算给我兄弟报仇了！"就对带来的军兵一递眼色。这些军兵个个短衣襟小打扮，绿裤子挎腰刀，过来就要拉刀杀郡马。

这时云南王实在看不下去了，喊声："且慢！"大家都没敢动。别看王强他们是奉旨钦差，可是到了这个地方还得听云南王的，郡马此时却说："王爷你不能多管，更不能拦挡。不能为我一人，叫我全家性命难保！"

云南王一听郡马这样说，他就不好说话了，帮腔的上不去台，把云南王急得白眼珠上起了红丝！心想："你这三关元帅，久经大敌的英雄原来这么窝囊！你真要献人头，这可怎么办？"就问："既然你愿意献人头，我可以不阻拦。可是我问你反没反哪？"

"虽然有一封反书，可我不承认。"

云南王又说："既然不是你写的，你为何还要服死呢？"

郡马说："为了救我全家，可以一死。万岁早晚会知道我是冤枉的！"

云南王说："知道你是冤枉的，你不是也死了吗？"

郡马说："我一死，也证明我是忠良。不是忠良能服旨献人头吗？"

云南王说："你非要死，我也不拦。不过现在交人头可不行！我妹妹现在任府，叫二位钦差等一等，你去与郡主说明此事。不然以后她怨我袖手旁观，我可不担这个埋怨！"又对王强和高君保说："二位钦差多等一会儿吧，叫他们夫妻见个面！"

高王说："可以！"

王强可恨不能一把抓过郡马的人头他才称心如意，可是云南王在这里搅和着,他也没办法,只好答应。

郡马也正想和郡主见个面,也想见见任秉,托付他照顾郡主母子,所以就说:“如此说来还要请二位钦差多候一时!”

王强假惺惺地说:“我二人没说的,贤弟快去吧!”

云南王在座位上气得够呛,对两个钦差连个座位都没让。心想:“我妹妹绝不会叫他献人头,如果那样,我就豁出去得罪郡马了,杀了这两个钦差,用他们的头来祭旗,我兵发汴梁。杨家不死就救出杨家;杨家如已死,就给他们报仇!”

高君保站在那里只是替六哥难过,泪水直流,湿透前胸。王强两只眼睛滴溜溜乱转,只怕拿不了郡马的人头再把命搭上!

再说郡马走下银安殿刚要上马,忽听身后有人叫六哥,回头一看,原来是董铁锤、宋铁棒二人,就问:“二位贤弟,唤我何事?”

二人说:“我们听王爷说的话很有道理,宋天子对你一点儿好处也没有,你还忠个什么劲儿呢?六嫂也不会答应你献人头的!你回府去不如把盔甲穿好,拿来大枪,咱们杀了钦差,兵发汴梁吧!”

郡马说:“二位贤弟不必多讲,我决不反,谁反我也不答应!”说完,上马扬长而去。

董、宋二将说:“那咱们也别着急了,看来六郎现在是死催的,他愿意死,别人也没办法!”二人回转银安殿听令。

郡马来到任府门外,甩镫离鞍把马拴在大门外迈步往里走。家人们一看:“呦,六爷回来了!我们任员外都急坏了,在书房中摆好酒菜等您,大概饭菜都凉了!”

郡马今天可吃不下饭了,刚想绕过书房先到自己房中对郡主说明一切,然后再跟任堂惠说,说完也就走了。可巧,这是任堂惠正从屋里出来:“六哥,怎么这么晚才回来呀?”忙叫家人去把酒重热,饭菜回锅。

六郎说:“兄弟,你自己先吃吧,为兄现在不饿。我去跟你六嫂先说几句话,回来再跟你讲。”说完回头就走。

任堂惠见郡马两只眼睛发直,就知道事情不妙。忙上前拦住说:“六哥先坐下。听说汴梁城来了奉旨钦差,有什么事你先对小弟说说,再去找六嫂!”

郡马一听,先跟谁说也一样,就进到书房把刚才的事一五一十地说给了任秉。

任秉听了,不亚如万丈高楼失脚、扬子江心翻船,顿时出了一身冷汗! 问道:“云南王打算怎么办呢?”

郡马说:“他打算叫我为带兵元帅,云南的兵多将广、粮草充足,他要攻取汴梁,我没答应。我回府来告诉郡主和贤弟,我死后有劳贤弟把她母子送回东京。杨府有什么大事小事,请贤弟多多帮忙,愚兄死在九泉之下,也难忘贤弟!”

任秉说:“看来六哥是宁愿屈死,不愿造反哪!”

郡马说:“只能如此。”

任秉说:“既然钦差答应你和六嫂谈谈心,那么多耽误一会儿也不要紧,你先和小弟吃这最后的一顿饭吧!”

郡马本来吃不下,可是此时也只好奉陪。郡马真是饭到口边难下咽,多少吃了一点儿,算是陪任贤弟吃这永别的一顿饭。然后站起身要走,任秉又拦住说:“六哥,小弟还有一事,不知当讲不当讲?”

郡马说:“你说吧,只要六哥能办,一定答应!”

任秉说:“六哥在小弟家住了三年,小弟学了杨家的枪法,可是还差最后一招没学。六哥能不能在临走之前教教小弟? 就是学不会,小弟也可以按照六哥练的门路记下一部分。只是现在提这个,未免太不近人情了!”

郡马听了并未想这是个无理的要求,便点头答应说:“贤弟,我来教你梅花枪的最后一招!”说着,脱下景字袍挂在墙上,又说:“贤弟你略等片刻,我去取枪!”

任秉说:“六哥,连我的枪也一起拿来吧!”

郡马到后院去取枪,在屋外正遇上郡主,由于他没穿袍,郡主愣了半天也没敢叫郡马,怕认错了。郡马也明白了,就说:“我是延景。”

郡主问:“你怎么没穿袍呢?”

郡马说:“刚刚脱去,我是来取枪的。”

郡主又问:“听说刚才王兄把你叫去,说是汴梁来人了,是不是叫你回朝哇?”郡主是想,郡马已经是充军不回的人,还能再加罪吗? 一定是好消息,所以才这么问。

郡马一听郡主问话,当时眼圈就红了。郡主一看就愣了,难道出了什么不幸之事吗? 此时,郡马说:“我本是来取枪的,想教了任贤弟最后一招梅花枪再来对你说。你既然问我,就到房中和你说一下吧!”

夫妻二人回房,郡马见没有宗勉,就问:“孩子呢?”

郡主说:“后花园练功去了,叫他来吗?”

此时郡马心里多想再看孩子几眼哪!可是时间太紧了,又要把事情告诉郡主,又要教任秉枪法,也就没叫宗勉,也省得见了面心里更难过!有心把事情都告诉郡主,又怕她太难过,于是就简单地对郡主说明为了救全家,要去献人头。

郡主听了真如冰水浇头,忙说:“我们没有反心,何必要献人头?我王兄有什么办法吗?”

郡马此时也没敢说一定要献,不如先把郡主应付过去,事后她难过一时也就罢了,就说:“要不然等我教完任贤弟枪法,再去找王兄商量,看他有何高见?不过,假如为夫真有不幸,夫人也不要过于悲伤,可以带着孩子回到汴梁!”

郡主说:“我带着孩子跟着你,要活一块活,要死一起死!”

郡马有心再劝几句,又怕任秉等得着急,只好说:“夫人你先等我,怕任贤弟等急了,一会儿回来再说!”说完,就取枪出去了。

郡主忙去后花园找宗勉,要带孩子跟郡马见云南王去,说什么也不能叫郡马献人头!

此时,郡马手提两条大枪来到前边院子中心,对着书房喊道:“贤弟,快出来吧,时间不多啦!”喊了几声,书房中无人答应。六郎心里着急了,忙走进书房,一看任秉并不在屋中,心想:“是不是等得时间长了,到后院又找我去了?可没碰上啊!”一抬头,见墙上自己挂的景字袍换成了惠字袍,顿时恍然大悟!又一看书桌上的砚瓦下边还压着一张纸条,郡马就知道坏了。急忙打开一看,不看还则罢了;一看真是魂飞三千里、魄散九云霄!

欲知后事如何,且听下回分解。

第四十回 郡马瞒名装任秉 双王抽剑斩奸雄

杨郡马打开任秉留下的纸条一看，顿时脸如白纸，双手发抖，浑身打颤，暗叫："我那好兄弟呀，你可要了六哥的命啦！"

只见那纸条上写道：

"自从与六哥结交后，我二人比一母所生更要亲。六哥对我情深似海，更不说还有救命之恩。原以为能和六哥长相聚，习文练武度光阴。谁知大祸从天降，全家老少入牢门，六哥不把人头献，不能救母亲老太君；你今为把全家救，愿献人头把旨遵。六哥是天下著名将，东挡西杀扫征尘。六哥一死不要紧，哪个扶保中原的锦绣乾坤？你是国家的擎天柱，又是架海紫金梁一根，百姓更是离不开你，小弟乃是草木之人，六哥家还有高堂母，小弟替六哥丧命亡身……"

郡马从头看完毕，热泪滚滚湿衣襟，叫一声："兄弟是我害了你，六哥我成了什么人了啊？"他马上骑马来到大街上，正好碰见了董、宋二将军，二人当时下了马，叫任大哥："六哥在银安殿拔剑自刎！"

郡马一听就昏倒了，吓坏了董、宋二员将，叫任大哥："我俩说话没浅没深。"郡马起身问道："二人贤弟，六哥之死你们是亲眼所见吗？"

二人说："云南王正和二位钦差在殿上说话，六哥走上殿说：'杨家乃是忠良，绝不会反！君保贤弟，你是奉旨而来，我不恨你。皇上不是要人头吗？'说着拉出宝剑就自刎身亡。云南王大喊了一声也没有拦住！"

郡马又问："死尸呢？"

"当时在殿上王强就下令砍下人头，用包袱包好回京交旨去了。云南王对郡马又疼又恨，现在大哭不止。"

郡马说:“我们一同去看看吧!”

三个人一同到银安殿,只见云南王和众将没有一个不哭的。任秉的尸体还在,人头已然没了,地上一片血迹。郡马顿时大哭,嘴上哭六哥,心里哭:“任贤弟呀,你死的太苦了!愚兄对不起你呀!”只哭得死去活来。

云南王这时过来拉住郡马说:“任员外别哭了,保重身体吧!郡马的死只怪他自己愿意,这样的愚忠我是最看不惯的!我给他指明了道路他就是不走,叫我也没有办法。任员外你不要过分伤心,他愿意死,咱们是挡不住的!”

云南王正在相劝,忽然外边又传来哭声,原来是柴郡主带着宗勉来了。

刚才提到郡主在任府到后花园去找宗勉,然后准备同郡马一起到银安殿。她以为郡马在前院教任秉的枪法,可是到前院一看,两个人都不在。家人说郡马先走的,后来任员外也出去了。郡主一听心就慌了,忙带宗勉到王府,一进府就听说郡马自刎身亡,母子二人边哭边奔银安殿。

郡主进殿,见云南王正劝任员外,郡马的死尸躺在地上已然没了人头!她哪里知道死的是任秉,现在穿惠字袍的其实是郡马?就一头扑上前去搂住死尸,“哎呀”一声就死过去了!这时王妃带着丫鬟也来到殿上,急忙过来搭救,有人摩挲前胸,有人捶打后背,齐声呼唤:“郡主快醒醒啊!”

大家你说我劝,都劝郡主应该把孩子养大成人,才算对得起郡马。

云南王说:“妹妹,不是我说话难听,他该死!我劝他的话有千万句,他就是不听!我让他造反,他不干!我要把两名钦差杀了,他也不答应!妹妹,你别哭了!”

董铁锤说:“六哥这样愚忠,我也不赞成。我们都劝他别这样做,他就是不听。结果自己命丧黄泉!”

郡马也说:“六嫂,大家说得对,六哥确是个愚人,不算英雄!六嫂还要振奋精神把宗保、宗勉抚养成人才是!”

银安殿上男女老少,没有一人说郡马这样做对的!

郡主止住了哭声说:“他做得对也罢,不对也罢,我们夫妻一场,哪能不痛心?”

云南王说:“已经哭够多时,咱们还是商量商量后事怎么办吧?”

郡主说:“我丈夫已死,我也就不在云南了。请王兄派人将尸体收敛起来,派人把我母子连同尸体送回汴梁。回到京城后,我请八千岁去将人头要回,我把他的尸体埋葬了,也就放心了!”

云南王说:“妹丈是个罪犯,皇上能叫他的灵入京吗?”

郡主说:“到了汴梁我就能想办法了!”

要按云南王的心意,是把郡主母子留在云南,哪也不叫去了。可是一听郡主说要送灵去东京安葬,就知道留不住了,也就应下说:“最快也得明天走了。我再派一部分人去护送,董铁锤、宋铁棒你二人护送灵车!”

假任秉也说:“我和六哥有过命之交,我也随同把六嫂送回汴梁!”

郡主说:“贤弟家里还有很多事情,不要远行了吧!”

假任秉说:“家中有姜氏和家人照料,请六嫂自管放心!”

郡主点头说:“既然如此,任贤弟就辛苦一趟吧!明天就启程,回头我去和弟妹告别。”

回到任府,姜氏也早就听说了,忙把郡主请到自己房中,一边陪着哭,一边劝说。当夜假任秉住在了书房,姜氏也不知道为什么丈夫没回自己房中睡觉,只当是六哥一死,丈夫心中烦闷之故。

第二天,郡主带了宗勉向姜氏告辞。假任秉也对姜氏说:“我送六嫂回京,你要好好照看家里的一切!”

假任秉杨郡马现在对任何人也不敢吐露实情,因为离开京城三载,不知道朝中又出了什么样的奸贼?不知道谁写的反书来栽赃陷害?不知道全家在监牢的命运如何?如果跟姜氏说了实话,姜氏肯定也要寻死。一旦任秉替死的事一传出去,自己活不了,也查不出写反书之人了,还白白搭上任贤弟一条命!如果对郡主说了实情,郡主当然可以守口如瓶。但是她装哭就不会装的那么伤心了,朝中文武百官高人很多,如果看出破绽来也就不好办了!所以也不能说。现在郡主每天哭得这样伤心郡马能不心疼吗?可是没有办法,只有横下一条心对任何人也不讲,这样才能找到栽赃之人,替任贤弟偿命!

就这样,云南王派董、宋二将带二十名军兵,和假任秉一起送郡主母子押灵回京。

再说那王强带了假郡马的人头连忙赶回京城交旨,这老贼满心高兴,以为给兄弟报了仇!不知各位可还记得,想当初杨六郎在两狼山突围闯营寻弟时,快到了黑沙河后边追上了一员辽将贺黑雄,被六郎一枪杀死,那就是这个化名王强的北辽奸细贺黑律的兄弟。高君保可是哭了一路,只恨自己无能,保不了六哥的命！

这一天，二人回到汴梁上殿交旨。可是有人问了：叫王强、高君保去解郡马的人头，难道八王和寇大人等就不管吗？也真不巧，这二位都不在朝中。寇大人到下邽县放粮去了。因为下邽县连年遭受水灾，县官多次上书请求救济。寇大人想当年调自己回京时，兄弟父老送万民衣、万民伞，自己当初也答应要回下邽县，所以自愿领旨放粮去看望乡亲。八王去江南了，因为这两年不断保本调回郡马，可是皇上没准本。杨府里八姐、九妹和宗保又常去南清宫催八王动本调回郡马，八王又急又气就病了，心情非常不好。王妃狄娘娘就劝八王到江南去游玩，八王想：寇准也不在朝，不如先出去散散心，等自己回来时寇准也就回朝了，再做道理！于是就奏明皇上，和狄妃去江南了。

王强就是趁这个机会写了反书陷害郡马的。想当初王强在风云店初遇郡马替他写状纸时，他把郡马写给他的潘杨两家的冤仇的底稿留下了。这次郡马充军云南，他满以为要被云南王的杀威棒打死，没想到二位解差回到东京以后，就传出了郡主在云南兄妹相认之事。王强听了深为后悔，不但没害了郡马，反而倒成全了他！于是一计不成再生一计，找出了郡马当年状告潘洪的底稿，每天写呀、练呀，模仿郡马的笔迹，将近三年的时间，他写的字竟和郡马写的分毫不差！于是他就伪造了一封郡马写给老太君的书信，内容是准备向云南王借兵造反，叫老太君准备做内应。找了自己的心腹王永奇和从北辽带来的辽将耶律沙现在化名王岩两个人一起吃饭，席间他假装唉声叹气地说："三帝真宗真是昏庸无道，杨延景杀了我女儿一家十八口，才把他充军云南，连一条命也没偿，这口气我实在难出！想杀死昏君，以解心头之恨！"

二人说："要想杀害昏君那有何难？我二人今夜就可以去皇宫刺王杀驾，给王元帅报仇。"

王强说："皇宫深院，御林军甚多，恐怕不易行刺。万一你二人有个差错——"

二人跪倒在地："王元帅，如果行刺未成只怪我们无能，虽死无怨！如果被拿,也绝无口供,如有三心二意,死在乱刀之下!”

王强忙扶起二人说:“事如成功,必有重谢!”

二人说:“我们今夜就去,明天天亮就给王元帅喜音!”

王强说:“好,你二人就去准备吧!”说着,又向耶律沙递了一个眼色。

等王永奇走出去换夜行衣,耶律沙走过来说:“驸马,您还有什么嘱咐?”因为王强实际上是北辽的二驸马贺黑律,所以耶律沙有人时叫他王元帅,没人时叫他驸马。

王强说:“杀皇上是假,害杨家是真!王永奇虽然跟了我几年,叫他干什么也全干了,可是再留着他只能有害无益。今晚上就拿他搭个桥陷害杨六郎,然后再害杨门女将,只有害死了老杨家,我们才能夺到宋室江山!今晚如能杀了皇上更好;如果杀不了,你就如此这般……”

耶律沙听罢说:“驸马真不愧是文武双状元,好计策,我一定照办!”

王强忙取出一封信交给耶律沙,说:“快去吧!”

耶律沙回到自己房中,刚换好夜行衣,王永奇就找他来了。二人一身青色衣裤,软底靴,背后一口单刀,直奔宫苑而来。这两个人还真有本领,蹿房越脊如走平地。可是皇宫的屋顶也不好走,因为是琉璃瓦的,很光滑。再加上三步一岗、五步一哨,并不容易活动。耶律沙对王永奇说:“王元帅待我们太好了,真是恩重如山!给你这个。”

王永奇问:“这是什么?”

耶律沙说:“今夜杀不了皇上,我就不回府了!那是我给王元帅的一封信,咱们俩分开活动,如果到天亮我没回去,那就是我死了,你就把这封信替我交给王元帅,心里是我对他提的几点要求!”

王永奇说:“好!”就把信带在身上。他哪里知道,这就是王强假造的那封郡马的反书!王永奇找了个最高的地方打算往四外观望一下,没想到耶律沙从身后狠狠地一脚就把他给踢下去啦!当时就摔死了。

耶律沙准知道这一下子王永奇活不了了,他就回府向王强报功去了。

第二天王强上殿早朝,万岁说:“昨夜皇宫内有刺客杀驾,未能得逞就摔死了。从他身上搜出一封书信,各位爱卿可以观看!”说完把信先递给了丞相王苞。

王大人接过来一看就吓坏了,原来是杨郡马写给老太君的。内里说先派人刺王杀驾，再借云南王的兵力攻汴梁，叫太君做内应。

众文武大臣也看了信，可全都不相信郡马会干这种事。皇上又派人叫来老太君，太君承认是儿子的笔迹，于是全家服绑被押在天牢。皇上又派人去云南把六郎就地正法，解人头回京，来个先下手为强，以免郡马反入汴京。

王强自愿领旨去云南，因为别人去他不放心！他又动本带着高君保，他知道六郎和高君保有交情，怕六郎不相信反书之事，叫高君保作证六郎准能相信。就这样，王强把假六郎的人头带回东京！

王强和高君保带着人头上殿交旨，众文武和郡马不错的都哭了，几个奸贼可高兴了。皇上叫王强和高君保二人下殿休息，高君保不忍看郡马的人头，就先回府了。王强并没下殿，打算看皇上对人头如何发落。

还真有比王强还狠毒的奸贼，那就是东台御史黄守义。他为杨家的事两次打赌，输了不少银子，他对郡马恨之入骨。口尊："万岁，臣有本奏！"

皇上问："有何本奏？"

黄守义说："杨延景本是杀人犯，万岁不斩把他充军发配已是极大的恩典，他还要造反，实属罪大恶极！依臣之见，在午门外驾起一座油锅，把他的人头炸了在午门外悬挂三天，以镇群臣！"

皇上准本，即命黄守义照办。黄守义领了人头下殿，命人在午门外支起油锅，下驾木柴将油烧开，然后手举人头咬牙切齿地说："杨六郎，想不到你也有了今天！"刚要把人头扔进油锅，就听有人大喊："慢着！"

黄守义一看，来的是双王呼延丕显，他说："黄大人你把人头交给我吧，我去金殿见驾求情。"

黄守义摆手不应允，双王此时二眉倒立，拉出宝剑手起剑落人头掉，就这样杀了黄守义，将奸贼的人头锅里扔去。御林军只吓得往后退。呼延丕显手捧郡马的人头上金殿，他要豁出性命大闹龙廷！

欲知后事如何，且听下回分解！

第四十一回 宋真宗怒斩双王 寇天官计逞司马

双王呼延丕显砍下了奸贼黄守义的人头扔到了油锅里，然后双手捧着郡马的人头上殿。文武百官只见双王犹如中了疯魔一般，双手捧着郡马的人头，瞪圆了两眼，大家都不敢说话了，你看看我，我看看你。

真宗见了也是一愣，问道："呼爱卿，这几天你不是身体不爽吗？不在府中休息，来在金殿何事？"

双王说："臣来上殿交旨。"

真宗说："你没领旨，交的什么旨呀？"

双王说："万岁是叫东台御史在午门支起油锅要炸郡马的人头吗？"

真宗说："是。"

双王强压怒火道："说来也巧，正好为臣赶到。我想要过郡马的人头来上殿面君，好话说了千千万，那黄守义就是不肯给。为臣一怒就把他的人头砍掉扔在油锅里了，故而上殿交旨。"

真宗听罢大怒，一拍龙案："呼延丕显，你好大胆！你杀了孤的大臣反来交旨？来呀，把他给我绑出去，杀！"

双王二目如把烈火，用手一指，大骂一声无道君："你比豺狼还要狠，你说郡马要造反，背后定有害他的人。你比你父更凶狠，是非不辨、忠奸不分。我再也不保你这无道的君主了！"皇上听完恼羞成怒，叫武士推出斩首！

群臣正在为难处，没想到寇莱公他回朝了，在法场见了丕显，从头至尾问明原因。对双王说："你先等我的信，我立即上殿去面君。"

寇大人上了金殿见驾之后，真宗说："爱卿去下邽县放粮，一路风尘很为辛苦，可以回府休息一个月再来伴驾。"

寇大人说："臣刚才在午门见要斩双王，不知他身犯何罪？"

皇上就把刚才之事说了一遍，并说谁给他讲情一律同罪。

大人说："臣不给他保本求情。但有一事不明：不知杨郡马何罪之有？万岁为何叫钦差解回他的项上人头？"

真宗说："他在云南要反大宋江山，派刺客夜入皇宫，刺客由房上一脚蹬空摔死在宫院。从刺客身上搜出一封信，乃郡马亲笔所写，叫老太君做内应。太君在金殿看了书信，承认是他儿的笔迹，全家服绑。朕念杨家有功，才归罪他一人！"

寇准说："万岁，死人口里无有招对，为臣只讲几件事，请我主三思！杨郡马要真想造反，可等不到今天。老主在世时听信潘仁美之言，害得杨家父子死的那样惨，他没反；孟良、焦赞等人兵打汴梁，郡马戴罪退兵，宁可去充军云南，也不造反；这次万岁派钦差去要他项上人头，他愿意献人头，也不造反。这几个不反，万岁想过吗？他要真想造反，能把人头献出来吗？刺客究竟是谁派的？反书究竟是谁写的？并未查清！难道就没有能模仿别人笔体的人吗？会不会有奸细混入朝中借刀杀人、谋害忠良？以便他们夺我中原的锦绣河山！"

寇大人这几句话说出来，王强的心里犹如敲鼓一般，暗说："好厉害呀！我对寇准可要多加小心，如果一时不慎被他看破，只怕性命难保！"

寇准又说："解回郡马的人头还不算，还要下油锅炸，人既一死，一了百了。哪还有这种罪呀？双王十三岁就下边关，功劳非小，也要落个无头之鬼！万岁不怕失江山，竟斩栋梁之臣，可能现在天下太平，万岁也用不着更多的保驾之人了？请万岁准为臣辞官告老还乡吧！"

皇上听寇准说的这番话，句句都在理上，心里也七上八下的，又听寇大人要辞官，知道他是八王的心上人，如果放他走了，八王回来找我要人怎么办？

这是，刘文晋上前说："万岁，寇大人此言差矣！有功当赏，犯罪则杀，我主还要以国法为重！"

真宗说："寇爱卿愿意辞官，朕当应允。你三日送印，五日出京，现在可以下殿！"

寇大人说："谢万岁！"当即下殿。

刘文晋是兵部司马，没有多大本领，倚仗着他的姑母是真宗的娘娘，他这个官也就好当了。寇准下殿以后，他又说："万岁，寇莱公这样做就不对！他说什么就得叫万岁听什么，不然就辞官，给万岁点儿颜色看！他下殿后绝不会回府，他千方百计也得找别人上殿保本救双王。万岁如果杀不了呼延丕显，我主的龙颜置于何处？"

王强一听特别高兴，刘文晋把话都替他说了！

真宗道："如此说来朕当传旨：在未杀呼延丕显之前，文武百官只许下殿，不许上殿，哪个抗旨不遵，立即斩首！何人领旨去监斩？"

刘文晋说："臣愿往！"

他领了旨下殿来到午门之外，叫人搬来一把椅子，怀抱圣旨得意洋洋往那儿一坐，心想："寇莱公，现在你想什么办法也没用了！你辞官正好，这回也叫你知道知道我的厉害！"立即吩咐，按时点炮，准时开刀！

寇大人从金殿来到法场，对双王说了刚才金殿之事："我救不了你啦！只能再陪你一时。看来三帝比二帝更昏庸无道，这回我们全完了！"

此时又听黄门官喊道："刘大人奉旨镇守午门监斩，文武官员不准上殿保本。哪个上殿，先斩后奏！"

这时，郑王爷和王丞相都来了，和寇大人见面都哭了，替杨家和呼王抱屈！都知道刘文晋诚心和忠良们做对，这回呼王是难活了！

寇大人问："怎么不见高王爷在殿上？"

王丞相说："他奉旨和王强去云南斩郡马，他不去，万岁要杀他，无奈他和王强去解回了郡马的人头。交完旨，他哭下金殿回府了！寇天官，咱们就眼看着呼王死吗？"

寇大人又问："朝中出了这么大的事，杨门全家陷入牢监，八王千岁怎么不管哪？"

王丞相说："你放粮走了以后，八王几次动本保郡马回朝，皇上全都不准。八王气病了，和狄王妃去江南了。"

寇大人一听，只急得搓手跺脚。此时，已然头声炮响。双王说："众位大人不必为我着急了，我骂够了昏王，死了也不屈了！"

寇大人说："我们着急也没用，现在只有八王千岁来，也许还有一线生路！"

话音刚落,就听有人喊:“八王驾到!”

众人都说:“寇大人的嘴还真灵啊!”

八王真来了吗?真来了。怎么这么巧啊?无巧不成书嘛。八王表面上和狄娘娘游山玩水,心里可在云南,时刻放不下郡主夫妻。狄娘娘见千岁仍然烦闷,就劝八王回京。八王也怕朝中再出什么事,也就回来了。刚一进东京,就听大街小巷百姓议论纷纷,说天波府一家入牢,郡马被杀解人头回朝,又要斩呼王。八王一听心就炸了,叫狄娘娘先回南清宫,自己飞马直奔午门,要上殿问个究竟!到了午门外,果然见法场上绑着双王,寇大人、王丞相等都在一旁掉泪。八王急喊:“刀下留人!”

众位大人一见八王来到,全都哭了。八千岁忙问双王:“你犯了何罪?”

丕显说:“我杀了奸贼黄守义,又在金殿骂了昏君,我一死不屈。只是替郡马感到冤枉!”

寇准说:“双王就是为了保护郡马的人头不被油炸,才落得刀下丧命!”

八王怒冲冲地向金殿而来。刘文晋一见也有点儿发怵,怕拦不住八王,又一想:“我有万岁的圣旨,怕他何来?”就怀抱圣旨迎过来说:“这不是八王千岁吗?多日不见,千岁可好?”

八王说:“孤王好不了啦!”

“千岁是要上金殿吗?”

“正要上殿!”

“千岁,现在您可去不了啦!法场要杀双王,万岁怕文武上殿求情,就传旨叫我镇守午门。谁要是上殿,叫下官先斩后奏!八千岁,是不是您先回府休息?等斩完了双王您再上殿吧!”

八王一听火就上来了:果然应了寇准的话。心想:“奸贼,你这是自讨苦吃!”就问:“圣旨现在何处?”

刘文晋还以为八王见了圣旨就不上金殿了呢,忙双手捧过圣旨说:“请王爷过目!”

八王接过看了看,冷笑了一声道:“不错,果是圣旨。”说完,三把两把就把圣旨撕了。

刘文晋说:“八千岁,你这就不对了,撕圣旨可是欺君之罪呀!”

八王说:“这还是好的!”

奸贼说："不好又能怎样？"

八王说："孤还要打你哪！"一伸手抓住了刘文晋用力一搡，刘文晋并未提防，来了个狗吃屎爬在了地上，俩门牙全摔掉了，顺嘴角流血。八王千岁上前举拳就打！

寇大人见八王怒打奸贼刘文晋，心里可解恨了，嘴里边嘟囔着："使劲儿打，使劲儿打！"结果不由自主地高喊了一声："使劲儿打！"

这一喊还真叫刘文晋听见了，他就喊开了："寇大人哪，快讲讲情吧，快救救我吧！"这小子也是叫八王给打蒙了，不想想双天官能向着你吗？

寇大人一听，心说："就怕他看见我，还是叫他看见了。他既然喊了出来，不过去也不合适呀！"只好走过来了："哟，八王千岁什么时候回来的呀？"

八王暗想："寇准你可真会装蒜哪！刚才还说了半天话，这会儿又问我什么时候回来的？"就说："孤王才回来。"

寇大人说："八千岁，我已经辞官现在是平民百姓了。可是您这么打兵部司马，我也看不下去。说实在的，打几下也不要紧，可别打他的眼，做官的全凭五官哪！"

八王一听："噢，这是叫我打他的眼哪！"就说："好，我不打他的眼！"攥紧了拳头，啪！打了一个乌眼儿青。

刘文晋说："哎哟！寇大人哪，有这样求情的吗？"

寇准又说："八千岁，不叫你打你偏要打。打一个就行了，可别打俩啦！"

八千岁"啪"！又来个双眼瞎。这一下奸贼又喊了："哎哟，打死我了！"

八千岁又要用金锏打死刘文晋，寇大人一想还不知道郡马之死与刺客杀驾是不是同他有关？还不能打死他。就上前拦阻："千岁，您打得也够累的了，看在我寇莱公的面上，把大司马放了吧！"

八王向来对寇大人言听计从，知道寇大人说的话都是有用意的，就踢了刘文晋一脚说："你起来，我不打躺着的。"八王也真累了，一扭身坐在刘文晋的那把椅子上了，又说："刘文晋，你去上殿告状吧。孤王喘口气，随后就到！"

刘文晋爬起来说："是要去告！你撕毁圣旨，殴打钦差，有欺君之罪！"又从地上拾起来那两颗门牙。"寇大人，你可看见了，就请你当证人。"说完转身就跑。

寇大人见刘文晋嘴角流着血，两只眼都是青的，心想这要叫皇上一看，八王这官司就不好打了！急忙追上刘文晋说："大司马，八王可真不讲理！"

刘文晋说："要不是大人求情，非打死我不可！"他还以为寇大人同情他呢！

寇大人问："你手里拿的什么东西？"

刘文晋说："是我被打掉的两颗牙，我叫万岁看去！"

寇准说："刘大人，你是兵部大司马，嘴里流着血，手里托着两颗门牙，这有多难看。万一惊了圣驾，你不但白挨了打，还有惊驾之罪，那就不好办了！"

刘文晋叫八王给打蒙了，又拿着寇准当亲人了："寇仁兄，你说怎么办好？我听你的！"

寇大人说："那好办！"就领他走进朝房，叫人端来水，叫刘文晋擦了擦脸，漱了漱口，把血止住不流了。然后说："你把门牙交给我，我给你拿着。你上殿告八王去，午门的事我亲眼所见，万岁不信我可以作证。"

奸贼一听可乐坏了，把门牙交给寇大人就上殿去了。

寇大人拿着门牙又找八王来了。八王还在那坐着呢，王爷哪出过这么大的力呀？可累坏了，只觉得两膀酸麻，关节疼痛。他见寇准刚叫一声寇爱卿，寇准就说："王驾千岁，我现在是老百姓了。"

王爷说："我封你官复原职！你别再百姓百姓的了。方才你跟刘文晋说什么啦？"

大人说："王爷是八千岁，刘文晋也是皇亲，你把他打得那么厉害，你可一点儿伤也没有，如果上金殿打官司，你非输不可！八王在墙角上快撞两个头吧！"

八千岁冷笑三声："寇准你可真行，鼓动完了刘文晋，又来鼓动我？我可不上当！我虽然没伤，可输不了！"

寇大人说："刚才我叫他到朝房洗了脸、漱了口，不然他带着满嘴的血上殿，万岁能不心疼吗？他掉的两颗门牙我也要过来了。"说着，往远处一扔："去你的吧！"

八王说："寇大人，要不是你拦着，我非打死他不可！"

寇大人说："千岁，现在还不能打死他。郡马死得冤，就因为从刺客身上搜出了反书，这件事到底是谁干的？还没查清。千岁可以上殿去如此这般……官司也赢了，事情也办了。"

八千岁说："好，你先等我去上殿面君！"说完就直奔金殿。

这时，刘文晋正跪在龙书案前跟皇上诉冤："万岁呀，有人打了微臣！"

皇上一看刘文晋的眼青着，嘴也肿着，忙问："爱卿，哪个大胆把你打成这样？"

刘文晋忙说："打臣的非是别人，乃是八王赵德芳。求万岁给臣做主！"

真宗听了说："哎呀，你怎么单惹他呀？老主加封他八千岁，手持凹面金锏，上打君不正，下打臣不忠，代管三宫六院。刘爱卿，我给你做主，哪个给我做主哇？"

刘文晋一听这话，得，这回这个打算白挨了！此时就听有人报："八王千岁上殿喊冤！"

真宗说："刘爱卿你听见了吗？你说他打了你，他还来喊冤呢！你先归班站立，我问问他再说。"

真宗传旨叫八王上殿，八王喊着就来了："万岁，冤枉啊！"

王强在一旁提心吊胆地暗说："要坏，赵德芳来的太不是时候了！"

真宗看了看八王，问道："千岁几时回朝的？"

八王说："刚刚进京就来殿见驾，不想刘文晋拦住孤王不许上殿，他还依仗年轻力壮打了孤王！"

刘文晋一听可忍不住了，出班过来说："八千岁，你打了我，我可没打你呀？万岁可以验伤。"

真宗说："千岁，你说刘文晋打了你，可是你没伤，兵部司马倒是满脸伤痕！"

刘文晋说："八王一到午门我就迎上前去，说微臣在奉旨镇守午门，八千岁把圣旨要过去就给撕坏了。我说八千岁这样可不好！结果八王抓住我摔在地下拳打脚踢，把我打掉了两颗门牙，我可没还手哇！当时寇大人在场全都看见了，我那两颗门牙还在寇大人手里哪！"

真宗问："你自己怎么不拿着呢？"

刘文晋说："我正要上殿，寇大人说这满嘴鲜血一上殿还不惊了圣驾，就叫我擦了脸，他还拿着我的门牙，说如果八王不承认，他可以来作证。"

真宗一听，心说："刘文晋，你这官司算输到家了！你看你找的这个证人，他能帮你说话吗？"

这时八王说："可以叫寇准上殿，你不叫我也叫，你打我寇准全看见了。"

真宗说："他已经辞官不做了！"

八王说："有功之臣，就算辞了官也可以上殿嘛！"

真宗听了，只好叫寇准上殿。寇大人上殿施礼说："小民参见万岁！"

真宗说："免礼平身。"

"谢过万岁！"寇大人站在了一旁。

真宗问："方才是八王打了刘文晋，还是刘文晋打了八王？"

刘文晋哭哭啼啼地说："寇仁兄，你可要说实话呀！"

寇准说："万岁，我寇准从来没说过瞎话。万岁不用问也可以知道，八千岁远路而来，身体疲劳，又不会动武；刘文晋年轻力壮，又是兵部大司马执掌兵权，如果没有出奇的本领，能官居兵部司马吗？他还怀抱着万岁的圣旨——"

他还没说完，刘文晋一听觉得不对味儿，忙说："寇准，上有天，下有地，当中咱可凭良心哪！"

寇大人又说："万岁，如果叫我实话实说，是刘文晋打了八王！"

刘文晋说："寇大人，我有满脸伤痕哪！"

寇大人说："你要不先动手打八王，八王能动手吗？八王不会打人才打了你的脸，你脸上有伤，八王身上的伤要比你脸上多十倍呀！"

八王心想："皇上如要验伤可就麻烦了！"

刘文晋说："寇大人，我那两颗门牙还在你手里，那就是凭证！"

寇准说："你拿了多少钱雇我给你拿牙呀？你的门牙不是去年就掉了吗？"

这一句差点儿把刘文晋给气死！"哎呀万岁，我冤枉啊！"

真宗也生气，可也没法说出来。"你找这个证人，不输还等什么？真要是一验八王身上有伤没伤，八王一急，用金锏打我，我也没办法！"只好说："好了，好了，不用管谁打了谁，看在朕的面上就算了吧！寇准，你也下殿去吧。"

八王说："不忙！我还要问问他放粮回来为什么辞官？双王被斩又何罪之有？再有我那御妹丈的人头又在何处？"

真宗说："郡马的人头就在殿上。"说罢，命御前武士取过郡马的人头交与八王。八王一见，顿时昏倒在金殿上！

欲知后事如何，且听下回分解。

第四十二回 八王金殿追宋主 宗保街头打王强

话说八王昏倒在金殿上,过了一会,只见八千岁高举金锏,直奔真宗的天灵盖,唰的一声打下去,就听"咔嚓"一声响,把龙书案打了一溜坑,若不是昏君躲得快,只怕就得脑浆迸裂了。八千岁接着又追过去,八千岁举锏要打真宗,寇大人无奈才过去,拦住了八王,八王这才住手。寇准又对真宗说:"万岁,您也别围着龙书案转了。八王心疼御妹丈,一气之下才动了凹面金锏,还是请万岁坐好,和八王商量一下这些事该怎么办吧!"

真宗这才坐下,心里又臊又怕,先说:"寇爱卿,朕准你官复原职,永不准你再辞官!"

寇大人谢过真宗。真宗又问八王:"八千岁,你看这些事该怎么办好呢?"

八王说:"法场上的双王究竟身犯何罪?"

真宗说:"他砍了东台御史黄守义,把他的人头扔到油锅里了,又闯上金殿辱骂于朕。如果不加惩治,朕还有什么脸再坐金殿?能说一点儿罪也没有吗?"

八王说:"尽管有罪,但不能杀!"

真宗说:"可把他贬到英州为知州,以后立功再提。"

八王答应了。

真宗降旨把双王带回金殿,然后说明贬到英州。双王谢过不斩之恩,回府去准备出京。真宗又提到郡马派人刺王杀驾之事,并叫八王看了从刺客身上搜出的书信。

八王说:"寇爱卿,你的看法呢?"

寇准说:"郡马冤枉!现在并不能仅由一封书信就断定刺客是郡马派的,不能断定郡马要造反!应当先放了太君一家。"

真宗答应，当即传旨放出太君一家。众女将回府，太君带八姐、九妹上殿谢过皇上。可是一听真宗提郡马献人头的事，太君就昏过去了。八姐、九妹急忙扶过，太君苏醒过来以后放声大哭。八王和一些文武官员一见，又都引得热泪盈眶。太君要求把人头交还杨府，允许郡马尸体回京安葬，真宗一一应允。

最后太君启奏："现在杨家只剩下老少寡妇，不能再给国家报效出力，请万岁答应我一家辞官还乡吧！"

真宗没敢准本，看了看八王。八王说："太君，孤王不拦挡杨家辞官了，可是现在不能走。御妹丈死得这样屈，你杨家人是不是要造反，都还没有查清！如果刺客和反书都与郡马无关，那就应该郡马报完仇再还乡。对不对？"

太君说："什么人能查清这样的重案哪？"

八王说："可以请圣上传旨，叫寇大人调查此案！"

寇大人说："八千岁，这个案子我可不敢领。"

八王说："为什么呢？当初你在下邽县连了三任，审过多少奇案呀？进京以后又假扮阴曹审过潘洪，可谓才高智广。今天为什么不敢调查这个案子呢？"

寇准说："这个案子与别的不同，有关到高王爷和镇京元帅的头上。他二人皆系官位高，我不好调查。"

八王说："那没关系，临时封你一下不就行了吗？"

真宗心里也愿意把这件事弄清楚了，看看到底是谁想造反！听寇准的话音是不好查清，只是官职小，不方便。就说："寇爱卿，这个好办，朕暂封你见官大一级，赐你御剑可以先斩后奏。不论朝中哪位文武大臣的府，你都可搜查询问，如有不服，可以先斩后奏！"

真宗的这句话，把个王强吓得脑袋嗡嗡嗡，脖子后边冒凉风，心口窝里扑腾腾，腿肚子转筋咯嘣嘣，眼前不住闪金星，他是真怕寇莱公！常言说："心里没有病，不怕凉年糕。不做亏心事，不怕鬼叫门！"文武百官全都高兴，但愿能给郡马洗清冤枉。

寇大人说："万岁呀，为臣调查此案，只怕也要有人去我府中行刺。依臣看朝中定有奸细，而且和北辽有关！"

真宗说："朕派五百名御林军去保护天官府。你也可以带他们护身！"

寇大人说："多谢万岁！"

真宗把御剑交与寇准。这个见官大一级可厉害，不管见了谁，寇大人都比他大一级！别人根本无所谓，只有老贼王强心里更加不安！

真宗又说："望寇爱卿迅速查出反书和奸细，还需要什么，尽可上殿动本。"说完退朝。

八王怕太君过于伤心，就和寇大人一起送太君回杨府。众女将听说郡马人头已掉，无不痛哭。有的就说："朝廷欺我杨家太甚，咱们反了吧！"

太君喝住："杨家的男子都没人敢造反，你们哪一个敢造反？为娘不容！"

太君的家规很严，这一句话谁也不敢再说反字啦！太君叫人把郡马的人头保存好。宗保已经十六七岁了，哭声不止。寇大人劝了这个劝那个，说："像当年杨家七郎八虎全完了，老太君和众女将不也都活下来了吗？现在郡马是自献人头，是受奸贼所害而逼得！我们应该节哀止痛，增添信心，帮我寇准追查此案拿住奸贼给郡马报仇才是正理！如果你们都哭伤了身体，倒趁奸贼的心愿！"

八王说："我派人去云南接灵吧，万岁已经允许入京了。"

太君说："王爷不必费心了，我杨府去人吧。因为延景现在还担着反叛之名，万岁允许入京，也算开恩了。"

八王说："孤王决不承认郡马会是反贼，等追查完了就可真相大白！"

太君命宗保和八姐、九妹带杨家的心腹家人去云南接灵。寇准和八王也告辞回府。

寇准回到天官府，皇上派的五百御林军已经来到，都是些二十以上、三十以下血气方刚的小伙子，各带刀枪，身强体壮。

第二天寇大人哪儿也不去，直接就奔王强府里来了。王强把寇大人请进客厅，心里怕得要命，叫家人摆上茶水、点心。

寇大人问了王强和高君保到云南去见郡马的情况，然后说："如果说郡马投靠了云南王想造反，那你们去云南解人头，云南王也不会答应啊！"

王强说："看来云南王还是个好人。"

寇准说："郡马知道你们去解人头就不和郡主商议吗？郡主能叫她丈夫献

人头吗？刺客身上搜出的反书难道真是郡马写的吗？会不会在朝中有奸细暗害杨郡马呀？”

寇大人没头没尾地想怎么问就怎么问，把个王强问得不知道怎样回答。寇大人一边问一边还给王强相面。

要说王强还算有胆有谋，不然他敢打入中原吗？尽管如此，他还是被寇大人问得心惊肉跳。可是他还没被寇大人问住，好歹算答上了。

寇大人又说：“我知道王元帅和郡马是有交情的，你是不会害郡马的。不过，万岁派我追查此案，我怎么敢抗旨不遵呢？”

王强暗想：“任你寇准有千条妙计，我王强有一定之规，叫你破不了反书这一案！”

寇大人在王强这里也没有弄到什么把柄，只好告辞回府。

饭后，寇大人又到了高王府。一见面，高王就泣不成声地说：“我真想和六哥同死！”

寇大人说：“事已如此，咱们应当想办法抓住写假书之人给郡马报仇才是，老太君和杨家众女将并不怪你。”又把八王如何闯殿救双王以及万岁命自己追查反书之事，都告诉了高王。最后又说：“我看王强这个人是个危险人物，对他要多加注意！”

高王说：“他当初在风云店和郡马结拜为兄弟，帮助他写了告潘洪的状纸。他入朝为官是六哥保举他的，这可真叫人不好说。不过他手底下倒是有一拨人，比如文状元刘文龙就是他的徒弟，听说是欺男霸女胡作非为，这还不是依仗王强的势利？兵部司马刘文晋和东台御史黄文义也都和王强走得很近。”

寇大人说：“昨天八王在午门以外打了刘文晋一顿！”

高君保说：“有几个八王啊！现在王强府中听说来来往往的人很杂，他那两个儿子王聚、王宝听说也不是他的，不知真假？”

寇大人听完说：“好，这些事咱们都要注意了解。”说完，寇大人告辞回府。

转天，寇大人又来到双王府。双王对大人说：“还有三天我就要出京了。不过，杀了奸贼、骂了昏君，我也算出了这口气！郡马的事如果有什么眉目，请大人给我捎个信去，叫我也高兴高兴。”

寇大人说：“如果有了结果，我一定派寇安给你送信。八王也不会叫你总呆在英州的！”

双王说:“在哪儿还不都一样!”

寇大人说:“别把武艺放下,还得防备辽兵再来进犯呢!”

双王笑道:“我这个州官每天要舞刀弄枪,可真有乐子啦!”

寇大人从双王府出来,又去了王强家,整整在王府呆了一天,也没有得到什么。

第三天,寇大人出府又去王强家,刚到十字街头,就听前边一阵大乱。今天寇大人没坐轿,骑的是马,后边跟着御林军。寇大人问:“怎么前边这么热闹哇?”接着就听到了一片哭声。啊!寇大人把马勒住留神观看。

前边说过,太君叫八姐、九妹、杨宗保带几名心腹家人去云南接灵,走到半路正和郡主护送的灵车相遇,母子相见抱头痛哭。八姐、九妹把朝中之事都告诉了郡主,郡主又叫董铁锤、宋铁棒和假任秉同八姐等人见了面。

郡主指着假任秉对宗保说:“在云南多亏了你任叔叔帮忙与照顾!”

宗保忙上前施礼叫任叔叔,八姐、九妹二人叫任兄。然后又和董、宋二将互相见礼。

六郎此时心里有说不出的难过,可是没有办法,只能承认自己是任秉任堂惠。姐妹二人和宗保在灵前大哭不止,郡马也只好过去相劝。

就这样灵车和轿车一路兼程来到京都,才到十字街就遇上了寇莱公。八姐、九妹急忙过来见过寇大人,寇大人也不多说话,就直奔郡马而来。六郎一见暗说:“坏了,大概躲不过寇大人之眼!”寇大人过来两眼直勾勾地看着郡马,郡马没敢和他对眼光,两眼望了别处。寇大人暗想:“噢,原来如此!”

郡主在轿车里听说寇大人来到车前,急忙下车去见寇大人,一见面泪如雨下。寇大人问:“灵车后边是何人哪?”

郡主说:“是郡马的好友任秉任堂惠。大人您从哪里来呀?”

寇大人说:“为了追查郡马写反书的这一案,万岁封我见官大一级到处寻访。我是去王元帅府,正遇灵车入京。”

这时,郡主叫过假任秉和董、宋二将来见寇大人。假任秉过来见礼,用南方话说:“喔呀!我是任堂惠,见过寇大人。”

寇大人说:“任员外,郡马在云南多承你关照,如今又送灵回京,太辛苦你啦!”

郡马仍用南方话说:“我和六哥是过命的好友,这是我应尽的一点儿心哪!”

八姐、九妹说："寇大人一同到杨府去吧，此处非谈话之所！"

还没等走，太巧啦！王强来了。他正由府里去金殿，从此路过。他看见了十字街的灵车，知道是杨六郎的，想要绕过去，可是突然一眼看见了郡马，他就把马带住了。"呀！这不是杨六郎吗？难道死的是假的？我是白费心机了！"忙叫手下人："跟我来！"就带了从人一直冲到了郡马面前。

郡马一见王强，暗说："他干什么来了？难道他认出了我？现在对他要格外小心！"这时，王强已在马上抱腕拱手说："对面来的可是六弟？我还一直以为你一死身亡了，没想到死的是假郡马！谢天谢地！"

郡马故意做出两眼发直奇怪的样子："喔呀，你这个混账王八羔子！郡马是吾六哥，吾是任堂惠呀！"

王强一听骂上他了，若是知趣的，你就别再往下说了。不，他还往下说，这叫贼心不死！"郡马，你别跟我开玩笑了！你分明是杨延景，怎么是任堂惠？我是绝不相信的！"

此时男女众将全过来了。寇大人暗骂："好厉害的王强啊，硬是拦住任秉纠缠不休！看来事情不妙。好，你既然如此，我不免这般这般！"就把宗保叫过来说："宗保啊，这个王强太可恨了！去云南把你父人头解回东京的是他，今天你们接灵，他又拦住任秉说些不三不四的话，硬管任秉叫郡马，你可不能吃这个亏，他这是又给你找个爹。你也不是小孩子了，能瞪着两眼吃这个亏吗？他这是刨绝户坟、踢寡妇门，这叫赶尽杀绝！你还不去揍他？"

就这几句话，把宗保的火儿给鼓起来了："对，寇大人，您说得对！"就大步走过来喊道："王强，你住口！明明世界，朗朗乾坤，十字大街，仗势欺人，我父已死，是你把人头解回京城，今天不该在众人面前又给我找爹！你分明是要笑杨门，欺我和宗勉年幼无知，尤其我杨府没有男人，我今天要叫你知道知道我杨宗保的厉害！"说着一个箭步蹿上去，一把抓住王强把他拉倒在地。小宗勉跟父亲学了一身本领，听哥哥说得很有道理，又见哥哥拉倒王强，他也冲上来了，小哥俩把王强一顿好打！

宗保和宗勉痛打奸贼王强并没有人阻拦。王强带的从人也都吓跑了。杨府的人都盯着王强，只要他敢还手，大家就一齐上。六郎站在旁边心想："只要有寇大人在，打了王强也没事！"郡主可有点担心，可是又恨王强，是他去杀的郡马人头，如今又来生事，孩子打他也应该！

正在这时，八王来了。因为有人禀报八王郡主运灵回京，可是在十字街头不知与谁打起来了。八王听说后急忙赶到。

寇大人见八王来了，赶紧冲宗保、宗勉喊了一声并且用手一指。宗保见八王来了，叫二公子宗勉退下，自己一翻身躺在地上了。

王强可不知道怎么回事，心说："小娃娃你打累了，该我打你了！"他翻身起来一脚蹬住了宗保举拳就打，正好叫八王看见，大叫："王强，你住手！"

王强听了，连忙收拳。

寇大人心里这个乐呀！怎么那么巧哇？忙过来见八王说："您来得正好，王元帅打宗保，打了半天啦！"

八王一听就火撞顶梁！王强过来说："八千岁呀，宗保和宗勉快把为臣打死了！八千岁一来他们才放手，千岁给我做主哇！"

八王说："你说宗保打你，我并没看见，你打宗保，我亲眼所见！漫说宗保年轻无知，就是成了人，他父与你有金兰之好，业已丧命，你也不当和他一般见识呀！他就是全错了，你打他对得起孤王我吗？"

王强说："千岁呀，我可真没打他呀，八王不信可以验验伤！"

宗保还在地上躺着呢，他多精啊，一听王强说验伤，就在地上捡了块瓦片，偷着在脑门上划了两道。他十六七岁，血脉壮，血一下就流出来了。他用手在脑门上拍了两下就嚷开了："哎呀，打死我啦！我可活不了啦！"

八王说："王强，你说你没打宗保，你看，他还在地下嚷呢！"

八王走过来，寇大人等也都跟过来了。八王说："宗保起来吧，皇舅来了。"忙叫人把宗保扶起。

王强一看就吓了一跳："我一下也没打他，他这脸上的血是怎么回事呀？"八姐、九妹和郡马等人也都愣了，只有寇大人心里知道准是宗保弄得道道。

八王说："王强，你叫我验伤，还用验吗？你自己看吧！"

王强说："宗保，你这是谁打的？"

宗保说："王元帅，你打完了怎么还不承认呢？皇舅啊，我活不了啦！他把我脑浆子都打出来了！"

八王当时也气糊涂了，妹丈死得这样苦，妹妹才运灵回京，王强又来打外甥！他一听说脑浆子都出来了，也没想脑浆子出来了人还活得了吗？就吩咐："来人！"

"有。"

"给我打王强!"御林军过来又把王强痛打一阵。

王强高喊:"千岁呀,别听他的,脑浆子出来人还能说话吗?我冤哪!"

寇大人一看,再打王强就打死了,真要现在打死了,还不行!事情还没查清楚!就转过身来替他求情说:"千岁饶了他吧!"

八王叫人住手。王强连滚带爬地赶紧跑了,一边跑一边说:"我上金殿告你们去!"他也没说要告谁。

郡主早就看见八王了,可是方才那么乱,她没过来。王强走了,她和八姐、九妹过来和八王见礼,宗勉也过来见皇舅,大家不免又哭一场!

八王说:"你们先回府吧,我上殿去,免得万岁听信王强一面之词!"

寇大人说:"千岁见见任员外再走,郡马夫妻在云南,多亏任员外尽心照顾!"

寇准有多难惹,他看出了郡马,还要叫八千岁也见见!

郡主当然理直气壮地说:"任贤弟,过来见过八千岁!"

假任秉无奈只好过来见八王。八千岁愣了半天才问:"你是任员外?"

郡马用南方话说:"喔呀,千岁,吾是任堂惠呀!"

八王回头看看寇准,寇大人一言未发。八王心想:"这个任堂惠怎么和妹丈的长相一样哪?"郡主又叫过董、宋二将,对千岁说:"他二人是云南王手下的旗牌官,和任贤弟一起送灵回京的。"

八王替杨家谢过了假任秉、董、宋二将和随同的云南二十名军兵,然后叫众人先回杨府,自己先上金殿。

寇大人也去金殿。宗保说:"皇舅舅,我也跟你上殿吧,我现在脸上有血迹,免得说王强打我万岁不信!"

八王说:"好,那就带你上殿。"

再说王强,从十字街跑出不远,从人们才跟上来。有人牵过马说:"元帅上马吧!"

王强这个气呀:“你们这些混账东西！刚才我挨打,你们干什么去了！怎么不管呢!”

众随从说:“元帅,你挨打都不敢还手,我们哪还敢过去呀?”

王强来到金殿,见驾已毕站在一旁,真宗见他满脸是伤,浑身是土,玉带也断了,沙帽翅还剩一个,这个狼狈相就甭提了!

真宗问:“御先生,为何这般光景?”

王强一想:“我要一块告宗保、宗勉俩人,怕法不责众,干脆我就告宗保一人。”就说:“万岁呀,杨宗保打了我!”

“他为什么打你呀?”

“臣由府上殿,路过十字街,正遇上杨郡马!”

这句话把真宗吓了一跳:“王元帅,你疯啦！郡马不是死了吗,你怎么又遇上郡马了呢?”

王强说:“没错,死的杨六郎是假,活着的郡马是真的！当时郡主正运灵回京。”

真宗说:“你把朕更说糊涂了！又说遇上杨郡马,又说郡主运灵回京,到底是怎么回事?”

王强说:“运回来的灵车上是假六郎,跟在后边的是真郡马。不但我看见了,寇大人也看见了。我迎上去一叫郡马,宗保拉住我就一顿打。后来八千岁也到了,宗保反说我打了他。八千岁也不问谁是谁非,又把我打了一顿。多亏寇大人讲情才饶了我,臣特来上殿鸣冤！一来杨延景未死,蒙君作弊;二来他养子不教、纵子行凶随意打人,请万岁给臣出气报仇!”

刚说罢,有人报:“八千岁、寇大人和杨宗保上殿。”

三人上殿见过真宗。真宗放眼一看宗保,年纪不过十六七岁,五官端正、眉清目秀,可是脸上带血、浑身是土。

真宗问:“千岁和寇爱卿带宗保上殿何事?”

八王说:“王元帅说要上殿告状,所以我们也来了。他有一状,我们也有一诉!”

真宗说:“八王有话请讲!”

八王说:“宗保,你说吧!”

宗保说:“启禀万岁,王元帅在十字街打了我!”

真宗说:“他说你打了他,你说他打了你,朕听谁的?”

宗保说:“万岁,你好好看看吧,我这脑浆子全出来了!”

万岁笑了:“小爱卿,这你别瞒朕,脑浆子出来当时就得死!”

宗保说:“万岁,你不知道哇,我一看脑浆子出来啦,可真急了,用手一拍又给拍回去了,只剩下一脸血了!”

文武百官一听也都笑了。

真宗说:“王元帅,你把方才对朕说的话再讲一遍吧!”

王强说:“只因为郡主带子回京,我一见郡马在旁护送,忙上前问话,宗保上来就毒打为臣。我还告杨延景叫别人替死,蒙君作弊,养子不教,纵子行凶!”

王强话音刚落,宗保一个箭步蹿上去抓住了镇京元帅,在金殿之上,杨宗保要再打王强!

欲知后事如何,且听下回分解。

第四十三回 王强派人查郡马 八王挂帅救雄州

杨宗保在金殿上又要打王强,真宗可不乐意了,叫道:“杨宗保,住手!”

八王见皇上要怒,忙说:“宗保,这八宝金殿是最有尺寸的地方,也是最讲理的地方,有理你讲!”

宗保住手退在一旁,口称:“万岁,不必生气,非是臣子在金殿撒野,王强大人不该在十字街头辱骂我们弟兄!我们和母亲运送父亲的灵车回京,我父在云南的结义好友也来送灵。任叔父和我父亲长的面貌相像,王强大不该过去管我任叔父就叫杨郡马,惹得我母亲放声大哭。我过去和王大人讲理,他把我抓过来就打!万岁,他打我,我能不还手吗?可是我再打也打不过镇京元帅呀!他不但打了我,现在上殿告状他还当着众位大人的面,又说大街上看见杨郡马,他分明是在金殿上又给我个难看!万岁,我要是再给王强找个爹,他干吗?”

寇大人说："对呀，万岁，宗保说的有道理呀！"

这时有人报："太君上殿。"

太君怎么来的呢？原来是郡主等人押灵到了天波杨府，太君一见自然大哭一场。然后和假任秉，董、宋二将等人都见了面，可是不见宗保。太君一问，才知道刚才和王强打了起来，现在随八王上殿了。太君不放心这个大孙子，所以赶忙来到金殿。

太君上殿以后对真宗说："老臣来告王强！他硬说我儿延景没死，说死的延景是假的。那么去云南杀我儿是王强去的吧？王大人你讲！"

王强只好点头："对，是我去的。"

太君说："那么万岁叫你杀杨延景，为什么你杀个假的当真的回京交旨？你这叫不叫作蒙君作弊呀？"

一句话把王强问得无言答对："这……还有高王呢！"

太君说："不对，高王是陪你去的他得听你的，是你讨旨、交旨的，怨不着高王！万岁，别人犯了蒙君之罪定斩不容，现在御先生犯了罪又当如何？一、他蒙君作弊；二、他害了杨延景之后又要来害任堂惠，他这是居心不善！请圣上三思。"

王强急忙跪下说："万岁，臣确实杀错了！死的是假的，不信可以叫任秉上殿，万岁您看一看！"

太君说："你是皇上的御先生，又是镇京大元帅，这么点事情你要都弄错了，你怎么执掌兵权哪？"

王强说："万岁，为臣可以认错。为了我主万岁的太平江山，臣还是请万岁亲自看看。如果他真是任堂惠，那就算我要害他，臣甘愿领罪！如果他当真是杨延景，还是不能放过！"

到底皇上还是听王强的，就对太君说："可以叫那任秉上殿来吗？"

太君说："当然可以。"

真宗立即派人到杨府去宣任秉上殿。

时间不长，假任秉来到金殿。众文武一看全吓呆了！真宗只看得两眼发直，问道："你是何人？"

"喔呀，吾是任堂惠呀！帮助六嫂送六哥的灵来了。"

他这满口的南方话说得非常流利。要说他是杨延景吧，听说话又不像；要说他是任堂惠吧,怎么这么像杨六郎呢?

王强过来说:“杨郡马,你说实话吧!你一个堂堂的郡马,怎么能叫别人替你死呢?”

假任秉大怒说:“喔呀,你这个混账王八羔子不要胡说八道!吾和六哥交情虽好,也不能替他死呀!我家还有妻子呢。就是我要替他死,六哥是为国的忠良,也绝不能叫吾替!你个混账东西,害完了六哥又来害吾任堂惠,真是臭豆腐一大块呀!”

王强叫假任秉问得无言答对!假任秉又说道:“皇帝如是有道明君,就当分清是非。王强是个奸贼,该杀!”

真宗也没办法肯定到底是任秉还是郡马,就说道:“你先下殿回杨府去吧。”

太君说:“万岁,此事就这样完了吗?”

这时,有几位大臣对皇上说:“想当初杨七郎打擂劈潘豹时,擂台下有过一个假六郎任堂惠,长的五官相貌很像郡马。人长得相貌相似也是有的,王大人不当一口咬定就是郡马!任秉说的是实话,他二人交情再好,还能替死吗?就是他愿意替死,郡马能够答应吗?”

经过群臣的议论,最后君臣们一致认为王强不对,罚他三年俸银。

真宗和八王叫寇大人继续追查反书。寇大人说:“归根结底,杨郡马自己献人头就是他不会造反的明证!”

太君和宗保回府去了,八王和寇大人也去杨府帮助料理郡马的后事。

王强一天挨了两顿打,真是怨气难出!回家后左思右想这个任堂惠一定是杨延景,现在北辽正等回信,只要杨六郎一死,韩昌立即发兵。原来以为这回总能杀死杨六郎了,谁知道又出来这么一个任秉在这里掺和着!不行,叫来两个义子王聚、王宝,说:“你二人化装去到杨府门外监视任堂惠,他什么时候出府,都到什么地方去,你们随身带好银两,要一直跟到底!”

二人点头说:“谨遵父命,请爹爹放心!”二人自去跟踪不提。

再说老太君和宗保转回杨府,假任秉也跟回来了。天波府内一片哭声,众女将一边哭一边还得安慰太君。假任秉一会儿劝老太君,一会儿劝众女将,一会儿劝郡主,其实他自己更是心焦!

太君说:“请堂惠侄儿和董、宋二位将军到客厅去坐吧!”然后吩咐摆设酒宴招待他们。可是这几个人谁也吃不下去,哪有心思吃酒哇?都劝老太君,只怕他过于悲伤。

这时，八王和寇大人也到了，太君把二人接进来，商量了一下就在院内搭设灵棚，然后把人头放在棺灵之中。开棺之时怕老太君伤心，就不叫杨府的人看了，由宗保和宗勉跪在灵前。八王本来也不想看了，可是寇大人非叫王爷看看不可。董、宋二将和任秉全在这里帮忙。等家人把棺材盖打开了，老杨洪把郡马的人头托来了，大哭说："郡马爷呀，再也不能见到你啦！"

老管家杨洪手捧人头，放声大哭泪双流。"再也看不见杨郡马了！不清不白你把忠尽，杨府老少谁不愁？也不知什么人把反书写，杀了六爷。但愿苍天多保佑，双天官明察暗访有智谋，哪怕奸贼隐蔽得好，断案如神的寇大人也能把他揪！郡马爷你安息吧，我们一定给你报冤仇！"

老管家手捧人头要往棺材里放，寇大人拦住杨洪说根由："老管家止步你别往前走，你的泪水不能掉在棺材里头。"

假任秉上前忙举手："我替老哥哥放人头！"

寇准说："我再看看杨郡马。"

伸双手接过郡马的人头，八千岁此时把双眉紧皱："寇爱卿快放下吧！"

假任秉怕大人看出破绽，传出去丢人，此时寇大人又偷看假任秉，只看得假任秉赶紧回头去了！

八王已经不耐烦了，心想："寇准哪，快把人头快放在棺材里不就完了吗？你就翻过来掉过去地看个没完没了，惹得大家也哭个不停！"

寇大人把人头放好，假任秉和老杨洪盖好棺材，大家又哭了一阵，可是寇大人却一滴眼泪也没掉。

八王和寇大人在杨府逗留了半日，快吃晚饭时才告辞回府，老太君叫杨洪给任秉和董、宋二人安排好住处，由杨府众女将、宗保、宗勉和几个家人轮流守灵。

二更天过后，太君在无佞楼上半躺半卧，自言自语地说："儿啊，你死得好苦，可把为娘坑死了！"

太君正在伤心掉泪，忽听房门一响，只见进来一人，太君定睛一看，正是任秉任堂惠！只见他高抬双腿轻迈步，走到床前忙跪倒，叫声："母亲您别害怕，孩儿是您的亲生儿子！"

太君听了摇头苦笑，他又把那封遗书拿给太君，太君接过看完书信还不算，又拉过郡马,看延景的头顶有绺红发,太君一验果然有,这才是悲喜交加母子相逢!又问延景郡主可知道?郡马说:“她还不知真情!”太君说:“你把这封信保存好,今夜晚去对郡主说明吧。郡主她死去活来好几次了!”郡马说:“此事只能告诉母亲和郡主,知道的人多怕走漏风声!朝中定有奸细要害我。”

老太君又把云南的经过问了一遍。太君见六儿未死,心中当然高兴。可是马上又想到任秉,仍然是心潮澎湃。

郡马下了无佞楼就奔自己的房中而来,路上也没人看见他。郡主今夜没插房门,因为宗勉说要和母亲来做伴,郡主又伤心又劳累,也还没有睡觉。郡马轻轻一推,门开了。

郡主一见半夜三更任秉来了,忙说:“任贤弟有什么要事吗?天色不早,你快去安歇吧!”说着轻轻把房门关上,又说:“任贤弟,你可是你六哥的过命好友哇!”

郡马说:“郡主,我不是任秉,我是杨延景啊!”

郡主说:“不对,他,他,他死了!”

郡马说:“我这里有一封书信,你一看便知。”

郡主又开了房门,郡马取出了任秉的遗书叫郡主看过,郡主此时才恍然大悟。接着郡马又叫郡主认自己头顶的红发,郡主这才相信郡马没死,真是又悲又喜,流下了辛酸之泪。

郡马说:“刚才我已和母亲讲明此事,只能叫母亲和你知道,不然容易走漏风声。母亲叫我明天就返回云南!”

郡主说:“我也愿意叫你走。等寇大人破案后,我叫宗保去接你。”

郡马说:“他还是个孩子,到时候找个家人去就行了。”

夫妻二人谈了一夜,直到天色发白,郡马才出房间到前边去,董、宋二人太累了,还没有起床。吃过早饭以后,太君叫家人把三人请到客厅,问道:“你们打算什么时候回云南呀?”

郡马说:“如果杨府没什么事,我们今天就动身了。”

太君说:“那就不多留你们了。任员外和我儿相交一场,就把我六儿的盔甲枪马都送给任贤侄留个纪念吧!”

郡马说:“多谢盟娘!”

太君说:“因为目前杨府不太平,等寇大人把这个案子查清以后,再把你们几位请来多住些天!”

董、宋二将说："盟娘，我们都是自己人，不用客气。六哥已死不能复生，盟娘还要多多保重！"

老太君把一路的路费和吃用的东西叫杨洪给准备好，然后全家人相送。这三个人出城就一直奔云南而行。

没想到后边有人跟下来了，就是王强的两个义子王聚、王宝，这两个人化装成百姓一直跟到了云南。

一路之上不必细表。到了昭通府，董、宋二人说："任大哥，改日再会吧。我们先去回报给云南王，省得他不放心郡主。"

郡马说："好吧，我就不送二位贤弟了。"等他来到任府的门口，心里可为难了，见了姜氏说什么呀？要说真话她还能活吗？想着想着，脚步发沉在门口就站住了。

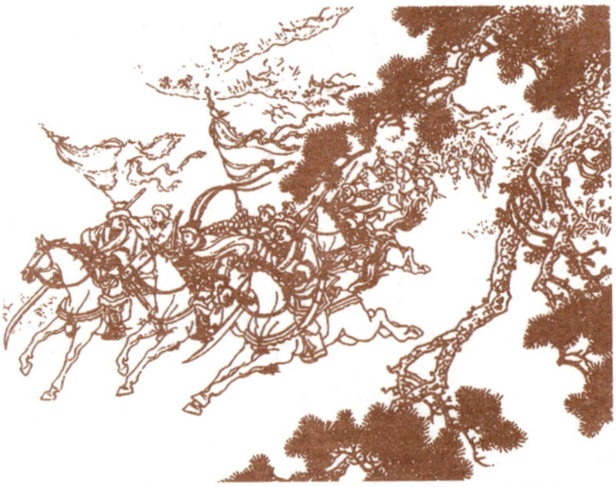

王宝、王聚就在离不远的地方观看。只见任府里出来了几个家人，迎上假任秉说："哎呀，任员外回来啦！"大家一拥而上。

王宝、王聚都听见了，又听任秉说："吾把六哥的灵车送回京城了，吾在京城是呆不下去了呀！那个王强混账东西硬是拿吾当六哥哥。"说着，就进府里了。

王聚、王宝二人一听一看，没错了，这是任堂惠！就又连忙赶回汴梁报与王强。王强这回才放心，心中大喜，忙派耶律沙偷去幽州向肖太后报信。

果然，过不几日北辽的战表又进了京城。真宗立即召集五府六部文武百官来金殿商议，唯独没有双王呼延丕显，因为他早已贬到英州上任了。真宗把北辽的战表与众位大人说明了，然后问："哪位爱卿能挂帅去征服北辽？"连问了几声，文武百官无人答话。因为都知道韩昌韩延寿的厉害，谁敢与他对阵？

八贤王和佘太君领兵迎敌，被困遂州。与此同时，杨六郎来北方贩牛至遂州，也被困在遂州城内。就在城池就要被辽兵攻破的危急时刻，杨六郎挺身而出，面见八贤王和佘太君，献上了"凝冰筑城"之策，巩固了城防，挡住了辽军的进攻。接着，他又根据兵书战策，着手训练牤牛，巧摆牤牛阵，大破辽兵，解了遂州之围。

欲知后事如何，且听下回分解。

第四十四回 雄州城宗保挑辽将 刘家店郡马买牤牛

话说八王为帅，宗保为先锋、寇大人为监军，带领了高君保、郑印以及镇京两员将刘超、张盖，统率二十万人马离开汴梁向北进兵。

路上行走非是一日，这一天来到雄州。

雄州是留守元帅刘玉迎接八王进城，到了帅府后，叫三军铡草喂马，扎营用饭。刘玉摆设酒宴给八王和各位将军接风。

酒席间，刘玉向八王说："辽邦抢关夺寨就要到雄州，雄州城内缺兵少粮，故而向京都告急。"八王说："我们一定要严加防守，绝不能叫敌兵攻破雄州！"

刘玉把自己的帅府腾出给八王，给众将都安排好住处。八王下令休息即日再迎敌。

结果第二天辽军就到了雄州，在北门外不远扎下大营，第三天辽将就来讨战。雄州留守元帅刘玉理所当然讨令打头阵，点了三千人马出城迎战。

刘玉来到阵前，辽将喊："来将少往前来，通名受死！"

刘玉勒住了马，只见对面辽将身穿铜盔铜甲，左挎弯弓右别箭，足下一双狼皮战靴，手端青铜蒺藜棒。刘玉道："我乃雄州留守大帅刘玉，来将通名！"

"我是北辽都督肖达赖，奉大元帅韩昌之命来取雄州！听说宋八王赵德芳在此，你如把他献出城来可饶你性命，不然叫你死在棒下！"

刘玉也不答话,手摆春秋刀直奔肖达赖,肖达赖挥起双棒往外一磕,当啷啷一声响亮,火星乱崩。两匹战马翻蹄亮掌、鬃尾乱乍,马来马往杀在一处。肖达赖力大棒沉,是北辽的著名猛将;元帅刘玉刀法虽好,力气却不如肖达赖。这一招刘玉正举刀奔头顶砍去,肖达赖双膀攒足了气力往外一架,只震得刘玉哎呀一声两膀发麻,天旋地转,头如麦斗,两耳生风,眼前金花乱舞,哇的一声吐了一口鲜血,急忙圈马大败而回。军兵们忙把吊桥高绞,城门紧闭。肖达赖取胜之后并未收兵,依然骂阵。

刘玉败回城中见八王,八千岁一见他脸白如纸,口吐鲜血,即叫人扶他回府诊治。探兵又来报:"肖达赖口口声声叫八千岁写降书!"

八王听罢,叫声:"众爱卿,留守大帅败回城中,哪位将军出马临敌?"

八王话音刚落,高君保就挺身而出。可还没等他说话,杨宗保人过来得慢,话可出来得快:"元帅,先锋先锋,遇事先行,末将不才,情愿前往!"高君保还没张嘴,宗保的话就把他堵回去了。

八王说:"就命你二人出战,要同去同回!"

寇大人说:"宗保初次上阵,还要多加小心才是!"又对高王说:"不论胜败,只要平安回来就好!"

二人得令,顶盔挂甲,每人一条枪,带兵五千出征迎敌。

八王不放心宗保,带领众将上城观阵。

宗保对君保说:"高叔叔,您给我观阵吧!"

高君保说:"侄儿,你没打过仗,还是先看一阵吧!我如打败仗,你再去战敌人!"

宗保说:"叔叔要多加注意!"

高君保催马拧枪直奔战场。肖达赖正在那里发狂,只见城门大开闯出几千人马,跑出来的战将身穿银白盔甲,白马银枪,相貌堂堂,三缕短髯,精神百倍。肖达赖喊:"来将报上名来!"二人通名报姓之后,战在一处。高君保催马抖精神,二人交手有四十趟,高君保见敌人败阵,他贪功不舍追敌人,没想到中了敌人绊马锁,被捆住了押回后阵,宗保一见冲上去一声大喊:"小太爷一条枪要杀尽你们!"对面又冲上来肖达赖,肖达赖问罢姓名,宗保大枪奔肖达赖,二人杀得难分难解,杨宗保一枪一枪逼过去,肖达赖哎呀一声说不好,只见杨宗保手中这条枪真如同猛虎下山、蛟龙出水,肖达赖暗想:"这真是老子英雄儿好汉,强将手下无弱兵！”刚要败阵而走，不想公子一枪正刺中他的咽喉，肖达赖双手撒缰滚鞍落马，气绝身亡！

城头上八千岁和众将都看得很清楚，又是高兴又是担心。高兴的是宗保初次上阵，就枪挑敌将落马；担心的是敌将丧命，怕他们杀害高君保！

此时，杨宗保催马拧枪想闯入敌队，忽听对面三声炮响，又冲出一员辽将。此人头带镔铁盔，身穿大叶镔铁甲，手使镔铁点钢棍，冲上来挡住了宗保，口中说：“你刺死肖达赖，我岂肯放你？快通名受死！”

“我叫杨宗保。你是何人？”

“我本是肖太后架前的大将军野龙！”说完举棍就打。

论力气，野龙比杨宗保大；论武艺，宗保比野龙强。二人一直杀到天黑未分胜负，双方收兵。

这次北辽领兵的是副元帅耶律庆，带二十万大军来攻雄州，所带的战将都是北辽的名将。野龙回营见了耶律庆报明军情，说明日再战定要拿住杨宗保。副元帅叫人把死去的肖达赖用棺材殓好，派人运回幽州。然后叫把拿住的宋将军高君保带上来，手下辽兵得令，不多时把高王拉拉扯扯推进了大帐！

大兵准备把高王押往幽州，辽兵们押着高君保的囚车正向北辽幽州行走，路过一片松林，耶律奚喊了一声：“儿郎们听了！逢山有寇，遇林藏贼，要多加小心！”

他这话算说对了，松林中确实有人，谁呀？就是董铁锤、宋铁棒和假任秉三人。他们怎么又到这儿来了呢？

上回书中说到，郡马在天波府中深夜和太君、郡主吐露了实情，而老贼王强从郡马一进京就产生了怀疑，所以太君叫郡马仍回云南，留在京城怕有危险。杨郡马只好依然冒名任秉和董、宋二将返回云南昭通。郡马到了任府，姜氏忙来到前厅问候丈夫，又问了杨府老太君等人可好，郡马只是连连点头，简单地回答了两句。

郡马想，回到任府日久天长不到姜氏房中定会引起姜氏多心，因此不能久留。任秉生前常去北辽贩马，自己不如也去贩马，顺便打探一下边关众兄弟的下落。这就需要一大笔本钱，不能找姜氏要，只能找云南王去借。他对姜氏说要到王府去向云南王回禀郡主的情况，就出了任府来找云南王。

假任秉先向云南王说明了杨府的情况，叫云南王放心，然后说明向王爷借钱去买马。云南王知道任员外本来就做过贩马的生意,郡主夫妻又在任府吃住三年,所以云南王毫不犹豫地给假任秉准备了一箱银子。

假任秉又说:“我还想叫董、宋二位贤弟和我做个伴。”

王爷说:“行,只要他二人愿意,我不拦挡。”

董铁锤说:“王爷,我可愿意去。我有个弟弟,和我吵了两次嘴,一赌气走了,说是不混好了不见我。一晃多少年了,音信不通。事后我很后悔,也很想他,我愿意跟任员外四处走走,也许能打听到他的消息!”

宋铁棒说:“我家里也没有什么事情,都好安排。”

假任秉说:“把衣服多带点儿,可不一定多少日子才能回来!”

然后三人商订,今日各自回家准备,明日就动身。

假任秉回府对姜氏说:“自从六哥死之后,我心中非常愁闷,准备明天带董、宋二位贤弟出去贩马,到各地游一游,回来也许就能把六哥忘了!”

姜氏是位贤德之人,对丈夫从来是百依百顺,也就答应了,只是劝丈夫要多保重身体,早去早归。当夜,六郎就在书房中住下。

转天,董、宋二人带好行装马匹来到任府,郡马把自己的盔甲枪剑全带着,把金银分别驮在三人的马上,告别了姜氏,三人启程上路。

一路之上也不着急,逢山游山,遇水观景,这一日来到了代州城,他们以贩马为名到处打探北辽的消息。进城以后正想找个店房,忽听对面有人吆喝一声:“这不是任老客吗?多年不见了!”

郡马一看并不认识,此人有四十来岁,黄白脸,穿一身青。他又笑了笑说:“任掌柜,你真把我忘了?我不是刘四海吗,你每次贩马专门住我刘家店。这么多年不来,就不认识我啦?”

郡马心说:“我本来就不是任秉,怎能认识你呀?”嘴里只能附和地说:“噢,想起来啦!刘掌柜,我这个人好忘事、眼又拙,多年不见就不敢认你了。”

刘四海说:“您这是到哪儿去呀?”

“我还是来买马!”

“那就还住在我这店里吧!”

“我正要住此店。”

刘四海忙叫伙计出来拉马,把三人安排在上房,又叫伙计打洗脸水、沏茶,热情招待。吃茶中间,郡马问:“刘掌柜,咱这边马的行情如何?”

刘四海说:“不好买呀！你这次来怎么也不打听打听啊？现在北辽的韩昌正在练兵进攻中原,这个地方的马都叫他们给弄走了。有的还给几个钱;有的就说借用以后再还;有的干脆拉着就走,谁拦就打谁！你这回来的可不是时候。”

六郎心说:“好你个韩昌,说话不算,若是见了你,决不善罢甘休!”就问刘掌柜:“照你这么说,山高路远地我们算白来一趟啦?”

刘四海说:“你买牛吧!”

六郎说:“我买牛干什么呀?”

刘四海说:“现在牛可便宜啦！因为北辽一打仗当兵将的都要吃好喝好,他们最爱吃牛肉,只要一打仗,牛羊不够他们用的！有的干脆就抢。所以老百姓一听要打仗,家家户户都卖牛,用不了十两银子就能买头好的。你要买几百头牛回云南,卖一头就能挣五头,比你白来一趟不强吗？咱们是熟人,要是别的老客,我还不给他出这个主意哪!”

郡马一听也好,为了不使董、宋二人多心,就同意了,因为郡马根本不是为了赚钱来的。他拿出银子交给了刘四海:“刘掌柜,你人熟地熟,也懂得牛的好坏,就麻烦你给买吧!”

刘四海说:“行,这个我还内行!”就带着银子领着伙计去买牛了。

过了三天,刘四海回来了,买了八百头牛。他对郡马说:“任老客儿,我给您买来八百头牤牛,价钱不贵,九两银子一头,你赶回云南可就赚了!”

郡马说:“倒是便宜,怎么买的都是公牛啊?”

刘四海说:“母牛人家都不愿意卖,要留着喝奶、下小牛。”

郡马说:“那好,牤牛就牤牛吧！你倒真会买清一色。”

董、宋二人心想:“这么些牛往回走得多长时间才能赶回云南啊？可人家已经买来了,也不能说别的。”

刘四海说:“我这店可小点儿,牤牛要是放在店里,住店的可就得搬走啦。”

郡马说:“这个店我包下了。你和店里的老客儿说几句好的,叫他们到别的店去住吧。”

刘四海自去照办,然后把八百头牤牛全都赶进店房,牤牛头头都很肥壮。

郡马三人又在店里住了几天,刘四海和店伙们对养牛都很有经验,郡马等三人也和他们学了不少东西。

这一天,郡马他们想该离开这里了,就和刘掌柜商议:“刘掌柜,我们该往回走了。可是这八百头犍牛只有我们三个人可赶不了,我们又是外行,你们既然帮助买牛,能不能在帮助送牛啊?”

刘四海说:“行啊,我们这些人没到过南方,真要是跟你去,一边放牛一边还可以游山逛景,那太好啦!”

郡马问:“你们店一共有多少人?”

“一共二十五名店伙。”

“好吧,连你刘掌柜一共二十六位。来回的路费和你们的工钱全包在我身上!”

刘四海一听更高兴啦!“任掌柜的真是仗义疏财!只给伙计们就行啦,我白去一趟,分文不取,咱们算交个朋友!”

郡马问:“那你这个店呢?”

“我叫内掌柜的照顾点儿就行了。”

郡马说:“你安排一下,告诉大家明日启程!”

第二天,刘四海和店伙们都带好了路上应用的东西,赶着八百头犍牛,跟着任老客就出发了。一路上逢山找庙,逢镇住店,伙计们和任掌柜也处得很和睦。

这一日来到离雄州不远的地方,刘四海说:“不能往前走了,听说那里辽兵和宋军打得挺厉害。我们绕道而行吧!”

假任秉说:“不用怕,我和杨郡马学过几年枪法,遇上敌人还可以打他一阵!”

董铁锤笑道:“任大哥,你可别吹呀,这可不是说着玩的,还是打听打听再说吧!”

前边正有一大片树林,他们就把犍牛全赶进林中。因为前不着村,后不着店,大家说:“在这里休息一会儿再走吧。”就都拿出了牛肉干和点心,取下了装水的皮葫芦,边吃边喝。忽听林外传来战马和车辆的声音。郡马说:“大家看好了犍牛在林中等我,我到外边看看是什么人。”

刘四海说:“任老客儿,你管那闲事干什么?弄不好惹祸!”

这时又听外面有人喊:“逢山有寇,遇林藏贼,要多加小心!”

郡马在树林边上找了个高处一看,见对面马上步下来了一队辽兵辽将,前面有一辆木笼囚车,车里面的人好像是高君保。囚车越走越近,郡马看得真切,不是高君保还是哪个?

杨六郎这才催马往上闯,要砸囚车搭救高君保!

欲知后事如何,且听下回分解。

第四十五回 砸囚车郡马救君保 赶牤牛英州会双王

杨郡马一看囚车内是高君保,急忙闪入林中,对董、宋二人说:“外边是一名宋将被辽兵捉住了,我们得去救!”

董、宋二将说:“任大哥,算了吧! 人家马上步下有兵有将,咱们才有几个人? 我们俩虽然有功夫,可是还没到战场真正交过锋。这林中还有二十多名店伙和八百头牤牛,别找麻烦了! 真惹了祸,这些人怎么办?”

郡马心中自然有数,知道不会出什么意外,就说:“我们中原的将官被辽寇捉去,既然看见了,哪能不管?”

二将说:“不是不叫你管,你要真有六哥那样的本领,你不管,我们也得叫你管! 现在可不行,我们打不过他们!”

郡马说:“你们看我任秉本领不行,我今天还非管不可,叫他们看看我和六哥学的枪法如何? 不过还得二位贤弟帮忙!”

二人说:“我们俩倒好办。”

郡马说:“他们循着树林子过来了,这些牤牛请刘店主和伙计们照管好,你们二人上马到前面去拦住了辽兵的去路,我去树林中绕到他们的后面去抄后路,咱们来个两面夹攻!”

二人一听:“哎哟,任大哥你还真有两下子! 这可危险哪!”

“不用怕,有我哪!”

“有你,只怕没有我们哥俩了!”

“不能!”

“你可真有六哥的枪法？”

“你们可就别再嘀咕了，上马吧！”

刘四海说：“三位老客儿，可别拿命闹着玩！”

郡马说：“刘掌柜的，你就看热闹吧！”说完就绕树林到后边去了。

董、宋二将虽然没经过大敌，可是二人的本领还是没错的。董铁锤手使镔铁轧油锤，宋铁棒手使镔铁螺丝棒，二人上马出林大喊一声，两匹战马蹄跳咆哮，咴儿咴儿乱叫！

辽兵一见，急忙报与耶律奚和麻刺虎。二辽将大怒：“什么人胆大敢来劫囚车？”

耶律奚叫麻刺虎看好囚车，自己催马上前。只见眼前这两人并没穿盔甲，一个黑脸膛，浓眉大眼；一个黄脸，长的小鼻子小眼的。

耶律奚问道：“两个小辈，你们是何人？”

宋铁棒说：“他叫董铁锤，我叫宋铁棒。”

耶律奚说：“我们押解一名罪犯去幽州见肖太后，你们快快闪开道路，放尔等活命。如若不然，叫你们死在刀下！”

董铁锤说：“我们在此处就是要劫你！”说罢二人催马就上！

耶律奚说：“你们如此不讲理？来呀，儿郎们往上闯！”五千人马冲上来一半，另一半跟着麻刺虎守住囚车。

高君保只见辽兵大乱，心中暗喜，不知是什么人挡住了辽兵！麻刺虎在那上端刀看着。这时，杨六郎从后边就冲上来了，这一条枪犹如银龙飞舞，倒海翻江！几个回合后，杨郡马救下了高君保，董铁锤和宋铁棒也不知打死多少辽兵！耶律奚见势不妙想跑，被董铁锤的大锤砸了一个脑浆迸裂，死了！

高君保见任员外枪法超群救了自己，一心想把他请去雄州共战辽寇，哪知人家不去！

郡马心想：“现在中原已经没有我这一号了，我是贩牛的老客儿，何必再到朝中去送死?"就对高君保说:"高王爷就请回吧!"

高君保无奈只好走,到了木囚笼后一看,果然自己的枪马还在,就扳鞍纫镫上了马,对任秉和董、宋二将抱了抱拳说:"恩公们,咱们后会有期!"直奔雄州而去。

列位要问了:杨六郎既然知道和北辽开了战,八王和寇大人也都在军中,他能不关心吗?何况宗保也在雄州,他就不怕儿子有危险吗?

郡马有自己的想法,他不能轻而易举地出头露面。因为朝中的奸细尚未查清,不知是不是与北辽有关,自己如果去雄州助战也定会传到汴梁,朝中奸贼又不知要怎样害自己一家!任秉的遗书中也提到,未找到写反书的人之前,千万不能暴露真实的身份!所以只好狠下一条心,叫高君保自己走了。

董铁锤、宋铁棒这时说:"任大哥,你可真有两下子,枪法确实出奇!"

六郎说:"别夸我了,你二人的武艺我也看见了,比我任堂惠强得多!"

二人说:"任大哥,你这是高抬我们俩。真和敌人一交上手,就把死全忘了!"

刘四海说:"咱们该走了。任老客儿,像这样的闲事只许管这一次,下次可别管了,把我这些伙计的苦胆全吓破啦!"

六郎说:"敌人跑了,还扔下不少东西,咱们拣有用的带着!"

死的辽兵辽将在地上横躺竖卧,满地都是敌人扔下的东西,伙计们拾了不少,都叫牛给驮着。只可惜马匹都跑了,没有得到。等大家都收拾好了,郡马又领大家上路了。众人还以为任秉令他们奔云南,哪知郡马根本不想回南方啦!

这一天来到了英州。进城不远有个李家大车店,掌柜的叫李有财,店方地方倒是很大,可是破破烂烂,所以住的客人也不多。郡马一看这里圈牛正合适,就叫刘四海前去打听。两个人都是干这一行的,刘四海和李有财一说话就挺对簧,就把这个店包下了。这个店后院很大,八百头牤牛就全赶到了后院。

店主李有财是个好说、好笑、好打、好闹的人,没事的时候问郡马:"任老客儿,看来你家是出名挂号的大财主了!把刘家店的人全要带到南方,管吃管喝还给工钱,这太好啦!你这些人够用的不?要是不够用,走的时候把我们李家大车店的人也都带上,怎么样?"

郡马说:"只要大家愿意去,我欢迎。人越多越好!"

李有财说:"任老客,您这么忠厚,我也跟您说实话,你们在这儿还不能多住，战事很紧，听说宋朝兵将由雄州败下来了，大概要退到英州。如果敌人再追到这儿，城门就得关闭，到那时想走也走不了啦！不但人困住了少吃没喝，只怕这八百头牛也要饿死！"

六郎说："不怕，现在你们就给我多买草料放着。"

宋铁棒说："任大哥，干脆明天早晨咱们就走吧！"

郡马说："你们放心，有我在此，敌人不敢来呀！"

这一句话把大家全逗笑了。

李有财说："你卖牛卖的牛气可不小！一个牛贩子住在英州敌人就不敢来了，那可太好了！"正说话间，就听外边"咣咣咣"锣声响亮，一阵大乱，郡马虽然没出去，他可听见了锣响了十三下。心里暗想："这小小的英州有什么人经此打了十三棒锣？起码是个王位之人！"又听外面当差的人喊："行人躲闪了，老爷到！"

郡马忙问："李有财，什么人有此路过这么热闹啊？"

李有财说："是英州知州！"

郡马说："不对呀，知州应该打七棒锣。"

李有财说："哟，你还真内行。看来你不是一般人，你是个牛贩子，可是亲戚朋友里不定有多少当官的哪！外边过的这个州官当初是双王。"

郡马问："是哪位双王啊？"

李有财说："就是当初一十三岁下边庭捉拿潘仁美的那位呼王爷呀！听说八王带兵要往英州败退，他几次出城没接来，今天大概又是出城去接元帅！"

郡马听了大吃一惊，又问："这位双王怎么到这里当了知州呢？"

李有财说："有的朋友认识州衙里的差官，听他们说自打杨郡马被杀以后，这位双王一气杀了黄守义，又上殿大骂皇上。皇上要斩他，亏了八王和寇大人保本，才把他降到英州。这位大人可算得是为朋友两肋插刀哇！"

李有财讲完了，猛一抬头见任老客眼圈红了："哎，任掌柜，你怎么啦？"

董、宋二人听李有财一问也看任秉，只见他眼泪流下来了。二人忙问："任大哥，你跟双王认识吗？"

"认识。"

李有财说："你认识双王？"

郡马说："对！"

李有财可不信，心说："你要认识双王，就不能叫你贩牛啦！"

董、宋二人又问："任大哥，你为什么哭哇？"

郡马说："提起了呼王为六哥降官的事，又使我想起六哥来了。当初他救过我的命，在云南一块呆了三年又教了我枪法，我怎能忘得了他？"

二人听了也长叹一声："别再提郡马了，他也是个愚忠之人，不足效法！他自己愿意死，我们也没办法！"

第二天，英州城门就关闭了，不许行人出入。刘四海说："得，这回想走也走不了啦！"

大家此事全都埋怨任老客。六郎说："我也不知时局变得这么快呀！大家别为难，我去州衙见见州官大人，跟他说说能不能开开城门放咱们出去？"

李有财哈哈大笑说："任老客，你可真有意思！现在两下交锋是你死我活的紧要关头，能给你开城放你出去？你就是与州官老爷有过命之交也不行啊！一开城敌人进来了，那还了得？如果你真和州官大人有交情，倒可以请他帮咱们多准备点草料倒是真的！八百头牤牛一天得吃多少料哇？一旦买不到草料把牛饿死，你就赔本啦！"

六郎说："你这话也对。"

李有财心想："这个任老客有点吹五捧六的，还不一定真认识假认识呢！"就问："任老客，你打算什么时候去州衙呀？"

六郎问："你有事吗？"

李店主说："你要去，我也跟着！"

六郎说："我今天就想去，一来打听打听战事；二来有困难之事也好叫他给接着！"

李店主一听，越说越吹上了！两下交战的事还能对你说呀？不过要看他的神情这么自然，也许和州官还有交情！就说："好，我送你去吧！"

六郎说："我正想有个做伴的哪！"就叫董、宋二将和刘四海等人在店中等候。

李有财说："州衙离此不远，我们步行去吧！"

二人出了店直奔州衙而来。路上大街小巷的人都在纷纷议论："韩昌又要打过来了！""咱们往哪儿逃啊？""英州城可难保了！"

郡马心想："为了老百姓，到了时候，也不能袖手旁观！"

李店主把郡马领到州衙门外，说道："任老客，到了！"

六郎见州衙有差人把守，就说："李店家，请你去叫差人送个信儿，就说来了个贩牛的朋友，叫州官大人大门挂灯、二门挂彩、吹三通打三通放炮三声来迎接我！"

李有财听了吓一跳，这任老客和州官真不是一般的交情啊，口气太大了！还没等他走到衙门口，当差的就喊了一声："干什么的？站住！怎么还往前走哇！"

"我是李家大车店的店主李有财，我领了你们州官大老爷的一个朋友来，请你们回禀州官老爷，叫他大门挂灯、二门挂彩、吹打三通到外边迎接！"

当差的问："通什么名姓啊？"

李有财说："你就报是贩牛的任老客！"

差人也没仔细问，李有财怎么说他就怎么报。去不多时他回来了，怒冲冲地喊了一声："大老爷现在心里快烦死了，什么卖牛卖羊的老客，一律不见！"

李有财回头看了看郡马："任掌柜，咱们回去吧，人家不见！"

郡马说："你躲开！"李店主闪在一边，郡马走到当差的面前说："你们去给呼延丕显二次送信，如果他不来接我，你就说英州城难保，他可别后悔！"

当差的听了，从上到下打量郡马，真够精神！便说："你先等着！"就往里面去报。

呼延丕显正坐在书房非常愁闷。因为这几天听说八王从雄州败下来了，可是几次出城都没有接到，又耳闻敌人已离此不远，怕混进来敌人，所以关了城门。刚才当差的来报有个卖牛的求见，口气还挺大，真是岂有此理！不想差人又进来报："启禀大人，外边卖牛的客人叫你列队迎接，不然他说他一走了英州城就保不住了，你可别后悔！"

呼王闻听此言倒吸了一口凉气。"呀！外边是什么人来啦？"于是呼王急忙传下令：悬灯结彩锣鼓声声来到衙外去迎接，只见一人，哎呀，原来是哥哥杨六郎！呼王大声叫道："六哥！"

郡马用南方话说："喔呀，谁是杨六郎，吾是任堂惠呀！"

这一句话就使呼延丕显"唰"地一下子全身都凉下来了！

"你是任大哥？"

"对呀，吾是任秉！我和六哥长的一样，你认错人啦！"

呼延丕显并不奇怪,他知道有个任秉和六哥长相差不多,听郡马说过。这一下他刚才的精神劲全没了!半晌无言,心说:“任堂惠你也太不客气了!我们虽然是联盟的朋友,你也不该在我的衙门外卖这个狂气呀?”就有点不耐烦地问了一声:“任大哥,你到英州干什么来啦?”六郎说:“我这次贩卖牛被困在英州城了,住在李家大车店,我的八百头牛草料不多了,现在外边不好买,我来找你借点草料!”

呼王一听心里更别扭了,真是烦上加烦!“任大哥,如果敌人困城,只怕人吃的都够呛,就别说牛啦!”

六郎说:“不要紧,现在你借我草料先喂牛,等以后你们没吃的时候,我供给你们吃牛肉,你看好不好?”

呼王又一想:“六哥活着的时候,他和我六哥不错,他既然来找我,就应下,叫他走了也就得了!”就说:“任兄,你用完草料就来找我,一定尽心协助!现在两下交兵,敌人就要打到英州,我一会儿还得出城去接八王,你先回店去吧!”

六郎说:“好吧,那我就多谢兄弟啦!”

呼王心想:“他说话倒挺近乎!”六郎一看呼王不送他了,接的时候那么热闹,走的时候那么冷清,脸上不好看哪!就笑道:“呼贤弟,刚才吹吹打打把我接进来,走的时候叫我自己走,对我那死去的六哥也不光彩呀!”

呼延丕显说:“好,来人哪,送我的好友!”叫人吹吹打打把假任秉和李店主又送出了州衙。呼王想:“这个任蛮子真够讨厌的!我六哥活着的时候,常对我讲这个人如何如何好,没想到听景别看景,看景更稀松!”正在这里烦闷,差人来报:“八千岁带兵离此还有十里,探子说后面敌兵还在追赶!”

呼延丕显急忙命人备马抬枪,出城接八王,迎战敌人!一直接过七八里地,才见宋军大败下来。只见八王千岁和寇大人、郑王、高王还有一员小将,一个个盔歪甲斜骑马而来。呼王急忙上前接驾,八王说:“快进城,然后再叙!”就带着残兵败将一直退进英州城。呼王下令吊桥高绞,城门紧闭。呼王早就给八王准备好了行宫,就在城东南的天齐庙,里边都安排好了,八王和几位保驾的将官都住在了行宫。带来的宋军分派在四城,和英州守军一起守城。

原来,高君保被郡马砸了囚车救了以后回到雄州,把经过对八王说了,最后说:“我请任秉来雄州帮助打辽寇,他说什么也不肯来,我只好自己回来了。”

八王听完倒并不多想,寇大人却心说:糟了!高君保放走的任秉,十有八九

是杨六郎！他要一狠心走了，可就坏了！忙对八王说："这两天宗保出战也未能战胜辽将，雄州难守，咱们撤吧！"

八王也不敢总叫宗保出战，只怕有个闪失对不起老太君。可是往哪儿撤呢？寇大人想到双王在英州，他本领高强，可以抵挡一阵。没想到韩昌又领兵来了，把雄州城围住了！没办法，只好在一个夜里闯营突围，由南门杀出。就这一战，二十万军兵死去大半，刘玉拼命战韩昌保护八王突围，最后被韩昌斩于马下。

经过损兵折将总算把八王千岁保出了火坑，等到了英州，兵马已经不到十万人了。八王心里能不难过吗？

见了呼王，八王心里也觉得对不起他。双王降职到英州虽然不怨八王，可是到底是老赵家办的事呀！雄州都丢了，小小的英州还能保得住吗？八王心里仍是忧愁。

呼王安慰八王说："八王千岁自管放心，一人舍命，万将难挡，只要有我呼延丕显在，绝不让辽寇进入英州城！"

八王苦笑着对寇准说："寇爱卿，这就是你叫孤王挂帅的好处啊！"

寇大人说："千岁，我本来以为如果战败定有能人来助，哪知道能人未到！"

刚说完话，只听外边炮响。军兵来报：

"北门外辽兵扎营！"

"西门外辽兵扎营！"

"东门外辽兵扎营！"

"南门外辽兵扎营！"

八王焦急地说："四门外又被辽兵困住，这便如何是好？"

话音刚落，军兵又报："韩昌带兵在北门外攻城！"

寇大人说："千岁，可以叫呼延丕显出兵，他很有本领。不过他现在是知州，哪有知州带兵出战的？按说国家兴亡、匹夫有责！不过人家原来是双王，如今降为知州再去出征拼命，岂不令人伤心？"

八王一听就明白了，叫："呼爱卿，孤王暂时封你官复原职，仍为双王。等回京以后，再请万岁封你！"

呼延丕显说："多谢千岁！"

这是探兵又报："韩昌在北门外骂阵不止，要降书顺表！"

呼王说："八王千岁，待臣去战他！"

呼延丕显要大战韩昌！

欲知后事如何，且听下回分解。

第四十六回 六郎拜师得兵书 八王求贤退辽兵

呼延丕显顶盔挂甲罩袍束带，然后叫人备马抬枪点齐了三千人马出城迎战。同时命令城头军兵喊话，叫韩昌不必攻城，双方亮队交锋！八千岁带众将到北城头观阵。

韩昌和呼延丕显大战几十回合，呼延丕显便圈马败下阵，杨宗保便催马上阵，大战韩昌，一时间杀的是天昏地暗，最后宗保体力不支，眼看要败阵了，高君保在后阵鸣锣收兵。不过年轻人好胜，嘴里不能认输。韩昌一气，拍马就追赶杨宗保。

高君保正在后阵，一见韩昌追来，放过了宗保忙把吊桥绞起，然后紧闭城门，任凭韩昌叫骂。回城以后，高君保和杨宗保都来到了八王的行宫，众将也在此处，大家一起商议军情，也想不出什么退兵良策。八王就埋怨寇大人："你总说如果打了败仗就会有能人相助，如今雄州失守、英州被困，怎么也不见有能人来？这样下去非死在韩昌之手不可！"

转眼又过了三天，敌人每天攻城叫阵，可是没有人出城能战韩昌。呼延丕显经过这几天的诊治，伤也好了。寇大人对他说："天一天天地冷起来了，眼看就要天寒地冻。韩昌困城，我们死守也非长久之计，因为城内粮草有限，到了一定的时候就会不攻自破。你在这里人熟地熟,好好想想还有没有什么仁人志士可以出谋划策帮助破辽的?”

这一句话使呼延丕显突然想起一个人来,忙说:“寇大人,您这一句话倒提醒我了!现在城内的李家大车店,住着一位贩牛的老客任堂惠,他是我的六哥的生前好友,也会武艺。这个人和六哥的相貌很像,可以把他请来,叫他上城头冒充我六哥去吓退韩昌行不行?”

大家一听全都乐了,都夸这个主意好!寇大人听了,心里一块石头落地:“自己盼望的能人原来正在此地!哪里是什么任堂惠?分明就是杨郡马!”他心里虽然明白,但还不能明说。八王这时问:“寇爱卿,你看这个办法如何?”

寇大人说:“可以试一试。不知哪位去请他?”

众人都说:“还是呼王爷去一趟吧!”

丕显说:“这有何难?我去。”说完就带了几个差人来到李家店。

店主李有财正在门口站着,那天晚上他和任老客去过州衙门,一见州官来了,忙迎上前去:“大人,您怎么到这儿来啦?”

双王笑道:“我来找任兄有事商量。”

李店主说:“他不在呀!”

“啊?他干什么去啦?”

李有财说:“我们这一片只有一口水井,供人喝还凑合,供他那八百头牛可不够。任老客给他的犍牛找水去了,大人您进店里等他一会儿吧!”

呼王一想,回去也没什么事,不如就在这儿等等吧,省得再跑一趟了,就和几个差人进了店,店主把州官大人让进任老客的屋里,沏上了茶,请大人等候。

郡马到哪儿去了呢?原来他听人说西门里有个温水泉,不论天气多冷从来不冻。郡马就像到那儿去看看,如果合适,每天就到那儿去饮牛。

郡马一边走一边打听,不太费事就找到温泉了。这个温泉虽然不太大,可是四周还有些空地和树木,在这个地方饮牛还是满合适的。他正在这里观望,只见从旁边的树林里出来了一个骑牛的老道。这道人头戴九梁道巾,身穿银灰色道袍,腰系水火丝绦,水袜云鞋。生得慈眉善目,花白的长髯,手拿渔鼓,肩上斜挎一个黄布兜,再看他胯下的那头牛更不一般,得有一般的两个牛大,一色青,牛毛就像青缎子一样光滑油亮,俩牛犄角盘卷着,犄角尖可向上挑着,两只眼睛好似两盏明灯!郡马一见,自己的八百头犍牛里找不出一头这样的来,心里不由自主地爱上这条大青牛了！两眼就一直盯着它。

哪知道老道骑着牛走到面前竟然停住了，而且笑着问："这位施主可是姓杨？"

郡马听了大吃一惊，忙问："这位道长您出家何处、道号何名？"

老道说："贫道家在银雀山三清观，我名任道安。你可是杨六郎吗？"

郡马听完，"哎呀"一声，急忙跪倒施礼，口称："叔父在上，侄儿给您叩头啦！"

这位道长原来是任秉任堂惠的亲叔父。杨六郎过去听任秉提过，他叔叔任道安出家为道，四处云游。所以任道安一说，郡马立即想起来了，而且一见了任道安又想起了任秉，不禁双眼落泪。

任道安说："贤侄快快请起！你也不必难过，你和任秉的事情我都知道了。"

郡马说："我对不起任贤弟，更对不起弟妹姜氏！万一将来宝童还在，我更是无言答对！"

任道安说："你二人即是生死之交，他舍命救你也是应该的。宝童并没有死，而是跟一位高人学艺；姜氏也是个贤惠的女子，将来贫道也可以给你作证！郡马日后免了罪，可以动本给任秉追封就是。"

六郎说："侄儿一定办到！叔父为何事来到英州？"

任道安说："就为找你而来！贫道云游四海，到处为家。在代州听说你买了不少牤牛，又听说韩昌再犯中原，我就先到这里等你。如今韩昌兵围英州，你的牤牛大有用处！我今赠你宝书三卷，内系训牛演阵之法，你照书行事，定可大败辽军！"说完，又从身后抽出一根皮鞭，对郡马说："我骑的这头大青牛是久已训练好的，它专服这根鞭子的指挥。我把这头牛也留给你，它可以带领牛群去冲锋陷阵！"

郡马听了心中大喜，连忙跪拜说："叔父此举真乃救国救民，功德无量！侄儿蒙恩非浅，受之有愧，愿拜您为师，今后多受教益！"

任道安笑了笑说："好吧，也算是你我二人有师徒情分！"

郡马重又拜过师父，并请师父去李家店。

任道安说："我不想久留，也不见其他人了。为师行踪不定，有事时自来找你，你的处境不利，要多加谨慎，以防奸人！"

六郎说："徒儿牢记！"又再三挽留师父。任道安执意不肯，把阵书和降牛鞭交与六郎，下了牛径自去了。

六郎无奈，只好拱手送别师父，然后牵着大青牛回到了李家店。

店主李有财迎过来说："任老客，方才州官大人来访你，等了好长时间才走，不知有什么事。他说一会儿再来！"

六郎说："好，我不出去了。"就牵着牛来到后院。

众人见任老客牵回来这么大一头牛，都围过来看。六郎说是刚买来的，叫伙计们把它单独圈起来好生喂养。六郎并没提刚才遇见道长之事，怕人多口杂，传出去误了大事。只是和董、宋二将说了准备要训牛，等待时机协助破辽兵。

这时，李店主进来说："任老客，州官大人又来了，快去接一下吧！"

郡马说："你们几位先回避一下吧。"就到店门口把双王接到自己的房里。

郡马问："呼贤弟来找吾，有什么事情吗？"

丕显说："现在韩昌带兵困城，眼看就要缺粮断草，八王的大军也败至英州，现有众将全敌不过韩昌，大家都很为难！打算把任兄请出来，上城头去冒充杨六郎吓退韩昌以保英州，不知任兄意下如何？"

郡马听了说："喔呀，吾没有武艺，不敢去见韩昌！大人另请高明吧。"

呼王说："不是叫任兄出阵，只要站在城头上就行！"

郡马说："吾没有这个胆量，你们另想高策吧！"

郡马心想："除非到了万不得已的时候，不然能不出头就不出头！"

双王又劝了几句，见任老客就是不应。没办法，他只好回去了。见了八王，呼王把任老客的话又学说了一遍。高君保说："千岁，任掌柜胆子可不小，他不但胆大，而且本领高强！在雄州城外他劫囚车救我的时候，我是亲眼所见，他的枪法是跟六哥学的，比我们高！"

八王听了说："既然他有本领、有胆量，为何不肯上城呢？"

寇大人心里早已经明白了，说："这个任掌柜也许怕退不了韩昌不好看，也许还有些其他的想法，既然高王说他的枪法好，不如再去请他一次！"

八王说："那谁去请呢？"

寇大人说："得千岁您亲自去！"

"寇爱卿，一个贩牛的老客儿，他也叫孤王亲自去请？"

寇大人说："现在韩昌大兵困城，英州实在危险万分！我们的战将虽然不少,可哪个能杀退韩昌?只要任秉能退敌,八千岁为国求贤又何必计较?”

八王说:“好,那孤王就走一趟!”说罢出行宫上了逍遥马,众将护驾齐奔店房。

来到了李家店,店主急忙报与假任秉:“八王千岁带着众将来了!”

六郎说:“麻烦你告诉一声,就说我不在!”

李有财一听:“怎么任掌柜架子这么大呀?”他不大高兴的走出来说:“任老客说他不在!”八王听了顿时不悦。寇大人说:“千岁,一为江山的完整,二为黎民的安全,咱们不用他接!”李有财听了,赶忙在头前带路,到了任秉房门口喊了一声:“任老客,八王千岁到了!”

杨六郎再想躲都来不及啦!八王进来一看任秉,马上想起了御妹,眼泪就流下来了。众官员多没见过任秉,呀!这不是杨郡马吗?高君保低声给众将作了解释。

郡马此时忙过来见过八王和寇大人。寇准说:“八千岁亲自来请你了,任掌柜不要再推辞啦!韩昌说过见郡马不反,现在眼看英州难保,你如上城冒充杨郡马,准能吓退韩昌!”

郡马说:“如果吓不退韩昌,怕给你们君臣再惹祸呀!”

寇大人说:“出了祸也不怨你!八千岁都来了,你再不去可不对呀!英州被困,你们大家也出不去城,一旦城被攻破,咱们全都完了!如果你这次解了围救下全城性命,可是特大的功劳啊!”

寇大人这后一句话,是提醒郡马不要失去这个将功折罪的机会!

刘四海在旁一听连忙喊:“任老客,我们这二十多人和八百头牤牛的命可全在你手里了!”

董、宋二将说:“任大哥你去吧!你的相貌和六哥一样,老太君又把六哥的盔甲、枪马都送给了你,你就披挂起来上城头一站又有什么?只是记住别说南方话就行!”

郡马一看也不能再拖了,就说:“好吧。如果退了韩昌,八千岁也不要高兴;退不了韩昌,大家也不要烦恼!另外,董、宋二位贤弟也要随我上城。”

二将说:“我们上城有用吗?”

“有,韩昌不只怕杨六郎一人,也怕他手下的边关众将。到时候我一喊边关众将的人名,你们就大嗓门的答应就行了!”

八王和寇大人听完也乐了。假任秉叫众人先去北门等候，他去顶盔挂甲随后就到。

八王带众人离了李家店来到北城楼，韩昌正带兵攻城骂阵。八王叫高君保喊："韩昌你暂停攻城，我们有话说！"

韩昌还以为八王被困顶不住要投降了，就下令暂停攻城，在马上大喊："赵德芳，莫非你要写降书吗？"

八王哈哈大笑道："韩昌，你以为我中原没有能人了，又来兴兵犯境，烧杀抢夺，今天要叫你知道英州城的厉害！"

这时，郡马已然全身披挂来到城头，呼王安排了一些兵将装成边关众将，和董、宋二将一起登城。

韩昌听了八王的话，又大骂不止。八王说："韩昌，你不必逞强，你来看这是何人？"

郡马挺身站到了前边，大叫："韩昌，你好大胆！当初既写了降书，就不该又来犯我中原，我杨延景在此！"又大叫："陈琳、柴干、孟良、焦赞！"董、宋二将答应一声："有！""在！"

"速速开城，待我去捉拿韩延寿！"

韩昌抬头往城楼上一看，果然是杨六郎！只吓得他"哎呀"一声拨马就跑。辽兵的儿郎有不少见过杨六郎的，这下子可炸了营啦："不好啦，杨延景没有死啊，快跑哇！"一个个就犹如丧家之犬，望影而逃！

城头上的八千岁和寇大人可乐坏啦！看来真是人的名、树的影，一朝被蛇咬，十年怕井绳！叫军兵们注意防守，君臣们下城楼回行宫。八王叫假任秉也搬到行宫里来住，有什么军情好随时应付。假任秉说什么也不答应，非要回殿去照看自己的八百头牛。最后说："只要有事情，八王可以随时派人去找我，随叫随到。"

郡马回到李家店，当天夜里就把恩师留下的牛阵全书取出来认真地读，里面专讲如何训牛和用牛作战的各种方法。郡马越看越爱看，越看越觉得自己的八百头牤牛大有用途。他一点儿也不觉得困了，一直看到了三更半夜。这时已是数九寒冬，外边刮起了西北风。郡马觉得有些冷了，就站起身来在屋内来回踱步。忽然，听到有炮声和远处传来的喊杀声。郡马知道不好，大概是敌人夜间攻城！他急忙把书收好，也没来得及顶盔挂甲，提了大枪拉出马来紧了紧肚带，就牵马出店直奔喊杀声处而去。

书中暗表，韩昌退兵十里才稳住了大军。他猛然想起过去王强报给北辽的信里，提到过有一个叫任堂惠的人，相貌和杨延景相同。自己会不会上当了？又一想宋将连连败阵，连杨宗保一个孩子都出阵了。如果杨六郎真在，绝不能站在城上光喊而不出阵！他越想越觉得不是杨六郎，就马上带兵返回北门以外，传令四营的都督、平章、大小儿郎，今天夜里一定要打进英州城，活捉赵德芳！

辽兵们架起了青衣炮、红泥炮、牛腿炮、西瓜炮、灌满了砂子火药。韩昌又调动好马上步下的长枪手、短刀手、藤牌手、弓箭手，准时三更点炮攻城。

英州城上顿时大乱，灰瓶、石子、滚木、雷石一起往外扔。不好啦！北城墙被炮轰开了一个大豁口！宋军就喊开了："城墙被炮轰开了，敌人要进城啊！"

探兵急忙报到行宫，可把八王吓坏了！商定由郑王和双王保驾，高君保和杨宗保二人前去迎战。

君保和宗保来到北城，只见被炮轰开的豁口被宋军临时用石头堆上了老高，军兵们在这里向城外开弓放箭，防止敌人从这里进城。

韩昌在城外督战，只许前进，不许倒退，谁若后退，就地正法！辽兵们一拨接一拨地向豁口猛冲，他们人多势众，宋军不好抵挡，有的辽兵就从豁口处冲进来了。

高君保和杨宗保两条枪左右开弓，杀了几个辽兵，后边的还不断往里闯，形势十分危险！正在这时只听远处马蹄声响，一匹战马飞奔而来箭一般地冲到豁口，高君保一看，正是任秉任堂惠到了。刚冲进来的几名辽兵被他一枪一个全扎死了。只听假任秉大喊一声："要活命的辽兵快快闪开，我杨延景来了！"

这时，正有两个辽军都督杀到豁口，一个叫肖林，一个叫肖海，这哥俩想从豁口攻进去捉拿八王赵德芳，不想正遇上杨六郎！二人一听六郎通名，只吓得心里发抖，浑身发冷，十成本领还剩下五成。有心要不战败回，又怕韩昌就地正法，干脆宁死阵前，不死阵后，就大喊一声："杨延景，你往哪里走？"

郡马心里正愿意叫他们喊哪，他们越喊杨延景，敌兵越不敢向前！不到喝一杯茶的工夫，肖林、肖海全被挑落马下。两位都督一死，辽兵大乱，犹如风卷残云般地往回跑，边跑边嚷："杨延景太厉害了，二位都督都死了，快跑吧！"

郡马叫郡保和宗保守住豁口，自己带一部分军兵去追杀敌人。一直追出四五里路，郡马怕韩昌兵多再包围他，于是圈马回城。

郡马回到豁口时，天色已亮，冲进城里的少数辽兵早已全部被歼。郡马叫君保、宗保二人回去交令，自己依然回李家店。

欲知后事如何，且听下回分解。

第四十七回 冰冻英州驯牤牛 风迷归途遇岳胜

高君保和杨宗保回到行宫，把一夜的战况报与了八王，然后说："幸亏任掌柜及时赶到，不然英州城就完了！"

寇大人说："不管人家是不是答应做官，应该把人家的功劳给记上！"

八王说："理应如此！任秉一声吓退韩昌，这是第一功了；夜间又杀退了攻城的辽寇，保住了英州，这是第二功。该记两次大功！"

再说杨郡马一夜征战很劳累，回到大车店刚要进门，不想脚踩到冰上一滑，差一点儿跌倒。进了房以后倒下身就睡了，足足睡了一上午。醒过来以后，店主给郡马端过来酒饭，郡马边吃边想下一步的破敌之法。要想取胜，首先还要守住英州。而现在城墙被辽兵炮轰了一个豁口，必须马上修好，不然太危险！可是现在天寒地冻，滴水成冰，根本没办法修。猛然间，他想起自己回店时差一点儿被冰滑倒之事。对！用这个办法就可以把豁口堵上。想到这儿，也顾不得再吃了，忙叫店主去把呼王请来，说有事相商。

双王很快就来到了李家店，问郡马道："任兄，是你找我吗？"

郡马说："对，贤弟请坐！"

双王说："任大哥，要不是你，英州城就完了！八王千岁已经给你记下两次大功！"

郡马说："哪里，哪里，那是大家的功劳！把双王请来是说说修豁口的事，现在天寒地冻用砖瓦不好修，只好暂时修一座冰城。今天晚上就叫军兵和全城百姓一起动手，天亮以前就可以修好。"

双王听了又惊又喜，忙问："怎样修法？"

郡马说："叫军兵们和百姓往豁口运草把子、运水，越多越好。垛一层草把子，泼一层水，这样很快就可以把豁口堵上！"

双王说："太好了，我马上就去准备，一更天准时动工！任大哥，你可准时去呀！"

到了夜里一更天，只见军兵和百姓们都排成了长龙，运草把的运草把，运水的运水。北风一吹如尖刀刺骨，水泼到草把子上立时就冻上了，不大的工夫，已把豁口堵好。

双王说："现在还不到二更天，干脆所有的人都去运水，把四面的城墙也都用水泼成冰墙，敌人就更不好攻城了！"

俗话说："万众一条心，黄土变成金！"一夜工夫，整个英州成了一座冰城。双王高兴得把八千岁和众将都请来验城。君臣一看全都喜出望外。

假任秉对八王说："八千岁，这次敌人再来攻城也不害怕了，即使再打坏了哪儿，随时可以泼水冻上！"

这时，北门外韩昌有带兵来攻城。辽兵们架起炮来准备轰城。可是放眼一看，看不见城墙了。英州城如同一座水晶宫，闪闪发光！韩昌不解其意，拍马上前来仔细看，原来是一座冰城！

韩昌心中大吃一惊，英州城里真有高人！莫非杨延景当真活着？弄不好这次出兵又是白费心机！又一想，不管他三七二十一，再攻城看看吧！

护城河已经冻了，他们过来很容易，可是往城上爬就根本不行了！开炮打，只打了点冰溜子下来。他们在这打，城上随时泼水，马上又冻上了。城上三军们大喊："韩昌，你有炮就打吧，我们提前过年啦，省得放鞭炮了！"

城外，韩昌可气坏了！他们灌满一炮的砂石火药得费很长时间，打出去有的就溜下去了，有的只打下点冰块来！尽管他骂阵，城里的兵将就是不出战。

韩昌心想:“你会冻冰城我也不撤兵,困得你粮草缺乏,看你们降不降?”

就这样,英州城算保住了,可是仍然解不了围。郡马也想出阵,又想自己多年未和他交手了,只怕武艺不如从前。万一战败,只怕于军心不利。所以就把心思全用在驯牛上了,不然一到春暖冰化,只怕英州难保。

郡马用了几天时间,把牛阵全书读熟记住,就找人请来双王说:“为了防备天气转暖冰消雪化,要早做准备。我想对这八百头牤牛加以训练,然后排演牤牛阵以退辽兵。只是需要一些东西,请双王命人做好准备。”

双王说:“只要能守住英州退了辽兵,任兄花多少钱都可以,要什么给准备什么!”

郡马说:“请双王找铁匠打好八百对牛耳尖刀,钢口要好,尺寸我已经画出来了。尖刀的下边要做成筒形,能够套在牛犄角上。尖刀的刀刃向上,每对要比牛犄角长出半尺。另外,有一头大青牛,牛角是盘龙角,要叫铁匠直接去量尺寸,一定要做得合适!还有,找城里的裱糊匠扎做一批假人,做成辽兵的穿戴和形状,但是肚子要空的,能合上能打开,里边能装草料。”

双王说:“这有何难?”

郡马说:“做好了立即送来,越快越好!”说完,双王告辞去准备纸人和尖刀。

过了六七天,双王派人把纸人和尖刀全送来了。这些纸人还真像北辽兵,什么脸的都有!都穿着北辽的衣服,戴北辽兵的帽子。有的拿枪,有的拿刀,有的马上,有的步下,都挺像。这些兵是用竹箅子和秫秸秆扎成骨架,外面用五颜六色的纸糊成的,肚子可开可合,里边能装草料。八百对牛耳尖刀也都用精钢打成,雪光锃亮,锋利异常!

郡马又找双王要了二百名军兵、两员副将和他一起训牛,两员副将叫包天江、包天海,是亲哥俩。郡马把二百名军兵分成四队,每队五十人,分别派董铁锤、宋铁棒、包天江、包天海带领,开始训练牤牛。

郡马先叫人买了不少豆子磨成碎粒,又把碎豆粒和铡碎了的草拌成草料,一包包用纸包好了放在纸人的肚子里。然后把纸人一排排地放在空地上,提前一天不喂牛,叫它空着肚子。然后先牵十头牛做试验,把他们牵到这些纸人面前,叫他们用犄角去挑纸人的肚子。

在驯牛的时候可不能套上尖刀,因为牛脾气最犟,没训好之前如果给它套上尖刀,非常容易伤人。就是训练好了,平时也不能给它戴,在出战之前才能给戴。这些,在牛阵书中都已说明。

包氏兄弟把十头牛拉到纸人面前,牤牛根本就不敢用犄角挑。这时在后边的大青牛突然一声叫,这十头牤牛扭头就跑回来了。原来,人有人言,兽有兽语,这头大青牛来了以后已经成了牤牛的头领。它这一叫好像是说:“弟兄们别过去,他们手里有刀枪,再往前去非死不可!”

郡马一看明白了,擒贼先擒王,若想训好牤牛,非得先从大青牛下手不可!于是就取出了降牛鞭,亲自把大青牛赶到纸人面前,叫它用犄角去挑纸人的肚子。大青牛仍是不敢挑,郡马就打开了一个纸人的肚子,里面露出了草料。大青牛已经饿了一天了,一闻见香喷喷的草料,连忙张开嘴,几口就吞下去了。

大青牛这回可高兴啦!郡马又拉着他的犄角去挑开一个纸人的肚子,里边又有草料。大青牛这回可明白了:“原来这些模样的人并不可怕,只要用犄角把他的肚子挑开,里边就有好吃的东西!”它一连叫了三声,大概是叫:“弟兄们都过来吧,这些人的肚子里可有好吃的东西呀!”果然,那十头牤牛又全回来了,看大青牛怎么挑,他们也怎么挑,胆子越来越大。挑开的纸人,有的肚子里有草料,有的没有。就是有草料的装的也不多,吃完了这个装的,就又去挑另一个。

就这样,郡马叫大青牛带头,轮流训练牤牛,用了几天的工夫,八百头牛都轮过一遍。然后,郡马又叫军兵们做了红颜色的水,灌在猪尿泡里,和草料一起放在纸人的肚子里。牛把纸人的肚子一挑开,噗的一声就流了出来,如同人的鲜血。一开始,牤牛也害怕,后来也就不怕了,反而没草料。所以牤牛越是见流红水的,挑得越来劲儿!

这些日子韩昌虽然不断攻城骂阵,可都是白白徒劳。尽管英州城保住了,但是城内的粮草却越来越少,维持不了多长时间了!

这一天,八王派人请来任秉公议军情。八王说:“现在英州城内无粮草,外无救兵,我们不能坐以待毙。是不是派人去京城搬取救兵和粮草?”

寇大人说:“派人去搬兵运粮是好办法,可是谁能杀得过韩昌闯过辽营呢?”

郡马说:“那好办!韩昌总不能守四面城吧?出去的人只要不遇见韩昌,就能杀出去!”

八王说:“言之有理!”

郡马说:“我保举一人准能杀出去!”

八王说："谁呀？"

郡马说："就是我的贤侄杨宗保。"

寇大人问："叫他去，你能放心吗？"

郡马说："我可以送他闯营，然后我再回来！"

八王说："那就有劳任掌柜了！如果闯营成功，孤王与你叔侄记功！"

要是别人帮杨宗保闯营，八王还不放心呢！八王已知道任秉的本领高强，所以丝毫未加阻拦。八王又吩咐取过笔墨纸砚，亲自写了一道求救的折报，请皇上速派大军，多运粮草，以解英州之围。写毕交宗保贴身带好。为了抓紧时间，决定立即动身。

郡马说："我的盔甲枪马还在李家店，我回去一趟，然后就动身。"

郡马回到店中赶忙给太君写了一封信，把自己离开云南以后的情况全写了，叫全家人最好随救兵来英州，写完后封好。然后顶盔挂甲，又与董、宋等人说明，就出店而来。见了宗保后，郡马把信叫他收好，说："我给老盟娘写了一封信，你到京后先把这封信交给你奶奶，然后再去金殿！"

宗保听了也有些奇怪，可是不便多问，就一同上马直奔南门。一路过关斩将，杀过层层辽营帐，越过四面的虎狼兵，一直杀到天过午，杨郡马恋恋不舍把宗保送出城防，宗保说："难道叔父想把我送回京？"宗保说："叔父别送了，已经走出来太远了！若不然叔父找个地方住下，等我搬兵回来咱爷俩再一起闯营回去！"

郡马说："我如不回去，八千岁还不急坏了？你去吧！"

宗保说："那好，叔父回头见！"说罢，撒马直奔汴梁而去。

郡马勒马站在那里，一直看着儿子走远，他才拨马往回走。说也不巧，往回走不多远突然变了天气，狂风大作飞沙走石，根本辨不出方向了。战马有时顶风而上，有时侧风而行。等风小了以后，天气又黑上来了，大雪花似棉花一般纷纷扬下了起来。此时杨郡马已经迷失了路途，他哪里知道已经越走越远，根本找不到英州城了！

大雪纷飞，只见前边是白茫茫一座大山，半山坡闪出一座庙，杨郡马怕众人一发现他，自己不好脱身，会招来许多麻烦，所以下了马没进庙，到四处转了转，等百姓们走了以后再进庙。他放眼四面一望，到处是一片冰雪。又往前走了走，见有一块木牌，上边写着"忠良山"三个字。郡马想："修这座庙立这个牌大概都是一个人干的，胆子也太大了！我还背个谋反而死的罪名，他硬是叫忠良山，修六郎庙，叫宋军见了也不会饶过他！会不会是孟、焦耳人所为呢？”

一直等到烧香还愿的百姓全走了，郡马才把马拴到庙外一棵树上，然后进了庙。庙虽然是新修的，里边可很简单，大殿以内没有别的神像，只是正当中有一座神像用黄绸帘挡着，左边有一匹白龙驹，右边有刀枪架。郡马走过来拉开黄绸帘一看，正是自己的塑像！前边的香案桌上有蜡扦儿香炉，香烟缭绕。

郡马心想：“怪不得我总这么倒霉呢，我还没死呢就给我烧香拨火的，我受得了吗？”

这时一个小老道进来了：“哎，你这人胆子不小哇！敢拉开绸帘随便看我们六郎神！”

郡马听了一转身，小老道一看“哎呀”一声以为见了鬼啦！撒腿往后就跑。

时间不长，从外边又走进来一个老道，头戴道巾，身穿道服，腰系黄丝绦，脸上是眉清目秀，颏下五绺长髯。郡马看了紧走几步跪倒施礼说：“大哥呀！原来你在这里呀？”这个老道原来正是花刀岳胜。

岳胜一看郡马，真是又惊又喜，二人抱头大哭：“六弟，你没死啊？”

六郎说：“大哥，咱们找个僻静的地方说话吧。”

岳胜说：“徒儿，你去把庙门关了吧，把匾也摘了，再有烧香的人来，告诉他们今后别来了，郡马又活啦！”

岳胜带郡马来到后院的屋中，又叫小老道给郡马准备吃喝。郡马还真饿了，吃完了才各叙离情。

郡马说：“大哥，我先问问你这几年的情况吧！”

岳胜说：“好，那我先告诉你吧！自从杀了谢金吾，万岁把你调回京城问罪，孟良斧劈了三关，杀死了接任的将帅三人带兵造反，他把帅印夺在手自封元帅，带众将去汴梁造反救你。我怕辽兵入侵，就留守三关了。你不叫他们造反并割袍断义以后，孟良又带人回到三关来找我，都觉得朝廷对你太不公平了，不愿意再保皇上，就在离此四十里远的地方占了山，等待兵多粮足之时要返汴梁为你报仇！我当时不放心边关，没有和他们走。后来听说六弟要造反，皇上派人到云南去斩你，结果六弟自愿献了人头，我才一气之下离了边关，来到这座山改了山名，修了庙，和马童一起出家。不论是宋军或辽军，谁来了我就打谁，打不过再说！六弟，你不是献人头尽忠了吗？”

郡马说："大哥，真是一言难尽哪！"就把皇宫抓住刺客搜出反书、任秉替死、贩牛救高王以及现在英州之事都说与了岳胜，并说刚送宗保闯营搬兵，迷了路途才来到此地。岳胜说："既然贤弟未死，我修的这座庙就不能留了。愚兄也别无去处，不如还跟你去英州共战辽寇吧！"郡马说："大哥以国事民忧为重，使小弟深为钦佩！那样的话是不是也把孟良、焦赞诸位兄弟找来，咱们一起来杀退韩昌，救百姓于水火之中！"

岳胜说："我也正想如此！不过，只怕孟良他们仍怨恨你和他割袍断义、愚忠于皇上，怕还要费一番周折吧！"

郡马说："有些事情也非是小弟之故，比如王强领旨去云南解我的人头，汴京内已将我全家人打入牢监。如果我不服旨，全家人就难保活命！所以小弟宁愿一人身死，以救全家。至于割袍断义之事，确是小弟一时气恼鲁莽之举，小弟是情愿去认错的！孟良贤弟等既然恼恨小弟，今愿和大哥一起去登山请罪！"

岳胜说："今日天色已晚，外面又风雪迷漫，你闯营已经劳累一天了，你就在这里好好睡一夜，这个事情你就交与为兄吧！我立即动身就去劝说孟良他们，我的道路熟悉，明天早上领他们到这里来见你！"

郡马说："如此大雪怎能叫大哥一人跑路？小弟当和大哥一同去！"

岳胜说："六弟你就不要客气啦！我去了可以先替你多做说解，大概比你直接去更方便些。你还是在这里好好休息一夜吧！"

郡马一听也觉得有理，就说："恭敬不如从命，那小弟只好请大哥辛苦一趟了！"

说罢，岳胜给郡马安排好了住处，吩咐小道人好好伺候，自己出庙上马而去。

一夜无话，到了转天早晨，郡马刚刚洗漱已毕略坐片刻，听外面一阵人马的嘈杂声。郡马知道是岳胜领人来了，急忙迎出庙外。

庙外正是岳胜领来的边关众将，天气虽冷，由于忙于赶路，众人依然是汗气腾腾。有些人一见郡马忙喊："六哥！""元帅！"就跪下见礼。只有孟良没有说话，脸上仍带着怒气，可是眼中已经含着泪水。

郡马早已泪如雨下，与众位生死弟兄一别数年，心里苦、辣、酸、甜，不知是什么滋味！忙把众人扶起，又躬身施礼道："各位贤弟，六哥对不起你们呀！"

岳胜说："快到庙里说话吧！"

众人进庙到后堂坐下，几年不见，郡马挨个地看看每位兄弟，边关众将也都仔细端详郡马。郡马走到了孟良面前："二弟，你还记恨愚兄吗？都是愚兄一人之错，当初辜负了贤弟一片心意！今日当面向各位兄弟请罪，愿打愿骂愿杀，但凭众位贤弟！"

孟良虽然气大，可是经过昨夜岳胜的良言相劝已经消了些气。今日又见六哥低头请罪，哪里还能再执气？听了六郎这话倒泪如雨下道："我那六哥呀，你真是叫人又气又疼，这几年想煞小弟啦！"说完，和郡马抱头痛哭。

岳胜在旁劝道："我们众人几年离散，今日重聚乃是大喜之事！大家不要哭了，只可惜庙内无酒，不然我们要痛饮一番！"

郡马道："岳大哥大概已向众位说了，愚兄现在仍在冒充任秉在英州助战韩昌。八王千岁和寇大人等都被困在城内，愚兄之意还是以国事为重，和众位弟兄同去英州共破辽寇！不知众位贤弟意下如何？"

孟良道："这个事岳大哥已经和我们说了，咱们把别的事全都放下，打韩昌那没说的！等打退了辽兵咱们再找奸贼和昏君算账！"

众将要跟随六郎同赴英州，马踏辽营！

欲知后事如何，且听下回分解。

第四十八回 边关将离山归宋 佘太君挂帅闯营

孟良双手捧过帅印，交给杨郡马。边关众将都很高兴地说："我们跟随六哥去英州吧！"

郡马说："有一件大事大家要切记：千万别管我叫六哥！现在英州的八王千岁和大小官员只知道我是任堂惠。"

孟良说："六哥，你瞒到什么时候算一站呢？"

郡马说："宗保回朝搬兵，我已叫他给老母亲带去一封书信，叫他老人家带全家来英州,以免万一我的真相暴露,朝中的奸贼借故暗害全家。只要一家人来到英州,我就什么也不怕啦！到那时我再找机会,先找八王千岁要条件,然后再说实话。”

孟良说:“对,咱们说话的时候都要注意!”

郡马说:“大家准备一下,跟我走吧!”

岳胜说:“我们身上全戴着罪,八王他能不怪吗?”

六郎说:“眼下英州正在用人之际,还有寇大人和双王在,你们只管放心!如果八王怪罪你们,我只好说实话。只要有我的命在,决不能叫弟兄们有危险!”

大家说:“好吧。”

孟良说:“八千岁还是不错的。当真他要怪罪咱们,那咱们就造反,六哥一家也出来了,大家保着六哥也就坐天下了。”

郡马说:“兄弟呀,别再说愣话了,今后说话一定要有点儿分寸!”

岳胜说:“今天天色晚了,还走得了吗?”

郡马说:“众位明天安排一下,咱们后天动身。”

为什么郡马不着急呢?他想冰城是化不了的,辽兵是攻不进去的,宗保搬兵十天八天是回不来的,在山上呆两三天不要紧。因此他不着急,当天就在山上住下了。

第二天,众将把全山的喽啰兵召集在聚义厅前,都对大家交代清楚了,我们众将,就要去英州救八王赵德芳,打韩昌、灭辽寇。现在占山为王虽然也是替天行道,总难免落一个落草为寇。大家愿意当兵的,到英州救驾;不愿意去的,也不勉强。愿意占山的,就还留在这一座山上,而且一定要替天行道、除暴安良,自种自吃,不许越礼横行！如果哪一个胆大敢胡作非为,将来一定要抄山灭寨,杀个大小不留。愿意回家为民的,山上东西随便带,有家的投家,有友的访友。这三条路由大家随意挑。

众喽啰一听,众位英雄替他们想得很周到,非常感谢。

经过自愿报名,有百分之八十以上的都愿意跟郡马走。其余的愿意继续占山,也有愿意回家为民的。

郡马一点名,有两万人跟随去英州,就命人多带粮草,因为英州现在已经没吃的了。山上的金银财宝,就按人头份全分了。

六郎又说，忠良山上的那个庙先别拆，把它改为“报恩祠”。那个神像也别拆，把名字改过来，匾上改为任堂惠之神威。那个小老道也可叫他还俗。这种安排，是六郎早就想好了的。杨郡马在山上共住了两天。第三天，花刀岳胜把道服换下来，穿上了盔甲。其余的人或顶盔挂甲，或素体戎装。两万军兵衣帽不齐，由边关到山上来的军兵，全换上了宋朝的号衣号帽，原来山上的喽兵，只好先穿各自的衣服了。众将和两万军兵把山上的粮草装了车，连人带车直奔英州。

简短节说，大队人马来到了英州西门之外。大家说：“六哥，我们在山上这几年，可把精神养足了。你带队压后阵，我们去闯西营！”

六郎说：“千万记住，别提我杨延景！”

大家说：“六哥放心，我们知道！”

花刀岳胜、打虎将杨兴、鲁奎、陈雄、周伶、苏万庆、姜山、姜海、孟良、焦赞、陈琳、柴干、郎千、郎万、黄龙、黄虎、孙明、孙亮起要抵挡头阵。

杨兴说：“弟兄们，应该大让小，一定叫我先去。”

孟良说：“叫原来边关的八位总兵跟六哥守队伍，这仗叫咱打了。杨兄弟，我批准你去！你要不行，还有大哥岳胜。大哥要不行，我孟良放火，烧他的辽营！”

大家齐声说：“好！”打虎将杨兴催马端枪闯到阵前。

辽营外的辽兵早已进营报信。西营为首的两位都督哈里德曼、哈里德隆听说宋将来打西营，马上派两员大将苏恶虎、米令都带三千辽兵迎战。

三声炮响，二员辽将冲到营外。杨兴见这二位都是精眉圆眼，耳坠铜环，每人一口大砍刀。杨兴拧枪大喊：“来将通名受死！”

苏恶虎上来报了姓名，杨兴也通了姓名，然后说：“你这只虎今天遇上了我打虎将，看来你是到了末日啦！”说完，二人催马杀在一起。

米令都这时也催马而上。花刀岳胜忙催马摆刀迎上去，四匹马翻蹄亮掌，大战疆场，尘土飞扬。

花刀岳胜这口大刀舞动起来快似闪电,米令都哪里是他的对手!刚想拨马要走,岳胜两腿一磕马的镫鞴,小腿肚一磕铁过梁,冲过去大刀一摆,真好比切菜削瓜一般,“咔嚓”一声,米令都的上半截身子全下来了,登时鲜血崩流,尸体落马。

那边,苏恶虎一见米令都被腰斩,心慌意乱,被打虎将杨兴一枪穿了个透心凉。杨兴用力一挑,苏恶虎掉下马来,气绝身亡。

辽兵赶忙跑回营里去送信。刚报完二将身亡的消息,就听营房内一阵大乱:“可了不得啦!来了一位火神爷爷,火烧连营,营门起火啦!”

哈里德曼和哈里德隆急忙叫人备马抬枪,并下令救火。原来是孟良放火,烧得西营大乱。郡马带领众将趁机一起冲杀!

早有辽兵报到北门韩昌。韩昌下令:只要有宋将过营,放进不放出,来多少困多少!但是他并不放心,就到西营来看看。等他到了西营,郡马的兵将已经连人带粮过了大营,来到了西营城下。

正巧寇大人查城到此。军兵报:“任掌柜的不知从哪里带来很多兵将和粮草车,他们杀过了辽营,来到城下报号!”

寇大人心中暗想:任秉走了三天就回来了,这些人可能是边关将!寇大人真会猜。忙叫人放下吊桥开放城门,寇大人下城上马带兵出城,把众将和军兵接过来,又把城门关好。

寇大人一见郡马,就忙问:“任掌柜,八王千岁这三天连眼都没合呀!不知道你送他外甥出营过去没过去?如今这么多人是从哪里来呀?宗保可去了汴梁?”

郡马说:“我送宗保过了辽营,他去汴梁,我就往回走,遇上风雪迷了路,我到了一座山,才见到原来的边关众将。他们在山上有两万多人和大量的粮草,我知道英州成内粮草已尽,就请大家和我同来,一来是送来粮草,二来是帮助八王打退韩昌!大人,咱们商量一下,此事该怎么办哪?”

寇大人说:“这两万多人你往哪儿安排呀?当初他们反汴梁,拐走了帅印,又去占山为王,私离边关,八王千岁也是不好办哪!干脆,你把这些兵送到州衙门双王那里去,叫他安排!这些将官,你先把他带到店房,车马先领到大车店。”

郡马就把众将先领到店房,由董、宋二人先照应,然后和寇大人一起,把两万多军兵带到州衙。

差人报与双王,双王急忙到外边把二人接到书房,叫人摆茶。寇大人请双王叫手下的人先回避,然后对双王说:“呼王啊,该教任掌柜对我们说实话啦!”

双王听了这句话大吃一惊:“啊!难道任大哥真是我六哥不成?”

寇大人说:“不错,我看他就是郡马!”

杨六郎这时也就不能再瞒他们二人了,就从头至尾把任秉在云南替死、自己贩牛到英州的事全都说了。双王高兴得泪流满面,双手抱住了六郎,二人抱头痛哭。

呼王问寇大人:“大人怎么知道我六哥他没死呢?”

寇天官说:“我早就知道了。在天波府内把人头和尸首合并的那天,我曾接过人头仔细看了看。过去听太君说郡马头顶有一绺红发,我仔细看人头上没有红发,就知道死者是任堂惠啦!要是郡马真死了,我也不敢叫八王出征,更不敢带宗保扫北。这可不是闹着玩的事!”

双王问:“六哥,你带来的这些兵是哪里来的?”

郡马就又把边关将攻汴梁后隐居太行山之事说与呼王,然后说:“我斗胆量把他们全带来了,现在可不能见八王,他们还担着朝廷叛将的罪名呢!”

双王说:“现在不要紧了,一来大家给及时运来了粮草,可以接济军中之用,二来这座冰城一化,英州城就十分危险。众将来了能够帮助战韩昌。六哥你想,有什么罪也得赦免哪!”郡马说:“请双王先把这些兵安排了。我正在训练牤牛阵来退韩昌。在用牤牛阵之前,先别对八王千岁说实话。那时宗保也就把我的全家搬到了这里,也就不怕朝中的奸贼害我家人了。所以,请天官大人和双王还要替我再瞒几天!”

二人说:“这有何难?我们先不对别人讲就是了。”

呼王又说:“有六哥在,我就可以放心了。这些兵,我把他们分到四城。”

六郎说:“那我先回店去了。”

呼王说:“今晚我到店房去拜会众位英雄。”

郡马说:“此事还不能叫八王知道!”

双王说:“他知道了也不要紧,我有办法。决不把六哥露出来!”

寇天官说:“八王也都快愁死了!这三天来总惦记宗保,我看他也顾不得这些了。”

说完,寇大人回行宫。双王安排粮草和军兵,郡马自回店房。

郡马来到店房里以后，只听上房屋里有人大声说笑。原来董铁锤、宋铁棒和这些英雄一见如故，正在那里问长问短。

宋铁棒问："你们这些英雄，怎么全认识任掌柜呀？"

孟良说："我们是娃娃亲。"

有人说："我们全是弟兄，怎么说是娃娃亲呢？"

岳胜说："他这是信口开河！"

孟良说："那你二人怎么和任掌柜认识的呀？"

董、宋二将说："我们全住在云南昭通府，我二人在云南王手下当旗牌官，和任掌柜是结拜弟兄。杨郡马到昭通府以后，就遇上了任秉，任大哥叫我们二人给郡马托个人情，没想到云南王正是郡主多年不见的亲兄长。后来郡马就住在任大哥家里，这三年来两人形影不离。任大哥向郡马学枪，郡马跟任大哥学南方话。提起来还闹过两回笑话呢！"

孟良正听得津津有味，忙问："闹了什么笑话？"

董铁锤说："有一次，郡主管任大哥叫郡马；另一次是任大嫂管郡马叫丈夫。"

大家一听，又全乐起来了。

董铁锤说："总闹笑话怎么办哪？郡主就做了两件白袍，一个上绣景字，一个上绣惠字，干脆来个以袍分人！没想到后来朝廷派了奉旨钦差，说是郡马亲笔写的反书，叫把郡马就地正法、带人头回京。众位英雄呀，没想到郡马乃是愚忠之人，他就把人头献了！"

孟良说："云南王为何不管？"

"不是不管，他为郡马全快急死啦！别说云南王，就连我们哥俩都跟郡马说过，把京城来的王强和高君保扣下来杀了！郡马就是不干。最后云南王也没办法了，叫郡马回去和郡主商议。云南王以为郡主准得不叫郡马献人头！哪知道郡马走的时间不长，就返回了王府的银安殿上，拉剑就自刎了。王强就叫人砍下了郡马的人头，带走了。郡主提出要送尸回京，云南王派我二人送郡主。任大哥不放心，亲自送到了汴梁。听说被王强看见了，把他当成了郡马。结果宗保把王强给打了。太君怕出别的事，就叫我们三人离京，并且把郡马的盔甲和枪、马，全都给了任大哥。要提起到了云南以后，任大哥就更可笑啦！不到大嫂的房里去睡，大嫂叫也不去。说是好友死去心里别扭，无意贪欢。任大哥把我二人叫到府里去跟他做伴,他想郡马想得两口子全分家啦!”

孟良听到这里,又大笑不止,说:“董铁锤,你说的话我真爱听。任大哥跟大嫂分家就对了,不然的话,任大哥的英名就要一笔勾销,那就对不起死去的好友啦!”

此时,大家心中也暗暗佩服郡马。

宋铁棒接茬了:“你这么说可不对,咱们俩要是相好,你要是死了,我还得和我老婆子分家吗?”

孟良说:“你才死呢!你二人是云南王的旗牌官,为什么跟任掌柜到英州来了?”

二人说:“别提了!任掌柜在云南就如同汴梁的郡马,名声可大了,人人敬佩!他对朋友热心相帮、肝胆相照,郡马在他家住了几年,郡马一死,任大哥想不开,云南王很同情他,叫我二人跟他出来贩马,也好散散心。我们出来已经一年多了,哪里是做买卖,简直是游山玩景。正赶上两下交兵,马全叫北辽人买去了。等我们到了代州,刘家店的掌柜刘四海替任大哥买了八百头大牤牛,这些牤牛赶回云南,卖一头就能挣四头。任大哥也真不怕麻烦,叫刘四海店里二十多人全跟他来,给他赶着牛去云南,这些人的吃喝他全包了。他贩牛也还管闲事,砸木笼救过高君保。到了英州正赶上大兵围城,任大哥还真有办法,出主意冰冻城墙。有时我也觉得奇怪,这个任大哥有点儿来历不明,什么人他全认识。这不,和你们众位也都是朋友,还是娃娃亲!”

大家说:“别提娃娃亲了!”

大家越说越是热闹,越说嗓门越大!正在这时,郡马从外边进来了。

大家说:“别说啦!任大哥回来了!”

众人连说带笑,叫李家店的老板给大家准备酒饭,大家边吃边谈。董、宋二人对边关众将很赞扬,希望能与众将永远在一起。

天气逐渐暖和起来了,冰城眼看要化了。八王每日盼望救兵,几次问双王:“咱们的粮草不是没了吗?怎么又吃了这么多日子呢?”

双王说:“把百姓家的余粮都借来了,等咱们的粮草来了再还给他们。”

八王说:“宗保搬兵,不知如何?”

大家说:“请八千岁放心,他一定能杀过大营,救兵就要来了。”

八王说:“朝中哪还有能人哪?”

忽然有人来报:“救兵已到,正在闯营!”

八王听完,又高兴,又担心,高兴的是来了救兵,担心的是怕救兵杀不过辽营。他叫人把双王找来,说:“现在救兵已到南门,你看哪个去接应。”

双王说:“我想去接应,只怕很难杀过去。我去请任掌柜帮帮忙!”

八千岁说:“人家能管吗? 就是他想管,可有闯营的本领?”

双王说:“他的枪法是我六哥传给他的,差不了! 我去请他,如他不肯出头,再另想他策!”于是双王就来到店房找郡马,边关的众将全在,听完双王说明来意,个个顶盔挂甲,郡马也全身披挂好,然后对双王说:“你别去了,你把城守住,等我们把救兵接来,你立时开城就是啦!”

双王答应,等郡马带众将出城后,又将城门紧闭。

此时郡马还不知宗保搬来的是何人,更不知南营里有没有韩昌。

再说南营的前面,宋朝来的援兵为首的元帅正是老太君。宗保搬兵,先到杨府把郡马写的那封信交给了老太君。太君看完,心里非常着急,恨六郎不该又出头露面! 事到如今,太君也不瞒着了,就把这封信对全家都说了。然后,叫宗保快把八王的奏折送上金殿。皇上见了八王的折报以后可发愁了:朝大空虚无有能人啦!

王强一想:“不如把杨门一家全弄到战场上去,我在京城要想办法害三帝,那就好办啦!”于是动本保举太君代杨门女将出征。

皇上忙派人请太君上殿,和太君商议。太君正想如此,就一口答应下。皇上就传旨太君为帅,太君就带了全家人领兵十万兵去英州,府中只留下老管家杨洪看守。皇上和文武官员送杨门女将一直到十里长亭。

太君领兵一路上丝毫不敢耽误,只怕天暖冰城化,英州城失守! 等大兵来到英州南离辽营不远时,探子报:“韩昌的大军仍然困着英州城。”

太君下令立即闯营。宗保说:“奶奶,我打头一阵!”

众女将也纷纷要争打头阵。太君说:“我和宗保先过去看看,你们在后阵保护好郡主和粮草,不要叫韩昌抄了咱的后路!”说罢,太君、宗保带领五千兵冲到阵前。

南营外早有人往里报信,韩延寿正由北门巡检回来,才进南营。南营为首的是副元帅耶律庆,手下有都督耶律野龙、野凡。韩昌刚坐下和几个人议论军情:“眼看英州城就要冰消雪化,再等几天我们就可以攻下英州叫他们一个也难活!"

这时探子报:"宋朝又发来救兵,现在南营外闯营!"

韩昌听罢叫人备马:"本帅要看看宋朝还有何人带兵?"

耶律庆说:"可叫我手下的都督耶律野龙、野凡去看看。"

韩昌说:"不,我到军前要看看情况,能不战就不战,把来的兵将人马全放进英州,然后叫他们死在一处!"

野龙、野凡跟随韩昌两队出马,韩昌抬头一看,原来是小将宗保!宗保战了几十个回合,韩昌的本领也是超群的,年迈的老太君便催开战马往上闯去护宗保小孙孙。

太君冲上阵来,正好宗保和韩昌二马交错,韩昌的马往北,宗保的马往南。等韩昌圈马回来时,已不见了宗保了,而是老太君啦!

韩昌见老太君偌大年纪,依然全身披挂跨马轮刀为国征杀,心中不禁赞叹:"啊,前边马上可是老太君?"

太君点头:"正是我无佞侯。你可是韩元帅?"

"正是韩昌。"

"韩元帅,你并非一兵一将,乃是三川六方九沟一十八寨的兵马大元帅,为什么空口白话,说了不算,又兴兵争我领土占我边境,烧杀抢掠无恶不作?"

太君还要往下讲,韩昌拦住说:"请太君息怒。您老人家有来言,我有去语。我和杨元帅在黄土坡一战,我看他确是英雄。我佩服他的忠孝仁义,不肯和他再战,才写了降书顺表:有郡马在,北辽决不再犯!现在,因为宋室昏君失正,害死了杨郡马,北辽才兴兵进中原!一来是给郡马报仇;二来是夺宋室江山。自古无道让有道。太君你儿子死得那么惨,你不但不恼恨昏君,偌大年纪还为他跨马出征,这又何苦呢?你杨家众将全死在奸臣和昏君之手,你就不伤心吗?肖太后最爱才,如果太君全家归顺幽州,不失王侯富贵。不要再给宋室昏王卖命啦!"

太君道:"韩昌,你不必多讲,任凭你说得天花乱坠,杨家决不会投降!我主一时不明,听信奸言,等他醒悟过来必定还要重用杨门。你们破了雄州,杀死我无数兵将。如今八王又被困幽州,我来领旨出征。韩昌,你如不写降书,那就撒马过来!"

韩昌大笑道:"你要救赵德芳?那好,我不和你交战。打你这七八十岁的老太太,我这大元帅也不光彩!若是别人闯营,我叫他死在我的叉下。既然我和郡马不错,就看在死去的郡马的面上,放你们过营去英州。你可以和赵德芳商议一下,他如肯写降书,全城军民太平无事;如果不肯投降,休怪我韩昌要下毒手!"

说罢,他一挥三股托天叉,大喊连声:"都督、平章、大小二郎,给我把道闪开,不准拦挡无佞侯佘老太君的大队人马,放他们过营!"

韩昌一声令下,谁敢不听?

韩昌说:"老太君,你可以过营!"

太君一看,心中明白:"别看韩昌放我过营,他没安好心!他打算把我们放过去,再困住城,想把我们困死。八千岁和我儿全在城里,我明知是计,也得进城!"想至此传令:大队人马过营!

太君的大队人马浩浩荡荡,旗幡飘扬,枪刀密摆。还没等过去,只见辽营的对面一阵大乱。太君一愣,众女将忙保着郡主跟队伍往前冲。太君心想:"也许是韩昌放我们过来又后悔了?"只听得前边杀声四起,不知是何缘故?

预知后事如何,且听下回分解。

第四十九回 母子重逢吐真情 君臣相见讲条件

太君细看,原来英州城众将来迎接元帅佘赛花的,只见孟良和焦赞只杀得辽兵连滚带爬。但是老太君领人马进了英州城后,还不敢和郡马相认,因为不知道周围的人是否知道郡马的真情,所以和郡马见面后,双方仍是"盟娘"、"盟儿"的称呼。郡马把自己和边关众将怎么到的英州,都对老太君讲明了,然后请双王领老太君去见八千岁。

小小的英州哪里容得下这些兵马？大街小巷全都打了帐篷，英州城里住满了军队。

老太君带领全家和宗保来到行宫，八王千岁已经出来迎接了。一见太君的面，八王的眼泪就流下来了。因为杨家七郎八虎老令公，全都为国为民死在疆场，只剩下郡马一人，还被宋主斩首。现在八王被困英州，老太君风霜之年又带领全家出征、舍死忘生来闯营，八王于心不忍哪！他泪流满面地说："老太君，这么大年纪又叫你出征，辛苦啦！"

太君说："多谢千岁！食君之禄当报君恩，这是老臣应当做的。"

八千岁把老太君迎进行宫。众女将上前参见八王，郡主也拜见了皇兄。

八王说："御妹你也来了？"

郡主说："宗保、宗勉兄弟全跟奶奶出征，我也放心不下，就随军同来英州。"

八王对呼王说："你先给大家安排住处。兵行百里，不战自乏，大家先好好休息，养足精神再准备交锋。"

双王说："就请太君一家住在我的州衙吧！"

八王问太君如何，太君说："可以。"

在行宫休息了片刻，八王就叫双王带领杨门女将先去州衙。

到了州衙，双王把前院腾出来给杨家一家住。当天太君就叫众将分头休息，准备明天再和八王议论军情。

吃过晚饭，太君叫人找来双王，跟他说："你把李家店那个贩牛的任秉给我找来！"

双王笑了："太君，您要叫我找任秉，我可不去；要叫我找六哥，我马上动身。"

太君说："丕显，你知道啦？那就好了，快去把他找来！"

双王马上派人去李家店找来郡马。双王一想："母子二人难免有些背人的话，我就别进去了。"就对郡马说："六哥，老娘在里面，没有别人，你去吧。我有事，就不陪你了。"

六郎一进屋，见母亲一人坐在里面，面沉似水，不知什么原因？郡马上前施礼见过老母，接着母子二人共议对策，郡马他到时就按计而行！商量完毕，天色已晚，郡马说："孩儿暂回店房，母亲也该休息了。"

第二天，太君和双王同到行宫来见八千岁议论军情。高君保和郑印等人都在，大家问："太君，有什么退兵之策？"

太君说："韩昌果是勇将，我虽然带兵十万来到英州，恐怕也难胜韩昌！"

八王千岁长叹一声："可叹我朝中再也无有能人！"

寇大人说："八王千岁不必为难，英州城内就有能人！"

八千岁说："寇爱卿，冰城已日渐融化，如有能人，就该马上请出来。现在粮草不愁了，就是愁没有能人打韩昌！"

这时，有人来报："韩昌在北门外骂阵，叫八王千岁投降。如不写降书，等冰消雪化，他就要攻城！"

八王听完，更发愁了，说道："这便如何是好！"

双王上前施礼道："千岁，我的朋友任秉正在店后的大片空地上训练牤牛，请千岁和众位大人去看看。"

八王说："我正愁英州眼看难保，哪有闲心去看他训练牤牛？"

双王说："任老客叫我们去看，咱么要不去，怕他不高兴。如果得罪他，将来有用他的时候，怕人家就不管啦！"

众人一听，都说："那咱们还是去看看吧！"

八王说："那就去吧。几时去呀？"

双王说："现在就去吧。"

八王叫人备好逍遥马，太君派人去到州衙叫众女将也去看看训练牤牛，然后保着八王一同去到李家店。

郡马早就叫人在店后的大片空地上搭好了一个台子，上边摆好桌椅。双王直接把众人领到高台前，把马拴好，然后登上高台。八王在当中坐下，保驾的军兵守好台的四周。双王派人送信给任老客，告诉他八王千岁到了。

郡马带着董铁锤、宋铁棒和刘家店的伙计，拉着二十头牤牛来到了场地，又把扎好的纸人用车拉来安放好了，并嘱咐好董、宋等人，到时候如此如此。

这时候，杨府众女将和宗保、宗勉也到了。郡马手持降牛鞭走上高台去见八千岁，又见过老太君。

双王说："任掌柜，八千岁和老太君在军情最紧之时来看你训练牤牛，你就开始吧！"

假任秉说："多谢八千岁！请各位大人注意看。"然后下台去了。

这时，董铁锤带着十头牛、宋铁棒带着十头牛在空场的南边把牵牛的绳子砍断，北边站着的纸人都穿着辽兵的衣服，手拿刀枪，如同真的辽兵一样。

八王心里纳闷，糊这么多辽兵的假人干什么呀？这时，只见这些牤牛全都向这些假人冲过来了，二十头大牤牛边跑边叫，全都红了眼啦！因为这些牤牛已经两天没吃到草料了。冲到纸人的面前，低头用犄角一挑，纸人的肚子豁开了，肚子里装有草料，牤牛就吃上了。挑了一个又一个，工夫不大，二十头牤牛把纸糊的这些辽兵的肚子给挑破了！

八王这时才看明白，不禁哈哈大笑，高兴地喊了一声："太好啦！"

牤牛吃完草料，也就老实了。假任秉叫人把牤牛牵回去。这时，双王过来说："任老客，跟我去见一下八王千岁吧！"

郡马答应一声，跟双王走上了高台见过了八王。两旁众将各个观看，不知底细的都心中暗想：这位任老客长得可真像杨六郎！

这时八王问："你有多少头牛啊？"

郡马说："八百头。"

八王说："好，我都买了！"

郡马说："千岁，您都要了，您知道我这牛多少钱一头吗？"

八王说："你要个价吧。"

寇大人说："我记得任掌柜提过价钱，十两银子一头。任老客，我说得对吗？"

郡马说："那是原来的价钱，现在十两银子可不卖了！八王啊！我是郡马杨六郎啊！"

听了六郎的话，八王大惊，忙站起身来问道："莫非你就是郡马杨六郎吗？"

郡马说："为臣有罪！"说完跪在了八王面前："我正是杨延景。替我死的，乃是我的贤弟任秉任堂惠！"说罢，就取出了任秉替死的那封信。

众将全围上来了，看完了这封信没有一个不哭的。高君保曾经和王强一起奉旨去云南杀郡马，这时真感到没脸见六哥。郡马安慰他说："你是奉旨而去，我一点儿也不怨恨你。"

郡马又说："千岁，我现在训练牤牛，就是要摆牤牛阵战败韩昌！不过，今天我得讲几个条件。千岁如答应，我带牤牛杀退敌兵；千岁若是不答应，就是斩了我，也不去退敌。"

八王说:“郡马,只要孤王能做主,一定答应。你讲吧!”

郡马说:“第一,请八王给万岁去折报,证明我并无反心,免去我蒙君之罪;第二,给任秉修祠追封,他的夫人姜氏至今不知道其夫替我而死,他的儿子如日后寻到,也要封官赠职;第三,要严密查访伪造反书之人,查到之后要杀他,以给我任贤弟偿命。”

八王说:“这几条都依你。还有什么条件吗?”

郡马说:“还有当初边关众将造反,是为了替我抱打不平,并不是真要反朝廷。现在孟良已经把帅印交还给我,众将和我一同闯过辽营来英州救王驾千岁。请八王免他们无罪,仍为总兵,报效国家!”

八王说:“哎呀,这么多英雄全在,孤王不知!”

双王说:“千岁,那天是寇大人巡城时放众将进的城。”

八王一看寇大人,寇大人一点儿也不害怕,心想:“双王,真有你的,给我敲棒槌了!”说道:“千岁,这个事我知道。当时大家把粮草车运进城里,城里已经没粮草了,我能挡住吗?还有两万多人也进来了!”

八王问:“那两万多人都住到哪里去了?”

寇准说:“我给双王送去了,叫双王安排的!”

双王一听:“这位寇大人真不好惹,又给我还回来了!”

八王一听,这头绪越来越乱了!可是法不责众。就问郡马:“这些英雄现在哪里?”

郡马说:“都住在我的店里。”

八王心想:“现在正是用人之际,这些英雄到哪儿找去呀?千军好得,一将难求。就是该当怪罪,我也不敢怪呀!这些人要一反,我们一个也活不了啊!”

这时,郡主过来说:“皇兄,我丈夫冤枉啊!”

八王说:“御妹,你就别喊冤了。郡马要的条件,孤王已经答应了。说到做到,请大家放心!”寇大人一看八千岁十分高兴,就过来说:“千岁,我保您挂帅出征时,就说到了战场必有能人。您看如何?”

八千岁说:“如此说来,你早就知道我那妹丈他没有死啊?”

寇大人说:“千岁,您还记得我在灵棚中细看人头吗?从前我听太君说过,郡马的头顶有一小绺红发。那天我就拿着人头看来看去,还惹得千岁不高兴。当时我就看出来死的不是郡马,所以才金殿动本叫千岁出征。叫宗保当先锋,

也是为了教郡马知道宗保出征，好引他出来，这是父子之情。我准知道八千岁带宗保扫北，郡马不会袖手不管，一定在前头等咱们！”

大家一听全笑了，纷纷说：“寇大人真是个能掐会算之人！”

寇大人说：“我倒不会算，一琢磨就差不多！”

八王说：“郡马，你把边关众将叫来吧！”

郡马亲自叫来边关众将，董、宋二将以及他在双王手下选的包天江、包天海，共是二十四员将来见八王。包天江、包天海现在已是训练牤牛的能手了。

八千岁见这些英雄一个个威风凛凛，杀气腾腾，高的、矮的、胖的、瘦的、黑的、白的、丑的、俊的都有。边关众将跪下向八王请罪，董、宋、二包也跪见八王。

八王说：“众爱卿平身，孤王不怪你们！”

孟良说：“八千岁，谅你也不敢见怪呀！”

郡马说：“孟良，休要胡说！”

孟良说：“我说句笑话，八千岁能当真吗？”

八王说：“孤王不怪。”

孟良又说：“千岁，董、宋二人和包家兄弟都愿意和我们永远相处。”

八王说：“董、宋二将乃是云南王的部下，如果云南王肯给，我就封他四人为总兵。立功后，二十四名英雄共守三关！”

四个人忙跪拜说：“多谢八王千岁！”

八王说：“只怕云南王不给董、宋二将。”

郡主说：“这好办，我一句话就要来！”

八王说：“那更好啦！我们现在人多了，不知能否敌过韩昌？”

孟良说：“千岁放心。韩昌依仗三川六方九沟一十八寨的人马，这叫人多势众、癞狗成群。他人多将广，咱有牤牛成群。要将单对单地打，我们打不过韩昌？六哥战他可不费吹灰之力。韩昌要跟六哥比，他是草包饭桶、无能的小辈！”

郡马说:“不必夸六哥的威风,灭韩昌的杀气,他也是员猛将!”

孟良说:“六哥放心,你要是打不过他,我放火烧他个兔崽子!”

大家又哈哈大笑一阵。

双王说:“千岁,现在众将都在,您该把兵权明确一下,由谁来执掌啦!”

八王说:“帅印在谁手里,谁就掌兵权吧!”

大家公推郡马,郡马也不推辞,重新做了兵马大元帅。

这一下轰动了英州:贩牛的任老客原来是杨郡马!杨郡马没死,又当了兵马大元帅啦!有了杨郡马,我们英州城的老百姓全有救了!全城家家烧香,谢天谢地。

眼看冰城也化了,杨郡马把犴牛饿了三天,准备出战韩昌。众将全都到齐,听候将令。

郡马抽出一支大令叫道:“岳胜听令!”

“有。”

“我命你带陈琳、柴干、郎千、郎万领兵一万,到东门外攻打辽营。把主将引出来后往回败退,带一杆黄旗。董铁锤带二百头犴牛、五十名驯牛的军兵隐蔽在后阵,等岳胜败退时摇动黄旗,董铁锤就把犴牛的缆绳砍断,放出犴牛去冲敌兵!董铁锤要注意阵前的黄旗,即时放牛,不得有误!”

“得令!”

第二支军令命打虎将杨兴带陈雄、鲁奎、周伶、苏万庆领兵一万攻打西门外辽营,由宋铁棒带领犴牛队。

第三支军令命黄龙、黄虎、孙明、孙亮、姜山、姜海领兵一万攻打南门外辽营,由包天江带犴牛队。

最后命孟良、焦赞跟随本帅攻打北门外辽营,由包天海带犴牛队。

孟良、焦赞暗想:“干什么都愿跟着六哥,就是打仗不愿跟着他,不自由,不叫随便杀!结果他真会分派,那三门都没有我们俩,还得跟着他。没办法,只好如此!”

郡马又命高、郑、呼王和杨门女将分头把守四门,保护好八王千岁,防备敌人杀进城来。

宗保、宗勉也要跟随父帅出兵。郡马说:“你二人保护奶奶,违令斩!”二人只好点头听令。

今天看来要和韩昌决一胜负，八王在城中为众将放心不下，暗想："这一仗成功，天下太平；这一仗打败，江山难保！"

不提众将守城和东、南、西三门之事，单说北门，杨郡马带孟良、焦赞和一万大军出了北门，把二百头牤牛藏在城门洞。今天的牛与往日不同，牛犄角上全绑上了牛耳尖刀，闪闪发光，夺人二目。降牛鞭在郡马手中，其实已经用不着了，牤牛全驯服了，都很听话。

炮响临阵，郡马吩咐孟良出战。哪知北营守将正是韩昌，他已准备就要开始四面攻城，不过行动慢了点儿。这时辽兵来报：宋将讨阵。韩昌以为宋将怕冰城一化不好守城，所以提前来讨阵，心想："除去杨六郎，哪个不是我的手下败将？"各平章、都督都要出马上阵，韩昌说："大家给我观阵，我要看看来将是谁？"

辽兵大旗飘摆，旗下韩延寿催马出阵。他头戴帅字金盔、身披帅字金甲，胸前搭狐狸尾、脑后插雉鸡翎，护心镜亮如明月，两扇征裙，绿色中衣，足蹬战靴，坐下青鬃兽，手中三股托天叉，紫黑脸膛、浓眉大眼、秤砣鼻、大嘴岔，腰挎青平剑。

孟良大喊一声："韩昌！你站住！再往前来叫你死无葬身之地！"

韩昌勒马，手中端叉，一见对面是孟良，怒从心头气，气打胆边生！韩昌勒马，手中端叉，和孟良战了几十回合，来了杨郡马，韩延寿一看倒吸了一口凉气！可把韩昌吓坏了！只见马上来将头戴帅字亮银盔，斗大的红缨罩顶，月白缎的搂海带上排满银钉，卡得紧绷绷。顶门上一朵白绒球突突乱颤。身披锁子连环银叶串成的龟背龙鳞甲，内衬一件素罗袍。身后八杆护背旗，白缎子镶心，上绣红银龙，走的是蓝火沿儿，银葫芦罩顶，绿穗低垂，真是天武神威。前后护心宝镜犹如冰盘，冷森森夺人二目。蓝丝绳绊甲绦，狮蛮带煞在腰，别弓带箭什件俱全。肋佩杀人剑，金吞口、金什件，杏黄色的挽手，剑把上飘洒杏黄色的灯笼穗。护裆鱼踏尾一节、两节、三节倒挂，横担在铁过梁上。两扇征裙掐金边、走金线，护髁膝、挡马面。大红中衣，虎头战靴，宝马追风赶月白龙驹。真是精神百倍，八面威风，天上难找，地上少见，正是郡马杨延景！

韩昌看罢暗暗心惊，难道杨六郎他没死吗？眼看着郡马来到了面前，郡马叫道："韩元帅，别来多日，还认识我杨延景吗？"

韩昌惊道："你是云南任堂惠，不必冒名顶替杨元帅！那杨延景已被奸贼害死。他不死，我也不能打战表！"

郡马冷笑道："韩元帅，死的乃是我的过命好友任堂惠。我杨延景还活着！韩元帅，你言说不再造反，为何言而无信？又抢关夺寨，侵我领土，杀我百姓，打破雄州，今日在英州又围困八千岁，我忍无可忍才带兵临敌！韩元帅如听我良言相劝，及早写降书顺表；不然的话，我杨延景就不客气啦！"

韩昌道："虽然郡马没有死，你的好友却替你献了人头，宋室的昏君这样待你，你就不伤心吗？我劝郡马归顺肖太后，仍可不失王位，你我同殿为臣，岂不美哉？"

郡马说："你既不听我良言相劝，你我就分个高低上下！"说罢举枪就刺。

韩昌催马端叉相迎，二人大战在一起。占有三十个回合，郡马暗赞韩昌："要比在黄土坡时，他又长了几倍本领！我不如这般、这般……"想罢，圈马败阵，口叫："韩昌，我没想到你现在有这么大的本领！咱们回头再战！"

韩昌见六郎败走，下令后边的平章、都督等四十来员将带领大队人马追杀杨六郎！

郡马回头见辽兵们马上、步下全都追上来了，就伸手从背后取出一杆黄旗向高处一晃，后阵包海和五十名训牛军兵随即用刀砍断缆绳，把二百头犴牛放到战场，就要去伤辽兵的性命！预知后事如何，且听下回分解。

第五十回 犴牛阵退敌显威力 颜道长击掌吐狂言

这一仗把韩昌的魂全吓飞了！没想到这次损兵折将，被杨六郎杀得这么惨！只好命令大军败退。

杨郡马下令：追杀敌人！韩昌的三十万大军死伤了有十多万。一直把辽兵追出六十多里地，宋军才大胜而归！得到了辽军很多粮草、马匹、刀枪、帐篷。

八王千岁异常高兴，命令给边观众将记功，犒赏三军。

寇大人说话了："八千岁，为臣叫您挂帅出征，你看怎样，打了大胜仗了吧？"

千岁说:“寇爱卿,以后孤王一定听你的。你叫孤王怎么着,孤王就怎么着!”

八王又吩咐郡马和众将好好休息。八王写了折报,把牤牛阵大败韩昌之事和郡马要的条件写清,报与真宗,并请回旨。写毕,派汝南王郑印带五十名军兵送回京城。

过了几天,汝南王返回,带来了真宗的旨意。八王接旨打开一看:一、杨延景将功折罪,不与追究,仍为三关兵马大元帅。二、任堂惠替友殉义,金顶玉葬,追封为总兵。三、继续追查写假书之人,查明之后立即正法,给任堂惠报仇。四、边关众将一律无罪,官复原职。

宣罢圣旨,众将谢恩。一场风波总算过去,大家都非常高兴。

郡马做了正式的三关大元帅,还得派个先锋官。郡马打算派岳胜,还没等说话哪,众将齐说:“我们推荐杨宗保为先锋官!”

六郎说:“他可不行,年轻无知,对军规还不懂哪!”

孟良说:“什么军规不军规?他的本领高强就行!有其父必有其子,强将手下无弱兵!”

众将全异口同声地附和。郡马无奈,只好叫宗保做了先锋。

郡马嘱咐宗保道:“万马营中做先锋,必须懂得五才十过。五才乃智、仁、信、勇、忠。智者有智,仁者有仁,信者无二信,勇者无二意,忠者无二心。再说十过:一不许私自吃酒;二不许行令划拳;三不许扬声笑语;四不许口出怨言;五不许官报私仇;六不许仗势行奸;七不许淫人妇女;八不许讹诈银钱;九不许私离巡地;十不许毁坏庄田。再有一条就是临阵收妻罪该万死!我儿一定要牢记莫违。为父在此执掌兵权,对你就更要从严。别人犯罪可以宽容,我儿犯罪就要严处,你要切记!”

宗保答应说:“孩儿全记下了。”

杨元帅在英州重整兵马后,就带了双王、郑王、高王、边关众将和杨门女将保着八王去追杀敌人。董、宋二将和包氏兄弟领二百名训牛军赶着牤牛队,一路上又收复了大批失地，真是攻无不克，战无不克，只杀得辽兵丢盔卸甲、望影而逃。

这一日杨元帅攻至代州，孟、焦二将把敌人打个落花流水，一举攻占了代州城。大家在代州歇兵，元帅派人探听敌人的动静。

孟良说："六哥，依小弟之见，我们直捣幽州！"

六郎说："越是打胜仗，越是要注意敌人的反扑。打人一拳，要防人一脚。辽邦还是有能人的！"

焦赞说："再有能人，也难比六哥！"

大家正在笑谈，探子来报："正北方来了辽兵大队人马，浩浩荡荡压颤地皮，眼看就要到代州城！"元帅说："再探！"

时间不长，城外炮火连天。杨元帅下令四城军兵严加防守！探子又报："辽兵在北门外四里扎下连营。"

众将一听齐来讨战。元帅说："且慢！敌人兵行百里、不战自乏，我们现在去讨战，敌人会笑我们并非英雄。且容他们休息两日，打他们个心服口服！"说完，又传令牤牛队不要喂牛，准备上阵。

过了两天，还没等元帅派人出马，传宣官来报："启禀元帅，韩昌骂阵，指名点姓要杨元帅出兵对阵。"

郡马一听心中暗想："不知道韩昌指名要我出阵有何缘故？"

花刀岳胜要讨令出兵，六郎说："韩昌指名点姓要本帅出阵，众位兄弟要给我观阵。"说完带陈琳、柴干、孟良、焦赞、岳胜、杨兴出战，叫董、宋和包氏兄弟四位训牛主将带二百名训牛军兵赶牤牛藏在城门洞，依令行事。杨元帅提枪上马，领众将点兵五千，炮响出城，直奔疆场而去。

杨元帅催马上前方，和韩昌战了一会，放出了牤牛阵，辽兵把后边的几百面大旗一撤，旗后边整整齐齐地站着几排辽兵，各持刀枪站在那里一动不动。牤牛这时候已经冲过来了，牛犄角上仍然是闪亮的尖刀，到了辽兵面前，头一低，用犄角挑开辽兵的肚子，哗啦，肚子里露出了草料。每个辽兵都是如此，牤牛都老实的站在那里大嚼起来。

郡马一见此景，就知道坏了！辽兵们站在那里一动不动，等着牤牛去挑，分明是假人！一定是北辽将计就计，顺水行舟。郡马忙取出降牛鞭，带众将闯上去，想把牤牛赶回城去，不想牤牛吃完草料，全都口鼻出血，倒地而亡。八百牤牛,一头也没活!

杨元帅急得牙关紧咬,董、宋二将和包氏兄弟急得放声大哭,不知如何是好。

郡马说:"怪不得韩昌得意洋洋,原来他想出了破牤牛阵之策!你们看,这些辽兵都是纸人,肚子里装了草料拌毒药,把牤牛给毒死啦!"

这时辽兵又冲上来了。郡马说:"准备交锋!"

孟良、焦赞大喊:"一定要给牤牛报仇!"

边关众将肺都气炸啦!费了几个月的时间训练牤牛,不想叫韩昌给破了,能不急吗?于是,兵对兵,将对将,又是一场恶战!炮声隆隆,鼓声喧天,刀枪乱摆,死尸成片,两军阵前如同开锅一般,胆量小的全不敢上前!战了半天,双王收兵,都把各自战死的兵将收回掩埋。这一场血战双方死伤人都不少。郡马无精打采地命令把牤牛刨坑埋好,然后回帅府。八王、太君全在此等候,郡马说明被韩昌破了牤牛阵,不知什么人把训练牤牛的办法泄漏给敌人了?众人前思后想,这个奸细恐怕不是一般之人。寇大人和杨元帅都猜是王强,可又没有什么凭证。

郡马对八王说:"京城和万岁的安全,令人放心不下。不如叫双王和郑王二位回朝,一来可以保住汴梁的安全,二来也好注意朝中有无奸细。只怕我们在战场的人,比在京城的还安全。战场是明的,朝中是暗的!"

八王听了,觉得杨家真是忠心保国,就说:"元帅你就传令吧!"

郡马请来郑王、双王一商议,二人说:"我们遵命。不过六哥在前敌,一定要多加小心!"随后,二位王爷带着随从回京。

八王和郡马说:"这次韩昌可是来者不善哪!"

郡马说:"请千岁放心,只要有延景和边关众将,保千岁无妨!"

虽然牤牛阵被韩昌破了,但是这一仗打得还不错。元帅叫众将好好休息,养足精神准备来日迎敌。杨元帅可久久不能入睡,几个月来费尽心血训练的牤牛,这一阵全完了!尤其是那匹牤牛大老黑,死的更令人心疼。这次定要和韩昌战个高低!

第二天元帅又传下命令:如果敌人不来讨阵,就多休息两天。又过了三天,三军来报:"韩昌骂阵,要杨元帅出战。"

郡马叫人备马抬枪。孟良、焦赞说:"六哥,你可真听话,他叫你上阵,你就上阵？你不会叫我们先出去战他？”

元帅说：“不行！本帅决不能让他。”说罢，点兵五千，带孟良、焦赞、岳胜、杨兴出战。

来到阵前，郡马与韩昌交起手来。战到三十个回合，韩昌拨马往西北跑去，郡马催马就追。孟良等人见元帅去追韩昌，大家哪能放心？也就跟着追下去了。

单说郡马追出韩昌有十来里路，韩昌拨回马来。口叫：“杨六郎，别再往前走了。你顺我手看！”他用手往西北一指。

郡马此时只听三声炮响，往前面看北辽的大旗在空中飘扬。旗下有辽将，为首的二将正是肖天佐、肖天佑。肖天佐黄脸膛、铜盔、铜甲，坐下一匹花斑马，手使狼牙棒；肖天佑面似瓦灰、铁盔、铁甲，坐下是菊花青，手使一把三停大刀。

二人迎上郡马，口叫：“杨延景，你现在要投降还为时不晚。别看我姐夫天庆王死在你大哥之手，我姐姐肖太后还很喜爱你们杨家将都是人才！”

杨元帅说：“呀呀呸！尔等不要信口开河，撒马过来！”

肖天佐说：“杨六郎，别打了。就算你的枪法好，我们捉你不容易，可是你要拿我们也难！我们不和你打，有人来拿你！”说罢，二人往两旁一闪，又出来十几名小道，身穿灰色道袍，每人手中拿着双剑。当中跑来一只八杈梅花鹿，上边端坐一名老道。他头戴九梁道巾，身穿银灰道袍，腰系水火丝绦，足蹬白袜云鞋。往脸上看，面似黄姜，蚕豆眉、耗子眼，蒜头鼻、扁豆嘴儿，稀稀拉拉三小绺胡子。胸前带一个兜囊，不知里边装的什么东西。身后背一口宝剑，手里端着叉条杖。这个老道中等身材，也不胖，可是长的这个模样却阴森可怕！

这个老道是谁？他出家在九顶铁叉山八宝云光洞，他师父是海外教主金碧峰，他乃金碧峰的大弟子名叫颜荣。他是怎么来的呢？原来，韩昌由英州败走以后回到了幽州，在肖太后面前告了王强一状：王强上次给肖太后送来密信，说是他亲自去云南斩的杨六郎。结果杨六郎不但没死，还用牤牛阵打破辽军。肖太后一听说这个事也气坏了！正在这时，王强又派人送来密信，写得非常详细。说是任秉替了杨六郎死，不但骗过了他，还骗过了满朝文武。现在六郎用牤牛阵来大破辽兵！

看完了信，韩昌就更泄气了，说：“中原有杨六郎，咱们不能再打了，不如投降！”

还没等肖太后说话，肖天佐把脸一沉："大元帅，你说什么？投降不打了？一定要打！告诉你，我们一定能夺取宋室江山！"

韩昌看了看肖太后："皇娘，您杀了我吧！"

肖太后说："为什么？"

韩昌说："由于我无能，这次才死伤甚多，我罪当该死！"

肖太后说："胜败乃兵家常事，你不必难过。别看宋将一时侥幸打了胜仗，咱们这次再夺宋室江山就易如反掌！"

韩昌问："太后有什么好办法？"

肖太后说："我们已经请来一位能人，是出家的道长名叫颜荣。他师父是九顶铁叉八宝云光洞的海外教主金碧峰。这位教主派颜道长下山助辽灭宋，乃我大辽之幸。道长已然带了三十名徒儿到九龙飞虎峪去摆一座阵，他言说此阵摆好，定能胜宋！我已经封他为军师。"

韩昌一听非常高兴："谢天谢地！"

这时有人来报："军师到！"肖太后命人接进颜荣，先给韩昌做了引见，然后问他阵摆好没有。颜荣说："大阵已经摆好，特来给太后报喜！"

韩昌接着把两军阵前的战况向颜荣做了介绍，特别谈了在英州大败于牤牛的情形。

颜荣说："看来太后很有远见，单凭元帅打仗，难取宋室江山，所以叫贫道在九龙飞虎峪摆了一座大阵。我又在五台山请来一位好友白天祖，他能征善战本领高强，帮助我守阵。英州之仗我们败阵不要紧，我们一定要找回来，先破杨六郎的牤牛阵！"然后，老道出主意，叫找来裱糊匠扎做纸人，肚子里装上毒药拌草料，外面穿上辽兵服装运往代州，这样韩昌才破了牤牛阵。

今天韩昌上阵不为打仗，就为了把六郎引到九龙飞虎峪。等来到阵前，才见到了肖天佐、肖天佑，然后老道颜荣带人出来迎战。

郡马一见老道，心中暗道：常听母亲言讲，有几种人不好惹，其中就有和尚、老道，没有出奇的本领他不敢上阵。今日遇见老道，一定要多加谨慎！

郡马高喊："道长出家在哪座仙山古洞，道号何名？"

颜荣看了郡马，也暗自夸奖："好一位威武的宋将！"答道："贫道名叫颜荣，出家在九顶铁叉山八宝云光洞。我的恩师乃海外教主金碧峰，我乃奉师命下山来助辽灭宋。我的恩师明天理、懂阴阳，算得辽邦当兴、宋朝当灭，故此命贫道下山来此设阵。你可是宋将杨延景吗?”

郡马说:“正是本帅。别忘了你是出家人,已跳出三界之外。出家无有家、不在五行中,扫地不伤蝼蚁命、爱惜飞蛾纱罩灯,出家人当以方便为门、慈悲为本!不如听我相劝,不必参与征杀之战,回山去好好修行,修成个云中来、雾里去,三月三进进斗牛宫、赴赴王母的蟠桃会,称仙阁也标名挂号,何等不美?如若不听,只怕你祸到临头、悔之晚矣!”

颜荣听了哈哈大笑:“杨延景,你说的倒也有理。你们俩下交锋,兵死将伤百姓涂炭,我们出家人确实于心不忍。我今下山正是为了解刀兵之苦,故而在此摆下一座大阵,双方以阵来决胜负。如你能破此阵,北辽写降书年年进贡、岁岁为臣;如不能破此阵,那么宋朝递降书顺表纳贡称臣。三关元帅你要不敢破阵,那只好依然刀枪相见,分个你死我活。那就是杨元帅自找,一切罪责由你宋将承担!”

杨元帅听罢说道:“颜道长,如此说来你头前带路,我要看看你摆的是什么阵!”

老道说:“杨元帅随我来!”

他圈回了八杈梅花鹿,带着老道和辽将直奔九龙飞虎峪。

杨元帅正跟老道去观阵,听后边有人喊:“六哥,你上哪去呀?”回头一看,正是岳胜、孟良这几位兄弟。忙问:“你们干什么来了?”

众将说:“元帅一人一马追赶韩昌,我们不放心,怕六哥吃亏,就追下来了。六哥你要上哪里去?”

六郎把刚才之事简单对几位说了一遍,“我现在正要去观阵,你们既然来了,咱们一同去!”说完,几个人随同元帅,一同奔西北方而去。

前边到了九龙飞虎峪,只见颜荣正在阵外等候。他只怕杨元帅不来,一见不但来了,还多了几员将,心里更高兴:但愿他们全进阵!他皮笑肉不笑地说:“杨元帅,你即来到,那就请进吧!”

元帅说:“我先看看你摆的什么阵,破阵时一定要通知你们。”

颜荣说:“如此说来,我就先进阵等候啦!”就催鹿进了大阵。

杨元帅见老道进了阵,才带领几位弟兄仔细观察这座阵。在马上一望,见此地山连山、岭连岭,不知有多少山头,每个山头全有辽兵。一杆杆大旗遮天蔽日,一座座将台星罗棋布,一条条通道四通八达,一个个门户纵横交错,真是阵中有阵,阵外有阵,大阵小阵,阵阵相连。到处旌旗飘摆、刀光闪闪、枪密如林、冷气森森！真是奥妙无穷,实在难测！

杨元帅看了不由得倒吸了一口凉气,紧锁双眉暗自盘算:哎呀,这座阵可太怪了！六韬里未曾提及,三略里没有提到,兵书上也没见过。

郡马正然思索,众将问道:"元帅,此阵唤作何名?"

元帅没有回答,叫道:"花刀岳胜,你去代州把老太君请来观阵。她老人家久战疆场,经多见广,熟读阵图,畅晓兵机,是个女孙武。"

花刀岳胜说:"我马上就去,请元帅在此等候。"说罢拨马而回。

此地离代州不过十余里,元帅一边观看,一边等太君。时间不很大,老太君就领几位儿媳和女儿跟随岳胜来到。

元帅迎上前去说:"母亲,辽邦请了老道颜荣在此摆了一座大阵,要和我方一阵论输赢。老道想引儿入阵,我没有进去,和他说等观明此阵再破。孩儿经过的阵式也不少:一字长蛇阵、二龙出水阵、天地人三才阵、四门斗底阵、五处五方阵、六丁六甲阵、七星北斗阵、八卦连环阵、九宫遮阳阵、十面埋伏阵。颜荣摆的这座阵,孩儿却不知,请母亲观阵指点。"

太君听完,带女将们来到阵前,大家一看,全愣住了,要依孟良,不管他三七二十一,催马进去看看再说。

元帅拦住他说:"九龙飞虎峪这里边的地方可大了。总的是一座大阵,里边还有多少阵?不清楚。每个阵里都有什么机关?也不清楚。明枪易躲,暗箭难防,伯昌贤弟别说傻话了!"

焦赞说:"孟二哥,元帅不叫你去,这是为你好！你出去会放火,若论真本领,你还不如俺老焦哪!"

孟良说:"你还别看不起我,好歹的呀,我还比你多个火葫芦呢!"

岳胜说:"你二人别打嘴架了。看,老娘观阵大概也为难啦!"

只见太君围绕大阵观察了四个阵门,并没有说话。孟良说:"娘啊,这可能是个无名阵吧?"

太君苦笑了一下。此时,颜荣老道又出阵了。他一看,嗬,女将又来了不少！就狂妄地说:"杨元帅,怎么样,看了半天了,此阵的名称想起来了吗?不用说破阵,恐怕还很难知道大阵的名称吧?"

这几句话气得孟良真想过去用斧子劈他！可杨元帅又不让他过去。还没等六郎搭话，太君催马迎上去，问道："你是什么人？"

老道说："我乃九顶铁叉山八宝云光洞教主金碧峰的大弟子颜荣。你是何人？偌大年纪到此为何？"

太君说："我夫乃金刀令公杨继业，我名佘赛花，官居无佞侯。"

老道说："啊，原来是佘太君！真实沉雷贯耳，皓月当空，久仰，久仰！今日见面也算三生有幸。贫道下山摆设这座大阵，以阵分胜负，免得双方兵将受刀枪之苦！那就请太君观阵吧。"

太君说："我已看完。此阵名叫天门阵！"

颜荣听了，心中暗暗夸奖老太君，有其名必有其实！

郡马一听非常高兴，母亲既然知道此阵，就一定能破！就叫："颜道长，我母亲说的对不对？"

老道说："不错。可是光认识此阵不行，还得能破阵！"

郡马说："既知此阵，破有何难？你给个日期。"

颜荣说："如给你三天五日，算我没有容人之量。给你们一百天为期，你看如何？如能破阵，北辽写降书；不能破阵，宋朝递顺表！"

杨元帅说："好，一言为定！"就和颜荣击掌三下，以此打赌。这才引出一段穆桂英下山大破天门阵的故事。

欲知后事如何，下回交代。

第五十一回 天门阵六郎中毒 幽州城孟良揭榜

杨元帅和老道颜荣打赌一百天之内破天门阵，双方击掌，然后，六郎带领众将和老太君转回代州，到了帅府以后，升堂在虎皮座上坐下，众将站在两旁，八王千岁、老太君、寇大人和高君保两旁陪坐，因为在朝中皇上为大，在军中就以元帅为大。大龙不离滩，凤不离阁，帅不离位，所以杨元帅就在上边落座。

元帅对八王千岁说明刚才和颜荣打赌破阵之事，八王千岁很替元帅担心，八王千岁对天门阵也没听说过，就问："元帅可有什么办法破阵！"

元帅说："此阵是老母亲认出的。如何破阵，还要请母亲指教。"

太君苦笑了一下，说："延景，你以为他给你一百天期限还算多吗？这天门阵里一阵扣一阵，阵阵都有不同的变化，如果颜荣把这天门阵摆得有头有尾，整整齐齐，一阵不少，应当共有一百单八阵营。这一百天嘛，只怕很难破哇！"

太君这句话使杨元帅大吃一惊，转眼间脸上布满了愁云。众将也很为难，孟良、焦赞更是心急火燎，早就想闯进阵去，可是未能如愿，憋了一肚子火。现在见老太君说很难破阵，六哥又是面沉不语，他二人忙一同过来见元帅："元帅，休把敌人这座阵抬到天上，就是铜墙铁壁，我也打它个透明的窟窿！"

众将听了，哭笑不得。二人又说："请元帅给我们一支将令，我二人去打天门阵！"

元帅摇了摇头："二位贤弟，你二个虽然本领高强，可是要破天门阵，本帅还不放心！那里边阵阵尽是机关，去了凶多吉少，本帅不准你二人出马！"

二人一听，好嘛，碰了一个大钉子！

元帅说："二十四位边关总兵要轮流查城，小心敌人来攻！"说完，请八王千岁回行宫，母亲和各位女将各自回房。

孟良、焦赞见元帅为难，心中更加着急，忙说："今晚我二人巡城。"

元帅说："要多加小心！"

二人退下帅堂一商议，不如今晚去天门阵观察一个究竟，难道人家有人能摆阵，咱们就没人能破阵不成？

两个人打定主意，白天吃好、休息好，到了夜晚，二人没顶盔也没挂甲，根本也没巡城，到了北门就叫军兵开城。

军兵问："二位将军可有令？"

孟良说："正是奉令查城，要到外边看看有什么风吹草动！"

军兵开了城门,二人催马出城,嘱咐军兵把城门关好,就直奔天门阵而去。

说也真巧,二人刚走,杨元帅就来了,因为听老太君讲了天门阵的厉害,心里十分烦闷,夜里实在难以入睡,忽然想起孟良、焦赞这两个祸头总想去天门阵,他们又不知道里边的奥秘,万一闯进去就会有性命危险!今夜这二人又提出巡城,若是不守军纪私走天门阵,万一有了差错可就悔之不及!因此,就带着几名亲兵去巡城,先到了北门。

守城军兵一看元帅到,急忙施礼:“元帅,孟、焦二位将军刚刚出城去巡查。”

元帅一听就是一惊:“他二人干什么去了?”

“说是奉元帅命令,出去查探敌情。”

元帅一听,就知道二人要惹祸,忙问:“走了多长时间了?“

“才出去不多时。”

“给我开城!”

“是。”

北门开了,元帅带了几名亲兵马上赶出城去。

老太君今晚也是思前想后的,考虑颜荣摆了这座天门阵该当怎样去破,一夜未眠。等到鸡叫五更,天色方亮,太君起床后带众女将到帅堂来见元帅。

八王千岁和高君保早已来到帅堂,边关众将除去孟、焦二人外也都到了,就是不见元帅,大家有点莫名其妙,不知元帅为何没到?太君只好派宗保到六郎寝房去看,结果也不在。

大家正在纳闷,从外边进来了几名亲兵和孟、焦二将,把元帅抬进来了,众人一见,无不惊讶,赶紧围过来看个仔细,只见元帅杨六郎紧闭双眼,昏迷不醒,嘴唇紫青,那张脸像黄纸一样,没有一点血色。

太君忙问孟良、焦赞:“你六哥为何这等模样?到底出了什么事情?”

二人此时泪如雨下,孟良边哭边说:“我们二个昨天夜里巡城的时候,想悄悄地出城去看看天门阵,不料想六哥追我们也到了阵门前,刚想进阵去看看,忽从里边刮出一阵风,没见有人出阵门,就听六哥‘哎呀’一声大叫,再一看,六哥从马上摔下来倒在地上,把我二人吓坏了,忙叫亲兵来抢救,这才连人带马转回城里。”

这时,有人已把床准备好了,便把郡马抬到床上,男女众将团团围住,齐声呼唤:“元帅醒醒,元帅醒醒!”

可是郡马却像死人一般，一声不吭，一动不动。

众人看了心中忧虑重重，非常难过，边关众将个个怒气冲冲，大声责问孟、焦二将："你二人要说实话，元帅究竟是为何弄成这个样子？"

二人急忙分辩说："我们说的都是完全是实话，一点儿也没有虚假。"

太君又派人请来几位随军郎中，仔细地给元帅按脉诊断，周身上下并无异常，都说看不出元帅得的是什么病，请八王千岁和老太君另请高明。

八王千岁听了这番话，吓得魂不附体，顿时没了主张，急得坐立不安。

老太君气得咬牙切齿痛骂辽寇："既然限期破阵，就不该暗中施用毒计，这样做毫无信义，不杀辽寇我气难消！"

孟良、焦赞二将气得立时要出马征讨，被太君拦挡，二人急得直跺脚，这时也急坏了一旁的边关众英雄，六哥要是有个好歹，谁领兵征战破敌呀？

大家正在为难之际，从外边跑出来一个亲兵禀报："东门外有个道长前来报号，他说大元帅是他的徒儿，他叫任道安，在英州城收下的郡马。"

太君一听高兴了，八王千岁忙说了声："快迎接！"众将应声出门去迎接。

这位道长果然是道貌岸然骨仙风，头戴九梁道貌岸然巾，身穿银灰色道袍，腰中系水火丝涤，足蹬白袜云鞋，两道慈眉，一比善目，胸前飘洒着五绺长髯。

众人施礼见过任道长，接他到帅府虎堂中落座，并叫人准备素茶素斋。

道长摆手说："不用，听说徒儿延景在此与辽交锋，故此进城来看看他。不知道大家为何这样慌慌张张、战战兢兢？"

没等太君搭话，孟良、焦赞就跪下了，口尊："老恩师，快救命啊！"

任道安把二将搀扶起来："别着急，快起来！怎么回事啊？"

孟良就把昨夜的情形向任道安说了，然后，太君叫人把元帅抬来，请任道安观看。道长看完后长叹一声，叫把杨元帅抬下去。

孟、焦二人心想："如果六哥好不了，我们还有何脸面再活下去！"

道长喝了杯清茶，然后说："这分明是昨夜他到天门阵，不知经过哪个阵门，中了里边放出来的毒气。这种毒气大概是呈一条线喷出来的，而不是一大片，所以只打到了郡马身上，而使他昏迷不醒。既然已经打赌破阵，天门阵的守阵人就不当施放暗器！"众人说："既然道长知道，就请救他一命吧！"

宗保只哭得如泪人一般，八王和太君都很焦急，边关众将也有低头掉泪的，也有埋怨孟良、焦赞的。

任道安说:“大家不必害怕。我知道此病,也有偏方医治!”

太君说:“那就请道长快开方抓药,救病如救火呀!”

道长说:“药方好开,一共十六味药。不过药引子不好找!”

孟良、焦赞上前施礼道:“道长快讲,哪怕这药引子生在天边海角,我二人也要取回来,救活六哥!”

任道安说:“药引子就是龙须凤发。龙须好办,八王千岁的胡须剪下几根就行;凤发,可就得要当今女皇肖太后的几根头发。”

听了任道安的话,大家全难住了,肖太后的头发怎么弄呀?除非把她杀了才能弄到头发。现在连天门阵都还没破,哪儿谈得到去杀肖太后呢!

道长又说:“元帅交的朋友不少,这就得看有没有像任秉那样肯舍命为友的人了?现在是紧要关节的时候,谁能去幽州城?”

话音一落,众将全都上来了,都争着要去。这时就听一声大喊:“你们谁也不能去,我去!”

道长循声一看,正是孟良,他说:“任道长,我会说北辽话,我也到过幽州,该由我去盗发,救我六哥!”

道长一看,暗暗夸奖:“杨延景果然交下一些过命的好友!”

孟良动情地说:“六哥为我们俩遭了险,只怨我和焦赞惹了祸,即使不怨我们俩,孟良去盗发也是理所当然应该的。我还会说北辽的话,也曾经在幽州呆过几年。孟良我说到做到,不怕凤发远在天边!”

孟良说完,又面对八王千岁和太君抱拳施礼说:“事不宜迟,孟良要立即启程!”这下可把八王千岁和太君难坏了,太君看了看任道长说:“此事重大,非同一般!”

此时任道长点了点头:“八王千岁和老太君不要担心,我看孟良粗中有细,他又会说北辽话,定能把肖太后凤发盗回来。”

太君说:“他曾多次与辽将交过战,又曾放火烧过辽营。到幽州后一旦被识破,只怕他的性命难保。

孟良说:“我要化装改扮,不让敌人识破,请千岁和盟娘把心放宽,不必为我担忧。”焦赞说:“我和二哥做伴去。”

孟良摆手说:“老三,此去幽州是很危险的,人多了反倒惹眼,容易节外生枝。我这个火葫芦交给你保管,我回来了再还我,倘若二哥我回不来,你就把它带到身边用吧！"

孟良的这句话倒惹得焦赞不爱听了，焦赞说："谁愿意要你的葫芦？我愿意你回来，我还把它还给你！"

任道安说："孟将军，你得几天回来？"

孟良问："我六哥的病能维持几天呢？"

道长说："我现在先给他吃解药，能维持几天。不过，你是越快越好！"

大家全替孟良为难，不知他怎么进幽州，又如何去盗发？

孟良可满不在乎！他本来是红脸，涂成了一个黑脸，穿了一身青，扮成了一个商人。又在马的褥套里装了不少银两，准备做买路之用。不带斧子，暗藏了一把尖刀。准备完毕，对任道安说："您等着吧，若是盗不来肖太后的头发，我就不回来喽！"

八王、老太君和男女众将，对他全是千叮咛、万嘱咐，尤其是焦赞，咧着大嘴直掉眼泪！

单说孟良打马出城以后，绕过了敌营直奔幽州，一路上心如火燎，快马加鞭，天刚过午，就来到了一条大河边，过了河就是幽州。但见河的北岸座座辽营，成层成片，看来辽邦戒备森严，不用说过辽营，眼下一条大河就过不去！

孟良下马在河边四下瞭望，心中非常焦急。这时，从上游河心冲过来一条小船，船上的老渔公约有六十来岁，头上挽着发髻，身穿青衣，脚踏翁鞋，花白的短须显得精神饱满。

孟良一见有船来，十分高兴，忙喊："老渔公，请把船摆过来，我要过河！"

渔公听见有人叫船，忙把小船摆过来了，撒锚搭跳板，走下船问："这位黑壮士，干什么呀？"

怎么叫他黑壮士呀？他不是把脸涂黑了吗！

孟良说："我去幽州做买卖，你把我渡过去吧！"

渔公说："我这是打鱼的小船，不渡人。"

孟良问："有渡人的船吗？"

渔公说："没有。你往北看看，辽兵的大营围住了整个幽州，一共是八道。因为现在战事很紧，幽州城就更紧张了。原来为过往行人准备的摆渡船，如今全没了！"

孟良问："为什么呢？"

渔公说："还不是怕中原的奸细混入幽州。"

"那就没有偷着来渡人的吗？"

渔公说："不敢说。原来倒是有几个，可是被军兵发现了，就地正法，当时就砍头。现在没人再放船渡人了。"

孟良说："老人家，那你为什么还在河里驶船呢？莫非说不让渡人让打鱼吗？"

渔翁说："那也得分是谁！我行，别的渔船可不行。"

孟良说："这又是为什么呢？"

"嗐，别问了。不提不伤心，一提就勾起我这心事来了。我不是告诉你不渡人吗？你这幽州的买卖是做不成了，到别处去吧！"说完转身就要上船。

孟良心想："他一上船走了，我还到哪儿找船去啊？"想到此，急忙一个箭步窜上船去，说道："老人家，你把我渡过去吧，我多给船钱！"

渔公说："那可不行。叫巡逻的看见，我这吃饭的家伙就得搬家！"

孟良说："老人家，有官就有私，有私就有弊。何官无私？何水无鱼？"

老渔公说："别对付，不行！"

孟良一急，有心要杀老头，一想："不行，杀了他谁还能把我渡过去啊？"于是，强压心头怒火，又跟老头说好的："老人家，把我渡过去吧，我有急事！"

渔公说："就是我把你渡过去，这八道辽营，你身边没有腰牌，能过得去吗？"

孟良一听说得有道理，自己没有腰牌，不能通过。如果硬打，也闯不过八道连营。再说一暴露身份，就什么也办不成啦！这可怎么办呢？一着急，不由自主地望天长叹："天哪，天哪，六哥可要没命啦！"

老渔公闻听此言一愣："黑壮士，请问你六哥姓名叫什么，为什么不过河他就不能活呢？我看你这个中原人挺忠厚的，你说了实话，我就渡你过河去！"

孟良闻听吓了一跳，心中暗说："这个实情可不能说！"

渔公又接着往下问，急得孟良直搓手。

渔公说："黑壮士，你是不是中原的细作，来这里刺探军情？这里只有你和我两个人,你只管放心对我说,你一定要跟我说明白,你说的六哥是哪个?说了实话我就渡你过河,要是不讲实情,你就寸步难移,我劝你不要错过这个好机会,到头来反而弄巧成拙!”

孟良越听越觉得奇怪,不由暗暗琢磨,听渔公说的这番话,其中定有缘由,干脆就对他实话实说吧!想到这里,就对老渔公说:“我跟你说实话吧,我六哥就是汴梁天波府杨延景,他病在代州不能说话,像个哑巴,有一味药材找遍城里城外难觅到,为此到幽州来寻找这味药材,这才要渡河过去奔幽州。”

老渔公一听说杨延景,禁不住热泪滚滚而下:“可算听到了杨府的信啦!黑英雄,你快快仔细跟我说一说!”

孟良问老渔公的姓名,渔公说:“我叫周卫国。想当初,我在老令公手下当差,老将军待我情义不薄!两狼山中令公碰碑死得惨苦,那潘仁美为人太可恶,我好不容易逃出了两狼山,想回边关也怕难逃他的魔掌,万般无奈只好在北辽落了户,以打鱼为生。我听说杨大郎替了宋天子,杨二郎代八王千岁,双双身亡在双龙宴上,杨三郎被乱马踩成肉酱,四郎和八郎失落在北辽,至今死活不知。杨五郎到五台山出家当了和尚,他还有时到此地来,嘱咐我要帮助宋将过河。”

没等老人再往下讲,孟良已经乐得心里开了花。

孟良高兴地说:“哎呀,当初您也在令公手下当差?这就好啦!我全跟你说了吧,我叫孟良字伯昌,是边关的总兵,与郡马是结拜的生死兄弟。”然后,就把朝中之事和两军阵前的情况对周卫国讲了一遍。

渔公周卫国说:“孟将军,这次我帮你立功。等你回代州后,与八王千岁说一下,是不是能叫我回去?”

孟良说:“包在我身上!等我把肖太后的头发取来以后,你就跟我一同回去!”

周卫国说:“这可不能着急,等平了北辽我再回去也行,万一宋将要有用我之时呢?”

孟良说:“也好。那你就快渡我过河吧!”

周卫国说:“我不但渡你过河,还能帮你过辽营进幽州城!”

这几句话可把孟良乐坏了:“那太好啦!”

老渔公说:“不过我可替你为难,你怎么能见到肖太后呢?”

孟良说:“车到山前必有路,吉人自有天相。我到时再想办法!你怎么送我过辽营进幽州啊?”

渔公说:“我这些年以打鱼为生,和北辽打交道多了,都比较熟了,官兵不少也都相识了。有一次,肖太后病了想吃鲜鱼,她要吃的那种鱼正好被我捞上来了,当兵的就叫我给肖太后送去,她一高兴,赏给我一块腰牌,可以随便进出幽州。后来肖太后告诉军兵,只要我打了鱼,就给他们送去。有一次,肖太后过寿日,我去送鱼,她还叫我吃过寿酒哩。另外还告诉你,肖太后有一个御马官也是中原人,我和他不断见面。他说家里原来住在云南昭通府,父母不在了,因为和兄嫂吵嘴,一怒离家来到了北辽,也在幽州娶妻生子了。”

孟良问:“他叫什么名字?”

渔公说:“叫董铁鼓。”

孟良一愣:“他哥哥是叫董铁锤吗?”

渔公说:“对,你怎么知道的?”

孟良说:“我六哥充军云南时,云南王手下有两位将军和六哥很好,其中就有一位董铁锤。后来和六哥一起贩牛,最近的牦牛阵一仗,就有他!”

渔公说:“这可太巧啦!不过,这个董铁鼓是否愿意归宋可不知道。我们只是谈过家常,没说过别的。”

孟良问:“这个御马官他常出来吗?”

周卫国说:“他是常出城遛马。”

孟良说:“既然如此,我就通过他去见肖太后,要说揪她几根头发是难,干脆就把头砍下来,回代州交给任道长,用多少叫他自己揪得了!”

一边说着话,周卫国就把孟良渡到了对岸。渔公把腰牌交给孟良,又给他一篓鲜鱼:“路上要是有人问,你就说替我给肖太后送鱼去。人家要问你是谁,干脆你就委屈点儿,就说是我儿子得了。”

孟良一听,咧了咧嘴说:“老人家,如果别人这样说,我非打他不可!你老人家这是帮我的忙,我也是为了救六哥,就这么办吧!你叫周卫国,我就叫周保家怎么样?”

老渔公说:“行!但愿你盗发成功,我还送你过河!”

孟良说:“老人家,为了防备万一,我被拿有人来找你,你就如此这般……”

渔公说:“好!”然后又从舱里取出一个纸包交给他说:“你带着它,用得着就用,用不着就算了!”

孟良问:“这是什么呀?”

老渔公偷偷的告诉了孟良。

孟良说:“太好了!你老人家想的真周到。盗发回来这功劳算你的!”说罢,接过小包带到身上,提着鱼篓和周卫国分手。

一路上,孟良身带腰牌过营并不太难,只不过因为送鱼的换人了,难免要问问:

“怎么没见过你啊?”

“我是第一次送鱼,没来过。”

“周老头怎么没来?”

“我爹病了。”

“哦,过去吧。”

八道连营全过去了,再往前走就到幽州城了。孟良坐在城外的一棵树下休息片刻,想了想如何盗发。这时,从远处跑来一匹马。这匹马长有丈二,高有八尺,头上长角,肚下生鳞,毛色雪白,脖项挂着威武铃,四蹄蹬开快似飞龙,由远而近看样子要进幽州城。

马上坐着的人三十多岁,细腰乍膀,双肩抱拢,头戴白缎英雄帽,身穿白缎英雄氅,大红中衣,足蹬薄底燕云快靴,脸上两道长眉斜插入鬓,一对大眼灼灼放光,鼻直口阔,五绺短髯,好一副英雄神态!

孟良一看心中暗喜,观其外、知其内,这个人非是平常之辈,这匹马更是出奇!

孟良不由自主地就站起来了。马也刚好来到面前,反把马上这员辽将吓了一跳。

辽将把马勒住,看来了孟良:“你是干什么的?”

孟良说:“往城里送鱼的。我父周卫国以打鱼为生,今天他病了,我来替他送鱼。”

马上这员将说:“哦,我说怎么看你眼生呢!”

孟良说:“我好交朋友,经常在外不在家。我刚从云南回来,老人家身体不适,就叫我把这篓鲜鱼送来了,还没进城就碰上您了。我跟您打听一个人,有个叫董铁鼓的您认识吗?”

马上这个人说:“你打听他有什么事吗?”

孟良说："我这次去云南做买卖，碰见一位云南王手下的旗牌官叫董铁锤。他说家里父母双亡，有个兄弟喜爱交朋友，挣几个钱不够花的，就把父母留下的东西也全卖了。为此弟兄吵了一架，兄弟一怒离家而去，至今下落不明。董铁锤托人各处打听，近两年才听说在幽州当差了。他想兄弟经常痛哭，由黑夜到天明。这次又托我打听准信，等我下次去云南再告诉他。我看您也不像北辽人，就跟您打听一下！"

孟良说到后半截，这个人的眼泪也下来了，听完了孟良的话，他擦了擦眼泪说："周大哥，我就是董铁鼓啊！"

孟良说："哟，这可太好啦！省得我到处打听了！"

董铁鼓说："你不是要进城吗？咱们一起走吧！"

孟良说："好！"

董铁鼓拉着马，和孟良边走边谈。进城时军兵看了看，也没问。孟良跟着董铁鼓来到他的家。这是一个很讲究的大院子，老家人把马接过去，忙问："怎么您今天把马拉回家没有送回皇宫呢？"

"我遇见一位朋友，一会儿再把马送回去。"说完，他把孟良让进客厅，有人端上茶水。

孟良说："干脆，这篓鱼咱们自己吃了吧！"

董铁鼓说："不必了。一会儿再给军兵送去。"

孟良说："我替家父来的，往哪儿送，我都不知道。"

"不要紧，回头我叫人替你送。你等着拿钱走就行了。"说罢，又叫人摆上酒菜。

孟良也没客气，连吃带喝！别看他又吃又喝，心里可长草了："六哥病怎么样啦？回去晚了救不活六哥怎么办？"但表面上还装得很镇静。

董铁鼓问："您哪一天再去云南，我给我大哥写封信，您给带去。当初我也年轻，跟哥哥吵了几句嘴就离家出走这些年，现在落在幽州，也娶妻生子了。我给肖太后当个御马官，官不大，权势可不小，时常和太后打交道……"

孟良故意说："这么说，方才那匹马不是你的呀？"

"是肖太后的。是当年哈丰国进贡来的一匹宝马，叫日月骕骦驹。太后对这匹马爱如至宝，拴在御马棚，每天我都要拉出来遛，有时还骑它出城跑几圈。不想今天遇上朋友，以后我回不去云南，有什么事还要多麻烦你！"

孟良说:“应当,应当。我在北辽有什么事,也少不了给您添麻烦!”

二人一边吃一边说,孟良一边想主意。等吃完了饭,董铁鼓也叫家人把那篓鱼给卖完回来了。孟良把鱼钱送给了家人,然后又和董铁鼓走到院中看了看日月骕骦驹。孟良连声夸赞:“好马呀好马!”

董铁鼓说:“周兄你先等我一会儿,我去去就来!”说完就去后院了。

孟良心想:“这真是天助我也!”趁着没人,急忙从怀里取出老渔公给的那个小包,从小包里取出一点东西,掰开马嘴往里一放,这匹宝马一声没叫。孟良把这个小东西粘在马嘴的上膛了,东西很小,不注意谁也看不见。

不一会儿,董铁鼓回来说:“周兄少坐一时,我去把马送回。你在我家住两天再走也不迟!”

孟良说:“我也正想在幽州城买点儿东西再走,若不遇上你,我还得住店。既如此,我就不客气啦!”

董铁鼓临走时对家人说:“这位周大哥是我的朋友,他出入你们要好好伺候!”

孟良哪里呆得住哇?他说出去看看,家人要跟着,他也不用。他的北辽话说得很好,光听他说话,就是北辽人。他在街上转了转,天色黑了,就又回到董家。

这时,董铁鼓也回来了,可是他满脸愁容。

孟良问:“兄弟怎么不高兴啊?”

董铁鼓说:“我刚才送马到宫院,谁知这匹马不吃不喝打起蔫来啦!这匹宝马真要出了事,太后怪下来我可吃罪不起!”

孟良说:“不用怕!就是病了也有兽医治吗!”

当夜,孟良就在董家住下。第二天清早,董铁鼓就叫人给孟良准备吃喝,他进宫去看御马,结果仍是不吃不喝,比昨天更厉害了。董铁鼓可害怕了,立即奏明肖太后,肖太后即派兽医去给宝马治病。

可是一连两天两夜,宝马就是不吃不喝,把个肖太后可急坏了!马上传旨贴出皇榜,有人能治好御马,赏银千两。

皇榜贴出时间不长,有人报与肖太后:渔公之子周保家揭榜。太后说:“宣他上殿!”

第五十二回 撞驸马孟良巧应变 盗凤发四郎暗帮忙

肖太后传旨:宣揭榜人——渔公之子周保家上殿!

这时,孟良虽说胆大,可心里也有点儿发慌。为了救治六哥的病,他乔装改扮冒险来幽州盗凤发,早把生死二字扔到一旁,他迈大步上了银安殿,两边的辽臣似虎如狼。孟良他偷眼打量上座的肖太后,只见这个女人不寻常,头戴八宝九龙冠,身穿闪金光的滚龙袍,两道细眉,一对蛇眼,唇红齿白,气度不凡。

孟良上前几步跪下叩见,肖太后低头扫了一眼问:"外面是你揭皇榜?"

孟良点了点头,又笑了一笑。

太后问:"你姓字名谁对我讲?"

孟良说:"我叫周保家,住在周家庄。我父周卫国生了病,叫我送鱼给军兵吃。路过看见了皇榜,因为我会给马治病,才揭下皇榜,太后莫要惊慌,我准定把宝马治好,和以往一样活蹦乱跳!"

太后听了这番话,满面带笑,非常高兴,忙叫人找来董铁鼓来与孟良相会。不多时,董铁鼓就来到银安殿,二人假装不认识,没打招呼。

太后说:"你带他去治马,好好照顾!"

二人来到御马棚,董铁鼓说:"周大哥,你可真有胆量,一旦治不好宝马的病,你的罪可就大了!"

孟良说:"兄弟你尽管放心吧,我揭榜治马,也是为了给兄弟你除去忧愁!在银安殿上我们假装不相认,也是怕治不好宝马给你惹祸!"

董铁鼓听完心中暗想:"周大哥的确是比我强!"想到此,忙说:"周大哥,你要用人手只管讲,我好派人来帮助你!"

孟良说:"只用我和你兄弟俩就够了,不用别人。"

说完,二人就来到宝马跟前仔细观瞧,宝马果然是无精打采。

孟良说:“贤弟,请你准备一盆清水!”

董铁鼓随即答应一声走开弄水去了。

趁着董铁鼓去打水的时候,孟良把骕骦驹的嘴掰开,把贴在马嘴里上膛的那个东西取出来了。到底是什么东西?孟良也不知道!这是老渔公给他的,是渔公自己配的。好像小膏药一样,贴在马嘴里,马就不吃料了。因为这个东西很小,又和马上膛的颜色差不多,不易发现,所以再高明的兽医也没法治。

等董铁鼓来了,孟良就用那盆水忙活一阵,又把马嘴给洗干净了。不到喝杯热茶的工夫,这匹马就又吃又喝、欢蹦乱跳了。

这可把董铁鼓乐坏了:“周兄啊,你给马用的什么药,好得这么快呀!”

孟良说:“这个偏方现在还不能告诉你,过两天保你学会!”

董铁鼓带着宝马和孟良来见肖太后。

太后高兴地说:“这匹马就是我的第二条命,不能叫你白治,赏银千两!”

孟良说:“银子我先不要。因为这匹马没有完全好,我怕它再犯,再犯了就不好治了。还需要再照看它几天!”

太后说:“那就请你再护理几日。如果怕你父不放心,我派人去给他送信。”

孟良说:“那倒不必。不过我需要在大街上遛马,也许还要出城。”

太后说:“这好办,把董铁鼓的腰牌先给你使用。不用说大街小巷、出城入城,就是皇宫院也可随便出入。”

董铁鼓的这块腰牌跟老渔公的那一块可不一样了,这种腰牌可以出入皇宫,又叫牙牌。董铁鼓摘下来交与孟良。

太后说:“董铁鼓,你在皇宫内熟悉,就把腰牌先给他使用。这几天你还要把周保家招待好,一切开支花销,先记在账上!”

董铁鼓说:“是!”

太后说:“周保家,你一定要把这匹宝马给我护理好!”

孟良说:“请太后放心!有两三天就差不多了。”说完,太后退殿。

孟良对董铁鼓说:“你先回家,我在街上遛遛这马,回头我再把它拉到贤弟家里去,告诉你他得的什么病。”

董铁鼓一听完全相信了,就说:“那我就回家等你。这回咱哥俩该好好喝几杯了。”

董铁鼓回家了。孟良上了马,带着宫院的腰牌在大街上横冲直撞!忽听前边有人高喊:“闪开,闪开,撞上不管哪!”

孟良抬头看观看,迎面来了一大群人,前护呼后拥,有几对鞭子、几对棍,几对铁锁、几对捆绳,指扇掌扇缺少龙凤扇,鹦舞鹦幡缺少鹰爪鹰。金瓜钺斧缺少朝天镫,红罗伞下罩着一乘八抬轿。轿帘上挑,里边坐着一位长官。头戴长翅乌纱帽,上面插着闪金光的宫花,腰中系着玉带,身穿绣团龙的红缎蟒袍,面白似玉,眉清目秀,一副好仪容。年纪就在四十多岁,精神百倍,威风凛凛。

孟良看罢心想:“看此人有些面熟,可又记不清。他在北辽做官,怎么与北辽穿戴又大不相同?再他细打量,觉得此人和六哥长得很像,忽然想起一宗事来:曾听说杨家将大战双龙宴,死了几位英雄,五哥出家当了和尚,四哥、八弟下落不明。但愿苍天开眼,今天能见到杨家兄弟!又一想,他果真要是杨家将,为何贪生怕死投降北辽?难道他忘了他是中原将?难道他忘了他家满门忠良?难道他忘了他的生身母?难道他忘了宁死不屈金刀老令公?可能他是贪图荣华忘了本,把全家老小扔在脑后了……

孟良只顾胡思乱想,宝马可冲进了迎面来的队伍。只吓得官兵急躲闪,孟良真是个惹祸的精!他心想:“要是他是个投辽的杨家人,我撞他的道队也应当。我要探探他的底儿,索性就去撞他一撞!”想到这里,两足磕镫向前冲闯,宝马性起把八抬大轿撞倒了,里边的官员也摔出轿来。官兵们忙过来扶起说:“驸马爷,不知是哪一个愣头青冲撞了驸马,真是罪该万死。”

驸马站了起来下令:“把这个狂徒给我拿下!”连人带马一起押回府中。

驸马回到书房。差人前来报告:“这个黑小子来历不明,他骑的是太后的宝马,腰中还有块腰牌。问他为何冲闯道队,他却一言不发,不吭一声!驸马爷,您说怎样处理?是杀,是问,还是送监狱?”

驸马说:“我要亲自审问他!”

差人领命出去,不多时就把孟良押来。

驸马留神观看:此人由头至脚一身青,面似锅底,浓眉大眼,胸宽背厚,站在那里直运气,好像憋了一肚子委屈!

驸马问:“你是何人,为何立而不跪,你叫何名?家住哪里?你哪里弄来这匹马,赶快对我说实情!”

孟良说:“我是渔公之子周保家,父子二人靠打鱼为生。替父亲来送鱼,正赶上太后出榜为骕骦驹治病，我揭榜应征，治好宝马，今天出来遛马，没想到一时犯性冲撞了道队，真不应该！我不是歹人，望驸马查清。”驸马听完，点了点头说：“你父亲就是周卫国吗？”

“对！”

“为什么他没来呢？”

“他病了。”

“没听他提过有儿子呀？”

孟良说：“我不常在家，常到中原各地做买卖。我又好交朋友，我父亲对我很不喜欢，根本不提他有儿子。”

驸马说：“你常去中原？”

孟良说：“对。我在北辽买马到中原去卖，再从中原买回珠宝到北辽来卖。像东京汴梁我就常去！”

驸马一听，半晌无言，叫手下人全退下，又问：“你可知道汴梁城有座天波杨府吗？”

孟良心说：“有门儿！”就回答说：“有，有！你想打听杨府的事吗？只管跟我讲。杨府里里外外，由上到下，我全认识！”

驸马听了，站起身到外边看了看，见外边无人，又坐下问道：“你和杨府为何这么熟呢？”

孟良想：“我还得留神，还不知道他到底是谁？别一句话说漏了，惹来性命之危！”想到此忙说：“因为我常到汴梁卖马，杨家男女全是武将，有几个不爱好马的呀？所以常去杨府。”

驸马问：“那杨府的老太君身体怎么样啊？”

孟良说：“很好，就是一想起她失落的儿子，就特别伤心，一哭就是几天！也不知道她儿子如今是死是活？如果还活着，也是把他老娘给忘了。要不，老太君怎么连一封信也没接着哇？真是儿行千里母担忧，母行千里儿不愁啊！”

孟良说着话，一看驸马已经泪流满面，就又说道：“驸马，难道你和杨家沾亲带故？另外，我骑的马撞了你，我可没犯罪！你在那儿坐着，我在这站着，还五花大绑的绑着，你心里忍得下去吗？”

驸马心想：“他有腰牌，又有太后这匹马，绝不是刺客！”忙站起身来给孟良解绑：“周保家，我放你走吧！”

孟良说："我还有句话要问，驸马你贵姓啊？"

"我姓木，叫木易，我也是中原人。金沙滩一战，我被铁镜公主拿住，招了驸马。我要的条件是穿中原的官袍带履，用中原的执事摆列，不和中原人作战。他们全答应了，我也就做了驸马。"

孟良说："我一提太君你哭什么？"

驸马说："那杨门皆是忠良，只可惜死的死，丢的丢，我是替老太君难过！"

孟良说："人不伤心不掉泪，战场上死的人多了，你为什么不难过，单为杨家掉泪呀？要叫我看，木易合在一起是个杨字。你别拿我当个粗鲁人，我是粗中有细！你放心，如果对我说了实话，半句也走漏不了风声！"

驸马上前拉住孟良说："周保家，我看你为人忠厚，那就告诉你吧：我是杨四郎杨延辉。"

孟良说："四哥，我也告诉你吧：我叫孟良，是边关的总兵。"

杨四郎一听，奇怪了："你怎么又是孟良了？"

孟良就由头至尾把金沙滩以后的事对四郎详细讲了一遍，然后说："我为了救六哥，才到幽州来盗取药引子！"

四郎听完，心里更是万转回肠：母亲偌大年纪还来征扫辽邦，六弟为了破阵中了暗算；孟良又为了救六弟，不怕刀山火海来闯幽州！自己呢？每日风不吹、雨不淋，享受荣华富贵！弟兄们为国为民肩负泰山，自己也算贪生怕死轻如鸿毛。因此，心里十分难过！又问孟良："你来幽州找什么药引子呀？"

孟良说："我正为此发愁呢！今天既然遇上四哥，那就交给你办吧！要的是龙须凤发。龙须有了，就是八王千岁的胡子；凤发，得要肖太后的一缕头发！"

这一句话把四郎给难住了，可又不能说办不到。"我要办不到，孟良就更办不到了！"四郎想了一会儿，说："孟贤弟，你今天先回董铁鼓那里去，明天早晨再来找我。"

孟良说："好！"

四郎叫人把马还给了孟良，然后就回到房中。公主不在，她抱着孩子给太后问安去了。驸马有两个孩子,长子叫宗峰,五岁时被一位道长带走学艺,已走了十年了。小儿子不到三岁,叫麒麟子。肖太后特别喜爱这个小外孙。驸马在房中走来走去,想来想去,到底给想出一个办法,就摘了纱帽,脱去官服,躺在床上静听屋外的动静。

果然时间不长,就听公主回来了。奶娘抱走了小公子,公主就进房了。驸马赶紧牙关一错,就把舌尖咬破了。公主刚站到床前,问了一声:"驸马,你——"还没等往下问,驸马连吐沫带血往地上一喷。

公主一看吓坏了:"哎呀,驸马你这是怎么啦?"

四郎假装心病复发,在床上来回打滚,双手捂住心口,喊个不停:"哎哟,疼死我也!"

铁镜公主害怕了,急忙上前拉住驸马的手问:"你得的是什么病?我去请御医来给你诊治吧!!"

驸马连忙摇头对公主说:"不用,不用,再高明的大夫也白搭,十多年前我得过这种心疼病,有位道长给我开了个药方,只有龙须和凤发二味,道长又对我说,他认识八千岁可以讨龙须,凤发也可托他找正宫娘娘要。有了龙须和凤发,治我这病有如一把抓!如今龙须还有,就缺凤发,十之八九我要命丧黄泉了。我死后全靠你养大孩子了,也算是公主成全了我……"说到这里,舌头疼得流下泪,双眉紧锁,直咬牙根!只吓得公主脸色发白,手脚发冷。

公主含着泪花着急地说:"我到哪里去找那位老道?没有凤发可怎么办哪!"

驸马赶紧接着说:"皇娘的头发就顶用,但不知她肯不肯给我一点当药……"

公主急忙说:"皇娘的头发能治病,那我现在就进宫去找她要!"说罢,急匆匆地进宫去了。肖太后在四个女儿里,她最喜爱这个小女儿铁镜公主,一见她哭哭啼啼,忙问:"为娘从来没见过你掉眼泪,今日大哭不止,这是为了什么?莫非说夫妻吵嘴你受了委屈?驸马可是你自己找的,那时为娘不愿意,你要死要活的非跟木易不可。为娘疼女儿,才把你许配给他。十几年来你们夫妻不是没红过脸吗?"太后一口气说个没完了。

公主说:"皇娘你别再往下说了,我和驸马是恩爱夫妻,从没打架!"

"那你哭什么呀?"

"驸马他病了！"

"噢，可以请御医去给看看！人吃五谷杂粮，那有不得病的？"

"皇娘，他是旧病复发，不好治！"

"什么病啊？"

"心疼病！"

其实呢，是驸马自己咬了舌头，带吐沫喷出的血星子。叫公主这一说就更厉害了，肖太后也害怕了："那快治吧！"

铁镜公主说："驸马从前犯病使用一个偏方治好的。"

太后说："越是偏方越治大病！还有这个偏方吗？"

公主说："有。就是两味药，现有一味，还缺一味。"

"那赶快派人去买！"

"皇娘，这味药可买不来。"

"怎么呢？"

"要凤发，就是您的头发！"

太后一听，忙问："是全要吗？"

"不，要几根就行。只怕皇娘舍不得！"

"嗐，只要能治驸马得病，几根头发有什么舍不得？来，你用剪刀剪几根拿走吧。"

公主说："皇娘这样疼驸马，等他好了，我一定叫他好好孝敬皇娘。再慢慢劝他帮助灭宋，他的枪法可好啦！"

太后说："对，我将来一定能沾木易的光！"

这个光倒是沾上了！到后来杨四郎倒卖了幽州城。别的光可沾不上！

铁镜公主说："皇娘，那我就把头发给您梳一梳吧！"

太后说："也好。"

公主把太后的头发破开，梳头时见头顶的头发最长，这时候为了救驸马，她就不顾皇娘了！真应了那句话了：亲不过父子，近不过夫妻。一点儿也不假！

公主把皇娘头顶上最长的头发挑出一小绺儿，在二拇手指上绕了几遭，用力往下一揪，这下子把肖太后薅的直打哆嗦："哎哟！丫头，你揪下来多少哇？"

"皇娘，您放心，不多！"

还不多呢，再多就变成个小秃子啦！不是有这么一句话吗：丈母娘疼姑爷——实心实意，就是打这儿留下的！

公主给皇娘把头梳好，带凤发辞别太后赶回了府中。只见驸马疼的还在床上打滚折腾哪！

公主站在床前忙叫："驸马，驸马，我把皇娘的头发要来了！"

四郎闻听此言心中非常高兴，可表面还不能露出来，就说："公主，这个偏方要夜间人静下来才能用，你去用饭吧，我是吃不下去了。"

公主说："我也不饿。"

驸马说："你多少也吃一点儿，万一夜里我要不行，你好管我呀！"

四郎这么一说，公主更害怕了，吃不下也得吃点儿呀！

等公主用饭去了，四郎用一张纸烧成灰，把凤发用另一张纸包好，放在怀里。

公主用过饭，天色已晚。四郎叫公主把水端过来。要按说应该有人来伺候驸马，用不着公主。因为夫妻感情好，别人来伺候，公主还不放心呢！所以她亲自把水端来，见驸马取出一小包灰，公主问："这是什么？"

驸马说："这是烧的凤发。刚才我吃过龙须，现在要用水把它送下去。"说完，喝了点纸灰儿，又对公主说："我要能睡着觉，就算好了；如要睡不着，恐怕就坏了！"

公主说："那你好好躺着吧！"顺手拉过被子，给驸马盖好。时间不长，四郎还真睡了！公主可不敢睡，就在旁边守着，看驸马有什么动静。

四郎一觉就睡到天亮。一睁眼，公主还在看着他呢！四郎心里也有些过意不去，就起来说道："公主，我好啦！你是一夜没睡吧？"

公主点点头。四郎又说："公主对我真是恩重如山！"

公主说："你我是夫妻，何必客气？驸马只要好了，我就谢天谢地哩！"

四郎说："你快休息一会儿吧。"

公主说："我叫人给你预备吃的，我去报告皇娘，不然皇娘也是放心不下！"

四郎说："那你就去吧。过两天我再拜谢皇娘去！"

公主走了。四郎昨天晚饭就没吃，是怕得不到凤发、救不了六弟急的，今天早晨这才觉得饿。等吃饱了早饭来到书房，刚刚坐下就又差人来报："周保家又来求见。"

四郎说："叫他进来。"

孟良来到书房后，四郎叫手下人退出。急忙把凤发交给孟良，并把经过对孟良说明，叫他快走，一路上要多加小心，又说："到了代州见到我母亲替我问好！向八千岁和众将替我问好！再告诉我妻林素梅：不久我要过营探母，夫妻见面！我还要千方百计倒卖幽州，以赎我降辽之罪！"

孟良说："你的心情我全知道，四哥是人在辽邦，心在中原！你又有倒卖幽州之心，八千岁是贤德的，保你太平无事！"

四郎拉住孟良要给银两，孟良说："不用了，我带的路费打几个来回都够！"

四郎说："再告诉你一件事：我八弟也没死，也在北辽招了驸马，娶的是三公主，不过我二人不常见面。"

孟良一听更高兴了："四哥为什么不早说呀？"

四郎笑了笑："我只对你说了我本身之事，以防万一。怕一旦走漏风声，别再把八弟牵连上！"

孟良说："看来四哥真够细心的！我告辞了。"

四郎又小声问了一句："御马官董铁鼓也是中原人，你和他不错，你这一走，会不会给他惹祸呀？"

孟良说："四哥放心吧！昨天天黑的时候，他已经带着妻子逃出了幽州回云南去了。"

四郎说："那么贤弟你就更危险了，快走吧！你有马吗？"

孟良说："有，在渔公周卫国那里呢！"

四郎说："现在你靠步行，恐怕走不了。我给你准备一匹马吧！"

孟良说："不必啦。我要你的马，目标更大，对你不利！我要骑走肖太后的那匹骕骦驹。"

四郎说："不行，别冒险了！"

孟良说："你别管啦！"

孟良告别了四郎，带着腰牌来到御马号，牵出了日月骕骦驹。因为太后有旨叫他把马护理好，他又有腰牌，所以没人拦他。

孟良心里也不平静，出宫不远就上了马，匆匆离开幽州。他有腰牌，一直过了八道连营也没人拦挡。来到了河边时，周卫国早已在此等候，孟良急忙叫他连人带马一起渡过河。

到了对岸，孟良把经过和老渔公说了一遍。然后说："此地你也不能呆了，肖太后发现丢了宝马，一定要追查。干脆小船也别要了，你跟我回中原吧！”

说罢，孟良叫周卫国骑上自己那匹浑红马，自己骑上日月骕骦驹，二人扬鞭打马直奔代州。孟良和周卫国快马加鞭，顺利地回到代州城。军兵往里回报，不大的时间，花刀岳胜和边关众将出来迎接孟良。

孟良见众将满面堆欢。焦赞说：“二哥，你可回来了！哎，这匹马哪来的？”

孟良说：“回头再详细告诉你。”说完，把周卫国给宋将做了引见。

焦赞又说：“这趟盗发，二哥要有个三长两短的，上哪儿去诉冤？”

孟良说：“这句话是从何说起呀？元帅现在如何？”

岳胜说：“到了帅堂，你一看便知。”

说话间来到了帅府，众人下马走进帅堂，孟良一看就大吃一惊！

第五十三回 穆桂英放生留盔靴 孟伯昌纵火烧山寨

孟良跟随岳胜等众将走上帅堂，抬眼一看，见八王和太君在两旁端坐，当中央坐的正是元帅杨六郎。他立时大吃一惊，心想：元帅的重病已经康复了？

这时，郡马起身说：“贤弟，你为救我多受风霜辛苦了！六哥我病好了问起你，才知道你匆忙出走去盗凤发，这几天我为你担心，怕你单身入虎穴遭到不测……”

孟良说：“任道长对小弟讲，要救六哥需要龙须凤发做药引，我就单身去幽州盗凤发，每日里急得火冒顶梁！生怕回来晚了，误了六哥的病，没想到六哥病已经好了，你快说说是怎么治好的！”六郎说：“自从贤弟走了以后，在这里吓坏了八贤王，老太君也急得直掉泪，老恩师起早贪黑为我煎药汤。几服汤药喝下去之后，一时倒比一时强，转过天来像好人一个样，我才知道你为救六哥单人独骑匆忙去幽州城盗发。

“怎么不见任道长？”

“老恩师不愿参战动刀枪，离开代州回山去了。”

孟良心直口快，长叹了一口气：“唉，白叫我老孟跑了一趟！”

众将听了哈哈大笑，岳胜说：“谁叫你平日太狂气！胆子比天还大，元帅差一点儿为你丧命！你去幽州盗凤发，应当，应当，太应当了！”

大家对孟良是又气又疼，又恨又爱，元帅这场病确实是孟良、焦赞给惹来的。孟良当然无话可说，白跑一趟，又挨了一顿数落！

元帅说：“孟贤弟，把去幽州的情形跟大家说说吧！”

孟良将周卫国给元帅、八王和太君引见之后，就把去幽州的情况对众人讲了。

可是，对四郎和八郎的事只字未提。为什么呢？他怕万一虎堂上有奸细走漏了风声，就会对四郎、八郎不利！就有性命之危！等没人时，再悄悄对六哥和太君说也不迟。

这正是孟良粗中有细之处。

孟良又叫过董铁锤说：“我这次盗发，多亏了你兄弟董铁鼓帮助。他叫我带口信给你，他已带妻子回云南去了。等安置好了，他再来找你。”

董铁锤听了，非常高兴。周卫国走过来向八王请罪。八王说：“你身在北辽，心在中原，又帮助过往的孟良，孤王不怪！”说罢，赏下酒席，叫孟良和周卫国去饮酒。

杨六郎和众将仍在帅堂议论军情。六郎说：“老恩师任道安走时说天门阵实不好打，一百单八阵里有一座瘟毒阵，这座阵专放毒气。我和孟良、焦赞那天夜里查看阵门，就是这座阵里的人暗地里打出一种五云瘟毒球，这种毒球打在身上就能散开，里边放出毒气，人闻了立刻中毒昏迷。一百单八阵，每个阵都有阵主。三川六方的主将全被调来在阵中守阵，也有和尚、老道。韩昌的大兵也撤进了天门阵中，现在他们是兵力充足。我们当初言明：双方不需施放冷箭。他们不该暗下毒手！许他们不仁，就许我们不义。只要我们有能人破阵，就杀他一个落花流水！老恩师临走时还说：破天门阵必先找来降龙木，有降龙木带在身上，就可不受五云瘟毒球的毒气之苦！恩师说降龙木出在穆柯寨，今天大家想一想如何去要？明日清晨再议。”

说罢，元帅退堂。八王回行宫，寇大人、高王等各自休息，周卫国和边关众将在一处安歇。孟良没睡觉，去找老太君，又叫来郡马，把见到四郎的情形详细说了一遍。又说八郎也在北辽招了驸马,不久他们要回中原探母,还要倒卖幽州,立功赎罪!

太君听完孟良的话连连点头,又是难过,又是高兴。

孟良说:"我今天在帅堂上没敢同着众人讲,怕有奸细走漏风声,万一传到幽州,四哥和八弟就性命难保。"

太君说道:"孟良儿啊,以后谁再说你粗鲁,为娘一定和他辩理。看来我儿想得很周到啊!"

孟良说:"我还得来太后肖银宗的一匹宝马,名叫日月骕骦驹。毛色像白缎子一样,是匹好马。我送给六哥!"

元帅说:"我有马。"

孟良说:"这匹宝马正配六哥骑,一定要送!"

元帅说:"贤弟一定要送,六哥就收下。"

太君说:"四郎、八郎之事,由我悄悄的告知八王千岁,暂时别往外说。"

第二天清早,元帅升堂和众将议论如何得到降龙木。元帅说:"据恩师讲穆柯寨的寨门里,左右有两棵降龙木,高有数十丈,真是上接青云、枝叶茂盛。山上有这两棵树,周围百里之内没有人得瘟病。如把此树伐下一棵树帽,就够咱们用的。每人身上带一块,进阵就能避五云瘟毒球的毒气。不知有没有人认识穆柯寨的寨主?能不能要来降龙木?"

元帅话音刚落,孟良就说:"元帅,要提起穆柯寨,我知道老寨主叫穆羽,人称穆天王。听说这位老寨主还不错,替天行道,除暴安良。元帅,把这件事交给我吧!"

元帅问:"孟将军,你可认识穆寨主?"

"没见过。当初我占太行山,人所皆知,他一定知道我。如到穆柯寨要降龙木,量他不敢不给!"

元帅说:"那降龙木乃穆柯寨镇山之宝,他岂肯轻易献出?"

焦赞在一旁搭碴儿了:"六哥,我们乃堂堂三关大将,何必惧怕小小山寇?我情愿和二哥前往!"

杨元帅不肯下令,叫道:"二位贤弟,你们如去,本帅着实有些放心不下!"

孟良笑道:"尽管我白白到北辽盗来凤发,元帅你不想想:是盗发难哪,还是要降龙木难?"

“当然盗发难喽！不过那又巧遇良将相助。二位贤弟要去，只怕冷言冷语伤了穆柯寨，再要降龙木可就难了！”

孟良说：“元帅，你对我二人还是老皇历。我们不像当初那样昏天黑地了！这些年跟随六哥转战疆场，抬头是主意，低头是智谋，请元帅下令吧！我和老焦去穆柯寨，一定想尽办法要来降龙木！”

元帅说：“贤弟你才由北辽回来，身体劳累，还是让别人去吧！”

孟良说：“我一点儿也不累，这又不是去打仗！再说要降龙木是为了破天门阵，为国出力也不能辞劳！”

六郎是怕他二人弄巧成拙，见他二人非要去，也只好同意，说：“既然如此，二位贤弟要带多少人马？”

二人说：“又不是出征，一兵不带！”

元帅说：“你二人要多加小心！”

也不需要什么准备，二人就启程动身。焦赞把火葫芦还给孟良，二人心急似火，飞马直奔山东穆柯寨！

孟良、焦赞二英雄，披星戴月赶路，一心要得降龙木，好大破天门阵捉拿老道颜荣！走一山又一山，山山不断，过一岭又一岭，岭岭重重，苍松翠柏冬夏常青，绿柳成荫花开得早，吱吱咯咯，猴儿在啃松果，望高山，高又高能遮日月，望森林，深又深能藏虎豹……

孟良、焦赞二人来到山下勒住战马，观察山势，忽听见扑棱一声，接着叭嗒一声，循声一看，一只大雁被箭射中落在草丛里。

二人细观望四周，没有别的动静，孟良便走马拾雁看，拔下雕翎箭，扔下大雁，只见箭杆上刻着三个字：穆桂英。

二人看罢高兴极了！穆桂英她究竟是何等人物？看了这一箭就知道她武艺很高明！如今咱也不知这是什么所在？做大将宁舍千军不舍寸铁，自会有人来寻雕翎，等来人要箭再把山路问吧！于是，孟良便把这箭插在自己的箭壶内，坐这儿等上啦！

转眼之间传来马铃声，从山后跑来了八匹大马，这八位女兵好威风啊！一个个绿巾缠头,中央有一团团火红的绒缨。有的穿红,有的穿紫,足下蹬着牛皮战靴。年龄都在十八九岁,长得十分机灵美丽。每人手中拿一口短刀,远远勒马打量红脸的孟良、黑脸的焦赞。

众姑娘立时围了个半圆形:“你二人好大的胆,为何到此张望?家住哪里?姓甚名谁?”

二人听了哈哈大笑,孟良说:“黄毛丫头要成精了!你们凭什么来盘问我俩,你们哪个是穆桂英?”

这一问不打紧,却引来八位姑娘一阵哄笑,反把孟良、焦赞二将弄的很尴尬。

有位姑娘说:“你们二人胆子真大,敢随便提我们小姐的名字?要知道我们小姐是此山的女寨主,执掌大权,统领兵马。今天我们姑娘心中不乐,下山打围解闷,走马射死一只大雁,方才我们全看清楚了,红脸的那位拾雁拔下了雕翎箭,快快把它交出来,放你二人一条生路!”

二人听完了女兵的话,知道穆柯寨掌权的原来就是穆桂英,孟良心想:若不是拾了她的箭,想要见她可就麻烦了!

孟良说:“是我捡了一支箭,你们回去可要说清楚:如想要回这支雕翎箭,叫你们寨主来见我们弟兄俩!不是穆桂英自己来要箭,别人来要白费!”

那姑娘听罢柳眉竖立,气呼呼地说:“你们是哪里的狂徒来这里撒疯?你二人既然不讲理,就给你们一个不顺心!”

她回过头去喊了一声,山后边立时冲出来一股喽兵。冲在前边的是一匹青龙马,马上坐着一个身高有九尺,浑身上下一身青的大汉。腰中紧系英雄带,足蹬一双薄底快靴。年纪大约三十岁左右,黑红的脸膛长着一双大眼睛。手中端着两把锤,威风十足。

这位大汉问明情况,怒斥孟赞二人:“哪里来的小辈来此撒野?没把我穆柯寨放在眼中。快交回我们姑娘的雕翎箭,我大锤之下放你们逃生。若是牙崩说半个不字,就叫你们命归西天!”

孟良说:“你这小子口气还真大,想交箭得见穆桂英!我问你,你在山上管什么事?”

来人说:“我叫穆瓜。是穆柯寨的大头目,如今你家穆老爷下山!你二人快通姓名?”

焦赞憋了半天没说话，现在突然冒出一句来："我二人是你二祖宗和三祖宗。"

穆瓜一听气炸了肺，双锤一摆松了马，抡起双锤就要动手。

忽然间听得后山三声炮响，又涌出一大队人马，鼓声喧，天号角长鸣，人欢马跃，銮铃震耳，炮声连天天地动，一层层旌旗随风摆动，兵如南山斑斓虎，马似北海出水龙。有几杆小旗压阵脚，有一杆大旗空中飘摆，上面绣斗大的金字："穆"。八对女兵开道，

正中一员女将端坐在马上，头戴凤翅金盔，两肩搭狐狸尾，脑后雉鸡翎左右飘摆，身上披挂柳叶甲，内衬彩凤团花征袍，护心宝镜如明月，系着九股勒甲丝绦，五彩战裙遮马面，密密麻麻钉满金钉，左肋下挎宝剑，下穿水红中衣，凤头战靴插在葵花镫中，坐骑一匹桃红马，手里端着光闪闪、冷森森的一口绣绒刀。

孟、焦二将看罢暗中称赞，不用问，这准是女寨主穆桂英！

来的正是女将穆桂英。她父亲穆羽穆天王当初是汝州的总兵，早年丧妻未曾再娶。膝下只有一女，就是穆桂英。穆总兵为人忠厚，正派，不会结伙营私。虽然是员将才，却没得到重用；虽有一身本领，却没有能够施展。由于得罪了老贼潘仁美，老贼上殿动本，给他安了一个克扣军饷的罪名，皇上传旨抄拿查问。有穆羽的好友得到此信，提前向他透露了风声。穆羽有心奏明皇上，又怕昏君不分是非，索性一怒之下带了女儿反出汝州，来到了穆柯寨，插旗聚义、占山为王！

穆羽对桂英视如掌上明珠、爱如珍宝，拿女儿当儿子养。给女儿讲解兵法、谈论战阵，又教姑娘拉弓射箭、走马练刀。穆桂英十分聪明，也勤学苦练。也该着姑娘成器，又被碧霞宫梨山老母把她带走收为徒儿。桂英又和师父学艺，刀、枪、剑、戟、斧、钺、钩、叉、镋、链、槊、棒、鞭、锏、锤、爪，还有瓜、棍，十八般兵刃都学会了。又学了很多阵图，能摆、能破，还练就一手好箭法，百发百中。全洞的师姐妹，无不佩服她武艺绝妙、本领高强！

功夫学成了，桂英奉师命下山回到穆柯寨。穆天王一见女儿学了满身武艺回来，更加喜爱。自己年龄也大了，不想再多操心，就叫穆桂英执掌山寨的大权。

山寨的大头目叫穆瓜，穆桂英对他很放手，有如二寨主一般，也能掌一部分兵权。现在是不论官、私两方面，谁也不敢惹穆柯寨。有几次官兵来抄山，被桂

英杀个落花流水,就再也不敢来了!

穆柯寨修的拦山大寨墙就和城墙差不多,山上的喽兵有一万多人。姑娘的身边还有二百多女兵,都有几合的战勇。其中有八个心腹女兵,也是贴身的丫环,叫金苹、银苹、翠苹、玉苹、春梅、腊梅、紫梅、秀梅。这几个丫环聪明伶俐、能说会道,没事的时候,还和姑娘学艺,真成了穆桂英的左膀右臂。

穆天王一看女儿全拿的起来,又有穆瓜相佐,干脆也不在山上呆着了,到处去云游、访友,不常回来。

穆桂英今天在寨中感到烦闷,就带着身边的几名女兵出寨闲游。女兵们要求看看姑娘的箭法,桂英才取箭射雁,不想被孟良拾去。穆瓜这里正要与二将动手,穆桂英来了。穆桂英在马上看二将,见孟良红脸环眼、浓眉斜插压鬓,胸宽背厚,肚大腰圆,手拿一把大斧,身后背一个大葫芦;再看焦赞,黑脸黑眉大嘴叉,身穿铁甲,挺胸叠肚,手提一条皂缨枪。

姑娘看罢忙问:"你二人大胆,为何拾箭不还?"

焦赞低声说:"二哥,看来这位姑娘可不好惹。咱们又是为要降龙木来的,别把人家惹翻了,把箭还给人家吧!"

孟良说:"没那么痛快,看我的!"接着,又对姑娘说,"要箭不难,我有件事要讲。"

桂英说:"何事快说,休要啰嗦!"

孟良说:"你是穆柯寨的穆桂英吗?"

"正是!"

"穆天王是你何人?"

"那是我父。"

"他可在山上?"

"出去访友未归。"

"那就得跟你说了,我当初占太行山,从前还占过芭蕉寨,说起来和穆天王多有来往!"

穆瓜在小姐马后听着,这时说:"姑娘,他可没到过咱的山寨!"

孟良说:"你小子别多嘴,把我气急了,拿斧子劈你!"

姑娘说:"有来往也好,没来往也好,你二人叫什么名字?从哪儿来?到穆柯寨来干什么?快说!"

孟良说："姑娘，实话对你讲，我二人乃是边关的总兵，杨元帅帐下的战将，我叫孟良，他叫焦赞。因为辽邦侵犯中原，两下交兵，辽邦请来老道颜荣摆下了天门大阵。内中有一座瘟毒阵，别说去打，连阵门都不敢贴边儿，闻见了毒气九死一生！听说穆柯寨有两棵降龙树，我们想伐一棵。你如献出降龙木，等我们破了天门阵，定有重赏！"

穆桂英一声冷笑："降龙木乃是我镇山之宝，你们休想动它！"

孟良一听，碰钉子啦！能回去吗？回去见元帅有什么话可说呢？既然跟你好说不听，就来硬的："姑娘，你献出降龙木是两全其美。如若不献，可没你的好处！你这山寨也属中原皇帝所管，我们若奏明皇上，一道旨意下来就可以问你一个霸木不献、助辽灭宋之罪，派兵抄山，你可后悔不及！"说完，把脸沉下如洼死水。

穆桂英闻听，柳眉倒立，杏眼圆翻，"不提宋昏君还可商量；提起宋昏君，我是不献、不献，一百个不献！你们有能耐，可以发兵抄山。"说完圈马就走。

孟良可火啦！"看来这个丫头软硬不吃！不给你点儿厉害，你也不知道马王爷三只眼！"摆斧子叫声；"焦三弟，你闪开在后边给我观阵，我要看看丫头有多大本领？"说完催马冲上，大斧子"唰"地一下就落下来了！

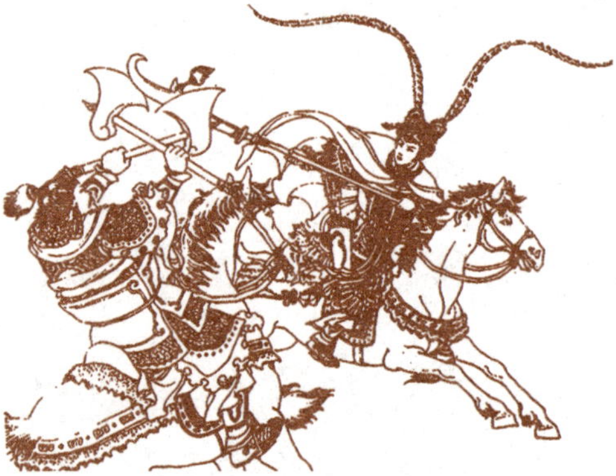

姑娘一看，"哎哟，这小子真不讲理呀！"急忙带马摆刀相还。孟良虽然是斧沉力大，可是，行家一伸手，便知有没有。孟良知道要坏事，暗说："这丫头厉害！"忙喊："焦赞，上！"

焦赞也真听话，撒马拧枪就上。这一对花里棒槌双战一位姑娘！

二人只顾俩打一个，不想想人家山上有多少人马呀？穆瓜一看小姐一个人打俩，马上命令喽兵全上！可是姑娘喊："不准你们上来！"

穆瓜一听很奇怪，不知道小姐什么意思，更没想到姑娘打到二十个回合，拨马败走，还命众喽兵回山寨！

孟、焦二人还认为穆桂英是真败了，心想："不能放她走，放了她，找谁要降龙木去？"二人撒马就追。追不多远，就听见"扑通"一声，二人大喊："不好！"掉进了陷马坑中。这时,众喽兵跑过来,把二人钩住,用绳捆绑好,又把战马搭上来,捡起了二人的兵刃。众人齐喊:“把这两个人乱刃分尸,方解心头之恨!”刚要动手,只听有人高喊:“小姐有令,不许杀!”话音落,寨主穆桂英已经催马来到!

穆桂英勒马冷笑三声说:“三关总兵,你二人吃了熊心豹胆,敢到穆柯寨来撒野!秤四两棉花你纺一纺,姑娘我不是省油的灯!是你们来要降龙木,是你们来到我山寨,是你们不还我雕翎箭,是你们耍横先动手,是你们自己来送死,可休怪姑娘我无情!”

穆桂英说完举起大刀,这可吓坏了孟良和焦赞。

焦赞说:“孟不离焦、焦不离孟,咱二人算死到一起了!”

孟良说:“事事全有二哥担待,你害什么怕呢?”接着高叫:“女寨主,你暂且停刀,我有话要说!”

穆桂英把刀搭在孟良和肩上,说:“好,有话快讲!”

孟良说:“我二人是镇守三关的大英雄!”

穆桂英一听,不由心中暗乐:刀压脖子上了,他还说大话逞能呢!

孟良又说:“我们和姑娘一无仇来二没恨,要降龙木就为了要保大宋平北辽!你给是人情,不给是本分,不应当要杀我们弟兄!再者说,要凭真本领把我们拿住来杀,纵死九泉,我们也心服!你依仗暗算败中取胜,不能算是女英雄,你若有胆量,就放我二人活着回代州去见元帅,元帅他如要降龙木,就请他亲自来战你穆桂英。你要是怕我们大元帅,你就别放我二人回去。”

姑娘听了孟良一席话,撤回了手中刀说:“如此讲来,我放你二人回去,我不怕什么三关大元帅!就是皇上来要降龙木,我也叫他死在这儿!如果就这样放你二人,那也太便宜你们了,姑娘我也难平这口气。穆瓜,你把孟良的头盔快摘下,再留下焦赞的一双靴子。咱不要他们的枪斧,叫他们上马快登程回去!”

孟良和焦赞臊得满脸通红,无奈何催马就往山外逃跑,引起身后男女喽兵一阵哄笑。

孟良在马上看焦赞光着双脚把蹬马镫,焦赞看孟良没有了头盔头发散乱,两人一副狼狈相。

此时,焦赞想哭又想笑,便叫二哥:“咱一世英名化成了清风!脸面丢尽了啊!留头盔如同留下你的脑袋,留战靴犹如剁去我的双脚。鬼丫头这样耍笑咱俩,多厚的城墙也要透风!若叫边关众将知道,咱哥俩还有何脸面活在世上呀!"

孟良也没主意了:"要不然咱再杀回去!"

焦赞垂头丧气地说:"穆柯寨四面八方都有机关,咱们不知道机关在哪,若是去打,再陷进圈套怎么办?再说咱也真打不过她呀!"

"要依三弟怎么办呢?"

焦赞说:"二哥,你是被人家给吓蒙了,你背后的火葫芦是干什么的?为何不用?"

"嗐,不是二哥被吓蒙了,而是因为丫头先败了,这火葫芦就没用上。"

焦赞说:"临走咱给他来把火,也叫丫头她认识认识咱二位祖宗!"

孟良回答:"对,对,对!"

孟良闪目仔细看,冲着干树枝把硫磺火球打出去,转眼间,树林就起了大火。青烟飞舞,火舌乱窜,火球翻滚,火星乱崩。风助火势,火趁风行。通天彻地一片红火!

孟良、焦赞看到这火烧树林的情景,扬扬得意,开怀大笑,又听见山上梆锣敲得震天响,众人呼喊救火声:"准是那俩小子放的火,抓住他们千刀万剐,剁它个零零碎碎!"

孟良说:"快跑,如若被抓住就活不成了!"

第五十四回 穆桂英智擒小将军 孟伯昌巧劝杨宗保

孟良、焦赞在穆柯寨放火烧山之后怕被山寨的人捉住,赶紧飞马往回跑,等来到离代州还有七八里远,正遇上杨宗保带领儿十人马在城外巡营放哨。

宗保一见二人一个没戴头盔、一个光着双脚,忙问:“二位叔父从何而来?”

二人说:“从穆柯寨来。”

“二位叔去要降龙木怎么样了?”

孟良说:“贤侄呀,一言难尽!”

孟良紧皱双眉说:“贤侄啊,一言难尽!宗保你听听谁是谁非?我二人到了穆柯寨,见到占山为王的穆桂英这个女寇。先赔笑脸提起要降龙木来破天门阵,这个黄毛丫头暴跳如雷。她说她与宋朝有大海一般的深仇大恨,又说道我二人来到这里插翅难飞!她不但不给降龙木,还横眉瞪眼催马上来要动手,我二人万般无奈才还手应付,别看穆桂英年龄不大,可称得起是盖世的女英魁!

不料想我二人掉在陷马坑内,喽兵上前把我俩围住,这丫头举刀要下毒手,我提出你杨家父子有神威,穆桂英一听说杨家将,急忙撤回手中刀,叫人脱下焦赞的战靴,摘去我的头上盔,放我二人回城给元帅报信,留下我俩的盔、靴做押帐,她要看看你父子有何能耐?她还吹大话,说什么杨宗保若是到穆柯寨,管叫他连人带马化成一堆灰烬,现在正巧遇上贤侄,来来来,快跟我俩去拿穆桂英。

杨宗保听孟良说完,只气得怒从心头起、火自胆边生!连声叫道:“好一个穆桂英,竟敢信口开河,目中无人,眼空似海,如此小看我父子!二位叔父,走,我跟你去穆柯寨!”

焦赞说:“就咱们这几个人去吗?”

宗保说:“兵不在多而在精!”

孟良说:“对。”

二人带宗保刚要走,宗保又停住马:“呀,二位叔父,我不能去了。我奉父命出来巡哨,按时间该当回去了。如果到时不归,罪该斩首!”

孟良说:“侄儿,你别那么死板。如果杀了丫头、夺回了降龙木,那是头件大功,可将功折罪!就是得不来降龙木,也不用害怕,元帅要怪罪下来,我二人替你承担!你如果不和我们去,我二人一个没盔、一个没靴,有何脸面回城?难道侄儿你怕这个女大王不成吗?"

宗保说:"我父怪罪下来,二位叔父能给我做主,我就跟你们去找他算账!"

二人说:"有事我俩承担,走!"就这样,孟良、焦赞又带宗保返回了穆柯寨。

来到近前,杨宗保一看,好一座穆柯寨!这座高山直冲霄汉,抱月相环,崎岖弯崖,真是山连山、山套山,青松翠柏、树木较杂。一层层、一溜溜、一排排、一行行都是些山松、果松、籽松、刺松、马尾松、榆、柳、桑、槐、大叶杨。远看苍松叠翠,近看溪水荡漾。往上看看,卧石如虎,立石如刀,山高而秀雅,水深而澄明,真是山清水秀犹如仙境!

宗保往左看,只见有一小片树林烧成焦炭。孟良笑道:"看来火并没有烧大!"

宗保说:"孟叔叔,你在这儿还放火啦?"

孟良说:"能白叫他们把头盔、战靴扣下吗?临走时我放了一把火,这片树林就是我的功劳!"

宗保又往山上看,高大的寨墙如铜墙铁壁。寨门左右有两棵降龙树,枝叶茂盛直冲云端,上边各有一杆大旗,杏黄色,红火沿,上面金字写的是"替天行道"、"除暴安良"。

宗保正在这里观看,孟良、焦赞绕到了前边大声喊道:"山上的喽兵听了:快报与穆桂英,叫他把降龙木献出来。如若不献,我们要平山灭寨!"

穆桂英此时正在后山寨的一个小院里休息。报事的喽兵来到小院外报与女兵,又有女兵往里传报小姐。穆桂英听完大怒,心想:"孟良、焦赞这二人真不讲理,被我拿住不杀放走了,可临走时又放火烧山。如不被巡山喽兵及早发现,大火就要烧到我的穆柯寨。本来打算等父亲回山,我再去找他们算账,不想这两个混账东西又回来了!更好,省得我再去找他们啦!"穆桂英叫金苹、银苹打开盔甲盒拿出甲袍,顶盔挂甲,罩袍束带,插弓别箭,晃盔盔不歪,抖甲甲不斜,收拾了个头紧、腰紧、脚紧。叫马童带过战马,戴上嚼环,鞴上鞍鞯,马肚上带嘎嘣嘣连紧三扣,把马也鞴了个结结实实。马童手牵丝缰递与小姐,桂英接缰在手,扳鞍纫镫,飞身上马。女兵们抬过小姐那口绣绒大刀,姑娘接刀在手挂在得胜钩上,点三百喽啰兵、带着二十名女兵,三声炮响冲出寨门。

山下孟良、焦赞一看穆桂英下山,心里又有点儿害怕了。孟良说:"三弟,我先气气她!"催马闯上前来挡住穆小姐,口叫:"穆桂英,总兵老爷等你多时了!"

姑娘一见孟良，心中又恼又恨："孟良，你不来，我还正要去找你，如今来到，正中我意，休走看刀！"

孟良大叫："黄毛丫头，用不着我拿你，有人来拿你！你若不献降龙木，全山一个也别想活，连耗子我全宰啦！"说完拨马就往回跑，高喊："宗保，快来拿她！"

杨宗保迎住穆桂英，勒住战马观看，要问姑娘的穿戴和长相怎么样？有能人给她起了一身百花的名：

向日莲花乌云高挽盘龙花的发髻，猩猩血染成的红绒花的绳，桂花油梳的头又明又亮，戴一支苜蓿花的簪子黄澄澄。柳叶花的眉毛弯又细，葡萄花的眼睛水灵灵，悬胆花的鼻子樱桃花的口，玉米花的银牙亮晶晶。江南花的官粉搽满面，苏州花的胭脂涂红唇，元宝花的耳朵灯笼花的坠儿，戴一顶七星花的娥子盔，脑后飘着两根雉鸡花的翎，胸前搭着两根狐狸花的尾，有碗口粗细摆前胸。护心花的宝镜如明月，黄莲花的丝绦九股拧。两扇花的战裙分左右，密匝匝钉的全是菊花钉。甜瓜花的铜锤捎在马后，蒺藜花的飞抓挂长绳。玉梅花的弯弓刺梅花的箭，金银花的宝剑在鞘中。座下骑的是桃红花的马，八宝花的鞍韂绣着万年松，水红中衣绣金花，凤头战靴把葵花镫。

杨宗保看了半天，心中暗想："这个女寨主确实是与众不同，怪不得叔父败在她的手下！听叔父说，她艺高胆大，在叔父面前来撒疯逞能，扣下靴盔还不算，还叫他二人回边城，给我父子把送信，要会会我杨家父子！既然我来到穆柯寨，倒要看看她有多大才能？我如胜了女寨主，取回降龙木，就可以破天门阵，如果败在她的刀下，我十有八九也活不成了！"想到这里，用枪往前一指，高声喊叫："丫头，快报上名来！"

姑娘勒住桃红马，闪目留神细看杨宗保，只见他芍药花的银盔戴头上，还有珍珠花两朵素白的缨。柳絮花的白色银叶甲，雪白的征袍上绣团龙。护心花的宝镜明又亮，勒甲丝绦黄花绳，九吞一八扣，结成一棵万年青。玉簪花的宝剑左肋挎，征裙上钉的全是百花钉。座下骑的是白艾虎儿，梨花战枪握手中，年纪不过二十岁，少年英俊好威风。

姑娘心中暗暗夸奖这位小英雄，开口回答："我父穆天王穆羽，我叫穆桂英。你家住哪州哪县？姓字名谁快快报来！"

宗保说："我家住在火塘寨，爷爷是金刀老令公。奶奶就是无佞侯佘赛花，我父杨延景，一杆银枪镇守三关。是平辽的兵马大元帅，我叫杨宗保，在我父帐下为先锋。只因北辽在九龙飞虎峪摆下天门阵，我宋军须用降龙木避毒，以便破阵！因此我父派孟良和焦赞二位总兵前来穆柯寨要降龙木，恰巧遇上你寨主穆桂英。你不但不献降龙木，还扣盔留靴耍笑宋军！今日我来找你，听我良言相劝：你把降龙木献出来，我们回去就破阵，单等鞭敲金镫响，宋军齐唱凯歌声，定登门拜谢你寨主穆桂英！你若不听我相劝，你来看哪，叫你枪下丧命！"

姑娘听了宗保一席话，冷笑着叫道："狂生，降龙木乃是姑娘的镇山宝，岂能献给你？再说孟良、焦赞着实可恨，竟然放火烧山！若不是喽兵们发现得早，山寨的男女老少不知道会有多少人死伤呢！既然你已来到我高山下，我倒要看看你有何本事？如果你胜了我，姑娘就献降龙木；你如果败在我刀下，要降龙木犹如登天，就别痴心妄想了！"

宗保听了姑娘这席话，心中好恼，催马拧枪奔穆桂英刺去。穆桂英挥刀迎战。

杨宗保银枪如龙摆尾，穆桂英摆刀似凤抖翎；杨宗保夜叉探海取面门，穆桂英老君托盘往外磕；杨宗保长蛇吐芯奔脖颈，穆桂英二龙戏珠刀法灵；杨宗保扎了一个鹰探爪，穆桂英海底捞月往上崩；杨宗保喜鹊登梅真玄妙，穆桂英叶里藏花分外巧。穆桂英如同玉女下界，杨宗保好像金童降生。穆桂英暗夸杨宗保，杨宗保暗赞穆桂英！

穆桂英心想：忠臣孝子人人敬，我怎能刀伤杨门小将呢？可是人有眼刀却没长眼，怕只怕一旦失手不好收场！

这二人四十个回合没分胜负，孟良、焦赞连声大喊："杨宗保，杀杀杀，千千万万别放松！”

众喽兵也看得发呆直了眼，穆瓜在后阵不由大喊：“姑娘的刀法太好了，宋将快要不行了！”

孟良一听生了气，催马抡斧往上冲。

穆瓜一看也催战马，摆锤迎住孟良。

孟良指责穆瓜：“你给丫头叫好，谁胜谁负你看清楚了吗？柳条串鱼你瞎了眼，你们的姑娘已经败了！你为何叫宋将快不行啦？”

穆瓜也毫不示弱：“分明我们姑娘占了上风，我就这么喊，你能怎么样？”

孟良问：“丫头跟你沾什么亲啊？”

穆瓜也问：“杨宗保跟你带什么故啊？”

这两个人肝气都太盛了，打就打吧，斗起贫嘴来了！孟良叫：“穆瓜，这丫头是你姐、是你妹、是你姑、是你姨，还是你娘？”

穆瓜也犯上二百五来了，大叫：“孟良，你说得对！她是我姐，是我妹，是我姑，是我姨，是我娘！有这么一位穆天王的千金小姐、梨山圣母的弟子、正大光明的女寨主做姐、妹、姑、姨、娘，不丢人！你给杨宗保这么喝彩，他是你爹啊？”

这一句话可把孟良给气坏了！大叫：“穆瓜，你看斧子！”二人动手打了起来。

这时，穆桂英圈马大败。宗保究竟还是年轻无知，不想想穆桂英是不是真败，他撒马就追！

焦赞在一旁倒是看出毛病来了，大喊一声：“宗保，小心丫头的暗算！”

宗保听见了，不过他想：“顶大你也就是放冷箭。我杨家的箭法人所共知，哪还怕你放暗箭？”想罢就跃马追来！

穆桂英真是要放冷箭吗？不是！要真放出冷箭，她还怕伤了小将呢！

现在穆桂英对杨宗保，已经爱上他三分相貌，七分本领，是十分喜爱他，要把他拿到高山上另做打算！她一见杨宗保横枪跃马拼命追来，心里十分高兴。把刀交在左手，右手取出避眼飞抓，马上回身大喊一声：“杨宗保看箭！”

她说是放箭，可是飞抓并没出手。杨宗保在马上一愣，准备用枪来拨冷箭，可是并没有，才知道姑娘说谎，感到自己脸上有些难看，又催马紧追。哪知这次穆桂英回头一笑，飞抓出手了。

说时迟，那时快，嗖——叭！正抓在杨宗保的绊甲丝绦上，给宗保来了一个冷不防！

宗保"哎呀"一声说："不好！"

这时，姑娘一用力，把宗保拉下了战马。焦赞在后边看见要跑过来救，早被喽兵一阵乱箭挡住。于是宗保被人绑上，连人带枪带马压上了穆柯寨。

桂英下令叫喽兵对孟、焦二人要智擒，不要勇战。如果放走了二人，就要割头号令！

众喽兵答应，一拥而上包围二将。穆瓜听姑娘说一定要捉拿二将，就带兵边打边退。

孟良、焦赞猛打猛战、以死相拼。因为宗保被捉，如有差错，二人回去无法交代。一见穆瓜带兵后退，二人撒马就追。结果又中了人家的绊马索，连人带马被人捉住，几十名宋军也被杀散了。穆瓜大喜，叫人把孟、焦二将押上山。

再说穆桂英回山以后，摘盔卸甲，换上女儿装束，外套百花斗篷，肋佩宝剑又来到前厅。穆瓜这时进厅报与姑娘，说是捉住了孟良、焦赞，并把宋军打散了。姑娘听了，叫人把孟、焦押在后山囚房。然后说："把杨宗保给我押进来！"

喽兵答应，从外边押进来小将杨宗保！

这时，宗保心里暗自盘算："不怨天来不怨花地，只怨自己的胆子太大，光以为丫头是放冷箭，不料中计被擒上了高山。恐怕这回要丧命了，不能帮父帅破天门阵了……"

杨宗保被押进前厅，两旁喽啰齐喊："宋将跪下！"

宗保一听把喊威声，顿时火冒三丈，圆瞪双眼，不卑不亢地说："我上跪天，下跪地，中跪父母。我如给女寇下跪，只怕她不敢担当！"

喽兵冲上前就要动手，姑娘开口阻拦，"按山规办事，不许耍蛮！"

大小喽兵一听姑娘发话，谁也不敢再动，姑娘又说："那宋将，你被拿上山来还敢斗胆逞强，我问你还有什么话要讲？"

宗保说："真杀实战赢了我，少帅一死也不冤！投机取胜，你也不露脸，我也不服，是杀是剐由你定！"

姑娘点了点头，说："杨家小将，你说是杀是剐由我来定，可我与你二人既没冤来又没仇……嗐，有私拿没有私放，来人，把他押在后山先关起来！"

喽兵带走了杨宗保，姑娘又命令穆瓜巡山。然后，她回到后山寨，叫来春梅、腊梅等几位心腹丫环陪同喝茶，喝着喝着开口说了："我有一件心腹事……"

春梅忙说:“请姑娘对我们说说吧。”

姑娘说:“我上无兄下无弟,跟着爹爹占山为王。老爹爹年已过半百,有病在身才让我掌管山寨。我本是黎山圣母大弟子,奉了师命还家。临行时师父嘱咐我:‘男大当婚,女大当嫁,女儿家不能总占山为王。’杨家一门是有名的忠良,杨宗保是名先锋官。他武艺和相貌都挺好,文才大概也不错!我有心要和他……你们可否替我问问小将……”

春梅本来就是个机灵鬼,赶忙上前说:“小姐,您把这事儿交给我,我先代小姐考考他的文才,请姑娘尽管放宽心!”

春梅和一个丫环来到囚房把杨宗保提出来,囚房里剩下孟良和焦赞,孟良大叫:“单单带走杨宗保,你们要什么诡计?”

人家才不理睬孟良呢,把杨宗保直接带到小姐内房外间。让杨宗保在椅子上坐下,但没给他解身上的绑绳。

杨宗保问:“你们为何带我来到此处?”

春梅并未回答,面带微笑问:“将军,你可是杨门后代杨宗保?”

杨宗保冷冷地说:“你既然已经知道,何必多问!”

“我们带你到此地是有话要和你讲。”

“那你就讲吧!”

“将军,你为了要取降龙木,才落到这步田地,我们姑娘和你们无仇无冤,因此没杀你们三人,我问你,你今年有多大?可曾娶妻完过婚?”

杨宗保双眉紧皱:“你管我完婚没完婚,十七岁我娶的什么亲?”

春梅一听这句话,心里的石头落了地,满脸带笑又说:“有道是,一寸光阴一寸金,寸金难买寸光阴,失落寸金容易找,光阴一错可无处寻。杨将军,我要你解一首诗,你可要仔细认真地听,还要记住仔细琢磨:

走字头上换红轮,西字下边有一女,救字边上无有文,见字还应加立木,你也亲来她也亲。你若不解诗中的意思。打着灯笼可无处寻!”

巧嘴的小丫环拐弯抹角地说了一通,宗保心里明白了八九分,听完后只是冷笑了一声。就再也不出声了。春梅忙问:“小将军,我说的话你听明白了吗?”

宗保说:“明白了。你们姑娘她‘是要求亲’对不对呀?”

春梅一听:“哎哟,少帅真是三才全占了!”

宗保怎么知道的呢?春梅不是打了几个字谜吗!“走字头上换红轮”,红轮就是日，走字上变换成日，就是“是”字；西字下边加一女，是个“要”字；救字边上去了文，是个“求”字；见字旁边再加上立木，就是个“亲”字；合在一起就是“是要求亲”四个字！

春梅说：“你既然解开我这四句诗，那就更好啦！我们姑娘是穆天王的千金小姐、黎山圣母的大弟子、穆柯寨的女寨主，山前山后、山左山右、大小镇甸和村庄，提起我们穆小姐，没有一个不知道的、没有一个不赞成的！可是当中无人事难成。我打算给你二人做媒，结为夫妻，郎才女貌，两朵鲜花并为一盆。不知少帅你心下如何？”

宗保听完虎目圆翻，口叫丫环：“转告你的姑娘，要杀开刀，要肉张口，皱皱眉头非算英雄好汉！要叫我招亲，比登天还难！我乃令公之孙、三关元帅之子、八千岁的御外甥，怎能与穆柯寨的女山贼结成夫妻？她真是痴心妄想！你告诉她：我不应亲！”

丫环一听，倒退了两步：“哟，杨宗保，我们小姐不是七老八十找不着主儿，就凭我家小姐，文武全才、相貌出众，如果找主儿，用竹竿子扒拉着、挑着、捡着，什么好样的找不着哇！你可要好好想想，过了这个村儿，就没这个店儿。你可别后悔！”

宗保说：“做而不悔、悔而不做，岂能后悔？一定不应，绝对不允！”

春梅听了，只好走进里间屋跟姑娘说：“人家不应。”

姑娘其实已经听见了，也觉得脸上无光。“春梅，他不是不应吗？把他推出去，杀了算啦！”

腊梅过来了：“姑娘先别发火，他不应，有不应之理。你想：人家不是一个黎民百姓，是个公侯王孙，能说我们一提亲，人家就应啦？又在外边五花大绑在绑着：‘应不应？不应活不了！’有一点骨气的人也不能说：‘别杀我，我应啦！’姑娘您先消消火气，那个红脸的孟良挺能说，不如把他找来劝劝杨宗保。如果应了，更好！如果还不应，别杀他一人，连那俩花里棒槌一块杀。不知姑娘意下如何？”

桂英听完觉得很有道理：“那你就去把孟良给我找来！”

腊梅去不多时，又带来孟良，也是绳捆锁绑地推进了姑娘的房中。姑娘叫丫环搬过一把椅子，让孟良坐下。

孟良说：“穆桂英，你今晚先把我侄儿带来，又把我押来，不知你们究竟为了何事?"

姑娘真有点儿不好意思出口。腊梅赶忙过来说:"你和那个杨宗保是什么关系呀?"

孟良说:"我和他父亲是八拜结交的生死兄弟,宗保是我大侄子。套个近乎说,也如同是我儿子。丫环,你问这干什么?"

丫环说:"实话对你讲,我们姑娘也不想久居穆柯寨,打算把终身大事许配给少帅,可是他推辞不允。姑娘一气要杀他,是我们姐妹几个给讲了个人情,想托你说服少元帅,叫他应亲!"

孟良一听,心里可乐坏了!但脸上还不能带出来:"哎呀,穆小姐,这件事你还有什么不好意思和我说的?还叫丫环来讲,拐这个弯干什么?用不着!小姐,你可别恨宗保不应,你想想,就凭姑娘这么大本领,你能不乐意吗?我一听姑娘要许配宗保,我都乐意啦!"

众丫环扑哧一声笑了,穆桂英说:"那么,孟将军,麻烦你对杨宗保说一下吧!"

孟良说:"行!能给我松开梆绳吗?既然托我办事做媒,没听说还捆着媒人的,这样太不礼貌啦!"

丫环说:"那可不行!你到外屋去如说不服他,你再给他解了绑,你二人一反可怎么办?再委屈你一时吧。"

孟良说:"也行。那我出去见见宗保吧。"

丫环又把孟良押到外屋。方才他们在里屋说话,宗保也有听见的,也有没听见的。丫环搬了一把椅子放在宗保的对面,叫孟良坐下,又退进里屋侧耳细听。

孟良说:"宗保,知道人家为什么把我带来吗?"

宗保说:"不知。"

孟良说:"我告诉你吧,好事全叫咱们爷们儿摊上了!这位穆小姐看你不错,打算许配你,听说你小子还拿上把了。姑娘叫丫环把我带来,当中无人事不成,像这样的好事你往哪儿找去呀?叔父给你为媒作保,你就应允了吧!"

宗保说:"叔父你怎么糊涂呀?你不知道临阵收妻,罪该万死吗?"

孟良说:"我知道。"

"既然您知道,为什么还来说亲哪?"

"傻孩子,如不应,现在就得死;如应下回营死,不也还多活几天吗?"

"那岂不害了人家穆小姐?"

这些话姑娘在屋里全听见了,暗想:"少帅的心眼还真好!"

又听孟良说:"不应亲,不光杀你,我和你三叔也活不了。难道叫我二人也陪你死不成吗?你应下亲事后,元帅如要杀你,宋营中那么多战将能不管吗?八千岁和寇大人能看着吗?我和焦赞拼着命地也得救你呀!再说,你要应下这门亲事,小姐能不跟你下山吗?她能不献降龙木吗?即便是招亲有罪,姑娘献出镇山宝,你还有功哪,可以将功折罪嘛!如果你不应,你我三人死在穆柯寨事小,没人破天门阵,你父母、你奶奶、八千岁和众将就全完了!"

第五十五回 穆桂英活捉老公公 杨延景怒斩亲生子

孟良说服了杨宗保,叫他答应与穆桂英成亲,小姐在屋里也全听见了。

几个顽皮的丫环说:"小姐,给您道喜啦!"

穆桂英面红耳赤地说:"还未曾成亲,道什么喜呀?"

孟良在屋外大喊:"快来给我解绑吧!"

小姐和丫环都出来了,小姐说:"孟将军,终身大事并非儿戏,少帅既然应亲,可以对天一表。"

孟良说:"对!"

宗保说:"我这儿还绑着呢!"

丫环忙过来解开绑绳。宗保当即跪在地上说:"我今日答应与穆小姐结成夫妇,如果我有三心二意,五雷轰顶!"

小姐这才放心,亲手给孟良解绑。孟良说:"囚房里还有一个呢!"

小姐忙派人去请来焦赞,孟良把事情对他讲明,然后说:"我们还没吃晚饭呢?"

桂英叫人准备了酒饭,这时宗保、孟良、焦赞三人是满天愁云顿时消散,心中非常高兴。孟良问:"小姐,老寨主到哪里去啦?"

桂英说:"老人家出去看望好友,走了多日,大约也快回来了!"

焦赞说:"我们全有军事在身,不能久待。"

桂英说:"今晚可不能走了,等明日我们一同动身。"

饭后,小姐叫来穆瓜,叫他安排叔侄三人到客房去住。小姐心想:"爹爹为了自己的终身大事时常发愁,如今自己找了这么一个好丈夫,爹爹回来一定高兴!"

第二天,小姐早早起来。叫丫环叫来穆瓜一问,几员宋将大概累坏了,尚在酣睡。姑娘说:"等他们起来,你给准备吃喝!"

穆瓜刚要走,喽兵来报:"启禀寨主,山下来了上千人马,说要踏平穆柯寨!"

小姐问:"是哪里来的兵?"

喽兵说:"还不清楚。"

小姐说:"先不要惊动他们三人,我下山看看,再做道理!"

说完,顶盔挂甲、上马提刀,带了二十名女兵、三百喽兵。小姐对这三位睡觉的宋将还真照顾,连炮全没放,就催马冲出寨门下了山。

走不多时,前边有人大喊一声:"丫头站住!少往前来,你通名受死!"

姑娘勒马留神观看,见前面大旗飘摆,有兵有将,多者千人、少者八百,各拿刀枪、杀气冲天!马上有一员大将,头戴帅字亮银盔。斗大的红缨罩顶。身上甲叶内衬一件素罗袍;往后看八杆护背旗,胸前是护心宝镜,黄丝绳绊甲绦,腰扎狮蛮带别弓带箭;左挎杀人宝剑,两扇征裙、大红中衣、虎头战靴;往脸上看,面似银盆、眉清目秀、鼻直口阔、五绺长髯。来者正是三关大帅杨延景。

他怎么来的呀?只因为孟良、焦赞、宗保三人被拿后,带去的几十名宋军被打散回城,见了元帅报了军情。元帅一听这还了得!二位贤弟和儿子被拿上山,得赶快去救。去晚了,怕他们有性命之危!别人讨令,他全没让去,亲自带兵八百,披挂上马来到穆柯寨山下讨战。

姑娘下山,见了元帅可不认识。还没等姑娘问哪,元帅大叫:"来者你可是穆桂英?"

姑娘说:"正是,请问你是何人?"

元帅想:"我边关三员将都被她拿住,还不知死活?我要报了真名,万一打败,岂不叫丫头耻笑我宋营无人吗?"因此就没报姓名,说:"丫头不必多问,看枪!"

姑娘说:"马上老将,你报名再战不迟!"

元帅说:"与丫头你交战,值不得通名!"连二接三又是几枪。

这一来,可把姑娘给扎急了!暗说:"怎么宋营的将官说话都这么不讲理呀?没有一点儿人情!你不通名,可别说姑娘我的不对!"于是小姐举刀大战三关元帅。

真没想到,今日三关大元帅在穆桂英手下丢了脸!说来也该着:第一,元帅中瘟才好,身体还未复原;第二,连夜赶到穆柯寨,并没休息就在山下讨阵;第三,目中无人,没把穆桂英放在眼里。"别看你拿去了三员将,一定使用的暗算。如凭真杀,你绝对不行!"真没想到,刚打了几个回合,手中的枪就被姑娘打掉了,元帅"哎呀"一声,圈马败走。姑娘是人欢马乍,追到元帅身后有心举刀要砍,又怕已投降宋营,对不起带兵的元帅。这才刀交左手、伸出右手抓住元帅的绊甲绦,单膀用力,把个三关元帅走马活捉,按在自己的马鞍韂上。本想带回山寨,叫孟、焦和宗保看看认识不认识。

姑娘才要往回走,宋军一拥而上要救元帅。还没等交手对战,孟良、焦赞和宗保全下山来了。因为三个人早上睡醒了以后,穆瓜已给三人准备好早饭。三人正吃,忽听山下杀声震耳。一问穆瓜,说是不知哪里发来人马攻山,小姐为了叫你们好好休息,没惊动你们,她自己带兵下山,可能打起来了。三个人一听大吃一惊,知道准是宋营发来的兵,为首之将还不知是谁,万一要是来将叫小姐给打了,可怎么办?要是把姑娘给打了也不好哇!三人这才急忙下山。孟良把头盔也戴上了,焦赞把靴子也穿上了,下山一看,正好姑娘活捉了三关元帅。

宗保当时就吓得不知所措。孟良急忙亮开嗓门大喊:"桂英,放下,快放下,那是你的老公爹!"

姑娘一听自己活捉在马上的是老公爹,又臊又怕,赶紧往马下一扔。你倒慢慢放啊,她吓得一慌神,又一急,扑通!这下子把元帅摔得可真够呛!小姐一拨战马,带喽兵跑回山寨去了。元帅从地上急忙爬起来,宋军把枪、马忙递与元

帅。没等孟良、焦赞和宗保过来，元帅又羞又气的带兵走了。宗保想在后边追上爹爹一块回营。

孟良说："先别忙，现在就走降龙木还没拿到手，不是白来一趟？等回去和小姐商量好了，再回营不迟。"

三个人拨马回山寨，见到姑娘后都埋怨她怎么不问明白了再战呢？

姑娘说："我连问了几次，不知为什么元帅不通姓名？我还是手下留情，没把他杀了！"

孟良说："要杀了可就没法收拾了！"

大家一商量，宗保说："马上就得回城。"

孟良说："那就叫小姐和咱一同去吧！"

宗保说："不行！父帅被小姐活捉扔下马来，我回去一说应亲之事，恐怕父亲非杀我不可！那时小姐能看着我死吗？如果求情求不下来，小姐非反了不可，这事可就更不好办了！不如我们先回去，把事情说清之后，再来接小姐。"

姑娘也愿意，说："你们先回去，我也把山寨安排一下，另外，我父亲也快回来了，过两三天我就去。"

就这样，孟良、焦赞、宗保三人上马下山。往回一走，宗保可就耷拉脑袋了："二位叔父，回城见到我父帅，他要问，我可怎样说呀？"

孟良说："不用害怕，叔父我替你讲。千军好得、一将难求，他到哪儿去找穆桂英这样的女将阿？再说，别人犯罪他能杀，你犯罪，他不能杀！虎毒不食子嘛。另外，有你皇舅八王千岁，他能叫你死吗？走吧，没事！"

宗保一听孟良讲的有些道理，也就放心了。

元帅早已经回来了，可是边关众将不论谁问，他也不说战情如何。八王千岁、老太君和众位女将，没有必要的事情都不到帅堂来。在堂上的边关众将全都莫名其妙，不知道元帅从穆柯寨回来以后，为何这样怒气不息？

此时军兵来报：孟、焦二将和先锋官回城。元帅说："叫他们进城！"

三人来到帅府外下马。宗保说："二位叔父，是不是你二人先见我父去说明此事，随后我再进帅堂？"

二人说:“也好,你先等着吧!”

孟良、焦赞往里走着,焦赞说:“二哥,我的看法和你不同,六哥大公无私,临阵招亲有罪,谁都一样。只怕不会饶宗保!”

孟良说:“不会!”

“二哥,那见了元帅,对宗保之事你来讲,我可不提!”

孟良说:“我说就我说,那怕什么?不过咱二人在穆柯寨丢人出丑的事可别提呀,要叫三关众将知道,还不把大牙笑掉了!”

等二人进帅堂一看,可就大眼瞪小眼了!只见三关大帅双眉倒立,直喘粗气、正在气头上!又看两边三关众将,一个个全都面沉似冰。二人赶忙上前参见元帅,跪倒施礼。

三关大帅用手一指,喝问:“孟良、焦赞,本帅要问,你二个如何去借降龙木的?把一切经过如实讲来!”

孟良心中暗盘算:“看起来实话实说不行!元帅的火气真大呀!绝不能说我为媒作保收穆桂英的事。如果我说,他准得下斩令,那我这吃饭的家伙保不住了!”想至此,忙回头说:“焦赞弟,你比二哥我知道的详细,你快给元帅报告!”

焦赞一听暗说:孟良啊孟良,你这人可太损啦,你要把罪状推在我一人身上。”慌忙连连摆手说:“二哥呀,我可讲不了,好汉做事好汉当嘛!”

两旁众将顿时都愣住了,谁也不知道他俩为什么事情这样推来推去!

元帅说:“报告军情是你们俩的事,为何互相推托,难道其中有什么勾当?”

孟良万般无何奈,只好硬着头皮说:“元帅,请听我来说吧,我们奉命去穆柯寨借降龙木,在山下遇上了寨主穆桂英,她说降龙木是山寨的镇山之宝,不愿献出。我俩和这丫头言差语错动了手,结果败在她手下。往回来的路上正遇见先锋官杨宗保,他说他奉令放哨要回营,我就对宗保说了一遍,叫他跟我们去找穆桂英算账。不想,我们在人又被人家全拿住,押上后山囚房。不知道姑娘为什么不斩我们,反倒要投降归顺宋营,如若再要往下问,我们可就不知道了,请元帅去问问少帅吧!”

焦赞一听孟良这番话,心中暗骂:“孟良说话真是鬼吹灯!”

这时元帅没再往下深问,一拍桌案喊喝一声:“你二人一旁站下!”

二人忙应声:“是!”

元帅吩咐:“叫杨宗保报名而入!”

随即有人高喊:“元帅下令,叫杨宗保报名而入!”

宗保闻听大吃一惊:不知为何叫自己报名进见!忙说声:“杨宗保告进!”来到帅堂不敢抬头,跪在下边:“宗保参见父帅!”

元帅气不打一处而来,用手一指,口叫:“杨宗保,你上哪里去了?”

宗保暗想:“二位叔父,你们没说呀?这可糟了!”回头一看孟良、焦赞,只见二人一低头一言不发,宗保心中就明白了!无可奈何,只得说:“父帅,儿放哨遇见二位叔父,二位叔父说是被穆桂英打败,那丫头扣下了孟叔叔的盔、焦叔叔的靴,我一看丫头这样要笑宋将,一怒之下跟二位叔父去攻山,一来为报仇;二来为要降龙木。谁知道我三人都被丫头那上山!夜晚又把我带到后山房中叫我应亲,儿不应,她要杀孩儿。后来孟叔叔出面为媒叫儿应亲,儿无奈只好应了亲事!”

元帅听到这里,哪还顾得再往下问?大叫:“杨宗保,我来问你,放哨应当何时回归?”

宗保说:“天晚放哨,凌晨回归。”

“到时不归,应当如何?”

“当斩!”

“你又连误三卯,应当何罪?”

“斩!”

“临阵收妻该当何罪?”

“斩!”

元帅说:“好,三罪归一。来人!”

“有。”

“把小冤家绑出辕门,给我斩!”

军兵过来绑上宗保推出帅堂,绑在了辕门外桩橛上。帅堂上吓坏了众将。孟良、焦赞一见宗保被问罪推出虎堂,这两个人你瞧我看,真有点儿沉不住气啦!心想:“宗保真要有个好歹,咱二人怎么见人?”

想罢,走上前来跪倒在地,口尊:“元帅,宗保放哨未归,是我二人把他叫走去打穆柯寨的。”

元帅说:“不怪你二人。奉令放哨,他不该违令!”

孟良说:“连误三卯也是为了替我二人报仇,也不能怨宗保;临阵招亲是我

为媒，只因姑娘不肯给镇山之宝降龙木。如果应下亲事，她能献宝，还能帮助我们破阵。虽然临阵招亲有罪，但得降龙木能破天门阵有功，应当将功折罪！求元帅看在我二人的面上，放宗保一命不死！"

元帅大怒，手拍桌案："呔！孟良、焦赞真乃大胆！要按你二人所作所为，理应和宗保一同问罪！我念你二人随营以来没少立功，这次赦免你二人无罪，快快给我退下！"

二人往下一战，两旁众将全过来了，下边跪了一大片，齐说："元帅，不能杀，不能杀！宗保一来年轻；二来为了得到降龙木，再说也怨孟良、焦赞。元帅能对孟良、焦赞这样宽宏大量，对宗保也当免罪！"

元帅说："众将之言差异！错都在宗保身上。如果他犯罪我不斩，别人犯罪，我当如何？不能治家，焉能治国？众将不必多讲，我今天不杀小冤家，决不罢休！"

众将全为难啦！怎么今天元帅这么大的火啊？众人你冲努努嘴，我冲他挤挤眼，又全过来见礼道："元帅一定要杀宗保，我们求元帅晚杀一时，我们大家要去祭奠法场，表表我们叔侄的情分！"

元帅说："你们快去祭奠！"

众将全出来了，到外边围住宗保问道："侄儿，我们可没给你求下情来！你是三罪归一。你爹今天这气可不打一处来呀？"

宗保说："各位伯父、叔父，我本不敢招亲，孟良叔叔说一切全有他做主承担。"

大家全冲着孟良来了："孟良啊，有你做主可没有宗保了！你这不是害人吗？"

这个一言，那个一语，孟良可受不了啦！孟良说："大家不必再说长道短，我告诉你们：元帅这是臊的骑虎难下了！你们不知道是怎么回事吧？元帅打穆柯寨，我们三个人不知道，姑娘下山了，元帅不报名就动手，被姑娘走马活捉。此时，我们三人下山一眼看见，要不是我大喊一声，恐怕元帅的命就没啦！我说穆小姐，那是你老公爹！小姐一害臊，把元帅仍在马下，未等我们到近前，元帅爬起来带兵就走了。今天要杀宗保，这是臊的！”

大家听完真是哭笑不得，齐说：“不论怎样讲，咱能看着宗保死吗？”

孟良一肚子气，也说不出救人之法来了。焦赞这时聪明劲儿上来了：“孟二哥，你找找老太君看看行不行？咱惹不起元帅，他还有娘呢！老太君一说准行！”

孟良说：“对！想不到老焦出了个好主意！你们保护法场，我去请太君来。”

孟良到后府，一见老太君就哭上了，跟报庙一样：“盟娘呀，活不了啦！”

众女将倒全笑了，怎么孟良这么不会说话呀！

老太君也不怪他：“孟良儿，谁活不了啦？你张着个大嘴这么哭娘啊？”

“宗保活不了啦！”

太君吓了一跳，忙问：“宗保他怎么样了？”

孟良从头到尾把穆柯寨之事说了一遍，太君听完说：“按家法好讲，按国法难办，怕延景以公治公。我虽是他老娘，只怕他也不听！”

孟良说：“不论行不行，您得去看一看哪！”

太君说：“那是当然！”忙带众女将来到帅堂外辕门口，见桩橛上绑着宗保。太君哪受得了哇？走过来拉住宗保，眼泪就止不住淌下来了。八姐、九妹也哭了起来。太君已经知情，也就不再问宗保了，叫众人在法场等候，她走上帅堂。

元帅在堂上看见太君，忙站起身来见过母亲。因帅不离位，教人在旁边给太君看了座位，太君坐下。元帅问：“母亲不在后府休息，来在帅府为了何事？”

太君说：“我小孙儿宗保身犯何罪，你要开刀斩首？”

元帅说：“他身犯三罪：一、放哨过时不归。二、连误三卯。三、临阵招亲。”

太君说：“元帅，按宗保犯的罪当斩。可是眼下国家用人，他又是初犯，看在为娘的面上，饶他不死也就是了。”

元帅说：“母亲，儿是万马军中的带兵元帅，宗保是前步先锋。在英州我和他讲过营里的军规，尤其是给他讲了临阵收妻一定斩首。他是三罪归一，母亲休要讲情。如果我这军中元帅不能平等待人，怎能执掌兵权？你的孙儿犯罪，我如果不斩，别人犯了罪，我又如何处理？母亲回房休息去吧！”

太君闻听此言，把脸往下一沉：“延景啊，咱们老杨家还有谁呀？宗保是我的命根子呀！”太君的心里当然舍不得宗保，真要杀了宗保，也对不起郡主和八千岁呀！又说道："当初为娘我也领过兵、带过队，难道你们就没有过错吗？为娘斩过你们哪一个呀？"

延景说："母亲今天怎么了？往日的聪明精灵劲儿到哪儿去啦？当初您也领过兵，带过七郎八弟，没斩过我们哪一个，那是因我们也没犯过宗保这样的罪呀，若是犯了这样的罪，你会作罢吗？那一次母亲领兵时，曾派我爹爹三更去放哨，第二天爹爹没有按时交令，您一点也不留情，捆绑爹爹推出帐外问斩，众将求情才未丧命，责打四十棍后戴罪出征。母亲您还说：军有军规、国有国法，军法不严不能领兵！"

几句话只说得太君有口难辩，心里暗叫："六郎儿，你堵住我的嘴啦！"

太君无要奈何，哭着离开了帅堂。

这一来，可难坏了众英雄！

孟良自言自语地说："六哥，你这是跟我过不去！"急得他搓手跺脚又拍胸，急中又生一条计，去请八王千岁来解救。于是，他就急匆匆来到行宫见八王千岁，孟良拜见了八千岁，旁边还坐着双天官寇准，就把事情从头至尾说了一遍。最后又说："当真要杀了杨宗保，穆桂英一定要反边关，那就别想再破天门阵，大宋江山也就陷入危险中了！八王千岁，这般大事您不管没人能管，您的外甥，您不疼没人能疼！"

千岁听了孟良说的这番话，能不急吗？忙说："寇爱卿，你快跟我一起去见元帅，搭救宗保！"

寇大人点头起身，陪伴八王千岁匆匆来到辕门外。只见宗保双眼已经哭的通红，边关众将个个愁眉苦脸。太君流泪上前迎接八王千岁。

八王千岁说："太君好好保重，不必悲伤，让我面见元帅去求情！"

太君说："延景他也未必允准。"

八王千岁说："休想斩我的御外甥！"

他说完，便和寇大人迈步走进帅堂，早有人已准备好座位，二人见过元帅落座。

八王千岁开口就问元帅："为何要杀宗保？"

延景说："三罪归一才要问斩。"

八王千岁说："看在我和双天官的薄面上，这次就饶了宗保一命吧！"

元帅说："众将求情我不准，我母亲来到我也没应充。八王千岁和双天官又来讲情,我也得按军规执行!"

八王千岁气冲斗牛:"要杀别人还可以,杀我的外甥你办不到!"

元帅也不示弱:"在朝中,天子大,在万马军营中,元帅大,元帅说了算!"

八王说:"我的凹面金锏上打君不正,下打文武臣不忠,先斩后奏,这是先皇圣旨封的我!宗保招亲招得对,穆桂英是女中英魁,她能征善战刀法好,她带降龙木投顺宋营,可以帮助破天门阵,这是好上加好的好事情,你若杀了杨宗保,穆桂英岂能饶宋营?你不要聪明反被聪明误,你快把宗保放回来!"

"八王千岁不必再多讲,帅堂不是你南清宫!"

八王千岁一听这话气炸了肺,大叫:"杨延景,现在你用不着孤王我啦!你还记得你曾三番五次被处斩刑吗?若不是孤王保你,你哪还有今天?你还能大发雷霆?你当真要杀杨宗保,来来来,你就先杀我赵德芳,我愿和外甥死在一起!"

杨元帅闻听忙站起身,抱拳当胸,口尊:"八王千岁,且慢动怒,高抬贵手容我一容,您要看宗保比我重,来来!"说着话双手捧过帅印,"我现在让印你另请高明!"

这番话难住了八王千岁,弄得他进退两难!救宗保,元帅就要交帅印,不救吧,眼看宗保就要丧命……

此时,双天官寇准开口说话了:"元帅,八王千岁是为了救你的亲生儿子,要杀,是杀你杨家的后辈,碍不着八王千岁和寇准呀!我和你同殿称臣多少载,不得不来讲个情。元帅当真非斩宗保不可,又何必动怒交印让帅呢?只要元帅不后悔,八王千岁何必心疼呢?"

双天官寇大人给八王千岁找了个台阶下,二个便匆匆走出帅堂。

辕门外哭坏了杨宗保,老太君也哭得声音嘶哑,元帅要放炮开刀斩宗保,谁不担惊呀?急坏了男女众将,焦赞愁得脑袋疼,孟良急得团团转。

大家都在为难,八王千岁也急得要命,寇大人说:"千岁别愁,如此如此……

谁还敢杀杨宗保？”

八王说：“爱卿为何不早讲？”说完，传下一道旨，上边写着：“谁要杀杨宗保，孤王抄他全家，灭他满门！”派人把这道旨贴在了宗保的身后。

这一来，把刀斧手全给吓跑了。元帅听说以后，也十分为难哪！

正在这时，军兵来报：“城外穆桂英来报号。”

寇大人一听，满心欢喜：“八千岁，你别担心了，众将也别担心了，宗保不要紧了！用不着你我来救，穆桂英来啦！”

元帅听说穆桂英求见，心里暗吃一惊：“在这个时候，这个丫头干什么来啦？不能见！”告诉军兵：“本帅不见，叫她回山！”

“是。”

时间不长，军兵又来报：“启禀元帅，穆小姐来献降龙木。”

元帅一听，心想：“她来献宝，我要把她放走了，恐怕难破天门阵！”

花刀岳胜此时行礼说：“元帅，不能不见哪！千军易得，一将难求。不如叫姑娘进来问问再说。”

元帅想：“我有什么脸面见她呀？”又一想：“怕见也不行啊！”就说：“那好，放穆桂英进城！”

外边寇大人说：“孟良、焦赞，你二人去接一下，不然怕小姐生气。”

二人说：“对！”

穆桂英带着穆瓜和八个心腹丫环有些等急了，心想：“我们投宋，元帅也不派人来接？不说献宝，连城也不让进！别人不来还有情可说，宗保为什么也不来呀？”

这时，城门开了，孟良、焦赞二人到了近前：“姑娘，你不是说过三两天再来吗？”

姑娘说：“你们走后，我很不放心。只怕宗保回来后父帅见怪。因此叫喽兵看山，我和穆瓜就先来了。如果不说献降龙木，连城也不叫进，是何道理？”

孟良说：“姑娘你算猜对了！我们三人回城后，元帅怒气冲天，二话不说，把宗保绑在辕门，要开刀问斩！”

“哎呀，孟将军，他被杀了？”

“别怕，别怕，人头还没掉哪！众将求情就求不下来，老太君说话也不灵了，八千岁也白费了唇舌。大家正在为难，姑娘你来了。我来问你，你有胆无胆？”

姑娘说:“有胆怎么说,无胆怎么说?”

孟良说:“如果没胆,就别见元帅,快快回山!如若有胆,就进城见元帅求情。元帅准下还好;如若不准,就抢他的法场、反他的帅堂!”

姑娘说:“丫环!”

“有。”

“穆瓜!”

“在。”

“快跟我进城,搭救少帅!”

守城军放进了众人后,马上紧闭城门,严防辽兵趁机前来攻城。

姑娘边走边问:“元帅为何这样绝情呢?”

孟良说:“是你给宗保惹的祸啊,谁叫你走马活捉住元帅把他往地上扔?这都是元帅摔出来的窝心气,老公公惹不起儿媳穆桂英,一怒之下才杀宗保,我们谁也没求下来情!连老太君、八王千岁和双天官寇大人去求情,他都愣不给面子呀!你若打不了杨延景,就别想救宗保的命!”

丫环们听着全都默默暗笑,这个红脸将军还真能说会道!

不多时,来到辕门外,穆桂英下了桃红马。穆瓜和丫环们也随着纷纷下马,众宋将赶上前来接迎。

孟良前边作指引,先见了南清宫八王千岁。又见了双天官寇准,二人无不称赞女英雄!然后又来见佘太君

老太君拉住桂英的双手仔细看,不由得越看越爱越高兴,忙叫:“姑娘,你上帅堂去给宗保讲个情吧!”

小姐往一旁闪目瞧看,只见桩橛上绑着杨宗保。赶忙上前赔礼说:“少帅,怪我给你惹了祸,让你吃苦了!”

宗保说:“小姐你虽然来了,只怕父帅也不会宽容我!”

姑娘说:“我既然来了,定要救你,若是救不下,咱就结伴同行!”

此时,孟良、焦赞和寇准为看热闹全进了帅堂。八王千岁也来到帅堂上。

元帅一见心中起疑,不知为了何事?有人进来禀报:“小姐来到府外,要上帅堂见元帅。”

元帅吩咐:“叫她进来。”

话音刚落,从外边进来小姐穆桂英。

两旁的兵将一看小姐，真是与众不同呀！

柳叶眉儿弯又细，一对秀眼水灵灵，玉葱鼻梁樱桃小口，模样长得十分俊美。顶盔挂甲腰挂佩剑，俊俏之中透着威风！

小姐撩征裙施礼："元帅在上，穆桂英参见元帅！"

说实在的，三关元帅要娶这么一个儿媳妇，他能不乐吗？从心眼儿里，他也非常佩服姑娘的本领，可是还得摆着公爹和元帅的架子："下面可是穆桂英吗？"

"正是。"

"何故到此？"

"来献降龙木！"

"降龙木现在何处？"

"不知元帅需用多少？我来请元帅派人去伐！"

"如此讲来，姑娘先回山等候，我派人就去。"

小姐说："元帅，辕门外绑的少帅身犯何罪？"

元帅说："放哨不按时回营，连误三卯，还有——"

小姐说："还有什么？"

元帅说："还有临阵招亲！"

小姐说："如果他有功，能不能将功折罪呀？"

元帅说："他何功之有？"

姑娘说："一来，我为他才献降龙木；二来，我可以帮你们破天门阵；三来，我能拿住老道颜荣！如果以上三件奴家能办到，您还杀杨宗保吗？"

元帅一听这几件大事姑娘全包在身上了，心中大喜！想道："干脆我就坡下驴吧。不然的话，有八王的旨意，我也杀不了杨宗保。万一这丫头再一翻脸，哪个是她的对手？"

这时，军兵来报："城外边辽将骂阵，要八王千岁写降书！"

第五十六回 小姐一气回山寨 君臣三路请桂英

穆桂英正在帅堂上给杨宗保求情，外边军兵来报：城外辽将讨阵！这正好给了元帅和姑娘一个台阶下。

元帅说："好！既然小姐要杀敌破阵来替宗保求情，本帅就暂不杀他。你杀一名辽将，即可饶宗保一命，如连续取胜，再论功行赏！"说罢，传令放回宗保，又问姑娘："你要带多少兵？"

姑娘说："只带我的一个头目穆瓜和八名女兵，城中兵将一个不带。"

八王、太君和众将见桂英求下情来，自然无比高兴，又见桂英为救宗保前去上阵，心里都过意不去，忙叫人准备战饭，叫她吃过饭后再出城对阵。

姑娘说："不必麻烦了，我一点儿也不饿。"

说实在的，姑娘见宗保被绑，心中早已充满怒火，哪里还吃得下？

穆桂英上马摆刀，带领穆瓜和八名随身丫环出城。三关元帅也觉得姑娘这样冷清清十来个人出征令人不安，就命宗保带兵五百去给姑娘观阵。宗保又觉得有点儿不好意思，可是父帅下令，也只好领兵出城。

穆桂英在马上边走边想："这三关大帅也真不通人情，做事心太狠！"因为桂英是独生女，自幼娇生惯养，长大成人后本领高强，在老父面前是说一不二，穆柯寨的兵将更是无人不尊！今天来在代州城帅堂，感到受了委屈。虽然带人出征，可心里越想越气越后悔，还不如在穆柯寨不来。有心现在回山，又已经和三关元帅说了要拿辽将;倒不如杀了他一个辽将,救宗保一命再做道理!想罢,叫穆瓜和丫环压住阵脚,自己跃马直奔战场!

肖太后请老道颜荣摆设了天门一百单八阵,调来了三川六方九沟一十八寨的将官分阵把守,轮流出杀,哪座阵中能引进宋朝名将,就是首功一件,按功行赏!又说如果哪方的功劳大,将来得了宋室江山可以平分疆土!因此各方的战将都争相出兵讨阵!

穆桂英来到阵前,见对面辽将骑一匹干草黄,铜盔、铜甲,手使一把青铜刀。这员辽将一见穆桂英才十八九岁,盔明甲亮,相貌俊俏,真是天姿国色,美貌无双!这小子看罢起了歹心,一心想活捉女将回去成亲。这小子用刀一指女将说:"来将报名再战!"

姑娘说:"我家住在穆柯寨,父名穆羽,我乃穆桂英。你是何人?"

"我乃野马川的先锋官苏天保是也!"

二将各自通了姓名,苏天保龇牙一笑,说:"穆桂英,你手拍胸口想一想,宋室昏君听信谗言,不纳忠言,自古无道让有道,谁有本领谁来掌管天下,姑娘何不弃暗投明,与我一同反宋,我和姑娘初次相见,从心眼时就喜欢你,姑娘要是没有找婆家,我苏天保愿娶你穆桂英为妻……"

苏天保还要往下讲,在一旁可气坏了姑娘穆桂英,大声叫:"呔,你给我快住嘴,你癞蛤蟆想吃天鹅肉,白日做梦,你若看得姑娘我长得俊,就应当四面八方去访丹青妙手,请他画上姑娘的影像,供在你家佛龛正中央,一天三时摆上大供,三天九更点燃香,如若有人来问你,你就说我是你上八辈的一个叔伯女祖宗!"

这番话骂苦了苏天保,也气坏了苏天保,他放声大叫:"黄毛丫头真可恶,竟敢了出口不逊辱骂我,要让你在我马前过去三趟,我就更名换姓!"

苏天保举刀就往下砍,穆桂英急忙摆刀相迎,当啷一声,火星乱冒,二人厮杀起来。

穆姑娘绣绒大刀招法精妙,只杀得苏天保气喘吁吁。他心想:我原以为这丫头在我马前过不去三趟,现在打了二十来趟,我也没能胜这丫头呀!

此刻,穆桂英一刀比一刀快,苏天保一刀比一刀松,直累得他汗流满面,两膀酸痛,只能招架,难以还手,若是再等一时,恐怕性命难保了。

穆桂英杀红了眼,刀刀逼住苏天保。苏天保急忙圈马败下,穆桂英催马追

了个马头并马尾,绣绒大刀一摆如闪电,苏天保立时人头落地,尸身落马。

野马川的兵将一见先锋苏天保被子砍死,全都吓怕了,拥上前来想抢回先锋的尸身,哪知穆桂英催马抡刀往上冲,见一个杀一个,见两个杀一双,杀得辽军狼狈不堪,四散逃命,这一仗穆桂英杀了个满堂红!把辽将苏天保的人头挂在马上,辽兵早已逃得无影无踪了。

穆瓜上前说:“小姐,这一阵杀得可痛快!”

杨宗保也从后阵催马上前来迎姑娘。穆桂英一见少帅,又想起三关大元帅杨延景,只因为败在我手下,才翻脸无情辕门斩子,任谁讲情他都不准,虽然允我求情放了宗保,可我还得替他戴罪出征。如今是战场上打了胜仗,如若打了败仗,宗保想活命可就万万不能了。宗保真要是丧命了,岂不坑了我穆桂英,看起来,宋营不如穆柯寨,杨延景哪有我父疼爱我呢?我虽然许配了杨宗保,那也是有夫妻的名,还没有夫妻的情,我不如趁早转回穆柯寨,和宗保一刀两断,宋营众将有能耐就攻打天门阵,没有能耐也碍不着我穆桂英!想到这里,拿定了主意。

杨宗保上前兴高采烈地说:“这一仗小姐大获全胜,快快回城报功去!”

穆桂英用刀挑着人头交给宗保,不冷不热地说:“你带人头去向元帅交令,我说到就做到,杀了辽将总算救了杨少帅。我来的时候老父还没有回穆柯寨,我回高山,你回城去,单等我父回山后,我有机会再来代州城看你!”

宗保一听就愣了,猜到她准是生爹爹的气了,赶忙说:“小姐,你可不能走呀,还是跟我结伴返回城去吧!”

穆桂英苦苦一笑:“山寨有我老父,他已年迈,需人照料,我要在爹爹面前行孝,常言道:尽忠不能行孝,行孝就不能尽忠,少帅不必多讲了。穆瓜,随我转回山寨!”

穆桂英口尊少帅说了声改日再见,便打马带领穆瓜、丫环等人扬长而去。

杨宗保此时无计可施,二目发呆,一直等小姐的身影走远看不见了,他才手提苏天保的人头,带兵回城交令。

早有探兵报到帅府:“穆小姐大获全胜!”众人听了非常高兴。元帅口里不说,心里也是暗赞穆桂英。

不多时,宗保来到帅堂:“启禀父帅,穆桂英刀削辽将苏天保的人头,把辽兵打回天门阵,小姐叫我回来交令。”

元帅说:“把苏天保的人头扔在城外!”又问宗保:“为何不见桂英?”

宗保说:“她杀了苏天保,给儿折了罪,已经回穆柯寨去了!”

元帅闻听心里一惊,就明白姑娘这一走是不回来了!众将也全愣住了。为什么呢?一来是人家的降龙木不能献给宋营了,二来是无人能破天门阵了。这一下众人都像霜打了的茄子一样——蔫了!

双天官寇大人说话了:“元帅,看来穆小姐是生气走的呀!千不怨,万不怨,就怨宗保,你为何不拦哪!”

宗保说:“我拦了,可是没拦住。她说是尽忠不能行孝,行孝不能尽忠。家有老父,她要回山行孝,还说有机会再来看我。”

寇大人说:“宗保,看你长得挺精神,哪知你还没有人家姑娘的心眼多!要按姑娘的这些话,她是决定不来了。依我看,宗保你也有意放走姑娘!降龙木找谁要?天门阵谁来破?就是老太君吧,也只知道天门阵是一百单八阵。究竟一百单八阵都是哪些?老太君也叫不上名字来。小姐要走,宗保你就是磕头,也应当把小姐留下来!”

言还未尽,有人来报:“启禀元帅,城外来了一名带发的和尚,指名要穆桂英出阵!”

元帅听报,取出一支大令,问两旁众将:“哪个领兵出战?”

花刀岳胜上前讨战说:“元帅,末将愿往!”

元帅又问:“哪个观阵?”

杨兴、鲁奎、陈雄俱都站出来,四将点了五百人马,三声炮响,领兵出城。

岳胜催马过去,只见对面一匹花斑豹上坐着一个和尚,年纪也就在四十多岁。头戴月牙金箍,黄发披肩,面如蟹盖,两道短眉,三角眼,蒜头鼻、蛤蟆嘴。身穿紫色僧衣,腰系杏黄丝绦,僧鞋白袜。坐下宝马花斑豹,手端一柄月牙铲,相貌凶恶,令人可怕!

岳胜看罢,用刀一指:“出家人,为何大开杀戒来到阵前?法号何名?”

和尚看了看花刀岳胜说:“我出家在五台山上昆炉院,恩师乃飞钵长老。我名白天祖，和颜道长有过名之交，被他请来助天门阵。方才有个丫头叫穆桂英，刀削了苏天保的人头。我在颜道长面前讨令要捉拿穆桂英！你是何人？”

“我乃边关总兵岳胜。打败我岳胜，穆桂英就出马；败在我手，漫说和穆桂英打，连面儿你也见不着！”

白天祖也不搭话，举铲就奔花刀岳胜，二人战在一起，马来马往，直杀得难分难解。

白天祖力大铲沉，岳胜打了十几个回合，败在了白天祖的手下。

打虎将杨兴催马上前，让过了岳胜，挡住白天祖，二人又杀在一处。

杨兴的枪法经过名人指教，占有二十个回合，杨兴一枪刺中白天祖的前心！杨兴暗中高兴，认为这回和沿尚完了！啊？那和尚依然得意洋洋地坐在马上，口叫：“杨兴，你再来一枪！”

杨兴一看不好，这个和尚一定是内练一口气、外练筋骨皮，不怕刀砍箭射、枪扎斧剁！不能再战了，圈马败下。

书要简短，陈雄、鲁奎也败给了白天祖，四将收兵回城，吊桥高绞、城门紧闭。

四个人回到帅府，进帅堂向元帅交令。说明白天祖乃是五台山修炼的和尚，不怕刀砍箭射、枪扎斧剁，只好大败而归。

元帅听完，心中更加为难。本来就打不了天门阵，现在又出个白天祖，这便如何是好？报事的又一个接一个的来报：“白天祖讨战，要穆桂英出战！”

元帅长叹了一声，心里非常后悔，不该那样怠慢穆桂英！众将不敢明说元帅不对，也都在交头接耳，议论纷纷。孟良不怕，嘴里直嘟囔：“我看怎么办？没有穆桂英，代州城眼看就完了。别说破天门阵，连大家的命都恐怕难保！”

寇大人说：“元帅，别再耽误时间了，快请穆桂英去吧！”

元帅说：“何人去请？”

寇大人说：“别人去，能请得来吗？还是派宗保去吧。”

元帅取出将令喊：“杨宗保听令！”

杨宗保心想，我又要倒霉了。过来口尊：“父帅，孩儿在。”

元帅说：“我命你去穆柯寨请穆桂英，请来小姐有功，请不来有罪！”

宗保心里说：“你对人家那样，人家还能来吗？”有心不去，又怕说他抗令不遵，只好领命。元帅问：“带多少兵？”

宗保说："又不是打仗，一兵不带。"

"那么早去早回！"

"孩儿遵命。"

宗保走出帅堂，寇大人送下来了。宗保说："寇大人您真行，你要不提，我能去吗？我去了她也准不来！"

寇大人说："她不来，你也就别回来了。"

宗保上马，直奔穆柯寨而去。

元帅传下令来，叫四城军兵严加防守，小心敌人偷城。到了夜间，由高君保负责保护八王；陈琳、柴干保护寇大人；众女将保护老太君。白天祖天天来讨阵，元帅命令：免战牌高悬。一天、两天、三天，宗保一走三天没有回来。元帅暗想，按路程计算也该回来了！

寇大人说："我看别等了，准是宗保去请姑娘，人家不来！"

元帅说："那宗保也该回来呀！"

寇大人说："桂英要不来，他回来你饶得了他吗？"

元帅说："城外白天祖每日讨阵，点名要穆桂英，怎么办？"

八王今天也到帅堂了，来看看杨宗保请来了穆桂英没有。一听寇大人的话是话中有话，口中有音，知道小姐不会来了，就说："敌人如此猖狂，寇爱卿，你替元帅出了个好主意吧！"

寇大人说："我倒是有主意。大概穆桂英不来还不在杨宗保身上，穆小姐一定是恼恨了三关元帅！人家来代州报号投宋，元帅先是不见，后来人家说献降龙木，元帅非但不去迎接，连个请字全没有。小姐进来以后又看见宗保被绑，人家说了那么多好话，连饭都没吃，还得替宗保去杀敌立功。光说不行，人家真有能耐，上阵就把辽将的人头削下来了！姑娘一怒回山，叫宗保拿人头回来交令。这次去请人家，只是宗保一个人去，人家一定不来！依我之见，元帅亲自到穆柯寨去一趟，去请穆小姐。杨家是忠良将，为了破天门阵、灭辽邦、保宋室江山，为国为民，三关元帅有什么不可以去的呢？"

八王说："寇大人言之有理，元帅就辛苦一趟吧！"

元帅心里说："寇准你可真行！琢磨了我儿子，又来琢磨我。怎么办？如不去，城外和尚骂阵不休。"又一想，"穆桂英这样的女将实不易得到，为了灭辽保国，就去一趟吧！"

杨六郎没带将，只带了五十名军兵就去了穆柯寨。元帅走后，由岳胜当临时元帅，由高君保协助守关！

大家等候元帅去搬请穆桂英，又是一连三天未归。大家全沉不住气了，太君和八王也有些胡思乱想了。以为十有八九父子二人在山寨出错了！穆桂英是个女寨主，会不会一翻脸把父子二人杀在高山上？

寇大人却胸有成竹，说："请千岁和老太君放心，路上出事我不敢保险；如果到了山寨，就会平安无事！"

八王说："如果平安无事，为什么他父子不把姑娘快些请来呢？"

寇大人说："如果今天穆小姐还不来，大概就是不来了！"

八王说："桂英不来，元帅父子也该回来呀！"

寇准说："元帅回来不也是发愁为难，还不如呆在高山上哪！"

八王说："如此讲来，寇爱卿，这该当怎么办呢？"

寇准说："千岁，您能听为臣我的吗？"

八王说："不听你的，我还能带兵远征吗？孤王自打和寇爱卿相识以来，一直就听你的，现在还听你的！"

寇准说："千岁，那穆桂英是穆天王的爱女、离山圣母的高徒、穆柯寨的女寨主，不是一般之人！因为我们对姑娘多有怠慢之处，所以她要拿我们一把。第一路请小姐的是先锋宗保；第二路请小姐的是三关大帅；第三路再派人去请就差不多了！"

八王说："那么众将谁去呢？"

众将谁也没搭话。八王又说："孟良、焦赞二人去过穆柯寨，道路熟悉，是不是叫他二人去呀？"

这二人说："八王千岁，少帅去了请不来；大帅去了也不行；我二人再去不也是馅饼抹油——白搭吗？"

寇大人笑道："千岁，他二人去是不行的！"

八王说："那谁去行啊？寇爱卿，你点名吧！"

寇大人说："我看千岁御驾亲临，准把姑娘请来！"

八王心想："我虽然不是当今天子，可也是八王千岁呀！寇准，我还想把我再折腾出去？！"还没等八王说不去呢，寇大人又说："少帅请能人为打天门阵；元帅请桂英为了灭辽邦；千岁你为国求贤保江山，有何不可呀？您可别忘了文王请太公!”

八王说:“寇爱卿别讲了,我去,可你得保驾!”

寇大人说:“我当然保驾!”

八王说:“有我,你就跑不了!”

光是八王和寇大人去哪行呢?高君保自愿保驾。寇大人说:“叫孟良、焦赞二人给领路吧!”

二人说:“行,闭着眼睛也能到穆柯寨!”

八王千岁上了逍遥马,高王在旁保驾;孟、焦二将保着寇大人,带着马队,除了代州城,直奔穆柯寨!

八王千岁对寇准说:“寇爱卿,孤王这次一动身,心中总觉得忐忑不安,杨家父子去穆柯寨,真叫孤王担心!”

寇大人问:“八王千岁害的是什么怕?”

八王千岁说:“怕他父子不在高山上。”

寇大人摆摆手说:“不会,八王千岁到穆柯寨一看便全都知晓了。”

孟良却很乐观,兴致勃勃地说:“寇大人能掐会算,我看他敢比大罗金仙,不论什么事情,他眼珠这么一转就看透了。”

于是,大家催马赶路,一溜烟跑开了。

说书的嘴就是快,穆柯寨就在前面不远处,只见山前日暖花开、绿草如茵,一群野鸭在河湾水中游,苍松翠柏傲然挺立,百鸟喧闹叽叽喳喳。到穆柯寨如到神山,如入仙境。八王千岁和寇准越看越爱看,说穆桂英在此居住亚赛神仙!

若不是孟良、焦赞引路,陌生人想进山寨则是十分困难,穆柯寨寨墙高大威严,上面旗幡招展,两棵降龙树在寨门左右两旁,喽兵们手持刀枪来回巡逻。哎,穆柯寨胜似边关呀!

这时,八王千岁心中真有些提心吊胆,不知道穆桂英打的什么算盘?暗想:如果她无意归顺大宋,怕只怕我等难以上山,也不知道元帅父子现在有无危险……想到此不由双眉紧皱。

寇大人见八王千岁愁眉不展,忙劝八王:“八王千岁,莫要担惊,元帅父子无灾无难,只不过穆桂英想要个价钱而已,姑娘进宋营一定有条件,八王千岁如果答应,她下山就不难!”

八王千岁说:“只要他父子平安无险,姑娘要什么条件我都答应,孤王决不还价。”

寇大人闻听，忙叫孟良前去喊话，就说是八千岁来到寨前。

孟良忙叫喽兵快往里传信，等了老半天，炮响过后寨门大开，有几匹战马出寨下山，右边穆桂英，左边杨宗保，杨元帅威风凛凛在正中央。

八王千岁一见此景，回头看了看双天官：“寇爱卿，你可称得上能掐会算的活神仙！”

高王和孟良、焦赞也交口称赞寇大人。

此时，杨宗保、穆桂英双双下了战马，杨元帅也甩镫离鞍，一齐上前施礼见过八王千岁，这一来，反把八王千岁闹了个哑口无言，他不知说什么好了。

穆桂英说：“此处非谈话之地，请八王千岁和寇大人、高王及众将上山！”

众人高高兴兴地上山来到大厅前，下了坐骑，迈步进了大厅，八王千岁坐在正中首座，男女众将两旁陪坐。小姐吩咐丫环们上来献茶。

杨元帅跪在八王千岁面前请罪：“因小姐不愿献降龙木，我父子回代州也是为难，怕八王千岁责怪就没敢返回，想不到八王千岁会亲临高山。请八王千岁多多宽恕，休要见怪！”

八王千岁面带微笑来搀元帅起身，说：“你父子没回代州，孤王很惦念，因此才和寇天官来到高山，孤王我怎能责怪你们父子呢？但愿能把穆小姐请下山寨。”

元帅无可奈何地说：“好话我说了千千万，可穆小姐就是不肯哪！”

八王千岁满面愁容，出语真诚：“宋室的锦绣江山眼看要完了，求姑娘助大宋去灭辽寇，力挽狂澜吧！”

穆桂英闻听答道：“八王千岁，小女为行孝难以尽忠，望求八王千岁海量。”

寇大人开口叮问：“桂英，你已许配宗保，难道说为行孝你们夫妻就不团圆啦？”

这时候，有人给姑娘送信，说老天王外出访友现在回山了。穆桂英赶忙带宗保来见父亲。

穆天王见宗保是一位年轻英俊的将官，忙问女儿：“他是哪里的好汉？”

穆桂英说：“宗保他是汴梁天波府杨门小将，现在代州父帅帐下当先锋。”然后，对老父从头到尾把事情说了一遍。

老英雄喜上眉梢，杨宗保跪地叩见岳父大人，一口一个“老爹爹”叫得甜滋滋。

老英雄穆羽扶起了杨宗保,带着女儿女婿到大厅来见八王千岁等众人。

桂英把爹爹给八王和众人做了引见,大家见这位穆天王五十余岁,面似古月,寿眉慧眼,鼻直口方,五绺长髯,头戴古铜色的透风巾,身披古铜色开氅,灰色中衣,穿一双方头薄底靴。穆天王先拜见了八千岁,又和众人互相见礼。八王对老寨主说明了来意,说是要聘请小姐下山帮助破天门阵。小姐因有老父在山,要留在身边行孝。

老寨主说:"我的身体很好,不用她在身边伺候,就叫她去吧!"

小姐可急了,说:"爹爹,我不能去!"

老寨主说:"什么叫行孝?百孝顺为先。不听为父之言,就是不孝!"

寇大人说:"小姐,你去代州破天门阵,可有什么难处吗?是不是大破天门阵你没有职位不便调动三军?不要紧,八王千岁可以封你官职!"

大家一听,寇大人真高明啊!为什么呢?你不封官,人家不去!

八王想:"寇准这分明是要我封她官职,不然怕小姐不去!封个什么官职呢?封小了不如不封;干脆大大的封,万一她破阵要有闪失,死了也值了。如果真破了阵,封大官也是当封!"想罢叫道:"穆桂英,你帮宋营去破天门阵,我替万岁加封你为浑天侯!"

宗保暗喜:"还是寇大人向着我们老杨家!"

姑娘心想:"我寸功未立就加封为浑天侯?不去也不行了!"想到此,只好跪下谢过八千岁。穆羽说:"桂英和宗保不是还没拜堂吗?今天就在山上拜堂,然后吃顿喜酒,你们君臣再走,老夫也就不拦了!"

大家全都说好。于是,聚义厅改为待客厅,老寨主和穆瓜一阵忙碌,摆好了香案,桂英和宗保大拜花堂!高山上扎红彩、贴红对,高悬红灯,吹吹打打,大摆酒宴。八王和众将欢欢喜喜全都入座,穆柯寨虽然是多见树木、少见人烟,可是筵席上山中走兽云中雁、陆地牛羊海底鲜,鸡鸭鱼肉样样全!

第五十七回 王怀女刀伤白天祖 穆桂英兵发代州城

天王穆羽叫穆桂英跟八王和杨元帅下山去破天门阵，八王和寇大人一商量，一来还没砍伐降龙木；二来桂英和宗保刚刚拜了花堂，马上就去出征也不大好。八王说："我们和元帅等众人先回代州，叫宗保和桂英留下完婚，三天后带降龙木再去代州。"

大家一听全都说好。穆天王就送八王千岁君臣下山回营。

杨元帅和高君保等人保着八王和寇大人回代州来到帅府，老太君和众将都出来迎接。可是不见宗保和桂英，大家不知为何。还没等太君问，孟良就嚷上了："盟娘啊，杨门真是又娶媳妇又过年哪！您儿子回来了，孙子更不要紧啦！他和穆桂英完婚，八王千岁叫他们住三天再回来。"

太君说："孙子娶媳妇我倒知道，这过年可还早着哪！"

孟良道："八王千岁已经封穆桂英为浑天侯，这不是比过年还高兴吗？"

众人听了，无不向老太君道喜："老太君，真是双喜临门哪！"

元帅请八王千岁先回行宫休息，众女将和老太君也去后院。

元帅问："这两天敌人是否又来骂阵？"

众将说："已经高悬免战牌。"

元帅说："明日将免战牌摘掉！"

当日休息，一夜无话。第二天元帅刚刚升帐，军兵来报："白天祖讨阵。"

元帅说："今日本帅去会会他！"

孟良说："元帅，还是等穆桂英她们来了吧！"

众将也说："这个和尚浑身不怕刀砍箭射，元帅不去为妙。"

元帅说："既然摘下了免战牌，就要出战。不然岂不被他耻笑我宋营无人？"

说完,带孟、焦二将,率兵五百点炮出城。

白天祖正在讨战,见城门大开,两杆门旗分为左右,当中一杆帅字旗上面斗大的“杨”字。旗下跑出一匹白龙战马,马上将头戴帅盔,身穿帅甲,手提一杆亮银枪!

白天祖口念弥佛陀,大喊一声:“来将为谁?报名交战!”

元帅说:“我乃三关大帅杨延景。你是白天祖吗?”

白天祖道:“正是洒家。我和颜荣道长交情甚重,特意下山来助他灭宋。杨延景,你来看哪,天门阵一百单八阵都有名将把守,阵阵都有千变万化。你们想破阵,比登天还难!如听我良言相劝,不如叫宋八王写好降书顺表,让了宋氏江山;如若不听,只怕你们要九死一生!”

元帅说:“你是出家之人,却忘了方便为门、慈悲为本,反而大开杀戒来伤人命,帮助辽邦占我疆土、杀我百姓!你还劝我们写降书顺表,真乃助纣为虐、岂有此理!你休要多讲,撒马过来!”

白天祖催开花斑豹,手摆月牙铲,和杨郡马战在一处!

元帅杨延景拧枪战凶僧,他枪法纯熟刺得又快又准。要论武艺,白天祖还差一大截儿,元帅一枪扎上白天祖,但没刺伤人家,杨元帅不由一愣。

白天祖得意地狂笑起来:“杨延景,你用点儿劲啊,何必还对我手下留情呢?

杨元帅立时知道了:这和尚练的软硬功,因此大枪刺他是白费力,可他若用大铲铲我可就非死即伤呀!

他这么一想就走神了,这一走神不打紧,白天祖的大铲打过来了,杨元帅急忙带马躲闪,月牙铲虽然没有伤人,却伤了马,白龙马的后胯顿时冒出血来,疼得它咴儿咴儿乱叫,四蹄蹬开往西狂奔,元帅在马上寻思:平日白龙马认路,跑多远也会返回城,今天为何驮着我乱跑呢?

跑过多时,杨元帅再回头看,紧追在后面的白天祖已经踪影皆无。

跑出约有五十多里,前面出现一片密密层层的松树林,杨元帅想:“假如和尚追到这里,只怕我连人带马全完啦!”此时,人也累了,马也停住了,他打算到松林里去歇一会儿,看看白龙马的伤势如何。

杨元帅刚要下马,忽然听见松林中有马的嘶鸣声,忙勒马往后退了几步,抬头察看,只见从松林中跑出一匹战马,马上端坐着一人,但见此人:

五官正，生的美，方阔口，大耳垂，二虎目，分白黑，细细弯弯的两道眉。银抹额，二龙配，搂颏带，顶下围，七寸簪缨颤巍巍，头戴一顶亮银盔。银叶甲，金环坠，吞口兽，裙尾肥，狮子扣，前后勒，龙鳞片片起光辉。狮蛮带，系腰内，护心镜，如秋水，宝雕弓，悬左肋，狼牙箭，插壶内。虎头靴，蹬一对，胯下马，白又肥，丈二长，头至尾，七尺高，蹄至背，真乃是宝马良驹敢把闪电追！锟铻剑，盛匣内，剑离匣，惊神鬼，银战杆，托手内，小将精神有百倍，骑在马上多威武，称得起俊秀将英魁！

三关元帅看罢多时，不知从哪里来了这么一位英雄。来人也看得杨元帅二目出神，问道："马上将军贵姓高名？你可知此处离代州雁门关还有多远？"

元帅一听他打听代州，不知是何道理。"看此人又不像北辽人，他既然问我名姓，可以告诉他。"就说："我本是三关大帅杨延景，因和辽将作战我的战马受伤，故而跑到此处。不知英雄尊姓大名，从何处而来？"

这位英雄一听来将是三关大帅杨延景，不由得说了声："哎呀，太巧啦！"就向树林里高喊："姐姐，你快出来吧，我姐夫来啦！"

杨元帅一听觉得很奇怪，往四下一看，没别人哪！谁是他的姐夫呀？

这时，就听林中哇呀三声大叫："兄弟，你姐夫在哪里？他怎么知道咱姐弟来找他？"

随着话音，从林中出来一人，杨元帅一看，立时大吃一惊！

从林中闯出的一女将，红眉大眼红头发，蛤蟆大嘴，看年纪约四十岁上下，头戴凤翅盔，身披大叶黄金甲，脑后插有两支雉鸡翎，胸前挂着狐狸尾，绣团花的紫色中衣，左肋挎着金柄宝剑，九股丝绦煞甲，左右两扇征裙上面绣着两只凤凰，镶着五色的狼牙边；金钉钉着吞口兽，护心宝镜闪着金光，凤头战靴蹬金镫，跨着紫菊花宝马。

元帅看了一咧嘴，心想：这是哪里来的一个母夜叉？小将管他叫姐姐，论长相她俩也不像是一个妈生的呀！

三关元帅正在暗思索，女将却在马上说话了："兄弟，你的姐夫在哪里呀？"

小将用手一指杨延景，说："就是他！"

女将上前仔细打量了一番，便问："你可是杨延景？家住火塘寨？"

元帅点了点头说："我正是火塘寨的杨延景，女将军，你怎么知道我的老家？"

丑女将闻听这句话，掉了两滴眼泪又笑了。原来，她刚想哭，掉了几滴眼泪，又一想已经找到要找的亲人了，一高兴就笑了。

女将大叫一声："夫君，我等了你三十八年哪！"

一句话说得杨元帅发了蒙，忙问女将："你姓甚名谁？哪里人氏？"

女将说："看来你是真想不起我来了，你真该受罚！夫君，你不用害怕，我不是山高路远来找碴儿。我家就在西岐州内，我父是有名的大刀王怀，谁都知道他！我名王兰英，大家都管我叫王怀女，在西岐提起我的大刀来，没有人不夸赞，我是你未婚的妻子，现在找你来啦！

杨元帅听她说完，也就想起来了，果有此事！

想当年，在河东有四位令公共保刘王，那就是杨令公杨继业，杜令公杜天之，王令公王怀，王令公王子明。后来王子明一家死了，只剩下一个儿子王英，家人抱着他送到杨府杨继业收他为义子，改名杨延顺，就是杨八郎，现在北辽被招为驸马。

杜令公后来不保刘王了，回到了杜家庄。有一女杜金娥，许配了杨七郎。

大刀王怀很有本领，和杨家交情也深厚。有一次太君过生日，王怀夫妇过府拜寿，王夫人已身怀有孕，老太君也怀揣六甲。姐妹俩闲谈起来：如果全生男孩，就结为兄弟；全生女孩，就结为姐妹；有男有女，就结为夫妻，这叫指腹为婚。

后来杨府生下了杨六郎，王府生下了王兰英，二位老令公也曾推杯换盏，定下了这门亲事。不料想后来王怀得罪了老贼潘仁美，潘仁美上殿诬奏一本，皇上传旨抄问，老贼又改为抄斩，欲置王怀全家于死地。亏得有人给王怀暗中送信儿，王怀才带领全家出逃，从此音讯皆无。后来令公和太君不时派人四处打探，仍是不知下落。

等到六郎长大成人，八王赵德芳做主把柴郡主许配给他。在许亲时太君还曾提过王兰英之事，因为一直不知下落，也就应下此事。到后来，郡主生下宗保、宗勉二人。没想到王兰英今天又找来了！

王兰英从哪儿来的呢？

原来王怀带全家逃到了离西岐州不远的一个山村西岐岭隐蔽藏身。不久，王夫人又生一子,叫王兰亭。王夫人由于忧虑过度,不得吃喝,未出满月就病故了。王怀母女二人把这个孩子抚养长大,王老令公又把全身的武艺教给姐弟二人。有心叫王兰英去找六郎成亲,一怕给杨家惹祸;二怕自己家中贫寒凋零,杨府日日高升而看不起自己,不认这门亲!也就把这件事拖下来了。后来,西岐州又被北辽侵占,王令公和儿子就找了块山地自种自吃。

王兰英被武功圣母带上武功山去学艺,艺成下山之时,武功圣母赠她一匹紫菊花马、一身盔甲和一口斩魔刀,这口刀可以吹毛断发、削钢切铁,是口宝刀。等兰英回到西岐岭,辽兵已退,西夏又占了西岐州。那西夏王抢男霸女、无恶不作。王怀女就和王令公说:“我们一家三口都有一身本领,难道就任他们这样横行下去?”

就这样,父女三人在西岐岭下聚集了不愿意忍辱偷生的众百姓,把西夏王杀个落花流水,望影而逃!结果西岐州也没有宋军,也没有辽兵,也没有西夏兵了,王怀干脆就招兵买马,集草屯粮,插旗为王了。结果这几方的兵马,谁也不敢去打西岐州,现在西岐州有十万兵马,老百姓家家安居乐业丰衣足食。方圆百里之内无论占山的、占岭的、占湖的、占岛的全都保了西岐王大刀王怀。

如今王兰英已经年近四十。王怀近来身体不好,就更惦念女儿的终身。近来不断的派人打探,得知杨家被害、北辽造反、八王和太君领兵亲征,杨六郎为三关大帅,正在代州和辽兵开战。并且,也耳闻杨六郎已经娶妻生子,但不知真假,又想,只要老太君在,不能不认这门亲!这才叫王兰英去代州找杨六郎。

若依王兰英心意就不去了。因为自己也这么大了,老父身体又不好,不如在父亲面前行孝。等老父百年之后,自己去武功山找师傅一出家也就完了。谁知王怀不干,这才叫兰亭带着四十名军兵送姐姐去代州。姐弟二人边走边打听去代州之路,今日走到这片松林,不想正巧遇到杨六郎!

杨六郎听大刀王怀女讲明来历以后,心里可为难了!一、自己已经娶了柴郡主;二、宗保、宗勉都已长大成人;三、辕门斩子刚刚结束,儿媳妇桂英就要到宋营。自己再带回去王兰英,实在难为情!再说,姑娘相貌丑陋,一说话先哇呀,怎么能把她带进宋营呢?可是又想,当初王老夫人和太君指腹为婚,这个姑娘一直等到年近四十,自己又怎么能说出口不要人家呢?想到此只好说:“王小姐,请你和我回代州去见老太君吧!”

这时,忽听后边马蹄声响,郡马回头一看说声:“不好,王小姐,辽邦的和尚白天祖追来了。刚才我和他作战,被他扎伤我的战马,我可不能再战,我得快走!”

王兰英说:“你走什么？你不能再战,不是还有我和弟弟兰亭吗？兰亭,你保着你姐夫点儿,我去会会这个和尚。”

兰亭说:“姐姐,叫我去吧!”

兰英说:“不行。”

元帅说:“王小姐,这个和尚练过软硬功,不怕刀砍抢扎!”

姑娘说:“那是不怕你们的刀枪。今天我就叫他躲不过我手中这口斩魔刀!”说罢,跃马去迎白天祖。

白天祖追杨郡马为什么才到呢？因为他边追边想,杨延景败阵为什么不回城呢？他往西败走,是不是西边有他的伏兵？有心追赶又怕中计;有心不追又贪功不舍,所以他不慌不忙地一边走一边东张西望。等到了松林,看见了元帅和王兰英姐弟,林边还有人马。他想:“这里果然有埋伏！可是,我有一身的本领,怕他何来?”就催开坐下花斑豹,手端月牙铲,大叫:“杨延景,你往哪里逃跑!”

可是,迎面跑来一匹紫菊花马,马上一员女将手端一口大刀。虽然相貌丑陋,但是身体威武、精神百倍。白天祖开口问道:“这一女将,你是何人?”

“我乃王兰英。”

“我与宋朝元帅交兵,与你何干！赶快闪开!”

王兰英说:“杨延景是我的丈夫,你要拿他,我当然要管!”说罢轮刀就砍。

白天祖一带花斑豹闪开,手中月牙铲向王兰英铲来。王兰英用刀往外一磕,只听当啷一声,月牙铲的铲头落地！白天祖哎呀一声,拨马要跑,王兰英的大刀直奔白天祖的脖颈,白天祖一低头,刀过去了。他刚一抬头,兰英的刀一反手又回来了,他又一低头,稍微慢了一点儿,喀嚓一声,头皮下来一块,血当时就流下来了！白天祖虽练过硬功,可是碰不过这口宝刀,把他疼得嗷的一声大叫,催开了花斑豹拼命逃跑。

王兰英想捉个活的,就催马追过去。杨元帅和王兰亭领着从西岐州带来的四十几名军兵也跟下来了,结果白天祖跑进了天门阵。

孟良和焦赞正着急找不到元帅,忽然见元帅和一员女将、一员小将还有几十名人马过来了。孟良、焦赞忙迎上前去,焦赞一见王兰英,连忙问道:“哟,六哥,这是何人?"

当时只问得元帅不好回答。兰英暗想:"怎么元帅带千军万马,脸皮还这么薄哇?"没等元帅说话,她先问道:"你们二位是谁呀?"

二将说:"我们是孟良、焦赞,和元帅是结拜的兄弟,元帅是我六哥!"

兰英说:"那我就是你们六嫂子。"

二将一听哈哈大笑:"原来是六嫂子!"

说完一看六哥,元帅的脸全红到脖子后边去了。

孟良问:"六哥,这是怎么回事呀?"

元帅说:"先回城再说吧!"

半路上焦赞小声问孟良:"二哥,六哥哪来的这个夫人呀?"

"你问我,我还不知道哪!等回去偷着问六哥吧!"

王兰亭也有点儿莫名其妙,怎么这个姐夫对姐姐好像不敢接近呢?

等进城到了帅府,元帅和孟、焦二将先进去了,叫姐弟二人先在府门外等候。

元帅忙叫人请来太君,把王兰英姐弟之事说与太君。

太君听完以后,顿时想了起来,说:"当初确有此事。一直以为王令公一家丧命了,没有音讯。哪知落在了西岐州?"

元帅说:"如今可怎么办呢?"

太君说:"不能叫她姐弟在门外久等,先请到帅府后院,再作道理。"

元帅出府,把姐弟二人及众军兵接进了帅府。

老太君这里忙派人请来了八王、高王和双天官。八王一听此事,心里可为难了!"这个事不怪老杨家,当初太君已经有言在先了。可是跟郡主怎么说呢?王兰英又在前,郡主在后,前者为大、后者为小。御妹若是一哭哭啼啼,可叫我怎么办哪?"想了半天没有好主意,就说:"寇天官,你帮孤王想个办法吧!"

寇大人说:"这事好办。先把郡主叫来,对她说明此事。郡主乃深明大义之人,不会斤斤计较!"

太君点头说:"对!"

孟良说:"八千岁,不论如何也得叫他们夫妻团圆哪!王兰英的本领胜似穆桂英,论武才恐怕没有人敢比。要说人才哪?也是比花花解语、比玉玉生香,可算是倾国倾城啦!"

元帅听完暗叫："孟良，你就损吧！"

此时，有人请来郡主，后边还跟着宗勉。郡主见过八王和太君，问道："不知王兄把我找来为了何事？"

八王还真张不开嘴了，说："老太君，还是你说吧！"

元帅在一旁也低头不语。老太君无奈，只好把当年两家指腹为婚之事对郡主细说了一遍，又把今天王怀女如何救下六郎，刀伤白天祖告诉了郡主。然后说："王兰英已经在后府休息。如果不认她，从良心上说不过去；如果认她，又怕郡主不允。故而把郡主找来，共同商议此事。"

柴郡主听了当然心里不是滋味，可是又一想，不能怨太君，不能怨郡马，也不能怨王兰英，只有怨皇兄。宗保、宗勉全都大了，宗保又成了亲，还能说出什么来呢？再替王兰英想想，一直等郡马，都快四十岁了，人家冤不冤？只好说："皇兄，事已如此，我谁也不怨，就请王小姐吧！"

众人一听，齐赞郡主真是贤淑德慧之人！八王忙叫人去请王兰英姐弟。

时间不长，姐弟二人来到帅堂。一进来，王兰英就问："杨元帅，你和我婆母娘讲了吗？"

众将一听，想笑也不敢笑。元帅还真不敢怪她，因为人的个性各有不同，有喜文的，又好武的，有爱说的，有爱笑的，有爱打的，有爱闹的。王兰英她就是这个脾气，大嗓门，直出直入。

元帅给他引荐了八王千岁、天官寇大人、高王和老太君。老太君又叫来众女将，挨个指引。等引见到郡主时，王兰英听完就是一愣，老太君急忙从中说明当初之事。王兰英有心要翻脸，又一想："不能怨杨延景，谁让我们家下落不明哪！"等老太君又向她讲明郡主刚才的态度，王兰英就更不能生气了。可是又想："我二人谁为大呀？八王和老太君都没提！我怎么能过去见她呀？别看她是郡主，我也不低她多少！原来我是令公之女，现在我是西岐王的女儿，我又和元帅是指腹为婚，怎么能先见她？"

众将此时也担心，怕郡主和兰英二人谁也不肯屈尊，弄僵了可就不好办了！没想到郡主先过来见王兰英了，口称拜见姐姐，还叫过宗勉说："快来见过你的大娘亲！"

宗勉很聪明的过来拜见说："母亲，您可好！"

这一来王兰英可受不了啦！忙对郡主还礼，把宗勉搀扶起来，又叫过来兰亭给大家作了引见,结果帅堂上是一派欢乐的景象。

孟良这时大嚷:"六哥,你跟六嫂何时拜堂完婚哪?"

元帅说:"就是你爱多嘴!"

大家一听,对呀,这也是件大事。太君和八王一商量,就问元帅何时完婚?

按六郎的本心并不想完婚,可又不能说出口。还是王兰英心直口快说出来了:"现在颜荣摆着天门阵,元帅执掌兵权实在操心,恐怕也没心思来完婚。这么办吧,等破了天门阵大获全胜,马放南山,刀枪入库,我们回到天波府时,再完婚也不算晚!"

这一句话正合元帅的心意。真说到元帅的心里去了。

王兰亭见姐姐的大局已定,就要告辞回去。因来时王怀告诉他,把姐姐送到姐夫面前,就返回西岐州。

兰英说:"兄弟,现在兵荒马乱,你自己回去,我可不放心。等姐姐帮你姐夫打得全胜后,我再送你回西岐州。"

众将也劝兰亭留下。王兰亭说:"好,那干脆我就先不走了!"

就这样,王兰亭带西岐兵暂时保护后府。王兰英和八姐、九妹住在一起。

转眼又过了三天,元帅的白龙马伤还未好。孟良就说:"六哥就骑我从北辽偷来的那匹日月骕骦驹吧,千里马还得千里人骑!"

这时,军兵来报:"穆柯寨的穆桂英和少帅带了降龙木在城外报号!"

众人一听喜出望外,不等元帅说话,八王千岁说:"摆队迎接!"

老寨主穆天王为了帮助宗保破阵,把寨门左边的一棵降龙木树整个伐下来了,派喽兵跟着穆桂英给送来了。众将欢欢喜喜接穆桂英进城,小姐叫人把降龙木放在一个安全之处,已备破阵时用。然后大家同进帅堂。

三关大帅和八王见穆桂英来到,心里都有说不出的高兴。老太君又把王兰英给穆桂英和宗保做了引见,二人过来叫娘。王兰英对穆桂英也非常喜爱,婆媳二人很投缘。

八王千岁传令赐宴,孟良说:"咱们也该热闹热闹了!"

有了降龙木,又增添了破阵的主将,六郎和王兰英久离团聚,宗保和桂英又是新婚,真是多喜临门!帅府之内摆设酒筵,敲锣放鞭,整整热闹了一天。

转眼又过三天,敌人也没来讨阵。这几天八王千岁一直没离帅府,想看看王兰英和穆桂英有什么奇能破阵!

这一天，众将在帅堂议论军情，元帅问："兰英啊，你对破天门阵可有什么好办法吗？"

王兰英说："我随师学艺时也读过兵书，但天门阵里都有什么阵？我也说不清。要想破敌，必须知道里边都是些什么阵、各阵都有哪些威力和变化、从哪个门进、从哪个门出、哪座阵要先打阵头、哪座阵要先打阵尾。不能走错一步，不然性命难保！"

元帅听了，觉得王兰英说的条条有理。虽然她没说能破阵，但看来她对这座阵还是明白几分的。

元帅又问："桂英，你对破天门阵有什么想法？"

穆桂英说："启禀元帅，据我所知，这天门阵按三十六天罡、七十二地煞排列，共有一百单八阵。要想破阵，先要训练破阵的兵将。等兵将们熟悉了天门阵的变化，有了充分的准备，才能随机应变、应付自如。在此以前不能打阵，否则是自投罗网！"

元帅听完了王兰英和穆桂英的话，确实感到破天门阵非同寻常，不由得面现愁容。

穆桂英说："元帅也不必发愁，他们既然能摆，咱们就一定能破！"

正在此时，军兵来报："辽将前来讨阵！"

第五十八回 姜飞龙飞刀伤女将 杨宗英下山认亲娘

元帅与众将正在商议如何破天门阵，军兵报辽将讨阵。穆桂英讨令出阵，王兰英说："我去观阵。"

众将一见二女将初到就争着上前杀敌，都很赞佩。二人披挂整齐提刀上马，点兵五百，放炮出城。穆桂英说："请母亲在后队观阵。"

说完催马到了阵前，只见对面是一黄脸大汉，两道浓眉一双大眼，鼻直口方,年纪就在二十几岁。再看他的这身披挂,可算是威风八面。只见——

黄金盔,凤翅扇,七曲真缨微颤颤,二龙斗宝金抹额,一颗宝珠寒光现,顶上三叉好威武,周围八宝光灿烂,搂颏带上钉金钉,保耳护项挡刀剑,身上披着黄金甲,巧匠费功神火炼,随身护体龙鳞壳,九吞八乍甲连环,前后心的护心镜,明如秋水似冰盘,狮蛮宝带腰中系,上边宝珠放光寒,玉佩相衬赤金钩,虎筋打成勒甲绊,背后八杆护背旗,紫缎做成缝金线,内衬一件紫罗袍,两副战裙左右扇,大红中衣多鲜艳,虎头战靴云跟缠,鲨带以内一张弓,铜胎铁把鹿筋弦,走兽壶内无情铁,花杆雕翎狼牙箭,坐下一匹黄骠马,缺尖砍刀手中端。

穆桂英仔细打量这位黄脸大汉,禁不住暗暗夸赞:真是一员好将呀!

这时,来将问道:"你是何人?通上名来!"

穆桂英说:"我家住穆柯寨,我名穆桂英。你是何人?"

黄脸大汉说:"我家住河南彰德府姜家庄,我名姜德号飞龙,与你们宋将仇深似海!"

书中交代:姜德自幼父母双亡,只留下他和妹妹姜翠苹,二人无亲无友实在难度日,只好出去逃荒,走在荒郊野外忽遇一阵龙卷风,飞沙走石把兄妹二人吹散。他到处寻找妹妹,走到了乾元山,被金光洞的太乙真人把他收留为徒,教了他一身好武艺。后来真人知道南北两方交锋激烈,就叫他下山投军去为国效力。没想到他到汴梁投军正遇上镇京元帅王强,王强把他带回府中叫他上马试刀。王强一看姜德的本领就吓了一跳!"哎呀,这个人真是个难得的英雄!真要是上战场帮助杨六郎打北辽,我们就不用指望夺取宋室江山啦!"想到此,他心生一计,传令说:"就你这两下子哄孩子的把式也敢入京来应试?把他重打四十棍,赶出汴梁!"

这一下就把姜德给气炸了,暗恨师父不该叫他投大宋,不但没收留,还挨了四十大棍。此仇不报、誓不罢休!他一气之下,又回山偷走了太乙真人的镇山之宝——十二把飞刀,以做日后报仇之用,又正赶上当时太乙真人不在山中。姜德姜飞龙就二次下山去投奔北辽。

路上,姜德又巧遇妹妹姜翠苹。

原来,自那年兄妹被狂风吹散,姑娘被红云山彩霞洞的百灵道姑救上了高山学艺。武艺学成后奉师命下山回河南老家去寻找哥哥，结果在中途兄妹相遇。姑娘仍想回河南老家去，姜德说："家中父母早亡，一无所有，回去何用？不如我二人去投北辽。听说肖太后很爱惜人才，你我兄妹必有出头之日！"

就这样，兄妹二人来到了幽州。肖太后正在网罗人才，一见面试了武艺，就喜欢上了这兄妹二人。但因他们是中原人，怕日后有变，就收姜翠苹为义女，封姜德为二路元帅，以高官夺厚禄拉拢兄妹二人。

这一次，兄妹二人都被派来助守天门阵。颜荣叫姜德把守金星阵，姜翠苹把守玉女阵。姑娘平时可不在阵内，因为天门阵三川六方九沟一十八寨的兵将全有，姑娘嫌杂乱，平时就住在飞虎峪西北的丹凤山上。太后传下旨意，非到必要时，不用叫姑娘进阵！

姜德今天在阵中听到议论，说把守电光阵的白天祖被宋将王兰英削下了一块头皮。又听说宋营中最厉害的是穆桂英，他就打算出阵去露两手。因为他兄妹投辽以来受到太后重用，妹妹人称公主，自己是二路元帅，可是还寸功未立，所以今日出来讨战。

二人报完名以后，穆桂英说："我看你像中原人，为何助辽打宋？"

姜德说："只为宋朝昏君无道，我才投了北辽肖太后，封我为二路元帅。今日要看看你有何能为？"

说罢，二人动起手来。穆桂英见姜德背后飘摆着五颜六色的彩绸，如同小旗一样，不知是什么东西。那姜德的缺尖大砍刀大战穆桂英的绣绒刀，刀碰刀光闪闪，金星乱崩，马蹄翻翻蹄亮掌，尘土飞扬。

姜德心中暗想："怪不得天门阵中议论纷纷，穆桂英果然是杀法出众，名不虚传！全凭真杀实战，我很难取胜。"想罢，拨马败走。

穆桂英催马追来。姜德把刀交左手，右手从背后抽出了毒药飞刀。

原来他背后飘的小旗，就是飞刀的刀穗。飞刀一共十二口，他抽出一口挥手甩出，打得是狠、准、快，口中同时大喊："穆桂英，看我的飞刀！"

穆桂英一听，忙抬头往上看，以为飞刀从空中飞来。等看到空中没有时，已经知道上当了。这时飞刀已到胸前，她急忙闪身，可是来不及了，飞刀顺着甲缝打在了左胸上。穆桂英感到一疼，唰，就麻了半边身！急忙圈马败下。

姜德大笑道："本帅不追你，你逃回去也难活命！"

穆桂英才到后阵就由马上摔下来，当时昏迷不醒。王兰英一看，忙叫军兵把穆桂英抢回城去,自己催马上阵。结果王兰英和穆桂英一样,也被飞刀所伤,不省人事。宋军又把王兰英救进城内,吊桥高绞,城门紧闭。

姜德在城外大笑道:"宋军快报与你家元帅,如不写降书,王兰英和穆桂英过三不过五,准得身亡!"说完,收兵回阵。

再说宋军把婆媳二人抬进帅府,报与帅堂,八王千岁正在此处,忙叫人请来医药官,然后把二人抬到帅府后院房中,女将们给二人揭开盔甲一看,全是左胸前的刀伤,伤口不冒血,光流黑水。

医药官检视以后,不敢下药,只怕治出个好歹来,担罪不起,叫元帅另请高明。三关大帅杨延景听说以后,当时一着急也昏倒在地,军兵又赶紧把元帅抬回房中休息,又请医药官去诊治。

这一来,三人都倒下了,可把众将愁坏了!王兰亭当时就要上阵报仇,八王千岁和太君拦挡不叫他出阵,怕又中了敌将的飞刀。军中不可一日无帅,经过大家商定,由宗保暂时代理。不多时,医药官和太君说:"元帅的病只是急火攻心,过几天就会好。只是二位女将的刀伤有毒,怕有生命之危。"

众将束手无策,急得团团直转,只有分头照看病人。

第二天,临时元帅杨宗保刚升帐不久,军兵来报,说西城门外来了一个小老道,自称是杨门之后,来认母归宗。宗保一听就感到很奇怪,亲自带了几名随兵来到西门城头往下观看。只见这个小老道年纪不过十五六岁,头戴九梁道巾,身穿灰色道袍,白袜云鞋,长的眉清目秀、格外精神!就高声喊道:"城外的小道人,你找的是哪一家?"

小老道抬头一望,看见了杨宗保,忙问:"你是何人"?

宗保说:"我父杨延景乃三关大帅,我名杨宗保。"

小老道说:"哎哟,原来是哥哥呀!"

宗保问:"你是何人?"

小老道说:"哥哥!我乃杨门之后哇!你细我说:咱家住在火塘寨,宋太祖三次请咱杨门进东京汴梁城。祖父令公杨继业,万岁封他为金刀老令公。祖母佘太君,她也受过三次皇封。杨延平是我的大伯父,杨延定是我的二伯父,三伯父名杨延光,他们仨早在疆场阵亡,四伯父杨延辉,谁也不知道他的下落,生死不明,五伯父杨延德,在五台山出家当了和尚,六伯父杨延景是三关大元帅,杨延嗣是我的亲生父亲,杨延顺是我的八叔,我的生身母亲是杜金娥,我的名字叫杨宗英,在乾元山金光洞学艺,太乙真人就是我的师父,师父教了我一身本领,如今遵师命下山来认母归宗,前来宋营报号。你我原本是叔伯兄弟,请你快开城门,让咱全家人见面团聚!"

杨宗保听完宗英这一席话,心中暗暗寻思:七叔杨延嗣早被老贼潘洪杀害,奶奶带兵打到了黄土城,七娘杜金娥黄土坡前来报号,奶奶把她接进了城,不知道什么时候生的这小老道?这件事一定要问个明白!如今和北辽打得十分紧张,不能粗心大意,可别中了敌人诈城的诡计,想到这里,便大声高喊:"小道士,你等我回府去问清楚,假如你说的都是实情,我就叫婶娘亲自给你开城门。"

杨宗保说完便走下城头,上马回到帅府,下了坐骑登上白虎堂,立即吩咐:"请七婶母!"

杜金娥接到传令,以为要派她出征,匆忙来到帅堂见过了临时元帅杨宗保后,就问:"元帅传我有何吩咐?"

宗保说:"婶娘,有一事我不明白。"

"你有什么不明白之事?"

"婶娘,我七叔先死的,对不对?"

杜金娥一听愣住了,怎么宗保今天突然出来这么一句话呀?就点头说了声:"对!"

宗保说:"那怎么城外来了一个小老道,他说是杨门的后代,是七叔之子、七婶娘所生,来到代州认母归宗?婶娘,这小老道是哪儿来的呀?"

宗保年轻不会说话,其实是好心好意,想问明了之后好叫七婶娘出城去认小老道。

哪知他这一问,七奶奶可受不了啦!当着同堂这么些战将,杜金娥的脸当时唰地一下就红了。她本来就是脾气大、性子急的人,觉得宗保当着众将说这些话也太伤她了!就说:"宗保,你附耳过来,我对你讲。"

宗保刚往前一探身子,杜金娥抬手就是一个嘴巴子,这个嘴巴打得这个重啊!宗保当时"啊"了一声,问道:"婶娘,您为什么打人哪!"

杜金娥说:"不但打你,我还要宰你哪!"说完,抽出肋下杀人剑,奔宗保就是一剑。

宗保急忙闪开道:"婶娘,您怎么这么不讲理呀?"

杜金娥说:"这个小老道是不是我儿子你知道!没想到我进了杨家门这么

多年了,你竟说出这样的话来,你这是往外逼我呀?今天是有你没我,有我没你;不是鱼死,就是网破!"说罢,举剑又刺。

宗保这时猛然明白过来了,知道自己说错了话,惹恼了婶娘,忙跪在地上说:"七婶娘,孩儿我说错了话,您别生气了!"

众将见杜金娥真火了,也急忙上前拦挡。有的叫嫂子,有的喊弟妹,都说:"宗保年轻不会说话,你消消气。他已经认错了,饶了他吧!"

杜金娥只觉得难咽下这口气,依然是剑不归匣,不饶不放!孟良一看不好办,忙去把老太君请来了。

太君一上帅堂,只见宗保在地上跪着,众将又拦又劝,杜金娥手举宝剑是非杀不可。老太君特别疼爱宗保,一看就生气了,也不问青红皂白,就说:"金娥,你给我住手!你六哥病倒在床,你六嫂和侄媳桂英又都身带重伤十分危险,在这个时候就是宗保有再大的不是,你也不能举剑杀他呀!"

杜金娥有心不把宝剑收起来,又怕太君生气;收起宝剑来,又感到委屈。可是只能委屈,不能惹太君生气。一边把宝剑入匣,一边就放声大哭。

太君问宗保这是怎么回事?宗保说:"城外来个小老道,说是杨门之后来找七婶娘。我就问七婶娘,我七叔先死的,婶娘是后来的,哪来的小老道呀?婶娘一听就急了,非杀我不可!"

老太君听完大怒说:"杀你不屈,该杀!你越活越回去了!来人,把这小东西给我绑出去杀!"

有人过来绑宗保,众将一见忙上前求情说:"人无错成仙,马无错成龙。宗保乃一时之错,请太君就放过他吧!"

八姐、九妹这时上前对杜金娥说:"七嫂,看在我们的面上把侄儿饶了吧,也省得母亲她老人家和他生气!"

杜金娥一看老太君给自己撑腰,也觉得出了这口气,也在众人面前找回了面子,就对老太君说:"母亲,看在儿媳面上,就饶了他吧!"

其实,老太君就等她的这句话呢!叫宗保:"如不看在你七婶娘面上,定要杀你。还不快去谢过婶娘!"

宗保心说:"一句话说错就惹了这么大的祸!"只好过来谢过婶娘。

这时,又有军兵来报:"西门外的小老道说要见母亲和奶奶,要认母归宗!"

杨宗保一听,心里说:"这回我可不搭碴了,反正你们都在,爱怎么办就怎么办吧！”

太君说：“八姐、九妹，你们俩随我去看看。”

这娘儿三个出府上马来到城下，太君吩咐开城。

城外杨宗英正等得着急，忽见城门大开，从里面冲出来一队人马！

军兵个个举兵刃，来到城外就左右分列两排。当中跑出三匹马，两旁二位都是女将。中央是位老太太，黄缎子包头两鬓雪白，杏黄袍衬白甩袖，腰中扎一条黄绒丝绦，下穿银灰色中衣，年纪虽老但精神不衰，十分精神。杨宗英越看越爱看，就好像见到王母娘娘下天台啦。

老太君也抬头闪目细看，对面的道童年纪不大，看相貌犹如投胎的金童，初次见面就非常喜爱，忙叫八姐和九妹：“你们快来看这个不乖乖，多招人喜欢！”

八姐说：“他说是杨家的后代，请母亲快快问个明白！”

太君立即问道：“对面的小老道，你家住哪里，姓甚名谁？快快对我讲来！”

杨宗英暗想：“刚才宗保哥说他回去见我母亲，不用问，这个人准是我的娘啦！”

别看宗英长得很机灵，可是一落地就被师父带走，长在深山老林，多见树木少见人，所以很多人情世故不大明白，一听太君问话，急忙跪在太君面前说：“母亲在上，不孝孩儿给娘叩头了！”

八姐九妹一听，差一点儿笑出声来！太君可有些生气：“别看他长得相貌机灵，说出话来可太冒失了！”于是，太君哼了一声：“你也不好好看看，老身都多大年纪了，还能有你这么小岁数的儿子吗！”

杨宗英一听，糟了！急忙改嘴：“您不是我母亲，那就是我奶奶！”

老太君说：“谁是你奶奶！我是无佞侯佘太君。”

杨宗英说：“那就更是我奶奶啦！”

老太君说：“我们杨家门里没有老道。”

宗英说：“没有老道，可有和尚！”

这一句话可把太君气得够呛！因为在那个年头，打起架来骂人就这么骂：“你们家有老道！”“你们家有和尚！”这是骂人的话。

可是太君无言答对，因为五郎儿确实在五台山出家当了和尚！只是心里想：“他怎么知道我家有和尚呢？”

宗英一看老太君没有说话反驳，他就说道：“杨家是也有和尚、也有老道，我那祖母奶奶呀！您老人家千万别生气！”说着，忙跪下叩头拜见奶奶。

老太君问：“你说你是杨门的后代，是谁把你从小扶养成人的？认母归宗，你可有凭证？你要一五一十、仔仔细细地都说清楚！”

“奶奶，您可记得当年黄土坡？那时候黄土坡前一场大战，我娘身怀我去报号，沙场上与敌人交手，胯下马受了惊，驮着我娘败下阵，跑到了一片松林中，我娘在林中生下了我，哪里知道敌将追来了，我娘写好血衫把我包好挂到大树上，又冲出松林来迎敌。我的恩师正好路过那里，就把我带回了乾元山。我就在金光洞跟师父太乙真人学艺，师父派我师兄姜德下山投奔宋营，谁知他汴梁投军没有被录用，反被奸贼打了四十大棍，他一气返回乾元山，偷走了师父的十二把飞刀去投了辽营，当时师父正巧不在山上，又过了多日才回来，发现飞刀和丹药全都没了，把恩师气坏啦！师父这才对我说了真情，我才知道我的原名叫杨宗英，如今，奉师命下山认母归宗，这才来到代州城。为的是帮助大宋灭辽，顺便收服我师兄姜德。奶奶，请您快把我认下吧！我说的句句是实话，一点都没有掺假。”

太君越听越高兴，也想来当年那件事情了：“杜金娥败走松林内，我曾教八姐、九妹去接应。金娥苏醒后对我讲，和七郎三日夫妻有了小宗英。在林中产下的孩子挂在大树上，我派人去找却没找到，我婆媳二人当时万分伤心。如果孩子没丧命，现在也该和小道童的年龄一样大。我本该认这个孙儿，可是金娥怎么写的血衫我一点不知道啊，为了防备万一出差错，不如叫金娥她自己出城，问明了实情再相认……想到这里，便开口说：“小道童，你且等一等，我去叫你的母亲来，你不要怪奶奶无情！现在宋营正打败仗，要防备中北辽的诡计。”说完话，老太君带八姐、九妹回府去了。

这时，城门外又只剩杨宗英孤单一人。宗英心里感到非常别扭，怎么找娘还这么难哪？叔伯哥哥宗保不认我，奶奶来了也不认我，我只好耐心等待，看母亲出来认不认吧！

太君回到府里，把刚才的事情对杜金娥讲了一遍，说：“为娘不知道你当初怎么写的血衫，你快出城去看看吧。如果真是，就把他领回，我又多了一个孙孙，何等不好！”

杜金娥一听，心里突突乱颤，猛然想起当年松林产子之事，算来整整十五年！“老太君哪，你既知当初之事，又没看出什么破绽，就该把他认下。何必还叫我出城相认呢？刚才和宗保为了此事还翻了脸，如今自己又出城认子，岂不脸上无光？可是如果不去，真要是自己的儿子，又叫他去投奔何人呀？也对不起死去的丈夫杨延嗣啊！”正在这里思前想后，老太君又催她快去。

金娥只好叫人备马，得胜钩上挂着大刀，带着几十名军兵来到城外。

杨宗英一眼就看见了，从上到下的打量杜金娥，心想：“这回我得好好看看，别再叫错了！”等杜金娥来到近前，杨宗英就拦住了马头。

杜金娥看见杨宗英就心里发酸，不知不觉地眼圈就红了。没等她问话，杨宗英就问：“您是杜金娥吗？”

杜金娥点了点头：“正是。”

杨宗英一听，又高兴又难过，急忙跪倒在地：“母亲在上，不孝孩儿给您叩头了！”

杜金娥说：“小道童你先站起来，我有话讲。”

宗英站起身，眼含泪水：“母亲，有话请讲当面。”

“你叫什么名字？”

“我叫杨宗英，道号玉阁童，奉师命下山认母归宗。”接着，杨宗英就把自己的出身来历又从头至尾说了一遍。

“你讲的全对。”

“那娘就当把儿认下！”

“要想认你并不难，我只要一件东西！”

“母亲，您要什么就讲吧。只要儿有，就给您！”

“我要血衫！”

杨宗英一听就大吃一惊！为什么呢？来的时候师父没给他血衫，自己也心慌意乱，忘了把血衫带在身上。这可怎么办？

他这一慌神，杜金娥倒起了疑心，急忙追问：“我要看血衫！”

杨宗英没那么多心眼，当时人慌失智。你说实话不完了吗？他不！“娘啊，你要看血衫？我带来了，别在城外看啦！咱母子进城当着我奶奶给大家看看，走吧！”

杜金娥说：“那可不行！我看完以后才能认你。再说别人也不知道血衫之事，如不叫我看，你别想进城！”

宗英一听，这可麻烦了，血衫拿不出来呀！怎么办？没办法了，只好说实话:"娘啊,血衫是有,可是我忘了带来了！我见娘心切,走得太急,把血衫忘在金光洞了。母亲,你先把儿认下,我先帮你打仗。等打了胜仗没事的时候,我再回山去取。不知母亲可否答应?"

杜金娥一听这话,可就由悲变怒了:"你小小年纪胆敢说谎！又说带来了,又说没带来。我要真把你带进城去,在大庭广众之下你拿不出血衫来,你也丢人,我也难看！如今你又说忘在洞里?我看你分明是辽帮派来的奸细想诈取代州！你往哪里走?"说罢,摘刀催马,直奔宗英就是一刀！

杨宗英没马,在步下一闪身,刀过剁空。杨宗英说:"母亲,我真是您的儿子！娘亲真要杀了孩儿,将来后悔可就晚了!"

杜金娥此时并不听他说话,摆刀又向杨宗英劈去!

杜金娥摆刀来剁宗英,宗英想招架手无兵刃,不招架刀落下来就没命,无奈何只得一边往后退,一边哭喊:"亲娘啊,孩儿不是敌人,求母亲高抬手不要斩儿,待孩儿回山取来血衫再相认。"杨宗英于是返身回去取血衫,却在苗家庄迷了路,随后假扮女子杀了装神弄鬼的潘喜。随后,又在返回代州途中救下了娘亲杜金娥,母子相认,于是一起返回军中,并在战阵上与与姜翠苹订下了好姻缘。

第五十九回 取血衫苗家庄迷路 扮小姐杨宗英捉妖

杨宗英奉命下山认母归宗来到代州城报号,没有凭证母子难以相认,杜金娥要血衫难住了他,急得他泪流满面。杜金娥摆刀来剁宗英,宗英想招架手无兵刃,不招架刀落下来就没命,无奈何只得一边往后退,一边哭喊:"亲娘啊,孩儿不是敌人,求母亲高抬手不要斩儿,待孩儿回山取来血衫再相认。"

杨宗英来代州的时候,师父送了他大半程,又告诉他怎么走。如今,他一个人往回走,就不认识路了。他越想发生的事儿就越伤心,走一路抹了一路眼泪。

行走间，忽然一阵狂风骤起，飞沙漫天，刮得天昏地暗，杨宗英也就随风而行。

风停之时，眼前出现一处村庄，杨宗英不知道这儿离代州城有多远，也就进了村庄，不知是什么原因，村里家家门户紧闭，连个人影也见不着，一片冷冷清清。蓦然间，他看到村外有座破庙，就想到那儿歇歇脚，刚走到破庙那儿，看见从庙旁走来一个老头儿。

哎，这老头儿脑袋一的头发奓里奓撒，脸上的油嘎儿嘎巴，身上的衣服油里麻花，一对破鞋踢里趿拉。看年纪足有七十七八，背着粪筐拿着粪叉。他自言自语连声叹气："人家有家，我没有家！" 宗英暗想：这人准是个拾粪的，没家没业！刚想要跟他打听一下往乾元山怎么走，听拾粪的老头又说上了："罢了罢了真罢了，但能罢了谁肯不罢了？小葱抹酱春不老，这件事叫我怎么着？"说完，放下粪筐和粪叉，坐在了破庙的台阶上。

杨宗英走到他的身边，老头看杨宗英是个小老道，他又自言自语地说上了："都说妖怪吃人，我可没看见。全村人都成了胆小鬼，大白天插门闭户不敢出来。我不怕，妖怪来了先吃我才好呢！"

杨宗英一听这个地方有妖怪，刚想张口问老头，只听见村子南边鞭炮齐鸣，锣鼓喧天，吹吹打打，一阵喧哗。他循声一看，有不少二三十岁的棒小伙子，当中是一乘八抬大轿，轿帘挑着，里边坐着一个肥头大耳的和尚。跟着轿子走的人说："这回不要紧了，请来活佛捉妖了！"这些人把胖和尚抬进村去了。

杨宗英实在憋不住了，到了拾粪的老头面前问道："老人家，这个庄子叫什么名字啊？您老人家刚才说有妖怪，现在又有活佛来捉妖，不知哪里有妖怪，老人家您知道吗？"

拾粪的老头笑了笑："小老道，你算问着了，如果问别人，还说不了这么详细，你问我，我可以从头到尾地告诉你，你听我讲：这个村庄叫苗家庄，有一位员外叫苗金涛，老夫妻只有一个独生女，名叫苗凤英，长得十分漂亮，是村里拔尖儿的姑娘，有谁会想到村里闹开了妖怪！谁家有姑娘和媳妇，就得去山神庙烧香保平安，有的去了摆五贡，有的去了挂锦帐，有的往庙里送银元宝，直闹得全庄人心惶惶。老百姓全是当地人，日子实在不好过，也无处可逃，半月前，妖怪看见了苗家小姐，半夜三更在大门上贴了个黄条，上面写着：快把你家姑娘送到山神庙，错过了日期决不宽饶！第二天一早，苗员外见了黄条吓得失魂落魄，闹得全家老小不安宁,苗小姐也整天哭得像个泪人,亏得员外家里有点钱财,就派人四面八方请能人来捉妖。

“有一天,请来了黄半仙到家来捉妖,在后花园里搭了座一丈六尺的高台,案桌上摆放了八个驴蹄和一只白鸡,新笔新砚,四刀黄表纸,桌旁地上放着三桶黑狗血,又把黑豆在宅外撒了三圈。天黑后,黄半仙带着两个童男童女上了法台,台下不断放着鞭炮,噼里啪啦响个不停,台上点着不少大蜡烛,照得四周如同白昼一样,一更二更没动静,三更一敲,妖怪果然来了,它没法去绣楼找姑娘,气得它抖了抖毛,蹿上了法台,两只眼睛里冒出一股凶光,张着瓢样似的大口,张牙舞爪,抓住黄半仙就又啃又嚼,吓得童男童女全晕倒台上,这一夜闹得员外家众人不敢睡觉,天大亮后到花园一看,只见那黄半仙已经丧命,愁得苗员外心似火烧,众人心中也忐忑不安。

“又是有人说:村南五十里地有位活佛能捉妖怪,可是他要的条件更高,用东西比黄半仙多了一倍,动身得坐八抬大轿,还要半尺高的元宝来垫桌子腿,这也就是遇上苗员外这样的财主,换一个旁人也请不起!活佛不用童男童女陪着,只带着徒弟海瓢一人。活佛一日三顿,吃的全是鸡鸭鱼丰盛的酒宴。下午来,早晨走,一连两天没见妖怪来。今天已经是第三天,又要请活佛捉妖了。”

杨宗英听老头说一遍,只气得双眼瞪、皱眉梢、咯吱咯吱直咬牙,心里就想:“我跟恩师在深山学艺,师父他教我的东西真不少,可他从没见过什么妖怪,苗家庄的百姓遭了多少罪啊,我今天要捉捉妖怪,为苗家庄除去祸害!”

杨宗英想到这里,就说:“老人家,苗员外家在什么地方?”

老头说:“进村往前走有一座深宅大院,你一看府门就知道了,我劝你还是少惹祸!天也快黑了,快走吧,你不走,我可要走了!”说罢,老头背起粪筐扬长而去。

杨宗英进了村找到了苗宅,大门还开着,刚把活佛请进去。杨宗英站在门口,家人苗忠看见了:“哎,小道人你找谁呀?”

宗英说:“我是来给苗府捉妖的!”

苗忠一听,心想:这回妖怪可活不长了,活佛来了两天,每晚上在后花园法台上一坐,全都平安无事,今天又来了一位小老道,也说捉妖,我们可不能说不用。人不可貌相,海水不可斗量,万一活佛要捉不了妖,也许小老道能行!想到此忙说:“小道长请等一下,我去回禀员外。”

待客厅里员外正在招待活佛，这师徒二人连吃带喝，边吃边吹："请员外放心，不是吹大话，那妖怪听说我在此处等他，他是不敢来的！"

苗员外心里依然发愁：花了这么多钱财请来活佛，就为了捉住妖怪，苗家庄好过个太平日子，如今活佛在这儿，妖怪不敢来了，这不等于捉了妖怪，可活佛长住下去，谁养得起？若是一走了，妖怪再来又怎么办？

这时，家人苗忠进来了，没敢当着活佛的面说，偷偷地向苗员外使了个眼色。

苗员外说："活佛，我失陪一会儿。"

活佛把四两一个、半斤俩的眼皮往上一撩，鼻子眼里挤出一点儿声音来："去吧。"

苗员外出来了，忙问苗忠："有什么事吗？"

苗忠说："员外爷，门外来了一名小老道，他听说苗府闹妖，特来降妖捉怪，我看此人面善，可能受过高传。"

苗员外说："那我跟你去看看。"

二人来到门外，苗忠说："员外，这位是小道长。"又对杨宗英说："这是我家员外苗金涛。"

宗英对苗员外单掌施礼，口念："无量天尊，贫道叫玉阁童，一落生就被恩师带上山学艺，专门学会捉妖，现知你苗家庄闹妖怪，贫道闻风而来，我不要任何条件，只要管素斋就行。"

苗员外一听，这个小道人学艺还真早！光管饭就行，简直就是没什么条件，忙把小道人请进配房。因为他不敢叫活佛知道，怕活佛挑眼。苗员外问宗英吃什么酒菜，宗英只要了素茶素饭。

苗员外说："你年龄不大，如果不能捉妖也不要逞强，不能拿命当儿戏，吃完饭你就走也行。"

宗英说："请员外只管放心，妖怪每次来，都到什么地方去？"

苗员外说："去后花园和绣楼。现在已经有不少家人拿着刀枪棍棒把住了绣楼，你可用什么东西吗？我叫家人准备。"

宗英说："我什么也不用，只有一件事和员外商量一下，能不能叫小姐暂时躲开绣楼和老夫人住在一起，别看这两天妖怪没来，兴许今天就要到了。有家人在楼下把守，恐怕也无济于事！另外，我要装扮成你家姑娘，你们把我打扮成姑娘的穿戴,再给我一把短刀就行啦!"

苗员外听完,觉得小道人胆量真大,又有点儿为他担心,就问道:"小道长一个人能行吗?"

宗英说:"如果妖怪进府,一定先到法台找降他之人,活佛要是把妖怪捉住,那就更好啦!如果活佛降不了妖,妖怪准到后楼,我在绣楼上也不降他,等他把我带到妖怪窝里,我再把大小妖怪一网打尽!"

苗员外一听,好哇,听小道人这一说,他的本领可不一般,苗员外就按宗英说的办了,把女儿叫到夫人房中,叫家人们都在老夫人的房外守护,然后叫家人领小道人到老太太房中来装扮成小姐。

老夫人见了宗英可就愣住了,问道:"小道长,你家住哪里,姓甚名谁?你的岁数不大,胆量可真不小哇!"

老太太为什么要问小道人的名姓呢?她怕万一小道人有个三长两短,好给人家家里送个信儿。

宗英也知道老太太是一番好意,所以就实话实说了:"我姓杨,家在汴梁天波府,我父杨延嗣,我母杜金娥,我叫杨宗英。"

老夫人一听,两眼直勾勾的盯住宗英从上到下又看了一遍:"你母亲是杜金娥?"

"正是!"

老夫人伸手拉住了宗英,两行热泪滚滚流下,叫了声:"宗英,我的儿啊!"

宗英一听,心中暗想:嗬,这个脆生!别看我母亲不认我,这个老太太倒认我!大概她没有儿子,想儿子想疯了!想到此就说:"老太太,您认错人了吧?"

老夫人说:"没认错!"

宗英问:"那您是谁呀?为什么管我叫儿啊?"

老夫人说:"那是管你叫得着,不然,你叫我叫,我也不叫。告诉你,老身姓杜叫杜银娥,与你母亲是叔伯姐妹,我比你母亲小。因我父母去世的早,我家里有没有三兄四弟,全靠你外祖父也就是我的叔父把我抚养成人。后来把我许配到苗家庄来,只生了一个女儿苗凤英。我原来和杜家庄常有书信来往,自你外公病故、你母亲参战投了杨府以后,才断了书信往来。你姨父本来是盼着生个儿子,结果没盼来。他的弟弟两口子得了传染病先后去世,留下个侄儿苗小龙,你姨父就抱过来了,当个儿子养着。哪知道这个孩子太调皮!上学堂去和同学们打架惹祸,给他往家里请先生教书,他又把先生气跑了。你姨父管松了,他不怕;管严了,又怕别人说闲话,最后只好由他去了。结果更坏了,在外边结帮成伙的勾结了一些坏小子不干正事,装个神扮个鬼呀吓唬人。后来听说闹出了人命,这帮小子们全跑了,你姨父花了不少钱才算赎了罪。这个小子一跑三年音信皆无。这也是小龙给我们招来的祸,弄些神明天鬼的,结果倒真招来了妖怪。孩子,我是你的姨娘,叫你一声儿,叫得着叫不着啊?"

宗英听了老妇人这一片话,知道这位老夫人是自己的姨妈,想起自己的母亲还没有认自己,姨娘却管自己叫儿,总算见到亲人了,眼泪也跟着下来了。

老妇人又问:"你怎么出家了哪?"

宗英说:"母亲怀着我和辽将作战,在松林中生下了我,把我挂树上了。我师父太乙真人把我救上了金光洞,把我抚养长大,又教我一身本领。我本来不知道还有家,以为是老老道生下的小老道。"

老夫人本来还在难过,被杨宗英这句话又给逗笑了,说:"宗英,你可真成了傻子啦!"

宗英说:"后来师父叫我下山认母,可是我到代州西门外报号时,叔伯哥哥宗保不认我,奶奶不认我,连我娘也不认我!"

杜银娥说:"为什么不认你呀?"

宗英说:"当初我母亲用一块罗裙把我包好,并写了血书。我娘要,可是我把它落在山上了。无奈我才回山去取,这才来到了苗家庄。我们既然是亲戚,那就更好了,快我把扮成凤英姐姐的样子,我要顶替她去捉妖!"

杜银娥说:"不行,我已经知道你是我外甥了,绝不能叫你再去冒险。万一有个闪失,我对不起你母亲!"说完,叫人把苗小姐找来,二人相见。凤英比宗英大两岁,宗英拜见了姐姐。

苗员外听说此事后,高兴得很,也不叫杨宗英再捉妖了。但是,杨宗英坚决要捉,大家拦挡不过,只好把小姐的衣服给宗英穿戴起来。打扮完以后,宗英还真像个姑娘。他把短刀藏在身上,叫大家各自回房,安排好家人守护,自己到绣楼上去等待妖怪。

等到了一更天,整个的苗家庄已经鸦雀无声,各家连个敢掌灯的都没有。只有苗府后花园法台上的活佛和徒弟,酒喝的十足,醉醺醺地坐着。

要说熬夜也不容易,一过二更天,小风一吹,活佛是头发晕,脚发轻,四肢酸懒,眼冒金星,坐在那儿真想睡一觉。小海瓢害怕了:“师父,你可别睡呀!你睡了,我可怎么办?”意思也就是说:“我害怕!”

活佛说:“你也找一个地方去睡吧!”

小海瓢可不敢睡,一直到三更天了,活佛已经鼾声如雷!此时,就听后花园墙外“嗷”的一声,然后又是唰唰唰的响声,把个小和尚吓得“哎哟”一声,也没敢看是什么东西,就钻到桌子底下去了。在桌子底下他一拉师父的腿,口叫:“师父,妖怪来了!”

活佛猛一抬头,啊!见妖怪已经来到法台上,站在他的身边,活佛只吓得浑身乱抖,强打精神用桃木剑来摇晃,又拿起黑驴蹄子往妖怪身上打。他刚拿起黄表纸在蜡上点着,只见这个妖怪龇牙咧嘴,身上的毛有一拃长,眼似明灯、嘴带尖刀。

那妖怪窜过来就把活佛给扑倒了,双膀一用力就从法台上把活佛给扔下去了。法台下还有几桶黑狗血,活佛的脑袋正好掉在木桶里,当时就昏过去了。

妖怪又“嗷”一声怪叫,直奔绣楼而来。宗英在楼上早就听到了,可是他听妖怪上楼的声音如同人慢慢地走道一样。上了楼,妖怪也不叫了,宗英看窗外像个人影,他怕妖怪放出暗箭,就低声假装啼哭起来。“大王,你可不知奴家的心肠,常言说男大当婚女大当嫁,可恨我那糊涂的爹娘!只怕奴家出嫁后无人行孝。想把我留在府中招女婿。二老哪里知道奴家的心意,我愿与大王成双成对,都说大王是妖怪,但妖怪也要娶新娘。不论是大王还是妖怪,你要真喜欢奴家,想要娶奴家,为什么前两天没来绣房找我呢?

“最可恼是我家请来了一个胖和尚,搭了高台要降大王。真要是大王有个差错闪失,谁还和奴家拜花堂呢?但愿苍天开开眼,保佑大王别遭祸殃。上天遂了奴家的心愿,我一定初一十五去烧香。”

杨宗英这里装腔作势哭诉,妖怪已来到绣房,站在床前安慰姑娘:“苗家小姐,您莫要悲伤,你说的话儿我都听见,姑娘的一片好心肠我领情了,既然你愿意跟我走,来,来,来,我们俩现在就回山上去,到那边洞里,我再对你说实情,决不会难为你这位美貌姑娘!”

宗英假意听他说话,闪目仔细地端详妖怪,只见他浑身的长毛又黑又亮,两只眼睛直冒金光,血盆大口令人害怕,红舌头耷拉出足有一尺长,嘴的两边还有半尺长的两把尖刀。长相异常丑恶可怕。再仔细一看,果然是人装扮的妖怪。

心中暗想:“这一次我叫你认识认识杨家将的后代!”于是装出一副和颜悦色的样子,温顺地轻声说:“大王,奴家愿意立刻跟你走,怎奈这几天有病吃不下饭,浑身乏力,大王身体壮,能不能背着奴家走啊?”

妖怪点头说声:“好,为小姐出点儿力气算得了什么!”说完,背起宗英下楼,就往花园后门跑去。

看来此人还有些功夫,虽说他有力,也累得他气喘吁吁,汗珠子也掉了下来了。

走出村庄不多远,路旁有几棵大树,树下拴着一匹大马,妖怪对杨宗英说:“你先下来歇一会儿,我去解马缰绳。”

此时宗英拿定主意,看他到底要去哪里,探明他究竟是什么人!

妖怪先把宗英放在马上,自己也随着跨上马,一马双跨,得意洋洋,大约走出了三十里,隐隐约约地看到前边有一座大山。

那个假扮的妖怪骑马驮着假扮的小姐来到了一座山前,山下有水,水上有一座小桥。妖怪下马说:“姑娘别怕,小河水不深,过了桥就是咱的家!”

宗英说:“有大王,我什么也不怕!”

妖怪扶着宗英过了小桥来在一个大山洞前,洞门关着,洞外有树。妖怪把马拴在树上,扶着宗英下了马来到洞门前,叭叭叭,打了三个洞门。

里边有人问:“谁?”

“我!”

“哟,大王回来了?”

洞门开了,里边闪出灯光。宗英心里能说一点儿也不害怕吗?不知道这是什么地方?也不知道里边有多少人?杨宗英就一个人,一会儿被发现他是假装的,能放他走吗?他也有点怕。可是既然来了,也只有豁出去啦!在金光洞与太乙真人学了一身武艺还没有用到战场,今天到要用在妖怪的山洞里啦!这时他低声说:“大王,这洞里有多少人哪?我可有点儿害怕!”

“小姐别怕,洞中我为王,大家全闪开!”

“是。大王,这是苗小姐吗?您可算弄到手了!”

洞里虽然有灯光,也并不亮。妖怪说:“小姐,到了咱房中,你就更不用怕了!”

说完,他把宗英领到一间屋子里,实际上也就是另一个洞。有人点着了灯,在这里边如果没灯什么也看不见。

妖怪说:“姑娘,我这样怎能与你成亲?你看着,我变成一个好看的新郎!”

说着,他把身上这张毛皮慢慢的脱下来了,露出了本相:“中等身材,约有三十多岁。铁青脸,斗鸡眉,蛤蟆眼儿,大鼻头,红鼻尖,大嘴叉,扇风耳朵不大点儿,浑身上下一身青,腆着胸脯仰着脸儿,冲着宗英一笑:“小姐,你看,我要和你完婚也算是郎才女貌吧!”

宗英问:“大王,你这是怎么回事啊?”

此人说:“告诉你吧!”说着拿下兽皮:“姑娘,你好好看看,这是几张兽皮缝在一起的。这眼睛是我得来的两颗珍珠,舌头是用红布缝的,然后绑上用钢丝做成的嘴架子,两头再绑上两把尖刀,把架子放在嘴里。如果伤人,就用嘴边的两把尖刀。”

宗英又问:“那你动身带风,又是怎么回事呀?”

“小姐,我还没叫你看尾巴呢。兽皮上本来尾巴很长,我又绑上了带叶的树枝,一跑时就刷刷地好像带风。我再一叫唤,又是在夜间行动,也没人看清楚。要是白天,那还不叫人全看明白了吗?苗小姐,你只管放心,跟了我准叫你穿绫罗绸缎、吃山珍海味,享受人间幸福!”

宗英全听明白了,心里也就不害怕了,又问:“大王你叫什么名字啊?”

“我是中原人,是当年潘老太师潘洪的一个叔伯侄子。老杨家打赢了官司一杀潘仁美,我就跑了,只怕杨家的人找到我。因为当初我叔叔潘仁美箭射杨七郎时,我正在他的手下,杨七郎乱箭穿身,其中我射得箭最多!告诉你,我姓潘,叫潘喜。”

杨宗英一听这话,真是心似刀绞!想起没见过面的爹爹受屈含冤而死,做梦也没想到自己今天不但是捉妖,还能为爹爹报仇!

他气得肺全炸了,可是还要听他说完,就强压怒火的又问:“大王,你怎么到的此处哇?”

“咳,别提了!在中原待不住了,我就投降了北辽。没想到韩昌这小子看不上我,不但不重用,反而叫人注意我。有一次,放哨路过一个村庄,看见一个姑娘,我酒后无德,就和姑娘过了一夜。第二天没有按时归队,就被韩昌责令重打了四十军棍。伤好以后,我就开小差跑了,隐蔽在这个山洞,这个洞叫隐狼洞,我就在这里住下了,又招了一百来人,白天在此藏身,晚上就到各处抢劫,以此为生。最近,我们又想了个主意,装扮成妖怪,去挨个的村庄要吃要喝,就先到了苗家庄。庄子外不是有座山神庙吗?就叫苗家庄的人去烧香上供、送金银财宝。又听说苗员外家的小姐长得人才出众,如同仙女下凡,我就一心要与姑娘你成亲,如今总算如愿了。今后我再也不披这张兽皮了,咱俩人就好好在山洞里过下去吧!"说完,他伸手就要来抱宗英。

杨宗英一看时机已到,伸手抽出短刀直奔潘喜。这小子做梦也没想到哇!正往前扑身子,宗英这把刀不偏不歪"噗"一下子正刺进心窝。这小子"哎呀"一声就栽倒在地。杨宗英刚想往外走,忽听外边一阵大乱,有人喝喊一声,嗓音洪亮有如铜钟。杨宗英循声一看:"呀!原来是他!"

第六十回 杜金娥松林认子 单凤山宗英结缘

杨宗英在引狼洞内用短刀扎死了潘喜以后,忽听洞外一阵大乱,他连忙脱下改扮苗凤英的女装往外就闯。这个引狼洞是大洞套小洞,这些强盗也不过会点儿三脚猫儿、四门斗儿的,没有多大能耐。杨宗英持刀往外闯,杀死了几个强盗,又得了一条枪,真是如虎添翼。杀到半路,只见一人手持宝剑由外往里杀,这些强盗死的死、逃的逃,有的跪下求饶。宗英仔细一看,杀进洞里来的不是别人,正是恩师太乙真人!

原来,昨夜杨宗英被妖怪背走之后,早被在远处偷看的家人们看到,见妖怪把宗英背出后花园放在了马上,有胆大的家人就在后边也骑马偷偷跟着,等妖怪进洞以后,家人记好地点,回去报与苗员外。

杜氏夫人一听杨宗英叫妖怪给背走,可急坏了,忙叫员外带人去追。苗员外就集合了家人和村里的青壮年一路追下来了,家人们手持刀枪、火把,村里人多拿的是家常的铁钩、打杆、顶门闩、扫帚、大晃鞭、镰刀、铡刀、打铁镐、板斧、木叉、大铁锨,等到了洞口,天色开始发白,正巧太乙真人从此路过,一听众人说洞里妖怪，太乙真人就带领众人往洞里打，结果哪里有什么妖怪，不过是些强徒。打了一阵，这些强盗死的死、逃的逃，村人们全都出了气！

宗英和师父一见面就放声大哭，跟师父诉说自己下山以来的委屈。

苗员外说："宗英不要难过，你替我们苗家庄除了一大害，此处不是谈话所在，快请道长回庄再叙。"

说罢，苗员外叫村里人把强盗抢来存在山洞里的东西都运回庄，分给贫苦百姓。

妖怪骑的那匹马就归了杨宗英。宗英把潘喜披的那张兽皮也带着，和苗员外一起陪着师父回苗家庄。

到了苗家庄，宗英把兽皮拿给百姓们看，说明根本没有妖怪，而是潘仁美的侄子潘喜伪装妖怪坑害百姓，已经被杀死了，今后大家可以安生过日子啦！众人听了，无不拍手称快，万分感谢杨家小将。

回到苗府，宗英又见到活佛师徒二人。原来昨夜妖怪走了以后，苗员外就派人救起了活佛，幸好他还没死，桌子底下的小海瓢也没事。宗英对活佛说："你是出家人，不应该指佛穿衣，靠佛吃饭，不会降妖，硬充活佛。你花费了员外多少金银，还差点儿送了性命，今后不可如此！"

那活佛臊得满脸通红，忙带徒弟回庙去了。

苗员外叫家人端上清茶素饭招待太乙真人，太乙真人对宗英说："我给你送来了一身盔甲、一条枪，你又得了妖怪的一匹马，你这身道袍也该换下来了。"

宗英说："我娘不认我，我还跟师父回山吧！"

太乙真人说："那是因为你把血衫落在山中，没有凭证。这次我下山除了送盔甲和枪，还给你带来了血衫。我路过苗家庄，才知道你捉妖。"

宗英问："您怎么知道我在苗家庄？"

太乙真人说："我碰上了一个拾粪的老头，他说昨晚上有个小老道捉妖，又指给我去向。我快到洞口时，苗员外就带人来了。"说完，把东西交给宗英。

杨宗英脱下道袍，换上了盔甲。真是人配衣服马配鞍，再看杨宗英，真是一员少年英俊的战将！

杜银娥一看更加喜爱，就对太乙真人说："我膝下只有一女，想把她许配给我这个外甥，不知道长意下如何？"

太乙真人说："这是亲上加亲，我看也很般配。我把他养大，也做得这个主，就这样定吧!”杨宗英见师父和姨娘做主,当然也没二话。没有什么随身的表记,就留下一身小道服。然后对姨娘说:“代州城破天门阵,正是用人之际,我要赶紧回去认母参战!”

杜银娥听了也不便多留,就和苗员外一起送师徒二人出庄。太乙真人自去回山。

杨宗英现在是盔明甲亮,骑上了从强盗那里得来的墨顶白龙驹,得胜钩上挂好了枪,飞马直奔代州而来。一路上只想这回有了血衫,母亲该不会不认了吧!走了多时,眼看就到代州了,路旁有一片松树林,刚走到林边,只听见里边有人哼哼的声音。宗保把马一带,心想:“这林中是不是有强盗在用绳子勒人抢钱财呢?我得管!”急忙下马摘枪进了松树林。

到了林中只见前边有一匹马,一抬头,呀!树上吊着一个女人,已经没有动静了。他明白了,这个人刚上吊,刚才听到的声音一定就是她让绳子给勒的!他急忙过来,为了救人也不管什么男女授受不亲了,抱住这女人的两条腿往上一抬,脖子离开了绳套把身子在后一仰,宗英顺手一托,把女人放在了地上。杨宗英再一看,啊,大吃一惊!“这不是我娘吗?她不在代州,怎么跑到这儿上吊来啦?”急忙给娘捶打前胸后背,嘴里叫着:“母亲醒醒,母亲醒醒!”

杜金娥因为刚上吊就被救下来了,所以时间不长就缓过来一口气,叹息了一声,自言自语地说:“我杜金娥好命苦哇!为娘上哪去找你?只有一死才能解脱……”

杨宗英一听完全明白了:原来母亲是为了我才寻的短见。便连忙呼叫:“母亲呀母亲,你快睁开眼,我就是你的儿子杨宗英哇!”

杜金娥昏沉沉地听到有人叫母亲,睁眼见身旁有一位眼泪汪汪的小英雄,忙开口问:“小英雄,你可见着我儿杨宗英?”

宗英忙说:“母亲啊,我就是宗英!母亲怎么不认识孩儿了呢?”

杜金娥摇了摇头说:“我儿他是个小老道,你的穿戴和他完全不一样。”

宗英连忙解释说:“只因为母亲不认孩儿,我想回山去取血衫,因为我自幼远离尘世在山中长大,路也不熟,还不认得路,途中又遇狂风,误入苗家庄,捉了妖怪,得了宝马,又和姨娘杜银娥相逢,老恩师下山来寻我,赠我盔甲,带来血衫,我这才重返代州来认母。”说完,忙掏出血衫,双手捧上。

杜金娥接过血衫看了看,便把宗英紧紧搂在怀中说:“我以为咱母子不能再相见了，没想到老天开眼，为娘没死在松林里，倒被孩儿搭救，千不怨、万不怨，只怨为娘心狠逼走了亲生孩儿，那时，我回城见老太君说明此事，倒惹得你奶奶大发雷霆，怪为娘心太狠将儿赶走，限我三天内找回孩儿，说找到了孩儿，就母子结伴回城；若找不到孩儿，就不让为娘返回代州。我想起你的父亲被老贼潘洪所害，为国尽忠死在乱箭下，只留下孩儿你一根独苗，为娘我又不认你，怎么对得起你死去的父亲？因此，才在林中自寻短见，以了却此生。真凑巧，碰上我儿救下为娘，母子才得以相见。"

七夫人杜金娥泪如泉涌，哭得两眼通红，宗英劝道："母亲莫悲伤，见到孩儿应该高兴，若哭坏了身体，孩儿心疼呀！"

母子俩正在林中说话，忽听见林外边传来一阵马蹄声。

杨宗英忙叫："母亲，你多保重，外边马蹄定有敌情。待孩儿去林边打跑了敌人，再回头来和母亲一同转回代州。"

此时，听到林外有人大喊："辽寇不准行凶，快放我婶娘！不然，叫让你死无葬身之地！"

杨宗英正要上马出去杀敌，杜金娥循声往林外一看，叫声："宗英别打，来的是你宗保哥哥！"只因为杜金娥奉命去找宗英，她走以后太君放心不下才叫宗保带兵出城。一来帮助杜金娥寻找宗英；二来也查查敌情。此时正好来到林外，有宋军由林外向里观看，以为七奶奶被一员将官打落马下，忙报与宗保，宗保一听就催马而上，大喊了一声。

宗英正要上马动手，听母亲一说，仔细一看，认出来是宗保哥哥。宗保可认不出宗英了，因为装束全变啦！可是一听婶娘不叫打，也知道是自己人了。

这时，杜金娥从林中出来了，给两人做了引见，大家高高兴兴地一同回城。到了帅府见了老太君，杨宗英先拜见老祖母，然后杜金娥说明了与宗英相遇的经过。杨宗英也把自己在苗家庄捉妖杀了潘喜得了马，师父赠了盔甲和枪，并且做主给自己招亲的事都说与了太君。

因为宗英还没入印簿，不算军中人，所以太君也不怪他，如果印簿一写上名字，再招亲就是死罪了。杜金娥又叫宗英取出血衫给奶奶看，太君一看，又引起一阵伤心。

宗英说："要不是我福大、命大、造化大也就早死了！师父把我救上山才活了下来。如今，总算回到家了。"

老太君又叫宗英拜见了八王、高王、寇天官以及众将。杜金娥领他见过众位大娘和两位姑姑,大家全都非常高兴。

太君又说:“你那师哥姜德姜飞龙用飞刀打伤了你六伯母王兰英和嫂嫂穆桂英,飞刀上有毒,军营里的医药官治不了,眼看命在旦夕,不知宗英你都学了些什么本顿,有没有方法解救?”

宗英说:“奶奶不必为难!姜德本是我的大师兄,师父叫他下山投宋营为国效力,不知他为何却投北辽去了?您老人家不用担心,他虽然偷走了我师父的飞刀和丹药,待我马上临阵去收服姜德,要来解药救我们的伤将!”

太君问:“但不知孩子你学了多大的本领?你出马临阵叫阵我心中不安,你年幼力量单薄,怎能出阵去战辽将姜德呢?”

宗英听了面带笑容说:“奶奶您听我说,我一落生就被师父带回金光洞,论学艺还比姜德多几年哩!”

太君说:“你不能一上山就学艺,八岁头上练功这才只有七年。”

“奶奶不要只数年头,师兄弟全管我叫小神仙呢!学的快来练得好,一看就懂不费难。”

“孙儿你学的什么武艺,能不能对奶奶说一说?”

“奶奶,别看您东征西战,一口刀保了大宋多少年,不是孙儿夸海口,说出来奶奶准会夸赞。我练打拳踢脚十八般兵刃如同闹着玩。我练的是张手雷来合手雨,撒豆成兵,搬山倒海。睡觉我不敢仰脸躺,怕的是出气吹破天……”

宗英还要往下讲,老太君早就听得不耐烦,男女众将也在一旁你瞧我,我看你。

孟良说:“可叫这孩子吹死俺啦!”

太君说:“奶奶我养七个儿,就数你爹他叫奶奶担心!他说话就是个二百五,没想到,你像你爹爹一个样!掖着喇叭去榜地,榜得不欢你吹得欢!两军阵前作战非同儿戏,上阵可不是闹着玩儿的事儿,你说得到就要做得到,板上钉钉要牢靠!”

宗英说:“奶奶如果不相信,孙儿我现在就去找姜德,得不到解药我就不算是杨家的好子孙!”

太君谆谆开导他说:“小孙孙,你不要光凭胆大乱行动,还要多动脑筋智胜敌人!”

宗英不以为然:“请奶奶您把心放宽吧！我有把握,不会出错!”

于是老太君便叫人摆上战饭,又对宗英详尽地讲了军情,正巧这时有探兵来报:“有敌将来讨战,叫八王千岁写降书送出城去;如果不写降书顺表,带伤的女将休想活命!”

杨宗保听完,愁上眉头,宗英上前抱了抱拳:“请元帅给我一支令箭,小弟我出阵去战敌将!”

七夫人杜金娥在一旁提心吊胆,怕宗英出战没经验,有去无回,老大君拦挡宗英也拦挡不住,宗英非要到战场上把敌人杀个人仰马翻不可!

此时,临时元帅杨宗保无可奈何,只好发下令箭,并说:“我要同去,与你观阵!”

杨宗英接令,迈大步走出帅堂。军政司在府外点齐三千兵随元帅出城观阵,孟良、焦赞也一同出马,老太君、杜金娥走上城头观望。

三声炮响,放下吊桥,城门大开,杨宗英催马闯到阵前,听见对面有人大喊,忙抬头观看,原来是一员女将,只见她头戴凤翅盔压双鬓,脑后插着两根雉鸡翎,肩上搭着狐狸尾;一口宝剑挎在左肋,两扇征裙分为左右;胯下骑着一匹桃红马,手中端着一柄绣绒刀。住脸上看,一双俊眼明闪闪,柳叶眉儿似弯月,悬胆鼻子樱桃口,白牙似玉亮晶晶,好一个俏丽的女子!

杨宗英看罢这员女将,大感意外,没想到她就是那位骂阵的女将。

这时,女将也在马上打量对面的小将,只见他头戴一顶银盔,身披连环锁子甲,胯下骑着一匹白龙马,手里端着亮银枪,往脸上看,天庭饱满,地阁方回,鼻似玉柱,口如涂朱,好一个英俊少年!

姑娘看罢用刀指点着问:“小将官,你家住哪州哪县？快报姓名!”

杨宗英说:“我爷爷是金刀老令公,奶奶是无佞侯佘太君,我父杨延嗣,我母杜金娥,我乃杨宗英,我学艺在乾元山金光洞,恩师是太乙真人。只因我那师兄姜德下山时,师父叫他投宋营为国效力,不想他却投了北辽反伤宋将！师父才叫我下山来收服师兄。丫头你是何人?”

姑娘说:“姜德就是我的兄长,我是他妹妹,名叫姜翠苹。不是我兄长不听师父的话,他投军去汴梁,朝廷非但不收,反而打他四十军棍赶出京城,我兄妹二人这才投奔辽邦。肖太后已收我为义女,封我兄长为二路元帅,来助阵灭宋!”

杨宗英听完,紧皱双眉叫声:“丫头,听我良言相劝,你兄妹二人速来归降大宋,如若不听,难免在我枪下丧命!”

姜翠苹说:“我兄妹已投辽邦,就难归大宋!”

宗英说:“你一个女孩家可有多大本领?好男不跟女斗。你回去叫姜德来,我和他分个上下!”

姑娘说:“姓杨的你休要夸口,看刀!”举刀就杀奔杨宗英,杨宗英拧枪急架相还。

姑娘摆动的这口绣绒刀,本是能人造,分量轻,钢口好,刀背厚,刀刃薄,斩龙龙脊断,斩虎虎断腰,落在英雄手,能把上将削。

杨宗英抖动的亮银枪!足有丈八长,外面银子包,里面加青钢。锋刃四指阔,枪尖尺半长,素缨斗口大,钢钩内里藏。上山刺猛虎,下海挑龙王,落在豪杰手,专把凶敌伤。

这条枪在宗英手中有如银龙摆尾,又似怪蟒穿洞,这男女二人是棋逢对手,将遇良才。两头阵上战鼓齐催,二人杀得难分胜败。

杨宗英心中暗赞姜小姐,姜小姐也暗夸杨宗英。

姜翠苹打着打着突然心血来潮,就拨马败下,可是没回天门阵,而是奔九龙飞虎峪的西北方跑下去了。杨宗英也不假思索拼命追赶,也不知追出多远,前边有座山。宗英的战马忽然前腿一跪,扒在了地下,把杨宗英摔下来了。原来是两旁壕沟里暗藏的辽兵用绊马绳绊倒了杨宗英的战马,辽兵冲上捆绑了宗英。小姐命令把杨宗英带到山上。这时,宗保带兵赶到了山俞,辽兵乱箭齐发挡住了宗保,使得宋军难以冲上。

此时,天色已晚,宗保怕天门阵的敌人再冲过来堵住回去的道路,只好带兵回城。

杨宗英被押上了单凤山寨,心想:“真应了我奶奶的话了,我不该目中无人!今天恐怕性命难保!”

姜翠苹上山以后并不审问宗英,而是叫人把他的盔甲御去吊在马棚,然后叫众辽兵紧闭寨门,严防宋将攻山。山寨里是三步一卡、五步一哨。姜翠苹回到后山休息,丫环们帮她解去盔甲换了女装,又端上了茶水。姑娘叫丫环全去睡了,只留下一个叫金香的丫环在身边。

丫环金香问:“小姐,今天你打了胜仗,又拿住一员宋将,怎么还有点儿不高兴啊?"

姑娘说:"我是在想,是把他杀在单凤山,还是送往天门阵交与我兄长?"

丫环说:"这两天我们二路元帅也没上山,说不定今天该来了。等他来了,您把杨宗英交给他不就省事了吗?"

姑娘说:"也好!"

再说杨宗英鸭子泬水式地吊在后山马棚里,那个马童叫苗小龙。这个苗小龙本是中原人,前边已经提到过他就是苗家庄苗员外的侄子。他长的个子很矮,长条脸、尖下颏、短眉毛、小眼睛、小鼻子头、薄片嘴,别看骨瘦如柴,可特别机灵。他当兵三年了,来的时候就有一身拳脚功夫,蹿个高,蹦个远,谁也比不了。今年不过十六七岁,他人很顽皮,爱说爱笑。有的辽军就喊他:"苗小龙,小姐叫你看着宋将你可小心点儿,别叫宋将跑了!"

苗小龙说:"你们别操这份心了!他要跑了,我顶着挨刀。有你们什么事?"

辽兵说:"你这个坏小子真不知好歹!我们不管你了。"

吃过晚饭,放哨的、下卡的、守寨的全都各自走去,马棚里只剩下了苗小龙和杨宗英两个。

杨宗英见苗小龙岁数也不大,就说:"小兄弟,你们小姐把我拿上山,有杀的罪,有剐的罪,可没有饿死的罪!你们把我吊在马棚,不给吃不给喝,就是和你们仇深似海,也不能对我这么狠呀!"

苗小龙说:"小姐没叫给你吃喝,我就不敢给。我看你岁数也不大呀,宋营叫你来打仗也真放心?你忍一会儿吧,我可不敢给你吃的!"

宗英听罢长叹一声,没想到落到这般光景!自言自语地说:"我总想为国为民平灭辽寇,不料想中了丫头的绊马绳。如今把我吊在马棚内,不给吃喝我饿得慌。可叹恩师嘱咐我下山收服大师兄,谁知徒儿我反遭劫难,看来没命脉啦!再不能为尽忠了,再不能奶奶面前来行孝了,再不能见到生身母亲了,再不能见到苗凤英了。如死在高山上,苗凤英做梦也不会知道啊!"

这一句"苗凤英"刚说出口,却惊动了下边的苗小龙。他急忙来到马棚外,只见外边冷冷清清,四周没有人影,便又转身回到马棚,入低了声音问宗英:"你刚才说的苗凤英,是不是苗家庄的苗凤英?"

宗英答道:"是,正是苗家庄的苗凤英小姐。"

苗小龙又接着问："你怎么认识她？"

宗英年轻涉世不深，有人一问就讲实情，他就从头至尾说了一遍。

没曾想苗小龙闻听之后呆呆发愣，半天没吭一声，宗英低头一看，见他在下边哭开了，忙问："小兄弟，你怎么哭啦？"

"我告诉你，咱们两人是亲戚！"

"你和我是什么亲戚？"

苗小龙说："我本来不愿意告诉你，我也没做过好事，也是装神弄鬼地去吓唬老百姓。你别见笑，苗金涛是你姨夫，也是我大爷；苗凤英是你媳妇，也是我姐姐。我就是跟大爷、大娘长大的，因为我父母去世早，他们供我吃、供我喝、供我念书，可是我不学好，交了些狐朋狗友，没干好事。后来出了人命，我在中原地方待不住了，一狠心投了北辽当了兵，现在就在姜翠苹手下干点儿零碎活儿。今天她下令叫我来看你，没想到你还是我的亲戚。"

宗英说："那太好啦！你打算怎么办哪？"

小龙说："我打算改邪归正救你，你把我带到大宋营，杨元帅能收我吗？"

"你放心，只要你救了我，我二人一同去宋营，杨元帅一定收留你，包在我身上了！"

"那我就放了你！"

"还有一件事，我们城中有二将被姜德的飞刀伤了，现在很危险，咱们走的时候，得把姜德的解药拿到手。"

小龙说："他不在山上，住在天门阵，有时也上山来看他妹妹。你先委屈一下，我去弄点儿吃的来。等我回来再放下你，吃完了咱再走。现在如放你下来，叫来人看见就不好办了。"

宗英说："对！我还真饿了。"

小龙刚出去，真不巧，小姐的丫环金香来了，喊了两声："苗小龙，苗小龙！"没有人搭话。

金香也会点儿武艺，身体也很壮实，就把宗英放下来，带到小姐的绣房去了。姜翠苹问："杨宗英，你们城中有没有什么高人准备破阵哪？王兰英和穆桂英现在死没死？八王可有意写降书顺表吗？你要实话讲来！"

宗英说："告诉你，刀伤的二将已经好了，宋营中能人多了，已经一切备齐，就要破阵！"

姑娘问:“哪来的解药哇?”

宗英说:“我下山时老恩师给我的!你放心吧,你哥哥偷不了那么干净。丫头,你听我良言相劝,帮我把你哥哥捉住,我给他求情,还可以饶他一命!”

姑娘一听就火了:“好你个杨宗英,你被我捉住还这样逞强?叫我看,杀人杀个死,救人救个活,杀人不死,反来为仇!”小姐一怒由肋下抽出宝剑,叫声:“金香你闪开,我把姓杨的砍了,看他还敢抖威?”说罢举起了宝剑。

宗英闭眼就等死了,就在这千钧一发之际,房门一响闪出来一人,喊了一声:“姜翠苹,你慢动手!”

姑娘吓了一跳,后退了两步。只见门外站着一个人,此人个头不高,头戴随风倒的帽子,身穿一件黄袍,腰系丝绦,白袜翁鞋,手里拿着拂尘。在脸上看,白胡子、白眼眉,又宽又长把眼都快盖上了。

姑娘斗胆地问了一句:“你是谁?”

此人把拂尘尾一甩:“吾神乃月下老人是也!”

姑娘一听:“哟,月下老人,你干什么来啦?”

月下老人说:“姻缘红线五百年前已经牵定,该着姑娘你许配给杨宗英。特来给你二人为媒,哪家不应,五雷轰顶!”

小姐听完大吃一惊。杨宗英回头看了看这位月下老,暗想:月下老就是这个模样啊!

月下老又问:“你二人应不应?快讲!如不应,立即雷击!”

杨宗英话倒来得快:“月下老人,我应。”

小丫环可急坏了:“姑娘,快应下吧!不然要用五雷轰,连我也活不了啦!小姐快应了吧!”

姑娘此时已不知如何是好,只好答应。月下老又说:“我走后怕你们有反悔,你二人须对天盟誓!”

丫环过来给宗英松绑,宗英和翠苹跪下对天盟誓。月下老说:“丁日丁卯,目下就好!你二人冲我月老磕三个头,就算拜了天地,再说话。就方便啦!”

翠苹想,这个月下老人办事这么干脆!二人就冲月老磕了三个头。丫环在旁暗笑:“我可开了眼界,没想到这就是月下老!”此时,月下老人把拂尘一甩:“吾神去也!”他走了。

小姐此时心里不知酸甜苦辣到底是哪种滋味?满面愁容地坐在床上。杨宗英心想:“我得想办法从她手里要解药,还不能对她提苗家小姐的事!等把药拿到手再跟她说。她要不愿意也不要紧,将军不下马,各自奔前程!”

丫环金香说话了:“小姐,事已如此,还有什么不好意思说话。我去给你们准备点儿酒菜来。天地都拜了,小姐也就别想其他的事啦!”

说完,她就出去了。翠苹心说:“我这一辈子的大事就这么窝窝囊囊地算完了?我哥哥要知道会怎么样呢?他又是杨门之后,哥哥答应吗?”小姐为难了,可看看宗英,确实又是一位英雄,心中并不后悔。杨宗英见小姐一直没话,他可憋不住了:“姜小姐,你也别为难。如果你不乐意,天地就算没拜,你把我放了就行!”

小姐一听还真有气了:“哪有随随便便拜天地的呀?你我既已对天盟誓,亲事就不能再改!这也是天意该着!”

宗英说:“你既然是中原人,为什么投降北辽呢?叫我看,劝大哥归宋有何等不好?”

姑娘说:“只怕他不愿意。因为当初他下山去投汴梁,被打四十军棍赶了出来,他一怒之下才到北辽来。现在劝他降宋,恐怕不会答应。”

宗英说:“被他刀伤的二将伤势很重,求小姐帮助弄到解药才好!我好借献药之功,折去临阵招亲之罪。”

小姐说:“你不是说师父给你解药了吗?”

宗英说:“解药全被大师兄偷下山了。我那话是成心气你的,其实我手里一点儿也没有!”

小姐说:“你还算要对了,解药就在我手里。因为兄长守天门阵,怕遇到高人把药盗走,所以就存放在我这里,免得丢失!”

宗英说:“那太好啦!”

此时,丫环端来酒菜摆在绣房中说:“请小姐和姑爷喝个交杯酒吧!”

姑娘此时也不推辞,就和宗英坐在对面饮上酒了。宗英也真饿了,也就边喝边吃起来。这个丫环还真能说,光听她的话了:“小姐,你喝呀!”“将军,你倒吃呀!”

正在这时可不得了啦!姜德来了。丫环金香先听见了外边的脚步声:“不好,小姐,大概是二路元帅来了!别人这么晚也不敢入后山。”

小姐说:“哎呀,这怎么办?”

宗英说:“拉宝剑动手罢!”

小姐说:“不行,一动手咱们就下不去单凤山了!”

丫环说:“别愣着了,快藏到大柜里去吧!”

靠西山墙有一个描金大柜,丫环把盖打开,里边衣物并不多,就往一头推了推,叫宗英钻了进去,把柜盖盖上了。又怕透不过气来,找点儿东西垫上了,留了一条小缝,然后又把柜子锁上了。

因为屋门关着呢,元帅这时正叫门。他已经两天没上山了,今天听说妹妹拿住一员宋将,他就想上山来看看是谁,到后山一看绣房里还掌着灯,知道妹妹还没睡觉,就走过来了。可是忽然听到里边说什么“小姐”、“将军”,他吃了一惊!心想妹妹屋中哪来的将军?难道是白天拿住的那员宋将?真要如此,我进去就拉宝剑杀,连妹妹也别想活!他三步并两步地奔绣房而来,到了门口可听不见说话了。他啪啪一叫门,丫环问了:“哟,谁呀?叫门这么急?”

“开门!是我。”

“噢,都督来了,您等着!”丫环把门一开,姜德就闯进来了。

小姐忙问:“大哥,这么晚了你还上山,有事吗?”

姜德并不回答,只顾东瞧西看。

丫环说:“哟,大将军这是找谁呀?我们姑娘跟您说话哪!”

姜德四面看完,屋内并没别人,这才张口说,“啊,丫环,我谁也不找。”

丫环说:“瞧您风是风、火是火地冲进来,把我主仆二人吓了一跳,结果您还谁也不找!”说着,用手拍了拍大柜:“大将军请坐吧!”

那意思是告诉杨宗英:“你可别动弹、别说话,姜德在这儿哪!”哪知姜德可真实在,以为丫环是叫他坐在大柜上,一转身就坐在柜上了。

小姐一看心里这个气呀!“死丫头,你干吗拍着大柜叫我哥哥往那儿坐呀?本来留的缝儿就不大,他这一屁股坐严了,一会儿非把里边的人憋死不可!”

姜德姜飞龙虽然坐下了,还是四处张望。然后问小姐:“听说妹妹拿住一员宋将,不知真假?”

这一问可把姑娘难住了!要说拿住了,怕他要带走,要说没拿住,他一问山上的辽兵也瞒不住!姑娘不知如何回答,这时丫环插嘴了:“哎哟,您怎么又来勾姑娘的心事呀?小姐是拿住一员宋将,把他吊在马棚里,打算吃过晚饭再审问,然后送进天门阵,也算为将军立首功一件。没想到这小子跑了,看来他的本领非同一般！我们小姐急得直哭，我左劝右劝，这才摆点儿酒菜陪小姐吃一点。”

姜德一看，桌上果然是两双杯筷。就问：“你和小姐一块吃酒吗？”

金香说：“别看我们是主仆，小姐待我们如同姐妹，从来不把我们当丫环看！”

小姐一听心想：“好一个机灵的丫环！”

姜德把脸一沉，又说：“妹妹，今晚我不当问的也要问一声，刚才我听到房中说话，小姐，不用问就是你喽；丫环，那就是你啦，还听到一声将军，这个将军是谁呀？”

这一问，姑娘的心差点儿蹦出来！可是丫环金香仍然气不长出、面不改色：“大将军，我说您怎么一进门就气不打一处来哪？原来您听到将军啦！说起来，我们当丫环的可不容易！主人高兴，我们欢乐，主人烦恼，我们担忧。今晚小姐心中不痛快，我们当丫环的就得千方百计想办法把姑娘劝好。请大将军听我讲讲这个将军的来历吧！”

能说会道的金香丫环给姜德倒了杯茶，接着又说：“只因为姑娘白天去讨阵，拿住了一员宋将，回山就把他吊在马棚里了，哪知道他会法术逃走啦！姑娘一听说就要追赶，奴家说，深更半夜多有不便，明天再跟他算账，把姑娘拦挡在绣房。好不容易，我才劝得小姐消了气，就摆上了酒菜论家常，小姐又提到双亲早丧那桩伤心事，禁不住珠泪点点打湿了衣襟，姑娘说年幼跟着哥哥度日，由于家中贫寒，兄妹二人只好离开家园出外逃荒，没曾想中途走散，各奔西东……小姐越说越悲伤，奴家怕小姐过分伤心伤了身体，又想出个办法，为哄姑娘，奴家便说演了一段故事。”

姜德问：“你说演什么故事。”

金香答：“自然是英雄救美人了。”

姜德一听，气势汹汹地说：“不对，英雄救美人，怎么出来个将军？快快对我说明白！”

丫环不慌不忙地说：“大将军可别多想，那救美人的英雄就是一位将军呀！奴家既演将军，又装美人，没曾想到说了两句‘将军’二字，倒惹来祸了！”

姜翠苹此时已吓得那心儿直跳，可这个小丫环却一不害怕，二不发慌，落落大方，能言善辩，说得姜德无言以对，好一个巧嘴的小金香！

经过丫环这么一说，小姐就坡下，就又放声大哭。丫环说："奴家刚劝好了小姐，你又到姑娘屋里来找将军，这叫我们姑娘的脸往哪儿放啊？"

这一来，姑娘哭得更欢啦！姜德什么把柄也没抓着，也觉得是自己疑心太大，对不起妹妹，就连忙说好话："妹妹别难过了！怨我，怨我。金香，你再劝劝小姐吧！我走了。"

姑娘心里说："你快走吧，大柜里的人都快憋死啦！"

姜德走了。丫环冲姑娘一笑："别哭了，快打开柜吧！"

翠苹说："你看看哥哥走远了没有？"

丫环出去看了看，回来说："没人了。"

小姐这才亲手打开大柜说："将军，你受委屈了！快请出来吧。"

宗英出来后说："好一位舌剑唇枪的丫环姐姐！我在大柜里吓得出了一身冷汗！"

丫环说："你二人这么大本领还吓成这个样子？没事了，没人敢再来了！"

刚落话音，就听外边门一响："谁说没人敢再来？我来了！"

三个人听罢，顿时目瞪口呆！

第六十一回 取解药二英脱险 探军情四将遭擒

外边这个人一说话，把姜翠苹、杨宗英和丫环金香三人都吓了一跳，等他进来一看，原来是苗小龙！

姜小姐问："苗小龙，你来干什么？"

"我来干什么？你们把杨宗英带到房中又说又笑，姜都督到马棚去问我杨宗英哪去了，我回答不上来。都督在前厅等候，叫我回来找。如果找不到，我这吃饭的家伙就得搬家！干脆，我也不管你们的事，去叫都督亲自来后山！"说完，他就往外走。

小姐把他拦住了，“苗小龙，你胆敢去送信，我就杀了你！”

小龙说：“呦，我刚给你当完媒人，你就杀我？”

姑娘一听：“啊？小龙，你——”

“我就是月下老人。”

姑娘仔细一端详，可不是吗？

刚才前边说了，苗小龙去给杨宗英弄饭去的时候，丫环来把宗英带走了。等苗小龙回来，一看马棚里的宗英没了，知道准是被小姐带去审问了。他就偷偷来到小姐的房外，偷听里边的问话。他知道不好，就心生一计，忙回自己房中把他头几年装神弄鬼的东西又穿戴上，就来假冒月下老人，没想到姑娘还真信啦！等二人盟完誓，他赶紧回到房里又换好了衣服，刚出房门，就见姜德到小姐房中去了。他又偷偷跟在后边，来到小姐窗外偷听，等姜德快走时，他这才急忙返回马棚，知道过一会儿姜德准来问他。果然，姜德出了小姐的绣房就来到马棚追问，苗小龙说：“姑娘把宋将吊在这马棚里，谁知这小子法术太大，一阵狂风伸手不见掌，风过以后，他就无影无踪了！”姜德此时才相信丫环没说谎，就去前厅了。苗小龙这才又来到姑娘的绣房。

小龙说：“姑娘你也别后悔！已经磕头对天盟誓了，再说也才貌相当，真是天生一对，现在还是想办法对付姜德才是正题！”

姑娘此时心里真是七上八下，就是浑身是口，也说不出是什么滋味来！

金香说：“小姐，咱们上当了！”

苗小龙说：“上当不就一回吗？”

杨宗英这个乐呀！心想：“这个苗小龙可太有招儿了！”小龙很有心眼，没提他和宗英是亲戚，更没提他姐姐苗凤英！

姜翠苹说：“苗小龙，你打算怎么办？”

小龙说：“姑娘，树叶落在树底下，我也归宋吧。”

此时，几个人全都一个心眼儿了。经过商量，由杨宗英带解药先回宋营。

小姐说：“我在天门阵守玉女阵，暂不去宋营，一来帮你们打探天门阵里的一切埋伏；二来准备破阵时做内应。破阵时，还请将军一定要保住我大哥姜德的安全！”

宗英说：“请小姐放心，只要有我在，就有大哥在！苗小龙，你怎么办？”

小龙说：“我听姑娘和金香的安排！”

姑娘想了想,偷问丫环金香愿不愿意归宋。金香说:“我也是中原人,哪能不愿意呀?姑娘走到哪里,我就跟到哪里!”

小姐说:“那你就随我守阵。苗小龙有一身步下的好功夫,能不能随我进天门阵,有什么事你好往宋营去送信,做个南北的通信军。”

小龙说:“行是行,不过我跟姑娘不大方便,我也不是小孩啦!”

姑娘一听觉得有理,就转过身低声和金香嘀咕了几句,只见金香脸一红,转身到外屋去了。姑娘对小龙说:“我和杨将军给你为媒,把金香许配给你,你可乐意?因为她也没有亲人了,这样一来,以后你们也互相有个依靠,互相有个照应!”

苗小龙说:“只要金香姑娘不嫌弃,我是求之不得!你们可得问好了,人家一朵鲜花插在我这狗屎堆上,不怪委屈的吗?”

翠苹和宗英全笑了:“金香愿意了,不然也不能和你说!”

小龙说:“既然如此,我先谢谢二位媒人吧!”说着,跪下给二人磕了仨头。

宗英把她扶起来,又把金香叫进屋来,说明此事,又对小龙说:“方才你叫我和姜小姐盟了誓,你二人也对天一落千丈表吧!”

小龙扑通一声又跪下了,说:“我能娶金香姑娘,乃是三生有幸!今后我如果做什么官职,金香就是掌印夫人,我永不变心!如有三心二意,叫我六雷轰顶!”

姜小姐听了,乐得合不上嘴儿:“人家盟誓都是五雷轰顶,你怎么六雷呢?”

小龙说:“多一雷,不是人家姑娘更放心吗!”弄得金香也是哭笑不得。

姜小姐又对宗英说:“你现在别走,等天亮以后哥哥回天门阵了,你再动身不迟。”然后叫小龙带宗英去休息,叫丫环跟自己睡在绣房。

第二天天没亮姜德就走了。姜小姐叫金香把宗英找来,还给他盔甲、枪马,又把解药袋子给了宗英,说:“如果我哥哥来要,我就说被宋营的能人给偷走了,他也不能把我怎么样!”

然后,姑娘给宗英指明了道路,叫宗英由后山走。

宗英一下山,山上的辽兵就喊开了:“宋将跑了,拦住他,别叫他跑啦!”

姜翠苹听见辽兵的喊声,上马提刀,喊了声:“废物东西们,你们都是饭桶!给我闪开!待我把他追回来!”

因为姑娘自己要追,所以别人就不拦挡了。后山是小山道,两旁都是树木,又没有辽兵,姑娘时间不长就追上了宗英,说:“杨将军,回到代州大宋营,别忘了替我向老太君和母亲问好!”

宗英说:“小姐想的真周到,忘不了!”

小姐又说:“你可不要再来此山,你走后,我就去守天门阵的玉女阵。只要我去讨阵,你就出来,那就是我有事找你相商!”

宗英满口答应。就这样,姜翠苹明追暗放,杨宗英平安地回转到代州城。

宋营内早已知道杨宗英被一员女将拿上高山,不知死活。王兰英和穆桂英的伤势越来越重,把八王和太君等人只愁得吃不下饭、睡不着觉。此时,军兵来报:“杨宗英回城报号!”

大家一听,喜出望外。老太君忙派人接宗英进城。

时间不长,杨宗英得意洋洋的来到帅堂,见过了八王、寇大人、高王爷、老太君和众将。宗英问:“我哥哥宗保和宗勉怎么不在呀?”

太君说:“昨天你被拿上山,宗保去救你,被乱箭所挡。后来怕天门阵出兵对他两面夹击,他才转回城来。夜里,他又带宗勉去放哨,还没回来。孙儿,你怎么逃回来的呀?”

宗英一想:“现在是奶奶坐升帅堂,不用问,准是奶奶说了算!我收苗小姐时,还不算军中人,如今我又收姜小姐,这可算是临阵招亲了,可有杀头之罪!奶奶要杀我怎么办?我不免如此这般……”想好了主意,就说:“奶奶,我是犯了军规回来的!您把我推出去杀了吧!”

太君一听就愣住了,不知宗英犯了哪条?就说:“你先说明,再杀不迟!”

“不,杀完再说!”

这一句话,把众人全逗乐了!

太君说:“嗯?你这个奴才,杀完了还怎么说?”

孟良、焦赞道:“你就说吧,有功没功?”

宗英说:“有功!”

“那好!现在就说你的罪吧!”

宗英说:“我在单凤山,有月下老人为媒,收下了姜翠苹,她才把我放回来。”

太君一听,暗想:“好小子,刚刚下山投宋,你就收下了两房妻子!”还没等太君说话,嘴快的孟良又接着问道:“你有什么功?讲一讲!”

杨宗英就把巧遇苗小龙,苗小龙装扮月老才收下姜翠苹以及姜小姐在天门阵内做内应的事全都说了。最后又说:“我带来了姜德偷走的我师父的解药,能治六伯母和桂英嫂子的刀伤!”

他刚说完,八王就接茬儿说:“宗英招亲没罪!一来收下了姜翠苹,在天门阵里做内应;二来小龙还可以随时给咱们送来情况。这两件事,就可以将功折罪!他又带回解药,救了二英之命,在功劳簿上,还要给他记大功一件!”

太君说:“宗英,还不谢过八王千岁!”

宗英谢过八王。千岁说:“快去给桂英、兰英治伤吧!”

杨宗英跟着奶奶和母亲来到帅府后院,八姐、九妹也跟来了。兰英婆媳二人还在一个房中昏迷不醒,宗英叫人找医药官拿来了小刀子、小钩子、小叉子等治伤工具,叫八姐、九妹把二人衣服解开,露出伤口。毒药飞刀早已取下,但是伤口不流血,周围发黑,用手一挤就冒点儿黑水。大家全都为兰英、桂英担心,也不知宗英会不会治好。宗英还真敢下手,用小刀把伤口周围发黑的烂肉像旋茄子皮一样往下旋。周围的人看了,没有一个不心疼的。宗英把刀口四周的烂肉旋完了以后,叫人准备了温水,他用手沾着温水围着伤口拍,先拍出的只是黑水,后来才出了鲜血。宗英这时才长出了一口气,说:“请大家放心吧,她们能好了!”接着,又取出了解药,把上的药面撒在伤口里,外边用膏药贴住;把吃的药用温水给二位女将灌下去了。

然后,杨宗英又来到杨元帅的病房,看了看六伯父。又从药袋里取出了丹药给元帅服下。这种丹药一般的病都能治,山上的徒弟们都管太乙真人炼的这种丹药叫仙丹。郡马吃下以后,果然一时比一时见好。

三天以后,王兰英、穆桂英和杨元帅全都好了。八王千岁和全营将士无不高兴万分,在帅府内摆酒庆贺。

转天,六郎把众将全都聚到帅堂,共议破敌之策。高君保、陈琳、柴干、郎千、郎万、黄龙、黄虎、孙明、孙亮、姜山、姜海、苏万庆、周伶、陈雄、鲁奎、杨兴、岳胜、孟良、焦赞、董铁锤、宋铁棒、宗保、宗勉、宗英以及杨门众女将,都出谋献策。虽说穆桂英已经讲明天门一百单八阵,可是对每个阵里有什么埋伏是不知道的。宗英说:“姜小姐守天门阵里的玉女阵,据她讲谁守哪座阵,只知道哪座阵的出入埋伏,对其他阵里的情况也不清楚。若想知道这一百单八阵的情况,除非得到一百单八阵的阵图!可是总阵图在老道颜荣之手,哪里可得?不如我去讨阵叫姜小姐出战,问她可有什么好办法?”

大家一商量："也好。"太君嘱咐宗英，不见姜小姐，千万别进阵！

宗英此去不是为了攻阵，所以只带三百兵，没带将官，出城后直奔天门阵而来。到了离天门阵还有二里远，见前面大旗乱摆尘土飞扬，迎面跑来一匹马，马上将正是姜德！他手端缺尖大砍刀，拦住宗英。宗英暗想："我这位师兄现在又成了大舅子啦！可是他还不知道哪！"

姜德见宗英盔明甲亮、白马银枪，与金光洞时的玉阁童已经是大不相同。自己也有些不好意思见师弟，因为自己偷了师父的东西，师弟也一定知道了！不过既然见面，只好说话："你不是玉阁童吗？"

宗英说："大师兄，正是我。不过你只知道我是玉阁童，不知道我是杨门之后吧！告诉你，我父杨延嗣，我母杜金娥，我名杨宗英。今奉师命下山，一来叫我收回十二口飞刀；二来是劝你兄妹归顺大宋！"

姜德听了这句话，气不打一处来："师弟，我没想到你是杨门之后！你归宋那是理所应当，我不拦挡；要想叫我兄妹降宋，那比登天还难！当初师父是叫我下山投宋，谁知我到了汴梁被宋朝官员打了四十大棍赶出京城！我回家的路上与妹妹相遇，才一同投奔了北辽。肖太后虽属女流，但善于用人，深有远谋，看了我的刀法，就封我为都督并兼二路元帅，又收我妹妹为义女，视为公主。师弟如听我良言相劝，不如投降辽邦，定能受到重用！"

宗英冷笑一声道："我杨门一家世代忠良，焉能投降北辽。师兄如不听我劝，只怕恩师下山要找你算账！"

姜德心想："我已经如此，干脆就打吧！"他催马摆刀就剁，宗英举枪相架，二人杀在一处。姜德没敢用飞刀，怕被师弟收去。二人杀得难分难解，只听姜德身后有人喊了一声："姜元帅，让我来胜他！"

姜德圈马而回，后边又上来一个老道。

杨宗英看这个老道年岁有五十上下，头戴黄道巾、身穿黄道袍，腰系黄色丝绦，足下黄色云履，坐下起一匹四不像：鹿头、牛身、马蹄、驴尾，手拿一杆叉条杖。他让过了姜德，挡住了杨宗英。

杨宗英问道："这位道长出家何处？道号何名？"

老道说："我乃九顶铁叉山八宝云光洞洞主金碧辉的弟子黄道龄，被我大师兄颜荣请来助守天门阵。你是何人？"

杨宗英通了名后对老道说："你既为出家之人，就不该大开杀戒到天门阵来屠害生灵!”

老道说:“你休要多言!”举杖就打。

二人杀了不到几个回合,老道往阵中败回。杨宗英艺高人胆大,催马就追。老道一直跑进了天门阵,大喊:“杨宗英,你敢进阵方为英雄,不敢进阵乃是匹夫!”

宗英想:“有姜小姐在玉女阵,我还怕你何来?”催马就进了天门阵。

那位问了,不是人一进阵就得昏倒吗?不是。那说的是天门阵之一的瘟毒阵。杨六郎上次中毒是因为瘟毒阵的阵主正出来,打出了瘟毒球所致。老道进的这座阵叫刀疤阵,进阵后老道就上了法台。杨宗英正要往法台上冲,只听见三声炮响,四面八方冲上来很多女兵女将,全都穿红挂绿,打扮得花枝招展,手里各拿一口刀。

宗英暗想:“好男不跟女斗。来这么多女的,我怎么打呀?”就从中间杀出一条胡同,直奔法台杀去!刚到了台下,轰隆一声,宗英连人带马吊到了陷坑里。

这时陷坑边上围了不少女兵,齐说:“小将军快投降吧!如果投降,我们姐妹任你挑选为妻,你在辽邦可以饱享荣华富贵!”

这个刀疤阵也就是天门阵中的色阵,是专用女色来迷惑宋将的。这些女人都是经过挑选的。任凭她们怎样挑逗,宗英连想也不想,只盼着姜翠苹来救他!

再说宗英进了阵以后,宋军忙跑回去报与元帅。元帅问:“谁去天门阵外打探一下宗英的下落?”

杜金娥说:“末将愿往!”

元帅可有点儿为难了:“不叫她去吧,母子连心;叫她去吧,又怕她一急之下进了天门阵遭到危险!”就嘱咐她说:“弟妹,要去,只能打听一下,万万不可进阵!”

杜金娥说:“请元帅放心!”

王兰英说:“我跟七妹去打听一下吧!”

王兰亭也说:“我也跟姐姐一起去!”

元帅又再三叮嘱他们,然后,这三员将带兵五百直奔天门阵而来。

等离阵门不远时,杜金娥说:“六嫂和贤弟带兵压阵,我去前面打探!”说罢,骑马往前奔去。

这时,天门阵三声炮响,里边闯出一队人马,为首的战将是镇守才贝阵的马金奎。此人头戴银盔,身穿银甲,手持亮银方天戟,能征善战。原来,总阵主颜荣日前把各阵阵主找到了落魂阵议事,说是摆了这座天门阵耗费了不少钱粮,可是直到今日仍是空阵一座,因为并没有捆住宋朝的一兵一将!如果肖太后要问,没法交代!然后下令:“由今日起,各方守阵的男女中将要轮流引阵,要千方百计地把宋将引来困入阵中,就算首功一件;哪阵引不来宋将,就算犯罪!”这么一说,各阵的守将只好全都出外巡逻、寻找战机了。

结果第一阵黄道龄就把杨宗英困在了刀疤阵;第二战马金奎出阵,正好遇到杜金娥。

二人通名报姓以后,杜金娥问:“你可知道杨宗英?”

马金奎说:“知道。他已被困在刀疤阵,如果你想见他,胜我就行!”

杜金娥听了摆刀就杀。要说杨家女将的刀法,谁比得了杜金娥和王兰英哪?只杀得马金奎只有招架之功、无还手之力。马金奎心想:“这老杨家实在了不起!别说男人,连女人都有这么大的本领。我虽在永平独占一方身为元帅,也难胜杜金娥!”就叫了一声:“杜金娥,你想找杨宗英就随我来!”说完,拨马回天门阵。

杜金娥找儿子心切,早已打好主意:要死就和儿子死在一块吧!也就没想其他的危险,催马进了天门阵。马金奎怎么走,她就怎么走。不多时前面闪出一座阵,马金奎进了阵,杜金娥也就跟进去了。

这座才贝阵也就是财阵。杜金娥进阵以后四面寻找也不见宗英的影子。正想往外走,连人带马掉到了聚宝坑里。这坑虽然不太深,可是掉下去也上不来。杜金娥定睛一看,四面都是金银财宝。又听法台上号令一响,冲上来很多兵将围住了聚宝坑,喊道:“杜金娥,你儿子现在被困在刀疤阵,他出不来啦!你看看四面的金银财宝,如果你投降,不但可以救你儿子,这些金银财宝都归你母子所有!肖太后还能封你母子官职,这就叫母子团圆、升官发财。你如不听,就是人财两空啊!”

杜金娥哪里听得进这些话?说:“谁图你们北辽的金银财宝?我宁愿母子身亡,也不投降!”

马金奎听了暗赞:“好一个烈性女将!”

再说王兰英也冲进了天门阵,被镇守无火阵的元帅金达多木耳引进了阵。一进阵,四面就冲上来很多人:有冷笑的、有狂笑的、有微笑的、有大笑的、有讥笑的、有苦笑的,大喊:“王兰英,我们都知道杨六郎不要你,纸里包不住火!你有这么大的本领,为什么非跟杨六郎不可?”

这时对面又来了一个老太太,穿戴打扮很像佘太君,用拐杖一指,口叫:“王兰英,我儿子已经娶柴郡主为妻,生下了宗保、宗勉,岂能还要你这丑鬼!”

王兰英气的哇呀大叫,举刀过去,一看不是太君,而是辽将装扮的。紧接着周围上来了八姐、九妹和柴郡主,大骂:“王兰英,人家不要你,你为什么非跟三关元帅不可?”

王兰英现在知道这都是敌人化了装来成心气她,可是心里也恨杨六郎:“本来他心里就没有我!他心里要是有我,辽寇还能这样说吗?”她还真生气了!又一想:“辽寇这时成心气我,别上当!”尽管如此,心里还是恨郡马!“也不知道杜金娥上哪座阵里了?干脆我就杀吧!”想到这儿,举刀催马乱杀乱砍。辽军手中的刀枪只要碰在王兰英的大刀上,就都被削坏了。可是法台上摇旗指挥,辽兵人多势众,杀声四起,王兰英只好边打边退。

突然,见敌人刀枪撤下换上了弓箭,来个乱箭齐射。王兰英见势不妙,就退到了一个阵门想退出阵外。哪知中了绊马绳,战马趴倒在地,摔下了王兰英,被人拿住。

这个阵门原来是个山洞,把洞门一关,外边再进来人就很难找到,王兰英就被押在这个洞里。王兰亭在阵外一见七夫人和姐姐被引进阵里都没有出来,情知不妙。可是自己这样回城也不好交代呀?干脆就和姐姐死在一处吧!他也催马进阵了。

此时天色已黑,进阵以后也没有人拦他,也没有人引他。他心中也感到莫名其妙,不知道这是座什么阵!走着走着,前面有一座酒馆。兰亭心想:“这里怎么还有酒馆呢?噢,大概是给天门阵里这些军兵预备的。”他正在寻思,里面走出一个女人,穿一身毛蓝布裤褂,肩膀上搭着一条手巾,面色和善,问道:“你是干什么的?”

王兰亭说:“我正在找我姐姐和杜金娥、杨宗英母子。”

女人说:“这天门阵里地方可大了,你往哪儿找去?”

兰亭说:“这里面总打仗,在这儿做买卖多危险哪?”

女人说:“仗也得打,买卖也得做。您不喝两杯酒再走吗?”

王兰亭这时已经闻到了酒香扑鼻,心想:“酒助英雄胆,喝两杯再作战就更有精神啦!”就说:“你给我端出来,我就在这儿喝!”

女人拿出两壶酒来递给了王兰亭,他喝下去以后只觉得头昏脑涨四肢发软,这才知道上当了。刚要回手拿刀,女人已经跑进去了。

王兰亭踉踉跄跄地追进酒馆,一看里面高搭着法台,法台上有一名大将把守此阵。

原来这是一座酒阵,名叫酉水阵,专用迷魂药酒捉拿宋将。镇守此阵的是黄凡。王兰亭被困在这座阵里,不用醒酒汤是醒不过来的。

书中暗表,天门阵的西阵门里才贝阵困住了杜金娥;东阵门里刀疤阵困的是杨宗英;南阵门里无火阵困住了王兰亭。也就是财、色、气、酒四座阵,困住了四员宋将。

早有宋军跑回城去报与元帅,八千岁、老太君、三关大帅和众将全都束手无策了。现在天门阵里一下子就困住了四员主将,谁还敢去破阵?大家唉声叹气,愁眉不展。

天黑了,元帅说:“天门阵连打胜仗,要防止他们乘胜在夜里偷城!”就派岳胜、杨兴、鲁奎、陈雄、黄龙、黄虎、宗保、宗勉分成四路带兵出城放哨。

为了保卫边关和八王千岁不出差错,三关大帅吃不下、喝不下,夜间难以入睡。一更天过去了,二更天才过,突然,听帅堂上钟鼓齐鸣。元帅顿时一惊,不知出了什么大事,连忙披挂好,怕有敌人攻城,急忙来到帅堂。众将听到鼓声,也都聚齐了。

只见宗保走上帅堂,他说:“父帅,孩儿带兵埋伏在城外树林中,看见一匹战马直奔代州而来,已被我用绊马绳将他拿住。儿怕他是北辽奸细,恐有重要军情,故而打扰了父帅的休息,以便及时禀报!”

元帅闻听此言,说:“我儿做得对。来,把奸细押上来!”

不多时,军兵把拿住的奸细押到堂前,此人站着低头不语,面带羞惭。

元帅低头朝下把来人观看:这个人身上穿着中原的铠甲,年纪不到五十岁,浓眉虎目,鼻直口阔,一副白净脸,颏下飘着洒着五绺长髯。看此人好像曾经见过面,可又记不起在哪里见的面。

军兵高喊:“跪,跪,跪!”连推带搡地把他跪在堂前。

元帅问:“你深更半夜到何处去?快通名报姓,把实话讲!今晚你领了谁的令?是不是想偷探代州?说了真话可以减轻罪行,若有半句谎言,定斩不饶!”

此人听完抬头看,含泪痛苦地说:“你是六弟杨延景,我是你四哥杨延辉呀!为探老母而来,因为动身较晚,到此已是深夜,不幸被宗保侄儿拿住。我没对他说实话,怕消息传到天门阵里边就不好办了。我倒不是怕死,而有要事相告,此事关系到大宋江山!”

这几句话一出口,三关大帅禁不住泪流满脸,忙离座快步走上前来,扶起四哥,拉住双手有话难言,紧忙领他到后院去见老太君!

第六十二回 四郎探母报密信 六郎救驾捉王强

杨四郎私闯代州探母,被侄儿宗保捉住绑到了帅堂,这才同兄弟六郎见面。那么,杨四郎是怎么来的呢?

自从老道颜荣摆下了天门一百单八阵以后,北辽的肖太后只想凭此阵得到宋室江山。最近她又接到王强一封密信,信上写他想好了一条妙计:叫宋天子亲自到前敌犒赏三军,叫肖太后在九龙飞虎峪的大道上派人劫走中原皇帝。

前边书中早已表过,王强是肖太后派来打入朝中的大奸细:他本是北辽的二驸马、文武双状元,名叫叶黑律。自从给杨六郎写了状告潘洪的状纸以后,由杨六郎把他带入京城并保举他做了皇太子的御先生。后来二帝去世,皇太子登基,就是现在的真宗皇帝,王强也就青云直上做了镇京元帅。他本来就为人奸诈,又为了要在宋朝做内应,他更是处处讨皇上的喜欢,事事看皇上的眼色行事,更加得到真宗的宠信。

这一天,他对真宗皇帝说:“八王千岁御驾亲征,寇天官也出生入死,杨家众将久战疆场,三军将士日夜奋战,全都劳苦更高。我主应当表表君臣之义,为臣愿意保驾随我主到前敌去亲自犒赏。这样方显出皇恩浩荡,三军和众将也定当奋力杀敌,以报圣上。”

真宗听了觉得甚为有理,当即应允。等丞相王苞和众文武官员再三阻拦时,皇上说什么也不听了！双王呼延丕显一见皇上非去不可,也只好随王保驾。因为八王和寇大人叫他回朝,就是要保护京城和皇上不出差错。寇大人对王强早已有所怀疑,只是尚没有把柄在手。

王强满以为这次天门阵定可大功告成,一举夺下宋室江山。他在中原呆了这么多年,每天也是提心吊胆怕自己暴露了。他也呆够了想也该回幽州去举家团圆了。所以就想借此机会把真宗掳到北辽去,万一天门阵被宋营破了,还可以拿真宗皇帝讲条件。这就是王强打的如意算盘。然后,他计算好了到九龙飞虎峪的大约时间,就派心腹之人给肖太后送去了密信。

肖太后接到王强的密信真是喜出望外,以为大宋江山指日可得！一方面派人告诉颜荣,叫天门各阵加强作战擒拿宋将;一方面又派下两员得力的战将去劫真宗。一个是幽州城的老都督昆仑普,此人能征善战,杀伐高强;另一个就是韩昌之子、少帅韩冷。这韩冷是名将之子,岁数不大,本领不小,座下一匹千里碧云兽,手使独龙渗金锤。

派了二将去劫宋朝皇帝以后,肖太后还有些不放心,就又叫人找来三驸马王英,对他说:"现在王强给我送来密信,叫我派人到九龙飞虎峪的路上去劫持宋昏君,眼看宋朝江山就要到手啦！我已经派昆仑普、韩冷二人前去。你是我的亲近之人,你也去吧！你们带兵在前边劫,王强在后边堵住退路,大功就告成了!"

王英答应说:"是。遵母后之命!"

这个王英是谁呀？原来就是八郎杨延顺。肖太后有四个女儿:大女儿金镜公主,许配了韩昌;二女儿银镜公主,许配了叶黑律,也就是王强;三女儿玉镜公主,许配了王英,也就是杨八郎;四女儿铁镜公主,许配了木易,也就是杨四郎。王英就是肖太后的三驸马杨八郎杨延顺。四郎和八郎两个人都是在金沙滩一战北辽兵给捉住的,二人改名换姓装作互不认识,辽兵也不知道他们是杨家人,就给带回了幽州,又被迫招为驸马。为了避免走漏风声,两个人平时很少见面。

由于事关紧要,这天夜里杨八郎就来找四哥了,把太后派他劫宋王和奸细王强的来信都告诉了四郎。

四郎听完了问他:"你准备怎么办?"

八郎说:"我打算带着宗山去。如果平安无事,我就带着孩子回来,找机会卖幽州;如果走漏了风声,我就带孩子去宋营认母归宗,就不回来了!"

四郎听了心里很受刺激:“八弟不是杨门的亲骨肉,还恨不能快认母归宗!我是老娘的亲儿子,却把老人家给忘了!”随着叫了声;“八弟,太后派去的韩冷两把大锤有万夫不当之勇,昆仑普也不好惹。你父子二人能杀得过他们吗?”

八郎说:“到时候也就以死相拼啦!”

四郎说:“那可不保险,弄不好就会把万岁丢了!我倒有个主意,由我先去代州回营探母说明此事,叫他们派人去救万岁,捉住王强!”

八郎说:“这一路之上层层辽营,没有太后的令箭,你如何过得去?”

四郎说:“我想办法吧。能过得去就去;如果去不了,就去见太后,要求和你同去,你我弟兄再明劫暗救!”

八郎说:“也好。”

四郎又问:“你什么时候和宗山侄儿讲真情呢?”

八郎说:“我打算现在不告诉他,免得年轻人容易露出破绽。等动手之前我再跟他说,他会听我话的!”说完,两人分手。

杨四郎回到房中以后就对铁镜公主说了实话,说明自己是杨门之后。因为两人已是十多年的夫妻,感情很好,四郎也完全了解公主的为人,知道不会出什么事。公主听了也是大吃一惊!四郎又把要回营探母之事说与公主,然后说:“还请公主给我要来令箭,我好早去早回。如不然,为夫只有死在你的面前!”

公主无奈只好答应,但是提出了一个条件:“如有灭幽州那天,要是捉住母后可不能杀!一定要留她一命,这也是你我夫妻一场的情分。”四郎点头应下。

四郎和铁镜公主生下两个儿子。长子叫木宗峰,小名霹雳子,今年十五岁,自幼被四郎送上高山学艺;次子取名木宗孝,小名麒麟子,今年还怀抱着呢。肖太后最喜欢他的小女儿铁镜公主,当然也就非常喜欢这个小外孙。

为了弄到令箭,第二天早晨铁镜公主就抱着小儿子来到母后的身边,偷着在孩子大腿上拧了一把,孩子哇哇大哭。肖太后忙问:“怎么回事?”

公主说:“他要玩令箭!”

肖太后抽出一支令箭说:“别叫孩子哭,先叫他拿去玩吧!”

就这样,铁镜公主把令箭交给了杨四郎,又不放心的嘱咐:“驸马,你可不能一去不回呀!”

四郎说:“请公主放心,我尽量一夜就返回。如有三心二意,叫我不得善终!”说完就全身披挂好,带了肖太后的令箭打马上路。

一路上所过辽营无人敢拦，行至天黑来到代州城外，结果被宗保用绊马绳拿住又把他带到帅堂，才和三关元帅杨六郎兄弟相认……

六郎领着四郎来到帅府后院，此时，太君还没有安睡，方才，听到堂鼓咚咚响，想到前边去看看发生了什么事，正巧八姐、九妹进房来，说宗保侄儿拿住一名奸细，押在帅堂上正审着呢。

母女三人正说话间，六郎领着四哥走进房来，没等六郎开口说话，杨四郎已经双膝跪倒在太君面前。

太君闪目观看，有心想张口叫孩儿，可又怕被人说想儿想疯了，正在犹豫之间，四郎一头扑在太君怀里，叫了一声："老娘，不孝儿四郎回家了！"随后就号啕大哭起来。

太君一看如同在梦中一般，手扶四郎站起，又仔细地观看，果然是四儿延辉站在面前，顿时热泪盈眶，口不能言。

四郎知道母亲生气说不出话，忙说："孩儿来迟，罪重如山，罪该万死，母亲想出气，可以骂儿，可以打儿，可以杀儿，不孝儿就是死了，也不冤屈。"

老太君拉住四郎双手，禁不住泪水纵横，湿透衣衫，边哭边说："金沙滩一战我儿失散，好似风里的杨花落水一样。屈指一算十几年，杳无音信哪。为娘我思儿盼子牵连常挂肚，你却把娘的心扔在脑后去了，为娘有心杀了你，又念你盗发没忘中原……"

这母子多年离别，一时也难以诉尽衷肠。

八姐、九妹离房去传信，不一会儿四夫人林素梅进房来了。夫妻相见，抱头痛哭。

林素梅边哭边痛责四郎："你好狠心，一别十几年，你在北辽当了驸马，把结发之妻扔在一边不管啦！你不想想大哥替了宋主死，二哥替八王千岁身亡，三哥被乱马踏成肉泥呀！你不想想五弟出家当了和尚，七弟被老贼潘洪乱箭穿身，死得多么可怜哪！杨门两须眉，只剩六弟一人，他回京告御状，才拿住老贼潘洪报了冤仇，咱六弟保家治国安天下，是个忠孝双全的大丈夫，哪像你贪生怕死在北辽当驸马！北辽再次来犯中原，咱娘已年迈苍苍，鬓发皆白，在黄土坡前一马当先，还大战辽寇呢！如今，妖道颜荣摆下天门阵，困住了男女四员将，难坏了贤王八千岁，难坏了双天官寇准，愁得老娘寝食不安！你忘了国，忘了家，你忘了养育之恩，你忘了手足之情，像你这样不忠不孝之人，枉为杨门后代！"四夫人林素梅越说越生气,越说越愤恨!

四郎哭着诉说:“夫人休怒,听为夫说几句。金沙滩一战打散了,我被拿改名叫木易,公主求亲,我再三推辞,再四不允,公主翻脸把我推出营门要问斩,我也单等一死,没想到公主又改变主意,下令把我押回监牢囚禁起来,随后又托媒人再提亲事,我万般无奈才答应。原打算得便杀死她,我再逃回中原,没想到公主派人看得很紧,我想要动手,没有机会,公主为人贤德,对我很体贴,生下两个儿子,虽然我人在北辽为驸马,却时时想念中原,今天我探母能见到家人,也全靠公主盗来令箭,我已对公主说明实情,她愿意投顺大宋,我来代州是要向母亲禀报一件大事,王强是北辽的细作,这些年一直在汴梁卧底,这件事我原先不知道,最近才知道,近日,王强给肖太后送来密信,要把皇上诓出京城,明着是到阵前犒赏三军,暗地里叫北辽派人劫走皇上,以此夺取宋室江山。北辽派出劫皇上的人有幽州都督昆仑普,大元帅韩昌的儿子韩泠,并派八弟延顺掌管此事。八弟延顺现在是肖太后的三驸马,他有个儿子叫宗山。我弟兄二人已商议好,叫八弟对他儿子宗山说实情,嘱咐宗山要明劫宋王暗救宋王,但是还担心皇上不安全,所以我来探母报告此事。请六弟传令,快派人到路上去埋伏,待机捉住王强,救出皇上。”

杨四郎说出这些话,吓得众人胆寒心惊!真要是皇上遭劫,老杨家多年的血战就化为青烟啦!老太君说,快请八王千岁和寇大人来商议此事,暂时不要惊动众将。

四郎讲了王强的底细,尔后说:“我还要赶着返回幽州去,等倒卖了幽州,再全家团圆吧!”

恰在此时,八王千岁和寇大人来到。杨四郎忙跪倒请罪,述说内情。

八王千岁听完之后并未责怪,感慨的说:“你们杨家的功劳重如泰山!”

太君说:“王强是北辽派来的细作,本名叶黑律,他原是北辽的二驸马,文武双状元,这个大奸细害人不浅,到如今又要倒卖万岁,如果八王千岁在京内,恐怕也难逃王强的诡计,遭他谋害!”

八王千岁感叹了一番,便和太君商议,为了保护四郎的安全,不走漏消息,叫四郎今夜就返回幽州。同时对宋营的人全不提此事,对知道四郎来的人也不说。

四郎又对八王说:“我八弟带侄子宗山随辽将去接王强,捉拿皇上,如果他们暴露了,父子二人只好归宗;如不暴露,就埋伏到天门阵里,有叫王宗山的就是杨宗山。不过在八弟未对他讲明之前,他可能不知道。请告诉各位宋将不要伤他!"

说完了紧要事,四郎不敢久留,只好和母亲、妻子、兄弟和八王等人辞别,又连夜出城赶回幽州。

四郎走了以后,太君等人又是高兴,又是难过。看来杨家将的人还不少!

天亮以后,众将又聚在帅堂。那几路放哨的兵将也回来了。杨元帅说:"众将现在都回去休息,回头还有一场交锋!"

大家齐问:"是打天门阵吗?"

元帅说:"不是,等休息好了再告诉你们!"

众将不知何事,只好遵令回房休息。元帅和八王千岁一起又作了周密的安排。

八千岁此时对宋昏君真是又疼又恨,对杨家将更加钦佩。双天官寇准也倍加称赞。

众将休息了半日以后,又到帅堂。元帅把劫王强救圣驾之事对众将作了交代,然后叫:"陈琳、柴干、郎千、郎万、黄龙、黄虎,你六人带兵五千去三关。如果能在三关劫住王强,那就更好。现在立即动身!"

又叫:"孟良、焦赞、岳胜、杨兴、鲁奎、陈雄、董铁锤、宋铁棒,你们点兵一万,随同本帅出城去等候圣驾!杨宗保,你带其余众将守住州城,不得有失!"

这次出兵时间不定,所以元帅又吩咐带够了饭水等物,然后领兵出城。

因为王强领皇上绕路往西北直奔飞虎峪,杨元帅就领兵往东南去迎,而且要远离天门阵才好,以免引出天门阵的辽兵。杨元帅领兵到了来飞虎峪的路上,把兵将分散隐蔽好。孟、焦二人不离元帅,元帅也不放心他们走远,只怕二人惹祸。

书要简短,元帅领兵在这里一等就是两天。众人都有些急躁,是不是来晚了,已经过去了?这时忽听传来马蹄声和銮铃响,元帅说;"大家看好再动手,不要莽撞!"

这时瞭望的军哨来报:"来的大队正是宋军!"

元帅说:"岳大哥,你带鲁奎、陈雄顺路往回迎,如遇辽兵来接王强,就挡住他们!我带其余兵将去救驾。"

岳胜领命，就带兵往回走。元帅带众将催马迎上去，可是不见了孟良。

来的正是宋真宗和王强的一队人马，这个昏君拿王强作亲近之人，王强说什么他听什么。

王强暗想："我左害右害也没害死杨六郎，他一旦要破了天门阵全胜而归，我也好受不了！我写的那封害六郎的假反书，都瞒了也瞒不过寇准，他和八王也不会放过我！看来中原已经不能呆了，三十六计走为上！"他这才金殿动本来个孤注一掷，想把当今皇上劫到北辽。如果事情不成，他也不回来了。所以，他把两个义子王宝、王聚也带来了，另外还有跟王永奇入皇宫刺王杀驾的那个北辽人耶律沙，现在化名王岩。双王呼延丕显也保驾来了，可是人孤力单，王强并没把他放在眼里。

王强只带了三千兵马保驾，就为的是叫辽军劫驾时不费劲。

他一边走一边心里嘀咕："怎么肖太后的接兵还不来呀？"这时，探子来报："前边有一股人马！"

王强大喜，准知道是太后派来接应的，就说："王聚、王宝，你二人保驾，为父到前面观看！"

王强不知道肖太后派什么人来，怕叫别人过去弄巧成拙误了大事，他才亲自上前。可是离得远，看不清楚。因为六郎早已有令，卷起旗号。等来到近前王强一看不是北辽人马，就知道不好！刚要拨马往回走，杨元帅已经催马上来了，口喊："镇京元帅，听说御驾到此来犒赏三军，本帅迎接来迟了。"

王强心想："我给肖太后送信没见太后派人来，怎么杨六郎来了？一定是走漏了风声！"他理也不理，急忙圈马就走。

杨六郎急忙催马赶来，这时就听一阵大乱！原来是焦赞等冲上来围住了真宗，真宗还不知道怎么一回事！王强忙喊："王宝、王聚，杨六郎反了，来刺王杀驾。你二人保着万岁快走！"

真宗骑在逍遥马上，见四面大乱、刀兵突起，不知为何，又听王强说杨六郎反了，也不知真假！王聚、王宝说："万岁，快跟我们走！"

真宗刚要走，双王说："万岁，你想上哪儿去？杨六郎不会造反！"

王聚、王宝二人一听，举刀直奔双王，双王只好摘枪动手。这时耶律沙趁机冲上前，把三帝真宗走马活捉，压在了马鞍韂上就走，心说："王强，我可不管你啦！我把宋朝的皇帝献与太后就是大功一件！"他也怕遇上了宋兵，就绕路而走。

郡马早被王强拦住,二人杀在一起。战不几个回合,王强就被郡马活捉。双王刺伤了王聚,杨兴拿了王宝,但已不见了真宗。再看两队的军兵仍在交手,元帅马上下令:三军停手!两面的宋军也不愿意互相打,听说王强被拿,杨元帅又下令,大家就不打了。元帅又对京城来的宋军说:“王强是北辽派来中原的大奸细,今天他以犒赏三军为名,要把万岁劫到北辽去。他送给肖太后的密信我们知道了,八王派我们来救驾。大家不要自家动手了,齐心协力去打辽兵吧!”

元帅这么一说,那些宋将纷纷跪下请罪,元帅说:“不知者不怪,我们快去救万岁吧!”

这时,陈琳、柴干等将也由边关回来了,说是王强绕路已经过来了,他们没碰上。

元帅说:“已将他们父子三人拿住。你们快把他们押回代州,不要叫辽兵再把他们救回去!”

陈琳等将领命而去,元帅又急忙命令各处追拿耶律沙。可是走人的一条线,找人的一大片,哪里去找?

大家正在着急,只见路旁树林中出来了两匹马:一匹马上正是真宗;另一匹马上是孟良,手里还按着一个人,五花大绑,嘴里还堵着东西。

大家一见,忙上来见驾。孟良说:“说实在的,我真不愿意管皇上的事!可是你们这些人折腾半天没救了他,还是我救了他。这不是该着吗?”

众人齐问:“你是怎么救的驾?”

“咳,别提了!六哥一说王强来了,我就冲上去了。马刚走了几步,我肚子疼要拉屎。我一想,拿个王强也用不了这么多人,就拨马出来很远,找到一个树林把马拴住。我正在拉屎,外边有马蹄响,我就听皇上说:‘王岩,你把我放了,朕封你为一字并肩王。’又听对方说:‘昏君,你也别封我了,我是北辽人,不保你这无道的宋君!我是怕你喊,才把你带到这树林来。你老老实实叫我捆上,不然就刺死你!’他正在捆皇上,我就偷偷绕到他背后,四外又有喊杀之声,他只注意外边了,我就抓了个活的,把他捆上了!又救下了皇上,把那个小子压在我的马上,保驾出了树林。你们看,这叫有福之人不用忙,无福之人跑断肠!我老孟拉屎的功夫还救了驾,立了头功!”

大家一听全笑了!元帅忙说:“孟贤弟,万岁在此,不要再说傻话!”

此时，再看真宗的脸，像巴掌打过一样，臊得通红，哪有脸面见郡马？忙说："杨爱卿，他说什么，朕都不怪了！"

元帅又问双王："还有别人跑了吗？"

双王说："没有了。"

元帅说："那咱们快点儿保驾回城！"

大家正想绕路而行，不想北辽的都督昆仑普和韩冷等人带兵迎上来了！

杨元帅在这里劫王强救驾，早有辽兵的探子报回去了。都督昆仑普一听可急眼了："要这么回去，肖太后哪里能饶？"忙带兵去追。

两队人马相遇，昆仑普叫杨八郎押住后阵，自己上前去杀一阵。元帅才要迎敌，孟良说："六哥闪开了！"催马就上。

元帅心中暗想："我八弟大概在后阵呢！"就说："孟贤弟，你要小心了！"说完勒马在后阵观看。

孟良到了近前，二人互通姓名后，孟良大笑道："皇上被我们救走了，王强叫我们抓住了，你们来晚啦！"

昆仑普一听举刀就剁，孟良双膀用力摆斧子往外一驾，说声："开！"一下子震的昆仑普"哎呀"一声，两膀酸麻，虎口震裂。他急忙拨战马转回身要跑，孟良冲上来了，大斧子如同车轮一般，抡圆了奔昆仑普就劈下来了。只听"喀嚓"一声，昆仑普斜肩带背、连上半截身子全下来了，立时死于马下。

杨八郎在后边一看："哎呀，孟良好厉害呀！"

少帅韩冷只气得白眼珠上起了红线，他催开了坐下的千里云烟兽，这匹马的毛根是黑的，毛梢是红的，分外好看。韩冷的年纪就在十七八岁，紫脸膛，金盔金甲，手握独龙渗金锤，冲上前去挡住孟良。

孟良就知道来者不善，勒马问道："来将通名！"

韩冷说："我父乃大元帅韩昌，我名韩冷。"

孟良说："韩冷，我看你还是个英雄，年岁又小，不想把你砍了，我劝你还是投降吧！"

韩冷大怒，举双锤朝孟良打来。孟良举双斧相迎，来个举火烧天，"当"的一声，差点儿把孟良的关节震碎！如不是拼命架住双锤，砸下来非得脑袋开花不可！

孟良只觉得天旋地转。虽然架住了双锤，可是心里发烧，嗓子眼发咸，一张嘴吐了一口鲜血。“哎呀，不好！”急忙圈马败下阵来。

元帅催马迎上：“贤弟怎么样？”

“不要紧。六哥，这个小子可厉害！”

元帅说：“料也无妨！”说完，迎上前去大喊一声：“你是何人？”

“少帅韩冷。宋将通名！”

杨元帅说：“我乃三关元帅杨延景！韩冷你听清，你父曾经给我立下誓言，他永不兴兵造反，哪知他说话不算话，现今又发兵犯境任意胡为，可是他打一仗败一仗，现在王强也已经落网，你们是竹篮打水一场空。听我良言相劝，你们放下刀枪归顺大宋我可以给你父子一条出路！”

韩冷好像没听见似的，抡锤就砸元帅的天灵盖，杨元帅一带马，韩冷的双锤落空了。

杨八郎在后阵非常担惊，生怕六哥有个闪失，宗山说：“爹爹看，少帅韩冷的锤法虽然灵活高强，但难胜对手，他若不行，我就上去接应！”

八郎说：“我儿休要逞强，他要败阵咱就撤兵！”

杨六郎战了多时，难以取胜，这时，忽然从南边跑来一匹白马，马上端坐着一员小将，年纪有十五六岁，长得十分精神。

花刀岳胜一看，说：“不好！怕是给韩冷来助战的。”

董铁锤和宋铁棒连忙去拦挡这员小将。这员小将骑的是万里云霞兽，毛梢发白，毛根发红。身穿雪亮的白银铠甲得胜钩上挂着虎头亮银锤。董铁锤和宋铁棒上前拦住小将，董铁锤问：“你是什么人？到这儿来干什么？”

小将答：“我家住云南昭通府，我父任堂惠，我叫任宝童，从小学艺在黄花山赤松洞，今奉师命下山。我回家探母才得知我父贩马来到塞北，离家多年未返昭通。我母托人多方打探，才知道我父在宋营，我便辞别母亲千里来寻父亲，我知道我父亲和杨家有深交，还有董铁锤和宋铁棒都和我爹爹结过盟。请问二位尊姓大名！”

董、宋二将听了小将这番话，不由热泪滚滚，哭了起来。

大丈夫难掉伤心泪，面前二位将军不仅流泪，且还哭出声，弄得小将像丈二金刚摸不着头脑，他忙问：“二位将军为何落泪，想必定有隐情！”

二人知道，此时不能对他讲实情，等以后让六郎亲自跟他说吧。

董铁锤对小将说：“我二人就是董铁锤和宋铁棒，前边双方正在交兵作战，使锤的是北辽少帅，叫韩冷，端枪的就是宋营的元帅，你先过去助元帅一阵，等回城之后，咱们再细说。”

任宝童答应一声，说：“二位叔父，待小侄前去擒那北辽少帅韩冷！”

任宝童说完，从得胜钩上摘下虎头亮银锤，催动胯下宝马万里云霞兽，冲上战场！

第六十三回 穆桂英说解天门阵 杨排风戏打莽英雄

任宝童听了董铁锤、宋铁棒的话，立刻催马举锤冲上战场。正赶上杨元帅和韩冷的马错镫，任宝童和元帅打了个对面。任宝童也不知道这位元帅是谁，只好说：“元帅闪开，我来战他！”冲上去就把韩冷挡住。

两员小将互通姓名后，四把大锤杀在了一起，真是金光刺眼，银光闪闪，有如彩霞乱舞。

杨元帅回到后阵，忙问：“这员小将是何人？”

董、宋二人说：“六哥，他乃是任秉之子，名叫任宝童，奉师命下山来投宋。他说已经先回过云南见了母亲，他母亲说托人打听他父亲贩马之后已经做了宋将，故此叫他来寻父投营。六哥，我们俩可没敢对他说实话呀！”

杨元帅一听可真为难了！“孩子要来问我，我可如何答对？只有回城再说吧，好在已经拿住王强了，也算万幸！”

再看这两员小将，各抡大锤如同下山的小老虎，战有几个回合韩冷就不行了，被任宝童的大锤震得抱住马鞍口吐鲜血，急忙圈马败下。孟良一见心中大喜：“总算给我报了仇啦！”

杨八郎一见韩冷败下，为了掩人耳目，也只好催马上前。杨元帅一看八郎过来了，忙叫任宝童闪开，任宝童说：“我不累！”

杨元帅说：“知道你不累，我和来人有话讲！”说完，催马上去和杨八郎打了个对头。

兄弟俩虽然分别了十几年，那能不认识吗？八郎为了叫辽兵听见，故意高喊："宋将报名上来！"然后又小声说："六哥，你可想死小弟啦！"说着，眼泪刷地就下来了。双方后面观阵的人离得远，也看不见。

六郎小声说："八弟，要不是四哥来送信，万岁就丢了！听他说派你和宗山来接王强？"

八郎说："对。因为我知道你们要来捉拿王强，所以在路上故意拖延，你总算把皇上救下来了！你回去替我向母亲问安，我准备立了功再回家。"

六郎说："你下一步打算如何做？"

八郎说："我打算带韩冷回幽州，然后讨令去助天门阵，明助暗破。"

六郎说："那太好了！天门阵现在困住了我们四员将，八弟如到阵中，就打探一下。"

八郎忙问："都是谁呀？"

六郎说："有你六嫂王兰英，兰英之弟王兰亭，你七嫂杜金娥，还有她的儿子杨宗英。"

八郎点头说："我记住了。"

这兄弟俩一边说着一边打着，等说得差不多了，八郎说："六哥，我要败阵撤兵了！"又站了几个回合，大败而下。马上命令："儿郎们，随我走！"

宗山心里不服，说："爹爹，我还没打哪！"

八郎说："韩少帅都被打得抱鞍吐血，我儿上去也必败无胜，快跟为父走吧！"

韩冷现在是胸内发烧，眼前发黑，也只好跟着拜下去。

杨元帅这里传令护驾，带着任宝童、押着王强父子和耶律沙回转代州。

八王千岁得信，忙带众将到城门外接驾，进城后仍然把城门紧闭、吊桥高绞。

到了帅堂之上，君臣们重新见礼。八王有心说皇上几句，又怕叫皇上脸上无光。可是心里又想："杨家的委屈难道就完了吗？"

等君臣和众将全见完了，杨元帅又叫过任宝童给众人一一引见。任宝童奇怪地说："听我母亲讲，六伯父已经去世。难道我有两个六伯父吗？"

众将一听，全都眼含痛泪。任宝童又问："我爹爹可在代州？"

一听孩子这句话，六郎再也忍不住了，放声痛哭。任宝童一见更愣住了："六伯父，你为什么这么伤心哪？"

郡马上前一把抱住了任宝童，说了声："我那可怜的儿呀！我就是你的伯父杨延景呀！你的父亲已替我死在云南照通府，只因为朝内奸贼谋害我，我充军云南，我和你父交情深厚，他把我三口人留在府中，他跟我学枪，我向他学南方话，转眼就是三年，不想皇宫内有人刺驾，刺客从屋上失足摔死，在他身上搜出一封仿我笔迹、署着我名的造反的书信，万岁怕我在云南造反，派王强和高王去昭通，要我献人头，不然，杨府就满门抄斩，我对你父亲说明此事，你父亲说，杨家枪法最后一路他没学会，要我教完他再去伏法，我当时就答应下来，随即脱下袍子，便到后院取枪，哪知等我回来时，你父亲已经无影无踪，只有一封书信放在桌上，这才知道他替我去领罪伏法。因为我俩相貌长得一个模样，连家里人也都分不清，我急急忙忙去追赶，刚走到大街上，对面来了你董、宋二位叔叔，我才知你父亲已冒名替我而死，那时，我已万般无奈，只得改姓瞒名装成任秉任堂惠。并且不能够再住在任府，以后，便以贩马为由来到塞北，北辽韩昌复又兴兵，打败宋将，我靠你叔爷爷任道安赠我的阵书摆下牤牛阵，才打退敌兵，如今你来寻父，还不知道你父早已身亡，你父是我的过命盟友，留下遗书替我去死，叫我要为国尽忠，查出朝中奸人替他报仇，直到现在，万岁还不知道哪个奸、哪个忠。"

杨元帅哭诉往事，帅堂上众将不胜感叹，皇上听完臊得满脸通红，八王千岁也听得热泪流淌。董、宋二将立时出面作证，杨六郎取出任秉的亲笔遗书交给任宝童。

小英雄看完父亲的亲笔遗书，放声痛哭："爹爹呀，你死得多苦啊！撇下我孤儿寡母谁来疼爱？我母亲朝思暮想盼望爹爹回昭通，哪知爹爹早已丧生魂归西天，孩儿我跋山涉水来看你，没想到却扑了空，此事要叫母亲知道了，只怕她也活不下去了！世人苦，没有我母子苦，我俩的苦比黄连还要苦万分！"

小宝童直哭得嗓子嘶哑，直哭得帅堂上也发出一片哭泣声。

杨六郎虽然也劝宝童，可他自己的泪水却滴滴答答好像断线的珍珠淌不完，一把一把地擦也擦不干。

众将也都上前劝宝童，老太君颤抖着嘴唇，叫道："宝童，你父已经替你伯父死了，以后你就是杨家的小宝童！"

孟良在一旁也哭得双眼通红,他走过来对皇上说:"万岁可听见?任堂惠死得多么冤屈呀!"

寇天官让宝童收泪见驾:"万岁定能做主为你父报仇。"

小将这才止住哭声,杨六郎拉着宝童参见皇上。

皇上说:"由于你父替了元帅死,杨元帅才能尽忠报国,若不是你父替忠良而死,朕的江山也不会太平,朕追封你父任秉为忠义王,你母为节烈夫人。待打败了辽寇回朝,就把你母亲接进京都,朕命人修造忠义王府,五凤楼挂你父影像永世留名。朕收你为义子千殿下,忠义王子承父职在朝中参事。"

小将谢恩,男女众将也觉得皇上这样做还算对得起三关元帅杨延景,对得起死去的任秉之灵。此事完毕,元帅就座升堂,命人带上来王强父子三人与耶律沙,一个一个问口供。

王强哪肯说实话呀!杨元帅就把他三人交与寇大人,寇大人向皇上请旨,然后,把他们四个带到行宫,逐一审问。

第二天,君臣又聚帅堂上,寇大人命人把他们四个押上来,又把供词交与皇上。

皇上看完供词,怒发冲冠,双眉紧皱,咬牙切齿地呵斥:"王强,你这个大奸细,差一点儿倒卖了朕的江山,反书原来是你伪造,皇宫行刺一案原来是你一手炮制,你妄想借此来谋害杨延景,朕居然上当被你蒙骗!"

供词上写的明明白白:王强本名叫叶黑律,是北辽的文武状元,肖太后的二驸马,王宝、王聚是他的义子……

皇上下旨处死耶律沙,让杨元帅来处置王强父子三人,杨元帅则交给任宝童去处置。

任宝童奉命,把三人绑在帅府外边,用白布裹好点了天灯。

任宝童朝南跪倒在地,仰天大叫:"爹爹,如今您可以瞑目了!杨伯父已给您报了仇,儿和娘也都受了皇封……"

此事处理完毕,皇上下旨赐宴庆功。

八王千岁在酒席宴上说:"万岁,若不是杨家,哪还有我大宋啊!"

皇上说:"杨门众将功高于山,待破辽还朝后,定行封赏!"又传下旨意,叫双王回京去抄拿王强府,对救驾有功的众将,待灭辽之后再加封赏。

八王又说:"现在天门阵里还困住我王兰英、杜金娥、杨宗英、王兰亭四将,不知他们死活？现在辽邦和我们以阵定输赢，破不了天门阵，就别想要辽邦的降书！”

此时，有人来报：“任道长报号求见！”杨元帅一听，忙带宝童出去迎接。

道长任道安是元帅的师父，是任宝童的叔爷爷。这爷孙俩一见面又哭了一场。元帅把道长请进帅府到虎堂落座，大家见过礼，元帅令人端来素茶、素饭，道长吃过以后说：“这些天我一直没回山，围绕着天门阵查看了一下阵形，画下了阵图。不过，要想破阵还必须：一要有人能知道这一百单八阵都是哪些个阵？二要有降龙木带在身边。”

元帅说：“穆桂英早已把降龙木献到代州，现在就有。”

道长说：“但不知穆桂英现在身体如何？”

话音刚落，穆桂英就走进了帅堂，先见过真宗和八王，又见了元帅和任道长。她已经听说了捉拿王强和任宝童投营之事，也听说四将被困天门阵。今天她精神挺好，所以就到帅堂来询问军情。

任道安说：“穆小姐，你对攻打天门阵有何打算？”

桂英说：“破阵首先要兵足将广，熟悉一百单八阵。”

元帅说：“任道长已经查看了天门阵的阵形，画下了阵图。这一百单八阵你可讲得明白吗？”

桂英说：“既然道长已经画下阵图，我就讲一讲。如果与道长的阵图不符，还请道长多加指正！”

众将一听，无不称赞桂英：“别看这员女将年龄不大，论武艺和韬略，确实非凡！”

任道长点头说：“姑娘请讲当面。”

桂英说：“万岁、八王和众位将军也都在此，如果我有说错或遗漏之处，也请大家指教！”

孟良说：“你就别客气了！你的本领不但我知道，就连三关元帅也领教过了。你就快讲吧！"

元帅狠狠瞪了孟良一眼，小姐的脸也一红。焦赞一拉孟良说："二哥，你这个人真是哪壶不开你提哪壶，快别多嘴了，好好听着吧！"

孟良说："对，咱们洗耳恭听！"

元帅说："桂英，你说说吧，如果不对，还有任道长。"

桂英说："我听师父讲过，天门阵共一百单八阵。有东天门、南天门、西天门、北天门，这是四座阵；还有玉皇阵、天曹阵、地曹阵、人曹阵、东斗阵、西斗阵、南斗阵、北斗阵、中斗阵、太阴阵、太阳阵、太极阵、子午阵、金星阵、木星阵、水星阵、火星阵、土星阵、青龙阵、白虎阵、朱雀阵、玄武阵、黄幡阵、豹尾阵、大牦阵、小牦阵、勾魂阵、丧门阵、吊客阵、鬼门阵、值年阵、值月阵、值日阵、值时阵、天罡阵、地煞阵、天罗阵、地网阵、五雷阵、电光阵、阴霾阵、冰雹阵、黑风阵、暴雨阵、罗汉阵、彩虹阵、香露阵、天花阵、飞柳阵、黑沙阵、红沙阵、金童阵、玉女阵、白雪阵、寒霜阵、天聋阵、地哑阵、天绝阵、地裂阵、天河阵、地池阵、落魄阵、盘龙阵、瘟毒阵、西水阵、刀疤阵、才贝阵、无火阵、阎王阵、太岁阵、五鬼阵、角木焦阵、斗木獬阵、奎木狼阵、井木犴阵、亢金龙阵、鬼金羊阵、牛金牛阵、娄金狗阵、咀火猴阵、尾火虎阵、翼火蛇阵、室火猪阵、参水猿阵、箕水豹阵、轸水蚓阵、避水猹阵、氐土貉阵、胃土雉阵、柳土獐阵、女土蝠阵、星日马阵、昴日鼠阵、虚日鸡阵、房日兔阵、毕月乌阵、心月狐阵、危月燕阵、张月鹿阵。不知我说的对不对？"

任道安听完，取出了这些天来在天门阵费尽心血画的阵图，叫元帅一看，与桂英说的一点不差！

皇上、八王千岁和众将，无不赞扬桂英才高智广，对于破天门阵，也都增加了信心。

道长又问："小姐如破此阵，该如何派将？"

桂英说："可不敢说准能破阵，只是多少略知一二。元帅可以按照道长的阵图派将，一切备齐就可以攻阵。"

元帅听完，心想："自己对天门阵的一切仍是心中无底，不如把兵权让给桂英，以利破阵！"就对众人说："为了便于破阵，我想把兵权让给桂英，由她来调兵遣将，不知众将意下如何？"

众将异口同声全都称好，皇上和八王也同意。元帅还怕有人不服，又考问了一下桂英的六韬三略。

桂英说:“何为三略？乃略天、略地、略人。略天,能上晓天文,会观日月星辰,知阴阳运行变化。略地,能善于利用地形,出奇制胜。略人,乃知己知彼,扬己之长、破敌之短。六韬就是文韬、武韬、龙韬、虎韬、豹韬、犬韬。文韬治国,武韬安邦,龙韬使水,虎韬使火,豹韬能战,犬韬能守。”

元帅听了万分高兴,就叫桂英登台拜师,众将也再三相劝,桂英推辞不过,只好拜过帅印。

任道长把天门阵图也交给了穆桂英,然后说:“是不是先攻下十座阵,然后再破那九十八座阵?”

桂英说:“打这十座阵恐怕不好派将。有些人,我怕派在头上他不肯执行!”

皇上和八王千岁说:“在朝我们为大;军营中元帅为大。就是派在我们头上,也要遵令而行。哪个不遵帅令,可以斩首!”

桂英站起来说:“多谢万岁和千岁为本帅做主!”

众将本来就佩服桂英,又见皇上和八王给她做主,更是服从元帅了。

穆桂英叫孟良:“你去说与老太君,请老人家做准备,要攻打天门阵!”

孟良来到后院见太君,众女将也都在太君身边。孟良说:“我六哥让贤了,现在由穆小姐挂帅来攻打天门阵,她叫我来送信,叫盟娘做准备,要上阵。”

老太君闻听不由一愣,暗想:“桂英刚登台拜师就先提出要老身上阵,不知是何缘故?”正寻思着,丫头排风笑道:“太君不必发愁,如果浑天侯派在了太君头上,我帮太君去打天门阵!”

太君知道排风的本领,就没说话。可是孟良把嘴一撇说:“排风,你说什么?”

排风说:“我说什么你还没听见？我的傻二哥!”

孟良一听,火冒三丈:“好你个黄毛丫头,为什么管你二爷叫二哥？我非打你不可!”说着举拳就要动手。

老太君哼了一声:“孟良儿,不许动手!”

排风说:“二哥别逞强了,不动手算便宜了你。真要动手,那你是自找难看!”

孟良说:“丫头！你还叫二哥?”

丫环说:“我叫二哥叫得着！你问问老太君?”

老太君说:“对！她是我收下的十姑娘。”

孟良说:“我不承认!老太君,你又有儿子,又有姑娘,为什么还收这么一个疯疯癫癫的丫头当十姑娘呢?咱们各论各的。排风,不管你和老太君怎么论,还得管我叫二爷!”

排风说:“看来你对我是不服哇!”

孟良说:“本来就是不服!你还说帮老太君去打天门阵?你有多大本领敢说这大话?”

排风听了笑道:“你要不服,敢在太君面前跟我比试比试吗?”

孟良哈哈大笑:“好你个丫头,敢说跟二爷比,你这不是自讨苦吃吗?”

八姐、九妹和那几位夫人在旁边谁也不阻拦,都想看看孟良的笑话。老太君可不能不说:“孟良啊,杨排风可有能耐!”

孟良说:“我知道,她有烧火的能耐!”

排风说:“太君不必多管,今天得叫姓孟的知道知道我的厉害!”

“好哇!太君您别拦了。排风,过来吧!”

“你我怎么打呀?”

“听你的。”

“咱二人如要武打,只怕人有眼、兵器无眼,一旦我排风失手怕你姓孟的脑袋挪位!”

孟良一听,气更大了:“以你说怎么打?”

排风说:“咱们文打。光比比拳,就是打了你,也不至于伤你的性命!”

孟良说:“我倒要看看你有多大本领,来吧!”

排风说:“慢!你不是看不起我吗?咱得先讲好了,我赢了你该怎么办?输给你又当如何?”

孟良说:“都依你!”

排风说:“我若败给你,以后永远叫你二爷。你要败给我呢?”

孟良又犯上大老粗的毛病来了:“我如败给你,我就管你叫娘!”

排风说:“好,咱就这么办了!”

这一来,老太君和众女将都哭笑不得。

孟良说:“丫头,我让你先伸手!”

排风说:“那我可不恭了!”拉开拳腿架。

孟良一看,哟,还真有两下子!

排风双拳拉四平，斜身绕步转身形，鹞子抓肩龙探爪，迎门一腿定输赢，进步左右双贯耳，猿猴取目令人惊，上练高大马，下用低四平。平水式，扫地龙，十二连拳往上攻。上打猛虎伸利爪，下打扫腿地旋风，十二铜臂万里弓，好似一条金蛟龙。女中豪杰少敌手，要数丫头杨排风！

排风的拳脚功夫太妙了，可把孟良忙乎坏了！打着打着，孟良一个漏空，被排风一个钩子腿踢出去老远，扑通！就趴在地上了。

孟良摔得直叫："哎哟，我的娘啊！"

其实孟良不是成心叫出来的，那是摔的。可排风一笑说："好了，叫完娘你就起来吧！"把个孟良给臊的红脸都变成紫茄子色了！

太君说："排风，休要胡说！"

孟良起身就走了。他可没服，把大斧子取来了，说："排风，叫我服你也不难，你还得胜了我的斧子！"

孟良在马上用的是单斧，在步下用双斧。

排风说："你等着！"去后边时间不长，就取来了烟火大棍，二人又战在一处。

孟良的双斧一落，被排风一棍震得两膀疼痛，往后退了几步。又打了三个回合，一露空，被排风一棍抽在了屁股上，"叭"的一声，又趴在地上了，又叫："哎哟，我的娘啊！"

排风已经棍下留情了，不然就把他打坏了。排风哈哈一笑说："孟二爷起来吧，我不打趴着的！"

孟良站起身，拿了大斧低着脑袋就走了。

说来真巧，正碰上焦赞。孟良想："我这回丢人可丢大啦！得找个做伴儿的！"忙问："焦赞，你干什么去？"

"去找你呀！二哥，你怎么不高兴啊？"

"咳，别提了！我刚才去给太君送信，新元帅要安排太君打天门阵。哪知道丫头杨排风洋洋得意地说要帮助太君打天门阵，我说上阵可不是烧火燎灶，几句话把丫头说恼了，她要会会二哥，还说咱哥俩没有多大本领。说孟二爷只会放火儿，那焦赞是不在饭桶以上，不在饭桶以下，正在饭桶当中间。我说焦三爷要知道你这么说他，非来找你不可！谁知那丫头却说：'她要来找我，我叫他滚着出去！'三弟，我正要去告诉你，咱们能饶她吗？"

焦赞说:“找她去,倒看看这丫头有多大能耐!”说完就奔后院走,孟良在后边偷偷跟着。

焦赞一进后上房就大嗓门地喊:“排风,别看我打别人不行,要是打你,闭着眼也能打你俩!”

老太君一听,就知道焦赞上了孟良的当!焦赞进房先见了太君,又见过众位嫂嫂。然后怒冲冲地说:“排风,你有什么本领敢说去打天门阵?难道你还比得了边关将吗?”

排风说:“哟,焦三哥……”

“哎,你别管我叫三哥,叫三爷!”

排风说:“太君收我为十姑娘,你和我六哥是盟兄弟,我怎么不能管你叫三哥呀?”

焦赞一听:这丫头嘴是够厉害的!太君也真是老糊涂了,有了两个女儿,干吗还收这十姑娘啊?今天我得管教管教她!于是说道:“排风,咱们各论各的!”

排风说:“看来三哥对我也不服哇?”

“不许你叫三哥!我就不服你这烧火的丫头!”

“那好,我今天也叫你知道知道排风的厉害!”

太君说:“别打了!”

焦赞说:“老娘,您别管!”

排风说:“老太君,您就看热闹吧!来呀老焦!”

焦赞说:“哎呀,叫我老焦?好丫头!”举拳就要打。

排风说:“等一等。你赢了我,我从今后叫你三爷;我要赢了你,该怎么办?”

焦赞说:“这个么……丫头你说!”

排风说:“二爷叫我什么,你也叫我什么!”

焦赞一想,我二哥还能叫她什么呀!就立时答应说:“好!来吧!”

排风说:“你打败了要是不叫哪?谁保着?”

这时正好孟良也进来了,说:“我保着!”

焦赞说:“行,我二哥保着。我要是不叫,他替我叫!”

孟良说:“我可不替你叫!”

焦赞说:“咱们弟兄还能输给她吗?你放心吧!排风,过来吧!”

二人一递手,走行门,过步眼。孟良暗想:一会儿我就有了做伴儿的啦!

排风和焦赞比武功,这丫环行走如风,站如钉。迅猛异常。焦赞暗想:“如果不打败她,她就会小看我焦、孟弟兄俩,我就是使出吃奶的劲儿,也得胜她。

哎,这俩人打得好不激烈,杨排风前打三路开门扇,后打三路顶门风,左打三路龙戏水,右打三路凤抖翎。俩人棋逢对手展奇能,闪转腾挪功夫精,这一个二龙戏珠去剜眼,那一个老君托盘往上迎。这一个白猿偷桃入仙洞,那一个夜叉探海进龙宫。这一个打的是泰山压顶,那一个古树盘根用脚蹬。这一个就地十八滚,那一个喜鹊登梅悬空中。这一个霸王举鼎来得快,那一个苏秦背剑快如风。这一个金蝉来脱壳,那一个白蛇吐芯向前冲。

排风使了一个扫堂腿,焦赞闹了一个倒栽葱!杨排风一个箭步蹿上去,上用拳打下边用脚蹬。

孟良一见焦赞也输给了杨排风,张嘴哈哈大笑起来:“方才我败给了丫环叫‘娘’,你要不叫她可不松手哇!”

焦赞被杨排风打得晕头转向,都蒙啦!不由叫了一声:“哎哟,我的娘呀!”

嗐,他也叫娘啦!

第六十四回 杨五郎下山助战 穆桂英遣将派兵

杨排风打完了焦赞,孟良大笑道:“我也算有了个做伴儿的啦!”

焦赞大喊了一声:“老盟娘,您这个十姑娘算收着了!”

太君忙叫排风给二将赔礼,排风过来说:“二爷、三爷,你们不会生我的气吧?”

二人说:“不会!不会!”

“二爷、三爷,这回你们可服了吧?”

太君说："你这个丫头，打实问招，太不该了！"

二将说："我们今后再也不小看你了！"

二人走出后府，来到帅堂上对新元帅穆桂英说："已经说与老太君，做好破天门阵的准备。"

桂英说："要想破阵成功，必须把破阵的将领都聚齐了，一致行动。一百单八阵内有一座罗汉阵我们可破不了，必须去五台山请五伯父！"

众将听了，看来穆元帅对如何破阵是胸有成竹的。大家就商量谁去请杨五郎，有人说杨元帅去合适。穆桂英想了想，说："不行。如果五将军说：'我已经出了家，出家无有家，跳出三界外，我不去。'只怕三关元帅一红脸，没话说准回来。这不误事吗？"接着又说："孟、焦二位将军，你二人去一趟吧！"

二人说："我们俩拙嘴笨腮的，恐怕不行。"

穆元帅说："如果二位叔父不行，我就不派你们了，你们会有办法的！"

二人说："那好！几时动身？"

穆元帅说："马上动身！"然后又请三关元帅给五郎写了一封亲笔书信，请他下山相助。

孟、焦二人带好书信，整好行装，马上出城直奔五台山而去。一路无话，转天来到五台山。两人可为难了：光知道五郎出家在五台山上，五台山有五座山峰，究竟在哪座山台、哪个寺庙？不知道！到哪里去寻找？

二人放眼一望，好一座五台山！群山环抱，主峰高耸，山峦起伏，寺院林立。

五台山分东、西、南、北、中五峰，而每座峰顶皆无林木，有如垒土之台而取名。五峰以中台为发脉，而以北台为主峰，五山环基可达百余里。地形高、气温低，山峰可见千年冰雪，山腰以下青松翠柏，丛林古刹，油草茂密，野花遍山，真是风景秀丽，气象万千！东台山有望海峰，东望朝霞；西台山有奇妙秀丽的挂月峰，月逼峰顶，台顶建有法雷寺；北台山叫斗峰，山壁耸峙，奇石异洞，各有姿态；南台山有锦绣峰，苍翠密布；中台山有翠岩峰。

五台山的五峰，峰峰有景有庙，密林如海，恰似仙山琼阁，真是蓝天白云，风吹云动，群山叠翠，连绵不断！山下有疏疏落落的村舍，山村小景也格外幽雅宁静。

二人在五台山下遇见几个打柴之人，问了问哪座山有什么寺院？知不知道有位杨五郎？结果对杨五郎没人知道。这么大的地方怎么找？前边有个山口，二人想:往里走吧,再难也得找!

二人催马进山口,抬头留神观看:

哎,岭岭岭,岭上岭下岭接岭,山山山,山前山后山碰山,山靠山,水自流,水中就缺一只渔夫访桃园的小扁舟。满山坡苍松翠柏衬杨柳,水里边鱼龟悠悠游,几条怪蟒穿山甲,有几对野鸭展翅往河里投,桃杏开,柳条绿,山清水秀,还有那狐狸、野狸、虎、豹、豺、狼和猿猴。忽听有人唱小曲,字正腔圆似水流:"在山前,来了一只左边有阳、右边有阴、王字头,王字尾,头如麦斗,两耳生风,口若血盆,牙似钢钉,蹿山跳涧如跑平川的斑斓虎;在山后,在山后来了一只红不红、粉不粉、粉不粉、红不红、半粉不粉、半红不红、一只粉红色的牛。牛斗虎、虎吃牛,猴抓豹,豹咬猴,山羊拱石子儿,石子儿砸羊头。牛不斗虎,虎不吃牛,猴不抓豹,豹不咬猴,山羊不拱石子儿,石子儿不砸羊头。山上无有草,蛇不在山头。涧下无有水,龙不在涧沟。凤凰不见梧桐不展翅,野鸡不见灵芝瑞草不点头!"

唱曲人不是唱山景,是在练舌头。

孟良、焦赞二人听完小曲下了马,把马的肚带松了松,放开马,让它到小河沟喝点儿水,透透气,吃点儿青草。二人四面观望,依然不知道该往哪里走!两个人也累了,就找了块山坡上的石头坐下了,拿出了肉干和点心,皮葫芦里有水,便又吃又喝起来。

突然,他们看见前边不远的山腰处站着一个僧人,也正往他们这里张望。只见这僧人身高有九尺,膀阔三停,肩宽背厚,肚大腰圆,红脸、浓眉、环眼、大口,头戴月牙金箍,长发飘在脑后,他是带发出家。身穿绛紫色僧袍,白护领白甩袖。腰系黄色丝绦、双垂灯笼穗,被风一吹来回飘摆。银灰色中衣,白袜子,下蹬一双开口僧鞋。脖项上挂着一串念珠,手里拿着一把马尾拂尘。孟良、焦赞看罢:哎呀,真乃神也,佛也!

焦赞说:"咱二人快去问问他知道不知道五和尚在哪儿出家!"

孟良说:"等一等,我看这个僧人非比寻常!细看他的相貌还真像杨家人,年纪也比六哥大,也许就是五哥!咱先过去问问他,只怕他不通真名实姓!"

焦赞说:"那可不成,还是想好了主意再过去问吧!"

孟良说:"这样吧,我想个办法试他一试,他要真是五哥,我叫他自己过来问咱们!”

焦赞说:“好! 那看你的啦!”

孟良还真有办法,可是他这个办法别人也做不出来! 他站起身,放开他那洪亮似铜钟的嗓子,仰面朝天高喊:“天哪,苍天! 不曾想佘老太君她……哎!”往下他不说了!

他这一嗓子高喊,对面不远的那个和尚听得真真的。啊! 此人高喊佘老太君,她,她怎么样啦? 想接着往下听,可是这个人低头不语了。和尚急忙三步并做两步、两步并做一步,走下了山坡来到孟良面前,双手合掌,口念:“阿弥陀佛!”

孟良一看,有门儿! 也还了礼,问道:“老方丈,有什么事吗?”

和尚忙问:“方才贫僧听你高叹,说佘老太君她……往下你没说,不知你说的是不是东京汴梁天波府的佘太君哪?”

孟良说:“我说的正是她老人家!”

和尚急问:“她老人家怎么样了?”

孟良看和尚面带惊慌,说道:“老方丈,你不必多问了!”

和尚说:“话到嘴边,为何要留半句? 还是说出来好!”

孟良说:“不是我不说,我吃过这方面的亏,不如不说为妙! 你要想问佘太君,先得告诉我,你是谁?”

和尚急得要命,只好说:“我名杨延德,你提到的佘老太君就是我的生身老母,所以急来问你!”

孟良听完大喊一声:“原来是五哥!”跪下就给和尚磕头。焦赞也急忙跪下。

和尚口念阿弥陀佛说:“二位为何如此相称? 我那老母到底如何?”

孟良说:“老太君她很好啊!”

和尚一听,问:“那你刚才是怎样说的?”

孟良说:“我喊的是:天哪,不曾想老太君她,她,她也要大破天门阵哪!”

五郎说:“哪有你这么说话的?”

孟良说:“五哥不要生气,我们总算找到你啦! 我叫孟良,他叫焦赞。我们和六哥是磕头的兄弟。我现带有六哥的书信,请五哥观看!"说完,取出书信交与五郎。

五郎看完六郎的信,心里可为难了!如果去,自己出家多年,不能再开杀戒;如果不去,六弟破阵又有难处,老母亲偌大年纪也还上战场!到底如何是好?前思后想,还是不能去!"孟、焦二位将军,我已经离开战场多年,武艺荒疏了。再者,恩师也不许开杀戒,你二人还是另请高明吧!"

孟良、焦赞听罢,脸色阴沉,孟良说:"五哥,你要知道,杨家本是世代忠良,多少年来渴饮刀头血,困睡马鞍鞒,如今颜荣摆下天门阵,困住的可全是你们杨家的人呀!有一位任道安也是出家的仙长,人家不怕开杀戒,都去帮助破阵啦!你的侄媳穆桂英元帅准备破天门阵灭辽,她说天门阵一百单八阵中有座罗汉阵,只有请你下山方能破阵。临来时,六哥写了书信派我和焦赞来请你,正巧遇上五哥,你若不下山,可太不应该了,你不想我六哥也罢,难道还不想老太君,你快跟我们去代州吧,免得老太君食寝不安。"五郎听了实在无奈:"孟、焦二位将军,你们不必再往下讲了。我跟你俩去看望老母,看望亲人也就是了。"

孟良、焦赞听了这话,不由得喜在心间,笑在脸上。

五郎说:"你们等着,我去取兵刃和战马。"

孟良说:"我们跟你去吧!万一你一去不回,我们可就没地方找你去!"

五郎说:"那你们跟我走吧!"

二人拉着马匹跟着五郎,穿山越岭来到了南台普济寺。

孟良问:"五哥,你就在此出家?"

"对。"

"这下知道地方了,再找五哥可不难了!五哥,你出家有法号吗?"

"哪能没有?法号叫法明。"

三人进庙后,五郎先给二人预备了一顿素饭,五郎取出自己的降龙斧,拉出来宝马火眼金睛兽,三人上马离开五台山直奔代州。

来到代州来在城门报号,军兵报到帅堂。众人听说接来了五郎,都欢喜异常,随同新元帅到城外迎接。六郎一见五哥,二人抱头大哭。

寇大人说:"进了城再详谈吧!"

来到帅堂以后,五郎先向真宗和八王请罪。真宗和八王并不怪罪,然后六郎带五郎到后府去见太君。

母子相见，又是一场痛哭。杨门女将也都来到太君房里看五郎。

五郎之妻马赛英刚要对丈夫诉诉委屈，哪知五郎站起身对她一合双掌，口念弥陀佛："贫僧对不起你！我今探母破阵，和大家见上一面。破阵之后，我还是回山修行。我五郎出了家就没了家，赛英不要恨我就是！"

马赛英一听，心里有说不出的难过，本想和丈夫叙叙十几年的离别之情，没想到丈夫早已看破红尘！有心说他几句，又一想，他已经是五十多岁的人了，也就不要再难为他啦！所以马赛英没说什么，只掉下了伤心泪，也就不再和丈夫接近了。

老太君埋怨五郎："你倒找了清静，扔下了媳妇和家，全不管了。为娘我这么大年纪，还要上战场征杀！"

五郎说："儿出家已不能挽回，娘要出气，就杀了孩儿吧！"

太君虽然生气，可也舍不得杀他呀！八姐、九妹早哭成个泪人了。

这时，孟良、焦赞进来了，孟良扯着嗓门儿说："大家快把眼泪收起来吧！哭坏了身体可没法打天门阵了。老娘，我看五哥就是孝子，我们一提盟娘，他就和我们下山来！"

众人止住悲痛，把话语转到天门阵上来。说了老道颜荣摆设的天门阵如何厉害，也提到还有一个白天祖万分凶狠。

五郎说："白天祖也在五台山出家，我认识他。如在阵前见面，我就劝他回山；他若不听劝，再叫他知道知道我的厉害！"

谈了一会儿，太君说："咱们到帅堂去和众将一起谈吧。"

到了帅堂，又请任道安和五郎见了面，大家共议破敌之策。

原来孟良、焦赞走了这几天，战场上又有不小的变化。一天夜里，杨八郎三更天往城头射来一箭，上有书信一封。内容是八郎保着肖太后来助天门阵，八郎和儿子宗山守在白雪阵，已对宗山说明真情。宋将如打此阵，可做内应。苗小龙也送来姜翠苹的一封信，说是已经做好了打内应的准备。穆元帅也叫他带了回信，说明了破阵的日期。

穆元帅说："我准备三天后打天门阵。降龙木要锯成二寸长的木条，攻阵的人都要随身携带，防备瘟毒阵的毒气。这三天大家好好休息，养足精神，三天后攻阵时争取一次成功！"

然后，穆桂英又把这两天和任道安分头书写的每个阵的阵图和埋伏情况，分别交与众将，这三天内要分别记熟，不然一将无能就要累死千军，更会误了大事！穆元帅安排完以后，众将分头去准备。

三天后，穆元帅升堂点卯，众将一个个顶盔贯甲罩袍束带，精神抖擞耀武扬威！八王和寇大人等，也都来帅堂听令。

穆元帅说："八王千岁和众位将官，今天本帅传令，难免有不周之处，还望大家顾全大局。为了一次攻取天门阵、叫辽邦写降书顺表，本帅不论派到那位将军头上，都不许违抗军令。有违令不尊者，立即斩首！"

众人齐说："穆元帅放心，只要一声令下，上刀山、下油锅，万死不辞！"

穆桂英说："好，那我就不恭了！"说着，从象嘴壶取出第一支将令，高喊："八千岁听令！"

八王一听吓了一跳，"这头一支将令就派在孤王的头上？可人家都为了大宋江山今天要和敌人以死相拼，难道我还怕死不成？"急忙上前答话："孤王在！"

元帅说："本帅给你一支将令，命你带兵一千去攻打天门阵的玉皇阵！"

"任宝童、杨兴！"

"在！"

"命你二人保八王打玉皇阵，只许胜，不许败，如果败回，定斩不容！"

"得令！"

又取出第二支令箭："寇天官听令！"

"有。"

"我命你带兵一千攻打阎王阵！"

寇大人说："穆元帅，我是文官，打得了阎王阵吗？"

穆桂英说："八王挂帅时你当过先锋，既为先锋，就能攻阵！"

寇大人说："这阎王阵可厉害呀！"

穆桂英说："这座阵非你不可！当初你为审潘杨一案，装过阎王、装过判官，你对阎王比较熟悉，不必推辞！岳胜、董铁锤、宋铁棒！"

"在。"

"你们三人保寇大人攻取阎王阵，只许胜、不许败！"

寇大人说:“得令!”

众将全想,今天新元帅派将出人意料,先派八王,又派寇大人,叫人难解。

元帅又取出一支大令:“老太君听令!”

太君说:“有。”

“我命你带兵一千攻打太阴阵,杨排风跟随。只许胜,不许败!如打败仗,斩!”

太君说:“得令!”

元帅又取出将令:“陈雄、鲁奎、苏万庆听令!”

“有。”

“命你三人带兵一千去攻打青龙阵,败回者斩!”

“得令!”

“杨延景听令!”

“有。”

“命你和陈琳、柴干带兵一千去攻打白虎阵,败回者斩!”

“得令!”

“黄龙、黄虎!”

“有。”

“命你二人带兵一千攻打朱雀阵,败回者杀!”

“得令!”

“郎千、郎万!”

“有。”

“命你二人带兵一千去攻打玄武阵,败回者杀!”

“得令!”

“孟良、姜山、姜海!”

“有。”

“命你三人带兵一千去攻打红沙阵,只许胜,不许败!”

“得令!”

“焦赞、孙明、孙亮!”

“有。”

“命你三人带兵一千去攻打黑沙阵,只许胜,不许败!”

“得令！”

“八姐、九妹！”

“有。”

“命你二人带兵一千去攻打彩虹阵！”

“得令！”

“杨宗保、杨宗勉！”

“有。”

“命你二人带兵一千去攻打金童阵，败回者斩！”

“得令！”

“仁道长，请您带兵一千攻打瘟毒阵！”

“贫道遵命！”

“五伯父，请您带兵一千攻打罗汉阵！”

“贫僧愿往！”

因为这一僧一道都不是军中之人，是请人家帮忙来的，所以穆桂英要客气些。

派将已毕，穆桂英说：“本帅带兵一千去打玉女阵。我们共派十四路人马，只要这十四阵打破，就可以向前一推，马踏其余九十四阵！各位将军破了自己的阵以后，再帮助别人破阵。任道长和五禅师破了阵以后，可以到各阵打接应。张金定、李翠平、朱月梅、林素英、马赛英、高君保听令！”

“有。”

“你们一定要保住万岁，守住城池！如果城池有失，只怕再难取胜！”

众将说：“请元帅放心，我们全都记住了！”

真宗看完了派将，心中暗说：“连八王和寇准、老太君全都派出去了，还派了这么多将官来保驾护城，看来杨门确是忠良啊！”

穆元帅等一切准备妥当了，说道：“众位攻阵的主将听了，马上行动！本帅派五百火箭手，每人带着火箭，射出就着火。但没有本帅命令不许放，以免伤了自己人。另外五百名藤牌手、大刀手、短刀手、长枪手、挠钩手也由本帅带领。本帅再带一千兵，开路就是我穆桂英！”

大军正要出发，有人来报：“城外白天祖讨阵！”

穆元帅说：“好！众位将官，本帅打这一仗开路。如果白天祖败了，一定往阵里跑，我们就一拥而上杀进大阵；如果我杀了他，大家也按计划行事！”

说罢，穆桂英带好降龙木，全身披挂，跨马摘刀，三声炮响，拉开了一条长蛇阵，直奔沙场而去！

迎面正是白天祖。他约有四十多岁，身穿杏黄僧衣，手使月牙大铲，坐下宝马花斑豹。他练过气功，可是王兰英用斩魔大刀削去他的一块头皮以后，把他的气功破了，他的伤刚养好。肖太后原封他为保国大禅师。现在肖太后亲自带兵来助天门阵，听说白天祖被宋朝一员女将削了头皮，就有些看不起他。

白天祖今天出阵，是想打败几名宋将，实在不行也引入大阵再困住，好给自己挣回点儿脸面。他哪里知道穆桂英已经周密布置好十四路大军，就要一阵踏天门呢！

肖太后为什么要来天门阵呢？因为她派杨八郎、韩冷等人去接应王强劫宋王没有成功，就知道王强出事了！不是王强自己暴露了，就是幽州城内部出了奸细。若不，怎么王强给自己送来的密信，宋将却接在她前边呢？她感到呆在幽州不保险了，因为三川六方九沟一八寨的主将都集中到天门阵了，她在阵中比在幽州还安全。所以就带了身边最亲近的人驸马王英和外孙宗山来到天门阵。其实王英就是八郎杨延顺，肖太后并不知道。

白天祖和穆桂英一见面，没说几句就杀在一起，白天祖本来想战胜几名宋将，结果头一个就碰上了穆桂英，穆桂英的大刀上下翻飞，白天祖的月牙铲连招儿都进不去！要说穆桂英真不愧是女中豪杰，就在二马一错镫时，刀交左手，右手在身上取下走线铜锤，一回手“嘣”地一下，正打在白天祖的后心，“啪”的一声，这小子差点儿掉下马来！只觉得眼前发黑，胸口发热，哇！吐出了一大口鲜血，他急忙一催战马，落荒而逃！

穆桂英见白天祖败走，并不追他。兵无主自乱，辽兵见白天祖没有败回天门阵，哪里还敢再战，纷纷向天门阵里逃去。

第六十五回 穆桂英走马破天门 杨八郎蒙面救兄长

宋营元帅穆桂英，打败了凶僧白天祖，便下令大队人马攻打天门阵。

穆桂英刚到阵门边，从阵里闯出老道颜荣。只因为辽兵报告：白天祖临阵逃跑，穆桂英就要往阵里进兵，老道颜荣放心不下，便拉过梅花鹿，手拿叉条杖，带兵出阵来迎战穆桂英。

老道暗暗琢磨，这个丫头着实非同一般！她既然打败了白天祖，恐怕我也难以胜她呀！

穆桂英一见老道颜荣，立时柳眉倒立，杏眼圆睁，厉声大喝："颜荣，你快快收了天门阵，远走高飞返回洞去，姑娘我念你修行了多少载，给你留点儿情，放你一条活路，你若不听良言劝，我叫你刀下立刻丧命！"

老道颜荣一听气红了眼，举杖直奔穆桂英砸来，穆元帅一带战马躲闪过去，挥动手中大刀冲老道砍去。

二人大战有三十个来回，颜老道已浑身出汗，两臂酸疼，他心里盘算："再这样打下去，于我不利，我何不把丫头引进天门阵，再下毒手治死她！"主意拿定，一圈马，大叫："丫头听了，你有胆量就跟我进阵走一程！"

穆桂英异常痛恨颜老道，心说：你困住了宋营四员战将，还不知他们现在是死是活，我岂能就这么放你逃走？

浑天侯穆元帅真是个出奇的女英雄，把绣绒刀挂在得胜钩上，袋中摘弓，壶中取箭，手快眼快心眼儿来得也快，眼珠一转，便打算好这一箭应该怎么射。

穆桂英这一箭射得太奇妙啦！箭刚离弦，穆桂英就大声喊："颜荣，我的法宝去了！"

老道一回头，这支箭正好射在他的右眼上，眼珠当时就冒了出来。

眼是心中苗，可把颜荣疼坏啦！

颜荣的右眼一瞎，左眼也睁不开了，催鹿往回跑，那真是：有哪儿撞哪儿，一阵乱撞！

他是天门阵的总阵主，他这一受伤，辽兵可乱了，也往阵里乱跑，颜荣回到阵里，马上叫师弟黄道龄替他传令，叫各阵的主将严加防守，然后，有人扶老道回到自己的大阵去治伤。

他哪里知道穆桂英已经传令八王、寇准、任道长、五禅师、老太君、任宝童、杨元帅、孟良、宗保、八姐、九妹等众将带领大队人马闯进了天门阵！

在九龙飞虎峪摆下的这座天门阵可大啦！总共一百单八阵，落魄阵是一座大阵，由颜荣把守。这座镇一进阵门，对面高搭法台三丈六，法台上有四口大缸，盛满了迷魂药水。只要宋将进阵，颜荣从山上带下来的徒弟就从法台上往下泼迷魂药水，人沾上就会昏迷不醒。现在由黄道龄替颜荣把守此阵。

宋军大队人马进了天门阵以后，各将领着自己的人马分头奔向东南西北四面八方，去按照计划攻阵。

先说老太君和杨排风领兵来打太阴阵。这座阵由铁子峰、铁子崎把守，二人是兄弟。这座阵里的埋伏全在地下，阵内有很多翻板坑，坑里布满尖刀、竹刺、铁蒺藜、钉板等物，人掉下去非死即伤。

铁子峰兄弟一见宋军来攻阵，就上马迎敌。铁子崎说："大哥，我看你今天五官挪位、印堂发暗、眼皮发青、嘴唇发黑，你可多小心点儿！"

铁子峰说："你别给我念葬经了，没事！"

铁子峰手使一条熟铜棍。他催马出阵，正碰上杨排风。杨排风力大无边，手使的焰火棍也受过高传。早在黄土坡就帮老太君打过一仗，那真是大棍挥舞一杀一溜胡同！由于得了一次解甲风，太君一直没叫她打仗，只怕这个好说好笑的姑娘出了差错。

今天杨排风可盼着又上阵了，如同飞鸟出笼，早就憋足了一身劲儿，要在天门阵打几个漂亮仗，叫大伙儿看看。所以，老太君带兵还没到，她已经先到太阴阵了。

铁子峰挡住了杨排风，二人报过姓名后，铁子峰说："我总以为宋营来破阵之人站起来身能顶破天，坐下来能压颤地，横推八马倒，倒拉九牛回，不想却来了你这么一个黄毛丫头！你岂不是来白送性命？"说着，举棍朝排风打来。

排风想："叫你知道知道姑奶奶的厉害吧！"用棍往外一架，当啷一声两棍相碰。

铁子峰不单胳膊麻了，连脑袋全震木了！一带马刚要进阵，排风往上催马，手起棍落，咔嚓一声把铁子峰砸了个脑浆迸裂。他掉下马来伸了伸腿、咧了咧嘴儿，上望乡台看他姥姥去了！

徐昆说："我要见太君和八王千岁。"任宝童大惑不解，杨排风举棍上前要打，任宝童忙说："先别打！这老匹夫要见八王千岁。"说罢，便和排风撤到左右两旁，当中闪出来老太君和八王千岁。

任宝童对徐昆说："这就是太君和八王千岁，你有何事快快讲来！"

徐昆闻听赶忙下马跪倒，两行热泪潸然而下，哭着说道："贤王千岁，我有死罪在身。我名徐昆，当年在令公手下当副将，金沙滩一场交战，我好不容易逃了出来，杨家父子受老贼潘洪残害，我心中深恨潘洪，知道回营也难以活命，这才跑到遵化去，后来做了领兵的大将，可我时刻惦念中原，想念家乡，这次我被派到北辽助战，心中早已做了打算，要立功赎罪回归中原，今日见到八王千岁与佘老太君，我更觉痛心，就是贤王千岁将我斩首，徐昆我一死也心甘情愿，如有半句谎言，叫我临死不得善终！"

八王千岁伸手示意："徐将军，快快起来说话，你可见到宋将杨兴？"

徐昆闻听叹了一声："贤王千岁，他被周温引到玉皇阵中，没容我上前去指引，杨将军他已经掉进水牢，不幸身亡。"

八王千岁大叫一声："心疼死我啦！"身子一晃，差一点儿摔下马来。

老太君潸然泪下，痛心地说："杨兴死得好惨哪，我等定要为他报仇！"

徐昆说："只怪我没保护好杨将军！"

宝童说："我已将周温打死。让徐将军引我们进阵吧，哪里有翻板他都清楚。"

徐昆当即把一千名宋军引进大阵，他手下的兵见主将已经归宋，也无人再抵抗，玉皇阵自然就破了。太君又叫徐昆领路去阎王阵，因为寇大人在那里。

穆桂英为什么派八王和寇大人也来攻阵呢？她有她的用意。因为接到杨八郎用箭传的信上说，有些阵他已经探清楚了，其中也包括玉皇阵的老将徐昆过去是宋将，现在仍想归宋。

穆桂英叫八王来，就是要用君臣之情打动老将，促使他早点归宋，再有杨兴和任宝童保驾，八王也不会遇到危险。可是没想到杨兴还是死在了这个阵里！

对阎王阵，穆元帅已经知道里边是假扮的十殿阎君、大小鬼卒，这些假扮的阎王、鬼卒都是埋伏。寇大人因为假扮过阴曹，凭他的智慧能看出别人发现不了的埋伏。况且派岳胜等人保他，不用他动手。

守阎王阵的是辽将肖天佑和土金辉，肖天佑派土金辉去引宋军入阵。土金辉手使双锤，出阵以后就和花刀岳胜杀在一处。别看土金辉是北辽名将，他可胜不了岳胜手中这口大刀！战了几个回合，土金辉就不想再战，圈马往回走，想把岳胜引入阵中。

岳胜催马追来，后边董、宋二将保着寇大人一同进阵。可是进了阵敌人一个都不见了，原来萧天佑和土金辉顺暗道出去了，带着兵埋伏到四外，准备等阵里的宋军中计以后，他们再往上包围冲杀。这座阵就如同阎王殿一样，上面坐着十殿阎罗，两边有牛头马面、大小鬼卒，一个个龇牙咧嘴。阎君面前放着桌案，桌案上摆着一包包的东西。

董、宋二将一看，说："真有意思！"就催马大喊一声："有人咱就拿人，没人咱就宰阎王！"

寇大人一看忙喊："别动！不许乱动！"

可是已经晚了。董铁锤用锤一动桌上的纸包："这是什么？"就听他"哎呀"一声，只见董铁锤掉下马来，当时送命！大家过来一看，一支毒药镖正打在他的咽喉致命处。

寇大人说："我不叫你们乱动，谁知晚了一点儿！"寇大人是从来不流泪的，这次也掉下泪来。这时外边杀声四起，原来是肖天佑、土金辉带兵包围了阎王阵。

正巧这时徐昆领老太君、杨排风保着八王来到阎王阵，徐昆一看就说："坏了！只要阵一被包围，就证明宋将在里面中了计！"

大家一听全吓坏了，排风说："冲吧！"

太君叫徐昆保护八千岁，说："我今天也卖卖老吧！"然后挥刀叫宋军往下冲。

两军杀在一处。杨排风正遇上土金辉，任宝童正碰上肖天佑。

阎王阵外护阵辽兵摇旗呐喊，转眼之间杀声大作，杨排风在向土金辉叫号：“你若是能在我马前走三趟，就算你俩是个英雄！”

土金辉一听，高声叫喝：“我倒要看看丫头的棍法究竟有多高！”抡锤就砸。

杨排风举棍架开大锤，随手抡棍向土金辉头顶砸下，土金辉急忙用锤向上磕棍。

杨排风一见时机来了，连忙一变招儿，大棍改变方向，横着扫向土金辉的脑袋，喀嚓一声，正扫在他的脑袋上，土金辉立时丧命，尸体跌下马来。

土金辉刚刚领教杨排风的棍法有多高，他这条命也彻底报销啦！

杨排风根本不知道累，边催马边喊叫：“宝童，你把这个辽寇交给我吧！”

任宝童暗中较上劲儿了：我若把他交给你，定会被人小瞧！还是我来取他性命吧！

任宝童故意压低双锤，露出空当儿，肖天佑自以为有机可乘，双膀用力抡起狼牙棒，狠狠地向宝童头顶砸下，恨不得这一棒把任宝童给砸散架子！

任宝童早有准备，运足力气猛地挥锤往上一磕，当啷啷一声，把肖天佑震得两膀疼痛难忍，一直疼到脚后跟儿，两条胳膊都没知觉啦！

嗖，狼牙棒就被磕飞啦！肖天佑情知不妙，忙用膝盖一磕马，想拔马逃跑，任宝童哪能让他逃命呢！飞马而上，抡锤砸下，实实在在地砸在后脑上，还捎带着脊梁骨。肖天佑惨叫一声，就一命呜呼了。

这小子没把任宝童砸散架子，却被任宝童给砸散架子啦！

把守阎王阵的北辽军兵见失去了主将，阵内的宋将也趁此往外打，只杀得北辽兵丢盔弃甲望风而逃。

寇大人率领兵将出了阎王阵，命人将董铁锤的尸体抬回去保护好。

这时，从远处又跑来了一匹马，元帅穆桂英来了。她详细地问过军情，马上派下火弓手放出火箭，把阎王阵烧成灰烬。

穆元帅说：“你们去助攻白虎阵，我去找老妖道颜荣。”说完，转身而去。

白虎阵的守将是肖天佐和土金秀，阵中埋伏陷坑，陷坑里埋的全是转轮刀。

土金秀出兵去引宋兵，遇见杨延景，二人交手，土金秀根本没想真打，只是想把六郎诓进白虎阵，借用转轮刀杀他。于是，打了几个回合，土金秀拔马就往阵里跑。

杨六郎催马就追，就在这紧急关头，忽然从侧面冲过来一匹战马，马上人黑纱蒙面，手中端着一杆枪，赶到近前拦住六郎，低声说："六哥，不能往里闯，这座阵里的陷坑埋的全是转轮刀，一步走错就会被刀绞死。"

郡马听了此话吃惊非小，同时也感动不已，感叹一声："若不是八弟及时赶到，告诉我阵中的机关，六哥冲进阵里，这条命也就交代啦！"

土金秀回头一看杨六郎没进阵门，无奈何又圈马回来，猛然间，闪目看到一个黑纱蒙面人拧枪刺来，知道阵中有人要归顺大宋，顿感情况不妙，想要回阵，却被蒙面人拦住。

这时，杨六郎催马端枪冲了上来，正好两打一，土金秀顾前顾不了后，顾左顾不了右，手忙脚乱，心神恍惚，被八郎一枪刺中后腰，挑下马来。土金秀气绝身亡。

第六十六回　开城门四郎引宋将　拿肖后南北罢刀兵

与此同时，杨五郎破了罗汉阵；任道安破了瘟毒阵；黄龙、黄虎破了朱雀阵；郎千郎万破了玄武阵；八姐、九妹破了彩虹阵；宗保、宗勉破了金童阵，俱不一一细表。

穆元帅先到玉女阵收了姜翠苹，然后又带了藤牌手、火弓箭手破了不知多少阵，烧死、杀死不知多少北辽的兵将！等众将来到阵北黄罗帐拿肖太后时，她早已带领残兵败将逃奔幽州去了。至此,穆桂英领兵破阵成功。只是牺牲了杨兴、董铁锤等将,可是如没有姜翠苹、杨八郎、徐昆等人做内应,以及收下了黄凤仙、姜德,还不知要死伤多少兵将!

穆元帅下令整顿人马,派人把死去的宋军兵将尸首运进代州城。叫任道长和五伯父帮忙收拾一下天门阵的战场。自己带任宝童、杨宗英、杨宗保、杨宗勉、黄凤仙、姜翠苹、姜德、王兰亭诸将,点兵十万直奔幽州城,要一鼓作气,乘胜追击。男女众战将犹如虎生双翼,铺天盖地般的带领宋军追杀敌人。

再说肖太后,过去辽邦也打过几次败仗,可从没有像这次天门阵败得这么惨哪!

肖太后率领残兵败将仓皇而逃,一直跑出几十里地,才扎营清点兵将。

六方的元帅全都在阵里战死了,六方的主将也都无影无踪了,六方的军兵也没剩多少了,伤亡太大了!

军师颜荣眼被射瞎之后远走高飞了,禅师白天祖临阵脱逃了,元帅、驸马韩昌丧命了,肖太后的两个兄弟肖天佐、肖天佑双双阵亡了,损失太惨重了!

如今,肖太后身边的主要将领只剩下三驸马王英、外孙宗山和韩昌之子韩冷了,她看到这三人愁眉苦脸的样子,想到败得如此惨重,心也冷了。

她想起姜德、想起姜翠苹,她痛恨这兄妹二人,恨他们不该恩将仇报,投顺大宋。

她更恨黄凤仙,心中暗骂:你这个水性杨花的臭丫头,居然爱上宋将造我的反,你把我害苦啦!只要还有幽州在,我定要派兵抄野马川,你嫁给宋将了,我抄你黄家满门,杀你个鸡犬不留!

肖太后心中发泄了一通冲天怨恨之后,又想起化名王强的驸马叶黑律:哎,这些年你在汴梁当细作,弄死个杨六郎还是假的,劫持宋昏君也没劫成,你这个无用之才闹来闹去,结果是水中捞月一场空,反倒搭上自己的一条命!

肖太后紧锁双眉,痛恨这个,埋怨那个,不由自主地长吁短叹起来。

三驸马王英忙上前相劝:"望母后多保重贵体,待以后再兴兵征宋。"

肖太后说:"此地不能多耽搁,只怕是后面有宋兵追来,你保驾赶紧往回辙,到了幽州城再歇息。"

于是,这些残兵败将复又狼狈奔逃,一路惨景不必多讲,他们一口气儿跑到了幽州城。

守幽州城的四驸马木易，得知太后回来了，忙开城迎接，肖太后进城上了银安殿，留守的文官武将齐来道惊，四位公主上殿见过母后，两位公主哭声不停，大驸马、二驸马全都丧命了，金镜公主和银镜公主哪能不悲痛落泪呢！

肖太后连忙安慰说："两位女儿莫要悲痛，两位驸马全是为国尽忠！"

她说完正要议论后事，忽然间，幽州城外号炮连响，报事的辽兵来向太后禀报：宋军元帅穆桂英带领大队人马在幽州城外扎下连营！

肖太后连忙吩咐两位驸马带领儿郎们好好守住幽州城。

肖太后的人马损失惨重，现在只怕幽州城孤城难保，所以就叫三驸马王英、四驸马木易带兵严加防守，幽州城还有守城的都督战将，还有肖天佐的儿子肖国律，韩冷吐血以后也基本上好了，他和肖国律都要替父报仇。

肖太后说："我们歇兵几日再战，如果宋将讨阵，我们就高悬免战牌。"说完散朝回宫，其余众人各自回府。

八郎带着宗山回到驸马府。宗山问爹爹："天门阵已破，为何我父子还不归宋，又跟皇姥姥回到幽州呢？"

八郎说："儿呀，因为幽州还有你的四伯父，还有你的母亲。我儿千万不要着急，等宋将攻城时我们找机会卖城，然后再和你奶奶团圆。"

三天之内穆桂英也没有攻城，这是为了叫众将休息一下。第四天，穆元帅派任宝童、杨宗保到城下讨阵。

辽将肖国律讨令出城，后面韩冷观阵。任宝童一马当先催开坐下万里云霞兽，手摆虎头亮银锤迎上辽将，但见这员辽将非比寻常：

这员将，好威严，十八九岁正当年，黄金盔甲光闪闪，护心宝镜似冰盘。内衬一件绿罗袍，镶金边来走金线，大红中衣真可体，狼皮战靴二足穿。面如重枣是红脸，浓眉大眼好五官。跨下一匹胭脂兽，遍体通红似火焰，南方丙丁赤火兽，火龙飞下九重天。

任宝童看罢，一声喝喊："辽将少往前来，报名交战！"

肖国律看了看任宝童说："我父是国舅肖天佐，我名肖国律，你叫何名？"

宝童说："我名任宝童。"

肖国律说："我父就死在你手，你看刀！"说罢手起刀落。

任宝童举锤迎战，不到三十个回合，肖国律拨马败下，韩冷上来接应。没有几个回合，韩冷又败下，二人跑回幽州，紧闭城门，挡住了任宝童。

肖国律和韩冷败进幽州城内，肖太后束手无策。虽然还有几员战将，但是谁能上阵？均不是宋将敌手。正在为难，北门有人来报：城外有一员小将报号，言说是驸马木易之子名叫木宗峰，奉师命下山回幽州。

肖太后这里正缺战将，闻听之后满心欢喜，忙派人去迎接。

时间不长，把小将接到银安殿。他年纪也就在十五六岁，五官清秀，上来给肖太后见礼说："皇姥姥在上，我是木宗峰，在九仙山桃园洞学艺，今奉师命下山来见皇姥姥。师父给我一匹宝马、一身盔甲，叫孩儿为国出力，报效太后！"

肖太后说："你来得正好！晚来一步也许幽州难保。"然后把两军之事对宗峰说了一个大概。

宗峰听完问肖太后："皇姥姥，我父亲、母亲现在哪里？"

这时有人来报："南门外宋将任宝童骂阵，叫太后写降书！"

肖太后说："高挂免战牌！"

宗峰说："慢着！宋将也太无礼，待我出城上阵，打败宋将回来再见父母不迟！"

肖太后不知小外孙的武艺如何，怕他战不过任宝童，自己对不住公主和驸马，就再三阻拦。

可是小将非要出战，太后无奈，只好命人请来公主和驸马，由他们当场做主。

木易驸马就是杨四郎，公主就是铁镜。公主已经知道驸马的真情，探母时就是她给盗的令箭。来到银安殿上一家团圆，自然十分高兴。可是四郎听说宗峰要出阵，心中十分不安，都是自己人，伤了谁也不好！所以千方百计不叫他出阵，就说："母后，宗峰山高路远才到幽州，身体劳累，也不知他有多大本领，如果败回倒也无妨，只怕他没有经验，反而把宋将引入城内，则幽州难保！不如先看看他的本领如何再作决定。"

众将都觉得驸马之言有理，肖太后也同意，大家就来到北门的御校场，试看宗峰的武艺如何。

宗峰不顶盔不挂甲先打打拳，踢踢腿，舞了箭，然后上马练枪。

这一练，可把太后乐坏了："看来我能不能守住幽州，全靠这个小外孙啦！"即令公子收枪，说："外孙的本领可算幽州第一名，可以出阵作战！"

四郎心中说："不好！这孩子果然武艺超群。可是一旦出兵，不知要伤多少宋将，打伤一个也是我的罪呀！今夜一定要对他说出真情实话，要按我儿的本领，倒卖幽州可以不费吹灰之力！"

太后对四郎说："驸马今日先带他回府休息，明日宋将再来讨阵，可叫他出战！"

驸马和公主领宗峰回府。一家三人吃过饭后，公主叫宫娥彩女全都退下，驸马出去看了看，没有人了，才二次回来，对公主说："公主，可以对孩子说实话吗？"

铁镜公主还没开口就淌下了眼泪，立时惊动了儿子宗峰，宗峰心想：爹爹说话怎么吞吞吐吐？母亲还没答话怎么就先流泪呢？站在一旁呆呆发愣。

铁镜公主长叹一声说："驸马，你要对孩子说了实话，只怕是保不住幽州了！我与你成亲多少载，母后对你恩重如山，给你修了驸马府，待你如同亲骨肉，你要星星不给月亮，什么事儿都顺着你。我给你生下两个儿子，长子如今长大学成武艺也回来了……嗐，千错万错都是母后的错，她不该屡次兴兵想夺宋室江山。到如今眼看幽州城孤城难保，可又来了咱孩儿宗峰。你要对孩子讲实话、说真情，我也不阻拦你，我只求你答应我一个要求：一旦幽州城失陷，你要看在为妻的情面上，留下我母后一条残命，不杀我幽州的百姓，不刨我们祖坟，你如答应我这个要求，也不枉我俩多年夫妻一场！"公主说到伤心处，失声恸哭。

杨四郎见此情景心中难忍，忙拉着公主双手安抚说："你的要求我全答应，你不必这样悲伤，你要多多珍重自己的身体，多少年来，你对为夫情深意切，犹如同胞兄妹。若不是公主保护我，我早就成了鬼，公主啊，你对我的恩情三天三夜也说不尽啊！有恩不报非君子，忘恩负义不得善终，你只管放宽心，我担保幽州城的百姓不会受到伤害，宋军也不会刨你的祖坟，只要有我延辉在，决不会让母后受委屈！"

公主闻听双膝下跪说："多谢驸马！"

杨四郎连忙双手搀起公主，此时此刻，这对恩爱夫妻的心情难以名状。

宗峰站在一旁急坏了："爹、娘，到底是怎么回事呀？快告诉我吧，活活闷死我啦！"

杨四郎拉着儿子的手，没等开口就已泪水盈眶，他把实情一五一十地告诉了宗峰。

宗峰流着眼泪听完父亲一席话，全明白了，敢情自己是杨门的后代，敢情自己应当叫杨宗峰！

杨宗峰一头扑到杨四郎怀里放声大哭，一边哭一边埋怨："爹爹隐名埋姓十几年，怎么今天才把实情告诉孩儿呀！爹爹若是早对孩儿说，孩儿不费吹灰之力就捉住皇姥姥啦！"

公主听了这话可双眉一皱："宗峰，你说的倒干脆！你要拿住皇姥姥，把她怎么样？"

宗峰说："娘，您别生气！我爹方才不是说了吗，我就照我爹说的去做，还不行吗？再说一句您可别生气，像人家那好妈妈，要个仨俩的也不多；像您这个妈妈，要不要的两可！"

公主说："你这个奴才！敢胡乱言讲？"

驸马说："孩子，别惹你娘生气啦，咱们商量一下如何倒卖幽州吧！"

公主暗想："我皇娘这回算完啦，两个姑爷都在背地里琢磨她，她还不知道哪！"

正在这时，外边进来了宗山说："四姨父，我爹请您去商量军情，看看如何攻打宋营！"

公主一听也笑了："还攻打宋营呢？别叫姨父了！你爹叫你来找你四大爷，对不？"

宗山一听四姨全知道了，自己倒觉得怪不好意思的。公主又说："干脆把你父母全叫到这儿来吧！"

宗山一听可高兴坏了，去不多时，就把他爹杨八郎和他娘玉镜公主全叫来了。

因为当初在金沙滩是三公主拿住的杨八郎，四公主拿住的是杨四郎，所以三公主招了杨八郎，四公主招了杨四郎。见面之后二位公主愁容满面，那爷儿几个可是又高兴，又紧张，共议卖城之策。经过商量，明天由宗峰出兵，四郎观阵,然后把宋将引进城来。三驸马父子在城内准备好打内战,拿辽将,不过二位公主也要帮忙,因为她俩都是武将。

二位公主说:“叫我们杀辽将,我们可下不了手。到时候跟你们一同归宋就是了!”

宗峰说:“在我们动手杀乱之时,母亲和姨娘不用管别的,只要把我皇姥姥看住,别叫她跑了就行啦!”

二位公主一听:“好小子!看看你给我们姐俩的好差事!你们父子如何倒卖幽州我们就不管了,还是那个要求,不许叫你皇姥姥受一点儿伤害!”

四郎、八郎说:“决不会委屈太后!”

最后,又把安排都落实了。八郎一家回府,四郎一家也安歇了。

可是四郎和公主这夜都难入睡。四郎担心卖幽州不顺利,公主担心母后受委屈,所以这夫妻一夜没睡好。只有宗峰一天劳累了,一觉睡到天亮。吃过早饭后有人送信来,太后叫驸马带宗峰去见。父子二人披挂好,四郎说:“公主多保重!我们虽然已经安排好,也怕随时有变,公主还要见机行事!”

公主说:“你父子先走一步,我随后也到。”

驸马和宗峰来到银安殿,几位都督和战将都在。父子二人见了太后,太后说:“刚来人报,宋将杨宗保在骂阵。不知外孙可能上阵?”

宗峰说:“皇姥姥,要不是我父拦挡,昨天我就出征了,这叫他们多活了一天!今天小外孙上阵,请问皇姥姥,您要活的?还是要死的?”

肖太后一听,这小子口气太大了!就问:“这话怎么讲?”

宗峰说:“要死的,我到战场去战宋将,叫他们来一个死一个,来两个两个亡;如果要活得,我就把他们一个一个活捉进城!”

太后说:“如果能拿活的,最好拿活的。”

宗峰说:“遵命!”

太后又说:“驸马,你给他观阵!”

四郎答应。太后又叫军政司点兵五千,这父子二人齐说有三百就行。三声炮响,父子出城。

今天上阵的是杨宗保,观阵的是穆桂英、姜翠苹、姜德、黄凤仙等人。宗保正在骂阵,炮响城开,冲出一哨人马,跑在前边的一员小将真是威风凛凛:

杨宗保勒马仔细瞧,对面的小将十分英俊,戴一顶朱砂盔,套樟脑、银花飘、绵芪顶、地龙绕、何首乌头上开满芍药,穿一件连环甲,水银打、冰片造、龟背纹、黄连绦、葛根旗在脑后飘。防风镜、放光华,青粉战裙灯芯绕,内有一件小花粉的锦征袍,上绣川枝莲,下有灵芝草,内有石榴花的小套袄,外有白菊花的带一条。人参人才长的好,石膏装成的马鞍鞒,昆布靴子踏得牢,跨下马虎骨腿、龙骨腰、茯苓眼、白兔脑、蜈蚣尾巴生地扫,趟遍了甜甘草,踏遍了怀芍药,闽姜一斗麦冬的嚼环口里边叼。使一杆百合枪似连翘,挫半夏,红花冒,细辛荆芥配斑蝥,木桶篓仁谁不知晓,胖大海窜出来一位小英豪!

杨宗保看罢心中暗想:北辽竟然还有这样一位小英雄?

宗峰勒马看宗保,白银盔甲白战袍,胯下骑着白龙马,手中端着丈八长矛,五官端正,英姿态勃勃,真像是下凡的金童!

杨宗峰看罢,暗暗称赞,好一位英俊潇洒的小将!

杨宗峰眼望宗保,说:“你问我姓名吗?你仔细听了!”

他不敢高喊,压低声音说:“我家在石州山后火塘寨。”

宗保马上哼了一声:“哎哟,我们俩是老乡啊!亲不亲,同乡人,美不美,家乡水,我的同乡来了,我一定手下给你留点儿情!”

宗峰又说:“我的曾祖名杨滚。”

宗保闻听就说:“哎哟,咱俩还是一个祖宗呢!”

宗峰说:“我的爹爹杨延辉,他是北辽的驸马,我的六叔杨延景,我的一个叔伯哥哥叫杨宗保,叔伯嫂嫂叫穆桂英,我是杨延辉的儿子杨宗峰,如今奉师命下山回家,昨天与我父和八叔订下计策,今天出城来见宋将,为的是倒卖幽州!”

一席话乐坏了杨宗保,他连忙开口说:“宗峰贤弟,大水冲了龙王庙,自家人见面都不认识了,我就是你叔伯哥哥杨宗保,你嫂嫂穆桂英就在后阵,不知你们是如何盘算的?”

宗峰说:“哥哥,你听我说,你我二人假装动手,叫小弟先占上风,你就装败换来嫂嫂,我再败阵往回跑,你要告诉嫂嫂追兵要多还要猛,随我进入幽州,一齐动手破城,哥哥如果不相信,此计可就全完了!”

杨宗保说:“哪有不信之理,你我弟兄马上交手!”

杨宗峰一抖手中枪,喊了声:“宋将,看枪!”

这条枪离着宗保还有一尺远，就斜着扎下去了，漫说杨宗保还躲，就是不躲也扎不上！

宗保还手，二人假战。两匹马似欢龙，两员小将似两朵彩云飘摆，真好看哪！

打了二十多个回合，杨宗保大喊一声："辽将，我不是你的对手！"拔马败下。

他回到后阵，忙对穆桂英说明此事，穆元帅马上传令全营人马，准备进攻幽州！然后自己手举大刀，一马当先杀上前去。宗保又对众将说明此事，大家精神倍增。

杨宗峰看见来了一员女将，就问："你可是嫂嫂穆桂英？"

元帅说："正是。兄弟你一定得小心，得胜后再全家团聚！"

宗峰说："谅也无妨！现在城中只有韩冷、肖国律和几位都督，没有什么能人！"

打了十几个回合，宗峰说："我可要败了，嫂嫂随我来！"

杨宗峰在前，穆桂英在后，大队人马也紧紧跟随，一同杀奔幽州城门。

辽兵们一看不好，眼望四郎，有人叫喊："驸马爷，不好啦！少爷败了，后边宋军紧紧追上，眼看兵临城下，驸马爷，如何是好？"

四郎说："有本驸马在此，大家不要担惊！"

这时，杨宗峰已然马到城下，穆桂英紧跟在后，马前马后全上来了。

辽兵见势不好，便往城里跑，守城的辽兵要关城门，驸马和宗峰已到城门门口。

守城辽兵大喊："驸马爷快进城，宋军到了！"

驸马见时机已到，一抖手中枪，大叫："辽兵们，快快与我闪开！"说着大枪刺来。

辽兵们一见全吓坏了："驸马爷，你疯了？怎么刺自己人哪？"

驸马和宗峰把住城门，刺倒了不少辽兵、辽将。开头辽兵们还不敢还手，因为这父子都是皇亲，后来一看不还手只能等死，也只好交手了。辽兵们也动手了，宋军也全杀进城来了。

穆元帅叫姜德、王兰亭守住城门，一旦众人进城情况有变，好退出幽州。其余众将跟元帅向前冲杀。穆桂英手中的大刀上下翻飞,如同削瓜切菜,由四郎和宗峰领路,一直杀奔银安殿!

此时,韩冷催马端枪来迎宋将,说来也巧,正碰上任宝童。他心想:“我是上天无路、入地无门,拼了吧!”

肖国律也由银安殿冲出杀到大街上,正遇上杨宗保,二人杀在一处。整个幽州城到处杀声四起,宋军和辽兵已经杀乱了!报事的一个接一个的跑上银安殿报与肖太后,肖太后心说:“完了,赶紧远奔他方吧!”看看眼前,只有三个女儿,四公主已经不见了,三驸马王英和外孙宗山还在身边保驾。

刚走出银安殿,迎面又来个辽兵报:“启禀太后,肖国律带伤逃走,少帅韩冷被宋将锤震落马,气绝身亡!”

肖太后此时犹如丢魂落魄一般,也顾不得许多了。大公主听说儿子韩冷已死,哭得死去活来。肖太后说:“别耽误时间了,快逃走吧!”

她刚说完,拉着大公主正要走,对面有人喊:“你还走得了吗?”她一看,正是四女儿铁镜公主和木易驸马。

太后说:“我真没想到你木易驸马也投降归宋了?”

四郎说:“哪个是木易?我乃令公杨继业之子杨延辉,被拿之后才用杨字改名木易,我是死里逃生的杨四郎!”

肖太后“哎呀”一声:“原来奸细在我身边近二十年!”

四郎身边是铁镜公主,肖太后说:“女儿,我对不起你呀,不当把你许配给杨四郎!”

铁镜说:“母后,我也对不起您老人家,我与驸马是恩爱夫妻,他已经对我说了实话今天要倒卖幽州!”

肖太后一听差点气死:“女儿,你怎么不早告诉我呢?”

铁镜说:“要告诉母后,不就卖不了幽州了吗?母后还往哪儿跑啊,投降吧!”

肖太后回头对八郎说:“三驸马,我的大驸马韩昌死在天门阵;二驸马王强死在雁门关;不想四驸马是杨四郎,他倒卖了我的幽州,还拦住咱们的去路。你快快把他拿下马来,乱刃分尸!”

杨八郎此时大喊一声:“宗山,快给为父拿下肖太后!”

肖太后一听,心惊胆战:“王英,你这是为何?”

八郎说:“我不是王英,我是杨八郎杨延顺!”

三公主玉镜说:“母后,投降吧,您走不了啦!”

肖太后此时又气又急,一下昏倒在地。

此时,穆元帅和众将已然全部攻占了幽州城,辽兵不再抵抗,纷纷投降。

转天,肖太后见自己只剩下孤家寡人了,在两位驸马和公主的劝说下,只好写了降书。穆元帅和四郎、八郎亲自到代州城里把真宗和八王等君臣接到幽州,由肖太后出面递降书顺表,大摆酒宴向宋朝君臣谢罪。从此马放南山、刀枪入库,南北和好,不再交锋。